HUGO VON HOFMANNSTHAL

DRAMEN III

1893–1927

FISCHER TASCHENBUCH VERLAG

Herausgegeben von Bernd Schoeller
in Beratung mit Rudolf Hirsch

Fischer Taschenbuch Verlag
Februar 1979
Ungekürzte, neu geordnete,
um einige Texte erweiterte Ausgabe der 15 Bände
H. v. H. Gesammelte Werke in Einzelausgaben,
herausgegeben von Herbert Steiner
S. Fischer Verlag GmbH, Frankfurt am Main

Umschlagentwurf: Jan Buchholz/Reni Hinsch
Satzherstellung: Otto Gutfreund & Sohn, Darmstadt
Druck und Bindung: Clausen & Bosse, Leck
Papier: Scheufelen, Lenningen
Printed in Germany
1980-ISBN-3-596-22161-7

DRAMEN III

1893–1927

INHALT DER ZEHN BÄNDE

GEDICHTE
DRAMEN I
1891–1898

DRAMEN II
1892–1905

DRAMEN III
1893–1927

DRAMEN IV
Lustspiele

DRAMEN V
Operndichtungen

DRAMEN VI
Ballette · Pantomimen
Bearbeitungen · Übersetzungen

ERZÄHLUNGEN
ERFUNDENE GESPRÄCHE UND BRIEFE
REISEN

REDEN UND AUFSÄTZE I
1891–1913

REDEN UND AUFSÄTZE II
1914–1924

REDEN UND AUFSÄTZE III
1925–1929
AUFZEICHNUNGEN

INHALT

JEDERMANN (1911) 9
ZU ›JEDERMANN‹
Frühe Fassung 75
Das alte Spiel von Jedermann 89
Das Spiel vor der Menge 103

DAS SALZBURGER GROSSE WELTTHEATER (1922) 107
ZU ›DAS GROSSE WELTTHEATER‹
Abweichung in der früheren Fassung 167
›Das Salzburger große Welttheater‹ 170

DER TURM
DAS LEBEN EIN TRAUM (1904) 177
DER TURM (1924) 255
DER TURM (Neue Fassung 1926) 383
ZU ›DER TURM‹
Briefliche Äußerungen zum ›Turm‹ 473

PROLOGE UND VORSPIELE
VORSPIEL ZUR ANTIGONE DES SOPHOKLES (1900) 477
VORSPIEL FÜR EIN PUPPENTHEATER (1906) 485
PROLOG ZUR ›LYSISTRATA‹ DES ARISTOPHANES (1908) 491
SZENISCHER PROLOG ZUR NEUERÖFFNUNG
DES JOSEFSTÄDTER THEATERS (1924) 495
»DAS THEATER DES NEUEN« (1926) 503

FRAGMENTE
ALEXANDERZUG (1893) 517
ALEXANDER – DIE FREUNDE (1895) 519
LEDA UND DER SCHWAN (1900) 529
JUPITER UND SEMELE (1900) 532
DIE SÖHNE DES FORTUNATUS (1900) 534
KÖNIG KANDAULES (1903) 539

PENTHEUS (1904) 550
SEMIRAMIS (1905 und 1908/1909) 559
DIE BEIDEN GÖTTER (1917) 567
DER PRIESTERZÖGLING – MONARCHIA SOLIPSORUM (1919) 588
AUFZEICHNUNGEN ZU »XENODOXUS« (1922–1925) 591
SZENE AUS EINEM »CHINESISCHEN TRAUERSPIEL« (1927) 614

BIBLIOGRAPHIE 617

LEBENSDATEN 625

JEDERMANN

DAS SPIEL
VOM STERBEN DES REICHEN MANNES

Dramatis Personae

GOTT DER HERR
ERZENGEL MICHAEL
TOD
TEUFEL

JEDERMANN
JEDERMANNS MUTTER
JEDERMANNS GUTER GESELL
DER HAUSVOGT
DER KOCH
EIN ARMER NACHBAR
EIN SCHULDKNECHT
DES SCHULDKNECHTS WEIB

BUHLSCHAFT
DICKER VETTER
DÜNNER VETTER
Etliche junge Fräulein
Etliche von Jedermanns Tischgesellen
BÜTTEL
Knechte
Spielleute
Buben

MAMMON
WERKE
GLAUBE
MÖNCH
ENGEL

SPIELANSAGER *tritt vor und sagt das Spiel an*
Jetzt habet allsamt Achtung, Leut!
Und hört was wir vorstellen heut!
Ist als ein geistlich Spiel bewandt,
Vorladung Jedermanns ist es zubenannt.
Darin euch wird gewiesen werden,
Wie unsere Tag und Werk auf Erden
Vergänglich sind und hinfällig gar.
Der Hergang ist recht schön und klar,
der Stoff ist kostbar von dem Spiel,
Dahinter aber liegt noch viel,
Das müßt ihr zu Gemüt führen
Und aus dem Inhalt die Lehr ausspüren.
GOTT DER HERR *wird sichtbar auf seinem Thron und spricht*
Fürwahr mag länger das nit ertragen,
Daß alle Kreatur gegen mich
Ihr Herz verhärtet böslich,
Daß sie ohn einige Furcht vor mir
Schmählicher hinleben als das Getier.
Des geistlichen Auges sind sie erblindt,
In Sünd ersoffen, das ist was sie sind,
Und kennen mich nit für ihren Gott,
Ihr Trachten geht auf irdisch Gut allein,
Und was darüber, das ist ihr Spott,
Und wie ich sie mir anschau zur Stund,
So han sie rein vergessen den Bund,
Den ich mit ihnen aufgericht hab,
Da ich am Holz mein Blut hingab.
Auf daß sie sollten das Leben erlangen,
Bin ich am Marterholz gehangen.
Hab ihnen die Dörn aus dem Fuß getan
Und auf meinem Haupt sie getragen als Kron.
So viel ich vermocht, hab ich vollbracht,

Und nun wird meiner schlecht geacht.
Darum will ich in rechter Eil
Gerichtstag halten über sie
Und Jedermann richten nach seinem Teil.
Wo bist du Tod, mein starker Bot? Tritt vor mich hin.

TOD

Allmächtiger Gott, hier sieh mich stehn,
Nach deinem Befehl werd ich botengehn.

GOTT

Geh du zu Jedermann und zeig in meinem Namen ihm an:
Er muß eine Pilgerschaft antreten
Mit dieser Stund und heutigem Tag,
Der er sich nicht entziehen mag.
Und heiß ihn mitbringen sein Rechenbuch
Und daß er nicht Aufschub, noch Zögerung such.

TOD

Herr, ich will die ganze Welt abrennen
Und sie heimsuchen Groß und Klein,
Die Gotts Gesetze nit erkennen
Und unter das Vieh gefallen sein.
Der sein Herz hat auf irdisch Gut geworfen,
Den will ich mit einem Streich treffen,
Daß seine Augen brechen
Und er nit findet die Himmelspforten,
Es sei denn, daß Almosen und Mildtätigkeit
Befreundt ihm wären und hilfsbereit.

JEDERMANN *tritt aus seinem Haus hervor, ein Knecht hinter ihm*

Spring du um meinen Hausvogt schnell,
Muß ihm aufgeben einen Befehl.
Der Knecht geht hinein.
Mein Haus hat ein gut Ansehn, das ist wahr,
Steht stattlich da, vornehm und reich,
Kommt in der Stadt kein andres gleich.
Hab drin köstlichen Hausrat die Meng,
Viele Truhen, viele Spind,
Dazu ein großes Hausgesind,
Einen schönen Schatz von gutem Geld
Und vor den Toren manch Stück Feld,

Auch Landsitz, Meierhöf voll Vieh,
Von denen ich Zins und Renten zieh,
Daß ich mir wahrlich machen mag
So heut wie morgen fröhliche Tag.

HAUSVOGT *tritt auf*

JEDERMANN
Vogt, bring einen Säckel Geldes straff,
Den hab ich vergessen in Gürtel zu tun,
Und merk, was ich dir noch anschaff:
Für morgen wird ein Frühmahl gericht,
Das muß bereit't sein aufs allerbest.
Kommen Verwandte und fremde Gäst.
Der Tisch muß prächtig sein bestellt,
Schick her den Koch, du geh ums Geld.

VOGT *geht hinein*

KOCH *tritt sogleich auf*

JEDERMANN
Ein köstlich Frühmahl befehl ich an
Für morgen.

KOCH Ja, und soll ich dann
Einen jeden Gang bereiten frisch?

JEDERMANN
Daß dich das Fieber rüttel, frisch!
Kein Überbleibsel auf meinen Tisch.

KOCH
Es wär von gestern geblieben die Meng
Zumindest für zwei kalte Gäng.

JEDERMANN
Du Esels-Koch bist so vermessen,
Soll ich eine Bettlermahlzeit essen?

DER KOCH *geht ab*

DER VOGT *ist herausgekommen mit einem Beutel*

JEDERMANN *nimmt den Beutel*
Acht du auf meine Mägd und Knecht,
Gefallen mir allermaßen nit recht.

DER ARME NACHBAR *wird in der Ferne sichtbar, nähert sich ängstlich*

JEDERMANNS GESELLE *kommt zugleich raschen Schrittes die Straße hergegangen*

JEDERMANN *zum Hausvogt*

Dafür stehst du an der obersten Stell,
Daß du auf sie – Da kommt mein Gesell.

HAUSVOGT *geht ins Haus*

JEDERMANN

Hätt beinah müssen auf dich warten,
Wir wollen jetzt vors Stadttor gehen
Und uns dort das Grundstück ansehen,
Obs tauglich ist für einen Lustgarten.

GESELL

Hast Fortunati Säckel in der Hand,
Dann ist die Sach schon recht bewandt.
Ja, bei dir gilts: gewünscht ist schon getan,
Du hasts danach, drum steht dirs an.

ARMER NACHBAR

Das ist des reichen Jedermanns Haus.
Oh, Herr, dich bitt ich überaus,
Wolltest dich hilfreich meiner erbarmen,
Mildtätig beistehn einem Armen.

GESELL *zu Jedermann*

Ja, wie gesprochen, wir müssen eilen,
Dürfen uns gar nit länger verweilen.

ARMER NACHBAR *hebt bittend die Hände*

Oh, Jedermann, erbarm dich mein.

GESELL

Kennst du leicht das Gesicht?

JEDERMANN Ich? Wer solls sein?

ARMER NACHBAR

Oh, Jedermann, zu dir heb ich die Hand,
Hab auch einst bessre Tag gekannt.
War einst dein Nachbar, Haus bei Haus,
Dann hab ich müssen weichen draus.

JEDERMANN *gibt ihm eine Münze aus dem Gürtel*

Schon gut!

ARMER NACHBAR *nimmts nicht*

Das ist eine Gabe gering.

JEDERMANN
Meinst du? Gottsblut! So reut mich doch das Ding.

ARMER NACHBAR *weist auf den Beutel*
Davon mein nachbarlich Bruderteil,
So wär ich wieder gesund und heil.

JEDERMANN
Davon?

ARMER NACHBAR
Es ist an dem, ich knie vor dir,
Nur diesen Beutel teil mit mir.

JEDERMANN *lacht*
Nur?

GESELL Selbig ist besessen alls!
Hättst tausend Bettler auf dem Hals.
Was tausend, hunderttausend gleich!

ARMER NACHBAR
Bist allermaßen mächtig reich.
Teilst du den Beutel auf gleich und gleich,
Dir bleiben die Truhen voll im Haus,
Dir fließen Zins und Renten zu.

JEDERMANN
Mann, wer heißt dich, mein Schrank und Truh,
Mein Zins und Rent in Mund nehmen?

GESELL
Ich tät mich allerwegen schämen.

JEDERMANN
Laß! – Mann, da bist du in der Irr,
Wenn du meinst, ich könnt ohnweilen
Den Beutel Geld da mit dir teilen.
Das Geld ist gar nit länger mein,
Muß heut noch abgeliefert sein
Als Kaufschilling für einen Lustgarten.
Ich steh dem Verkäufer dafür im Wort,
Er will aufs Geld nit länger warten.

ARMER NACHBAR
Wenn dieses Geld für den Garten ist,
So brauchts für dich nur einen Wink,
Für einen Beutel hast du zehn,

Heiß einen andern bringen flink,
Den teil mit mir, bist du ein Christ.

JEDERMANN

Der nächste, brächt man ihn herbei,
Der Beutel, der wär auch nit frei.
Mein Geld muß für mich werken und laufen,
Mit Tod und Teufel hart sich raufen,
Weit reisen und auf Zins ausliegen,
Damit ich soll, was mir zusteht, kriegen.
Auch kosten mich meine Häuser gar viel,
Pferd halten, Hund und Hausgesind
Und was die andern Dinge sind,
Die alleweil zu der Sach gehören,
Lustgärten, Fischteich, Jagdgeheg,
Das braucht mehr Pflege als ein klein Kind,
Muß stets daran gebessert sein,
Kost' alls viel Geld, muß noch viel Geld hinein.
»Ein reicher Mann« ist schnell gesagt,
Doch unsereins ist hart geplagt
Und allerwegen hergenommen,
Das ist dir nicht zu Sinn kommen!
Da läufts einher von weit und breit
Mit Anspruch und Bedürftigkeit.
Tät unsereins nit der Schritte drei
Von hier bis an die nächste Wand
Ohn eine allzeit offne Hand.
Ist alls schon recht, muß nur dafür
Ein Fug und ein Gesetz auch walten
Und jeglich Teil daran sich halten.
Und achten gnau was ihm gebühr:
Dawider hast du dich verfehlt,
Wär all mein Geld und Gut gezählt
Und ausgeteilt auf jeglichen Christ,
Der Almosen bedürftig ist,
Es käm mein Seel nit mehr auf dich
Als dieser Schilling sicherlich,
Drum empfang ihn unverweil,
Ist dein gebührend richtig Teil.

NACHBAR *nimmt den Schilling und geht.*

GESELL

Dem hast dus geben recht mit Fug,
Ja, das weiß Gott, viel Geld macht klug.

JEDERMANN

Nun wollen wir gehen, es dustert schon.

SCHULDKNECHT *kommt, von zwei Bütteln geführt, hinter ihm sein Weib und seine Kinder in Lumpen*

GESELL

Was ist das für einer Mutter Sohn,
Den sie da bringen hergeführt,
Die Arme kreuzweise aufgeschnürt?
Mich dünkt, das geht an ein Schuldturmwerfen,
Hätt sich auch mehr in acht nehmen derfen.
Jetzt muß er's bei Wasser und Brot bedenken
Oder sich an einen Nagel henken.
Ja, Mann, du hast halt ein Reimspiel trieben
Und Schulden auf Gulden, die reimen gar gut.

SCHULDKNECHT

Hat mancher sein Schuldbuch nit in der Hut
Und ist drin vieles in Übel geschrieben.

JEDERMANN

Auf wen geht das?

SCHULDKNECHT Auf den, der fragt allweil.

JEDERMANN

Bins nit bewußt für meinen Teil,
Weiß nit, für wen du mich willst nehmen.

SCHULDKNECHT

In deiner Haut wollt ich mich schämen.

JEDERMANN

Gibst harte Wort mir ohn Gebühr.
Dir gehts nit wohl, was kann ich dafür?

SCHULDKNECHT

Für harte Stöß sind sanft meine Wort.

JEDERMANN

Wer stößt dich?

SCHULDKNECHT Du, an einen harten Ort.

JEDERMANN
Ich kenn dich auch vom Ansehen nit.
SCHULDKNECHT
Ist doch dein Fuß, der auf mich tritt.
JEDERMANN
Das wär mir seltsam, daß ich so tät
Und nichts davon in Wissen hätt.
SCHULDKNECHT
Dein Nam steht auf einem Schuldschein,
Der bringt mich in diesen Kerker hinein.
JEDERMANN
Bei meinem Patron, was geht's mich an?
SCHULDKNECHT
Bist doch der selbige Jedermann,
In dessen Namen und Antrag
Beschehn ist wider mich die Klag!
Daß ich in einen Turm werd bracht,
Geschieht allein durch deine Vollmacht.
JEDERMANN *tritt hinter sich*
Ich wasch in Unschuld meine Händ
Als einer, der diese Sach nit kennt.
SCHULDKNECHT
Deine Helfers-Helfer und Werkzeug halt,
Die tun mir Leibes- und Lebensgewalt.
Der Hintermann bist du von der Sach,
Das bring dir zeitlich und ewig Schmach.
In Grund und Boden sollst dich schämen.
JEDERMANN
Wer hieß dich Geld auf Zinsen nehmen?
Nun hast du den gerechten Lohn.
Mein Geld weiß nit von dir noch mir
Und kennt kein Ansehen der Person.
Verstrichne Zeit, verfallner Tag,
Gegen die bring deine Klag.
SCHULDKNECHT
Er höhnt und spottet meiner Not!
Da seht ihr einen reichen Mann.
Sein Herz weiß nichts von Gotts Gebot,

Hat tausend Schuldbrief in seinem Schrein
Und läßt uns Arme in Not und Pein.

SCHULDKNECHTS WEIB

Kannst du dich nicht erbarmen hier,
Zerreißen ein verflucht Papier,
Anstatt daß meinen Kindern da
Der Vater wird in Turm geschmissen,
Von dem dir nie kein Leid geschah!
Hast du kein Ehr und kein Gewissen,
Trägst du mit Ruh der Waisen Fluch
Und denkst nit an dein eigen Schuldbuch,
Das du mußt vor den Richter bringen,
Wenns kommt zu den vier letzten Dingen?

JEDERMANN

Weib, du sprichst, was du schlecht verstehst,
Es ist aus Bosheit nit gewest,
Man hat sich voll und recht bedacht,
Eh man die scharfe Klag einbracht.
Geld ist wie eine andere War.
Da sind Verträg und Rechte klar.

GESELL

Wär schimpflich um die Welt bestellt,
Wenns anders herging in der Welt.

SCHULDKNECHTS WEIB

Geld ist ein Pfennig, den eins leiht
Dem Nächsten um Gottes Barmherzigkeit.

SCHULDKNECHT

Geld ist nicht so wie andre War,
Ist ein verflucht und zaubrisch Wesen,
Wer seine Hand ausreckt darnach,
Nimmt an der Seele Schaden und Schmach,
Davon er nimmer wird genesen.
Des Satans Fangnetz in der Welt
Hat keinen andern Namen als Geld.

JEDERMANN

Du lästerst als ein rechter Narr,
Weiß nicht, wozu ich hier verharr,
Gibst vor, du achtest das Geld gering,

Und war dir schier ein göttlich Ding!
Nun möchtest ihm sein Ansehen rauben,
Bist wie der Fuchs mit sauren Trauben,
Doch wer so hinterm Rücken schmäht,
Der findt keinen Glauben für seine Red.

SCHULDKNECHT

Aus meinen Leiden hab ich Gewinn,
Daß ich vermag in meinem Sinn
Des Teufels Fallstrick zu erkennen
Und meine Seel vom Geld abtrennen.

GESELL

Geld ist längst abgetrennt von dir,
Drum hast dort im Turm Quartier.

JEDERMANN

Nimm die Belehrung von mir an:
Das war ein weiser und hoher Mann,
Der uns das Geld ersonnen hat
An niederen Tauschens und Kramens statt.
Dadurch ist unsere ganze Welt
In einer höher Ansehen gestellt
Und jeder Mensch in seinem Bereich
Schier einer kleinen Gottheit gleich,
Daß er in seinem Machtbezirk
Gar viel hervorbring und bewirk.
Gar vieles zieht er sich herbei
Und ohn viel Aufsehen und Geschrei,
Beherrscht er abertausend Händ,
Ist allerwegen ein Regent.
Da ist kein Ding zu hoch noch fest,
Das sich um Geld nicht kaufen läßt.
Du kaufst das Land mitsamt dem Knecht,
Ja, von des Kaisers verbrieftem Recht,
Das alle Zeit unschätzbar ist
Und eingesetzt von Jesu Christ,
Davon ist ein gerechtsam Teil
Für Geld halt allerwegen feil,
Darüber weiß ich keine Gewalt,
Vor der muß jeglicher sich neigen

Und muß die Reverenz bezeigen
Dem, was ich da in Händen halt.

SCHULDKNECHTS WEIB

Du bist in Teufels Lob nit faul,
Wie zu der Predigt geht dein Maul.
Gibst da dem Mammonsbeutel Ehr,
Als obs das Tabernakel wär.

JEDERMANN

Ich gebe Ehr, wem Ehr gebühr,
Und läster nicht wo ich die Macht verspür.

SCHULDKNECHT *indem ihn die Büttel fortschleppen*

Was hilft dein Weinen, liebe Frau,
Der Mammon hat mich in der Klau.
Warum hab ich mich ihm ergeben?
Nun ists vorbei mit diesem Leben.
Sie führen ihn ab.

SCHULDKNECHTS WEIB

Kannst du das sehn und stehst wie Stein?
Wo bett ich heut die Kinder mein?
Geht ihm nach.

JEDERMANN *zum Gesellen*

Tu mirs zulieb, geh da hint nach
Und sieh im stillen zu der Sach.
Der Mann kommt in Turm, da mag nichts frommen,
Dem Weib gewährt ich ein Unterkommen,
Und was sie nötig hat zum Leben
Zusamt den Kindern, das will ich ihr geben.
Mein Hausvogt soll mir darnach sehn
Und ihr freimachen eine Kammer.
Doch will ich Plärrens ledig gehn,
Ihre Not nicht wissen, noch Gejammer.
Das ist ein erzverdrießlich Sach,
Man lebt geruhig vor sich hin,
Hat wahrlich Böses nit im Sinn
Und wird am allerschönsten Tag
Hineingezogen und weiß nit wie
In Hader, Bitternis und Klag
Und aufgescheucht aus seiner Ruh.

Ich frag dich, wie komm ich dazu:
Was geht mich an dem Kerl sein Taglauf?
Er hats halt angelegt darauf,
Nun steckt er drin, schreit ach und weh!
Das folgt halt wie aufs A das B.
Ein Häusel baun mit fremdem Geld,
Wer also haust, um den ists so bestellt.
Das ist seit Adams Zeit der Lauf,
Ist nit erst kürzlich kommen auf.
Zum Schluß aber tät ers in d' Schuh schieben
Dem, so er Haufen Geldes schuldig blieben.
Des Langmut und Geduld arg viel
Hat müssen herhalten zu dem Spiel,
Der selbig erbarmungsvolle Mann,
Der wär ihm gar ein Teufel dann.
Jetzt aber, daß ich es ehrlich sag,
Steht mir der Sinn nit mehr darnach,
Daß ich einen Lustgarten anschau,
Auch wird es duster schon und grau.
Tu mir die Lieb, mein guter Gesell,
Wenn du das andre besorgt hast schnell,
Trag den Kaufschilling da zurecht,
Weil die Versäumnis mir Ärger brächt.
Der Garten zusamt dem Lusthaus drein
Soll alls für meine Freundin sein
Auf einen Jahrtag ein Angebind.

GESELL

Bei der ich dich doch heut abend find?
Ich bring dir den Kaufbrief gleich dahin,
Ausgefertigt nach deinem Sinn.

JEDERMANN

Hab vielen Dank, du guter Gesell,
Mich drängts, daß ich dort hinkomm schnell.
Ist doch der einzige Ort in der Welt,
Wo nichts mir meine Lust vergällt.
Ist recht ein paradiesisch Gut,
Was ihre Lieb mir bereiten tut.
Darum hab ich im Willen dies Ding;

Daß ich ein Angebind ihr bring,
Darin ich wie in einem Gleichnis und Spiegel
Ihr meine Dankbarkeit besiegel.

GESELL

Wie willst das tun, in welcher Weis?

JEDERMANN

Dazu richt ich den Garten mit Fleiß
Und stell inmitten ein Lusthaus hin,
Das bau ich recht nach meinem Sinn
Als einen offenen Altan
Mit schönen steinernen Säulen daran,
Auch springende Wasser und erzene Bild,
Die sollen nicht fehlen zur vollen Zier,
Und dann ich die Anlag also führ,
Daß unter dem Morgen- und Abendwind
Ein Ruch von Blumen mancher Art
Daherstreich allezeit gelind
Von Lilien, Rosen und Nelken zart.
Auch führ ich jederseits Gäng und Bogen
Von Buschwerk, alls so dicht gezogen,
Daß eines noch zu hellem Mittag
Sich Kühl und Frieden finden mag
Und einen ungequälten Ort,
Der von der Sonne niemals dorrt.
Desgleichen an einer verborgenen Stätte
Recht wie der Nymphe quillend Bette
Laß ich aus kühlem glatten Stein
Eine fließende Badstub errichtet sein.

GESELL

Das wird ein köstlich Gärtlein, fürwahr,
Und seinesgleichen nit leicht zu finden.

JEDERMANN

Das will ich meiner Liebsten einbinden
Und nehm sie dann an beide Händ
Und führ sie hinein, damit sie erkennt
In diesem Gärtlein köstlich und mild
Ihr eigen abgespiegelt Bild.
Die allzeit liebreich mich ergetzt,

Mit Hitz und Schattenkühl mich letzt
Und einem verschlossenen Gärtlein gleich
Den Gärtner selig macht und reich.

GESELL

Da seh ich deine Frau Mutter kommen,
Wird dir jetzt die Begegnung frommen?

JEDERMANN

Drück mich nit gern vor ihr beiseit,
Hab aber wahrlich nit viel Zeit.
Geh du, bring mir zurecht die Ding,
Indessen ich meinen Gruß darbring.

JEDERMANNS MUTTER

Bin froh, mein Sohn, daß ich dich seh.
Geschieht mir so im Herzen weh,
Daß über weltlich Geschäftigkeit
Dir bleibt für mich geringe Zeit.

JEDERMANN

Die Abendluft ist übler Art
Und deine Gesundheit gebrechlich und zart,
Kann dich mit Sorgen nur hier sehn.
Möchtest nit ins Haus eingehn?

JEDERMANNS MUTTER

Gehst du dann mit und bleibst daheim?

JEDERMANN

Für den Abend kanns nit wohl sein.

JEDERMANNS MUTTER

So darfst dich nit verdrießen lassen,
Daß ich dich halt hier auf der Gassen.

JEDERMANN

Ist mir gar sehr um deine Gesund.
Vielleicht wir könnten zu anderer Stund –

JEDERMANNS MUTTER

Um meine Gesundheit kein Sorg nit hab,
Ich steh mit einem Fuß im Grab.
Mir gehts nit um mein zeitlich Teil.
Doch dester mehr ums ewig Heil.
Verziehst du dein Gesicht, mein Sohn,
Wenn ich die Red anheb davon?

Und wird die Frag dich recht beschweren,
Wenn ich dich mahn, ob deine Seel
Zu Gott gekehrt ist, ihrem Herrn?
Trittst hinter dich vor Ungeduld
Und mehrest lieber Sündenschuld,
Als in dich gehen ohne Spott
Und recht betrachten deinen Gott?
Da doch von heut auf morgen leicht
Eine Botschaft dich von ihm erreicht,
Du solltest vor seinen Gerichtstuhl gehen
Und von deinem ganzen Erdenleben
Eine klare Rechnung vor ihm geben.

JEDERMANN

Frau Mutter, spotten ist mir fern,
Doch weiß ich, die Pfaffen drohen halt gern.
Das ist nun einmal ihr Sach in der Welt,
Ist abgesehen auf unser Geld.
Damit sies bringen auf ihre Seit,
Sie wissens zu fädeln gar gescheit.
Doch kränkts mich, wie sie Alten und Kranken
In Kopf nichts bringen als finstre Gedanken.

JEDERMANNS MUTTER

Die Finsternis ist wo anders dicht,
Doch solche Gedanken sind hell und licht.
Wer recht in seinem Leben tut,
Den überkommt ein starker Mut
Und ihn erfreut des Todes Stund,
Darin ihm Seligkeit wird kund.
Oh, wem die Stunde des Tods allweg
Recht wohl betrachtet am Herzen läg,
Um den braucht einer Mutter Herz
Nit Sorgen tragen und üblen Schmerz.

JEDERMANN

Wir sind gute Christen und hören Predig,
Geben Almosen und sind ledig.

JEDERMANNS MUTTER

Wie aber, wenn beim Posaunenschall
Du von deinen Reichtümern all

Ihm sollst eine klare Rechnung geben
Um ewigen Tod oder ewiges Leben?
Mein Sohn, es ist ein arg Ding zu sterben,
Doch ärger noch auf ewig verderben.

JEDERMANN

Auf vierzig Jahre bin ich kaum alt,
Mich wird eins halt nit mit Gewalt
Von meinen irdischen Freuden schrecken.

JEDERMANNS MUTTER

Willst du den Kopf in den Sand stecken
Und siehst den Tod nit, Jedermann,
Der mag allstund dich treten an?

JEDERMANN

Bin jung im Herzen und wohl gesund
Und will mich freuen meine Stund,
Es wird die andere Zeit schon kommen,
Wo Buß und Einkehr mir wird frommen.

JEDERMANNS MUTTER

Das Leben flieht wie Sand dahin.
Doch schwer umkehret sich der Sinn.

JEDERMANN

Frau Mutter, mir ist das Reden leid,
Hab schon gesagt, hab heut nit Zeit.

JEDERMANNS MUTTER

Mein lieber Sohn!

JEDERMANN Bin sonst allzeit
Gehorsam gern und dienstbereit.

JEDERMANNS MUTTER

Meine Red ist dir verdrießlich sehr,
Das macht mich doppelt kummerschwer.
Mein guter Sohn, ich hab ein Ahnen,
Ich werd dich nimmer lang ermahnen.
Fall dir zur Last noch kurze Zeit,
Weil ich von hier mich bald abscheid.
Doch du bleibst dann allein dahint
Und bist mein unberaten Kind.
So sag ich dir halt nur ein Wort,
Das dich mit langer Red nit kränk:

Sei deines Herrn Gotts eingedenk.
Und auch seiner großen Gnadenspend,
Der sieben heiligen Sakrament,
Davon ein jegliches uns frommt
Und unserer Schwäch zu Hilfe kommt,
Ein jegliches in besonderer Weis
Uns stärket auf dieser Lebensreis.

JEDERMANN

Was soll –

JEDERMANNS MUTTER

Du bist ein stattlicher Mann
Und Frauenlieb steht dir wohl an.
Und hat denn unser Erlöser nicht,
Der weiß, woran es uns gebricht,
Und alles auf dieser Erden kennt
Und alls zu unserem Segen wendt,
Ein Sakrament nit eingesetzt,
Wodurch, was also dich ergetzt,
Verwandelt wird und kehret sich um
Aus Wollust in ein Heiligtum!
Willst stets in arger Zucht umtreiben
Und fremd die heilige Eh dir bleiben?

JEDERMANN

Frau Mutter, die Red ist mir bekannt.

JEDERMANNS MUTTER

Hat doch dein Herz nit umgewandt.

JEDERMANN

Ist halt noch allweil die Zeit nit da.

JEDERMANNS MUTTER

Und doch der Tod schon gar so nah.

JEDERMANN

Ich sag nit ja, ich sag nit nein.

JEDERMANNS MUTTER

So muß ich allweg in Ängsten sein.

JEDERMANN

Auch morgen ist halt noch ein Tag.

JEDERMANNS MUTTER

Wer weiß, wer den noch sehen mag.

JEDERMANN

Macht euch nit unnütze Beschwerden,
Ihr seht mich sicher noch ehlich werden.

JEDERMANNS MUTTER

Mein guter Sohn, für dieses Wort
Will ich dich segnen immerfort,
Sei viel bedankt, daß mir dein Mund
So schönen Vorsatz machet kund.

JEDERMANN

Hab nit von heut noch morgen geredt.

JEDERMANNS MUTTER

Wenn nur dein Wille dagegen nit steht...
Einer Mutter Herz ist wohl gestellt,
Wo nur ein gutes Wörtlein hinfällt.
Dein Vorsatz ist noch klein und schwach,
Zielt doch auf eine heilige Sach,
Und daß du so geantwort' hast,
Nimmt von der Brust mir schwere Last.

JEDERMANN

Viel gute Nacht, Frau Mutter, nun
Ich wünsch, du mögest sänftlich ruhn.

JEDERMANNS MUTTER

So will ich, mein lieber guter Sohn,
Und ist mir doch als ob ein Ton
Gar schön wie Flöten und Schalmein
In deine Worte tön herein!
An solchen Zeichen und Gesicht
Mirs dieser Tage nit gebricht.
Ich nehm sie als eine Vermahnung hin,
Daß bald ich eine Sterbende bin.
Geht.

JEDERMANN

Nun hör ich auch ein solch Getön,
Sollt also seltsam dies zugehn?
O, nein, das geschieht natürlicher Weis,
Wie wohl ichs noch nit zu deuten weiß.
Nun aber gehts nit bloß ins Ohr.
Tritt auch den Augen was hervor. –

BUHLSCHAFT *kommt heran, von Spielleuten und Buben, die Windlichter tragen, begleitet*

JEDERMANN

Das ist ja meine Buhle wert,
Nach der mein Herz schon hart begehrt.
Hat Spielleut mit eine ganze Schar
Und kommt mich abzuholen gar.

BUHLSCHAFT

Wer alls lang auf sich warten läßt
Und ist der wertest aller Gäst,
Den muß man mit Zimbeln und Windlicht
Abholen und führen zu seiner Pflicht.

JEDERMANN

Du schlägst die Lichter mit eigenem Schein,
Deine Red ist süßer als Schalmein.
Ist alls für mich zu dieser Stund
Wie Balsam für die offne Wund.

BUHLSCHAFT

Was mir doch, eh ich zu dir trat,
Als ob dir jemand nahe tat
Und wär dein helle Stirn und Wangen
Von einer Trübnis überhangen.

JEDERMANN

Wie, gelt ich also viel vor dir,
Daß du solch Ding erspähst an mir?
So bin ich dir wahrhaftig dann
Kein ältlich, unbequemer Mann?

BUHLSCHAFT

Mit dieser Red geschieht mir weh,
Des ich zu dir mich nit verseh.
Steh nit auf grüne Buben an,
Du bist mein Buhl und lieber Mann.

JEDERMANN

Fühl mich wahrhaftig herzensjung
Und selber bubenhaft genung,
Und wenn ich alls kein Bub mehr bin,
So zärtlicher ist drum mein Sinn.

BUHLSCHAFT

Ein Bub liebt frech und ohne Art,
Ein Mann ist großmütig und zart.
Hat milde Händ und steten Sinn,
Das zieht zu ihm die Frauen hin.

JEDERMANN

Wenn eins gemahnt wär an den Tod
Und hätt Melancholie und Not,
Und säh auf deine Lieblichkeit,
Dem tät sein trübes Denken leid.

BUHLSCHAFT

Das Wort allein macht mir schon bang,
Der Tod ist wie die böse Schlang,
Die unter Blumen liegt verdeckt,
Darf niemals werden aufgeweckt.

JEDERMANN

Du Süße, schaff ich dir noch Sorgen?
Wir lassen sie unter Blumen verborgen
Und wissen nirgend nichts von Schlangen,
Als zweien, die gar hold umfangen.

BUHLSCHAFT

Wie, wären die mir auch bekannt,
Wie werden diese denn genannt?

JEDERMANN

Das sind die lieben Arme dein,
In diese sehn ich mich hinein.

Sie küßt ihn und setzt ihm einen bunten Blumenkranz auf, den ein Bub darreicht.

Ein Teil der Buben läuft hinauf, streuen Blumen und wohlriechende Kräuter. Ein Tisch kommt aus dem Boden empor, reich gedeckt und mit Lichtern.

JEDERMANN *und* BUHLSCHAFT *treten jedes an eine Seite der Treppe, die zum obern Gerüst emporführt*

Die Gäste, zehn Junggesellen und zehn Fräulein, kommen hinein von beiden Seiten, tanzend und singend.

VORSÄNGER

Ein Freund hat uns beschieden,
Er heißet Jedermann,

Der Mann ist guter Art,
Hat eine Freundin zart,
Drum blieb er ungemieden,
Und hat er uns beschieden,
So treten wir heran.

ALLE

Wohlauf, antreten
In fröhlichem Tanz,
Schalmeien, Drommeten,
Wir sein hier gebeten
Zu Fackeln und Glanz
Und kommen mit Tanz.

Wir waren mit Blicken
Nit zaghaft und bang.
Nun gehts an ein Drücken.
Recht nah und gedrang,
Wir wollen uns verstricken
Und schlingen den Kranz.
So wollen wir vorrücken,
Das ehret den Tanz.

Ein jeder erwähle
Mit liebendem Sinn
Und keiner verhehle
Seiner Freuden Gewinn.
Wir wollen uns umstricken,
Das wärmet das Blut,
So wollen wir vorrücken
Mit fröhlichem Mut.

JEDERMANN

Seid allesamt willkommen sehr,
Erweist mir heut die letzte Ehr.

EIN FRÄULEIN

Das ist ein sonderlicher Gruß.

DICKER VETTER

Potz Maus, mein Vetter Jedermann,
Wie grüßt Ihr uns, was ficht Euch an?

BUHLSCHAFT
Was ist dir, was schafft dir Verdruß?

JEDERMANN
Ist unversehens zu Mund so kommen,
Ich heiß euch alle recht schön willkommen!

BUHLSCHAFT
Nehmt, wie der Sinn euch steht, die Plätz!
Ihr Buben, reicht Handwasser jetzt!
Was stehst du da und siehst so fremd?
Sie setzen sich.

JEDERMANN
Sie sitzen ja alle im Totenhemd!

BUHLSCHAFT
Was ficht dich an, bist du mir krank?

JEDERMANN
Haha! ein ungereimter Gedank!
Ich trink jetzt einen Becher Wein,
Der macht das Hirn von Dämpfen rein.

BUHLSCHAFT
Sitz! red zu ihnen ein freundlich Wort!

JEDERMANN
Ihr Leute, seid ihr auch recht am Ort?
Ihr sehet mächtig fremd mir aus.
Ein Schweigen.

MAGERER VETTER
Potz Velten, Vetter Jedermann,
Wollt Ihr uns wiedrum treiben fort?

DICKER VETTER
Das schafft Ihr nicht so leicht, Potz Maus,
Dazu ist Euer Koch zu gut,
Auch geht der Wein recht warm ins Blut,
Freu mich, daß ich hier seßhaft bin.

JEDERMANN
Jawohl... nur bloß... mir steht zu Sinn,
Wie ihr da seid hereingelaufen,
So könnte ich euch alle kaufen
Und wiederum verkaufen auch,
Daß es mir nit so nahe ging
Als eines Fingernagels Bruch.

EIN GAST
Was soll uns dieser grobe Spruch?
EIN FRÄULEIN
Was meint er nur mit diesem Ding?
DICKER VETTER
Die Reden sind sonst nit sein Brauch.
BUHLSCHAFT
Geht die Red gleicherweis auf mich?
JEDERMANN *sieht sie an*
EIN GAST
Ist recht eines reichen Manns Red,
Gar überfrech und aufgebläht.
BUHLSCHAFT
Dein Blick ist starr und fürchterlich,
Für was willst du mich strafen, sprich
JEDERMANN
Dich strafen, Süße, ist mir fern,
Lieb dich gleich meinem Augenstern,
Hab müssen denken von ungefähr,
Wie deine Miene beschaffen wär,
Wenn dir auf eins zukäm die Kund,
Daß ich müßt sterben zu dieser Stund.
BUHLSCHAFT
Um Christi Willen, was ficht dich an,
Mein Buhle traut, mein lieber Mann,
Ich bin bei dir, sieh doch auf mich,
Dein bin ich heut und ewiglich.
JEDERMANN
Wenn ich dann spräch: Bleibst du bei mir?
Willst dort bei mir sein so wie hier?
Willst mich geleiten nach der Stätte
Und teilen mein eiskaltes Bette?
Fielest ohnmächtig mir zu Füßen,
So hätte ich meine Frag zu büßen!
Wollt ich trotzdem des Wegs dich locken,
Tät dir das Blut in Adern stocken,
Wäre mir gedoppelt Marterqual
Und Gall und Essig allzumal,

Wenn ich müßt sehen mit eigenen Augen,
Wie deine süßen Schwür nit taugen
Und wie du lösest deine Händ
Aus meinen Händen gar am End
Und deinen Mund von meinem Mund
Abtrennest in der letzten Stund.
O weh.
Er seufzt.

BUHLSCHAFT
Ihr lieben Vettern und Leut,
Mein Liebster ist besonders heut,
Weiß nit, wes ich mich soll versehn,
Könnt ihr mit Rat mir nit beistehn?

JEDERMANN *starrt vor sich und tut den Kranz aus dem Haar*

BUHLSCHAFT
Er sitzt nit fröhlich und gepaart
Und redt von Dingen aus der Art,
Hab nie zuvor ihn so gesehn,
Weiß nit, was ihm mag sein beschehen!

MAGERER VETTER
Potz Velten, Vetter Jedermann,
Habt Ihr leicht die Melancholie?
Wenn nit, was sonsten ficht euch an?

DICKER VETTER
Kenn das, sitzt hinterwärts der Stirn,
Ist eine Trockenheit im Hirn,
Ist mir von meinem Herrn Vater bekannt,
Mit ihm wars öfter so bewandt.
Mußt brav eines trinken, mit Vergunst,
Daß dir der Wein das Hirn aufdunst.

EIN FRÄULEIN
Gehört ein Absud in den Wein
Von Nieswurz, Veilchen oder Hanf.

DICKER VETTER
Hier, Buben, machet heißt den Wein,
Daß er fast glühender aufdampf,
Und tut ein Zimmet und Ingwer ein.
Sie machen hinten den Wein glühend auf einer Pfanne.

EIN ANDERES FRÄULEIN
Hab sagen hören, es gibt einen Stein,
Den trägt die Schwalbe in ihrem Bauch,
Den haben die großen Ärzt im Brauch,
Heißt Chelidonius.
MAGERER VETTER Nein, Calcedon!
Hab öfter reden hören davon!
Ist mächtig gegen die Melancholie.
EIN DRITTES FRÄULEIN
Ich mein, er müßt mit der Sympathie
Kuriert sein. Ist giftiger Hauch
Im Spiel hier oder böser Blick.
Wär mir mein Liebster also krank,
Ich täts probieren ohne Wank.
DIE ZWEITE
Was tätst probieren?
DIE DRITTE Ist geheim!
Darf in gemeinem Mund nit sein,
Verliert sonst seine verborgene Kraft.
DIE ZWEITE
Von wo hast du die Wissenschaft?
DIE DRITTE
Habs halt einmal und gebs nit preis.
Sags aber ihr ins Ohren leis.
Steht auf, flüstert Buhlschaft ins Ohr. Gleichzeitig reden mehrere unten am Tisch das Folgende.
EIN GAST
Wenn eins halt allzeit lebt zu gut,
Das schafft ihm ein verdicktes Blut,
Einem armen und beschwerten Mann
Käm die Melancholie nit an.
EIN FRÄULEIN
Was heißen sie denn die Spielleut nit
Anheben mit Blasen und Geigenstreichen,
Davor muß immer der Trübsinn weichen.
EIN ANDERES FRÄULEIN
Wir wollen anheben zu singen was,
Davon schon öfter einer genas.

EIN GAST
Darf aber ein züchtig Lied nur sein.
EIN ANDERER
Sie singt nit anders als zart und fein.
DER EINE GAST
Kennt ihr das Lied, das anhebt so:
»In süßen Freuden geht die Zeit«?
Davon, so dünkt mich, müßt einer zur Stund,
Wenn er es anhört, werden gesund.
DAS EINE FRÄULEIN
Nein, lasset doch, sind wir denn Pfaffen?
Was soll ein geistlich Lied uns schaffen?
EIN GAST
Ist nie und nimmer kein Pfaffenlied.
Der Türmer singt's, wenn die Sonn aufzieht.
DAS EINE FRÄULEIN
Ich weiß ein anderes, singen wir das.
DAS ANDERE FRÄULEIN
Ei was?
DER EINE GAST *indem er sie küßt*
Ei was, wenns regnet, ist's naß.
DAS ANDERE FRÄULEIN
»Floret silva undique.
Um meinen Gesellen ist mir weh.«
DER EINE GAST *spottet ihr nach*
»Floret silva undique.
Um ihren Gesellen ist ihr weh.«
DAS GLEICHE FRÄULEIN
»Er ist geritten von hinnen.
O weh, wer soll mich minnen!«
EIN ANDERER GAST *fällt ein*
»Steht auch der Wald voll grünen Schoß,
Wohin doch ist mein Traugenoß?«
JEDERMANN *hat indes den Becher Glühwein ausgetrunken und sieht mit fröhlicher Miene umher*
Seid fröhlich, Vettern und liebe Gäst,
Mir ist nit just recht wohl gewest,
Ein Trunk hat mich gemacht gesund,

Nun grüß ich erst meine Tafelrund.
War mir, als läg was auf der Brust,
Nun hab ich doppelt Lebenslust.
Bin froh, daß wir beisammen sein,
Ist mir ein rechter Freudenwein.
Schwillt mir das Herz so übervoll,
Weiß gar nit, wie ichs sagen soll.
Sind köstlich Ding doch auf der Welt,
Ist herrlich gar um uns bestellt.
Ja Lieb und Freundschaft, die zwei sind viel wert.
Wer die hat, des Herz nit mehr begehrt.
Kommt Wein dazu und Saitenspiel,
So ist's schon über Maßen viel.
Ich hab euch recht lieb, ihr lieben Gäst,
Ich bitt euch, nützt die Stund aufs best.
Laßt eure Kehl nit untätig sein,
Ein Lied geht aus, wo eingeht der Wein.
Verschränket eure Stimmen aufs best
Und haltet sänftlich die Liebste fest.
Genützt sei eine schöne Stund
Mit Hand und Aug und Herz und Mund!
Ja, laßt Euch nit lang gebeten sein,
Und singt uns eins, lieber Vetter mein.

DER DICKE VETTER
Mein dünner Vetter, o weh, o weh!
Nun kommt sein Lied vom kalten Schnee.
Sie singen lachend

DER DÜNNE VETTER *singt*
O weh, o weh, Frau Minne, mir ist weh,
Frau Minne!
Greif her, wie sehr ich brinne,
O weh!
Ein kalter, kalter Schnee,
Er müßt vor Glut zerrinnen,
Darin das Herz erstickt!
Wollt helfen mir, Frau Minnen,
Des wär ich hochbeglückt.
Alle singen mit. Man hört darein ein dumpfes Glockenläuten.

JEDERMANN *stößt sein Glas von sich*
Was ist das für ein Glockenläuten!
Mich dünkt, es kann nichts Guts bedeuten,
Der Schall ist laut und todesbang,
Schafft mir im Herzen Qual und Drang.
Was läuten Glocken zu dieser Zeit?

EIN GAST
Ist nichts zu hören weit und breit.

EIN ANDERER
Hat einer läuten hören Glocken?

EIN FRÄULEIN
Was Glocken, was wird von Glocken geredt?

EIN ANDERER
Wär eins zu früh zur Morgenmett!

BUHLSCHAFT
Ich bitt euch, laßt das Singen nit stocken.

EIN GAST
Hat einer von euch was läuten hören?

EIN ANDERER *lachend*
Nit läuten, meiner Seel, noch schlagen.

BUHLSCHAFT
Laßt euch im Singen doch nit stören.

JEDERMANN
Ich bitt euch, hat alls nichts zu sagen,
Jetzt hör ichs nimmer, ist alls schon gut.

DICKER VETTER
Kommt alls von einem trägen Blut.
Ich laß Euch wärmen ein Becherlein.

JEDERMANN
Viel Dank, guter Vetter, laßt nur sein.
Er setzt sich wieder, Buhlschaft schmiegt sich an ihn. Die am untern Ende des Tisches singen »Floret silva undique« *und so fort als Kanon.*
Indes sie singen, kommt

JEDERMANNS GUTER GESELL *und nimmt den leeren Platz am Tische ein*
Indem der Gesang leiser wird, hört man viele Stimmen rufen.

STIMMEN
Jedermann! Jedermann! Jedermann!
JEDERMANN *springt angstvoll auf*
Mein Gott, wer ruft da so nach mir?
Von wo werd ich gerufen so?
Des werd ich im Leben nimmer froh.
GESELL
Ei, Jedermann, ich bin zur Stell.
BUHLSCHAFT
Sieh, Jedermann, doch, dein lieber Gesell.
JEDERMANN
Ihr liebe Freundschaft, sagt mir an,
Wer ruft so gräßlich »Jedermann«?
DÜNNER VETTER
Hat müssen grad ins Ohr dir dringen
Ein Widerhall von ihrem Singen.
JEDERMANN
Nein, nein! in fürchterlicher Weis
Und laut und mächtiglich, nit leis.
So: »Jedermann!« und »Jedermann!«
Doch anderster als ich es schaffen kann
Gar fremd und doch bekannt zugleich.
Aus welchem höllischen Bereich
Hats müssen also nach mir schreien.
Des kann ich mich nimmer getrösten, nein!
Jetzt, jetzt! aufs neu, so hört doch an,
Wie streng sie rufen »Jedermann«!
Man hört das gleiche Rufen wie vordem.
BUHLSCHAFT
Ich hör keinen Laut.
DER DICKE VETTER Ich hör keinen Schall.
DER DÜNNE VETTER
Auch nit einen leisen Widerhall.
GESELL *tritt zu Jedermann*
Ist Ohrentrug, siehst nit wohl aus,
Soll ich geleiten dich nach Haus?
JEDERMANN
Wie ich auf euch die Augen heft,

So kommen mir zurück die Kräft.
Ich mein, es könnt ein solches Schrein
Kein zweites Mal sich hier anheben.
Tut mir recht wohl der Lichterschein.
Sitz nieder, mein Gesell, hierneben,
Und mögen alle lieben Gäst
Zulangen und sich ergetzen aufs best.
Will morgen zu gelegner Zeit
Mit einem Arzten Beratung pflegen,
Daß solche Zufäll allerwegen
Er wohlbedacht mir hält hintan.

BUHLSCHAFT
Mußt mirs versprechen, lieber Mann!
Müßt ja vor Angst und Sorg vergehn,
Sollt ich dich öftern also sehn.
Sie essen alle weiter und sind zärtlich miteinander.

JEDERMANN *hebt sich angstvoll*
Nun aber sag um Gott, mein Lieb,
Was brennen die Lichter also trüb?
Und wer kommt hinter mir heran?
Auf Erden schreitet so kein Mann.

DER TOD *steht da in einiger Entfernung.*
Alle Gäste auf.

TOD
Ei Jedermann! ist so fröhlich dein Mut?
Hast deinen Schöpfer ganz vergessen?

JEDERMANN
Was fragst um das zu dieser Stund?
Bekümmerts dich? wer bist? was solls?

TOD
Von deines Schöpfers Majestät
Bin ich nach dir ausgesandt,
Und das in Eil: drum steh ich da.

JEDERMANN
Wie, ausgesandt nach mir?
Greift nach seinem Herzen.
Dem möchte wohl so sein. Ei ja.

TOD
Denn ob du ihm gibst wenig Ehr,
In der himmlischen Sphär denkt er dein.
In welcher Weis, das soll dir gleich gemeldet sein.

JEDERMANN *die Augen gesenkt, tritt hinter sich*
Was will mein Gott von mir?

TOD
Das will ich dich weisen.
Abrechnung will er halten mit dir. Unverweilt!

JEDERMANN
Ganz und gar bin ich unbereit
Für solch ein Rechnung legen.
Müßt ich das tun, da käm ich in Not.
Auch kenn ich dich nit, was bist du für ein Bot?

TOD
Ich bin der Tod, ich scheu keinen Mann,
Tret jeglichen an und verschone keinen.
Es flüchten viele.

JEDERMANN
Was? keine Frist willst du mir geben,
Und überfällst eins ungewarnt
Gar mitten drin im besten Leben,
Gotts Blut! das ist kein ehrlich Spiel,
Damit erwirbst dir Ruhm nit viel,
Denn daß ichs nur sag, bin nit bereit,
Mein Schuldbuch auch ist nit so weit.
Hätt ich für mich so zehn, zwölf Jahr,
Ich wollt es in der Ordnung han,
Daß keine Furcht mich ginget an.
Das wollt ich, so steh Gott mir bei.
Drum aus Gotts Gnaden laß mich hier,
Daß ich das Ding zur Ordnung führ.

TOD
Hie hilft kein Weinen und kein Beten.
Die Reis mußt alsbald antreten.

JEDERMANN
O Gott der Gnaden auf himmlischem Thron,
Erbarm dich meiner schweren Not.

Wird mir zum Gefährten für diesen Weg
Kein anderer als du bestellt?
Soll ich aus dieser Erdenwelt
Hinaus, und kein Geleite haben?
Und war doch hier niemals allein,
Mußt allerwegen gesellig sein.

TOD

Nun ist Geselligkeit am End.
Ring nit vergebner Weis die Händ,
Schleun dich, jetzt gehst vor Gottes Thron.
Dort empfängest deinen Lohn.
Wie, hat dich Narren wollen bedünken,
Das Erdengut und dies dein Leben
Wär dir alles zu Eigen gegeben?

JEDERMANN

So war ich vermeinend, wahrhaftig und ja.

TOD

Nichts da, war alls dir nur geliehen.
Bist du dahin, erbts einen andern,
Und über eine Weil schlägt dem seine Stund
Und er muß alles hier lassen und wandern.
Ich komm halt schnell.

JEDERMANN Nur einen Tag!

Nur diese Nacht bis Sonnaufgehn,
Daß ich mit Reu mög in mich gehn
Und hören auf des Priesters Lehr
Und bessern mich nach deinem Begehr.

TOD

Dergleichen wird von mir nit erbeten.
Wo ich einen Mann tu antreten,
Den schlag ich auf sein Herz mit Macht.
Wird vorher kein Anzeig beigebracht.

JEDERMANN

O weh! Nun ist wohl Weinens Zeit!

TOD

Mit Weinen wird nur Zeit vertan.

JEDERMANN

Weh über mich, was heb ich an?

Hätt ich ein ledig Stündlein Zeit,
Mir zu gewinnen ein Geleit.
Daß ich nicht mutterkindallein
Vor meinem Richter müßte sein.

TOD
Meinst du, daß solches dir gewinnst?
Ich sag, sie weigern dir den Dienst.

JEDERMANN
Nur nit allein vor das Gericht!
Nur Redens und Ratens ein Stündlein Zeit
Um Christi Gotts Barmherzigkeit!

TOD
Meinshalb, ich tret dir aus dem Gesicht,
Nur merk, vertu nit diese Frist
Und nütz sie klüglich als ein Christ.
Geht hinauf, wird unsichtbar.

JEDERMANN *tritt zu seinem Gesellen*
Mein guter Gesell, du weißts –

GESELL Ich weiß.
War nit fünf Schritt weit, Jedermann,
Wie dich der Tod hat treten an!
Und hab euch reden hören alls.
Schlägt mir das Herz bis an den Hals!
Ein froher Mann und kerngesund,
Das warst du bis zu dieser Stund.
Nun kommt mich schier das Weinen an,
Wenn ich dich anschau, Jedermann.

JEDERMANN
Hab vielen Dank, mein guter Gesell.

GESELL
Was dir noch Not tut, sag du schnell.

JEDERMANN
Du bist mir wahrhaft ein guter Freund.
Dich hab ich allzeit treu befunden.

GESELL
Und sollst mich finden zu allen Stunden.
Denn glaub du mir, ging deine Reis
Geradewegs hinab zur Höll,
Hie fändest du den Gefährten zur Stell.

JEDERMANN
Gott steh mir bei, du lieber Mann,
Daß ichs um dich verdienen kann.

GESELL
Ist von Verdienen nit die Sprach,
Wär mir die allergrößte Schmach,
Wollt ichs mit dem Mund mich unterwinden
Und sollt man in Taten mich lässig finden.

JEDERMANN
Mein Freund!

GESELL Sprich frei, tu auf den Mund,
Muß alls mir werden offenbart.
Ich steh bei dir bis zur letzten Stund
Recht nach guter Gesellen Art.

JEDERMANN *will den Mund auftun*

GESELL
Dein Jammer geht mir mächtig nah,
Soll alles, was aufs Herz dir druckt,
Von diesem ganzen Erdenwesen
Von mir getreulich sein verwesen.
Sag, ist dir von etlichen Leids getan?
Sie sollen ihre Strafen han
Von meiner Hand mit scharfem Eisen,
Und müßt ich darüber ins Gras beißen!

JEDERMANN
Ist nit um dies mir, bei Gotts Blut!

GESELL
Es geht dir um dein Geld und Gut.
Das schafft dir große Sorgenlast,
Daß keine Leibeserben hast.

JEDERMANN
Nein, Lieber, nein!

GESELL Braucht nit viel Wort,
Bei mir ist dein Vertraun am Ort.
Der Kaufbrief da ist wohl verwahrt.
Dir ist um deine Freundin zart,
Daß deines Reichtums auf sie komm
Soviel, als ihr auf immer fromm'.

JEDERMANN
Nein, Lieber, Guter, hör mich an.

GESELL
Spar dir die Reden, Jedermann.
Bist ohne viel von mir verstanden.

JEDERMANN
Ach! ganz was anders schafft mir Qual,
Viel näheres, mein guter Gesell!

GESELL
Heraus damit, laß hören schnell.
Merk, Freundes Mund tröst allemal.

JEDERMANN
Ja du mein Freund!

GESELL Willst mich nit weisen?
Könnt sein, dir blieb sonst nit die Zeit.

JEDERMANN
O weh, das wär mir bitter leid.

GESELL
Sag dein Sach! Frisch, Jedermann!
Wo bliebe unsere Freundschaft dann?

JEDERMANN
Wenn ich dir tät mein Herz aufschließen
Und du, du kehrtest den Rücken mir
Und ließest dich meine Red verdrießen,
Des hätte ich wohl zehnfach Gram und Weh!

GESELL
Herr, wie ich zu Euch gesprochen eh,
So will ich tun.

JEDERMANN So dank dir Gott.
Mir ist befohlen, mich fortzuheben.
Der Weg ist weit und voll Beschwer,
Und was dann kommt, noch weit mehr,
Denn ich soll eine Rechnung geben
Von meinem Reichtum und all meinem Leben
Vor meinem Schöpfer und höchsten Richter!
Drum also komm mit, mein guter Gesell,
Wie dus versprochen hast zur Stell.

GESELL
Ei ja, das ist schon eine Sach.
Versprechen und brechen, das wär mir Schmach.
Daran nur denken macht mir heiß.

JEDERMANN
O du!

GESELL Doch sollt ich antreten die Reis,
Da heißt es sich beraten und gut.

JEDERMANN
Was? sprachest doch, auf jeglicher Straßen
Wolltest nicht lebend noch tot mich verlassen.
Und wär es geraden Wegs zur Höll.

GESELL
Richtig, so war meine Red, Hand aufs Herz!
Aber die Wahrheit zu vermelden,
Ist jetzo nicht Zeit für dergleichen Scherz.
Ist fast bereits ernsthaft die Sachlag.
Und dann, wenn wir die Reis wollten antreten,
Wann kämen wir wiederum hierher?
Ei, gib doch Antwort.

JEDERMANN Nimmermehr.
Nimmermehr bis an den Jüngsten Tag.

GESELL
Dann, bei Gotts Tod, bleib ich hintan.
Wenn in dem Sinn die Meldung beschah.
Dann stehts, daß ich die Reis nit tu.

JEDERMANN
Nit tust?

GESELL Nein, alsdann bleib ich am Ort.
Ich sag dir, wie mir ist zu Sinn,
Du weißt, daß ich freimütig bin.
Itzt stehts, daß ich die Reis nit tu,
Um keiner lebenden Seel fürwahr,
Auch nit um meines Herrn Vaters Lieb,
Gott schenk ihm ansonsten die ewige Ruh.

JEDERMANN
Um Gott! Hast mir was anders versprochen!

GESELL

Weiß wohl. Und ist recht in Treuen beschehn.
Und so du wolltest was anders begehn,
Mit Frauen was Gutes in Kumpanei
Oder was es sonsten sei,
Solltest an deiner Seiten mich sehn,
Solange Gott läßt einen hellen Tag sein
Und auch des Nachts bei Fackelschein.
Das sag ich in Treuen!
Schickt sich an zu gehen.

JEDERMANN

O deiner bedarf ich jetzt gar sehr.
Jetzt heißt es: Gesell, gedenke mein.

GESELL

Ob wir Genossen waren, ob nit,
Hinfort tu ich mit dir keinen Schritt.

JEDERMANN

So bitt ich dich, nimm soviel auf dich
Um Christi Gotts Barmherzigkeit,
Und gib mir tröstliches Geleit
Bis vor die Stadt.

GESELL *reißt sich los* Ich tu dirs nit,
Setz einen Fuß nit vor den andern,
Nit um ein neues Feierkleid.
Ließest du dir ein wenig Zeit,
So wollt ich dich nit allein lassen stehn.
Nun aber kann ich nit harren bei dir.
Über die Schulter zurück.
So geb dir Gott eine schleunige Fahrt
Dahin recht sänftlich in guter Art.
Muß eilends jetzt meines Weges gehn.

JEDERMANN *einen Schritt ihm nach*

Wohin, Gesell? Willst mich verlassen ganz und gar?

GESELL

Wohl, wohl. Gott nehm deiner Seelen wahr.

JEDERMANN

Leb wohl, mein Freund, um dich wird mir mein Herz arg schwer,
Leb immer wohl, dich seh ich nun auch nimmermehr.

GESELL

Leb wohl auch, Jedermann, leb wohl am End, gib mir die Hand,
Ja, Scheiden tut recht weh, das hab ich jetzt erkannt.
Er geht.

JEDERMANN

O weh, wohin soll ich nun um Hilf in der Welt.
War mein Gesell, solang ich fröhlich war.
Nun trägt er wenig Leid um mich ganz unverstellt.
Hab eh und immer was reden hören,
Das ging mir aber gar nit nah
Bis heute, da mir das geschah.
Es hieß: Solang einer im Glück ist,
Der hat Freunde die Menge,
Doch wenn ihm das Glück den Rücken kehrt,
Dann verläuft sich das Gedränge.
O weh, so siehet das nun aus,
Schnürt mir die Kehl vor Angst und Graus.
Er wird die Vettern gewahr, die noch beiseite stehen, und sein Gesicht hellt sich auf.
Da stehen meine Blutsfreunde ja,
Vielliebe Vettern, bleibt mir nah.
Ihr seid wahrhaftig recht am Ort,
Weiß auf der Welt kein schöner Wort
Als dieses: Art läßt nicht von Art,
Das wird von euch heut recht gewahrt,
Da ihr in dieser schweren Stund
Mein Beiständ seid mit Hand und Mund.

DICKER VETTER

Geruhig Blut, mein Vetter Jedermann,
Nur ruhig Blut, das ist alls, was ich sagen kann.

JEDERMANN

Ihr lasset mich auch nit –

DICKER VETTER

Nur ruhig Blut.
Ist gar von Lassen nit die Sprach,
In Stich Euch lassen, das wär uns Schmach.

DÜNNER VETTER

Euch widerfahr so Liebes wie Leides,
Mit Euch zu teilen begehren wir beides.

DICKER VETTER

Ja, wie gesagt – – ei freilich ja!
Ihr seht, wir stehn Euch treulich nah.

JEDERMANN

O vielen Dank, ihr Blutsfreunde mein.

DICKER VETTER

Da wir doch Anverwandte sein!

JEDERMANN

Ihr habt gesehn, es kam ein Bot,
Der kam auf hohen Königs Gebot.

DICKER VETTER

Ja, – – ich weiß, Vetter Jedermann – –
Die Sach ist eben so bewandt,
Daß ich in der nichts machen kann.

JEDERMANN

Er hieß einer Fahrt mich unterwinden.

DICKER VETTER

Ja, wie gesagt –

JEDERMANN Von dieser Fahrt – –

DICKER VETTER

Nun, wie gesprochen, Art läßt nicht von Art!

JEDERMANN

Von dieser Fahrt, das weiß ich wohl,
Werd ich nimmer zurücke finden.

DICKER VETTER

Ei nimmer! Ja, wo halt nichts ist,
Da hat der Kaiser 's Recht verloren!

JEDERMANN

Mein Vetter, höret Ihr, was ich sprach?

DICKER VETTER

Ihr redet nit zu tauben Ohren.

DÜNNER VETTER

Ei, nein, wahrhaftig nit, Gotts Not.

JEDERMANN

Ich werd da nimmer zurücke finden.

DICKER VETTER

Habt Ihr auch richtig verstanden den Bot?

JEDERMANN
Ich ihn?
DICKER VETTER
Die Red und den Verstand,
Habt Ihr das richtig wohl gefaßt?
JEDERMANN
Ob ich –?
DICKER VETTER
Das war schon, daß ich sag –
Ein recht ungebetner Gast.
Hm, Vetter.
DÜNNER VETTER
Ja, ich mein, Gott seis geklagt –
DICKER VETTER
So meint Ihr auch wie ich? Ja, wie gesagt,
Ja, Gott befohlen, Vetter Jedermann,
Da habt Ihr alles, was ich sagen kann.
JEDERMANN
Ihr Vettern, bleibet, hört mich an!
DÜNNER VETTER
Hast du vielleicht noch ein Begehr?
Sprich kühnlich, Vetter Jedermann.
JEDERMANN
Ich muß dort eine Rechnung legen
Und hab einen Feind, der allerwegen
Mir will in meinen Weg treten,
O hört mich an! mit großer Stärken.
DICKER VETTER
Was denn für Rechnung, sagt doch an.
JEDERMANN
Von all meinen irdischen Werken:
Wie ich meine Tag hab hinbracht,
Und was ich Arges hab getan
Die Jahr all bei Tag und Nacht.
Drum seid um Christi willen gebeten
Und helft mir meine Sach vertreten.
DÜNNER VETTER
Was, dorthin? Geht es Euch auf das!

Nein, Jedermann, da geh ich nit.
Kannst mich nit zum Geleiter kriegen!
Wollt lieber in einm finstern Gelaß
Bei Wasser und Brot zehn Jahre liegen.

JEDERMANN

Oh, daß ich nit geboren wär.
Nun werd ich fröhlich nimmermehr,
Wenn ihr mich da verlasset dann.

DICKER VETTER

Ei Mann! Was denn! Sei du fröhlich, Mann!
Nimm dich und fang nit Jammerns an!
Nur eins mußt dir gesagt sein lassen:
Mich bringst einmal nit in die Gassen.
Er geht.

JEDERMANN *zum dünnen Vetter*

Mein Vetter, willst nit mir mir gehn?

DÜNNER VETTER

Hab jetzt, Gotts Tod, Krampf in den Zehen.
Ist ein arg Übel, Jedermann,
Das fällt mich unversehens an.

DICKER VETTER *bleibt nochmal stehen und spricht über die Schulter zurück*

Uns wirst nit verführen, das laß nur sein.
Doch hab ich ein schön gut Kind daheim,
Die mächtig gern auf Reisen geht.
Wenn die dir zu Gesichte steht,
Die geb ich dir in guter Art,
Leicht, daß sie mit dir geht auf deine Fahrt.

JEDERMANN

Nein, zeig mir an, wes Sinnes du bist.
Ob ich in meiner ärgsten Pein
Von dir soll drangegeben sein,
Ob du willst mit mir gehn oder dahinten bleiben.
Das ist alles was ich wissen muß.

DICKER VETTER

Dahinten bleiben und ein'n schönen Gruß.
Auf Wiedersehen ein andermal.
Sie gehen.

JEDERMANN

Ach Jesus, ist das aller Dinge End,
Versprochen haben sie mir gar viel.
Vom Halten lassen sie ihre Händ.

DÜNNER VETTER *wendet sich und tritt nochmals an Jedermann heran*

Es ist nicht üblich, in solcher Weis
Die Leut zu beschicken zu einer Reis,
Dergleichen Anmutung ist nit zart
Und hat mir keine rechte Art.
Hast deiner leibeignen Knecht genug.
Die magst dazu aufbieten mit Fug.
Aber die lieben Verwandten dein
Sollten da zu wert dir sein.
Geht.

JEDERMANN

Leibeigene Knecht, was sollen mir die,
Wenn ich die mitnähm, das wär ein Ding,
Davon ich Hilfe hätt gering.
Er sieht sich um.
Ist alls zu End das Freudenmahl,
Und alle fort aus meinem Saal?
Er geht hinauf zu dem Tisch. Etliche, die dort noch saßen und tranken, werden ihn gewahr, springen auf und flüchten. Der Tisch versinkt.
Bleibt mir keine andere Hilfe dann,
Bin ich denn ein verlorner Mann
Und ganz alleinig auf der Welt?
Ist es schon so um mich bestellt,
Hat mich *Der* schon dazu gemacht,
Ganz nackend und ohn alle Macht,
Als läg ich schon in meinem Grab,
Wo ich doch mein warm Blut noch hab
Und Knecht mir noch gehorsam sein
Und Häuser viel und Schätze mein.
Auf! schlagt die Feuerglocken drein!
Ihr Knecht, nit lungert in dem Haus,
Kommt allesamt zu mir heraus.

HAUSVOGT *mit etlichen Knechten kommen eilig*

JEDERMANN
Ich muß schnell eine Reise tun
Und das zu Fuß und nit zu Wagen,
Gesamte Knecht, die sollen mit
Und meine große Geldtruhen,
Die sollen sie herbeitragen.
Die Reis wird wie ein Kriegszug scharf,
Daß ich der Schätze sehr bedarf.

HAUSVOGT
Die schwere Truhn, die drinnen steht?

JEDERMANN
Ja, eilig, ohne viel Gered.

MEHRERE KNECHTE *sammeln sich, ihrer acht bringen die schwere Truhe getragen*

JEDERMANN
Hab euch berufen für eine Reis,
Daß jeder mir Gehorsam erweis.
Die Reis ist seltsam und recht weit
Und fordert zuverlässige Leut,
Daß sie in aller Still gescheh,
Des ich zu euch mich wohl verseh.

KNECHT
Die Truhen, die ist marterschwer.

HAUSVOGT
Ihr tut, was anbefiehlt der Herr.

JEDERMANN
Nun wollen wir die Reis angehen,
Ganz in der Still, heimlicher Weis.

TOD *tritt in etlicher Entfernung hervor*

ERSTER KNECHT
Dort steht ein Teufel und winkt uns Halt.

HAUSVOGT
Nein, ist der Tod grausamer Gstalt,
Er kommt auf uns zu mit Gewalt.

KNECHTE *lassen die Truhen stehen und fliehen*

HAUSVOGT *desgleichen*

TOD
Du Narr, bald ist die Stund vertan,

Nimmst immer noch Vernunft nit an.
Weißt nit ein recht Geleit zu suchen,
Bald wirst verzweifeln und dir fluchen.
Verschwindet.

JEDERMANN
Ach Gott, wie graust mir vor dem Tod,
Der Angstschweiß bricht mir aus vor Not
Kann der die Seel im Leib uns morden?
Was ist denn gählings aus mir worden?
Hab immer doch in bösen Stunden
Mir irgend einen Trost ausgfunden.
War nie verlassen ganz und gar,
Nie kein erbärmlich armer Narr.
War immer wo doch noch ein Halt
Und habs gewendet mit Gewalt.
Sind all denn meine Kräft dahin,
Und alls verworren schon mein Sinn,
Daß mich kaum mehr besinnen kann,
Wer bin ich denn: der Jedermann,
Der reiche Jedermann allzeit.
Das ist mein Hand, das ist mein Kleid,
Und was da steht auf diesem Platz,
Das ist mein Geld, das ist mein Schatz,
Durch den ich jederzeit mit Macht
Hab alles spielend vor mich bracht.
Nun wird mir wohl, daß ich den seh
Recht bei der Hand in meiner Näh.
Wenn ich bei dem verharren kann,
Geht mich kein Graus und Ängsten an.
Weh aber, ich muß ja dorthin,
Das kommt mir jählings in den Sinn.
Der Bot war da, die Ladung ist beschehn,
Nun heißt es auf und dorthin gehn.
Wirft sich auf die Truhe.
Nit ohne dich, du mußt mit mir,
Laß dich um alles nit hinter mir.
Du mußt jetzt in ein andres Haus,
Drum auf mit dir und schnell heraus.
Die Truhe springt auf.

MAMMON *richtet sich auf. Groß*
Ei Jedermann, was ist mit dir?
Du bist ja grausamlich in Eil
Und bleich wie Kreiden all die Weil.

JEDERMANN
Wer bist denn du?

MAMMON Kennst vom Gesicht mich nit
Und willst mich dorthin zerren mit?
Dein Reichtum bin ich halt, dein Geld,
Dein eins und alles auf der Welt.

JEDERMANN *sieht ihn an*
Dein Antlitz dünkt mir nit so gut,
Gib mir nit rechten Freudenmut.
Das ist gleichviel, du mußt mitgehen.

MAMMON
Was solls, kann alls von hier geschehen,
Weißt wohl, was ich in Mächten hab,
Sag was dich drückt, dem helf ich ab.

JEDERMANN
Die Sach ist anderster bewandt.
Es ist von wo um mich gesandt.

MAMMON
Von –

JEDERMANN *schlägt die Augen nieder*
Ja, es war ein Bot bei mir.

MAMMON
Ist es an dem, du mußt von hier?
Ei was, na ja, gehab dich wohl.
Ein Bot war da, daß er ihn hol
Dorthin, da ist ja schleunig kommen.
Hab vordem nichts derart vernommen.

JEDRMANN
Und du gehst mit, es ist an dem.

MAMMON
Nit einen Schritt, bin hier bequem.

JEDERMANN
Bist mein, mein Eigentum, mein Sach.

MAMMON
Dein Eigen, ha, daß ich nit lach.

JEDERMANN

Willst aufrebellen, du Verflucht! du Ding!

MAMMON *stößt ihn weg*

Du, trau mir nit, dein Wut acht ich gering,
Wird umkehrt wohl beschaffen sein.
Ich steh gar groß, du zwergisch klein.
Du Kleiner wirst wohl sein der Knecht.
Und dünkts dich, anders wärs gewesen,
Das war ein Trug und Narrenwesen.

JEDERMANN

Hab dich gehabt zu meim Befehl.

MAMMON

Und ich regiert in deiner Seel.

JEDERMANN

Warst mir zu Diensten in Haus und Gassen.

MAMMON

Ja, dich am Schnürl tanzen lassen.

JEDERMANN

Warst mein leibeigner Knecht und Sklav.

MAMMON

Nein, du mein Hampelmann recht brav.

JEDERMANN

Hab dich allein gedurft anrühren.

MAMMON

Und ich alleinig dich nasführen.
Du Laff, du ungebrannter Narr,
Erznarr du, Jedermann, sieh zu.
Ich bleib dahier und wo bleibst du?
Was ich in dich hab eingelegt,
Darnach hast du dich halt geregt.
Das war ein Pracht und ein Ansehen,
Ein Hoffart und ein Aufblähen
Und ein verflucht wollüstig Rasen,
War alls durch mich ihm eingeblasen,
Und was ihn itzt noch aufrecht hält,
Daß er nit platt an' Boden fällt
Und alle Viere von sich reckt,
Und hält ihn noch emporgestreckt,

Das ist allein sein Geld und Gut.
Da hier springt all dein Lebensmut.
Hebt eine Handvoll Geld aus der Truhe und läßt es wieder fallen.
Fällt aber in die Truhen zurück
Und damit ist zu End dein Glück.
Bald werden dir die Sinn vergehen
Und mich wirst nimmer wiedersehen.
War dir geliehen für irdische Täg
Und geh nit mit auf deinen Weg,
Geh nit, bleib hier, laß dich allein
Ganz bloß und nackt in Not und Pein.
Ist alls um nichts dein Handausrecken
Und hilft kein Knirschen und Zähneblecken,
Fährst in die Gruben nackt und bloß,
So wie du kamst aus Mutter Schoß.
Bückt sich, die Truhe springt zu.

JEDERMANN *ohne Sprache, eine lange Stille*

WERKE *wird sichtbar, einer Kranken gleich, auf einem elenden Lager gebettet, richtet sich halb auf und ruft mit schwacher Stimme*
Jedermann!

JEDERMANN *hört nicht*

WERKE Jedermann, hörst mich nicht?

JEDERMANN *vor sich*
Ist, als wenn eins gerufen hätt,
Die Stimme war schwach und doch recht klar,
Hilf Gott, daß es nit meine Mutter war.
Ist gar ein alt, gebrechlich Weib,
Möcht, daß der Anblick erspart ihr bleib.
O nur so viel erbarm dich mein,
Laß das nit meine Mutter sein!

WERKE
Jedermann!

JEDERMANN
Seis wer da will, hab itzt nit Muß
Für irdisch Händel und Verdruß.

WERKE
Hörst mich nit, Jedermann?

JEDERMANN Ist ein krank Weib,
Was kümmerts mich, soll sehen wo sie bleib.

WERKE
Mein Jedermann, ich gehör zu dir,
Um deinetwillen lieg ich hier.

JEDERMANN
Wie soll denn das bewendet sein?

WERKE *richtet sich halb auf*
Sieh, ich bin all die Werke dein.

JEDERMANN
Ich will kein Spott, ich sterb allweg.

WERKE
Komm doch zu mir den kleinen Weg.
Sinkt zurück.

JEDERMANN
Das wird mit Willen nit geschehen,
Meine Werke will ich jetzt nit sehen.
Ist nit der Anblick, nach dem mich verlangt.

WERKE
Bin schmählich schwach, muß liegen hier,
Wär ichs imstand, ich lief zu dir.

JEDERMANN
Braucht nit ein fremd Gebrest dahier,
Liegt Angst und Marter gnug auf mir.

WERKE
Mich brauchst, der Weg ist schreckbar weit,
Bist annoch ohne ein Geleit.

JEDERMANN
Des Weges muß ich jetzt allein –

WERKE
Nein, ich will mit, denn ich bin dein.

JEDERMANN *sieht hin*

WERKE
Auf mir liegt viel Gebrest und Last,
Indem du mein gedacht nit hast.
Ohn dich könnt ich mich flink bewegen,
Lief dir zu Seit auf allen Wegen.

JEDERMANN *geht zu ihr*

O Werke mein, mit mir stehts schlecht.
Ist mir gar sehr um guten Rat
Und daß mir eines Hilfe brächt!

WERKE *richtet sich mühselig an ihren Krücken auf*

Jedermann, ich hab wohl vernommen,
Du bist entboten zu deinem Erlöser,
Vor ein höchst Gericht zu kommen!
Willst du nit gehen verloren, Mann,
Tritt nit allein die Wanderung an,
Das sag ich dir!

JEDERMANN Willst du mit mir?

WERKE

Ob ich mit dir den Weg will gehn?
Fragst du mich das, mein Jedermann?

JEDERMANN *sieht ihr in die Augen*

Wie du mich sehnlich siehest an,
Ist mir, als hätt in meinem Leben
Nit Freund, noch Liebste, nit Weib noch Mann
Mir keinen solchen Blick gegeben!

WERKE

O Jedermann, daß du so später Stund
Dich kehrest zu meinem Aug' und Mund!

JEDERMANN

Hast ein Gesicht verhärmt und bleich
Und dünkt mich doch an Schönheit reich.
Mir ist, je mehr ich dich anseh,
So mehr wird mir im Herzen weh,
Und sänftlich auch, vermischter Weis,
Daß ich mich nit zu nehmen weiß.
Mir ist, könnt deiner Augen Schein
Durch meine Augen dringen ein,
Ein großes Heil und Segen dann
Geschäh an einem armen Mann.
Doch weiß ich, dies ist nun versäumt,
Und jetzt ist alls nur wie geträumt!

WERKE

Hättest erkannt in deinem Sinn,

Daß ich nit völlig häßlich bin,
Wärest bei mir verblieben viel
Und fern der Welt und bösem Spiel!
Komm näher, meine Stimm ist leis –:
Bei Armen wärest eingegangen
Recht als ihr Bruder, heiliger Weis,
Und göttlich Leid und irdischem Schmerz,
Die hättest zu lieben angefangen
Und aufgegangen wäre dein Herz.
Und ich, wie ich gebrechlich bin,
Ich wär, verklärt vor deinem Sinn,
Dir worden ein göttliches Gefäß,
Ein Kelch der überströmenden Gnaden,
Dazu deine Lippen waren geladen.

JEDERMANN

Und dich hab ich mögen erkennen nicht!
War so verblendet mein Gesicht!
O weh, was sind wir für Wesen dann,
Wenn solches uns geschehen kann!

WERKE

Ich war ein Kelch, der vor dir stand,
Gefüllt vom Himmel bis an den Rand,
Von Irdischem war darin kein Ding,
Drum schien ich deinen Augen gering.

JEDERMANN

O könnt ich sie ausreißen beid,
Mir wär im Dunklen nit so bang,
Als da sie mich zu bittrem Leid
Falsch han geführt mein Leben lang!

WERKE

O weh, nun müssen die Lippen dein
Auf ewig ungetränket sein!
Hast wollen dich tränken an der Welt,
Da ward der Kelch dir weggestellt!

JEDERMANN

Des fühl ich ein wütendes Dürsten schon
Durch alle meine Adern rinnen
Und Raserei in allen Sinnen!
Da hab ich meines Lebens Lohn!

WERKE

Das ist die bitter brennend Reu,
Das sind deine ungelittenen Leiden!
O könnte dein Herz sie schaffen neu,
Wie selig wäre das uns beiden!

JEDERMANN *wirft sich auf den Boden*

So wollt ich ganz zernichtet sein,
Wie an dem ganzen Wesen mein
Nit eine Fiber jetzt nit schreit
Vor tiefer Reu und wildem Leid!
Zurück! und kann nit! Noch einmal!
Und kommt nit wieder! Graus und Qual!
Hie wird kein zweites Mal gelebt!
Nun weiß die aufgerißne Brust,
Als sie es nie zuvor gewußt,
Was dieses Wort bedeuten mag:
Lieg hin und stirb, hie ist dein Tag!

WERKE *auf ihren Knien*

Mag diese Reu, so brennend groß,
Mich nit vom Boden winden los,
Weh, mag ich nit auf Füßen stehn!
Und ihm die Stund zur Seiten gehn!
Sie sinkt an den Boden.
Bin ich so elend schwach und krank!

JEDERMANN

Für jedes Ding kommt halt der Dank!
Werke, um alles! laß mich nit im Stich!
Bin sonst verloren sicherlich!
Hilf du mir, Rechenschaft zu geben
Vor dem, der ist Herr über Tod und Leben
Und König in der Ewigkeit,
Sonst bin ich verloren für alle Zeit!

WERKE

O Jedermann!

JEDERMANN Laß mich nit ohne Rat!

WERKE

Ich hab eine Schwester, Glaube genannt,
Wenn die wollt sich erbitten lassen,

Daß sie mit dir zöge deine Straßen
Und trät mit dir vor Gotts Gericht!

JEDERMANN
Ruf die um alls! die Zeit entfliecht!

WERKE
Mag sein, sie kehrt von dir sich ab,
Dann mußt du ungetröst ins Grab.
Wirst du recht mit ihr reden können,
Wird sie dir ihre Hilf vergönnen.

JEDERMANN
Wenn einer keine Zungen hätt,
Die Angst und Not macht ihn beredt!

GLAUBE *kommt gegangen*

WERKE
War nit von Nöten laut Geschrei,
Ich fühl, die Schwester kommt herbei!
Lieb Schwester, der Mann ist schwer in Not.
Willst ihm beistehn bei seinem Tod?
Mir fehlt die Kraft, bin allzu schwach,
Kann nit vertreten seine Sach.
Sinkt hin.

GLAUBE *zu Jedermann*
Hast mich dein Leben lang verlacht
Und Gottes Wort für nichts geacht,
Geht nun in deiner Todesstund
Ein ander Red' aus deinem Mund?

JEDERMANN
Ich glaub – ich glaub –

GLAUBE Die Red' ist arm!

JEDERMANN
Oh, daß sich meiner Gott erbarm!
Ich glaub die zwölf Artikel mit Fleiß,
Die ich von Kindschulzeiten weiß:
Was sie vorstellen ganz und gar,
Nehm ich für heilig hin und wahr.

GLAUBE
Das ist des Glaubens ein ärmlich Teil.
Baut dir hinüber keine Brück.
Weißt du nit besseres unverweil?

JEDERMANN
Ich glaub – an Gottes Langmut,
Wenn einer bei Zeiten Buß tut.
Aber ich bin in Sünden zu weit,
Dahin reicht keine Barmherzigkeit.

GLAUBE *tut einen Schritt auf ihn zu*
Bist ganz in Wollust denn ertrunken,
In Lastern völlig gar versunken,
Daß dir nit auf die Lippen kommt,
Was ewig deiner Seelen frommt?
Neigt sich zu ihm.

JEDERMANN
Ich glaub –

GLAUBE Glaubst du an Jesu Christ,
Der von dem Vater kommen ist,
Ein Mensch und unsersgleichen worden,
Von einem irdischen Weibe geboren,
Und hat in Marterqual sein Leben
Um deinetwillen hingegeben,
Und ist erstanden von dem Tod,
Daß du versöhnest seist mit Gott?

JEDERMANN
Ja! Ich glaub: Solches hat er vollbracht,
Des Vaters Zorn zunicht gemacht,
Der Menschheit ewig Heil erworben
Und ist dafür am Kreuz verstorben.
Doch weiß ich, solches kommt zugut
Nur dem, der heilig ist und gut:
Durch gute Werk und Frommheit eben
Erkauft er sich ein ewig Leben.
Da sieh, so stehts um meine Werk:
Von Sünden hab ich einen Berg
So überschwer auf mich geladen,
Daß mich Gott gar nit kann begnaden,
Als er der Höchstgerechte ist.

GLAUBE
Bist du ein solcher Zweifelchrist
Und weißt nit Gotts Barmherzigkeit?

JEDERMANN
Gott straft erschrecklich!
GLAUBE Gott verzeiht!
Ohn Maßen!
JEDERMANN Schlug den Pharao,
Schlug Sodom und Gomorra, schlug,
Schlug!
GLAUBE Nein, gab hin den eignen Sohn
In Erdenqual vom Strahlenthron,
Daß als ein Mensch er werd geboren
Und keiner ginge mehr verloren,
Nit einer, nit der letzte, nein,
Er finde denn das ewige Leben.
»Um der Sünder willen bin ich kommen,
Der Gsund bedarf keines Arztes dann«,
Die Red ist aus dem Munde kommen,
Der keine Lügen reden kann.
Glaubst du daran in diesem Leben,
So ist dir deine Sünd vergeben
Und ist gestillet Gottes Zorn.
JEDERMANN
Oh, deine Worte sind gelind,
Mir ist, als wär ich neugeboren.
Ich glaube: So lang ich atme auf Erden,
Mag ich durch Christum gerettet werden.
GLAUBE
Es ist an dem, nun geh hinein,
Von deinen Sünden wasch dich rein.
JEDERMANN
Wo wär ein solcher heiliger Quell,
Daß ich zu ihm mich hintrüg schnell?
MÖNCH *wird oben sichtbar*
GLAUBE
Ein guter Helfer wartet dein,
Bei ihm wird deine Seele rein.
Kehr wieder in einem weißen Gewand,
Dann ziehest hin an meiner Hand,
Und mitzugehen deine Werk
Gewinnen mächtig Kraft und Stärk.

JEDERMANN *auf den Knien*
O ewiger Gott! O göttliches Gesicht!
O rechter Weg! O himmlisches Licht!
Hier schrei ich zu dir in letzter Stund,
Ein Klageruf geht aus meinem Mund.
O mein Erlöser, den Schöpfer erbitt,
Daß er beim Ende mir gnädig sei,
Wenn der höllische Feind sich drängt herbei
Und der Tod mir grausam die Kehle zuschnürt,
Daß er meine Seel dann hinaufführt.
Und, Heiland, mach durch deine Fürbitt,
Daß ich zu seiner Rechten hintritt,
In seine Glorie mit ihm zu gehn.
Laß dir dies mein Gebet anstehn,
Um willen, daß du am Kreuz bist gestorben
Und hast all unsre Seelen erworben.
Er liegt im tiefen Gebet auf seinem Angesicht. Die Orgel tönt stärker.
Indessen geht unten, im Dunkeln,
JEDERMANNS MUTTER *querüber, als wie auf dem Weg zur Frühmette, vor ihr ein Knecht, der die Leuchte trägt*
KNECHT
Was bleibt Ihr stehen, Frau, zur Stund?
Wie ist Euch? seid Ihr nit gesund?
Wollt Ihr leicht heim in Euer Bett
Statt nächtlings zu der Morgenmett?
JEDERMANNS MUTTER
Sind wir denn so verspät's alsdann
Und hebt sich schon die Frühmett an?
Ich hör ein also herrlich Klingen,
Als täten alle Engel singen!
KNECHT
Verspätet sind wir keinerweis,
Auch hör ich nichts, nit laut noch leis.
JEDERMANNS MUTTER
Ich hörs und weiß im Herzen mein,
Das sind die himmlischen Schalmein.
So singen sie vor Gottes Thron:

Das geht auf meinen lieben Sohn.
Ich spür, zu dieser nächtigen Stund
Ist seine Seele worden gesund.
Er ist versöhnet Gott dem Herrn,
Des sterb ich freudiglich und gern.
Erhört ist meine große Bitt,
Und weiß, daß ich einmal hintritt
Vor Gottes meines Schöpfers Thron
Und find dort meinen lieben Sohn.
Bald lässest deine Dienerin
In deinen Frieden fahren hin.
Amen.

KNECHT Wollt Ihr nit kommen, Frau?
Die Zeit vergeht, es wird schon grau.
Sie gehen vorbei.

GLAUBE
Jedermann, so sei Gott mit dir,
Als wie ich dich nun und hier
In deines Erlösers Hand befehl,
So sei deine Rechenschaft ohn Fehl.

WERKE *hat ihre Krücken von sich geworfen und tritt zu ihnen*

GLAUBE
Nun faß dir einen fröhlichen Mut,
Nun kommen deine Werke gut,
Sind ledig all ihrer Beschwer
Und treten starken Schrittes einher.

WERKE
Jedermann, ich bins, deine Freundin,
Ich segne dich in meinem Sinn,
Du hast mich geschaffen von Schmerzen frei,
Nun geh ich mit dir, wohin es auch sei.

JEDERMANN
O, meine Werke, wie ich eure Stimme hör,
Muß ich vor Freuden weinen sehr.

GLAUBE
Nun sollst du weinen und trauern nimmermehr,
Nein, freuen dich und fassen einen frohen Mut,
Gott sieht dich von seinem Thron recht gut!

JEDERMANN
Dann ich nit Zögerung noch Aufschub such.
Ihr Freunde, ich mein, wir gehen selbdritt,
Von euch will ich mich scheiden nit.
Er geht hinauf und folgt dem Mönche nach.
WERKE *und* GLAUBE *verharren betend*
TEUFEL *kommt angesprungen, schreit und winkt von weitem*
Halt, Jedermann! Aufhalten, Jedermann!
Aufhalten! He! Hieher, Gesell!
Ich komm dich holen, bin zur Stell!
He Jedermann, er ist hinein!
Muß taub auf beiden Ohren sein!
Was geht er denn in dieses Haus?
Da hol ihn dieser und jener heraus!
Ich warte derweilen an der Tür,
Faß ihn, und meines Wegs ihn führ.
Kann sein, er läßt mich warten lang,
Mag er, ist mir um ihn nit bang.
Ist mir verfallen mit Haut und Haar
Und sicher, wie lang schon keiner war.
GLAUBE
Halt da!
TEUFEL *hat nichts gehört*
Muß hier vorbei.
GLAUBE Hie nit!
TEUFEL
Ganz unbedingt, hab dort zu tun.
GLAUBE
Hie ist kein Weg für deinesgleichen.
TEUFEL
Ein zänkisch Weib. Ich kann ausweichen.
Will rings herum.
GLAUBE *tritt ihm aufs neu in seinen Weg und sagt*
Hie ist kein Weg!
TEUFEL
Ich hab zu warten dort an der Tür
In Amtsgeschäften, damit ich einen,
Der dort herauskommt, dann mit mir
Eines gewissen Weges führ.

GLAUBE
Ich führe Zwiesprach nit mit dir.
TEUFEL
Ich auch nit, geh halt da vorbei.
WERKE
Hie ist kein Weg für dich.
TEUFEL *hält sich die Ohren zu*
Geschrei!
Gespiel! Belästigung!
WERKE *tritt ihm aufs neue in den Weg*
Kein Weg!
TEUFEL
Kein Weg! Kein Weg! Ist hier kein Weg?
Kein Boden? Nichts worauf mein Fuß
Mag stehen, hüpfen, springen! Nein?
Hier wird sogleich ein Weg mir sein!
Will durch mit Gewalt.
GLAUBE *hinzutretend*
Willst dus mit deinen Fäusten richten
Und stören unser fromm Gebet?
Sieh, wer zu unsrer Hilf dasteht!
ENGEL *treten oben hervor*
TEUFEL
Sind die Gesellen auch im Spiel
Und wissen bessres nit zu schaffen
Als hier zu lümmeln und zu gaffen
So abends spät wie morgens früh,
Wenn andre Leut mit saurer Müh
Nachgehen ihren Amtsgeschäften
Mit schuldigem Eifer und besten Kräften!
WERKE *und* GLAUBE *achten seiner nicht und beten mit gefalteten Händen*
TEUFEL *setzt sich auf den Boden*
Ich frage, sind hier Zweifel im Spiel,
Ist hier ein Handel in der Schweb?
Nichts davon, nichts, so wahr ich leb.
Sitzt einer hier unter euch allen,
Der ins Gesicht mir tät bestreiten,

Daß dieser Mensch mir ist verfallen!
Ein prächtig Schwelger und Weinzecher,
Ein Buhl, Verführer und Ehebrecher,
Ungläubig als ein finstrer Heide,
In Wort und Taten frech vermessen
Und seines Gottes so vergessen
Wie nicht das Tier auf seiner Weide,
Witwen und Waisen Gutsverprasser,
Ein Unterdrücker, Neider, Hasser!
Er springt auf.
Mir fehlen, ihn zu malen, die Wort!
Und diesen will man mir verwehren,
Daß ich ihm auf die Kappen geh,
Ihm jählings das Genick umdreh,
Ihm zuschrei: Duck dich, Fleisch, und stirb!
Und seine Seel für uns erwirb.
Verharrt ihr drauf mit kaltem Blut
Und bangt euch nit von meiner Wut
Und Zähn gefletscht und Fäust geballt?
Und, daß Recht und Gerechtigkeit
Gewappnet stehen auf meiner Seit?

GLAUBE

Auf deiner Seiten steht nit viel,
Hast schon verloren in dem Spiel.
Gott hat geworfen in die Schal
Sein Opfertod und Marterqual
Und Jedermannes Schuldigkeit
Vorausbezahlt in Ewigkeit.

TEUFEL

Seit wann? seit wo? wie geht das zu?
Geschiehet das in einem Nu?
Wenn eins sein Leben brav sich regt
Und nur auf uns sein Tun anlegt,
Recht weislich, fest und wohlbedacht,
Recht Stein auf Stein und Tag auf Nacht,
Wird solch ein wohlbeständig Ding
In einem Augenzwinkern neu?
Schmeißt ihr das um mit einem Wink?

GLAUBE

Ja, solches wirkt die tiefe Reu,
Die hat eine lohende Feuerskraft,
Da sie von Grund die Seel umschafft.

TEUFEL

Ha! Weiberred und Gaukelei!
Wasch mir den Pelz und mach ihn nit naß!
Ein Wischiwasch! Salbaderei!
Zum Speien ich dergleichen haß!
Beweis! Gib eine einzige Red,
Die vor Gericht zu Recht besteht!

GLAUBE

Vor dem Gericht, vor das er tritt,
Bestehen deine Rechte nit,
Die sind auf Schein und Trug gestellt,
Auf Hie und Nun und diese Welt,
Die ist gefangen in der Zeit
Und bleibt in solchen Schranken stocken,
Wo aber tönet diese Glocken,
Man hört von innen das Sterbeglöcklein.

GLAUBE *und* WERKE *fallen auf die Knie*

GLAUBE

Hat angehoben Ewigkeit.

TEUFEL *hält sich die Ohren zu*

Ich geb es auf, ich kehr mich um,
Ich laß ihn, füttert ihn euch aus,
Mich ekelts hier, ich geh nach Haus.

GLAUBE *und* WERKE *haben sich erhoben*

TEUFEL

Ein schöner Fall, ganz sonnenklar,
Und in der Suppe doch ein Haar!
Tret arglos her, vergnügt im Sinn,
Und mein, zu melden mich als Erben.
Ja, Vetter, ja, da liegen die Scherben!
»Hie ist kein Weg, hie ist kein Weg!«
Ah! Weiber! Fastensupp und Schläg,
Das ist, wie ich sie halten tät!
Ein Ausspruch, der zu Recht besteht

Vor Türken, Mohren und Chinesen,
Ff! Da ist Anspruch und Recht gewesen!
Bläst mir ihn weg! »Hie führt kein Weg!«
Ich wollt, daß er im Feuer läg.
Und kommt in einem weißen Hemd
Erzheuchlerisch und ganz verschämt.
Die Welt ist dumm, gemein und schlecht,
Und geht Gewalt allzeit vor Recht,
Ist einer redlich treu und klug,
Ihn meistern Arglist und Betrug.
Geht ab.

JEDERMANN *tritt oben hervor in einem weißen langen Hemd, einen Pilgerstab in der Hand, sein Angesicht ist totenbleich aber verklärt, er geht auf die beiden zu*

WERKE
Fühl ich nit kommen Jedermann?
Er ist es, ja, und tritt herbei,
Mir ahnte wohl, daß er es sei.
Er hat seinem Herrn getan genug.
Des fühl ich an meinen Gliedern all,
Die Kraft zu einem hohen Flug!

JEDERMANN
Nun gebet mir treulich eure Händ,
Ich hab empfangen das Sakrament.
Gesegnet sei, der mich das hieß tun
Und also guten Rat mir sprach.
Nun seid bedankt, daß ihr auf mich
Geharret habet sorglich
Mit andächtigem Beten.
Und nun laß uns die Reis antreten.
Leg jeder die Hand an diesen Stab
Und folge mir zu meinem Grab.

WERKE
Ich heb vom Stab nit meine Händ,
Zuvor die Reis kam an ihr End.

GLAUBE
Ich steh dir bei, so wie ich eh
Stand hielt bei Judas Makkabee!
Sie gehen hinauf.

DER TOD *ist hervorgetreten und geht hinter ihnen einher*
Sie stehen beim Grab.
JEDERMANN *schließt die Augen*
Nun muß ich ins Grab, das ist schwarz wie die Nacht,
Erbarm dich meiner in deiner Allmacht.
GLAUBE
Ich steh dir nah und seh dich an.
WERKE
Und ich geh mit, mein Jedermann.
JEDERMANN
O Herr und Heiland, steh mir bei.
Zu Gott ich um Erbarmen schrei.
WERKE *hilft ihm ins Grab, steigt dann zu ihm hinein*
Herr, laß das Ende sanft uns sein,
Wir gehen in deine Freuden ein.
JEDERMANN *im Grab, nur Haupt und Schultern sind noch sichtbar*
Wie du mich hast zurückgekauft,
So wahre jetzt der Seele mein,
Daß sie nit mög verloren sein
Und daß sie am Jüngsten Tag auffahr
Zu dir mit der geretteten Schar.
Er sinkt.
GLAUBE
Nun hat er vollendet das Menschenlos,
Tritt vor den Richter nackt und bloß,
Und seine Werke allein,
Die werden ihm Beistand und Fürsprech sein.
Heil ihm, mich dünkt, es ist an dem,
Daß ich der Engel Stimmen vernehm,
Wie sie in ihren himmlischen Reihen
Die arme Seele lassen ein.
ENGEL *singen*

Ende

ZU ›JEDERMANN‹

FRÜHE FASSUNG (1905)

JEDERMANN, ein reicher Hausbesitzer
MAMMON, sein Bedienter
Schauplatz: Ein Garten bei Wien.
Jedermann tritt aus dem Mauerpförtchen, Mammon hinter ihm, eine Gitarre tragend.

JEDERMANN Der schöne Tag! Die schöne Wärme! Mir ist, wie wenn ich vierundzwanzig wäre und nicht doppelt so alt.
Wendet sich nach Mammon um
Und wär ich vierundzwanzig und hätte dich nicht, vielleicht, vielleicht wär mir anders zumut. Im Winter wird mir selten so wohl, die Finsternis drückt meine Seele zusammen, und wenn du mir auch die großen Holztscheit in den Kamin schiebst und mir italienische Früchte auf den Tisch trägst, so hörst du selten ein gutes Wort. Das Licht! Es würde uns vor dem Los der Toten vielleicht nicht so schaudern, wenn wir nicht wüßten, daß es im Grab so finster ist. Wie da die Wolke hinschwimmt! Man möchte sie umarmen. Meine Weinbauern werden ein gutes Jahr haben. Ich gönns ihnen. Sie haben Kinder genug. Wie hieß das Mädchen? Du weißt recht wohl, an welche ich denke.
MAMMON Josepha Sonnleithnerin, Tochter des Leopold und der Marie Sonnleithner.
JEDERMANN Josepha Sonnleithnerin. Ganz recht, eine Rosalie hätte keine so halboffenen, feuchtglühenden Lippen, eine Anna wäre gröber gebaut, eine Bertha hätte gesenkte Schultern.
MAMMON Ein braves, williges Mädchen.
JEDERMANN Meinst du?
MAMMON Die Oberköchin war mit ihr ausgezeichnet zufrieden. Aber im Sommer kann der Vater sie nicht entbehren.

JEDERMANN Läßt er sie im Rübenacker arbeiten, das arme Ding?

MAMMON Im Weinberg. Sie tuts gern.

JEDERMANN Josepha. Nichts so Kupplerisches auf der Welt als das Sonnenlicht. Mir ist, ging' ich jetzt hin, ich fände die Hoftür unverriegelt, Bauern und Bäuerin schlafend, den Haushund zwischen ihren Beinen, die Tür zu Josephas Kammer angelehnt –

MAMMON *will eilig fort*

JEDERMANN Wohin?

MAMMON Sie haben einen Wunsch ausgesprochen. Ich eile, ihn zu verwirklichen.

JEDERMANN Du hast eine Art von Eifer, der mich manchmal ekelt.

MAMMON Es ist mir eine Lust, Ihnen zu dienen.

JEDERMANN Das ist es. Das merke ich, und das ärgert mich.

MAMMON Sie sind schwer zufriedenzustellen.

JEDERMANN Es ist etwas von Feinschmeckerei in deiner Dienstfertigkeit.

MAMMON Wenn Sie sich über mich zu beklagen haben, gnädiger Herr, so seien Sie deutlicher.

JEDERMANN Genug, laß mich allein.

MAMMON So darf ich das Mädchen hierher ins Boskett bringen?

JEDERMANN Nein.

MAMMON Oder nach Sonnenuntergang in das obere Zimmer des Jagdhäuschens?

JEDERMANN *unwillig* Nein, sag ich dir. Dring mir nichts auf. Ich sehe etwas vor mir, ein Nichts, eine Erscheinung, einen Traum; unglücklicherweise spreche ich es vor dir aus, und du eilst, einen nichtsnutzigen Handel daraus zu machen.

MAMMON Es wäre Ihre Sache gewesen, nachher aus meinem nichtsnutzigen Handel wieder ein Etwas zu machen, ein Nichts, eine Erscheinung, einen Traum.
Verneigt sich, tritt zurück, schweigt

JEDERMANN *unlustig* Was noch?

MAMMON Darf ich das Instrument? – Sie befahlen, es mitzunehmen.

JEDERMANN Lasse es da. Oder trage es wieder ins Haus. Ich bin ohne Lust, darauf zu spielen.

MAMMON Fort Josepha!

Hebt die Gitarre auf

Man will heute nicht Musik machen.

JEDERMANN Du bist unverschämt.

MAMMON *als wollte er weg*

JEDERMANN *dreht sich um* Und wenn ich dir die Erlaubnis gegeben hätte, diesen übermäßigen Eifer zu betätigen? Ich sehe deine Anstalten von hier. Wünscht sich die Mutter einen steifen Sonntagsrock? Fehlt dem Vater eine Ecke, seinen Weinberg rund zu kriegen, und gibt es einen dämlichen Burschen, der späterhin – denn du ersparst mir ja nichts. Nicht die Langeweile im vorhinein und nicht den Ärger hernach. Ach, es ist nicht der Mühe wert, so bedient zu sein.

MAMMON Gänädiger Herr, seit wann sind Sie satt vor der Mahlzeit?

JEDERMANN Das bin ich nicht. Nur eines langsamen, umständlichen Tischdeckens.

MAMMON Sie liebten es sonst, langsam serviert zu werden, und manchmal schien mir, als stellten Sie die Vorspeisen über das Hauptstück.

JEDERMANN *kehrt ihm den Rücken* Wenn ich in dieses Weben der Welt hineinschaue, in dies unaufhaltsame Hingleiten, dieses lautlose, süße Sichverzehren, so befällt mich eine rasende Ungeduld. Ich kann den Hahn nicht balzen hören und den Hirschen nicht schreien, ohne daß mir schwarz vor den Augen wird. Aber es ist nicht die Lust des Jägers. Es ist eine wütende Qual: Ich bin da, ich einzelnes Leben, und da ist die Welt, funkelt herauf durch die Stämme, Tal an Tal. Nicht auszuschöpfen! Und ich, ich schwinde hin, ich bin schon halb dahin! Geschöpfe! Dasein! Frauen! Es gibt keine häßliche unter ihnen. Zu Tausenden leben sie, da, dort, in den Häusern, in den Hütten –

MAMMON Ich gehe, gnädiger Herr. Ich eile, lassen Sie mich, ich fliege. Was sehen Sie mich so an?

JEDERMANN Weil mir angst ist, daß ich um so durstiger sein

werde, wenn ich werde getrunken haben. Aber geh nur. Dies Dürsten ist wenigstens Gefühl des Lebens.

MAMMON Ich fliege! Ich trinke die Luft zwischen hier und dort. Ich bin dort. Ich habe das Mädchen bei der Hand. Die Mutter will aufschreien, ich halte ihr den Mund zu. Der Vater schlürft uns entgegen. Ich jage ihm einen Blick in den Leib, der ihn lähmt, als wäre es der goldene Blitz aus einer Pistole. Wie betäubt gibt er die Bahn frei, die Josepha sträubt sich, sie weiß nichts, aber ein Etwas drängt sie vorwärts wie mit Händen – wir sind im Jagdhäuschen, ich sperre ihr das blaue Zimmer auf, zugleich bin ich schon auf dem Dach, Josepha sinkt taumelnd auf die Ottomane, ich habe oben die Dachluke aufgemacht, und die Aeolsharfe strömt ihre namenlose Sehnsucht in den Raum. Darauf haben Sie nur gewartet, gnädiger Herr.

JEDERMANN Warten! Malst du mir noch das Warten aus? Ich hasse zu warten.

MAMMON Sie warten schon nicht mehr. Sie sind schon im blauen Zimmer. Der Wind des Abends spielt mit der Aeolsharfe, und sie gibt sich ihm hin. Sie schmilzt in Seligkeit, indessen ich eine Kerze anstecke, um Ihnen in der Veranda ein kleines Souper zu servieren.

JEDERMANN Und wenn ich fände, daß deine Augen bei solchen Gelegenheiten zuviel teilnehmendes Vergnügen, eine gewisse unerträgliche Zufriedenheit ausdrücken, und befehlen würde, das Nachtmahl hinzustellen, den Leuchter gleichfalls, dann an die Tür zu klopfen und dich zurückzuziehen?

MAMMON So würde ich mich auf den Dachboden zurückziehen. Ich würde die Schuhe ausziehen, um Sie nicht zu stören, denn das Haus ist dünn gebaut. Ich würde mich in eine Ecke kauern und würde dem Wind zuhören, wie er die halb eingeschlummerte Aeolsharfe aufs neue bedrängt, ohne sie völlig aufzuwecken, ich würde beide wieder stillwerden hören und die sonderbaren Nachtgeräusche zählen, das Schwirren der Fledermaus, das Bellen der Hofhunde, und würde mich an die Dachsparren lehnen, im Finstern, erfüllt von dem Bewußtsein getaner Pflicht. Denn ob Sie es hören wollen oder nicht, gnädiger Herr, ich bin ein Diener, dem die Zufriedenheit seines Herrn mehr ist als essen und schlafen.

JEDERMANN *schließt die Augen* So geh, beeile dich. Ich will nicht warten. Ich will mich stellen, als hätte ich nichts zu erwarten. Und ich will dem Jägerhaus nicht früher nahekommen, als bis mich die Windharfe ruft.

MAMMON *ab*

JEDERMANN *allein, setzt sich unter einen Apfelbaum* Was wollen sie mit dem, daß man alt wird? Rührt diese laue, linde Luft den Mann nicht ebenso schmeichelnd an wie den zwölfjährigen Buben? Und wenn ich mich zurückbeuge und zwischen den Blättern durch in den Himmel starre – ist nicht das schwindelnde Gefühl so verlockend und grausig wie immer? Bin ich nicht jung, sobald ich nur allein bin? In all diesem Glanz ist auch mir, als glänzte ich wie die Blätter am Baum, wie der glimmernde Stein im Hügel, und alles Dunkle ist hinabgetaucht unter den Rand des Himmels. Kann sein, ich habe häßliche Stunden erlebt – wo sind sie jetzt? Dort, wo die schweren Winternächte sind. Mir ist, als könnte ich die Welt über mich ziehen wie einen Schleier und mich darein wickeln, alles fühlen, was in ihr ist, alles ahnen, alles liebhaben. Wenn mir als Knabe so zumut war, schlief ich gleich ein, vielleicht kommts heute wieder so.
Er schläft ein
Eine leise Musik, die wieder verstummt

DER TOD *von links von Baum zu Baum anspringend. Sieht hinterm Apfelbaum vor. Steht vor Jedermann und heftet sein Auge auf ihn*

JEDERMANN *stöhnt im Schlaf plötzlich auf*

TOD *richtet sich auf*

JEDERMANN *blaß, fährt aus dem Schlaf auf*

TOD *tritt zurück*

JEDERMANN *auf der Erde* Ich sterbe! Ich sterbe.

TOD *nickt* Ja, Du stirbst.

JEDERMANN *auf der Erde* Du! Du! Du! Was hast du mir aus meinem Innersten, groß wie ein Kinderkopf, herausgeschnitten? Was ist Gräßliches aus mir geworden.

TOD Komm mit mir. Ich habe Dir ein Grab geschaufelt, ein kühles

setzt sich

Dort ist Dir dann wieder wohl.

JEDERMANN Rühre mich nicht an.

Schlägt in gräßlicher Angst um sich

TOD *tritt zurück*

JEDERMANN Namenlos! Welchen Weg bin ich herabgestürzt – hierher. Mich zerreißt der Schwindel, ich weiß nicht mehr wo ich bin. Ich vergehe.

Sinkt zurück

TOD Ja, Du vergehst. Bald bist Du dahin.

JEDERMANN Ja! Ja!

TOD Jedermann, ich warte. Du mußt mit mir gehn.

JEDERMANN *hébété* Ja, ja. *Bleibt sitzen*

TOD *tritt einen Schritt auf ihn zu*

JEDERMANN *aufbäumend* Leben! leben! ein Jahr! Einen Monat! einen Monat noch!

TOD Du mußt mit mir.

JEDERMANN einen Monat! eine Woche, einen Tag! bis morgen abend leben!

TOD Die Nacht liegst Du in Deinem Grab.

JEDERMANN bis morgen abend noch einmal in meinem Bett schlafen! Die Sonne aufgehen sehen! Die Kinder sehen in ihren Betten. Dann im Wald mich verkriechen, mich verstecken. Noch einmal das geschlagene Holz riechen. Dort verkriech ich mich. Dort kannst Du mich nehmen. Morgen.

TOD heute nehm ich Dich Jedermann. Heute, wenn sie Ave Maria läuten.

JEDERMANN heute? In einer Stunde! Was soll ich machen, diese Stunde lang? mich krümmen wie ein Wurm an der Nadel.

TOD Dich trösten. Jedermann und mein Gesicht ertragen lernen, Jedermann. Ich bin ein tüchtiger Arbeiter. Ich mische das in die Erde, was Leben gibt. *haucht ihn an* Die Bauern wissen mich zu schätzen. Ich kann allerlei Künste.

JEDERMANN Vergifte nicht meine armen Augen.

TOD hältst Du Dir die Augen zu? So soll mein Atem Deine Ohren aufschließen. So tröste Dich, Jedermann. Auf bald!

TOD *geht langsam hinauf*

JEDERMANN Niemand sehen. Mit keinem reden. Ins Haus gehen. Noch einmal durch alle Zimmer gehn. Nein. Wieder hinaus. Im Dunkel mich verkriechen wie ein Tier. Von nichts wissen. Nichts denken.

Viele Stimmen von Männern und Frauen

Oben unten festlich aus der Luft: Jedermann!

Unser sind viele! Wir warten auf Dich! Jedermann! Jedermann!

STIMME DER MUTTER Jedermann. Ich bin da! Hörst Du mich?

JEDERMANN Mutter!

Stille

JEDERMANN Mutter! Wußtest das Du? Du bist drüben. Dir kann nichts geschehn. Mutter, hab Erbarmen mit deinem Kind. Lass es nicht zu, daß ich zernichtet werde. Mutter, die Du mich geboren hast, laß mich nicht allein in seine Hände fallen. Hilf mir, Mutter!

Stille

ZARTE STIMMEN Jedermann! Kommst Du bald?

JEDERMANN Wie singende Vögel rufen sie! Wie selige Kinder! Aus welcher Welt ruft Ihr zu mir? Ich will leben!

Er verschließt sich die Ohren

VERWANDTSCHAFT *von links hervor* Da steht er vor seinem Garten und redet mit sich selber. Ganz wie sein Großvater. Der führte auch immer Selbstgespräche, wo er ging und stand. Ganz dein seliger Großvater bist du, mein Lieber.

JEDERMANN *vor sich* Nichts zeigen!

VERWANDTSCHAFT *setzt sich* Ach ja.

JEDERMANN Wo kommst du her?

VERWANDTSCHAFT – und ist doch kein Begräbnis und keine Hochzeit, willst du sagen. Und auch kein Kind zur Welt gekommen. *Lacht* Denn das sind doch so die Anlässe, daß man eingeladen wird. Die heiligen Zeiten! Alle heiligen Zeiten! *Lacht* Vetter, du siehst nicht gut aus. Du siehst gealtert aus, dein Gesicht, ich weiß nicht, du hast ein Gesicht wie deines Onkels Martin Ludwig. Im Oktober werdens siebzehn Jahre, den 20sten.

JEDERMANN Wie du alles weißt? Was ist heute für ein Tag?

VERWANDTSCHAFT Wer sollte es denn wissen, wenn nicht ich. Heute ist der 16te August. Der Tag wird auch ein Gedenktag. *Sieht ihn harmlos an.*

JEDERMANN *tritt zurück*

VERWANDTSCHAFT Deine Muhme Marianne liegt in Wehen. Ich bin auf dem Weg zu ihr. Aber eh Nacht wird, wird es nichts. Da hab ich Zeit. Neun Jahre verheiratet und kinderlos, ich nenne das ein Wunder und danke Gott.

JEDERMANN Sie weiß nichts. *Wendet*

VERWANDTSCHAFT Wohin gehst du denn?

JEDERMANN Ich muß in den Wald. Dem Heger aufpassen, wie ers treibt.

VERWANDTSCHAFT Laß dich nicht aufhalten, Vetter.

JEDERMANN Du bist immer da, wenn eines stirbt und eines zur Welt kommt. Aber was es ist, das ist dir gleich.

VERWANDTSCHAFT Ja, wenn er von der Familie ist. Die unsern stehn mir alle gleich nahe, freilich.

JEDERMANN *mit innerlicher Wut* Du stehst von einem Totenbett auf und gehst an ein Kindbett. Das ist deine Beschäftigung.

VERWANDTSCHAFT Ja, sozusagen meine einzige Beschäftigung.

JEDERMANN Und das eine geht dir gerad so nahe wie das andre?

VERWANDTSCHAFT Ja, ich mein, es sind ähnliche Dinge.

JEDERMANN So, meinst du das? Und wie meine Mutter gestorben war, da bist du vom Begräbnis weg zu einer Entbindung gegangen.

VERWANDTSCHAFT Ja, weißt du denn das nicht mehr? Es war dein ältestes Mädchen, das ist damals zur Welt gekommen.

JEDERMANN Und seit damals ist es, daß ich dich nicht sehen kann. Daß dein Gesicht zu sehen mich aufbringt. Dein Gesicht, das ich binnen vierundzwanzig Stunden zweimal neben einem Bette sehen mußt – und, dabei siehst du meiner Mutter ähnlich. Ich weiß es, in deinem Gesicht ist ihr Gesicht, und in deiner Stimme beinahe so was von ihrer Stimme. Wenn ich dich ansehe und dich reden höre, verschwimmt mir alles, du stiehlst mir meine Erinnerung an sie aus dem Leib, alles vermengt sich, alles vermischt sich. Sie konnte es im Bett nicht aushalten, selbst stieg sie heraus und setzte sich in einen Sessel und sah auf mich herüber – so wie du jetzt stumm auf mich herüber siehst. Ihre Lippen waren ganz weiß und ganz stumm, aber ihre Augen redeten – was redeten ihre Augen? Ich muß es doch wissen, ich muß es doch damals gewußt haben, ich bin ja ihr Kind, ich muß doch im Stande gewesen sein zu verstehen, was ihre Augen vor dem Sterben sagen wollten. – Wenn ich es nicht verstanden habe – für was leben wir denn dann – für was haben wir dann Augen im Kopf und einen Mund und eine Zunge und ein Gehirn und Gedanken und Gefühle? Und wenn ich es damals verstanden habe und jetzt kann ich mich nicht erinnern, warum habe ich es vergessen können! Dann ist es nicht in mir und nicht in der Luft, nicht da, nicht dort, nirgends, nirgends! Ich hab es vergessen – das ist ja – das hat ja keinen Namen. Und überhaupt – bevor sie starb, die Wochen, die Monate, und die ganzen letzten Jahre, wie sie allmählich eine alte Frau wurde – was ging da in ihr vor? Ich lebte ja in einem Haus mit ihr, ich sah sie doch Tag für Tag... ich war doch ihr Kind... fort – alles fort – Ein Mensch! Und so: – fort. *Er bläst sich über die Lippen* Nirgends lebt etwas weiter? Nirgends?

VERWANDTSCHAFT *ruhig sitzend* Du gingst aus dem Zimmer.

JEDERMANN Ich ertrug ihre Blicke nicht, ihre antwortlosen ungeheueren Blicke, habe ich sie damals verstanden diese Blicke, o Gott?

VERWANDTSCHAFT Da sagte sie: er geht hinaus. Dann schwieg sie. Dann bewegte sie noch einmal ihre Lippen und sagte: Er ist mein Sohn. Aber ich weiß so wenig von ihm. Er hat eine Frau genommen. Aber ich weiß nicht, ob er glücklich ist mit seiner Frau.

JEDERMANN Und dann sagte sie nichts mehr?

VERWANDTSCHAFT Sie sagte noch: ihr habt mir verheimlicht, aber ich weiß es, daß seine Frau in Wehen liegt. Ich bete nur um eines: daß ich das Kind noch sehen kann.

JEDERMANN *einwerfend* Sie hat es nicht mehr gesehn.

VERWANDTSCHAFT Wenn ich sein Kind noch sehen kann, sagte sie, dann ist alles gut. Dann will ich gerne sterben.

JEDERMANN Warum sagte sie das? Was konnte ihr das geben, das kleine Kind zu sehen? Das Kind gab doch keine Antwort auf ihre antwortlosen ungeheueren Blicke... Ich war ihr Kind, ich stand da, und dort saß sie auf dem Stuhl und fühlte mit lebendigem Herzen den Tod kommen... und sah mich an, hilfeflehend sah sie mich an, eine Frage war in ihren Augen, eine angstvolle antwortlose Frage, an mir war, ihr eine Antwort zu geben, irgendwie nicht mit den Lippen, mit einem Tropfen Blut aus meinem Herzen, mit einem etwas, das aus der Tiefe meiner Seele in mein Aug' getreten wäre und mit dem Todesblick gerungen hätte und stärker gewesen wäre als der Tod. Da stahl ich mich aus dem Zimmer.

VERWANDTSCHAFT Was meinst du, daß das für eine Frage gewesen ist?

JEDERMANN Das fragst du mich und bist an so viel Totenbetten gesessen: wie ist es möglich, daß ich sterben muß, wie kann das Ungeheuere mir geschehen, mir diese maßlose Gewalttat, mir die zum Himmel schreiende, und sie stehen herum und lassen es geschehen... Ich bin aus dem Zimmer gegangen und habe es an dir geschehen lassen, Mutter!

VERWANDTSCHAFT Jedermann, laß die Tote tot sein. Wir müssen alle sterben.

JEDERMANN Unausdenkbar! Grenzenlos!

VERWANDTSCHAFT *halb aufstehend* Ich muß fort. Ich muß zur Muhme.

JEDERMANN Du mußt dorthin, wo sie aus einem nackten Leib hervorzerrn, was nackt, das sich krümmt und schreit und nichts von sich weiß – es ist nicht wahr, daß meine Mutter im Sterben danach verlangt hat, mein neugeborenes Kind zu sehen. Ich glaube es dir nicht. Ich war ihr Kind, stand neben ihr, voll Leben und Kraft und half ihr nicht gegen den Tod. Warum hätte sie nach dem Wurm verlangt... Antworte mir doch!

VERWANDTSCHAFT Ich habe viele sehen geboren werden und viele sehen sterben. Ich verstehe, warum deine Mutter das Kind sehen wollte.

JEDERMANN Ich glaube nichts von allem, was du redest. *Vor sich* Ich habe nichts gemein mit denen, die auf die Welt kommen, und nichts mit denen, die tot sind. Ich will meine Kinder nicht sehen. Ich weiß, daß sie nicht mit mir gehen werden.

VERWANDTSCHAFT *langer Blick*

JEDERMANN *sich erinnernd* Du sitzest fleißig an den Wiegen der Neugeborenen und an den Betten derer die sterben. Aber eines hast du vergessen. Das was dazwischen liegt.

VERWANDTSCHAFT *gleichmütig* Ja, dazwischen, das weiß ich wohl. Da lebt ein jeder sein bißchen Leben. Einer wie der andere.

JEDERMANN Vielleicht doch ein bißchen verschieden einer vom anderen.

VERWANDTSCHAFT Ach ja freilich. Nur, weißt du, ich bin eine alte Person. Ich bin etwas weitsichtig geworden. Ich sehe gar keinen so großen Unterschied in diesen Dingen. *Aufstehend* Es ist mir gar nicht möglich, so besondere Verschiedenheiten zwischen den Menschen wahrzunehmen. In einem ist dies, im andern das. Da zeigt sich was vom Onkel, und da wacht was von der Großmutter auf. Der treibts so und wird viel geehrt und ist doch nicht da. Und der treibts anders, erntet Schand und ist doch nicht viel Unterschied. Wir sind eine große Familie, Gott sei Dank, und wenn man da hat viele sterben sehen und viele zur Welt kommen – ich weiß nicht, wie ich dir das sagen soll – mir ist manchmal, als wären die nicht da, die da sind, und als wären die da, die nicht da sind. Es kommt alles wieder, nur ein bißchen anders zusammengemischt. Jetzt ärgerst du dich über mich, Jedermann... und glaub' mir, du hast einen Großonkel gehabt, den du nie gesehen hast, ich aber hab ihn gesehen, da war ich ein kleines Mädchen, wenn der sich ärgerte, so sah er aus wie du jetzt aussiehst und zog die untere Lippe so hinunter wie du jetzt tust –

JEDERMANN Ich, weißt du, ich habe so wenig übrige Zeit. Du mußt mich entschuldigen. Ich habe meine eigenen Angelegenheiten im Kopfe.

VERWANDTSCHAFT *stehend* Deine Angelegenheiten? Überschätzt du die nicht ein bißchen? Glaub mir, ich bin eine alte Person, es gibt keine ernsthaften Angelegenheiten auf der Welt als das Zur-Welt-Kommen und das Sterben. Alles andere – du lieber Himmel. *Seufzt.*

JEDERMANN Adieu. Adieu. Ich wünsche dir, daß du auf irgendeine Art noch etwas lernen mögest, daß dir ein Licht aufginge so alt du bist.

VERWANDTSCHAFT *schon ganz links* Ja was denn, Jedermann?

JEDERMANN Dies: daß ein Mensch ein Mensch ist, ein einzig Wesen, das nicht wiederkommt, niemals, hörst du mich, niemals, niemals, niemals!

VERWANDTSCHAFT *winkt mit der Hand, ist verschwunden*

JEDERMANN *schüttelt sich vor Ekel*

MÄNNERSTIMMEN Jedermann! Wir warten auf dich. Deine Väter warten auf dich.

JEDERMANN *blickt angstvoll um sich*

DER FREUND *von rechts her, hastig die Hand hinstreckend*

JEDERMANN Du! mein Freund! Du kommst! *kleine Stille*

FREUND Fühlst du dich matt – fühlst du, daß es kommen muß?

JEDERMANN *vor sich* Er weiß es.

FREUND Mein Freund.

JEDERMANN Mein Freund, nun soll ich fort.

FREUND Nicht es aussprechen!

JEDERMANN Wie lang ist das nun her, daß wir Freunde sind?

FREUND Achtzehn Jahre oder zwanzig.

JEDERMANN Zwanzig Jahre. Wie ein Traum. In der Fechtschule war es. Wir gingen dann zusammen nach Hause. Es war eine Mondnacht im Frühling. Mitten in der Stadt hing in einem Käfig eine Nachtigall und sang und sang. Wir waren so jung. Was wir für Gespräche führten, bis in den Morgen. Als ich nach Haus ging, standen die Häuser im ersten Licht, geheimnisvoll, als hätte diese Nacht niemand geschlafen. Ich ging nicht nach Hause, ich ging vor das Haus, in dem meine Geliebte wohnte – von meinem Freund ging ich zu meiner Geliebten. Aber ich fühlte: dies, was zwischen uns war, das war das Unendliche – denn in unsern Reden war unsere Seele gewesen – unsere ganze Seele –

FREUND Unsere ganze junge Seele, mein Freund.

JEDERMANN Unsere Seelen sind heute so jung wie damals. Denn ich verstehe jetzt so deutlich, wie ich es nie verstanden habe: alles dies namenlos Schöne, das wir miteinander gehabt haben in diesen Jahren, dies Zueinanderreiten durch den Wald, dies einsame Steigen miteinander im Schwung der hohen Berge, schwingend über der Welt höher und höher, dies Fahren auf Schiffen über fremdem Meer, dies war nur ein Ausschöpfen dessen, was unsere Seelen in ihren ersten Flügen erobert haben, ein Zusammensein in tiefsten Einsamkeiten – ein erkennend Erschaffen, ein Erobern mit fühlenden Organen, eine Magie des Voneinanderwissens, im verlorenen Schweben.

FREUND Wie du die Pracht unserer Jugend malst, das grenzenlose Wollen und Schon-Haben – die Straßen, die wir gingen, die Bäume in der Dämmerung.

JEDERMANN Aber in allen diesen Jahren haben wir nicht die ganze Pracht unserer ersten Träume wiedergefunden – Wir lebten so dahin, als wenn wir ewig zu leben hätten. Wir zogen im Land herum, als ob es uns verwehrt wäre, die Heimat zu betreten. Was haben wir mit unserem Leben gemacht? Wir haben vergessen, daß alles – Wollust, Macht, Reichtum ungeheuere Springbrunnen sind, unseren Durst nach dem Unendlichen zu löschen. Wir haben die Sprache verlernt, die unsere Sternennächte mit uns gesprochen hatten. Gewisse Abgründe sind wir ihm schuldig geblieben, gewisse funkelnde Versprechungen, stumme, nie ausgesprochene haben wir nie eingelöst.

FREUND Was für Versprechungen?

JEDERMANN Weißt du den Abend in Neapel? Terrassenförmig: unten Badende und Wollüstige im Boote, in den Hügeln Paare hinsinkend, immer höher steigend – immer höhere Terrassen, die letzte gegen das Nichts –, betend: den Sinn des Lebens erkennend – so wie die Rose in leisem Lufthauch entblättert, wie die volle Traube verspritzt, so – aufstehen vom Gastmahl des Lebens, zusammen, in der Zweiheit alle Fülle der Kreatur vertretend.

FREUND Was für üppige Träume.

JEDERMANN Aber wahrzumachende: wir sind reif. Reif sein ist alles. Wir brauchen keine Dekoration, keine gemalten Hintergründe und keinen Feuerberg. Dieser schweigende Weinberg ist mehr als Neapel und Sorrent. Und statt jenes Abgrunds genügt wohl etwa ein Grab. Denn worauf es ankommt –

FREUND Nun was ist das?

JEDERMANN Das ist Wollust der Seelen, die mit ihrer Harmonie alles krönen.

FREUND Ich verstehe dich nicht. Was hat hier und dort Gemeinsames? Warum quälst du mich mit dem Herausrufen dieser schönen Dinge? O wie ich das Leben mit dir geliebt habe. Ein Gewebe!

JEDERMANN Du verstehst mich nicht mein Freund. Nie wieder. Nie wieder dein Aug in meinem, deine Antwort auf meine Frage. Nie wieder! Nie mehr sitzest du im Zimmer, und ich komme herein – nie mehr Musik.

FREUND O daß du mir das tust, Jedermann, da liegt die Laute, ich kann sie nicht anschaun, ohne zu weinen. Ich muß fort. Ich will dich nicht noch weicher machen. Ich muß mein trübes Leben für mich hinbringen. Ich werde jetzt mühsam leben, nur mit dem Gedanken ans Sterben beschäftigt.

JEDERMANN Ich hab so gern gelebt! Ich hab das Leben gegönnt jedem Buckligen, jedem Bettler, ich konnte einen kranken Hund nicht ansehen vor Mitleid. Ich habe das Licht des Tages so lieb, möchte der Sonne nach, alle Täler befruchten. Laß du mich nicht allein gehen.

FREUND Mein Freund. Du nimmst meine Jugend mit, mein Bestes stirbt mit dir.

JEDERMANN Ich fühl, auf was für Grund du stehst. Zwischen uns ist Hurerei und Scheißdreck. Es war Narretei, ein ödes Hin- und Herzappeln. Eine Sache wie Leichenschändung.

FREUND Sieh mich doch nicht bös an.

JEDERMANN *gibt ihm die durchschnittene Laute.*

DAS ALTE SPIEL VON JEDERMANN

Die deutschen Hausmärchen, pflegt man zu sagen, haben keinen Verfasser. Sie wurden von Mund zu Mund weitergegeben, bis am Ende langer Zeiten, als Gefahr war, sie könnten vergessen werden oder durch Abänderungen und Zutaten ihr wahres Gesicht verlieren, zwei Männer sie endgültig aufschrieben. Als ein solches Märchen mag man auch die Geschichte von Jedermanns Ladung vor Gottes Richterstuhl ansehen. Man hat sie das Mittelalter hindurch an vielen Orten in vielen Fassungen erzählt; dann erzählte sie ein Engländer des fünfzehnten Jahrhunderts in der Weise, daß er die einzelnen Gestalten lebendig auf eine Bühne treten ließ, jeder die ihr gemäßen Reden in den Mund legte und so die ganze Erzählung unter die Gestalten aufteilte. Diesem folgte ein Niederländer, dann gelehrte Deutsche, die sich der lateinischen oder der griechischen Sprache zu dem gleichen Werk bedienten. Ihrer einem schrieb Hans Sachs seine Komödie vom sterbenden reichen Manne nach. Alle diese Aufschreibungen stehen nicht in jenem Besitz, den man als den lebendigen des deutschen Volkes bezeichnen kann, sondern sie treiben im toten Wasser des gelehrten Besitzstandes. Darum wurde neuerlich versucht, dieses allen Zeiten gehörige und allgemein gültige Märchen abermals in Bescheidenheit aufzuzeichnen.
Die englische Fassung kam mir vor mehreren Jahren in die Hände. Der Eindruck war rein und groß, die Lust unbedingt, dieses Werk dem deutschen Repertorium einzuverleiben, in einem gedachten idealen dramaturgischen Verhältnis, in welchem sich jeder mit dem Theater verknüpfte Dichter zeitweilig fühlen mag. Zur einfachen Übertragung schienen die Reden des englischen Originals zu weitschweifig; nur in der treuherzigen Wesentlichkeit der alten Sprache war dergleichen möglich; bildete man so Zeile für Zeile nach, so wäre, wie beim Nachschnitzen einer alten Holzskulptur, den flächigen Zeilen etwas Leeres, Totes geblieben. Trug man, mit

vergehenden Jahren, das Wesentliche dieses dramaturgischen Gebildes stets in sich, zumindest im Unterbewußtsein, so regte sich allmählich Lust und Freiheit, mit dem Stoffe willkürlich zu verfahren. Sein eigentlicher Kern offenbarte sich immer mehr als menschlich absolut, keiner bestimmten Zeit angehörig, nicht einmal mit dem christlichen Dogma unlöslich verbunden: nur daß dem Menschen ein unbedingtes Streben nach dem Höheren, Höchsten dann entscheidend zu Hilfe kommen muß, wenn sich alle irdischen Treu- und Besitzverhältnisse als scheinhaft und löslich erweisen, ist hier in allegorisch-dramatische Form gebracht, und was gäbe es Näheres auch für uns? Denn wir sind in der Enge und im Dunkeln, in anderer Weise als der mittelalterliche Mensch, aber nicht in minderem Grade; wir überschauen vieles, durchblikken manches, und doch ist die eigentliche Seelenkraft des Blickens schwach in uns; vieles ist uns zu Gebote, aber wir sind keine Gebieter; was wir besitzen sollten, das besitzt uns, und was das Mittel aller Mittel ist, das Geld, wird uns in dämonischer Verkehrtheit zum Zweck der Zwecke. Die neuere Zeit sieht mit einem anderen freieren gütigeren Blick auf den »Mammon« als die alten frommen Zeiten. »Ist nicht das Geld zum Beleben da?« fragt Novalis, aber es ist ein Jahrhundert seitdem hingegangen und das Verhältnis zu diesem Dämon hat sich wiederum verdunkelt und verworren. Dieses Verhältnis durchzieht und durchsetzt alle übrigen des Daseins und es ist erschreckend, bis zu welchem Grade es sie alle bestimmt. Durchdenkt man dieses Grundverhältnis des Lebens, das Verhältnis des Menschen zum Besitz, mit dem Denken der Phantasie, das zugleich gestaltet und auflöst, so löst sich der Kern des Jedermannmärchens in einen lebensvollen Nebel, trächtig mit Gestalten, aber im Mittelpunkt bleibt die Allegorie des Dieners Mammon, der ein verlarvter Dämon und stärker als ein Herr ist, und sich als den Herrn seines Herrn offenbart. Eine Allegorie dieser Art hat nichts Kaltes; es ist in der Idee des Dramas, das zerfließende Weltwesen in solcher Art zu festen Gegensätzen zu verdichten. Es ist die Gefahr und der Ruhm unserer Zeit, an deren Schwelle der greise Ibsen steht, daß wir weit genug wiederum sind, uns im Allegorischen bewähren zu müssen.

Der Anreiz, aus den Grundmotiven des alten Spieles, verlarvt bis zur Unkenntlichkeit, ein neues Gebilde hervorgehen zu lassen, war jahrelang mächtig und vielleicht habe ich kein Recht, ihn für abgetan zu halten. Doch überwog am Ende ein anderer Trieb, der gleich mächtig ist im Menschen: für schön Erkanntes rein aufzufassen und wiederzugeben, fremdem Gebild sein Lebensrecht zu wahren und hinter sich wie vor sich, zur Rechten und zur Linken nach dem Spruche zu handeln: daß dem, der hat, noch gegeben werden soll. Ist man älter und noch nicht alt, so stellt sich eine besondere Art von innerlichem Jung-sein ein, das doch dem Jung-sein der völlig Jungen nicht gleich ist. Diese Jugend der Lebensmitte ist mit einer besonderen Kraft begabt, das Eigentliche, Wesenhafte fremder Existenzen zu erkennen und sich nicht duldsam, sondern wahrhaft freudig und genießend dagegen zu verhalten. In einer solchen Verfassung mag man den Mut fassen, ein Altes wahrhaft wieder ins Leben zu rufen; gewähren lassen ohne Einmischung, wiederherstellen ohne Willkür erscheint möglich. Handelt es sich zudem um ein Werk des eigenen oder eines nach Art und Gesinnung unvergleichlich nah verwandten Volkes, so werden geheime Kräfte von innen heraus lebendig, ein Volksgefühl, ein Instinkt volksmäßiger Führung im Innersten wirksam. Man fühlt sich hinabgestiegen in einen Brunnenschacht und sieht die Sterne wahrhaftig über sich blinken, die für andere, oberhalb wandelnd, wahrhaftig nicht am Himmel stehen; hier hilft kein Streit: das Leben ist doppeltblickend und zweideutig, im tiefsten aber ist Einheit und Beruhigung und daran muß man sich halten. Immerhin gibt es des Zweifelhaften und Bedenklichen genug bei solchem Tun. Entäußert man sich gerne höchst scheinhafter und zweifelwürdiger Besonderheiten, so wollte doch keiner seinen Schatten verkauft haben, in dieser Welt, wo auf partikuläres Schattenwerfen so viel gehalten wird. Unter solchen gelegentlichen Bedenken geriet mir der Brief eines seit Jahren abwesenden Freundes in die Hände und wirkte freundlich und beruhigend. »Ich darf Ihnen heute«, hieß es darin, »manchen alten Groll abbitten, verständigen wohl auch, aber auch wie viel unverständigen! und Ihnen rundheraus sagen, daß ich es schön, natürlich und nützlich finde, wenn Sie einmal oder eine Zeitlang solche Sachen arbeiten. Was ich darin dem Geiste nach begrüße, ist der freie Stolz, menschlich zu sein, dem nur die wahre Größe zugänglich und die selbstische Affengröße, die sich den ganzen Tag die Hände wäscht, um ja rein zu bleiben, auf ewig feind ist. Sie haben in diesen letzten Jahren, in denen es so gar kein Auskommen mit Ihnen zu sein schien, einfach in der Stille die sublimste Moral des Theaters begriffen, die darin besteht, nur Demütige zu krönen und seinen goldensten Kranz dem größten Opfer aufzubehalten, den Dichter auf genau dasjenige zu reduzieren, was er mit dem Publikum, diesem unkritisierbaren Repräsentanten der uralten wahren großen Menschheit gemeinsam hat, und von ihm die Entscheidung im Werke zu erzwingen, ob, was er mit diesem Mob in Logen, Mob auf der Galerie, Mob im Stehparterre, an Menschlichem teilt, nun das Höchste ist, was mit ihm geteilt werden kann oder das Niederste, ›Faust‹ oder Kotzebue, Weltgedicht oder Melodram, ›Götterdämmerung‹ oder ›lustige Witwe‹, ›Romeo und Julia‹ oder ›Charleys Tante‹. Das Theater übt auch am Größten, der mit ihm zu tun haben will, dieselbe unerbittliche und, wie ich glaube, großartig sittliche Zucht wie die Liebe, sie akzeptieren keine Sonderfälle; beide postulieren den Größten wie den Kleinsten vorerst als gesellige Person und dulden keine Würde; beide zeigen dem Individuum und dem Original die Grenze seines Hochmutes und seines Rechtes auf Eigenleben und machen ihn die heilsame Lehre begreifen, daß es gar nichts heißen will, in demjenigen besonders zu sein, worin man sich von der Menschheit unterscheidet, daß das einzige Kriterium der Größe in der Art und Mächtigkeit dessen liegt, was man mit der ganzen Menschheit teilt.« Äußerungen dieser Art zielen auf das Höhere und Allgemeinere und idealisieren oder verallgemeinern das Individuum, an das sie gerichtet sind und an dessen Wirken sie mit freundlichem Anteil anknüpfen. Doch entsteht aus der Übereinstimmung einer solchen Äußerung mit eigenen hellklaren Erwägungen ein Gefühl der Beruhigung und Bekräftigung. Diese Zeilen, auf eine andere dramatische Arbeit zielend, trafen ein, als die Wiederherstellung des »Jedermann«-

Spieles eben alle Kräfte in Anspruch nahm. Diese Arbeit aber beendigt, durch ähnliche verstehende und teilnehmende Aussprüche erfreut, war es ein leichtes, völlig zurück- und gegenüberzutreten, als ein Zuschauer unter Zuschauern das lebendige Spiel auf sich wirken zu lassen, dessen Eindruck durch diese Blätter festzuhalten versucht wird.

Glocken wurden geläutet, kräftig und anhaltend. Da wurde die ganze große Masse still und es war, als fühlte man das Stillwerden jedes einzelnen. Indessen war es auch ganz dunkel geworden. In dem riesigen, kaum erleuchteten Raum wurde aus den Tausenden von zufällig zusammengekommenen Menschen, deren Gesichter das einzige Helle in dem dämmrigen Dunkel waren, mit einem Schlag ein Wesen: die Menge. Vor diese Menge trat nun der Spielansager oder Herold und sagte das Spiel an. Er trat seitwärts auf dem Gerüst heraus, ging nach vorne und stieg ein paar Stufen empor, die am vordersten, niedrigsten Teil des Gerüstes zu den mittleren höheren hinaufführten. Hier blieb er stehen, genau in der Mitte, und sagte seinen Spruch her. Von oben fiel ein Schein auf ihn und erleuchtete sein buntes Heroldsgewand, seine Hand mit dem weißen Stab, sein Gesicht, das gewöhnlich war, und über dem ein Kopfschmuck mit recht bunten und schönen Straußenfedern den Kopf des Mannes ansehnlich machte. Als er geendet hatte, war die Menge minder ruhig als vorher: es schien, als sei eine ganz besonders wunderbare Spannung von ihr genommen, die während des Glockenläutens auf ihr gelegen hatte. Der starke Schein, der den Herold erleuchtet hatte, verlosch, dafür aber fiel auf den hintersten, höchsten Teil des Gerüstes von irgendwo her wie aus großer geheimnisvoller Höhe ein Strahl schimmernden Lichtes herab und von dort oben, wo er herzukommen schien, wurde die Stimme Gottes des Herrn vernehmlich. Es war nicht die Stimme eines gütigen Greises, als welchen man Gott den Vater insgemein zu versinnlichen pflegt, sondern die Stimme eines kräftigen Mannes, eines Königs, wenn er zu Gericht sitzt und zürnt. Als aber die Stimme zu der Stelle kam:

Auf daß sie sollten das Leben erlangen
bin ich am Marterholz gehangen,
hab ihnen die Dörn aus dem Fuß getan
und auf meinem Haupt sie getragen als Kron,

da verwandelte sich der Klang der Stimme zu einer großen Milde und Sanftmut und man konnte erkennen, daß es nun der Erlöser war und die zweite göttliche Person, welche aus der Stimme des dreieinigen Gottes heraustönte, da wurde die Menge merklich stiller, als hätte etwas sie angefaßt. Bisher war sie zwar ruhig gewesen, aber nicht völlig still und gesammelt: einesteils horchte sie auf den ungewohnten Klang einer unsichtbar aus dem Dunkel hervortönenden Stimme und wurde erst allmählich inne, wessen Stimme da gemeint war, andernteils gewahrte sie allmählich die beiden Gestalten, die auf dem hintersten Gerüst standen und nur ganz schwach von dem von oben herab schimmernden Lichtstreif angeleuchtet wurden, und sah scharf hin, um sie zu erkennen, wen sie vorstellen sollten: da war die eine der Erzengel Michael in einer schönen goldenen Rüstung, der andere war der Tod, so wie ihn Holbein und die übrigen Maler der Totentänze dargestellt haben, mit fahlem Gesicht, kahlem Schädel, gekleidet als ein fahrender Mann, und mit einer kleinen Werbetrommel um den Leib. Auch trug er eine hürnene Laterne in der Hand, damit erleuchtete er selber sein Gesicht. Nun redete Gott den Tod mit Namen an, als seinen starken getreuen Boten, und befahl ihm, zu Jedermann hinzugehen und ihn vor Seinen, Gottes, Richterstuhl geführt zu bringen, und der Tod gab eine gehorsame und grimmige Antwort und schickte sich an hinabzusteigen von dem hintersten Gerüst auf das mittlere, trat aber, nachdem er hinabgestiegen war, seitwärts ins Dunkel und wurde unsichtbar, zugleich war auch der Lichtschein von oben erloschen und der Erzengel verschwunden. Einen Augenblick lang war es völlig dunkel, dann fiel taghelles Licht auf das unterste Gerüst und auf den Schauplatz, der vor dem Gerüste lag. Das Gerüst und der Schauplatz waren leer. Sogleich geriet die Menge in eine kleine Unruhe, weil sie nun nicht wußte, wie das Spiel weitergehen würde und was sie sich erwarten sollte. Da kam der Schauspieler, welcher in dem Spiel den Jedermann vorstellte, mit schnellen Schritten auf das Gerüst zu, stieg hinauf, stand breitbeinig inmitten und wandte sein Gesicht der großen Menge zu. Sogleich wurden die Leute stiller, denn es war einer von den seltenen Schauspielern, welche eine große Gewalt über die Menge ausüben, je leichter, je mehr Leute sie vor sich haben. Diesem sah man es an, daß der Anblick einer so übergroßen Menge ihn reizte und befeuerte. Es war ein schlanker, jugendlicher Mann mit Augen, aus denen das Leben sprühte; an einigem Grau, das seinem Haar beigemischt war, konnte man erkennen, daß er in dem Spiel einen Mann von mittleren Jahren vorstellte; an seinem schönen, mit Luchspelz verbrämten apfelsinenfarbenen Oberkleid konnte man sehen, daß es ein reicher Mann war, und daß es der Jedermann war, das mochte man daraus bemerken, weil die anderen Mitspieler in dem Spiel ihn alsbald so anredeten. Von seinem Hausvogt, der nach ihm auf den hellerleuchteten Schauplatz herausgetreten war, ließ sich Jedermann einen vollen straffen Beutel Goldes reichen, den warf der Vogt ihm auf fünfzehn Schritte Entfernung durch die Luft zu und Jedermann fing ihn mit der einen Hand unterm Sprechen, so zeigten sie sich als rechte Schauspieler, die über das Verstellen und Deklamieren hinaus auch im Springen und Geschicklichkeiten ihren Mann zu stellen wissen. Da wurde der großen Menge gleich behaglich, wie sie den hübschen und reichen Mann da in der Mitte stehen sah, der sich seines Hauses und aller seiner Besitztümer so sehr freute und einen vollen Beutel Goldes in der Hand hatte. Sie waren einverstanden mit ihm und auch mit seinem guten Gesellen, der seitwärts herangekommen war, sich mit Jedermann umarmte und weiterhin alles, was Jedermann vorbrachte, mit großer Zustimmung begleitete und dem reichen Freund in allen Stücken nach dem Mund redete. Ein armer alter Mann kam hinzu, dem hingen ärmliche Lumpen um, und war doch ehemals ein stattlicher Bürger gewesen und Jedermanns Nachbar, Haus bei Haus. Nun fällt er vor dem reichen Jedermann recht demütig auf die Knie; der Beutel Geldes sticht ihm in die Augen: hätte er den, so wäre seiner Not abgeholfen. Und ist es nicht so mit Leuten, die ehemals selber reich waren und arm geworden sind: sie meinen ein Anrecht darauf zu haben, daß man ihnen in den früheren Stand zurückverhelfe, und einen ganz anderen Anspruch auf ihre früheren Glücksgenossen als die sonstigen gewöhnlichen Armen sich anmaßen dürften. Jedermann aber weiß ihn gut und fein abzufertigen. Er belehrt ihn, wie es mit dem Reichtum stehe und welche sonderlichen Lasten und Pflichten der schon von selber auferlege, wie aber die Armen sich einer andern Teilung nicht zu versehen hätten als einer solchen nach gemeiner Gerechtigkeit: und bei einer solchen Teilung sei ein Schilling der Anteil, der auf jeglichen Armen entfalle. Da nimmt der arme Nachbar den Schilling und man weiß nicht, was er denkt: ob er die Belehrung einsieht oder ob er in seinem Herzen murrt gegen den reichen Mann. Aber er geht schlürfend zu Seiten des Gerüstes hinweg. Der Gesell aber, der Speichellecker, weiß sich nicht zu fassen vor Freude über die große überlegene Art, wie Jedermann den Bettler hat abziehen lassen; gleich muß er ihn wieder umarmen vor Gefallen und Freundschaft; da umarmen sie einander wieder, das heißt, sie recken die Arme steif von sich wie Windmühlenflügel und springen ein jeder in die Umarmung des andern hinein. Nun kam Not und Armut in einer anderen Gestalt heran: Büttel brachten einen verwilderten Mann geführt, dem sah man an, daß er wild und zähe mit der Not des Lebens gerungen hatte, nun aber führten sie ihn ab in den Schuldturm; hinter ihm kam sein Weib, an der hingen Kinder, ein ganzer Knäuel, eines hatte sie im Brusttuch, zwei größere klammerten sich an ihr Kleid. Da gab es zwischen diesen armen Leuten und dem reichen Mann in aller Eile im Vorübergehen den Handel, in den alle Reichen und alle Armen untereinander verstrickt sind. Denn das Geldwesen ist ein solches alle-verfangendes Netz, daß irgendwie ein jeder Reiche der Gläubiger und Fronherr jedes Armen ist. Der Reiche meint, er rührt keinen Finger, und doch schickt er bei Tag und Nacht Hunderte in den Frondienst, vor Tags müssen sie für ihn aufstehen, in den Wald hinaus oder in finstere Berggruben hinabsteigen oder ihr Fischerboot auf das kalte Meer hinausschieben, sein Hochmut aber ist, daß er sie gar nicht kennt: darin ist er vom Sklavenhalter verschieden. Darum betrachtet auch der arme Mann die Reichen alle als zusammengehörig, nur ist ihm dunkel, wie sie diese Macht und Zusammengehörigkeit ausüben und aufrechterhalten. Aus diesem dunklen Trotz und ohnmächtigen Groll heraus spricht der gebundene arme Irgendwer zu dem schönen reichen Jedermann, da hat dieser eine geziemende Antwort bereit:

> Ich wasch in Unschuld meine Händ
> als einer, der diese Sach nit kennt,

und die Büttel führen den Schuldknecht dorthin, wo er hingehört. Aber des Weibes und der Kinder hat sich der reiche Jedermann erbarmt und wird für sie sorgen in der großen lässigen Weise, die einem mächtig reichen Mann so schön ansteht, und wie er diese Angelegenheit hinter sich hat und wieder allein ist mit seinem guten Gesellen, da schüttelt er diese lästige Sache ab und freut sich seines Geldes und malt aus, wie er bauen will, und baut in die Luft hin ein Lustschlößchen für seine Geliebte, ein »Casino« in italienischer Art, mit einem schönen Garten ringsum. In diesem Ausmalen sieht er von weitem seine Mutter kommen, da muß er wohl hin, kann sich doch nicht vor ihr beiseite drücken, dazu ist er ein zu stattlicher und wohlerzogener Mann. So schickt er den Gesellen weg und läßt sich mit seiner Mutter in ein Gespräch ein, das wird erbaulich, und wie er hofft, wird es kurz, denn ihn zieht es mächtig woandershin, und ohne zu wollen, tritt er von einem Bein aufs andere und verrät seine Ungeduld. Die Mutter ist eine alte Frau und fromme Frau und der Tod ist das nächste in ihren Gedanken und wes das Herz voll ist, des läuft der Mund über: so mahnt sie den Sohn zu einem eingezogenen und gottbetrachtenden Leben und das Wort »Tod« klingt mehrmals von ihren Lippen, aber sanft und versöhnlich, nicht schauerlich; wie sie es ausspricht, ist es, als tönte von irgendwoher ein leises dumpfes Glockenläuten: aber den Zuschauern wurde es nicht klar, ob es nur in ihrer eigenen Einbildung war oder etwas Wirkliches. Als aber die Mutter ihren Sohn gesegnet hatte und mit schwachen schleifenden Schritten von ihm weg aufs Haus zuging, da hörte man deutlich von irgendwoher eine sehr feine freudige Musik klingen, die wurde stärker und stärker, dann kamen hinter dem Gerüst von rechts und links Lichtlein hervor, zuerst je eines, dahinter wieder eines und wieder eines, die Lichtlein bewegten sich heran, auf Jedermann zu, das Getön kam immer näher und wurde immer fröhlicher, da waren es Buben, in grünen Zindel gekleidet mit langen hängenden Bändern, Litzen und Schellen; jeder trug ein kleines Windlicht, von links und rechts sprangen sie herzu und standen vor Jedermann still; Spielleute kamen hinter ihnen angesprungen mit Geigen und Blasen, und wie sie auseinandersprangen, stand in der Mitte, keine zehn Schritte vor Jedermanns ausgebreiteten Armen, eine schöne junge Frau mit einem Kranz im Haar, da wußte jeder im Hause, das war Buhlschaft. Jedermann und Buhlschaft tauschten zärtliche Reden, und jedesmal, wenn ein gereimtes Sprüchlein und die Antwort darauf zu Ende war, so faßten sie einander an den Händen und schwangen einander im Kreis herum. Da schrien die Buben hinein: Juhu! und die Spielleute bliesen einen Tusch. Unter diese Fröhlichkeit kam noch mehr Fröhlichkeit: von einer Seite kamen viele junge hübsche Frauen herangeschritten, alle mit Kränzen im Haar; von der andern Seite rechts stattliche und wohlgekleidete Herren; das waren die Freundinnen der Buhlschaft und Jedermanns fröhliche Vettern, Kumpane und Tischgesellen. Die gaben sich paarweise die Hände, und stellten einen Tanz an, den sie selber mit Singen begleiteten; die Spielleute fielen ein, indessen waren die Buben aufs zweite höhere Gerüst hinaufgestiegen und streuten überall Blumen und wohlriechende Kräuter; zugleich tat sich auf diesem Gerüst der Bretterboden auf und kam eine große gedeckte Tafel von unten emporgestiegen, reich angerichtet mit blendend weißem Tischzeug und darauf die schönsten Tischgeräte, Teller und Schüsseln, Kannen und Krüge, alles aus edlem Metall. Diese Zurichtungen, die Buben mit ihren Lichtern, die zierliche Musik und der Tanz, dies gab einen solchen Zusammenklang von Freudigkeit, daß ganz von selbst unter den Zuhörern ein kurzes Zurufen und Beifallklatschen ausbrach, aber gleich waren alle wieder still und aufmerksam: denn nun hatten Jedermann und Buhlschaft ihre Gäste zu der Tafel hinaufgeführt, alle nahmen auf Bänken und Stühlen Platz, die grünseidenen Buben warteten auf und es gab einen prachtvollen und fröhlichen Anblick, völlig ähnlich einem alten schmuckhaften Gemälde von der Hand eines Quinten Massys oder Dierick Bouts.

In dieser ausgelassenen Fröhlichkeit nun, an einem schönen und wohlbesetzten Tische, umgeben von jungen Mädchen und frohen Gesellen, kamen über Jedermann, den man erbleichen und von seinem Stuhl sich heben sah, die Vorgefühle eines Sterbenden. Er warf verstörte Blicke um sich und die Leute, die da an seinem Tisch saßen, schienen ihm mit eins so fremd, und er konnte sich gar nicht besinnen, wie sie da hergekommen wären. Von einer unbestimmten, aber gräßlichen Angst getrieben, wie sie in dunklen Stunden einen Menschen oder ein Tier anfällt, lief er von der Tafel weg auf das vorderste Gerüst hinunter und schickte nach allen Seiten ins Dunkel angstvolle und starre Blicke. Buhlschaft kam ihm nachgelaufen und suchte ihn zu beruhigen. Da faßte er sie an beiden Händen, sah ihr starr ins Gesicht und aus seinen Reden verstand man, ihm war, er müsse nun bald sterben und nun wolle er von ihr wissen, ob sie bei ihm ausharren werde in der letzten Stunde. Indessen Buhlschaft über solche Reden ihres Liebsten das Blut in den Adern starr wird, bleiben die andern behaglich an der Tafel sitzen unter Scherzen und trinken den Vortrunk. Aber auf Jedermanns leerem Platz sitzt auf einmal der Tod. Die Tafelnden sehen ihn nicht, auch die aufwartenden Buben streifen an ihm vorbei, als wäre er leere Luft, aber unter den Zuschauern sind zuerst etliche ihn gewahr geworden, dann immer mehrere und man hört von unzählig vielen Stimmen ein Flüstern: »Da sitzt der Tod!« Ganz ohne Ahnung aber hüpfen etliche von den Mädchen vom Tisch auf und mit Singen nehmen sie Jedermann und Buhlschaft an den Händen und führen beide an ihre Plätze zurück, da ist indessen der Tod verschwunden. Aber Jedermann kann keine Ruhe finden, da hört er zuerst ein mächtiges schauerliches

Glockenläuten, dann hört er fremde seltsame Stimmen, die rufen laut und drohend seinen Namen. Das alles hören die vielen tausend Zuhörer mit ihm, aber die mit ihm an seiner Tafel sitzen, hören nichts und begreifen sein Gebaren nicht, bis mit eins der Tod mitten unter ihnen steht und von hinten her seine grünlich fahle Hand auf Jedermanns Herz legt. Da geht ein hastiges lautloses Flüchten an, die Spielleut sind die ersten, die sich davonmachen, wie gescheuchte Vögel stieben die Buben fort und lassen Lichter und Weinkrüge im Stich, leichenbleich rennt Buhlschaft von ihrem Liebsten weg und ihre Freundinnen heben die Röcke, daß sie besser laufen mögen, und die Mannsleute drücken sich beiseite, nur einer und noch einer am unteren Tischende, denen sitzt der Wein im Kopf, ihre Augen sind halb zu, die bleiben sitzen mit schweren Köpfen. Sonst aber ist alles leer, nur Jedermanns guter Gesell, und seine zwei Vettern, der dicke und der magere, stehen aneinandergedrückt mit niedergeschlagenen Augen irgendwo beiseite. Da hat Jedermann mit Flehen und Betteln von dem Tod eine Stunde Frist erbeten, sich ein Geleit zu suchen für den schweren Weg. Nun tritt der Tod beiseite ins Dunkel aufs oberste Gerüst und Jedermann fliegt auf seinen Gesellen zu und bietet ihn auf, die Reise mit ihm zu tun. Da gibt es ein klägliches Spiel zwischen Jedermann, dem vor Angst und Not das Herz brechen will, und dem Gesellen, der sich dreht und windet und endlich hart und gröblich Jedermann den Rücken kehrt und den Zipfel seines Mantels an sich reißt, daran der flehend sich klammert. Und dann gibt es das gleiche klägliche Spiel zwischen Jedermann und den beiden Vettern. Ganz allein steht Jedermann in dem großen Raum, und die Freudentafel ist in eine geöffnete Spalte des Gerüstes versunken und das ganze Gerüst steht leer und öd. Nun heißt Jedermann seine leibeigenen Knechte mit ihm auf die Reise gehen und sie treten an, und ihrer acht tragen auf den Schultern die schwere große Goldtruhe, um die ist es Jedermann mehr als um alles, die darf nicht dahintenbleiben. Da tritt oben der Tod hervor und ruft ein böses warnendes Wort herunter und schon sind Vogt und Knechte weggestoben, die schwere mit Eisen beschlagene Truhe aber steht da und Jedermann wirft sich auf sie, will die Schlösser und Bänder lösen und in seiner Angst und Erbärmlichkeit ist ihm, als müsse er sich einwühlen in sein Gold und da werde er geborgen sein. Da springt die Truhe auf und es hebt sich einer hervor, der ist fremdartig und gräßlich anzusehen und Jedermann meint, ihn nie zuvor mit Augen gesehen zu haben und doch sollte er ihn wohl kennen: denn es ist Mammon, aber nie zuvor hat ihm der seine wahre lebendige Gestalt schauen lassen, eine Zwergs- und doch Riesengestalt, halb nackigt, aber goldene Ringe um die Arme und Perlenschnüre um den Hals, und an den goldstrotzenden Fingern greuliche lange Krallen. Dieses Geschöpf hat eine furchtbare Stimme: bald in der Fistel wie ein Weib oder ein Entmannter, bald mit wildem dröhnendem Klang, ärger als einer, der im Kampf schreit, um seine Feinde zu erschrecken. Zwischen diesem Wesen und Jedermann gibt es nun eine kurze gräßliche Zwiesprach, dann schlägt der schwere eiserne Deckel der Truhe zu und das fahle Licht, das aus der Truhe geglommen war, verlischt und Jedermann bleibt allein stehen, völlig verlassen und zernichtet. Indem ist die Truhe versunken und auf der gleichen Stelle ein niedriges ärmliches Ruhebett emporgetaucht, auf diesem liegt eine Kranke mit bleichem Gesicht, einem Gichtbrüchigen gleich, und zwei Krückstöcke neben dem Bette. Das sind Jedermanns gute Werke, die sind elend, siech und kraftlos, all sein Übeltun hat sich auf sie geschlagen. Werke ruft ihn beim Namen, und da er sich nicht hinkehrt, ruft sie ihn wieder beim Namen. Da tritt er zu ihr und sieht ein bleiches unnennbares Gesicht und empfängt einen Bick, wie niemand auf der Welt ihm je zuvor gegeben: unter dem Blick kehrt sein Herz sich um und um und er vermag die lebendige Reue zu fühlen, unter der die Seele sich erneuert. Da hat sich Werke von ihrem Lager geschleppt und kniet neben ihm und fühlt, noch ist sie zu schwach, mit ihm zu gehen, da ruft sie ihre Schwester herbei, die ist Glaube. Vom obern Gerüst kommt Glaube herabgestiegen und redet zu Jedermann und aus der Tiefe seines Herzens kommt der Glaube seiner Seele hervor und seine Lippen finden das kindliche Gebet. Da geht unten auf dem dunklen Schauplatz, gleichsam wie in großer Ferne, die Mutter vorbei, mit einem Knecht, der ihr das Licht voranträgt; sie geht zur Frühmette und sieht nur den Schein des Lichtes, das ihr den Weg erhellt, aber mit inneren Augen sieht sie, was da vorgeht auf dem oberen Gerüst. Da spricht sie ein Dankgebet, denn sie weiß, nun ist ihr Kind mit Gott versöhnt, und sogleich ist sie wieder verschwunden und nur jene drei sind da, der Sterbende, seine Werke und sein Glaube. Und alles Licht, von dem diese drei erleuchtet sind, ist der Widerschein eines Lichtes, das von irgendwo auf Glaubes tiefblaues Gewand fällt. Nun heißt Glaube den Jedermann hinaufgehen aufs obere Gerüst: da ist ein Mönch hervorgetreten, von dessen Hand geht Jedermann das Sakrament zu empfangen. Werke, wunderbar, gestärkt, hat ihre Krücken von sich geworfen und steht neben Glaube: beide mit gefalteten Händen. Nun kommt der Teufel angesprungen und will Jedermann abholen. Da tritt ihm Glaube in den Weg und sie streiten; der Teufel ist nicht dumm, aber er zieht den Kürzeren, und so ist er doch der Geprellte und es wird über ihn gelacht, aber gleich weisen andere die Lachenden zur Ruhe, denn von oben tritt Jedermann hervor. Sein Gesicht ist verklärt, er trägt ein langes schneeweißes Gewand und einen Kreuzstab in Händen. Hinter ihm sind Engel hervorgetreten und unten auf dem mittleren Gerüste, daran Glaube steht, hat ein viereckiges Grab sich aufgetan. Zwei von den Engeln tragen ein Laken in Händen, das haben sie lautlos in das Grab gebreitet, die nächtige Schwärze mit einem Weiß verhüllend. Da hat auch schon Jedermann einen Fuß ins Grab gesetzt und mit einer unvergeßlichen Gebärde hilft ihm Werke, sich zu betten, und steigt zu ihm und sinkt mit ihm dahin. Der Tod war von seitwärts mit ans Grab getreten, für einen Augenblick hafteten alle Augen nur an Jedermanns bleichem, strahlendem Gesicht und an Werkes unsäglicher Hingegebenheit. Indessen ist der Tod verschwunden, nur Glaube steht da, und Engel singen Gottes Lob. Dann wurde es völlig dunkel, Glocken läuteten, das Dunkel wich einem starken geheimnisvollen Licht, das auf das ganze Gerüste, den ganzen Schauplatz und die große sich langsam aufbewegende Menschenmenge gleichmäßig fiel, und das Spiel war zu Ende.

DAS SPIEL VOR DER MENGE

Eindruck und Überlegung

»Sorge, welche du gewinnest,
Merke, wen du dir entfremdest!«

Eigenes Tun ist immer problematisch, noch in ganz anderem Sinn als das Tun der anderen. Was man selber getan hat, ist man geneigt, bedenklich zu finden, auch bei gutem Ausgang; wer sich entgegengesetzt verhält, hat praktisches Genie; der Philister schließlich macht sich allein vom Resultat abhängig.

Wer Dramatisches hervorbringt und sich dabei doch mit dem Theater nicht recht einlassen will, erscheint absurd. Über Hebbel fällt in Richard Wagners Selbstbiographie das überraschend scharfe Wort: Er sitzt in Wien in seiner Stube und betreibt seine theatralischen Angelegenheiten von da aus in *dilettantischer* Weise. Theaterdichter waren zu allen Zeiten mit der Bühne verwachsen, die beiden größten, die wir kennen, selber Schauspieler; zahllose andere vom zweiten Rang zeitlebens oder auf lange einer Bühne adjungiert; von Deutschen sind, um einen noch höheren Namen aus dem Spiel zu lassen, Tieck und Immermann, ebenso wie Schiller, zeitlebens mit dramaturgischen Bestrebungen hervorgetreten. Was ihnen groß, wertvoll und im höheren Sinne theatralisch wirksam erschien, suchten sie herbeizuziehen und bauten in einem weltbürgerlichen Sinn das Repertorium der deutschen Bühne aus. In der Umpflanzung der Antike waren sie breiter als wir; denn sie schlossen die Komödie ein. Calderon und Lope, die nachshakespearischen Engländer, schienen ihnen geeignet, das Repertoire, auf welchem Iffland und Kotzebue einen breiten Raum einnahmen, zu veredeln. Den fremden Gebilden entlegener Herkunft begegneten sie mit Ehrfurcht, aber mit Freiheit. Wer liebt, darf sich etwas herausnehmen, und sie waren sich bewußt, für das Theater und nicht für die Literaturgeschichte zu arbeiten. Ein Dichter der gegenwärtigen

Generation, wenn er sich im gleichen Sinne betätigt, stößt vielfach auf ein Befremden, das ihn selber wieder befremden muß. Hält dieses an, und bleibt seinen dramaturgischen Versuchen zugleich aber auch die Teilnahme des Publikums anhaltend, so wird er sich auf seinem Wege nicht irremachen lassen. Er ist sich bewußt, innerhalb der deutschen Tradition zu verharren, und vermutet, er werde schließlich im Recht, die ihm Opponierenden im Unrecht bleiben. Der Versuch, den Elektrastoff zunächst in einem scheinbaren Anlehnungsverhältnis an Sophokles aus einem Gegenstand des Bildungsinteresses zu einem Gegenstand der Emotion zu machen, war jugendlich und verlief problematisch; aus einer Bearbeitung wurde eine neue, durchaus persönliche Dichtung, deren Bedenkliches hinreichend festgestellt ist; den sophokleischen »Ödipus« durch eine Übertragung, welche sich einige geringe Freiheiten herausnahm, zur Grundlage einer höchst phantasie- und eindrucksvollen Darstellung gemacht und dadurch für eine große Zahl von Zeitgenossen, auch der einfacheren Schichten, existent gemacht zu haben, vermag ich keineswegs zu bedauern; indem ich das Spiel vom »Jedermann« auf die Bühne brachte, meine ich, dem deutschen Repertorium nicht so sehr etwas *gegeben,* als ihm etwas *zurückgegeben* zu haben, das ihm von rechtswegen nicht fehlen durfte und nur sozusagen durch einen historischen Zufall vorenthalten wurde. Denn die englische Form des Gedichtes ist typische Urform und weist auf einen späteren Bearbeiter hin, der, mit so herrlichen Gaben, Hans Sachs sehr wohl hätte werden mögen. Zu analysieren, was ihm, in historischer Notwendigkeit, gefehlt haben mag, daß er es nicht wurde, bedürfte es anderen Raumes und einer höheren Zusammenfassung.

Gibt man sich mit dem Theater ab, es bleibt immer ein Politikum. Man handelt, indem man vor eine Menge tritt, denn man will auf sie wirken. So auch hier. Wählt man einen ungewöhnlichen Raum, beruft man eine außergewöhnliche Menge, so liegt ein verstärkter Akzent auf diesem Handeln. Nicht das Gedicht, sondern der Raum, den wir wählten, die Menge, vor die wir es brachten, war hier der Gegenstand einiger Kritik. Man sprach, vereinzelt, von einem gelehrten Experiment: das Gegenteil zu unternehmen war beabsichtigt, und die Wirkung scheint dem Unternehmen recht zu geben. Andere Stimmen schoben Max Reinhardts Hang zum Versuch und zur Ausdehnung des Versuches hier die abermalige Wahl der Arena zu. Ich habe Herrn Reinhardt nie schematisch handeln sehen, und ich glaube nicht, daß er etwas Geringes gegen das Gefühl des Dichters, für den er arbeitet, unternehmen würde, geschweige denn etwas so Großes wie die Wahl des Raumes für eine Aufführung. Ich nehme also mit besonderem Vergnügen die Verantwortung dafür auf mich, daß wir dieses Gedicht vor eine große, eine sehr große Menge brachten, sowie dafür, daß wir es nicht auf einer regelmäßigen Bühne darstellten, sondern auf einem einfachen Gerüst, in drei Stufen abgebaut, das, ohne jede historische Exaktheit, in der Idee der altenglischen Bühne nahe kam. Über diese Form der Bühne hatte Immermann mit Tieck ein Gespräch, das er in seinem Reisejournal aufgezeichnet hat. Tieck hob es als einen der größten Vorzüge dieser Bühne hervor: »daß die Zuschauer die Handlung unter sich vorgehen sahen« – und ich kann mir nicht versagen, die abschließenden Sätze dieser Aufzeichnung Immermanns hierherzusetzen: »Vergegenwärtigt man sich die Einrichtung lebendig, so werden einem die großen Vorteile nicht entgehen. Die Handlung wird gewissermaßen den *Zuschauern entgegengenötigt*. Die Dekoration spielt mit und die Gruppe macht sich immer wie von selbst pyramidalisch oder sonst malerisch. Das Falsch-Illusorische ist ganz aufgegeben, dagegen das, was allein illudieren soll, das Geistig-Poetische, desto mehr unterstützt.«

Dramatische Gebilde dieser großen simplen Art sind wahrhaftig aus dem Volk hervorgestiegen. Vor wen sollten sie als wiederum vor das Volk? Nenne man dies immerhin die Masse, die Großstadtmasse oder welches Übel man will, und wäge ab, ob mehr Gärtnergehilfen darunter waren oder mehr Friseurs, und mehr brave gemeine Soldaten oder mehr Bankiers und Bankgehilfen. In allen diesen steckt doch das Volk und in seinen gehaltsreichen Tiefen schlummert das Geheimnis deutschen Wesens. Wie aber, daß wir das Abgestorbene,

das Unzeitgemäße vor sie gebracht hätten! Es wird in unserer Zeit gar zu viel Wesens gemacht von unserer Zeit. Goethe war hart dagegen. »Ich liebe sie nicht, sie dienen der Zeit«, sagte er von den Zeitungen. Und dieses ewig große Märchen ginge die Leute von heute nichts an, ginge fünftausend und abermals fünftausend Deutsche nichts an, Glieder des Volkes, »das dem Christentum seine größte geistige Anregung verdankt«? Publikum ist schwankend, kurzsinnig und launisch; das Volk ist alt und weise, ein Riesenleib, der wohl die Nahrung kennt, die ihm bekommt. Es versteht und empfängt in einer großen Weise und teilt das Heiligste seines Besitzes den Einzelnen mit, die rein und bewußt aus ihm hervortreten.
Ein menschliches Märchen ist dies, in christlichem Gewande. Das Verhältnis ist schwer zu fassen, und so bemühe ich hier zum letzten Male den großen Mann, dessen tiefblickende Belehrung ich immer dankbaren Sinnes aufnehme: »Es gab Zeiten«, schreibt Immermann auf einem andern Blatt seiner tiefen, reinsinnigen Aufzeichnungen, »wo die Unfertigkeit des Menschlichen, welche sich jetzt in lauter kleinen Streitpunkten von Talent, Gelegenheit, Nervenübeln, Vermögen, Bildung und Gesellschaft, Reisen und Hausleben, Absichten und Zufällen zersplittert zeigt, an *einem* großen Gegensatz erschien, an dem zwischen dem Irdisch-Flüchtigen und der ewigen Seligkeit. Das Geschlecht war damals auch in seinen Geschäften unsicher, die Last des Daseins ruhte auch auf ihm; aber es war doch von ihr eine Erlösung zu hoffen. Wohltuend war es mir also, als ich mit einem Stoffe Bekanntschaft machte, worin das göttliche Licht und jenes glorreiche Gefühl einer tapferen Vergangenheit noch gewaltig hindurchleuchtete.« Das Wohltuende für den Dichter liegt darin, unsäglich gebrochenen Zuständen ein ungebrochenes Weltverhältnis gegenüberzustellen, das doch in der innersten Wesenheit mit jenem identisch ist. So spricht er aus, was hier ausgesprochen werden kann, in ästhetischem Betracht ebensowohl als im politischen; ich meine: indem man jenes alte Spiel zu erneuern bemüht war, als indem man es vor unsere Zeitgenossen brachte.

DAS SALZBURGER GROSSE WELTTHEATER

Daß es ein geistliches Schauspiel von Calderon gibt, mit Namen »Das große Welttheater«, weiß alle Welt. Von diesem ist hier die das Ganze tragende Metapher entlehnt: daß die Welt ein Schaugerüst aufbaut, worauf die Menschen in ihren von Gott ihnen zugeteilten Rollen das Spiel des Lebens aufführen; ferner der Titel dieses Spiels und die Namen der sechs Gestalten, durch welche die Menschheit vorgestellt wird – sonst nichts. Diese Bestandteile aber eignen nicht dem großen katholischen Dichter als seine Erfindung, sondern gehören zu dem Schatz von Mythen und Allegorien, die das Mittelalter ausgeformt und den späteren Jahrhunderten übermacht hat.

Personen

MEISTER
ENGEL
ZWEITER ENGEL
WELT
VORWITZ
TOD
WIDERSACHER
UNVERKÖRPERTE SEELEN
KÖNIG
SCHÖNHEIT
WEISHEIT
REICHER
BAUER
BETTLER

Musik. Heilige Männer und Frauen: Propheten und Sibyllen, hereintretend, blicken erwartungsvoll stufenauf gegen den Palast des Meisters.

Engel tritt herein, Welt hinter ihm. Ihr folgen Tod und Vorwitz. Tod ist schwarz gekleidet, mit Mantel, weißem Hut und Degen, Vorwitz trägt scheckige Lakaienkleidung, einen Fächer im Gürtel und eine Laute umgehängt.

WELT Wohin führst du mich?

ENGEL *weist ihr einen Platz an* Hier warte. Deine Leut hinter dir. Du bist berufen.

WELT Wer sind dort die?

ENGEL Auch berufen; achte, wie ich sie grüße.

Tritt hin, neigt sich

Gegrüßet seid mir, heilige Propheten, weissagende Frauen; eurer Worte jegliches glänzt durch die Zeiten. Der Herr ist mit euch.

WELT Ich kenn euch wohl. Meine Berge haben euch getragen, die Hände zum Himmel zu recken, meine Höhlen waren der rechte Ort, wo ihr die Schatten der Gewesenen beschwören konntet; ihr möget mich auch zuvor grüßen.

PROPHETEN *zusammen* Du großes Wunderwerk der sieben Tage, Welt, sei uns gegrüßt.

WELT *zu den Sibyllen, die in Schweigen verharren* Seid ihr Weiber so stolz! Mit eurem A O U habt ihr viel Geister gerufen und viel Ruhm ergattert. Wem aber das Volle gegeben ist, der schreit nicht A noch U und dem ist die Zunge zu schwer für Sprüch, aber wenn er wollte, möcht er leicht mehr sagen, als ihr vermocht habt. Was führt uns hier an dieser Statt zusammen?

PROPHETEN Der Wille, der alles vermag, was er will. Wir sind beschieden und harren.

Fanfaren.

WELT Das tönt nach einem großen Herren! Kommt jetzt der Meister gegangen?

Sieht sich um.

ENGEL Schweig und harre.

Widersacher tritt vorsichtig heran, er ist schwarz gekleidet als ein Gelehrter.

WELT Ist der Schleicher auch da – das ist eine sonderliche Zusammenkunft!

ENGEL Wo du bist, da ist ihm Zutritt gegeben, so wie dem, der hinter dir steht. Ruhig jetzt.

Fanfaren abermals, Propheten und Sibyllen wenden sich ehrfurchtsvoll gegen den Palast.

WELT Von wo kommt er? Ich sehe ringsum nichts.

ENGEL Schau nach oben, und wenn du siehst, dann fall in die Knie.

Fanfaren zum dritten Mal. Es dunkelt und wird gleich wieder hell. Der Meister steht da im Sternenmantel. Propheten und Sibyllen fallen in die Knie, die ausgebreiteten Hände nach hinten genommen. Welt fällt auch in die Knie, ebenso der Engel und hinter ihm Tod und Vorwitz. Widersacher drückt sich rechts in die Vorhänge.

Meister richtet seinen Blick auf die Welt, nicht mit Strenge.

WELT Meister, was befiehlst du mir, deiner Magd?

MEISTER Ein Fest und Schauspiel will ich mir bereiten. Dazu die Bühne heiß ich dich aufschlagen. Heb dich und gehs an!

WELT *auf ihren Füßen* Du bist aller vier Elemente Schöpfer, aller Berge Türmer, aller Meere Dämmer, was kann ich schaffen, das dir könnte Veränderung bereiten, Überraschung oder Ergetzen? Oder dennoch? Ja? Stürz ich Berg über Meer, Meer über Berg – reiß ich die ewigen Ströme aus ihrem Bett und schmeiß sie in Katarakten nieder ans Feste? Willst du alle Elemente glühend? Ich bin zu lange ein zahmes Weib gewesen, laß mich wieder los von der Kette, und ich will ein Schauspiel geben, darüber der Mond erschrecken soll!

MEISTER Was du da herbietest, wäre mir nicht mehr, als ein zweijährig Kind spielen sehen mit Strohhalmen. Ein ganz anderes auserlesenes Werkstück will ich betrachten, ein lebendes, geheimes freies Wirken. Zu solchem Schauspiel rüste du mir die Bühne.

WELT *sieht sich um* Von welchem Geheimnis redet der Meister da?

VORWITZ Chymie! Chymie! Das ist seine Sache! Er will Gold machen aus niedrigen Erden!

WIDERSACHER Er wiederholt sich nie. In solcher Weise hab ich ihn von Geschaffenem nie reden hören.

Engel tritt auf ihn zu, als ihn zum Schweigen zu verhalten.

MEISTER *winkt dem Engel, den Widersacher in Ruhe zu lassen, dann zur Welt, gütig* Von dem Menschen rede ich, deinem Gast.

WELT Die Menschen? an den Käfern willst du dich ergetzen? Wie Ameisen laufen sie hin und her, vorwärts und rückwärts, bauen Städte, gründen Reiche, zerstörens wieder, lassen keinen Stein auf dem anderen. In einem Schwarm Wespen ist mehr Vernunft als in denen.

MEISTER In dem, worin du sie nicht fassest, ist ihr Großes: denn wisse, nach meinem Ebenbilde habe ich sie geschaffen. Du aber bist da, damit du der Menschen Füße tragest. Das ist das Herrlichste, das wird von dir gesagt werden.

WIDERSACHER Was will er Sonderbares? auf was geht das hinaus? Ich muß mich bereithalten. Meine Bücher zum Nachschlagen, meine Kompendien! –

Setzt seine Brille auf

Der Avicenna fehlt, der Lukrez ist nicht da – schlampig mir eingepackt, der junge Grasteufel, mein Bibliothekar.

WELT Ho, Herr! Der Mensch ist mein Werkstück, wenn auch das ansehnlichste nicht. Was an ihm taugt, habe ich ihm mitgegeben. Wäre er wohlberaten und bliebe in seinen Schranken, hielte er sein irrwitziges Denken im Zaum, begehrte nichts, als meine Herrlichkeiten zu genießen, und sänke, wo ihm der Atem ausgeht, in mich wieder hin, da geschähe ihm wohl, dem Tausendfuß, dem vermaledeiten, der an lotrechten Mauern klettern will.

ENGEL Zähm den ungesalbten Mund, scheckig Wesen! Heidenweib! Hat der Herr dich nicht einmal schon ersäuft, und als du am letzten warst, einen neuen Weltstand über dich aufgehen lassen! Hüte dich!

EINER DER PROPHETEN Prunkest du mit deinen Kräften, Welt, weil du noch immer fest auf den Füßen stehst! Es kommt schon der Tag, wo auch du in die Knie brichst; und der jetzt hinter dir steht springt dir in deinen Nacken als dein Reiter, und unter dem fährst du dahin in die Finsternis.

Welt stöhnt auf, verbirgt ihr Gesicht.

Vorwitz versteckt sich.

WIDERSACHER *einen Schritt näher tretend, nimmt sein Barett ab* Ich sehe, es wird hier ein Hofgericht gehalten, und dabei geht es streng her über ein armes Weib, das eine schwere Zunge hat. Ich meine, mit Erlaubnis, daß ihr ein Anwalt gebührt. Ich wäre bereit, obwohl mir der Handel unbekannt ist – wenn mir wollte gestattet werden, als Prokurator dieser Frau zur Seite zu treten – ich müßte aber zuvor ein Gespräch mit ihr haben, damit sie mich einweiht in ihre Sach. Ich bin Doktor der Logik, aber auch in restlichen Sachen sehr erfahren –

MEISTER *ohne ihn zu achten, gütig wie zuvor* Genug. Der Menschen Tun und Treiben ist mir zum Schauspiel würdig. Dazu hab ich mir diese Gäste geladen. Jetzt bau uns die Bühne her und laß das Spiel anheben.

WELT Wie denn, ich weiß noch nichts!

ENGEL *auf einen Wink des Meisters zur Welt* Rufe du ungeborener Seelen jetzt einen Haufen hier herauf und bekleide sie mit Leibern, dann wird ihrer jedem Er ein Geschick zuteilen.

WIDERSACHER Erlaub der Herr die eine Frage: wie kann ein Schauspiel den ergetzen, der es vorbestimmt, Eingang und Ausgang, bis aufs I-Tüpfel?

Einen Schritt näher

Da steht, der gesagt hat: Unsere Werke in uns wirkst du allein! Da steht er, einer von deinen Propheten. Er soll mir Zeugnis geben! Will der Herr sich selber vorspielen mit Puppen, die an Drähten hängen in seinen Händen?

MEISTER Wahl ist ihnen gegeben zwischen Gut und Böse, das ist ihre Kreaturschaft, in die ich sie gestellt habe. Tust du, als wissest du das nicht? Es ist dein Weideplatz von Anbeginn! Einbläser von Evas Apfel her, blas ein, welchen du willst. Ich hab ihre Ohren nicht verklebt. Damit sie sich entscheide, dazu hab ich der höchsten Freiheit einen Funken in die Kreatur gelegt.

Welt flüstert leise mit Vorwitz, der ihr etwas vorzustellen scheint.

Meister steigt auf die obere Bühne, sein Gefolge hinter ihm, dort bleibt er stehen.

Engel tritt aus dem Palast, einen Arm voll Rollen tragend; reicht sie dem Meister dar.

VORWITZ Kleider her! Kleider machen Leute, das ists, was der gnädige Herr hat sagen wollen!

WELT Das schaff ich her mit einem Wink. Dergleichen halt ich immer bereit, Kammern und Speicher voll. Der den König spielt, wird seine Kron von mir empfangen und der Bauer seinen Spaten. Da sind geistliche Kutten und Hofkleider, Hirtenstäb und Schwerter, vergoldete Harnisch und Bettlers Fetzen, zehnmal geflickt.

Es werden, währenddem sie spricht, von Dienern Körbe hereingebracht, die Kronen und Harnische, Mitren und Bischofsstäbe, Frauenkleider und Hauben, Masken und Fächer enthalten.

Soll ich sie einkleiden, wie sie dastehen, kunterbunt?

MEISTER *von der oberen Bühne, eine Rolle in der Hand* Sein Geschick teil ich einem jeden zu. Das findet er geschrieben in der Rolle, die ich ihm reichen werde. Wie es der Rolle gemäß ist, so dann kleide du ihn an.

WELT *auf Vorwitz' Flüstern* Da werden etliche die kurzen Rollen haben, Herr, die werden nicht weggehen wollen von der Bühne! Es wird hart gehen, sie zum Abtreten zu bringen, soweit kenn ich die Menschen!

MEISTER Gut erinnert! so heiß ich den, der hinter dir steht –

VORWITZ He Tod, Herr Kämmerer, man redet Euer Gnaden an!

MEISTER Den heiß ich Bühnenmeister sein. Wen du abrufst, der wird mir für gut von der Bühne treten und nicht wieder hinauf, dafür sorgst du mir.

Tod neigt sich, beugt seine Knie.

VORWITZ *leise zur Welt* Eine schlechte Rolle spielt uns keiner, auch wenn sie lang ist!

WELT *tritt einen Schritt auf den Meister zu, der sich wendet* Meister!

MEISTER *wendet sich noch einmal zur Welt* Was beschwert dich? Ist nicht alles gesagt?

WELT Herr, nein! Es sind meine Kinder dennoch, das Wort wirst du mir wohl verstatten – und so kenne ich sie auch gut. Es hält sich jeder für das Mittelstück aller Sachen, eine schlechte Rolle wissentlich annehmen, das werde ich ihnen nicht aufzwingen. Eine undankbare Rolle wird mir jeder vor die Füße schmeißen und mich eine böse Stiefmutter, eine Schinderin und was noch für Namen nennen!

MEISTER Wer heißt sie im voraus wissen, was eine schlechte Rolle ist und was eine gute?

WELT Das weiß wohl jeder, der hineinsieht, wenn er Geschriebenes lesen kann! Viel befehlen und anschaffen, herrisch und gut leben, das große Wort führen, andere seine Macht fühlen lassen: das ist eine gute Rolle. Stöß und Püffe hinnehmen, harte Worte hinunterschlucken, sich ducken, den Mund halten, wenn andere reden: das ist eine schlechte Rolle – so halten es die Menschen von Adams Zeiten her.

MEISTER So halten sie es töricht, und darum sollst du Meisterin sein und sie weisen.

WELT Wie denn, wenn ich selber besser nicht weiß?

MEISTER Es ist ein Spiel, sticht dir das Wort nicht den Star? Bedeut sie!

DER ERSTE ENGEL *tritt vor und spricht zur Welt von der oberen Bühne aus* Bist du so schwer von Begriffen? Anschaffen und gehorchen, sich aufrecken und sich ducken, prassen und entbehren, das alles geschieht von denen, die im Spiel stehen: gleichnisweise aber geschieht es und nicht für wirklich, und gut oder schlecht wird nicht die Rolle heißen, sondern das Spiel dann, wenn die Dinge an ihr Ende kommen sind; und nicht um seiner Rolle willen, er mag den Bettelstab in Händen gehabt haben oder Königs Schwert und Zepter, sondern um dessentwillen, was er aus ihr gemacht hat, werden einer oder etliche an des Meisters Tisch gerufen werden – aber einen Stümper sieht sein Meister ungnädig an, und es gibt kein Ausbessern nachher, wo einer auf der Bühne vertan hat. Das alles weise ihnen in Eile noch ein, sofern sie dir lieb sind.

Wendet sich, dem Meister nachzugehen, der Vorhang an der Palasttür wird von Engeln zur Seite gehoben.

VORWITZ *läuft ihm nach* Es ist uns weder der Name von dem Stück gesagt worden noch der Vorgang – nicht einmal so im gröbsten wie bei einem Stegreifspiel!

Meister hinauf auf den Palast, Gefolge hinter ihm. Zweiter Engel mit den Rollen folgt hinein. Fanfaren.

DER ERSTE ENGEL *tritt wieder vor* Den Namen des Schauspiels sag ich euch an: »Tuet Recht! Gott über euch!«

STIMMEN *von oben* Tuet Recht! Gott über euch!

ENGEL Habt ihrs vernommen?

VORWITZ Zweimal sogar. Wir sind aber davon nicht klüger als zuvor. Von dem Gang der Handlung hast du uns kein Wort gesagt, mit Erlaubnis, nicht einmal einen Fingerzeig, an den ein sinniger Mensch sich halten könnte!

ENGEL *vortretend, ein Buch in der Hand, das ihm von einem andern gereicht worden* Das ich da in Händen halte, das Buch, das ihr alle kennt, darin ist Kern und Sinn eures Spieles gefaßt in einen Spruch. Da steht geschrieben: Du sollst deinen Nächsten lieben wie dich selbst, und aber deinen Gott, den sollst du lieben über alles. – Somit ist gewiesen, was das Spiel enthalten soll, und es ist das gleiche, als der Titel in sich begreift: Tuet Recht! Gott über euch!

Stille.

VORWITZ Das, wie er den Titel und den Inhalt da zusammengemischt hat, das ist gar nicht dumm, das hätte ganz gut als Prolog gepaßt, da hätte er aber warten sollen, bis die Schauspieler angezogen, die Lichter angezündet und alles fix und fertig gewesen wäre – jetzt sind wir noch nicht so weit. Jetzt kommen erst die Schauspieler ganz langsam anmarschiert! Und das Rollenausteilen wird auch nicht ohne Sekkaturen abgehen –

Die unverkörperten Seelen ziehen auf, stellen sich singend auf der unteren Bühne in zwei Halbkreise. Sie tragen fahle, kuttenartige

Gewänder, eine wie die andere. Auch ihre Gesichter gleichen einander wie die Larven, ohne jedes Merkmal des Geschlechtes, des Alters oder der Person. Sobald sie auf der unteren Bühne aufgestellt sind, die Gesichter dem Palast zugewandt, verstummt ihr Gesang. Welt, Tod und Vorwitz sind ins Proszenium ausgewichen. Widersacher hat sich gleichfalls im Proszenium auf einer abwärts führenden Stufe eingerichtet, indem er schon seit geraumer Zeit seine Handbibliothek aus der Reisetasche nimmt und vor sich ordnet. Der zweite Engel tritt aus der Palasttür hervor, er trägt ein Bündel Pergamentrollen im Arm.

ZWEITER ENGEL *an den Rand der oberen Bühne vortretend* Euch leiblose Seelen mit meinem Auge zu unterscheiden lehrte mich der Meister. So rufe ich euch auf, ihr seid auserlesen, vor ihm zu spielen. Tritt her, du,

Er winkt einer der Seelen

und empfange des Königs Rolle.

Eine der Seelen tritt heran und empfängt aus der Hand des Engels, der sich ihr oben entgegenneigt, die Rolle. Rollt sie auf und blickt hinein. Andere treten hinzu, sehen ihr neugierig über die Schulter in das Blatt.

ZWEITER ENGEL *deutet auf eine andere der Seelen* Du, spiele die Weisheit!

WELT *tritt näher, winkt den Dienern* Kron und Mantel dem! Das Schwert mit goldenem Griff! – Die Weisheit wird von einer Nonne vorgestellt! Ein Habit her! Ein Zingulum!

ZWEITER ENGEL *auf eine dritte Seele deutend* Du bist der Bauer!

WELT Vorwärts! Dem Bauern grobe Schuh, ein grobes Gewand, einen Spaten. Vorwärts!

ZWEITER ENGEL *wie oben* Du sollst die Schönheit spielen!

Einige von den Dienern haben etliche Stücke Teppich oder Seidendamast gebracht, zugerichtet zu Vorhängen, nur zweimannshoch, mitsammen breit genug, die vordere Bühne abzuschließen. Drei von ihnen haben hohe lange Stangen in Händen mit Gabeln oben, damit stützen sie die Vorhänge, so daß die untere Bühne nun ganz verhängt, aber zwischen den Vorhangteilen Aus- oder Eintritt gegeben ist.

Vorwitz gibt ihnen dabei Anordnungen, weist ihnen läppisch die Plätze an, wo sie stehen müssen.

WELT *tritt durch den Vorhang heraus, späht aber zwischen den Falten wieder hinein, wie das Ankleiden drin vor sich gehe. Ruft zwischendurch nach außen* Es wird gleich angehen!

Man hört die Musiker ihre Instrumente versuchen, Welt horcht auf sie. Man hört indessen eine Unruhe auf der Bühne. Daraus hebt sich eine starke Stimme ab, die öfter heftig: Nein! ruft.

VORWITZ *schlüpft aus dem Vorhang hervor, dumm aufgeregt* Es ist da eine Vorfallenheit untergekommen, wie sie mir jedenfalls noch nicht untergekommen ist!

WELT Wo?

VORWITZ *zeigt hinter sich* Da auf der Bühne, bei dem Rollenausteilen. Da! Schau sich die Frau das an!

Eine Seele, der Bettler, tritt eilig zwischen den Vorhängen hervor. Sie trägt eine Rolle in der Hand. Ihr nach tritt ein Theaterdiener, der ein zerfetztes Flickenwerk, das Kostüm des Bettlers, trägt.

SEELE *tritt auf die Welt zu* Da, nimmt die Rolle wieder, die mir zugeteilt ist. Ein anderer mag das spielen, ich nicht! Ich nicht! Ich nicht!

Der Theaterdiener geht hinter ihm drein, bleibt hinter ihm stehen.

WELT Was soll sein? was schreist du: Ich nicht!

SEELE Ich spiele die Rolle nicht. Ich ziehe dieses Gewand nicht an.

Nimmts dem Theaterdiener aus der Hand, wirfts der Welt vor die Füße.

VORWITZ Das wäre eine neue Mode. Oder ist da vielleicht ein Irrtum geschehen?

Nimmt ihm die Rolle aus der Hand, besieht sie

Rolle: der Bettler. In Klammern: ein unglücklicher Mensch.

Besieht das Gewand, indem ers vorsichtig anrührt

Gewand des Bettlers. Vollständig entsprechend. Sehr bettelhaft. Da ist alles in Ordnung. Was will der Schauspieler? worüber beschwert er sich? Das sind schwierige Leute!

SEELE *zur Welt* Dir sag ich nein! Lieber ungeboren dahin! Tot sein und bleiben!

Hält ihr die Rolle hin.

WELT *nimmt die Rolle, sieht hinein, blickt um sich* Was zürnt der Ungeborene so? Versteht ihn einer?

VORWITZ Wie halt die Rollen ausgeteilt sind, das kann er nicht verschmerzen.

SEELE Da!

Reißt ihr die Rolle aus der Hand.

VORWITZ Das möcht ich mir ausgebeten haben, daß du der Spielmeisterin so lümmelhaft an den Leib fährst!

WELT Laß. Er soll reden.

SEELE *hält ihr die Rolle hin* Da! Da! Das soll ein Leben sein! Das da eines Lebens Anfang! Eine Jugend das?

Er blättert in der Rolle

Das eines Mannes Lebenszeit! Da: Qual und Not, Not und Qual, Qual und Not! Spott und Hohn! Einsamkeit, gräßlich, eine Hölle! Da stöhne ich in Verlassenheit! Da hause ich unter einer Brücke und zehre von dem, was Ratten nicht mehr wollen. Da schrei ich in Herzensangst, und sie zucken die Achseln – da bleck ich die Zähne in Verzweiflung. Da, verlassen wie kein Hund, raff ich mich noch einmal auf und lebe, lebe noch immer, rede fast nichts mehr. Da singe ich Lieder! Ahnst du, was das für Lieder sein werden, die da mein zahnloser Mund singen wird?

WELT Und? was noch?

SEELE *packt das Gewand und hält ihrs unter die Augen* Das soll mein Gewand sein! Ein verhaderter Fetzen – das Kleid der Unehre, stinkend! Darin soll ich leben und sterben! – Und deiner Tiere letztes, Frau, trägt ein seidenweiches Fell oder ein Schuppenkleid aus Gold und Silber!

Wirft das Gewand wieder hin und tritt darauf.

WELT Bist du so feige, Menschenseele? Geh mir aus den Augen, ich mag kein feiges Geschöpf sehen. Meiner Tiere letztes steht tapfer in dem Kampf, in den ich es hineingestellt habe. Und du willst nicht einmal im Spiel den schlechten Part auf dich nehmen? Zieh dich an, oder ich muß Knechte rufen! Damit wir weiterkommen!

VORWITZ Feige Leute sind uns zum Ekel! Hast du nie was von einer Sach reden gehört, die man beispielmäßig Mut nennt? Das war schon den Römern bekannt!

WELT Ruf Knechte her, kleidet diesen in seine Spieltracht. Es ist Zeit, daß wir anfangen.

Theaterdiener winkt, es treten zwei andere hervor. Sie fassen die Seele, machen Miene, ihr das Bettlergewand anzuziehen.

SEELE *macht sich los* Läßt du durch deinen Bedienten mich einen Feigling schimpfen, der das Harte nicht auf sich nehmen will? so wisse das: die Jammerrolle spiel ich nicht! Und es soll sie kein anderer auch nicht spielen!

Er zerknittert die Rolle in der Hand.

WIDERSACHER Gesprochen wie ein Mann! Ich erhebe für diese Seele den Anspruch auf natürliche Gleichheit des Schicksals!

WELT *winkt den Dienern* Es ist genug Zeit vertan. Angezogen den Mann und hinaus auf die Bühne! Wenn er dort steht, wird er sich hineinfinden ins Spiel!

WIDERSACHER Intercedo! Ich tue Einspruch! Ich protestiere gegen Vergewaltigung! Es ist eh und immer geklagt worden, daß eine blinde tyrannische Gewalt hat geschaltet über die Menschen schon im Mutterleib – von zweien Zwillingen ungeboren beide, unschuldig beide, zum voraus den Jakob begnadet, den Esau verworfen! Soll das so weitergehen und in unserer erleuchteten Zeit dergleichen Willkür fortrasen?

Engel tritt zwischen den Vorhängen hervor.

SEELE *hat sich den Händen der Diener entrissen, schreit auf* Nein!

WIDERSACHER Ich sehe, die Herrschaft schickt einen Boten. Es wird auf einen Ausgleich herausgehen. Der junge Mann hat das Wort. Wir sind begierig.

ENGEL Zu dir red ich nicht. – Warum hältst du uns auf, unbotmäßige Seele? Die andern sind gekleidet. Der Bühnenmeister will's Zeichen geben. – Was schnaubst du so, wie ein Pferd, das der Schmied hat werfen müssen? Sprich zu mir.

Seele noch auf den Knien, sieht zu ihm auf.

Die Theaterdiener sind zurückgetreten, einer behält das Bettlergewand in der Hand.

ENGEL *beugt sich über die Seele mit einem Lächeln* Weißt du denn, ob du Esaus Los gezogen hast und nicht Jakobs? Ein

Feuer ist deiner Seele eingeboren, das nach oben lodert, das weist mehr auf Jakob als auf Esau. Seine Flamme brannte dunkel und rauchig.

SEELE *steht auf* Und wär ich Jakob. Es darf so nicht gehandelt werden wie an Esau. Ich leid es nicht. Die Rolle ist verflucht.

Will sie zerreißen, kanns nicht.

ENGEL Laß. Menschenhände zerreißen kein Pergamen, das von dorther kommt. – Reich mir die Rolle. Ich gebe sie dir wieder, sobald du deiner mächtig bist.

SEELE Niemals. Nicht denken, daß einer soll verdammt sein, so zu leben!

ENGEL Tapfere Seele – ich weiß: nicht daß du leiden sollst für eines Spieles kurze Stunde, schaudert dich, dich schaudert zu erkennen die Finsternis, in der Adams Kinder hausen.

SEELE Es sind welche im Spiel, in deren Hand ist Macht gelegt, es sind Herren und Knechte, Mündige und Unmündige. Wer teilts aus? Das Glück? Ich will nicht unter einer blinden Metze Fuchtel stehen. Ich will nicht!

ENGEL Dein Mund redet wüst, aber in dir, wie eines Bergmanns Lampe, ruhig leuchtend in der tiefsten Tiefe, brennt das Einverständnis.

SEELE Du hältst mir einen Köder hin, und etwas in mir zuckt freilich danach, ihn zu verschlucken.

ENGEL Bekennst du das? Ehrliche Seele!

SEELE Aber ich weiß, wenn ich den gekrümmten Haken verschluckt habe, dann reißest du mich gegen Strom dahin, und ich will nicht! Gib mir eine Rolle, in der Freiheit ist, soviel als eines braucht, um nicht zu ersticken, oder laß mich heraus aus dem Spiel!

ENGEL Aber wer Freiheit hat und ist ihrer würdig, der fragt: wozu habe ich Freiheit? und ruht nicht, bis er erkennt, welche Frucht sie bringe. Die Frucht aber der Freiheit ist eine: das Rechte zu tun.

SEELE Betrüg mich nicht! – Nein. Du betrügst mich nicht! So erbarm dich!

ENGEL Die Tat allein ist Schöpfung über der Schöpfung. Ihren Duft unmittelbar zu Gott zu tragen ist unser Dienst. Erfassest du, heldenhafte Seele, dein ungeheueres Vorrecht? Spielst du also den Bettler?

Er hebt die Rolle.

SEELE Du sprichst: Tat? Meine Seele dürstet nach Tat! Wo wäre in dieser jammervollen Rolle der Raum für eine einzige Tat?

ENGEL Spiele die Rolle, und dir wird sich enthüllen, was sie gehaltet.

SEELE Ich kann nicht. Laß mich heraus. Es sind welche für diesmal ohne Rolle. Ich verstecke mich unter denen.

ENGEL Du aber hast eine bekommen. So bist du gewählt.

SEELE *ringt mit sich* Ich habe Worte in der Rolle gesehen, die dürfen nach Recht aus keiner Kreatur Mund gehen!

ENGEL Hast du diese Worte gelesen: Mein Gott, mein Gott, warum hast du mich verlassen? Und auch diese: Aber nicht mein, sondern dein Wille geschehe –?

Seele bedeckt ihr Gesicht.

ENGEL Nimm auf dich! Schmiege dich! Wie sollte das Unsagbare zu dir sprechen als in diesem Schauder?

SEELE *kniend* Muß ich?

ENGEL Schmiege dich in das Kleid, das dir zugeteilt ist.

SEELE *greift nach der Rolle* Ich will, kleidet mich an!

Winkt den Diener an sich heran, tritt durch den Vorhang, Diener mit dem Gewand folgt ihr.

Engel tritt an einer anderen Stelle durch den Vorhang.

Welt tritt an den Vorhang, sieht durch einen Spalt.

VORWITZ *schneuzt sich* Ich habe bis jetzt gemeint, das Ganze wird eine recht lustige Kreuzerkomödie – aber mir scheint, wenn das so wird, werd ich mein Schneuztüchel auch strapazieren müssen, beispielmäßig. Das ist unverhofft.

WELT *am Vorhang, dreht sich gegen das Publikum* Gewaltig schön wird mein Spiel. Aufgeputzt sind sie aus meinen Kisten. Ihre Augen funkeln vor Kräften, und sie können es kaum erwarten, daß sie das Lebensspiel anfangen. Soll die Musik schon anheben! Blaset und tretet die Orgel und singet, daß alle, die von oben zusehen, es innewerden, was ich auf meiner Bühne vermag.

Die Symphonie hebt an, die Welt steht vor dem Vorhang und

singt hinein. Die Männer, die den Vorhang halten, treten auseinander. Vorwitz springt nach links, klappt den Faltstuhl auf, auf einem erhöhten Platz, richtet der Welt einen Thron. Die untere Bühne wird sichtbar. Sie ist leer, nur links steht ein Fels, rechts ein Baum. Engel stehen auf der oberen Bühne. Die Welt setzt sich auf ihren Platz ins Proszenium. Tod auf ihren Wink geht querüber, stellt sich rechts zwischen die Vorhänge. Widersacher kauert rechts unten im Proszenium. Die Symphonie endet.

ENGEL *tritt vor an den Rand der oberen Bühne in der Mitte*

Ihr Menschen, zu des Lebens Spiel erwacht,
Nehmt eurer Tritte jeglichen in acht.
Ihr wandelt von der Wiege Ruh
Auf eures Sarges Frieden zu.
Der Meister vom erhabnen Thron
Sieht hin und wägt euch Straf und Lohn.

VORWITZ Jetzt ist schon angesagt und verkündigt genug, jetzt könnten sie schon einmal anfangen.

Fanfaren, minder gewaltig als beim Kommen des Meisters.

KÖNIG *tritt von links auf und schreitet auf die Mitte der Bühne zu*

An diesen Platz ziehts meine Schritte;
Hier bleibe ich: der Herr steh in der Mitte.
Wohin ich schau, mir alles untertan,
Herrschen ist Leben – alles sonst ein Wahn.
Die Gau'n und Marken, kaum zu zählen,
Empfangen Glanz und Reichtum von Befehlen.
Die Berge schaun herein, die Flüsse blitzen,
Und sehn mich in ererbten Ehren sitzen.
Sei mir das Herz im Herzen eingeweiht,
Und mit der herrlichen Gerechtigkeit,
Mit dem Verstand, der Weisheit und der Stärke,
Gesegnet meine Tag' und meine Werke.
Daß ich des Lands als Leu und Adler walte,
Das Hohe hoch, das Niedre niedrig halte.

VORWITZ Eine schöne Sprach! Aber schön reden und gut spielen ist zweierlei!

Schönheit von links, Weisheit von rechts treten auf. Sie gehen sehr langsam aufeinander zu.

Die ist sehr schön. Das muß eine Hofdam sein! – Und die andere eine Klosterfrau! O je, so jung!

KÖNIG
Zwei herrlich wunderbare Fraun.
Die müssen mir sogleich sich anvertraun.
Gesegnet, daß ichs hab in Mächten,
Solche zu mir zu ziehen in Glanz und Prächten!

SCHÖNHEIT *bleibt stehen*
O schöne Welt, o aufgetane Pracht,
Wie alles zu mir blitzt und äugt und lacht!
Reizende Ferne, zauberhafte Nähe,
In der ich als ein Zauberwesen stehe.
Um mich dies Gartenfest hält seinen Atem an,
Und dort im Hintergrund ein schöner Mann –
Und wär er König, Herrscher über alle,
Er tritt mir nah und ist schon mein Vasalle!

VORWITZ Ah, die ist zu schön! Jetzt schaut sie sich in Spiegel!
Recht hats!

SCHÖNHEIT *senkt den Spiegel*
Beinahe Angst haucht auf mich aus dem Spiegel,
Darf eins denn offen tragen Gottes Siegel?

WEISHEIT
Wie sollte Erdenlust in Spiegel sehen
Und nicht ein Todeshauch sie überwehen?

SCHÖNHEIT *erblickt ihre Hand*
Du aber, meine Hand, du wunderbar Gebilde,
Du Elfenbein, du Blume, zaubrisch Zeichen,
Was führest du, geschmeidige, im Schilde,
Den Schlüssel drehest mir zu welchen irdischen Reichen?

WEISHEIT *birgt ihre Hände*
Du meine Hand, aufschließ die stille Zelle,
Schnell überschreit, mein Fuß, willkommene Friedens-
schwelle!

SCHÖNHEIT
Sieh auf! Es lacht auf uns die ganze Welt,
Für uns bewimpelt Jugend seidnes Zelt!
Sieh auf, du Liebe!

WEISHEIT Liebe, laß mich fort,
Uns beide herbergt nie der gleiche Ort.

SCHÖNHEIT
Nein, bleib bei mir, ich mag allein nicht stehen.

WEISHEIT
Es will schon jemand dir zur Seite gehen!
SCHÖNHEIT
Bleib da, ich will! Man soll allein zu mir nicht treten!
WEISHEIT
Mich ziehts, wo ich allein: in Einsamkeit zu beten!
Sie tritt einen Schritt nach links.
VORWITZ Die ist mir fad! Alleweil beten! Beten! So a junge Person!
SCHÖNHEIT
Mich anschaun darf er ja, weil jedes Auge lacht!
WEISHEIT
Mich soll nur einer sehen, der sieht auch durch die Nacht.
König tritt auf Schönheit zu.
SCHÖNHEIT *aus dem Augenwinkel*
Wie Macht und hoher Stolz noch einen Mann verschönt!
WEISHEIT
Ein Mensch wie andre auch: ein schwaches Haupt, gekrönt!
Beide neigen sich.
KÖNIG
Zu mir, du Namenlos, du herrlich Wesen!
Wohin du schwebest zwar ist Königes Palast.
Helenas Werke sind nicht einst gewesen,
Sie werfen ab Jahrtausendlast,
Sind wieder, sind von heut, sind ewig da!
Was jemals herrlich war, ist wieder nah.
Du bleibst bei mir, an meiner Seite hier!
Meinst du, wer dich gesehn, der ließe noch von dir?
Ich bitte nicht, dem König gilt kein Nein,
So braucht es auch kein Ja. Es muß so sein!
Dorthin! bei mir!
Er führt sie ein paar Schritte zu dem Platz an seiner Linken, kehrt dann zurück, tritt zur Weisheit
Doch du, so weise, klar und mild,
Zu meiner Rechten hier nimm Platz, du edles Bild.
Und ziehn wir uns zu frommem Sinnen ein,
Erleucht uns du mit sanftem Ampelschein.

WEISHEIT
Zu nah dem Wirbel, der inmitten dieser Welt.
Ich habe mich aus ihr in Ewigkeit gestellt.
Siehst du den Fels – die schöne Einsamkeit –
Dorthin!

KÖNIG Von meiner Stadt und meinem Hof so weit?
Nicht gern. Doch wer kommt da? mein mächtger Handelsmann –
Der Reiche ist aufgetreten, schreitet ehrerbietig auf den König zu.

VORWITZ Das ist der Reiche! Man schaut ihms völlig an. Der Pelz und die Ketten! Sakra! Ah, der Bauer ist auch da. Jetzt fehlt noch der Bettler, dann wär die Quart beisamm!
Bauer ist gleich nach dem Reichen von der entgegengesetzten Seite aufgetreten (er trägt eine Sense, außerdem eine Axt und einen Spaten). Er tritt gleich zu dem Baum, lehnt die Axt und den Spaten daran und schickt sich an, seine Sense zu dengeln.

KÖNIG
– und dort! Der Nährstand, unser braver Untertan.

BAUER
Nur nit viel herschaun, das war mir ka Ding –
Gebts mir an Fried, daß i mei Arbeit vorwärtsbring.
Rückt, daß er hinter den Baum kommt.

WEISHEIT
Ist Weisheit nicht in ihm, sie ist in seinem Tun.

KÖNIG *zum Reichen*
Mein vielgewandter Mann!

REICHER Wird deine Gnad geruhn,
Was ich im Lande schuf, mit Hulden anzusehn?

KÖNIG
Du bist mir hochgeehrt. Sollst mir zur Seiten gehn.
Du hast schon viel gewirkt.

REICHER Viel mehr ist vorbereit',
Wenn dies erhabne Schwert mir weiter Schutz verleiht.
Dir ist gewaltiger Herrscherruhm beschieden,
Mehrer des Reichs, du bists im tiefsten Frieden.
Dein hoher Sinn hat sich der neuen Zeit
Und ihren großen Dingen zugeneigt.
Du hast dich als ein Fürst bezeigt,

Den sie vor anderen hat eingeweiht
Und ihm geheim ihr Losungswort vertraut:
Der Gott der neuen Zeiten heißt Verkehr,
Ihm sei dein Reich zum Tempel umgebaut:
Der Berg durchstochen, Bergsee aufgestaut,
Kanäle binden Fluß und Fluß,
Ans Tal das Tal, die Ebne an das Meer –
Denn jede Stund, da Ware schneller rollt,
Schafft neuen Wert, ist bares Gold
Und steigert deines Thrones Machtgenuß.
Die Nachbarn, von so hoher Kraft bezwungen,
Sie stimmen ein in ihren Zungen,
Wo nicht, so werde, was doch werden muß,
Zu ihrem Heile ihnen aufgedrungen!

BAUER

Wann dem die staatischen Sachen geraten,
Steigts Körndl um a paar Dukaten.
War a nit schlecht so weit.

WEISHEIT

O Strafe ob der Welt, o Gier, o Trachten!

KÖNIG

Ich muß den Sinn, der in dir brennt,
Verwandt mit meinem eignen achten,
Weil er nicht Grenzen anerkennt.
So bin auch ich: das Wort »genug« will ich nicht kennen.

REICHER

Genug? das ist ein niederträchtiges Wort,
Mit dem die Faulen ihre Faulheit nennen.
Uns sind zehn Flügel innen angewachsen,
Verflucht, wer hockt an seinem niedren Ort,
Mit Faulheit, Feigheit und den andern Faxen.

BAUER

Tät eins nit hocken, wo's hinghört,
Na könnts euch anschaun…

KÖNIG

Mir erprobt und wert,
Schatzmeister bist du schon, sei mein Minister
Und Kanzler auch: nur wer die neuen Wege weiß,
Kann alle Kräfte straff zusammenhalten,

Zur Einheit eines großen Ziels verwalten.
Reicher küßt ihm kniend die Hand, steht wieder auf, schweigt wie beschämt.

WIDERSACHER *prompt einflüsternd*
Und muß es sein, so wird dein Schwert für mich –

REICHER
Und muß es sein, so wird dein Schwert für mich –

WIDERSACHER
Aus seiner Scheid –

REICHER *nimmts auf* Aus seiner Scheide blitzen –

KÖNIG
Was sagst du da? für dich?

WIDERSACHER *schnell* Für das, was wir besitzen!
Für unsre Macht und Ehr!

REICHER *stark*
Für unsre Macht und Ehr!

KÖNIG Des mög der Ewige walten!
Er zieht sein Schwert.

WEISHEIT
Gedenk: das Hohe hoch, das Niedre niedrig halten!
Tust du nach deinem Spruch?

SCHÖNHEIT *sieht sich in dem Spiegel*
Wie schön im Widerschein der Macht
Aufleucht ich vor mir selbst!
Bauer dengelt seine Sense.
König stößt sein Schwert wieder in die Scheide.

ENGEL Habet des Spieles acht,
In dem ihr steht, und wie sein Name erst erklang.
Der Herr ist über euch! Vergesset nicht den Gang.
Welt tut ein paar Griffe auf ihrer Laute, die sie im Schoß hält.

KÖNIG *winkt dem Reichen, den Platz zu seiner Rechten einzunehmen, und tritt selbst auf seinen Platz in der Mitte*
Mit hocherleuchtem und bemühtem Sinn
Hab ich mein Reich wie einen Ring geründet
Und schau zufrieden auf sein Blühen hin.
Auf Schwertes Kraft ist Macht gegründet,
Die Schönheit wohnt im goldenen Palast,
Gebet steigt auf aus heiligen Mauern,

Der Nährstand trägt nach Recht für uns die volle Last,
Steht fest auf seinem treu beschränkten Sinn
Und wird in diesem Sinn auch dauern.

BAUER *hält im Dengeln inne*
Ich steh recht fest auf die zwei Füß, ja! ja!

WEISHEIT
Erbarm dich, Herr, und bleib auch nächtens nah!

VORWITZ Sehr zufrieden sind die alle! Gemütliche Leut habe ich gern. Jetzt möcht ich wissen, wo der noch alleweil bleibt, der den Bettler spielen soll! Wann der jetzt in eine solche zufriedene Gesellschaft hineinkäm, könnt er auch nicht grandig sein.

Bettler kommt langsam, schleppenden Ganges, von rechts.

VORWITZ *sieht ihn, wie er noch weit ist* Ah, da is er, der Bettler! habens den aber despektierlich herg'richt!

Bettler geht mit gesenktem Kopf, auf einen Knüppel gestützt; er spricht mit sich selber, scheint nichts zu sehen. Er geht auf der Bühne herum wie ein Verlorener.

VORWITZ Ein grausliches Gehwerk hat der Mensch! er muß sich die Füß derfrört haben!

Weisheit verläßt ihren Platz und tritt auf den Bettler zu. Bettler murmelt vor sich.

WEISHEIT *in seinem Rücken*
Was hast du unbekannter Mann im Sinn?
Komm!

BETTLER *zuckt zusammen*
Da sind Leut, da mach ich mich davon.

WEISHEIT *tritt vor ihn*
Tritt her. Ich will dich herbergen und pflegen.
Mich dünkt, zu lang bist du in keinem Bett gelegen.

BETTLER *ohne sie anzusehen*
In keinem Bett? das geht ins neunte Jahr.

WEISHEIT
Woher des Wegs?

BETTLER Ich weiß nit, wo ich gestern war.
Ich weiß nicht, wo ich heut hingeh.

WEISHEIT
Du hast gelitten Not und Weh.

Nimm da, und pfleg dich.
Reicht ihm Geld aus einem Beutel.
Bettler kehrt sich ab.

WEISHEIT Steh mir Red!

BETTLER
Ich steh nicht Red.

WEISHEIT Nimm meine Gabe hin,
Ich bin des Guts nur die Verweserin,
Denn es ist dein und aller Armen.

BETTLER
Ich will kein Lirumlarum hören,
Brauch keine Sprüch und kein Erbarmen,
Ich will davon!
Er will gehen, versinkt aber wieder in Brüten.

WEISHEIT
Zweierlei Hochmut trägt der Mensch in sich;
In übermäßigem Glück und übermäßigem Leide.
Der oben thront, verwirft sie beide.

BETTLER *ohne sie anzusehen*
Ich mag deine Predigt nicht. Ich will nichts von der Welt.

WEISHEIT
Ich steh nicht für die Welt, ich steh dahier für Den,
Der nicht abläßt, nach dir so sehnlich zu begehren,
Daß du mit zehnfach Eisen um dein Herz
Ihn doch nicht kannst vom Herzen ab dir wehren!

BETTLER *sieht sie voll an*
Red – Weiberred – Ich hab ein Weib gehabt,
Der ist kein unnütz Wort aus ihrem Mund –
Er bricht ab.

WEISHEIT
Ist sie dahin?

BETTLER Frag nichts! Ich steh nicht Red.

VORWITZ An was ist sie denn gestorben? es wird schon nit so arg gwesen sein!

BETTLER
Am Zufall is sie verstorben. Ich war zufällig nicht daheim –
Und der Stock da auch nicht –

BAUER *sieht auf* Die Red hat gar kein Reim!

BETTLER Da sind so ein paar fremde Hund über die Grenz daherkommen,
Und da hats mit ihrem Leben jählings ein End genommen.
Die Hütten war verbrannt und die Frau halt auch und die Kuh dazu.
Ganz still hat die Brandstatt geraucht in einer besonderen Ruh!
Die Kinder haben sich versteckt im Wald
Und die Geißen in ein Dörnicht getrieben,
So sind sie den Tag am Leben geblieben.

BAUER
Ah! an der Grenz! da draußt! ja da is nit gut sein!
San bettelarme Leut und recht ein schlechter Wein.
Dort wohnen stünd mir nicht zum Sinn,
Ich sitz im Landl mitten drin.
Er dengelt.

BETTLER *stiert vor sich hin, halblaut*
Warum, warum?

WEISHEIT Ruf dir dein inneres Licht zu Hilf.

BETTLER
Ist ausgangen das Licht. Noch nicht den Tag,
Wo s' mir die Frau erschlagen haben,
Nein später, wie ich hab müssen die Kinder
In einer selbgrabenen Gruben begraben.

VORWITZ Werden nit alle auf einmal gstorben sein!

BETTLER
Nein, nein. Auf einmal sind nicht alle vier gstorben
An der schandgierigen Hungerseuch.
Am Mittwoch nur zwei, am Donnerstag eins,
Dann am Sonntag das letzte – es war eine stille Leich,
Die Verwandtschaft, die Leichenträger und der Totengräber dazu
War alles die nämliche Person. Und du?
Du hast den Tag fleißig gebet't? ja, du?
Schön g'sungen und mit Weihrauch geräuchert auch,
Alls nach der Ordnung und heiligem Brauch,
Und dicke Mauern um dich herum

Und eiserne Gitter vor jedem Loch,
Daß nur sicher war! nur recht sicher doch!
Und andre – andre sind vogelfrei
Und können Händwinden und Blutschwitzen
Und zwingen sich keine Hilf herbei!
Warum?

WEISHEIT Es hat sein müssen. Trotzigem Warum
Bleibt der saphirene Gerichtshof stumm.
Sie deutet nach oben.

BETTLER
Nein: es hat nicht sein müssen! Lüg nicht! Nein!
Er stößt seinen Knüppel auf den Boden
Andern ist nichts passiert! Wer reich war, ist davon!
Wer sich ein Pferd hat kaufen können,
Hat mögen der Seuch aus dem Netz rennen!
Warum? warum? wo steht das geschrieben!
Mein Fleisch und Blut hat müssen auf den Mist,
Den andern ihrs ist springlebendig blieben!
Wo steht das? wo? wo steht, daß meine Brut
Zum frühzeitigen Sterben hat getaugt,
Den andern ihre war dafür zu gut!
Das Maul auftun jetzt! her mit dem Gericht,
Das zwischen mir und euch den Handel schlich't!
Hier schrei ich um mein Recht!

WEISHEIT
Dein Schrei ist Qual der Kreatur,
Doch gegen wen vor irdischen Schranken willst du klagen?
Wer von den Unseren hat an dir mißgetan?
König tut einen Schritt.

WEISHEIT
Hier tritt heran, in dessen Hand der Stab,
Ihm bringe vor die giltige Beschwer.
Doch hüte dich, daß nicht ein finstrer Wahn
Sie über alle Maße treibe.
Sie tritt gegen ihren Platz.

KÖNIG
Was will der Mensch? Wo kommt er uns daher!

BETTLER
Daher? Euch nicht zum Guten!
WEISHEIT *von ihrem Platz* Bleibe
In Maßen, Mensch! todsündig ist der Zorn!
KÖNIG
Was Unrechts zeihst du welchen aus den Meinen?
Wen zeihst du wessen? Rede gib! Wir haben –
BETTLER
Ihr habt, und ich hab nicht – das ist die Red,
Das ist der Streit und das, um was es geht!
Ihr habt das Weib und habt das Kind,
Und habt das Haus, den Hof und auch das Ingesind,
Ihr habt das Feld und habt die Kuh,
Und habt das Kleid und auch den Schuh,
Und habt ein warm satt Blut im Leib,
Und habt die Zeit und noch den Zeitvertreib,
Ihr habt den Tag und habt als zweiten Tag die Nacht
Mit Fackeln, Kerzen, Glanz und Pracht.
Ihr habt den Wein und noch ein Lautenspiel zum Wein,
Und habt das Ding und noch den Schein,
Und habt das ganze Erdenwesen
Und noch das Buch, darin recht schön und faul zu lesen,
Darin wird eure Welt beschmeichelt und bewitzelt,
Damit euch, was ihr habt, noch einmal traumweis kitzelt.
Das alles habt ihr und woher? weil ihrs gestohlen,
Gebaut das Haus auf Bruders schmählichem Verderbe!
Jakob, du sitzest in gestohlenem Erbe,
Und Esau kommt, das Seine sich zu holen!
WIDERSACHER *bläst ein, da jener innehält*
Natur gibt mir und euch das gleiche Recht,
Natur kennt keinen reichen Dieb noch armen Vagabunden!
BETTLER *ohne sich umzudrehen*
Schweig! Meine Red hab ich aus mir gefunden,
Brauch keinen Fürsprech.
WIDERSACHER Ist mir zehnfach recht!
VORWITZ Pfui Teufel, wie der schieche Kerl aufbegehrt!
SCHÖNHEIT *tritt zum König, der unwillkürlich sein Schwert in der Scheide vom Gürtel gegen die Brust erhoben*

Mein Herr, ich acht es für verlorne Stund,
Zu hören eine blinde Rede,
Die häßlich losringt aus verzerrtem Mund.

WIDERSACHER *richtet sich auf*

Samson war blind und hat das Haus zerschmissen,
Drin tafelnd der Philister lag!

WEISHEIT

Hast du geheim nicht noch ein ander Wissen,
Du fremder Mann, als tönt aus deiner wilden Klag?

SCHÖNHEIT

Sieh, wie er tierischen Blickes auf mich starrt,
Mach mich des bösen Anblicks ledig!

KÖNIG *hebt den Mantel und birgt sie*

Mein Kanzler!

REICHER *beugt ein Knie*

Herr, was anbefiehlst du gnädig?

KÖNIG

Uns ziemt nicht, mit erhabner Gegenwart
Ein solches freches Toben zu erdulden:
Wo wir auftreten, wollen wir in Hulden
Erkannt sein und in Ehrfurcht scheu und zart.
Bedeut ihn! Maßen unsres Amts nicht ist,
Daß wir zu einem Streite uns erniedern –
Sollst du an unsrer Stelle ihm erwidern.
Weh, käm der Tag, da Rang und Ordnung wankte,
So wie dem Leibe, dem das Herz erkrankte,
So widerführe dem gemeinen Wesen,
Dessen zu wahren wir von Gott erlesen.
Bedeutet ihn das, verweis ihm seine Klage,
Du wärest nicht, wofür wir dich erkannt,
Stünd dir nicht Geist und Rede zu Gebot,
Wo Geist, das Störrische zu lenken, not.

REICHER

Dir zu Befehl.

König nimmt Schönheit bei der Hand, sie zurückzuführen. Schönheit, indem sie sich zum Abgehen anschickt, wendet ihr Gesicht voll dem Bettler zu

BETTLER *gewahrt nun erst Schönheit in ihrer ganzen Macht*
Die! ist die auch bei dir!
Ist dies da, Gabe unter allen Gaben,
Wovon ein Strahl das ärmste Herz durchfährt,
Unten in oben, Nacht in Tag verkehrt,
Ist dies auch eingeschlossen in dein Haben?

WEISHEIT
Heil dir, vermagst im Bilde überm Schrein
Den Abglanz du des Höchsten zu erkennen!
So hoff ich noch.

BETTLER
Nein, nein und dreimal nein!
Das ist zuviel, daß dieses Lebens Krone
Bei euch in eurer Diebesherberg wohne.
Was? schmiegt sie sich an dich! jetzt hats ein Ende!
Ich brech in dein Geheg! Ein neuer Weltstand her!
Wirft den Stock weg
Nieder, Philister! Hier sind Samsons nackte Hände!
König hat Schönheit an ihren Platz geführt, steht selber an seinem.

REICHER *tritt auf den Bettler zu, mißt ihn erst mit dem Blick*
Heb auf den Stab, er wird dir nötig sein.
Du habest denn genug der wüsten Wanderschaft
Und dieses Knüppels, wo im Wald errafft,
Und tauschest dir dafür ein nützlich Werkzeug ein.
Einen Schritt näher
Das rat ich dir. Du bist, mich dünkt, ein Mann,
Ich bins gewohnt, mit Männern zu verkehren.
Das hat ein rechter Mann an sich: man kann
Mit einem rechten Wort ihn oft gradhin belehren.

BETTLER
Die Gall ist unser, Honig euer Teil.
Willst du mir Honig um die Lippen schmieren?
Was willst du sonst? nimm dich in acht!
Nämlich: ich hab nichts zu verlieren!

REICHER
Doch manches, denk ich, zu gewinnen,
Genau so wie wir Werkleut alle,

Wir alle hier und du, wir sind im gleichen Falle,
Vielleicht geht dir davon ein Licht zu Sinnen.

BETTLER *finster, verhalten*

Der Weltstand muß dahin, neu werden muß die Welt,
Und sollte sie zuvor in einem Flammenmeer
Und einer blutigen Sintflut untertauchen,
So ists das Blut und Feuer, das wir brauchen.

REICHER

Ordnung ists, die ihr braucht!

BETTLER

Mit dem verfluchten Wort
Kommst du mir nicht. So nennt ihr die Gewalt,
Die uns in Boden druckt.

REICHER

Warum spritzt deine Rede
Nicht aus dem Aug, das dir sich wütend ballt,
Warum nicht aus der Faust mit ihrem wilden Schwunge,
Warum vertraust du sie der ungelenken Zunge?

BETTLER

Was?

REICHER

Weil in deinem Leibe so die Ordnung ist!
Willst du da deine wilde Klag herbellen,
Uns alle vor den Richter stellen,
Die Zung nach Amt und Ordnung muß dir dienen.
Aufstampfen wüst, blutunterlaufne Mienen,
Die tuens nicht allein. Und soll die Zung nicht stammeln
Und deiner Klagred nicht, indem sie sie gebiert,
Als einer Totgeburt noch schnell den Weg verrammeln,
So muß dein innrer Sinn an ganz geheimem Ort
Sich ein Gedankenbild, ein sinnvoll Wunderzeichen,
Erschaffen und der Zung es nach der Ordnung reichen,
Zu schießen gegen uns das scharfgeprägte Wort.
Noch mehr: dies Wunderding der Ordnung nachzuschaffen,
Muß sich der innre Sinn erst den Begriff erraffen
Aus einer Geisterwelt, die wie das Sternenmeer
Sich oben wölbt und blitzt und schießet Strahlen her,
Denn wenn er nicht hinauf nach solchen Lichtern griffe,
So lahmet deine Red, sie läuft nur durch Begriffe.

Was du herbelferst hier von Herr und Knecht,
Von Erbe und Enterbt, Gerecht und Ungerecht,
Es ist dir nicht von selbst zu Hirn gediehen,
Jahrtausendaltem Schatz hast dus, der Ordnung nach, entliehen –
So seh ich dich, den Samson unsrer Welt,
Den Rütteler am Pfeiler unsres Hauses,
Heraufbeschwörer wüsten Höllengrauses,
Dich, der gen jede Ordnung aufrebellt,
Mit allem deinem Toben, deinem Trotzen,
Dich an uralter Ordnung noch schmarotzen.
Reiß Ordnung ein, den heilgen, alten Damm,
Reiß ein, löß auf die ganze Welt in Schlamm!

WIDERSACHER

Aus Schlamm, erfuhr ich, ward die Welt einmal,
Soll sie aus Schlamm noch einmal auferstehen,
Und wärs in dreiunddreißigjährigen Wehen!
Bevor wir uns von wortgewandten Fratzen
Noch einmal lassen um das Erbe schwatzen.

REICHER *noch einen halben Schritt herantretend*

Zerreiß, zerschlag, entwurzelt alles um und um,
Stoß uns dein Messer ins Gekröse,
Doch wisse auch: nicht nur verrucht und böse
Hast du gehandelt, sondern dumm. –
Dies Ganze, diesen würdigen alten Leib,
Den unumfaßbaren, ausmessen wolltest du
Mit einem frechen Blick in einem einzigen Nu,
Mit deinem kurzen Sinn, der reicht von da bis da?
Ist es denn, wie du meinst, ein Ganzes nur von Sachen,
Von Räubern ein zusammgescharrter Hort,
Bewacht am mauerfesten Ort
Von ewgen Unrechts alten Drachen,
Und kannst du nicht zu einem Blick erwachen,
Wo es ein Ganzes dir aus Kräften deuchte,
Die, stets erneuert, nach geheim gebotnen Zielen
Mit Feuerslust so durcheinanderspielen,
Daß zu des Dranges letztestem Genügen
Es auch noch deiner Kräfte bräuchte?
Und ruft dich nichts, dich diesem einzufügen?

WIDERSACHER

O Rattenkönig schlau verfitzter Lügen!
Zum Bettler, einbläserisch
Jetzt geh ihn an! wirfs ihm in sein Gesicht!
Einfügen? wir? wir gehn im Göpel Nacht und Tag
Und sehen keine Frucht von unserer Plag
Und sehn kein End – Aus Werk wird Fron,
Geschändte Tag', vermaledeiter Lohn!
Sags ihm hinein!

REICHER Ich warte drauf.

KÖNIG

Man steht dir Rede, man verstattet dir
Entgegnung, ungescheute. Mach Gebrauch!

WEISHEIT

Erwidre. Teil die innre Last! Im Wort,
Das aus dem Munde fliegt, ist Gottes Hauch!

BETTLER

Ich steh nicht Red. Das wär euch recht –
Daß ich aufs Stichwort meine Red anbrächt.
Eur Stichwort zieht bei mir nicht. Richt't euch ein!
Was jetzt anhebt, wird ohne Sprüche sein!

VORWITZ *halblaut* Sapperment!

REICHER

Bist du zu stumpf, du tust mir leid,
Den wunderbaren Webstuhl zu erfassen,
Der webt aus Erdenstoff ein wechselnd Geisteskleid,
So bleibt dir freilich nichts, als uns zu hassen.
Dann geh nur auch von unsern Arbeitsstätten,
Nur wie wir liegen, können wir dich betten.

BETTLER

Ob ich geh oder nicht, das wird sich zeigen,

REICHER

Bring etwas vor, so läßt sich etwas doch beginnen,
Aus Spinnweb etwa noch ein Faden spinnen –
Aus Nichts wird nichts!
Bettler schweigt.

KÖNIG *wendet sich ab* Ein häßlich böses Schweigen!
Wir kehren uns von ihm –
Bettler lacht.

WEISHEIT *hebt die Hände zu Gott*
Wend ab die fürchterliche Tat,
Zu der dies Schweigen sich zusammenpreßt!

WIDERSACHER
Wie Donner jetzt ein Wort! ein Manifest!
Ein einzig ungeheueres Diktat!
Davon sie in die Erde sausen!
Bettler schweigt.

WIDERSACHER
Du machst mir selber kalt mit deinen Pausen!
Bettler tut ein paar Schritte seitwärts, als wolle er gehen.

WIDERSACHER
Nun – nun – die Spannung noch nicht hoch genug,
Daß sie in einem Blitzschlag sich entlade!
Noch nicht genug Gewölk um deine Brust versammelt!
Vollstreckungsaufschub – wie? doch keine Gnade!
Der Ausweg bleibt euch ganz und gar verrammelt!
Bettler ist mit langsamen Schritten bis dorthin gekommen, wo der Bauer steht, der sich mit seinem Arbeitsgerät befaßt und tut, als achte er nicht auf ihn.
Reicher, mit beherrschter Miene, wendet sich auch, an seinen Platz zurückzutreten. Alle sehen mit verhaltener Beklommenheit auf den Bettler, ob er abgehe oder nicht.
Bettler geht sehr langsam, wie in dumpfes Brüten verloren.

VORWITZ *halblaut* Na, geht er schon amal – oder geht er nit!
War höchste Zeit!
Bettler geht noch ein paar Schritte, bleibt dann, schon ganz an der Seite der Bühne, vor dem Bauern stehen.

BAUER *hat vor einer Weile seine Sense in den Baum gehängt und aus seiner Tasche ein Stück Brot mit Speck gezogen und seine Mahlzeit gehalten, anscheinend ohne auf die andern zu achten. Jetzt, wie der Reiche auf ihn hinsieht, schiebt er den letzten Brocken Brot und Speck schnell in seinen Mund und nimmt wieder seine Sense, legt sie sich auf die Knie und dengelt. Nichts an ihm verrät, ob er die letzten Reden gehört hat oder nicht*
Mein Sensen ist uneben wor'n,

Muß einghaut haben in ein Dorn.
Was will der Mensch von mir?
Laut
Was stehst, wer bist?

BETTLER
Wer bist denn du, damit ich dich halt grüß?

BAUER *tut noch ein paar Klopfer auf die Sense*
Ich? Hm. Ein Bauer. Weißt nit, was das is?
Er steht auf und richtet sich vor dem Bettler auf
Is halt ein Brotlaib auf zwei Füß.
Nach einer Pause
Was schaust herum?

BETTLER Dahint der Hof is dein?

BAUER
Is mein.

BETTLER Die Wiesen da?

BAUER Sind mein.

BETTLER
Der Streifen Feld?

BAUER Is mein.

BETTLER Und dort
Der andre?

BAUER Mein.

BETTLER Der Garten dort?

BAUER
Is bald gnug gfragt?

BETTLER Dich kosts ja nur ein Wort.

BAUER
I gib dir noch zehn Wörteln zu.
Das Hemd am Leib is Web aus meinigem Flachs,
Aus meinigem Leder sind die Schuh,
Stadel und Gattern, Dach und Fach und Wänd
Aus meinigem Holz, zug'richt mit meine Händ.
In der Weis sitz ich zwischen Hart und Bach
Auf meiner selbgeschaffenen Sach.

WEISHEIT
Nennst du geschaffen, was ein andrer dir geliehen,
Vergissest du, durch wen der Hände Werk gediehen?

BETTLER *mit erhobenem Kopf, zieht die Luft ein, vor sich*
O Luft von überm Bach am Wiesenrain!
BAUER *für sich, unruhig*
Mir scheint, der schmeckt die Wurst im Rauchfang drein!
BETTLER *nach einer Pause*
Da bleiben, da! und wieder still und ständig sein!
Ob ihr an' Arbeit für mich hätts?
BAUER *besieht ihn prüfend*
Waß nit – schwer Arbeit war dir eppa z'letz –
BETTLER
Ich bin nicht landfremd. Von da droben, zwei Stund von da,
Bin ich, von drüberm Hart.
BAUER Aha, ja, ja!
BETTLER
Der Vater war Waldbauer, Heger dann,
Ein Baum hat ihn erschlagen, 's war ein armer Mann.
BAUER
Könnt wohl so möglich sein. San bettelarme Leut
Und a nit stark. A saure Wiesen is gschwind g'heut,
A magre Geiß gschwind g'molken. Haben ihr Leben nit geschafft,
Im Sack kein Geld, im Arm kein Saft und Kraft,
Drum wanderns aus und schliefen wieder heim,
Hat alles kein Wesen und kein Reim.
BETTLER *finster*
An' Arbeit ob der Bauer hätt – im Stall? am Feld? –
BAUER *nimmt hinterm Baum eine langstielige Axt hervor, wiegt sie in der Hand*
Hab Kinder Stucker acht und schaff mei Arbeit selb.
Wär alls scho gfehlt, wanns nit so wär,
Dann wär der Acker stärker als der Herr.
Bettler will gehen.
BAUER *die Axt in der Hand*
An Holzknecht brauchert' ich.
BETTLER *bleibt stehen* Ist deinig auch der Wald?
BAUER
Ang'forstet ist der Hof seiter sechshundert Jahr.

Schlagrecht is mein. Wie's Mahlrecht dort am Bach,
Weidrecht im Tal und Fischrecht in der Ach.

BETTLER

Bist ja mit Recht und Recht gspickt wie ein Igel gar,
Wer dir was nehmen wollt –

BAUER *wiegt die Axt auf den Knien*

Der lasset' Haar!

Welt tut einen Griff auf ihrer Laute.

Bettler tut abermals einen Schritt, als wolle er gehen.

BAUER

So willst halt nicht.
Macht Miene, die Axt hintern Baum zu stellen
I bau an' neuchen Stadel aus mein Holz.
Brauch Plöch und Bretter. Wär jetzt d' Jahrszeit recht.
Im Wald fehlt nix, was fehlt, das is der Knecht.

BETTLER

Schlagrecht. Kein Klafter Brennholz, Tür und Dach,
Nix kaufen, alles aus der eigenen Sach,
Nix kaufen, Wiegen nicht und nicht das Hochzeitsbett,
Auch nicht den Sarg –

BAUER Holz kaufen? war a lausigs Gfrett!

Willst oder nit? i hab ka Zeit.
Hält ihm die Hacke hin
I gib drei Taler Jahrlohn, ein Paar Schuh,
Und Hauswoll auf a Joppen noch dazu.
Die Hütten steht im Wald, Laubstreu is frei,
A Pfann is drin, 's Fetthäfen steht dabei.

BETTLER *hält unschlüssig die Axt in der Hand*

Schaff Holz fürs Bett, und im Bett drin werd'n andre liegen,
An' andern seine Kinder in der hölzern Wiegen –
Aber der Wald is schön, und in der Einschicht sein
Is besser, als da stehn und zornig umeinanderschrein.
Na, Bauer: wenn ich aushalt bis ans End
Und robot dir im Wald mit die zwei Händ,
Und halt dir ord'ntlich wie a Stubn dein Wald –
An' Sarg spendierst mir doch, sechs Bretteln halt,
Aus deinigem Holz?

BAUER Fehlt nix. Die kriegst.

BETTLER Ich steh dir ein.

Mi ziehts in Wald wie mit an' Strick.

BAUER

Na mußt in Wald, is halt dei G'schick.
Wart noch. Hab noch was anzuschaffen,
Daß d' mir ein Ordnung haltst im Wald:
Das Krummholz is a richtigs Gsindel halt,
Schmarotzt mir am Waldboden, zehrt'n aus auf Schritt und Tritt,
Bettelbagagi, weg damit!
Verstanden? Wart noch! mußt di nur 'neindenken frei,
Was d' bist! na, was? Waldpolizei!
Das nämlich', was dahier am Hof der Hund,
Bist du am Hart und drent im schattigen Grund.
Verstehst?

Bettler will fort.

BAUER Wart noch. Wird doch nicht gar so eilig sein!
Is neuerdings Holzklauben gar so in Schwung kommen,
Und hat a wenig überhand g'nommen.
Da fahrst ma drein, sind Witwen allermeist
Und Kinder gar, daß d' mir nit viel 'rumschreist,
Richt' einer nix beim G'lumpert mit an G'schrei,
Anzeigt wird nix, das macht nur Schererei.
Hau drein, jags aus, dös Schandpack soll mein Waldl respektieren
Und anderswo herumvagabundieren –
Verstehst?

BETTLER *für sich*

Mir steht jetzt was bevor, ganz nah!

BAUER

Ah, machst ja schon zvor a grimmigs Gsicht,
Recht wie der Teufel dort beim höllischen Gericht!
Gehst du den Dienst mit so ein' Eifer an?
Ja, dann werd'n wir zwei beieinander bleiben,
Muß immer ein Nagel den andern treiben,
Dann wirds was Rechts! Jetzt schau zu deiner Sach,

Schau nur dazu, daß dir dein Dienst recht gfällt –
Was is?
Springt auf.

BETTLER *springt gegen die Mitte, drohend gegen alle*
Ja, ich muß Ordnung machen,
Das is mir ein'geben, aber nicht allein im Wald!
Schwingt die Hacke gegen alle
Ihr Dieb und Schänder alle miteinander,
Euch gehts an Balg!

BAUER *springt ihm nach*
Heda, Falott, laß mir die Hacken aus der Hand,
Der böhmische Zirkel ist nit eingführt hiezuland.

BETTLER
Was willst du da, was schreist mit deinem Mund?

BAUER
Die Hacken her und fort von hier! Du Vagabund!
Abgstrafter Kerl!

BETTLER
Was? wer?

BAUER
Was? wer?
Der Bauer bin ich, und du stehst auf mei'm Grund.
Marsch, oder ich brauch Hausrecht!

BETTLER *ungeheuer* Noch ein Recht!

BAUER
Und Herrenrecht dazu, wannst aufrebellst, du Knecht!

BETTLER *mächtig die Axt hebend*
Dieb! Deine Recht sind g'stohlen, und zu der Stund
Ruf ich mirs heim als wie verlaufene Hund.
Er pfeift
Jetzt kommt gleich's erste Recht. Schlagrecht ist jetzt bei mir!
Siehst jetzt? die Recht sind lumpige Lakain,
Die allezeit dem Stärkern dienstbar sein.

WIDERSACHER
Auf! Was du tun willst, lieber Sohn, tu schnell,
Gerecht vergoßnes Blut ist ewiger Freuden Quell.
Welt ist aufgesprungen.

BAUER *in großer Angst*
Is niemand da? Zu Hilf! Herbei!
Will ausweichen.

BETTLER
Maul halten mit dem Wehgeschrei.
Mach deine Seel fürs letzte End bereit.
Jetzt kommt zum Ausgleich der uralte Streit.
Faßt ihn
Fahr hin! Verreck im Straßengraben!
Hab ich nix g'habt, sollst du das gleiche haben.

WEISHEIT *mit angstvoll erhobenen Armen, Reicher, König, Schönheit, alle vier treten zugleich einen Schritt vor*
Halt ein, Mörder, halt ein!

ENGEL
Denkt, wer euch sieht, denkt an des Spieles Gang!

WEISHEIT
Da du ein Kind warst, grausete dich Kain,
Willst du in sein Geschick?

SCHÖNHEIT *geht auf den Bettler zu*
Schlag mich! Erschlag uns alle!

ALLE ZUGLEICH
Schlag zu und bring mit eins die ganze Welt zu Falle!
Bettler, die Axt hoch erhoben, blicklosen Blickes, steht ihnen allen furchtbar gegenüber.

WELT
Trompeten drein!
Jetzt ist mein Spiel dort, wo's höher nicht mehr geht.
Eine Pause

WEISHEIT
Schlag zu! Wir sind für unser End bereit!
Und tritt es her mit schreckensvollen Mienen,
Wo wär das Schrecknis, das wir nicht verdienen?
Wirft sich auf die Knie, zu Gott
Du aber thronend ob verworrenen Geschicken,
Du siehest zu, wie in des Unrechts Netz
Wir alle, alle uns geheim verstricken.
Wie leicht wär alles dir mit einem Hauch zu schlichten,
Mit einem Fingerwink ins Grade dies zu richten,

Doch dir beliebt vom hocherhabnen Pfühl
Ein ungeheueres Gewährenlassen,
Um dann, mit Adlersaug durchdringend das Gewühl,
Mit Adlersklau die Beute dir zu fassen.
Du machst mit einem fürchterlichen Winke
Dem anbefohlnen Spiel ein jähes End,
Sieh willig uns von deiner Bühne weichen,
Und – eh in Schatten unser Spiel versinke –
Sieh doch zuletzt die aufgereckten Händ!

Sie verharrt noch einen Augenblick mit gefalteten Händen, dann steht sie auf und spricht weiter, stehend, zu den übrigen

Denn es ist nun an dem – seid ihr auch des belehrt?
Daß wir sehr schnell von dieser Bühne schwinden,
Ein kurzer Augenblick ist allen uns gewährt,
Abtretend aus dem Spiel uns zu uns selbst zu finden.
Und er, des höchsten Willens arger Bot,
Furchtbar gewürdigt, uns hinwegzurufen –
Auch sein Spiel ist vorbei, darin er gräßlich uns bedroht,
Er steigt mit uns hinab der Bühne wenige Stufen.

Nach oben gewandt, gewaltsam, den Bettler nicht ins Auge fassend, spricht sie das Weitere. Der Bettler indessen geht auf sie zu, die Axt erhoben. Je näher er ihr, desto fester, die tiefste Angst überwindend, wird ihre Stimme. Der Bettler steht vor ihr wie festgewurzelt; sein Gesicht verändert sich ungeheuer. Die erhobene Hand, darin die Axt, sinkt herab. Der Bauer liegt nächst dem Baum, das Gesicht im Arm geborgen, wie ein Toter, regungslos.

WEISHEIT

Du aber, Leben über allem Leben,
Du wunderbar Gericht, das in den Dingen ruht,
Sieh mich nunmehr für ihn die Händ erheben:
Gnad ihm, wenn er jetzt bebend vor dich trägt,
Gräßlich gefärbt mit unser aller Blut,
Den Wesensschein, den furchtbar schicksalvollen,
Drein Du erhabnen Willens Spur geprägt!
Gnad ihm, ihm war von Deines Spieles Rollen
Die eine überschwere auferlegt!

BETTLER *zitternd*

Wo ist der Baum?

WEISHEIT Was für ein Baum?

BETTLER Den ich wie Donner schlug,

Der niederkrachend euch und mich begrub!

Doch ich –

WEISHEIT Und du?

BETTLER Weib? was geschah? Wo ist das Licht?

WEISHEIT

Was für ein Licht?

BETTLER Das aus der Krone brach,

Mit einer Menschenstimme zu mir sprach!

War dies zuvor? war dies nachher? Weib – was geschah?

Daß ich nicht auf dich schlug! – du tratest nah –

WEISHEIT

Brach da ein Licht hervor? – und –

ENGEL War das nicht

Des Saulus Blitz und redend Himmelslicht?

BETTLER

Du hobest deine Händ und betetest für mich?

WEISHEIT

Für dich!

BETTLER Verstehend mich und mein Gericht?

ENGEL

War das nicht Isaaks Lamm, das schimmernd sank vor dich?

BETTLER

O du mein Gott!

Er kniet nieder, birgt sein Gesicht in den Händen.

ENGEL

Nach Taten, Seele, war dein Drang!

Untat war nah in finstrem Wahn,

Doch herzlich ist des Spieles Gang!

Statt Untat ist jetzt Tat getan!

BETTLER

Getan?

WEISHEIT Getan!

BETTLER Schlug ich?

WEISHEIT Du schlugest nicht!

WIDERSACHER

Ein Blutandrang, ein schwindelnd Flimmerlicht
Und alles wiederum zunicht!

Er wirft wütend seine Bücher zur Seite.

Des Bettlers Blick, der, wieder auf seinen Füßen, wie ein Entrückter um sich sieht, trifft den Blick der Weisheit, die wieder von ihrem Platz zwei Schritte auf ihn zugetreten ist. Sie lächelt. Er lächelt auch. Sein Gesicht hat einen verwandelten Ausdruck.

WEISHEIT

Bist du befreit von deiner Strafbegier,
Um die dein Bruder dir in Fäusten ächzte,
Indes die Seele in der Seele dir
Unbändig nach Unendlichkeiten lechzte!
Empfingest du in jähem Himmelsschein
Die ungeheuerste der Gaben,
Und kannst du deinen Brüdern nun verzeihn
Am schalen Erdengut ihr dumpfes Haben?

BETTLER

Was schiert mich, was ihr habt? Ich bin so voller Freuden
Und will in Wald, daß ich umblitzt von Ewigkeit
Mich beieinander halt, an keinen Hauch der Zeit
Die innre Himmelsfülle zu vergeuden!

WEISHEIT

Begnadigt uns nunmehr dein umgewandter Sinn?

BETTLER

Was weiß ich, wer ihr seid – was weiß ich, wer ich bin?
Als wie von Ewigkeit
Ist mir der Wald bereit,
Da ich ein schuldlos Kind
Auf moosigem Stein gelegen.
Dort liegen und in Lust
Mich ganz zu Gott zu regen!

WEISHEIT

O Seele, du bist jäh zum großen Ziel gekommen,
Grab dich in Waldesgrund und blühe als ein Christ!

Bettler ist zum Gehen gewandt.

WIDERSACHER *ihm seitlich in den Weg tretend*

Was! lahm die Hand, die einmal richten konnte!

Und Unrecht, wie's nur eh und je sich sonnte,
In frechem Licht schlägt wiederum sein Rad,
Und du im Walde wandelst Träumerpfad!
O Ekel, pfui! o kann ein Hirn den Unsinn fassen?
Vertan die Manneskraft! das schöpferische Hassen!
Graust dich denn nicht vor dir?

BETTLER *mit einem ablehnenden Armheben gegen ihn*
Ich ward hineingestellt,
Als Gegenspieler diesen zugesellt:
Denn dies ist Gottes Spiel,
Wir heißen es die Welt.

WIDERSACHER
Leckst so feig du den Fuß, der auf dich tritt?

BETTLER
Ich bin bei Gott, in aller Dinge Mitt!
Doch in dem Spiel bin ich der Bettler halt,
Von dem ich Wesen anhab und Gestalt.
Was soll ich denn von denen wollen?
Ich kann doch nicht hinein in ihre Rollen
Noch deren Sprüch und Sprüng herein in meine reißen!
Da müßte ich ein Geck und Stümper heißen!
Wollt ich dem dort die pelzern' Schaub abziehen,
Dem dort sein goldnes Schwert aus Händen schlagen –
Und setz ich stracks mich auf den Thron für ihn
Und sitz dort breit zu meinen Lebenstagen,
So sitzt Hans Wurst zu Thron, das Blatt bleibt ungewendet,
Und diese Welt wie eh und je geschändet.
Ob ich mich spreiz mit Machtgebärden
An ihrer Statt, verschlägt nicht viel:
Es muß für wahr und ganz ein neuer Weltstand werden,
Sonst blieb' dies gar ein ärmlich puppig Spiel.
Er tut einen Schritt
Ich haus mit denen nicht, ich muß woanders hin,
Mir hat die Sternenuhr die große Zeit geschlagen,
Nun weck ich selber mich, entzünd in mir den Sinn,
Davon um Mitternacht der finstre Wald wird tagen:
Ich hab ein Wort gehört, das war mir lang verloren,

Mir ist, da ichs gehört, da war ich ungeboren,
Und eines Engels Mund gab mir so zarte Lehre –
Von Freiheit war das Wort und welcher Art die wäre.
Ich war – mein Seel – nicht frei, als ich in finstrem Drang
Scharf Eisen über diese schwang,
Des bin ich inneworden jäh,
Wie der inner gemalten Scheiben steh,
Die Bilder inne wird. Freiheit ist alleweil nah,
Doch greifst du hart nach ihr, so ist sie jählings fern;
Kaum schmiegest du dich sanft, so ist sie wieder da
Und weht von dir hinan bis an die Himmelsstern.
Sie ist geheim und läßt sich irdisch nicht benennen:
Sie ist ein Abgrund, über den sichs herrlich lehnet,
Doch der mit Macht sich auch dich zu verschlingen sehnet;
Ich will in wilden Wald, sie völlig zu erkennen –
Mich deucht, sie ist von Gott, und bleib ich nur allein,
So dringet sie durch Gott schon tief in mich hinein
Und gehet dann mit mir auf jeden Pfad und Steg:
Somit laß ab von mir und gib mir frei den Weg!
Er geht langsam an ihm vorbei.

WEISHEIT
Geh hin und sei im Wald ein guter Geist,
Und lobe Gott den Herrn, der alle Wege weist!
Ich neige mich vot dir!
Bettler wendet sich nach rechts, abzugehen.

WEISHEIT
Halt noch, nimm dein Gerät.
Sie geht hin, wo das Beil liegt, bückt sich, hebts auf und gibts ihm.

BETTLER *nimmts nicht*
Es ist nicht mein.

WEISHEIT Nimms hin und brauchs als dein.
So spricht der Herr: Ihr sollt nicht müßig sein.
Soll dich mein hoher Wald umhegen,
Einsiedel, mußt du seiner pflegen,
Sanft wie der Hirtenstab im Schattensaal,
Wandle die Axt voraus dem Himmelsstrahl,
Und wie die Glocke tön ihr voller satter Schlag
Ins Dorf und melde Herbst und friedereichen Tag.

Bettler befestigt die Axt an dem Stricke, der ihm die Lenden gürtet, und geht langsam hinaus.
Bauer sieht ihm, halb hinterm Baum geborgen, nach, bis er verschwindet. – Vorwitz hebt sich auf Fußspitzen, um dem Abgehenden noch bis in die Kulisse nachzusehen, dann stößt er einen hörbaren Seufzer der Erleichterung aus.
Weisheit ist auf ihren Platz zurückgegangen, faltet die Hände zum stillen Gebet. Alle fünf Figuren verharren ruhig auf ihren Plätzen. Bauer blickt in die Kulisse, gleichsam in den Wald, in den der Bettler verschwunden. Er macht ein befriedigtes Gesicht, deutet pantomimisch an, er höre ihn Holz machen.
Ein Signal.

WELT *ergreift ihre Laute, spielt und singt nach einem kurzen Präludium*
Flieg hin, Zeit, du bist meine Magd,
Schmück mich, wenn es nächtet, schmück mich, wenn es tagt,
Flicht mir mein Haar, spiel mir um den Schuh,
Ich bin die Frau, die Magd bist du.
Heia!
Sie greift dumpfer in die Laute, ihr Gesicht verfinstert sich
Doch einmal trittst du zornig herein,
Die Sterne schießen schiefen Schein,
Der Wind durchfährt den hohen Saal,
Die Sonn geht aus, das Licht wird fahl,
Der Boden gibt einen toten Schein,
Da wirst du meine Herrin sein!
O weh!
Und ich deine Magd, schwach und verzagt,
Gott seis geklagt!
Wieder lebhafter und heller
Flieg hin, Zeit! die Zeit ist noch weit!
Heia!
Das Licht auf der Bühne verändert sich, währenddem sie singt, wie gegen einen trüben Abend hin.

SCHÖNHEIT *nach einer Stille, wie aus einem Traum erwachend*
O weh! was ist mir widerfahren?
Ich spürs von Sohlen bis zu Haaren!

Sie sieht sich in dem Spiegel, läßt ihn gleich wieder sinken
O weh! an mir ist unversehen
Ein Unheil fürchterlich geschehen!
Zeit ist geflohen wie der Wind,
Ich war noch just ein blühend Kind,
Und sie hat an mir mißgehandelt,
Schmählich mein Angesicht verwandelt.
Bin ich denn keine junge Frau?
An Schläfen schien mir wie ein Grau!
Sieht wieder in den Spiegel
O Gott! nun seh ichs wohl, nun seh ichs wieder!
Und was soll denn der dunkle böse Strich
Unter dem Schlage meiner Lider?
Das Ganze freilich ist noch da
Sie lächelt ihr Bild an
Und doch ein Böses etwa nah;
Schaut' ich mit starrem Blick und zu genau,
Ich säh die Larve einer alten Frau!
Sie läßt den Spiegel sinken, blickt versteckt nach dem König hin
Auch er! der Gleiche und doch wieder nicht!
Ein scharf und furchig Etwas im Gesicht!
Sieht nach dem Bauer
Und der! verwandelt bis in die Gestalt!
Wie grau! wie stumpf und dumpf! wie jählings alt!
Sie verläßt ihren Platz und tut ein paar Schritte nach links, blickt verstohlen auf den Reichen
Ein Adlerblick aus selbstbewußten Brauen.
Vorbei! leichthin nur wie Vorüberschauen,
Sonst sieht er starr auf mich! und doch im Flug,
Ich hab gesehen und ich weiß genug!
Läuft zur Weisheit hinüber
Und du, wie schön bist du, wie leuchten deine Mienen,
Von wo sind sie mit diesem Glanz beschienen,
Wo nimmst du dieses nicht mehr irdische Lächeln,
Was sinds für Lüfte, die um deine Stirne fächeln?
Näher
Und doch! auch du! gealtert, doch nur wie der Edelstein,
Der alternd aushaucht eingesognen Schein.
Auch du?

WEISHEIT *lächelt, wie aus der Entrückung erwacht*
Was sprachest du?
SCHÖNHEIT *in der Mitte stehend, ringt die Hände*
O herzzerfressend Leid!
O einzig wahres Unheil ob der Welt,
Das unsres Daseins hohe Lust vergällt!
WEISHEIT
Was klagest du?
SCHÖNHEIT Die Zeit! die Mörderin! die Zeit!
Die Zeit ist über uns mit Räuberfaust gefallen,
Hat böslich mißgetan an dir und mir und allen!
Ein Paukenschlagen hebt an, dazu ein Windesrauschen. Die Figuren, wie aus einer Starrheit erwachend, verlassen ihre Plätze und treten durcheinander, aber wie Träumende, indem sie jeder für sich sprechen, ohne auf die anderen zu achten, und dabei die Hände ringen, außer der Weisheit, welche die ihren gefaltet hält.
KÖNIG
Macht ist Ohnmacht! Das geht mir ein
Und schneidet mir durch Mark und Bein.
REICHER
Ich kannte Zwang nicht, noch Gesetz,
Allein ein Etwas zwingt mich jetzt!
BAUER
Hab stets mein festen Stand dahier,
Was springt so geistisch um mit mir?
WEISHEIT
Im Sturmeswehn ist deine Spur,
Erbarm dich deiner Kreatur –
SCHÖNHEIT
O Schwäche, Bangen ohne Ruh,
Was wird aus mir in diesem Nu!
ALLE ZUSAMMEN *unter dem Paukenschlag*
Ein fahler Schein, ein hahler Wind,
Weh, daß wir Kreaturen sind!
Das Windesbrausen verstummt. Sie halten alle inne. Jeder findet sich auf seinem Platz. Sie stehen starr.
Vorwitz ist, wie ihr tanzartiges Durcheinandertreten anhebt, neugierig hinzugetreten und wird, ohne es zu wollen, darein ver-

strickt und tanzt mit ihnen bis ans Ende, aber ohne den Mund aufzutun. Jetzt wischt er sich die Stirn und schlüpft auf seinen Platz zurück. Auch der Paukenschlag verstummt.

ENGEL *wendet sich, wie von einem Wink getroffen, gegen den Palast des Meisters und blickt ehrerbietig nach oben nach dem Balkon*
Hier, deines Winks gewärtig!
Er eilt hin, horcht nach oben, eilt sogleich wieder nach vorne, immer auf der oberen Bühne und ruft dem Tod, der seitlich auf der oberen Bühne schon dann und wann sichtbar gewesen, von weitem zu
Zu Ende gehen soll schon bald das Spiel,
Ruf du jetzt einen nach dem andern ab!

TOD *tritt von wo er steht an den Rand der oberen Bühne vor und ruft laut*
Du, der des Königs Rolle hat, tritt ab!
Dein Part ist ausgespielt! Geh von der Bühne!
Tritt wieder ganz seitwärts, wo er aber sichtbar bleibt.
König erfaßts. Schönheit und Reicher zucken zusammen.
Bauer tut, als hätte er nichts gehört, er gräbt mit dem Spaten.
Weisheit wirft dem König einen strahlenden Blick zu.

KÖNIG *tritt vor, blickt nach oben, nimmt die Krone vom Haupt, betrachtet sie*
Wie? solch ein Schattenspiel! so schnell dahin!
Und schien voll Wirklichkeit und Pracht und Sinn!
Mein Augenwink, an dem sie alle hingen –
Mein Aug, bald selber liegts bei weggeworfnen Dingen.
Du Reif, du schienst ein Teil des Hauptes selbst zu sein,
Nun lösest du dich leicht und wahrest deinen Schein.
O Schein, o edler Schein, Schein über allem Schein!
Wer sich zu dir erschwäng, dem wärst du wahres Sein,
Herrliche Wesenheit, gewaltig, zu bezwingen
Den dumpfen Widerstreit von selbstgebundnen Dingen.
Wem laß ich dich? wo ist die dreimal würdige Hand,
Darein ich scheidend leg dies geisterhafte Pfand?
Er tut einen Schritt auf die Weisheit zu
Du heilig weise Frau, für die der Schein nicht scheinet,
Das Scheinen mit dem Sein zu höhrem Schein sich einet,
Willst du mir hüten dieses Zeichen,

Dem Höchsterkornen einst es reichen?
Er will der Weisheit die Krone überreichen.

WELT *steht jäh auf und tritt dazwischen*
Mir! Mir! Ich hab euch all in meinem Haus,
Ich zieh euch an und zieh euch aus.
Mir gibs und geh. Und sorg dich weiter nicht!
Nimmt dem König die Krone aus der Hand. Setzt sich wieder und hält die Krone auf dem Schoß

TOD
Abgehn! Das Zögern kann nicht frommen!

KÖNIG
O Meister überm Spiele, sieh mich kommen!
Er geht
Nun muß ich schwacher Kniee und mit Zagen
Den Spieler eines Königs vor dich tragen!
Ab.

SCHÖNHEIT *tritt angstvoll von ihrem Platz und ringt die Hände*
Wo muß er hin? Was ist geschehen?
Wie kann das sein? Er muß von hinnen gehen?
Wer wagts, dem Mächtigen zu befehlen?
Was wird aus mir? Er hat mich so geliebt!
Durch ihn nur war ich schön, in seinen goldnen Sälen!
Wohin mit mir? Wo ist das Land, das mir ihn wiedergibt!
Wohin mit mir Verlassenen?

REICHER *tritt vor* Zu mir!
Schönheit tut unwillkürlich einen Schritt von ihm weg auf Weisheit zu.

REICHER
Zu mir! An meiner Seite ist dein Platz,
Du im geheimen längst mir zugeeignet,
All meiner Schätze höchster Schatz!

SCHÖNHEIT *erschrocken, bang*
Weh mir!

REICHER *stärker*
Zu mir! Was hat sich viel ereignet?

SCHÖNHEIT
Der Mächtige, der mein Gebieter war
Und deiner und von diesen allen,

Vom Volk geliebt, umhuldigt von Vasallen,
Hast du denn nicht gesehn? Begreifst dus nicht für wahr?

REICHER

So müsse denn die Maske endlich fallen!
Zu mir! Nun faßt dich dieser Arm – für ihn!
Denn ich bin wahrhaft, was er schien.
Schönheit weicht vor ihm zurück.

REICHER *folgt ihr, sie kommen beide nach vorne*

Wenn er zum Schein auf goldnem Wagen stand,
Die Zügel lenkte diese Hand!
Ich war Gewalt, die hunderthändige!
Ich wars und bins allein, der dieses Ganze bändige!
Den Schein verschmähend, für den Pöbel stumm,
Wend ich den Himmel wie die Erde um.
Da ist kein Wesen, das sich mir entzöge
In Abgrundsnacht, und keines himmelhoch getürmt,
Das meine Kraft mir nicht erflöge,
Die Feste ist nicht, die ich nicht erstürmt.
Hier kam die Herrlichkeit der Welt zu erben,
Er deutet auf seine Brust
Hierher auch du! Der Rest sind Scherben!

SCHÖNHEIT

O Schwester, nimm dich meiner an!
Schütz mich vor diesem ungeheuren Mann!

WEISHEIT

Dies Licht, das fürchterlich in Dunkel sinkt,
Kann es dich nicht in deiner Seele mahnen?

REICHER

Närrin, die du in Einsamkeit dich brüstest,
Durch die hindurch ein totes Lichtlein blinkt,
Wenn du von da bis da den Weg der Dinge wüßtest,
Klug wärest, nur die Wahrheit zu erahnen,
So ahnte dir: daß du und deinesgleichen,
Daß ihr besteht in schützenden Bereichen,
Es ist von mir mit großem Sinn geduldet,
Was Geist ist, was euch hebet übers Tier,
Ist meines Tuens Blüte, mir geschuldet.
Tritt aus dem Weg, es ist nichts außer mir!

TOD *tritt in die Mitte und spricht herab*
Du Schöne, tritt jetzt von der Bühne.
Dein Spiel ist schon zu End.
Er bleibt danach an der gleichen Stelle stehen.
SCHÖNHEIT *in Angst sich an Weisheit klammernd*
Zu End, weh mir!
Bei dir! schütz mich! nicht ganz vergehen!
Reicher tritt zurück, steht wie erstarrt.
WEISHEIT *die fast ohnmächtige Schönheit in ihren Armen haltend und stützend*
Kannst du denn, Seele, ganz vergehen?
SCHÖNHEIT
Angst!
WEISHEIT Fasse dich! Erfaß ein mächtig Wort,
Es trägt dich wie mit Flügeln fort.
SCHÖNHEIT
Was für ein Wort?
WEISHEIT »Ich bin bei euch.«
SCHÖNHEIT Sprichst du mit mir?
Bist du bei mir? Ich sprech mit dir!
Weisheit sucht sie von sich loszuwinden.
TOD *zur Weisheit*
Geh hin mit ihr, auch deine Zeit ist um.
WEISHEIT *schickt sich an zu gehen, wobei sie die Schönheit stützt*
Ich geh mit dir!
SCHÖNHEIT Mit mir! mit mir! jetzt fort!
Sag jetzt das Wort – sag immerfort das Wort!
Bei mir! Bei mir!
WELT *steht auf und tritt ihnen in den Weg, zur Schönheit*
Gib deinen Spiegel her,
Dort, wo du hingehst, brauchst du ihn nicht mehr.
Zur Weisheit
Und du dein Kreuz!
Schönheit gibt wie bewußtlos den Spiegel hin, sie gehen.
WEISHEIT *bleibt stehen, hebt ihren Blick zu Gott*
Nimm hin: in jenen Reichen
Strahlt Wesenheit, dort brauchts kein Zeichen.
SCHÖNHEIT
Sprich du für uns!

WEISHEIT

O du, des Namen ich vor Zittern jetzt nicht nenne,
Gib ohne Grenzen mir, damit ich dich erkenne.
Ich bin das Nichts und hab an allem Not,
Du, der du Alles bist, gib diesem Nichts
Von deinem All in seinen armen Tod.
Du hast ja nicht gegeizt, als du der Sterne Glast
An Himmel warfst, die Nacht mit Sonnen überschienst,
In denen tausend Sonnen widerschienen:
Der du auch mich aus Nacht geschaffen hast,
Verklär mich ohne jegliches Verdienst,
Ich habe nicht vermocht, mir zu verdienen.

SCHÖNHEIT

Amen.
Sie gehen.

TOD *ist von der oberen Bühne auf die untere herabgestiegen. Er scheint den Bauer zu suchen, der hinter seinem Baum duckt. Doch wirft er auch auf den Reichen einen langen Blick. Endlich hebt er die Hand gegen den Bauer und ruft ihm zu*

Abtreten, du, dein Spiel ist aus.
Bauer tut, als er hörte er nicht.

TOD *stärker*

Du dort, tritt ab!

BAUER *sieht auf, tut, als bezöge ers nicht auf sich, deutet in die Kulisse*

Ah, den meinst, den im Wald da drin,
Dem möchtst was schaffen? Das hast du im Sinn!
Ja mein, drin is er scho, ma hört'n öfter, wohl!
Holzschlagen hart ma'n, eppa wohl auch singen,
Jetzt hab i'n scho recht lang net g'hört.
Sollt ich ihm leicht die Botschaft bringen?
Schaffst, daß i hingeh und dir'n außer hol?

TOD *schüttelt den Kopf, tritt ihm näher*

Die Botschaft bring ich jedem selber.

BAUER *ängstlich, eifrig* Selm?

Ja, der verschlieft sich so in Wald hinein,
Den Viechern nach, weil ers halt alleweil kuriert
Und gspaßig gar mit ihnen disputiert –

Ruft
He du! – Er wird do nit taub g'worden sein!

TOD
Dich mein ich, du geh ab, dein Erdgeschäft ist aus.

BAUER
Ah na, beileib nit! War nit aus!
I hab kein Zeit –

TOD *stark* Dazu ist nun die Zeit!
Du mußt jetzt von der Bühne wandern.

BAUER
Nur stad, nur einen nach 'm andern,
Hast gsagt! I hab no z'tuan. San müßige Leut no gnua,
Die umer stehn, da schau dazua.

TOD
Du gehst jetzt. Dann der andre.

BAUER *sieht wieder auf den Reichen hin*
Hab ka Zeit.

REICHER *stöhnt*
O nicht umfallen unter diesem Blick.
Stehn! Aufrecht stehn! Es geht vorbei!
Oh! Wiederum! Mein Ich, wohin? wohin?
So nichts! Und jetzt so schwer! O wie ein Berg aus Blei!
Mein Ich! Jetzt gräßlich groß bis an die Sterne,
Zergehts, zerflatterts mir in grauenhafter Ferne,
Jetzt wird es klein, so gräßlich klein und fällt und fällt,
Fällt wie ein Stein, wohin denn aus der Welt?
Wohin? wohin denn noch!
Er taumelt, fällt O Wirbel ohne Gnade.
Genug! Genug! Genug! Genug! Genug!
Er trocknet sich die Stirn.

TOD *tritt auf den Bauer zu*
Nun! Bauer!

BAUER Häufig viel is z' schaffen
Bevor der Schnee kimmt, und i g'spür ihn schon.
Laubstreu muß einer –

TOD Nein, du mußt davon!

BAUER
Was? I davon? Na ja, nach derer Seiten,
Recht hast, der Mist muß schleunig auf die Leiten!

TOD
Nein, du mußt in dein Grab.

BAUER
Jessas! dös a vergessen,
Zaunflechten, Most aus meine Äpfel pressen,
Den Weibern Flachs zum Brechen richten –

TOD *stark, indem er ihn bei der Schulter faßt*
Aus ist das Bauernspiel. Es ist soweit.

BAUER *wankt, kleinlaut*
Hab alleweil gemeint, es kommt an Enderl Zeit
– Ausrasten – zuwasitzen auf die Bänk,
Daß i an Aichtl auf mein Herrgott denk
Und Reu erweck für meine Schlechtigkeit;
Jetzt reißt mich so dahin. Du laßt an ja ka Zeit,
Jetzt tuats mi g'reun, daß mi so wenig g'reut!
Gschafft hab i viel, bet' hab i net recht viel,
Nimm halt der Meister vorlieb mit dem G'spiel!
Er geht.

VORWITZ *nimmt ihm den Spaten ab* Ganz gut hat er sein Abgang gmacht, der Bauer.

TOD *zum Reichen*
Jetzt fort mit dir!
Gegen die Kulisse mit starker, aber sanfter Stimme
Und du, komm aus dem Wald hervor,
Tritt ab wie alle durch des Grabes Tor!
Zum Reichen
Noch immer da? Hinweg!
Reicher am Boden, stöhnt dumpf.

BETTLER *kommt aus der Kulisse. Es ist ihm ein starker weißer Bart gewachsen. Er scheucht einen Vogel weg, der zwitschert*
Geh fort! Flieg du zurück in' Wald! Schnell! Schnell!
Hier bist du nicht an deiner rechten Stell!
Hier sind die Menschen!

TOD
Hier bin ich!

BETTLER
Wer bist denn du?
Betrachtet ihn, erkennt ihn, sein Gesicht leuchtet auf
Du!
Er breitet die Arme aus
Nimmst du mich jetzt hin? zu dieser Stund?

Tod nickt.
Bettler kniet nieder, küßt den Grund.

TOD
Was tust du da?

BETTLER Ich küß den lieben Erdengrund,
Der mich aufnehmen wird zu kleiner Ruh.
Süß wird sie sein, des Saatkorns Ruh,
Dann steh ich auf –
Er steht auf in einem Nu.
Er wendet sich dem Tod zu
Ich bin schon alt und voller Ungeduld,
Komm doch, erweis mir deine große Huld.

TOD *zum Reichen*
Hinweg mit dir zuvor, wie ich befahl!

REICHER *an der Erde*
O bodenloser Abgrund von Verderben,
O nie gelotet Meer von Qual!

BETTLER *nähert sich dem Reichen*
Du!
Beugt sich über ihn
Komm, mein Bruder, komm doch, es geht sterben!

REICHER
Angst! du!
Zuckt zurück.

BETTLER *freundlich*
Wovor denn?

REICHER Gräßliches Gesicht.

BETTLER
Nicht knirschen. Komm! an mir empor dich richt!

REICHER *mühsam*
Wer bist du?

BETTLER Doch dein Bruder!

REICHER *ängstlich, nicht verstehend* Wie? woher
Kommst du zu mir?

BETTLER Aus meiner Herrlichkeit.

REICHER *angstvoll*
Woher?

BETTLER Ei, nicht gar weit.

Dort aus dem Wald. Ich lag auf meiner Blätterstreu,
Da riefs mit Macht nach mir: so schickte ich mich drein
Und schritt hervor aus meinem lichten Kanaan
Und trat herein in eure Wüsten ein,
Zu sehen, was mir aufgetragen wär.
Was ängstet dich? was liegt dir auf der Brust?
Auch du bist ja gerufen! Bruder, auf!
Ist dir die süße Ladung nicht bewußt?

REICHER *indem ihm die Zähne klappern*
Groß, klein – gewaltig, nichts – gewaltig – nichts –
Bei dir ist Kraft! Ich habe stets die Kraft gesucht.
War ich deswegen ganz und gar verrucht?

BETTLER *stark*
Kraft, herrlich Wort! gesegnet sei der Mund,
Aus dem dies Wort ausgeht in dieser letzten Stund.
Kraft sei bei dir, daß sie mit männlich starker Reue
Dich Sterbenden bis in dein Mark erneue!
Jetzt auf und einmal noch mit Adlersblick
Schwing dich gewaltig über dein Geschick!
Durchschau dies Gaukelspiel, reiß dich aus ihm heraus:
Man ruft uns ab: sie löschen schon die Lichter aus –
Nun auf die krampfigen Händ, damit wir zeigen:
Alles war Requisit! Und nichts blieb uns zu eigen!
Öffnet ihm sanft die Hände
Jetzt komm, wir wollen gehn und miteinander singen.
Komm nur! Hinunter da! Wir werdens zwingen,
Wir finden hin, wo wir als Spielgesellen
Uns bloß und abgeschminkt vor unsern Meister stellen!
Er nimmt ihn an der Hand, sie gehen weg, der Bettler stimmt ein frommes Lied an.
Tod geht hinüber, stellt sich hinter die Welt. Welt ist schon vordem aufgestanden. – Vorwitz hat den Faltstuhl an sich genommen, die Laute umgehängt.
Engel eilt im Augenblick, da der Bettler mit dem Reichen abgeht, in den Palast des Meisters.
Die Bühne halbverfinstert.

WELT Hurtig! Nehmt ihnen alles ab, was wir ihnen geliehen haben! Dem Bauer seine groben Schuh, der Nonne noch ihr härenes Hemde, zieht sie flink alle aus, es ist nichts ihrer!

Vielleicht soll das Spiel gleich wieder anheben, dann müssen andere in die gleichen Kleider hinein; was gehts mich an! Eilig!

Diener springen sogleich herzu, verstellen die untere Bühne mit dem Vorhang. – Auf der einen Seite Welt mit ihrem Gefolge, auf der andern der Widersacher, der indessen seine Bücher zusammengepackt und sein Barett aufgesetzt hat, stehen im Proszenium. – Musik. Nach kurzer Weile springen die Diener zurück. Die untere Bühne wird nun ganz leer in einem grünlich-bleichen Licht. Der Baum und der Fels sind weggeräumt.

Man hört in der Ferne das De Profundis singen. Die Seelen – vordem König, Reicher, Bauer, Bettler, Weisheit und Schönheit, alle in gleichen weißen Totenhemden – betreten die untere Bühne, von der Seite her, und zwar in zwei Gruppen, je zu dritt. Sie unterscheiden sich durch nichts als die Gesichter voneinander.

Sie schreiten langsam aufeinander zu, bleiben dann stehen, etwa sechs Schritte voneinander entfernt.

Die obere Bühne bleibt leer.

DIE EINE SEELE *vormals der König* O Zagen!

EINE ANDERE SEELE *vormals die Weisheit* O Freude!

EINE ANDERE *vormals der Reiche* O gräßlich Erbangen! O nahes Gericht!

EINE ANDERE *vormals der Bettler* O frohes Verlangen, o wachsendes Licht!

ZWEI *der Bauer und die Schönheit zugleich* O Harren! O Zagen!

ZWEI ANDERE *Die Weisheit und der Bettler zugleich* O blitzendes Tagen!

Der Engel schreitet aus dem Palast bis an den vorderen Rand der oberen Bühne.

WELT *ruft ihre Knechte an, auf die sechs Toten hindeutend* Wollt ihr noch immer mit einem Ichts prunken, ihr Toten! so fahre meiner Verwesung grüner Sturm an euch und wirble euch elende Schatten dahin, daß ihr in tausend Nichts zerstäubet! Eilig!

Ein Sturm hebt an.

ENGEL *gebietet dem Sturm Stille, der sich sogleich legt* Tritt weg, Welt, denn deinen Auftrag hast du erfüllt, und dein Meister ist mit dir zufrieden. Diese aber sind dir nicht mehr untergeben: es sind Seelen, unzerstörbare, und was dein Auge an ihnen für eine Miene nimmt, das ist das Siegel ihrer geistigen Wesenheit, damit Er sie gesiegelt hat. Daran rühren deine Stürme nicht. – Du bist entlassen.

Welt neigt sich und tritt zurück.

ENGEL

Du aber, dem des Bettlers Rolle war,
Dein Spiel vor deinen Spielgenossen allen
Hat unserm Meister wohlgefallen.
So tritt in den Palast und sei von Ihm bedankt,
Und brich mit Ihm das Brot, vor dem die Hölle bangt.

Bettler läßt die andern los und tritt heran.

ENGEL

Nächst ihm hast, Weisheit, du im Spiel bestanden,
Doch deine Rolle war die minder schwere,
Nächst ihm sei dir des Spieles Preis und Ehre.

WEISHEIT *tritt heran*

Und diese hier, die hilflos stehn und zittern,
Beinah vergehend, Höll und Himmel wittern?

ENGEL

Reich ihnen, Wesen hoher Werke,
Mit deiner Hand ein Etwas deiner Stärke.
Verbunden euch durch goldne Gnadenkette,
Hier vor dem Tor sei ihres Harrens Stätte.

Da Schönheit, die letzte in der Kette, auch dem Reichen ihre freie Hand hinstrecken will.

ENGEL

Nicht ihm!

WEISHEIT

Ihm nie? O sprich nicht aus das fürchterliche Wort!
Weis ihm den einsam kalten finstern Ort,
Doch sprich kein Nie!

ENGEL *deutet auf eine Stelle unten, wo der Reiche hinkniet; dann zu den andern* Hinauf! Vor Meisters Angesicht!
Bereitet euch auf ungeheures Licht.

Er tritt ihnen voran, alle folgen. Aus dem Palast treten fahnenschwenkende Engel. Engel schreitet hinein, Bettler und Weisheit folgen. Schönheit, König und Bauer knien seitlich dem Eingang, der Reiche tiefer unten, im Dunkel. Musik und Gesang.

ZU ›DAS GROSSE WELTTHEATER‹

ABWEICHUNG IN DER FRÜHEREN FASSUNG

In der nur wenig früheren Fassung der »Neuen deutschen Beiträge« heißt es nach den Worten der Weisheit: »Ihn doch nicht kannst vom Herzen ab dir wehren« (S. 129):

BETTLER *sieht sie voll an*

Ich hab ein Weib gehabt. Die hat in der bösesten Stund
Zu keiner andern Red als einem guten Spruch
Und einem lieblichen Trost mir aufgetan ihren Mund.
Sie war in der bitteren Not mir eine Kräftigerin,
Der Weiser auf meinem Weg – das Licht vor meinem Sinn.
Wann ich hätt fortleben mögen mit der die Hand in der Hand,
Ich hätt ihr zuletzt geglichen, man hätt uns nicht voneinander gekannt.
Da hätten wir zur Weisheit kein Kloster gebraucht und kein Büchel auch nicht,
Und wären verflochtener Händ getreten vors Jüngste Gericht!

WEISHEIT

Ist sie dahin?

BETTLER Frag nichts! ich steh nicht Red.

Folgt die Frage der Weisheit: »Ist sie dahin?«

Es fehlten S. 137 zweiter Teil bis S. 139 Mitte, von den Worten des Widersachers »O Rattenkönig« bis zur Frage des Bauern »Was stehst, wer bist?« Ferner, mit Ausnahme der ersten Zeilen, die lange Rede des Bettlers, S. 148f., und die kurzen Sprüche der Figuren, S. 152f.

Statt S. 160 – Der Reiche: »Wer bist du?« – bis S. 161 – Bettler: »Sie löschen schon die Lichter aus« – heißt es in den »Beiträgen«:

REICHER *indem ihm die Zähne klappern*
Groß, klein! Gewaltig – nichts – gewaltig – nichts –
Groß, klein! oh! oh!

BETTLER Groß – klein, die machen dir Beschwer,
Und daß gewaltig Ding vernichtet wär?

REICHER
Gewaltig! nichts!

BETTLER Klafft dir das so zu Leide?
Merk auf, der Herr tritt zwischen beide
Und macht sie eins!

REICHER Hinab, es reißt hinab,
Mit Fäusten reißts mich tiefer als das Grab.
Wohin! wohin!
Er klammert sich an den Bettler an
Halt mich!

BETTLER Ich halt dich ja,
Fühl meine Hand, der Bruder bleibt dir nah!

REICHER
Wohin denn noch?

BETTLER Dich hebts jetzt hoch empor,
Drum schwindelt dir –

REICHER So tief, so höllentief,
So grausam meeres-abgrundtief! wohin denn noch?
In welches immer tiefre finstre Loch?
Halt mich!

BETTLER Fühl meine Arme dich umgeben.
Das Spiel ist jählings aus! und auf tut sich das Leben!

REICHER *hängt ihm an der Brust*
War alles Lug und Trug?

BETTLER Ein Spiel, ein buntes Spiel,
Darin dir deine Rolle wohlgefiel.
Der Reiche warst du, stattlich, klug.
Den, der die Welt auf Schultern trug,
Den hast du vorgestellt, den mächtgen Riesen,
Das war dein Part, vom Herrn dir zugewiesen.
So jenem dort daß er ein reicher Bauer war

Und mir des Bettlers Los mit Haut und Haar.
Doch dir und jenen in der tiefsten Brust
Wie mir, da war ein Etwas uns bewußt:
»Wir spielen nur ein Spiel« – auf dies da innen
Mußt du dich nun mit Macht besinnen
Und hurtig, Bruder, setzen Fuß vor Fuß.

REICHER
Wohin?

BETTLER Da dem Gerüst, der Bühne zu entsteigen!
Hinab und dann hinauf!

REICHER *hängt an ihm* Wirst du den Weg mir zeigen?
Bei dir ist Kraft! ich habe stets die Kraft gesucht!
War ich deswegen ganz und gar verrucht?

BETTLER
Ei so! nur reiß dich jetzt schon aus dem Spiel heraus,
Man ruft uns ab, sie löschen schon die Lichter aus!

›DAS SALZBURGER GROSSE WELTTHEATER‹

Die Einbeziehung des Wortes »Salzburg« in den Titel eines volksmäßigen Bühnenspiels möge nicht als oberflächlich oder nur der Gelegenheit huldigend aufgefaßt werden. Es ist damit auf einen tieferen Bezug hingedeutet.

Als 1920 in Salzburg zum erstenmal der »Jedermann« auf dem Domplatz gespielt wurde, ging mir vieles auf, das ohne dieses Erlebnis sich zu einer lebendigen wirksamen Erkenntnis nicht verstärkt hätte, sondern unsichere Ahnung geblieben wäre. – Wer Gedichtetes aufs Theater bringt, der stellt sich, er möge wollen oder nicht, in den vollen Strom der Tradition. Es gibt freilich einen Zeitgeschmack, eine wechselnde Mode des theatralischen Ausdrucks; aber auch in ihr kommt ein Überkommenes zur Wirkung, stärker, als man es meinen würde. Den deutschen theatralischen Sinn haben frühe Jahrhunderte ausgebildet, und zwar geschah diese Ausbildung auf süddeutschem Boden: von Brixen und Sterzing bis hinauf nach Nürnberg, vom westlichen Bayern bis hinüber an die ungarische Grenze. In diesem Bereich wurde in den letzten Jahrhunderten des Mittelalters an tausend Orten Theater gespielt, in den großen volksmäßigen Nürnberger Dramatikern zu Ende des sechzehnten Jahrhunderts: Hans Sachs und Jakob Ayrer, erreichte das tausendfach Geübte eine feste gültige Form. Von da blieb im Volk dieses breiten Gebietes ein ausgebildeter Sinn für das theatralisch Volksgemäße, für die sinnfälligen und bedeutungsvollen Requisiten auf der Bühne, für die Verwendung der gereimten, spruchmäßigen Verszeilen, und auch für die – der Antike und dem gelehrten Drama fremde – Vermischung des Trauerspielmäßigen mit dem Lustigen.

Als im achtzehnten Jahrhundert, am meisten durch Lessings kraftvolle aber einseitige Bemühungen, das Theater der Gebildeten entstand, welches ganz andere, fremde Fundamente hatte und ganz neue unvolksmäßige Forderungen aufstellte, sanken die alten theatralischen Instinkte ins dumpfere Volk zurück. Aber da von diesem immer neue Elemente ins »Publikum« aufstiegen, konnte sich doch in der anerkannten theatralischen Hauptstadt Wien, mindestens in ihren Vorstädten, ein volksmäßiges Theater halten, von welchem Raimunds und Nestroys Hervorbringungen die letzten Blüten waren. Die im Volksgeschmack verborgenen Instinkte hatten auch die Kraft, in das Schaffen unserer Klassiker hineinzudringen und sich dort in so fremder Sphäre gleichsam wie im Traum geltend zu machen: so ist von Schillers »Räubern« das Hauptmotiv selber, die Verherrlichung der Räuberbande, aus der gleichen Wurzel wie so manches Drama eines reisenden Puppentheaters, das den »bayrischen Hiasl« oder den »Grasl« verherrlicht; desgleichen die so wichtigen astrologischen Elemente im »Wallenstein« oder die Geistererscheinungen und Zaubereien in der »Jungfrau von Orleans«; vom »Faust« aber, wie der erste Teil dem Puppenspiel und dem Hans Sachs seine wesentliche Form verdankt, so sind in den zweiten unzählige Elemente der volksmäßigen Bühne, der Maskenspieltradition und endlich gar noch der Mysterienbühne hineingenommen. – Es lebte nun das Theatralische, wie es die Jahrhunderte von 1300 bis 1700 in bayrisch-österreichischem und fränkischem Gebiet ausgebildet hatten, tausendfach auch in der Denkweise des Volkes weiter; die Einbildungskraft der bildenden Künstler war ganz davon erfüllt; desgleichen aber die sprichwörtlichen Reden, die gereimten Sprüche und die Lieder, mit denen das Volk sein Leben ans Höhere und Allgemeinere knüpft. So hat, was auf einer volkstümlichen Bühne vorgebracht wird, Gestalten und Typen, Redensarten und Sinnbilder, ja Schimpfreden und Anzüglichkeiten, einen tausendfachen Widerhall in den Zuhörern, und davon ist noch die unausrottbare Volkstümlichkeit der Wiener Operette ein letztes Zeugnis – denn, wie entstellt auch, lebt in ihr, in den Figuren der Komiker insbesondere, die immer wieder auf alte Typen zurückgehen, viel Volkstümliches, Altüberkommenes weiter.

In einer sehr großen Stadt, wie Wien, aber ist so viel Neues und Fremdes zumal durch die Zeitungen ins Denken und Reden gedrungen, daß sich mit dem, was im Volk an altem naivem theatralischen Sinn noch da ist, kein »Publikum« ganz entscheidend mehr durchsetzen läßt – besonders seit die Schranken zwischen der »Stadt« mit ihren unvolksmäßigen Kunstanstalten und der »Vorstadt« gefallen sind. Als aber in Salzburg gestattet wurde, vor dem Dom ein Gerüst zu errichten und davor eine Zuschauermenge von ein paar Tausend zu versammeln, so ergab sich, daß der Genius dieser Zuhörerschaft ein völlig anderer war, als man hätte in der Großstadt erhoffen können. Es waren freilich sehr viele großstädtische Menschen gleichfalls anwesend, doch war dazu ein Einschlag von ländlichen oder landstädtischen Elementen und es konnte durch ihre Gegenwart gleichsam der ewige Ortsgeist fühlbar werden; dieser aber spricht ja an tausend Stellen in der gleichen Sprache, in welcher hier auf der offenen Bühne zu reden versucht war; zwischen den holzgeschnitzten Figuren einer Kreuzwegkapelle und dem, was sich auf der Bühne darbot, war kein schneidender Unterschied. Es herrschte hier durchaus das siebzehnte Jahrhundert, das »Theatralische« vor allem, in welchem aber der noch frischere, kräftigere Geist früherer Jahrhunderte einbehalten war.

Tiefer noch als die Aufnahme durch die große Menge unterm Klang der Kirchenglocken mußte es den, welcher sich als den Dichter des dargestellten Spiels und Erneuerer uralten theatralischen Wollens betrachten durfte, ergreifen, wenn er da und dort in den Straßen auf Junge und Alte stieß, die einander den Inhalt des Spiels, mit einer wunderbaren bäuerlichen Sicherheit genau das Wesentliche hervorhebend, erzählten und andere, weit im Land, aufforderten, es sehen zu kommen.

Die so erfahrene Belebung und Ermutigung, auf die halbvergessene volkstümliche Form mit geziemender Freiheit zurückzugreifen, die Erlaubnis sodann, ausnahmsweise in einer katholischen Kirche das Spielgerüst aufschlagen zu dürfen, worin viel Ehre und große Verantwortung lag, führten zu dem zweiten Versuch: jenem alten traditionellen Stoff: das Welttheater, auf welchem die Menschen vor Gott ihr Lebensspiel aufführen, einen neuen Gehalt zu geben, worin der Zeitgeist zum Ausdruck käme, ohne von dem volksmäßigen, in sinnfälligen Bildern sich auswirkenden Stil abzugehen. Dem so entstandenen Spiel für immer den Namen des »Salzburger Welttheaters« beizulegen, war eine Regung der Dankbarkeit für das durch ein Zusammentreffen unschätzbarer Umstände hier erfahrene Gute.

DER TURM

DAS LEBEN EIN TRAUM

[Ein Bruchstück]

Bearbeitung in Trochäen

ERSTER AUFZUG

Bergwildnis. Links der finstere Turm. Von rechts ein Bergpfad herab, rückwärts Saumweg herauf.
Erster und zweiter Soldat.

ERSTER SOLDAT
Nun, du Neuer, wie gefällt dirs?

ZWEITER SOLDAT
Ratzennest, verfluchtes! Hundert
sah ich wohl und mehr Quartiere.
Keins so öd als dieses hier.
Hier aufwachsen, nie woanders
schlafen als in dieser Höhle,
zwanzig Jahr und drüber sein.
Und da ward er nicht zu Stein?

ERSTER
Wer?

ZWEITER
Nun, der da drin. Der Prinz.

ERSTER *umblickend*
Sprich nicht »Prinz«, sprich »der Gefangne«.

ZWEITER
Sag, ists wahr, man hört so sagen,
daß er nicht mit Menschenzunge –
daß er faucht und brüllt wie Raubwild?

ERSTER
Vieh! Er redt wie du und ich,
kann Latein und liest in Büchern.

ZWEITER
So? Dann ists wohl auch erlogen,
daß er sein beweglich Ohr
wie ein Luchs vermag zu spitzen
und daß er am ganzen Leib
einen scharfen Dunst wie Wild

ausströmt, drob ein jeder Hund
ihn angehn will?

ERSTER Dem ist so.
Denn er geht gehüllt in Felle.
Früher ließen sie ihn schweifen,
und die Felswand da empor
klomm er wie die wilde Katze.
Doch er schweifte allzuweit,
kam den Dörfern in die Nähe,
starrte nach dem Rauch der Dächer.
Einmal fanden sie ihn hangen
in den Zweigen eines Baumes,
wie ein Basilisk hinunter-
starrend auf ein fröhlich Lager
von Holzfällern. Und seit damals
trägt er Fesseln, an den Füßen
eine schwere, kurze Kette,
schleppt sich hier herum im Dämmern.
Dort am Bach hört man ihn hämmern
und zum Wurf sich Steine schleifen,
doch vorbei ists mit dem Schweifen!

ZWEITER
Und der Hauptmann hat die Macht,
daß er ihn in Ketten legt?

ERSTER
Welchen Hauptmamn meinst du?

ZWEITER Den,
der hier kommandiert.

ERSTER Ach so!
Merk, man heißt ihn Gouverneur.

ZWEITER
Ist er denn kein Hauptmann?

ERSTER Der?
Ist ein großer Herr vom Hof
und hat über den Gefangenen
und hat über die Besatzung,
Leib'- und Lebens-, Voll-Gewalt.
Wie ein Kapitän sein Schiff,

so regiert er diesen Turm.
Was lachst du in dich hinein?

ZWEITER

Ausgedacht hab ich mir was.

ERSTER

Nun?

ZWEITER

Wenn diesem Prinzen da –

ERSTER

Sprich »Gefangner«.

ZWEITER Wenn dir dem,
dem ein Weib so in den Wurf käm –
ausgehungert wie er ist!
Wär ihm eine je begegnet,
nur ein schmutzig Bauernweib,
wehrlos Weib, wo im Gebirge,
leicht, er hätte sie – was meinst du?
hätt er sie – nachher – erschlagen?
Solch ein Kerl muß er doch sein!

ERSTER

Was sich der ersinnt!

ZWEITER Das wär was,
Den zum Hauptmann haben! Den!
An der Spitze eines Haufens
und hinab ins flache Land,
aufgesprengt der Städte Tor,
zitternd Weib um Weib hervor
aus dem Winkel, aus dem Keller –
Gold im Strumpf und Silberteller!

ERSTER

Mensch, du nennst dich Soldat?!

ZWEITER

Wer bist du? Ein Advokat!
Hängt ihn! Du? Ein Pfaff! Hurra!
Hängt ihn! Du? Ein großer Graf!
Große Herren, Stern bei Stern,
rings am Ringelplatz hängt sie! – Schaf!
Weißt du, was die ganze Welt

einzig nur zusammenhält?
Halt den Mund, merk auf: Gewalt!
und Gewalt und noch einmal
die Gewalt! Nun denk dirs aus:
Aus dem Kerker den gezogen,
ihn, der alle bösen Säfte
dieser heuchlerischen Welt
Tag und Nacht in sich gesogen
und zum Bersten ist geschwellt.
Ihn, am Leib der Zeit die Beule,
dessen gramverlornes Brüten,
Zwiegespräch mit Wurm und Eule,
wir in Waffen hier behüten,
ihn möcht ich als König sehn,
ja, den Tag möcht ich erleben,
sehn ihn aus dem Kerker gehn
und die Welt in Trümmer brechen,
tausendfältig sich zu rächen!

ERSTER

Was du große Reden führst!
Ob ein Unrecht hier geschieht,
kümmert jene, die befehlen.
Dienst ist Dienst. Wer wird sich quälen
mit dergleichen Herrensachen.
Führst du gerne solche Reden,
wirst dus hier nicht lange machen.

ZWEITER

Bringst dus vor den Korporal?

ERSTER

Seh ich aus als wie so einer?

ZWEITER

Gut, so gehn wir in den Turm,
ich hab Würfel. Bis die Wache
an uns kommt, vergeht die Zeit.
Wie's da riecht! Nach feinem Braten.

ERSTER

Ja, ich glaubs. Das ist die Küche
für den Gouverneur!

ZWEITER Der Prinz?
Speist mit ihm?
ERSTER Pah! der Gefangne
Hat Ration von unserm Tisch.
Zweiter: Grimasse.
Ab in den Turm.
Den Bergpfad herab Rosaura, in Männerkleidern, und weiter zurück Clarin.

ROSAURA
Hör, Clarin!
CLARIN O Fräulein, Vorsicht!
ROSAURA
Du ja strauchelst. Du wirst fallen.
Ich steh fest auf ebnem Boden.
CLARIN
Wartet, gleich bin ich bei Euch.
Welch entsetzliche Beschwerde!
ROSAURA
Trägt mich endlich Polens Erde!
Streift mich endlich Polens Luft!
CLARIN
Welche schauerliche Kluft!
Himmelschreiendes Geschick,
in so greulichen Revieren
unsre Pferde zu verlieren!
Ist unten, außer Atem
Und wie ich Euch bat und bat:
Achtet mir nur auf die Pferde,
wenn ich mich, den Pfad erspähend,
der zu Dorf und Städten führe,
wenig Schritte nur entferne,
bleibet stehen dort am Weiher,
lasset nicht die Zügel los!
Und indem ich nur mich wende,
stürmen sie schon los und ledig –
ROSAURA
Sie zerrissen mir die Hände,
zerrten wütend an den Zügeln,

denn an jenem Unglücksweiher
glühen Augs mit schweren Flügeln
kreiste Adler oder Geier
mit entsetzlicher Gebärde
engen Fluges um mich her –
schnaubend die entsetzten Pferde
und mein Kopf vor Angst ganz leer –
Nah und näher die Gestalt,
mit den Flügeln, mit den Fängen…
Da erlag ich der Gewalt!
Ließ die Zügel –

CLARIN
Um ein Tier!

ROSAURA
War kein Vogel so wie andre.
In dem greulichen Bedrängen
war Gewalt – Ich mußte, mußte –
Schilt mich nicht, Clarin!

CLARIN
Ihr mußtet?
Halten mußtet Ihr die Pferde,
weil bei ihnen unser Heil,
weil zu Fuß in dieser Öde
wir so gut wie schon verloren.

ROSAURA
Nenn mich feige, schilt mich blöde,
gerne will ich dich begüten,
mich vor jeder Torheit hüten,
nur was du mich heißest, tun.
Sieh, ich bin schon nicht mehr angstvoll,
fühl mich kühn und kräftig nun.
Seit ich Polens Erde trete,
strömet abgetaner Schmerzen,
strömet kindlicher Gebete
wunderbarer Mut zurück,
und ich fühl in diesem Herzen
traumhaft einen Hauch von Glück.

CLARIN
Lebt er auch in diesem Lande,
ist der Freund noch nicht gefunden,

seine Gunst noch nicht gewonnen,
und noch weit ists zum Gesunden.
Und ich sorge –

ROSAURA
Immer sorgen!

CLARIN
So sind etwa wir geborgen,
sind am Hof, sind aufgenommen?
Prinz Astolf wird uns sogleich
hier am Tor entgegenkommen –

ROSAURA
Nicht den Namen, nenn ihn nicht,
zwing mich noch nicht, klar zu denken!
Etwas will uns hier, ich fühls,
dumpfen Wegs zum Guten lenken.
Seit dem Totenbett der Mutter
war ich starr in meiner Qual.
Eine Regung meiner Schwingen
fühl ich hier in diesem Tal,
fühl ich hier in diesem Dämmern
wiederum zum erstenmal.
Frag mich nicht: ich bin bei ihm,
bin mit ihm in einem Lande,
und das ist mir schon so viel!

CLARIN
Wie so ferne noch dem Ziel…

ROSAURA
Schilt mir nicht mein Herz, Clarin.
Soll es mit der Last der Felsen
immer mich zu Boden ziehn?
Hinter uns liegt dies Gebirge:
abgewälzt von unsrer Seele
sei auch seine finstre Wucht!
Und mit Liebesblicken will ich
diesem ganzen Land begegnen,
diese abgelegne Schlucht,
daß sie mir sich auftat, segnen –

CLARIN
Macht so kindisches Frohlocken

dieser Turm Euch jählings stocken?
Wilder Zinnen, düstrer Mauer
liegt er drohend auf der Lauer,
birgt wohl keinen Freudensaal,
eher Kerker, Nacht und Qual –
schlimmer Gruß im fremden Land!

ROSAURA

Fühle, warm bleibt meine Hand,
und mir schaudert nicht. Mir quillet
aus dem lang zerdrückten Herzen
unbegreiflich Lust empor,
und in diesem Augenblick –
träge gleich aus jenem Tor
welches Bild des Grausens immer –
heiter schritt' ich ihm entgegen.

CLARIN

Welche Kühnheit kommt Euch an!

ROSAURA

Nenns nicht Kühnheit, alter Mann!
Liebe kann uns so bewegen,
jammervoll uns erst zerrütten,
nun mit Kräften überschütten.
Irgend etwas – nenns die Luft –
lichtet meiner Schwere Harm,
und ich fühl mich nicht mehr elend,
nicht mehr so unsäglich arm.
Ich halts wiederum für möglich,
unter seinen Blicken zu treten,
anders als nur in Gebeten
und Verwünschung ihm zu nahn.
Diese Nacht in diesem Lande
senkt auf ihn sich wie auf uns.
Nah, o nahe sein! Dann ist
voll geheimer Liebeszeichen
die Natur!

Drinnen Kettenklirren.

CLARIN Ein Klirren hör ich –
schwere Ketten –, höre stöhnen,

und dies ist des Grauens Wohnung.
Fort, ich bitt Euch, fort von hier!

ROSAURA
Und ist dies des Elends Wohnung,
hörst du schwere Kette klirren,
drängt es doppelt mich heran!
Süß erscheint mir aller Jammer –

CLARIN
Schweiget!
Sigismund aus dem Turm, in Tierfelle gehüllt. Selber tierhaft, schwere Ketten nachschleifend.
Es dunkelt.

ROSAURA Grauenvoll! ein Tier!
Gräßlich! Bleib bei mir, Clarin!
Zieh dein Messer!

CLARIN Seid nur still!

ROSAURA
Augen blinken ihm und Zähne.
Wär ich blind! Clarin, es läßt sich
hin! Es spricht! Ein Mensch! Ein Mensch!
Namenloses Graun! Es redet!

SIGISMUND *am Boden*
Sigismund! Da! Das was schaut,
das was hockt, was stöhnt, was klirrt,
das, soweit als reicht die Haut,
das im Finstern hier allein,
das hier rasend mit sich selber,
dieses Bündel Wut und Pein
mit der Kette an den Füßen,
mit der Worte Schaum im Mund!
Das!
Er befühlt sich
Ich schwieg den ganzen Tag.
Nun bin ich allein im Dunkeln
und will reden. Sigismund!
Das! Ich! Ich! Warum? Warum?
Weil ich ward, drum ward ich der?
Der vom Turm? Der von der Kette?

Schmach und Wut warum? Warum?
Schlägt mit dem Kopf an den Stein
Vögel sind, Iltisse, Ottern,
Mäuse, Würmer, Spinnen, Schlangen,
Alle frei! ich an der Kette!
Schlafen, wo sie's Loch sich wühlen,
ich im Turm, wo ich nicht will!
Richtet sich auf
Früher ließen sie mich schweifen,
da war ich wie alle die:
jauchzte in den Wassersturz,
starrte in die Himmelsfeuer,
sprang die Klippen ab und auf,
traf im Flug und fing im Lauf.
Da befahl er, und sie kamen,
mir dies Eisen anzuschmieden.
Stöhnen lernt ich da und Schäumen
und die langen, leeren Tage
in der Kammer hinzuträumen,
erst am Abend auszugehen
mit den Käuzchen, mit den Kröten.
Grauts mich, ihnen zuzusehen,
freuts mich doppelt, sie zu töten.
Und wie die da drin mit mir,
also spiel ich mit den Tieren.
Seh ich zwei voll Saft und Leben
zärtlich aneinanderkleben,
seh ich eines flink sich regen,
töt ich sie mit kurzen, scharfen
Würfen oder jähen Schlägen.
Wären sie nicht blöd und stumm,
fragten etwa sie: warum?
Ihr seid lauter Sigismunde,
ihr elenden, blinden Kröten,
ich bin Sigismunds Geschick,
mich gelüstets, euch zu töten.
Meinst du, kriechendes Geschöpf,
du wirst in die Mauer schlüpfen?

Sieh, dein allzu flinkes Hüpfen
zog dir just den Tod herbei.
Er schlägt mit dem Stein unter die Kröten und tötet schweigend ihrer viele
Dieses Spiel im Dämmerlicht,
wenn ich dieses Spiel nicht hätte,
wie ertrüg ich meine Tage,
diesen Turm und diese Kette!
Wie ertrüg ich, die mich peinigen,
ihre Mienen, ah, ihr Lachen,
hätt ich abends nicht die Meinigen,
mir zum Opfer sie zu machen!
Am Getiere Mord zu üben
und an Menschen Mord zu sinnen,
hätt ich dies nicht, so erwürgte
mich mein stockend Blut von innen!
Denn die Qual, daß immer wieder
Tag um Tag von dorther dämmert,
hat sich mir an hundert Morgen
furchtbar in mein Hirn gehämmert.
Sickerts auch von dem Gewölbe,
kein Gedanke sickert nieder,
der den Ekel mir versüße,
wenn ich aus dem Stroh aufstöhnend
einen neuen Tag begrüße.
Er stöhnt.

ROSAURA *halblaut*
Armes Wesen! Du bist elend!

SIGISMUND
Wer behorcht mich? Du, Clotald,
weidest dich?

ROSAURA Ein menschlich Wesen,
einsam, elend so wie du.

SIGISMUND
Weil du horchtest meine Rede,
weil du weißt, was ich nur weiß,
so erwürg ich dich –

ROSAURA *kniet* Erbarmen!

SIGISMUND
Presse dich in meinen Armen,
bis heraus die Augen treten –
ROSAURA
Laß mein Leben mir erbeten,
Mutter Gottes!
SIGISMUND Weg, du Krüppel!
Stößt Clarin, daß er taumelt
Was für langes Haar du hast!
Daraus mach ich eine Schlinge,
dich zu würgen. Lange, lange
jagte ich schon nicht mit Schlingen!
CLARIN
Hilfe! Mir versagt die Stimme –
SIGISMUND
Wie du weich bist und wie warm!
Wie du unter meinem Arm
ohne Würgen schon erstickst!
Stärkerer Mond
Wie du duftest! Ich will dich
nicht erwürgen – Es ist eine!
Ist ein Weib! Ich halt ein Weib!
Er richtet sie auf wie eine Statue
Du: ich bin ein Mensch! kein Wild!
Du sollst mit mir sein, dich will ich
drinnen haben, wo ich schlafe.
Du und ich und Finsternis –
niemand sonst! Still! Dich zu wittern,
macht mich taumeln, macht mich beben,
und in dir für dieses Zittern
muß es eine Stillung geben.
Welche? Gib sie mir zu fassen!
Er packt sie
Wie ich deine Augen sehe,
fang ich an dich so zu hassen,
wird mir innerlich so wehe…
Er weint
Daß aufs neue dich zu packen

und dich unter mich zu reißen,
meine Hand in deinem Nacken –

CLOTALD *in der Tür*
Wache heraus! Gewehr heraus!
Soll ich euch in Eisen legen?
Da sich zweie eingeschlichen
hochverräterisch verwegen!
Wer sich nicht freiwillig gibt,
macht sie nieder wie die Hunde.

CLARIN
Strenger Herr, nicht mit Verschulden –
dieser junge Mann und ich
einen Jagdpfad niederklettern,
wir verloren unsre Pferde –
drangen wir so absichtslos
hier herein und wollten schon,
wollten wieder uns entfernen –

CLOTALD
Lügen noch? Ich seh ein Weib!

CLARIN
Nun das Fräulein denn und ich,
der ich sie zu hüten da bin –

SIGISMUND
Eh sie mich von dieser reißen,
will ich selber mit den Zähnen
meine Adern mir zerbeißen
und verbluten –

CLOTALD Faßt ihn an!
Sigismund, du kennst, glaub ich,
dein Geschick, es ist dir, denk ich,
nicht verborgen, daß dein Los
war, zu sterben, ehe du
noch geboren warst, du weißt,
hoff ich, welche Mittel mir
zu Gebote, um dem Rasen
deines wahnsinnigen Hochmuts
Zwang und Fessel anzulegen.
Wozu dieses Prahlen dann?

Ins Verlies mit ihm, und rasch,
und das Tor verschließet!

SIGISMUND *indem sie ihn abführen, vor der Schwelle sich bäumend*
Ah!
Wäre Stein nicht euer Helfer,
wär euch Eisen nicht zu Dienst,
eurer Nächte schlimmster Alp
kniet nicht so auf eurer Brust,
wie ich mich auf euch hinkniete,
eure Leiber zu zermalmen,
Kot aus euch zu machen. Ah!

CLOTALD
Daß du solchem Tun nicht frönest,
dazu ward dir dieser Turm.
Beordert stumm Wachen zurück, mit einer Handbewegung einen Posten nach rechts gegen den Abhang, wendet sich dann zu den beiden
Nun zu euch! Wie will den Aufzug
dieser »Dame« man erklären?
Dieses Streifen in verbotner
Gegend wie?

CLARIN Gestrenger Herr!

ROSAURA
Guter Herr!

CLARIN Es ist nicht selten,
daß sich Damen, unbelästigt,
ungefährdet weit zu reisen,
eines Männerkleids bedienen.

CLOTALD
Ich will Auskunft, nicht Belehrung.

ROSAURA
Daß ich eine Dame bin,
lehrt euch meine bloße Miene
oder niemand. Wer ich bin,
welches traurige Geschäft
mich nach diesem Lande trieb,
wenig kümmerts die Behörde,
und kein Edelmann wird fragen,
was sein Takt nicht fragen heißt.

CLOTALD
Einer schweren Übertretung
seid Ihr schuldig. Man wird sehen.
Man wird Euch im untern Wachhaus
in anständiger Haft behalten,
bis das Weitre sich entschied.
Eure Waffen und des Dieners
gebt dem Posten hier.

ROSAURA Mein Herr,
diesen Dolch in Eure Hände,
und Ihr haftet mir für ihn.

CLOTALD
Eurer Rede Ton ist kühn.

ROSAURA
Herr, gedenket Eurer Mutter
und versprecht mir, ihn zu wahren!
Meine Mutter lag am Tod,
da ich ihr versprechen mußte,
diese Waffe nicht zu lassen.
Sonderbar, Ihr bringt ihn leicht
aus der Scheide, und doch ist es
ein Geheimnis. Wer verriet Euch,
daß ein Druck auf den Türkis
hier die dunkelblaue Klinge
schnell entläßt ihrem Verlies?

CLOTALD
Unbewußt, ganz unbewußt
tatens eben meine Finger.
Beiseite
Und indem ich es getan,
wehet etwas Längstvergangnes,
seltsam Liebliches mich an...
etwas, das in frühen Tagen
schmerzlich-süß sich zugetragen,
doch unmöglich zu entwirren –
etwas aus der Jugendzeit,
damals wichtig, heut so weit –
Sich aufreckend

Und wie leicht, sich da zu irren!
Zum Posten
Du tritt ab.
Zu Rosaura
Ihr sagtet ferner –

ROSAURA
Ich sprach nichts. Ich bat Euch sehr,
diesen Dolch für mich zu wahren.

CLOTALD *für sich*
Mir entrissen unter Tränen,
trug sie oft ihn in den Haaren,
und in sonderbaren Stunden
suchte sie mich zu verwunden
an der Hand und lag vor mir
auf den Knieen.
Zu Rosaura Woher kommt Ihr?
Land und Stadt wird nötig sein
anzugeben.

ROSAURA Gut, mein Herr.

CLOTALD
Land und Stadt und Grund der Reise,
Sieht von einem zum andern
Zwar indessen… Später denn.
Will abgehen
Moskau?

ROSAURA Ja, aus Moskau, Herr.
Eine Waise und verlassen,
wie kein Mensch verlaßner je.
Doch wie konntet Ihr erraten?

CLOTALD
Lasset das. Ein Zufall völlig,
etwa Euer Ton im Sprechen.
Doch gleichviel. Ihr beide bleibet
hier in Haft. Man wird entscheiden.
Diesen Dolch gab Euch die Mutter?
Wenig nütz ist Euch die Waffe,
schnell der weichen Hand entwunden.
Beßrer Schutz sind diese Augen,

diese Stirne, dieser Mund. –
(Wie sie ihrer Mutter gleichet!)

ROSAURA

Nicht darum gab ihn die Mutter,
nicht als Waffe. Trag ihn immer,
sprach die Gute, trag ihn so
sichtbar, so an deinem Kleide,
daß er aller Blicke auffängt,
und vielleicht daß dir am Hofe,
dort am fernen Hof von Polen
ein Beschützer dann sich findet,
Gunst und Schutz dir zu verleihen, –
mehr als irgend sonst ein Freund,
tiefer und geheimnisvoller,
heiligen Bandes dir verbunden.
Seinen Namen nenn ich nicht,
denn kann sein, er wäre tot –
Was dann fruchtets, den zu wissen?
Wunderlich, wie sie das sagte!
Kurz vor ihrem Tode wars,
und ich lag an ihrem Bette,
und ich weinte, als sies sprach,
das vom Dolch und dem Beschützer,
wußte nichts darauf zu sagen,
wußte nichts dabei zu denken!
Und dann kam mein großes Unglück,
und nun muß ich her nach Polen,
meinen Freund zurückzuholen,
meinen Freund, der mich verließ,
der mich nicht mehr sehen wollte,
meine Briefe nicht mehr las
und der süßen Tag' und Nächte
und der Schwüre so vergaß!
Doch ich weiß es, nur mit Listen
haben sie ihn weggelockt,
mit der Rede schlimmen Künsten,
die so in die Seele schneiden,
mit dem bösen kalten Wort.

Denn sein Stand ist über meinem,
doch bei mir vergaß er das,
so wie ich der andern Dinge,
aller, aller, ach! vergaß...
Lange konnte ichs nicht fassen,
lange lag ich wie erstarrt:
dann ertrug ich es nicht länger,
dieses Moskau, dieses Haus,
diese Zimmer, denn die Mutter
war doch tot und ach! mein Freund
so wie tot für mich. Da ging ich
an der Mutter Grab und weinte
auf die Erde, drin sie lag,
und sie stärkte mich, sie sprach
sanft zu mir: Folg ihm doch nach!
Lügen sinds, die ihn entfremden,
sieht er dich, so ist er gut.
Und dann schaffte ich mir Pferde
und nahm den da, den Clarin,
unsern guten alten Diener,
und nun bin ich da bei Euch,
und Ihr wollt mich halten, ärger
sein als Flüsse, Sümpfe, Berge,
die mich ließen, die mich trugen –

CLOTALD *von ihr weggehend*

Ja, sie ist mein Kind. Mein Kind!
Ist mein Fleisch und Blut, nur blühend!
Lebt das fort, was jener ferne
längstvergeßne Doppelgänger
in verflognen wilden Tagen
ausgeschäumt? und freu ich mich?
Kaum. Denn meines Lebens Frucht
reift da drinnen oder nirgends.

Drinnen Kettenklirren. Sigismund wirft sich ins Stroh. Zu ihnen zurück.

Schauert Ihr? Es ist kein Grund.
Der Gefangne, dessen Tollheit
Euch erschreckte – seid doch ruhig –,

wirft in wohlverwahrter Zelle
sich aufs Stroh und stöhnt vor Zorn.
Euch wird nun man dort hinunter
in dies Wächterhaus geleiten.
Was Ihr hier gesehn, erlebt,
etwa auch erraten, schwört Ihr
mit des Himmels schwersten Eiden,
werdet Ihr... Nicht jetzt, nicht hier,
morgen sprech ich Euch. Indessen
ruhet. Denket diesen Dingen
hier nicht nach. Soviel ich kann
mildr ich meines Amtes Rauheit.
He! Moscon! aus meinem Zimmer
Decken, alles was sonst not tut!
Ihr habt nicht zu Nacht gespeist,
man wird Euch bedienen. – Nun?

ERSTER SOLDAT *von außen*
Herr, es wird herauf gemeldet,
daß zehn Reiter sind passiert.
Einer ist ein Herr von Hof,
Träger dringenden Geschäftes.
Sein Gefolge sind die andern.
Doch hier sind sie schon.

CLOTALD *indessen Rosaura und Clarin mehr rechts zurückgetreten sind*
Welche Botschaft bringt Ihr mir?

KÄMMERER
Edler Herr! laßt in Verehrung
mich den einzigen Mann begrüßen,
den ein allerhöchst Vertrauen
grenzenlos umfließt, den einzigen,
der abwesend unserm Hof
aller andern Gegenwart
und vereinigtes Bemühen
mehr als aufwiegt. Dessen Namen
uns von allerhöchstem Munde
mit dem Vollklang höchster Ehrung
wiederholt entgegentönt,

dessen Beispiel nachzusinnen
uns zu lehren scheint, es werde
tiefste Gunst und höchste Geltung
von dem einzigen errungen,
der bezeigt sie zu verschmähen.
Wie das wunderbare Einhorn,
aller Jäger Drang und Listen
spottend, sich von einer Jungfrau
fangen läßt, die ihrer Beute
arglosen Gemüts kaum achtet.

CLOTALD
Ihr beschämt mich. Eure Botschaft,
wenn ich bitten darf.

KÄMMERER Des Königs
Majestät steht am Vorabend
wichtigster Entschließungen,
der Erbfolge Regelung
hauptsächlich betreffend.

CLOTALD Ich
will nicht hoffen, daß das Wohlsein
meines Gnädgen Herrn zu wünschen
übriglasse?

KÄMMERER Seine Gnaden
sind nicht eben unpäßlich –

CLOTALD
Nun, gottlob –

KÄMMERER Allein auch eben
nicht vollkommen wohl zu nennen.
In Ansehnung dieses Schwankens,
das bei vorgerücktem Alter
immerhin die Pflicht der Sorge
nahelegen konnte, haben
Seine Majestät geruht,
Ihren Neffen Prinz Astolf
an den Hof zu ziehn und mangels
näh'rer Bluts- und Leibesfolger
ihn als Thron- und Landeserben
feierlich zu proklamieren.

Welchem Staatsakt mehrfach noch
Konferenzen im Geheimen
Rat voranzugehen haben.
Ein Schritt
Als an welchen teilzunehmen
Euer Gnaden als die erste
wichtigste Person – ich brauche
hier die wörtlich eignen Worte
Seiner Majestät – geladen
und gebeten sind. Ich darf
hieran die Versicherung knüpfen,
daß es mir auszeichnend war,
als der Träger dieser Botschaft
und Begleiter an den Hof
mich vorstellen und dem Sitze
so erlauchter Einsamkeit
dergestalt mich nahn zu dürfen.
Verbeugt sich, bedeckt sich dann wieder.

CLOTALD *Bewegung*
Edler, Herr, ich danke Euch
und bitt Euch, vorliebzunehmen
mit etwas, das kaum Bewirtung
wird zu nennen sein. Die Fügung
meines Schicksals und ein schweres
Amt, geheim hier auf mir lastend,
haben mich die Kunst des Lebens
fast bis auf die Anfangsgründe
schon vergessen lassen. Fackeln!
Ihr entschuldigt mich durchaus,
hoff ich.

KÄMMERER *sich umsehend*
Mächtig, höchst interessant,
wild romantisch, möcht ich sagen.
Jagdschloß und Waldeinsamkeit
eines tiefgelehrten Mannes.
Sieht lächelnd umher, verbindlich, auf Rosaura
Hier indes welch schönes Bild –
Page? oder Kind des Waldes,

etwa hier im Schloß bedienstet?
Ich bin indiskret. Allein,
wem würd solcher Schönheit Glanz,
schäferhaft hierhergebettet,
nicht die Zunge lösen?

CLOTALD Drinnen,
wenns beliebt, erklär ich Euch
die zweideutige Erscheinung.
Einen Augenblick. Ich bitt Euch,
folgt der Dienerschaft hinein.
Mir ist etwas abzutun.
Verneigungen.
Der Mönch, im Hintergrund gewesen, tritt vor.

CLOTALD *auf ihn zu*
Du hier?

MÖNCH Jenen angeschlossen,
unauffällig drang ich ein.
Die dir treu ergeben sind,
senden mich.

CLOTALD Was bringst du?

MÖNCH Viel.

CLOTALD
Drängs zusammen.

MÖNCH Deine Stunde
schlägt. Des Königs Geist wird schwach,
seine Kraft ist ausgehöhlt,
und er wühlt in den Entschlüssen,
wirft sie kraftlos hin und her
wie des Fieberbettes Kissen.
So kam denen, die du kennest,
mehr als eine günstige Stunde,
heimlich in ihm aufzuschüren
des Gewissens Brand und Qual,
und er hing an ihrem Munde.
Nächtlich meint er sie zu spüren,
jene lang und lang erstickte,
jene Stimme seines Blutes.
Und er hört mit Todesbangen

sich die Rechenschaft verlangen
anvertrauten Himmelsgutes.

CLOTALD
Und der Großalmosenier,
jener kluge, mächtge Greis,
herrschend ob so schwachem Willen,
er vermag so matten Aufruhr
nicht mit einem Wink zu stillen?

MÖNCH
Jenes Mannes Macht ist hin.
Was vermag des Greises Stimme
gegen den allmächtgen Ruf
dessen, der sie beide schuf!

CLOTALD
Meinst du, daß sie gar so mächtig,
jene dumpfe Kraft des Blutes?

MÖNCH
Herr! Habt Ihrs doch nie erfahren.

CLOTALD
Tritt hieher, siehst du die schlummern?
Er hebt den Mantel von Rosauras Gesicht, die seitwärts schläft.

MÖNCH
Herr, das ist das schönste Wesen,
das ich je im Leben sah,
dies ist eines der Geschöpfe,
das unendliches Verlangen
tausend Männern zu entzünden
ward geboren.

CLOTALD Und ihr Vater?

MÖNCH
Selig, wer er immer sei,
dem vom selbstgehegten Stock
diese Wunderrose duftet.

CLOTALD
Rechtes Wort hast du getroffen.
Weißt dus oder weißt dus nicht,
daß die Laune der Natur,
die mich sonst nicht karg bedachte,

darin mich zum Krüppel machte?
Darin steh ich weit zurück
hinter jedem meiner Hunde:
mir ist Rose wie die Aster,
Nelke wie ein bunter Stein,
denn was Duft, ist mir verborgen.
Führt ihn auf die andere Seite
Lassen wir sie schlafen, Mensch.
Jene Stimmen der Natur
reden nur zu schwachen Herzen,
flüstern nur dem niedern Sinn
von gemeiner Lust und Schmerzen
unerquicklichem Gewinn.
Vater heißen meinem Kinde –
und was ist damit gewonnen?
Strömen etwa seine Wonnen,
strömen mindest seine Schmerzen
irgendwie zu mir zurück?
Nein, es wälzt ein fremdes Leben
eine fremde Kreatur,
starrend unter meinem Blick.
Laß die Stimme der Natur
schwache Seelen nur betören,
ich will andre Stimmen hören,
und ich habe sie gehört,
und ich habe sie verstanden –:
Als ich jung und voll Begierde
Blicke in das Leben tauchte,
war ein Bild, das so wie Feuer
ätzend mir ins Innere drang,
daß noch lang die Wunde rauchte.
Ein Bild, ewig stehts vor mir:
jener Großalmosenier,
der schon damals jahrelang
unsres Königs Geist bezwang.
Und da wars in mir geschworen,
einmal so wie der zu werden
und von innen zu regieren

eines Königs Machtgebärden.
Und mein Schicksal nickte mir
und es trieb auf dunklen Wegen
mir die Kreatur entgegen,
bis ich ganz in meiner Hand
diesen Königsknaben fand,
Opfer flackernden Gestirns.
Er, gewohnt von mir zu nehmen
jede Nahrung seines Hirns,
jeden dämmernden Gedanken,
mir soll er den Taumelkelch
nie geahnter Freiheit danken.
Hielt ich seine dumpfe Seele
lang im Kerker hier verschüttet,
sei sie nun vom Übermaße
wilder Freuden schnell zerrüttet.
– – – – – – – – – – – – – – – – –
Und so lag ich zwanzig Jahre,
lag ich fast ein Menschenleben,
wie im Netz die Spinne, hier,
starr wie auf der Totenbahre,
meinem Werke hingegeben –
und lebendig nur in mir.
Aber mir ist Ungeheures,
das kein Wort ausnennt, gelungen,
und das Schicksal eines Königs
hab ich mir zu Dienst gezwungen.
Ist es doch, als winkte mir
jene Ferne, die besternte,
ist es doch, als ob der Wesen
jedes mir gehorchen lernte.
Auf die Schlafende deutend
Spielt man nicht auch dies Geschöpf
zu bis jetzt verhülltem Ende
als ein Werkzeug der Verführung
geisterhaft mir in die Hände?
Sind es etwa diese Arme,
die statt jener Eisenketten

an den Wagen meines Sieges
Sigismund zu binden hätten?

MÖNCH

Welch ein Geist enthüllt sich mir!

CLOTALD

Einmal brach ich dieses Schweigen,
daß ich, trunken meiner Größe,
einmal einen taumeln sähe,
dessen Aug ich sie entblöße.

Rosaura im Schlaf, Clotald zu ihr. Mönch links.

ROSAURA

Bitte! was seid Ihr? ein Stallknecht?
Prinz Astolf ist Euer Herr!
So verbergt mich hier, ich bitte.
Da nehmt alles, was ich habe,
und verbergt mich hier im Stall,
denn ich muß den Prinzen sprechen!

CLOTALD *flüsternd*

Dazu will ich Euch verhelfen!

ROSAURA

Ihr? Ja doch! Nehmt nur das Geld.
Ich bin müd, ich bin so weit
hergekommen, weckt mich nur,
sicher, eh der Prinz hereinkommt!

CLOTALD

Solchen, die im Schlummer reden,
freuts mich flüsternd einzuhelfen.
Tiefer tief sie einzutauchen
in den Traum, ist meine Sache.
Träumen sie doch alle hin
dumpf und mit verhängtem Sinn.
Wie Getier sie zu gebrauchen,
ziemt mir, der allein ich wache.

Er geht in den Turm, dem Mönch, der sich tief verneigt, mit der Hand zuwinkend.

ZWEITER AUFZUG

ZWEITE SZENE

Im Turm

SIGISMUND *hockt auf seinem Lager, kehrt der kleinen Eisentür den Rücken*

Abend ist. Soll ich hinaus?
Grausts mich doch vor meinen Spielen,
bleiern zieht es mir die Glieder
immer auf mein Bette nieder,
eine Schwüle und ein Dunst
und wahnwitziges Verlangen
drücken mich mit Todesbangen
und belagern meine Sinnen,
und ich lieg in dumpfem Traum.
Wo ist außen? wo ist innen?
Immer seh ich an der Wand
die Gestalt von jenem Weib,
und ich fühl mit Mund und Hand
ihren Hauch und ihren Leib.
Wach zu liegen bringt mir Graus,
bis ich schreie, bis ich schäume.
Doch der Taumel dieser Träume
saugt mir meine Knochen aus.
Innen füllt mich Dunst und Schwüle,
außen faßt mich die Gewalt,
und wohin ich mich verwühle,
zu mir wühlt sich die Gestalt.

CLOTALD *tritt lautlos ein, betrachtet ihn von oben*

Worauf sinnst du, Sigismund?

SIGISMUND *wirft sich herum*

Manchmal sinn ich, dich zu töten,
manchmal wieder denk ich anders
und dies scheint mir schal. Und manchmal
quälen mich verfluchte Träume.

CLOTALD
Was für Träume?
SIGISMUND Gib mir Wasser.
Ich hab alles ausgetrunken
und es kühlt mich nicht.
CLOTALD Ich bring dir
einen andern, bessern Trunk.
SIGISMUND
Du?
CLOTALD
Für dich bracht ich den Becher.
SIGISMUND
Trätest einmal ohne Waffen
du herein, welch ein Geschick,
meinst du, würden diese Arme
dir bereiten?
CLOTALD Wer, mein Sohn,
lehrte dich, mich so zu hassen?
SIGISMUND
Du!
CLOTALD
Ich lehrte dich ganz andres,
lehrte dich des heiligen Glaubens
Fundament, ich lehrte dich
Tier und Menschen unterscheiden,
Baum und Stern und Stein benennen,
lehrte was sich zugetragen
in der Erde frühen Tagen,
sprach dir von dem großen Rom –
stille saßest du mir da
und dir leuchteten die Augen,
wenn ich Schönes dir erzählend –
SIGISMUND
Ja, so hast du es vollbracht
und so ward ich vollends elend.
CLOTALD *setzt sich*
Was soll diese wilde Rede?

SIGISMUND

Ja! daß du mich Worte lehrtest,
die in meinem Hirne leben,
damit impftest du mir ein
eine grenzenlose Pein!
Wär ich Tier! o wär ich stumm,
unter unbenannten Dingen
ungekränkt dahin zu leben.
Welcher Geist der Hölle hieß dich,
zur Gefährtin mir des Denkens
fürchterliche Kunst zu geben?
Daß es Innen gibt und Außen,
jenes Drüben, jene Ferne,
daß es gibt den Glanz der Sterne,
Feuerlüfte, Adlerflügel,
Herrschaft, Freiheit und Genuß,
und daß ich es wissen muß!
Daß ich eingekerkert hier
muß verschmachten nach den Dingen,
sicher, nie sie zu erreichen,
und die fürchterlichen Zeichen
doch herein durch diese Mauer
und in diese Brust mir dringen!
Mußte ich mich hier verzehren
in dem stummen, feuchten Grabe,
wozu mir die giftige Gabe,
wozu mir die Qual der Rede,
da der Silben doch jedwede
wie ein Dolchstich in mich dringt!
Mußte ich mich hier verzehren,
wozu diese innern Wunden,
die in wahnwitzigen Stunden
brennend mir im Blute schwären!

CLOTALD

Das sind nichts als wilde Träume,
trink, es ist Arznei im Wein.

SIGISMUND

Träume nennst du dieses Lechzen,
Siehst du nicht, wie wach ich bin?

CLOTALD
Sigismund, trink meinen Wein,
dringet er dir in die Brust,
wirst du ruhig schlafen.

SIGISMUND Schlafen?

CLOTALD
Trink!

SIGISMUND
Wie du mich ansiehst?

CLOTALD Spür,
wie es duftet.

SIGISMUND Lügner, weiß ich
doch, du spürest keinen Duft.

CLOTALD
Gut, so geh ich denn.

SIGISMUND Du sagst,
schlafen werd ich ohne Träume.

CLOTALD
Lind und lau durch deine Adern
strömts und bringt dich schnell zur Ruh.

SIGISMUND *trinkt und sinkt hin*
Was war im Pokal?
Pause

CLOTALD *sieht ihn lange an*
Dein Schicksal.
Öffnet, es kommen Männer herein, die Sigismund hinaustragen.

DRITTER AUFZUG

Königliches Gemach. Im Hintergrund ein Alkoven, darin ein prunkvolles Bett. Auf der anderen Seite ein offener Altan. Sigismund, prächtig gekleidet, kommt nach vorne gelaufen. Ein Schwarm von Kämmerern und Dienern hinter ihm drein. Er wendet sich: alle neigen sich tief vor ihm. Gesang dringt mit heller Luft durchs Fenster herein.

SIGISMUND

Sigismund! da! da! da! da!
Er betastet sich
Traumgebilde, gleich vorüber
Er will mit der Hand die Gestalten verscheuchen
Kerkermauern, laßt euch fühlen!
Er rennt an die Wand, befühlt sie
Golden schimmerndes Gewebe!
Was ist das? das in der Luft,
dieses Blühen in den Lüften?
Ist der Schmelz und feuchte Glanz
eines Auges Ton geworden?
Sind es Blumen? Sind es Sterne?

EIN KÄMMERER

Eure Hoheit hören weiter
nichts als bloß Musik, die unten
aufgestellt vor dem Altan,
Euch beim Aufstehn zu erheitern.

SIGISMUND

Du? und diese?

ALLE *sich neigend* Eure Diener.

SIGISMUND

Ich der Herr und sie die Diener?
Fort die Kette! fern der Turm!
Schönes Kleid an meinem Leibe,
und sie neigen sich und knien!

Und es schmeichelt mir die Luft
und sie triefet süßen Laut,
der die Seele mir betaut.
Und doch bin ich Sigismund
und es ist die gleiche Seele,
die in jenem Kerker lag,
die schon zu verschmachten drohte –
Und da stürzt mir dieser Tag
mit der feuerfarbnen Schwinge
nieder als ein Himmelsbote,
daß er mir Erlösung bringe –
Und ich steh und Schauder fließen
nieder über mein Gerippe
wie die Flut der Winternächte
an der sturmgepeitschten Klippe.
Aber –

DER KÄMMERER

Seine Hoheit scheint
philosophischen Gemütes.
Der Gesang draußen hört auf.
Doch vielleicht, daß mirs gelingt
sie aus dieser Grübelei
zu erwecken! Hoher Herr!
Sigismund sieht ihn an.

ZWEITER KÄMMERER

Adlerblick der Majestät!

ERSTER KÄMMERER

Ist es Euch genehm, daß weiter
die Musik ertöne, oder
wünscht Ihr auf die Jagd zu reiten –

SIGISMUND

Ich?

ERSTER KÄMMERER

Doch hab ich nun die Ehre,
Graf Clotald Euch anzumelden.
Sigismund tritt zurück.

CLOTALD *eintretend*

Reiche Deine Herrlichkeit

mir zum Kuß die hohe Rechte
als dem ersten deiner Knechte,
welcher Huldigung dir weiht.

SIGISMUND *birgt sein Gesicht*

Himmel! was geht mit mir vor?
Du, Clotald! denkst du den Turm?
Denkst du auch die Eisenspangen,
drin ich mich in Todesbangen
vor dir krümmte wie ein Wurm?

CLOTALD

Willst du mir Gehör vergönnen,
daß ich alles dir enthülle?

SIGISMUND

Werd ichs je begreifen können?

CLOTALD

Großem Schicksal auserlesen,
mußtest Großes du erleiden.

SIGISMUND

Wohlbekannt ist das uns beiden.

CLOTALD

Ehe, fremde Schuld zu büßen,
elend mich dein Zorn verderbe,
ziemt mirs, knieend dich zu grüßen,
Herr! denn du bist Polens Erbe!

SIGISMUND

König! Abgrund meiner Brust,
ist dirs nicht, du hasts gewußt?

CLOTALD *noch knieend*

Blieb bis diesen Augenblick
in Verborgenheit dein Leben,
so geschahs, um nachzugeben
einem dräuenden Geschick,
welches fürchterliche Dinge
diesem Reiche prophezeit,
wenn der Krone Herrlichkeit
deine hohe Stirn umfinge.

SIGISMUND

Ah!

CLOTALD *will aufstehen, Sigismund drückt ihn nieder*
Doch heute dich zu prüfen,
hat man in verschwiegner Nacht
aus lebendgen Grabes Tiefen
dich an dieses Licht gebracht.
Und nun mußt du dich erweisen
als Besieger des Geschickes!
Vor des Königs Blick bestehe!
Er ist alt und leicht zu rühren.
Laß des eigenen Blutes Nähe –

SIGISMUND
Wider Recht in einem Kerker!

CLOTALD
Heut nur so, wie sie dich wollen! –
Morgen fassest du das Leben
an den strotzend übervollen
Brüsten mit der kühnen Hand!

SIGISMUND
Der Verzweiflung hingegeben!

CLOTALD
Morgen legst du tausend Nacken
deines Willens Zügel auf!

SIGISMUND
Wurm und Kröte meinesgleichen!
Drückt ihn nieder.

CLOTALD
Morgen bebend unter Hüllen
wird sichs an dein Lager schleichen,
Weibes üppige Gestalt,
zitternd halb aus Furcht vor dir,
halb aus glühender Begier!

SIGISMUND
Und du wußtest, wer ich war?
Zwanzig Jahre war dirs kund,
und du hieltest auf der Streu
elend mich wie einen Hund?
Das Gesetz hast du betrogen,
das in meinen Adern rinnt,

deinen König frech belogen,
mich mißhandelt, mich, sein Kind.
König und Gesetz und ich
haben drum für Hochverrat
hier durch meine Hand zu sterben
dich verdammt.
Er will ihn erwürgen.

ERSTER KÄMMERER Herr!

SIGISMUND Rühre mich
keiner an. Mich je zu hindern
wird euch Knechten nicht gelingen.
Jeder, der sich widersetzt,
soll aus diesem Fenster springen!

DIE KÄMMERER
Flieh, Clotald!
Clotald entspringt.

EINE STIMME O wehe dir,
daß du so vor Hochmut schäumest,
und nicht weißt, daß du nur träumest!

ERSTER KÄMMERER *tritt ganz dicht an ihn heran*
Herr, bedenket –

SIGISMUND Fort von mir!

ERSTER KÄMMERER
– daß der Graf Clotald durchaus
wie ein Edelmann gehandelt,
da er in hochwichtiger Sache
seines Herrn und Königs Wille
und Gebot vollstreckte, was,
wie Eur Gnaden sicherlich
schnell begreifen werden, Pflicht
seines Amtes war und Standes.

SIGISMUND
Sprach der König wider Recht,
tat er schlimm, sich ihm zu fügen,
und sein Herr und Fürst war ich.

ERSTER KÄMMERER
Diese Auffassung der Pflichten
des Vasallen ist, gestattet

mir den Ausdruck, kühn und neu
und wird nicht verfehlen, Aufsehn
zu erregen, falls Eur Hoheit –

SIGISMUND *mißt ihn mit dem Blick*
Übel scheints mit Euch zu stehen,
daß Ihr Euch so frech mir naht.

ZWEITER KÄMMERER *zurücktretend*
Seine Hoheit ist belästigt.

SIGISMUND
Wer ist er, der nun hereintritt,
Halb rückwärts, geht dann gegens Fenster
dessen Blick sich so viel anmaßt?

ERSTER KÄMMERER
Moskaus Herzog, Euer Vetter!

ASTOLF
Heil dem Tage tausendmal,
wo, mein Prinz, Ihr Euch enthüllet
und mit Sonnenglanz erfüllet
dieser Lande heitre Lüfte –
Sigismund sieht ihn an

ASTOLF
Denn Ihr steiget, wie die Sonne
aus dem Schoß der Bergesklüfte
steigt, herauf, und weil der Polen
Diadem so spät Euch schmückt,
so bewahrt es hochbeglückt
um so länger –

SIGISMUND *abgekehrt, winkt mit der Hand*
Gott befohlen!

ASTOLF
Eure Hoheit, denk ich, kennt
weder mich noch meinen Rang,
noch wie nah, Herr, ich Euch steh.
So kanns einzig sich erklären,
daß Ihr nicht die Gnade habt,
mich, so wie sichs ziehmt, zu ehren.

SIGISMUND
Gott befohlen, sagt ich. Sprecht,

tat Euch Unglimpf meine Lippe?
Nun da Ihr so unverhohlen
prahlend meinen Gruß verschmäht,
sag ich denn, wenn Ihr mich seht,
künftig wohl: Gott nicht befohlen,
Astolf tritt in die Tür, wo er sichtbar bleibt.

ERSTER KÄMMERER *tritt zu Sigismund*
In der Tat, erhabner Prinz,
wollt zu staunen mir gestatten,
seh ich Eure Hoheit hier
mit Personen von Gewicht,
ja mit dem erlauchten Herzog
so verfahren, wie sichs etwa
ziemen mocht im Bergrevier,
aber wohl doch schwerlich hier.

SIGISMUND
Mich verdroß sein Gehn und Stehn,
mich verdroß, wie er mich ansah,
seines Hauptes leichtes Neigen
und wie schnell er sich bedeckte,
und sein Reden wie sein Schweigen!

KÄMMERER
Doch des Herzogs Rang!

SIGISMUND *mißt ihn* Und wer,
wer bin ich?

KÄMMERER Doch bei dem allem
ziemte sich, daß etwas mehr
Prinzen von Geblüt Ihr ehret,
für Euch selber wär es gut,
denn begreifet –

SIGISMUND Was gewähret
Euch so frechen Übermut?

PRINZESSIN *herein, hinter ihr zwei Herren*
Eure Hoheit zu begrüßen
an dem Platz, der Euch gebührt,
ist, was mich hierhergeführt,
huldigen zu Euren Füßen.

SIGISMUND
Wer ist diese Schönheit, sprich,
sie, zu deren Füßen sich
senkt des Himmels süßer Glanz?

ZWEITER KÄMMERER
Die Prinzessin, Eure Base.

SIGISMUND *zu ihr*
Diese Stürze, diese jähen,
aus dem Dunkel an das Licht,
ich kann sie noch nicht verstehen,
und das Glück sind sie noch nicht.
Aber Euren Glückwunsch, den
kann ich als ein Glück erkennen.
Laßt mich küssen diese Hand,
draus das Licht mit gierigen Strahlen
sich die Nahrung schlürft –

PRINZESSIN Mein Prinz –
Verneigt sich.

ASTOLF *an der Tür*
Eines tollen Rüpels Treiben.
Wenn es nur zu Ende ginge.

ERSTER KÄMMERER *zu ihm*
Ganz unmöglich sind die Dinge.
Das schafft Situationen,
die undenkbar sind.

SIGISMUND Die andre!

ERSTER KÄMMERER
Hoher Herr, ich gebe Euch
zu bedenken, daß Ihr hier
eine Freiheit nehmet –

SIGISMUND Kaum
hielt die Frechheit mich im Zaum –

ERSTER KÄMMERER
Eure Gnaden werden sich
meine Worte ohne Zweifel
ins Gedächtnis rufen und
zugestehen, daß mein Mund
nur das Rechte aussprach –
Prinzessin ab.

SIGISMUND Bursche,
merke, daß du mich belästigst!
Was im Weg ist meinem Trachten,
will ich nicht für recht erachten!

KÄMMERER
Sprach Eur Gnaden doch es aus,
eben noch und hier vor allen,
daß man nur gerechter Sache
müsse Dienst und Folge leisten.
Sigismund auf ihn zu. Der Kämmerer gegens Fenster.

SIGISMUND
So und eben hier vor allen
hab ich auch, ist dirs entfallen,
mir gegeben ein Versprechen,
einen Dreisten, einen Frechen,
der in Wut mich würde bringen,
laß ich aus dem Fenster springen.

KÄMMERER
Leuten meiner Art kann dies
wirklich nicht geschehen.

SIGISMUND Wirklich!
Nun bei Gott, ich wills vollbringen!
Er wirft ihn bei der Gurgel rücklings aus dem Fenster. Alle schreien auf.

SIGISMUND *am Fenster*
Vom Altan in dieses Wasser
fiel er, blutig war die Reise,
denn sein Schädel schlug die Mauer,
und nun liegt er in der Flut!
Also konnt es doch geschehen.

ASTOLF *von der Tür her*
Künftig bei so rauhem Tun
wollt uns etwas Zeit gewähren,
zwischen Eurem Dort und Hier,
zwischen Menschen und Getier
Euch den Unterschied zu lehren!

SIGISMUND
Künftig, solltet Ihr es wagen,

rauhe Worte so zu wählen,
könnte leicht der Kopf Euch fehlen,
Euren Hut darauf zu tragen.
Astolf tritt zurück.

KÖNIG *hervor*
Was gibts hier?

SIGISMUND Nichts oder wenig.
Einen, der mir lästig war,
warf ich dort hinab.

ZWEITER KÄMMERER Der König!

KÖNIG
Kaum gelöst von deiner Kette,
wardst du schon zum Mörder hier –

SIGISMUND
Ei, er wettete mit mir,
aber ich gewann die Wette.

KÖNIG
Grausen flößt Ihr ein, mein Prinz.
Euer Vater, Euer König,
den die Hoffnung, den die Liebe
bis zu des Gemaches Tür
hat geleitet, sieht sich schaudernd
hier allein mit einem Wesen,
das kein Name nennt, o niemals
kann ich Euch als Sohn umarmen,
der zu grausenvoller Mordstatt
unsre Königsburg erniedert.
Jeder Tropfen Bluts in mir
starrt zurück vor Eurem Anblick.
Der ich kam, in diese Arme
Euch zu schließen, muß hinweg
kinderlos wie eh und immer!

SIGISMUND
Missen kann ich die Umarmung,
die ich lang genug gemißt.
Denn hier nennet nichts Euch Vater.
Der in Schmach und Schmutz mich stieß,
als ein Tier mich wachsen hieß –

dichte Höhle meine Kammer,
zu ersticken meinen Jammer,
allem Menschenglück so fern,
daß mein armer Augenstern
wie ein Molch dem Licht entwöhnt –,
mag mir der Umarmung weigern:
das wird nicht mein Elend steigern.

KÖNIG

Wie er blickt und wie er höhnt!
Wär ich nie hierhergekommen,
hätt ich so unwürdge Töne,
nie so wilden Hohn vernommen!

SIGISMUND

Das mein Vater dort!

KÖNIG So dankst du

deinem König, der vom Sklaven
dich erhob zum Fürsten –

SIGISMUND Ah!

Dafür kannst du Dank begehren?
Als und kraftlos, wie du da
vor mir stehst, dem Tode nah,
was hätt ich an dir zu ehren?
Merk, schwachsinniger Despot,
nicht einmal durch deinen Tod
gibst du mir als was schon mein
durch die Rechte der Natur
und mir vorenthalten nur.
Unentrinnbar dein Geschick,
zwang dich, Vater mir zu sein.
Findest du dich endlich drein,
brauch ich nicht mit einem Blick,
keinem Hauch von diesem Munde,
brauch ich dir in dieser Stunde
noch in andern Dank zu zollen.
Nein, ich brauchte nur zu wollen
und das Rechenschaftsverlangen
wär an mir, an dir das Bangen.
Und so rat ich, danke mir,

laß ichs eben nur bewenden,
und das Blut an diesen Händen
rat ich, nicht viel zu besehen,
sondern tief in dich zu gehen!

KÖNIG *zurückweichend*

Himmel, wahr sind deine Zeichen,
und ein Tor, wer zweifeln kann.
Ich hab nicht gezweifelt, nie.
Hast du mir sie doch enthüllet,
die Verkettung deiner Schlüsse,
deiner Welten Harmonie.
Was in Sternen wir gelesen,
das enthüllet uns sein Tun:
er entrinnt nicht seinem Wesen,
und wir dürfen wieder ruhn.
Du jedoch, der unglückselig,
nimm, Verblend'ter, dich in acht,
daß der Traum von einer Nacht,
der Gestalten Truggewühle,
wenn es wieder dir entschwindet,
dich nicht in Verzweiflung findet!
Ab.

SIGISMUND *gegen die Wand gekehrt*

Träume! Was? ich weiß, ich fühle,
was ich war und was ich bin.
Wie du nimmer mich versöhnest,
nimmer auch, wieviel du stöhnest,
raubst du mir, daß ich geboren,
Erbe deines Throns zu sein.
Früher war ich mir wohl fremde,
fremd im eignen dumpfen Sinn,
nun ich lernte, wer ich bin,
geh ich nimmer mir verloren.
Clotald bringt indessen Rosaura bei der Tür links herein.

ROSAURA

Wie, den Prinzen?

CLOTALD Kommt nur, kommt!

ROSAURA

Und allein –

CLOTALD Wie ich Euch sagte.

ROSAURA

Und er wird mich sprechen wollen!

CLOTALD

Naht Euch ihm, dort steht er selber!

ROSAURA

Weh, das ist nicht Prinz Astolf.
Warum lügt Ihr! Führt mich fort!
Warum laßt Ihr mich allein?
Sie tritt an die Tür rechts zurück.

SIGISMUND *zu ihr mit schnellen Schritten*

Nicht so schnell von hier. Dies ist es,
was das Leben macht zum Leben!

ROSAURA

Ich muß fort!

SIGISMUND *ein paar Schritte vor ihr*

Wer bist du, Schönste?

ROSAURA

Diese Pracht und Größe atmet
etwas von der Nachtgestalt,
die mit höllischer Gewalt
mich umkrallte –

SIGISMUND Wer bist du?

Sicherlich bist mir beschieden,
denn mir ist, ich sah dich schon,
sah nur dich bisher hinieden!

ROSAURA

Fort!

SIGISMUND

Sagt man dir, daß ich vorhin
hier mit einer andern sprach,
Wahnwitz ist es mir und Schmach,
denn nur du, so wahr ich bin –

ROSAURA

Herr, ich bitt Euch –

SIGISMUND Meine Rede

tönt dir rauh? Sieh, wie ein Tier
haben sie mich aufgezogen

in der Höhle, in der dumpfen,
wenig Worte mich gelehrt.
An den wenigen, den stumpfen,
muß ich durch die Welt mich tasten
wie der Blinde an den Mauern
und vergeh in innern Schauern.
Könnt ich eines Engels Zunge
diesem innern Aufruhr leihn,
ohne daß die Hand dich faßte
sänkest du und wärest mein.
Hörst du mich und schließt die Augen?
Nun hinweg von dieser Tür!
Denn es dränget alles, alles
mich zu dir und dich zu mir.
Sieh, hier habe ich getötet,
alle zagen meiner Wut,
meinen Vater macht ich zittern,
aber alles das ist gut.
Sieh, die Luft vor diesem Erker,
dort der Vorhang, wie er bebt,
und die Jahre, die im Kerker
stöhnend ich dahingelebt,
deine Blicke, die ersterben,
dein erbleichendes Gesicht,
meine grauenvollen Jahre
und die Qualen meiner Jugend –
wie das alles sich verflicht!
Was ich weiß und was ich ahne,
was ich bin und was ich war,
und der Glanz von deinen Brüsten
und dein aufgelöstes Haar –

ROSAURA
Wehe, hilft mir niemand!

SIGISMUND
Komm!

ROSAURA
Lieber sterben –

SIGISMUND
Höhnst du mich?
Einer mußte dort hinab

und in sein Verderben springen.
Prahlend gab er zu verstehen,
daß ihm solches nicht geschehen
dürfte, und so mußt ichs zwingen.
Willst du, werd ich noch einmal
etwas Ähnliches vollbringen.

ROSAURA
Töten willst du mich!

SIGISMUND Ei nein!
Aber meinen Willen, ja!

ROSAURA
Aufgewachsen unter Tieren,
welche wahnbetörte Hand
ließ dich los von deiner Kette,
daß dies unglückselige Land
würde deiner Lust ein Bette?
Schamlos Tier! du selber, du!

SIGISMUND
Bin ich das, was du mich nennst,
ziemt sich, daß du ganz mich kennst!
Holla, fort! hinaus ihr alle!
Hört ihr mich? hinaus! Nun schließt
jede Tür und niemand nahe!
Gefolge zieht sich zurück.

ROSAURA
Sigismund –

SIGISMUND Das wilde Tier
hört dich nicht, drum spar die Mühe –

CLOTALD *hervor*
Herr, halt ein!

SIGISMUND Zum zweitenmal,
blöder Greis, willst du mich reizen.
Welcher Teufel trieb dich her?

CLOTALD
Du, und trotzend deinem Grimme
heb ich warnend meine Stimme.
Zügle dich und gib wohl acht,
ob denn diese hohen Räume,

ob denn dieser Diener Schar,
ob der Hoheit Prunk und Macht
mehr sind als nur wilde Träume
und das Blendwerk einer Nacht!

SIGISMUND

Teufel! muß ich dies Gefasel,
diesen Wahnwitz wieder hören?
Willst du mir zur bleichen Wut
auf das Mark der Seele stören?
Diesen Dolch in deinem Halse –
und dann greif ichs wohl mit Händen,
ob hier Traum, ob Wahrheit ist.

CLOTALD

Als ein Edelmann und Christ
sterb ich dann –

ROSAURA Er tötet ihn!

SIGISMUND

Greifst du zitternd mit dem Finger
immer in die Klinge mir,
kann ich dich ja auch erwürgen –

ASTOLF

Prinz des Mordes, komm zu dir!
Graut dir nicht das graue Haar?
Alt und schwach vor deinen Füßen –

SIGISMUND

Er soll hin sein, er soll büßen.

ASTOLF

Nicht berühr ihn dieser Stahl,
ich bedeck ihn –

SIGISMUND So nimm dies!

Er stößt nach ihm

Nimm den Tod, für sein Verbrechen
freuts mich doppelt, mich zu rächen.

ASTOLF

In gerechter Notwehr zieh ich
um mein Leben!

KÖNIG *Gefolge dahinter*

Bloße Waffen!

Was geschah?

ASTOLF Nichts, hoher Herr,
nichts, gottlob, da Ihr gekommen.

SIGISMUND
Vieles, Herr, obwohl du kamst.
Diesem Greise gings ans Leben,
wenn du nicht die Lust mir nahmst.

KÖNIG
Wie? vor seinen grauen Haaren
lahmte nicht die Mörderhand?
Zuckte nichts in Eingeweiden,
das den Mordstahl dir entwand?

SIGISMUND
Ehrfurcht ich vor grauem Haar?
Er sieht ihn furchtbar an
Merk, vielleicht, es kann geschehen,
werd ich dieses, dieses, ja,
vor den beiden Füßen da
in dem Kot der Erde sehen.
Denn einmal wohl werd ich müssen,
werd ich müssen dich bestrafen,
daß du, Mörder meiner Seele,
mich erzogst als niedern Sklaven.
Er zittert, wirft den Dolch zu Boden, stürzt ins Nebengemach.

ZWEITER KÄMMERER *vom Vorhang vorkommend*
Auf sein Lager stürzt' er hin,
tief sich in die Polster wühlend.

KÖNIG
Schnell mein Leibarzt hin zu ihm
und den Schwamm vor sein Gesicht,
der getaucht in jene Säfte
tief betäubet alle Kräfte,
daß er schnell den Schlaf sich atme,
der auch unsre Brust befreit.
Sprach ich recht, ehrwürdger Herr?
Zwei Männer tragen den Prinzen heraus.
Schlummre, unglückseliger Sohn.
Freveltat, die eigne wilde,
des gekränkten Vaters Antlitz,
sei dir nur ein Traumgebilde.

GROSSALMOSENIER

War die Kette ihm bestimmt,
daß er seine Seele rette,
aus der Mauer, aus der Kette
wird ihm Herrlichkeit entblühn.

KÖNIG

Du mußt seine Seele retten,
du, Clotald, mußt ihn behüten
vor verzweiflungsvollem Wüten.
Mitten unter seinem Rasen
ließ ich Warnungsrufe tönen,
mitten unter seinem Höhnen
mahnt ich ihn, er könnte träumen.
Und so ist er vorbereitet
und allmählich wird ers nehmen
für die wesenlosen Schemen,
die in fieberhafter Nacht
ihm sein Hirn hervorgebracht.
Sigismund, wirst du ihm sagen,
war nicht diesem wilden Spielen,
war nicht diesem Traum wie vielen
beigemengt ein leises Wissen,
dämmernd leises innres Ahnen,
flüsternd unerwünschtes Mahnen,
daß du träumtest, daß du schwebtest,
nicht den Boden tretend lebtest –
Ja, wird er dir sagen müssen,
Ja... Was will der Kastellan?
Kastellan ist bleich aufgetreten.

ASTOLF

Meldet Seiner Majestät!

KASTELLAN

Herr, das Volk ist außer sich,
irgendwie hat sich verbreitet,
daß des Prinzen, deines Sohnes,
Hoheit hier erschienen sei,
auferstanden aus dem Grabe.
Und in ungezählten Scharen

drängen sie um dieses Schloß,
mit der Meereswogen Donner
branden sie an jedem Tor,
heben seinen Namen rufend
ihre Kinder sie empor,
so als wenn sie sagen wollten –

ASTOLF

Was die Tollheiten bedeuten,
überlasset andern Leuten,
überlaßt der Majestät,
die bestrafen wird.

CLOTALD *abseits* Zu spät!

ASTOLF

Mit fünfhundert Lanzenreiter,
und der Taumel hat sein Ende.

KÖNIG

Wie mein gutes Volk mich liebt!
Dies, begreift ihr es denn nicht,
ist ein rührendes Bezeigen,
daß sie mich wie Kinder lieben,
und sie bringen auf den Armen
mir die eignen Söhne dar,
Balsam meiner Herzenswunde.
Das ist eine schöne Stunde!
Folget mir auf den Altan,
ich will winken, hochbeglückt
sollen sie es alle wissen:
ob sie mich den Großen nennen,
ob sie mich als Weisen grüßen,
Vater will ich ihnen heißen,
Vater ihnen allen sein.
Seid der schönen Stunde Zeugen.
Kommt, ich lad euch alle ein.
Alle ab.

Clotald und die Träger.
Astolf zurück, winkt den Trägern, niederzusetzen.
Sigismund ist bedeckt.

ASTOLF *zu Clotald*
Dieser Stunden wirres Treiben
hat mir nicht die Zeit gelassen,
einmal Eure Hand zu fassen,
Graf Clotald, und doch, wahrhaftig,
sehr hats mich danach verlangt,
nicht allein nur sie zu fassen,
nein, so zwischen meinen beiden
– – – – – – – – – – – – – – – – – –

VIERTER AUFZUG

Im Turm
Sigismund auf dem Stroh, an Händen und Füßen gefesselt. Clotald bei ihm. Zwei Wärter, Fackel an der Mauer.

SIGISMUND
Schädel, schlage diesen Stein!

CLOTALD
Haltet ihn!

SIGISMUND So stell vor jede
meiner Adern einen Wächter,
daß ich sie mit meinen Zähnen
nicht erreiche!

CLOTALD Sigismund!

SIGISMUND
Rissen mich aus Mutterleibe
hier in diesen zweiten Kerker!
In den dritten, in das Grab,
will ich mich nun selber werfen.

CLOTALD
Liegt im Starrkrampf deine Seele,
Sigismund, um einen Traum!

SIGISMUND
Traum, ah, wieviel Tage lang,
wieviel Nächte oder Tage
oder Jahre stehst du hier,
läßt den Geifer dieses Wahnsinns
langsam träufeln auf mein Hirn!
Ich will hin sein!
Wirft sich auf den Stein.

CLOTALD Sigismund!
Komm zu dir. Vor einer Stunde
fuhrst du mit verstörtem Sinn
auf aus einem Fiebertraum.

Unnatürlich war dein Schlaf,
dauerte bis spät am Tage.

SIGISMUND

Hin!

CLOTALD

Entsinne dich doch nur,
gestern abend stand ich hier,
stand ich so, und gab dir Wein.
Gab dir Wein aus einem Becher,
und du trankest und du schliefest
und du träumtest viel und schwer.

SIGISMUND

Hoch der Saal, ein großes Fenster,
alles weit und hoch und hell,
hundert Diener mir zu Füßen,
reich das Bette, schön das Kleid,
süßer Klänge voll die Luft.

CLOTALD

Schöner Traum.

SIGISMUND Und du herein,
Knietest nieder. Hund und Sklave,
auf die Knie vor mir! Denn beide
wissen nun wir, wer ich bin.
Clotald lacht.

SIGISMUND

Wahnwitz, stecke mich nicht an!
Langsam, Zunge, Wort für Wort!
Und es traten vor mich hin,
die zwar meinesgleichen nicht,
aber nahe meinem Range!
Aber du, du führtest dann,
schleichend durch die andre Tür,
mir ein schönes Weib herbei.

CLOTALD

Und da danktest du mir wohl?

SIGISMUND *gewaltsam an sich haltend*

Nein! für deines ganzen Lebens
ungeheueren Verrat

dich zu strafen nach Gebühr,
griff ich nach dem Dolche.

CLOTALD Wie?
Weil ich dir ein schönes Weib
brachte?

SIGISMUND
Nein, weil du vorher
auf der Streu gleich einem Hunde
und in Eisen gleich dem Sklaven
mich gehalten, dort.

CLOTALD Ei, dort!

SIGISMUND
Wie? nein! hier!

CLOTALD Dünkt dich dein Traum
selber nicht verworren?

SIGISMUND Traum?
Dort im Grunde war ein Fenster.

CLOTALD
Ei, wie hier.

SIGISMUND Doch weit und offen.
Und da warf ich einen Diener,
der es wagte, mich zu höhnen –

CLOTALD *schnell*
Den?

SIGISMUND
Wie?

CLOTALD Etwa den?

SIGISMUND Ich warf ihn,
an der Kehle so ihn fassend,
rücklings –

CLOTALD Durch dies Fenster hier?
Weist nach hinten auf das winzige vergitterte Fenster.

SIGISMUND
Dort, wo ich bis nun.

CLOTALD Ach so,
in dem Traum.

SIGISMUND *wirft sich nieder*
Erbarm dich meiner!
Diese Hände tatens.

CLOTALD Ei!
Auch im Traum sind deine Hände
dir am Leib?
SIGISMUND Wo war ich?
Wärter auf Wink ab.
CLOTALD Wann?
SIGISMUND
Dort! im hohen Saal!
CLOTALD Wer weiß?
SIGISMUND
Du warst dort!
CLOTALD Und wie der Weg?
Und wie kamen wir dann wieder?
SIGISMUND
Hölle!
CLOTALD
Gib dich, Sigismund!
Aber kann es dich erleichtern,
zu erzählen deinen Traum,
sieh, ich setze mich zu dir,
hör dir zu.
SIGISMUND Es war kein Traum!
Ich stand auf und war –
CLOTALD Nun, wer?
SIGISMUND
Der ich bin, der ich in Wahrheit
bin.
CLOTALD
Glück zu! und freutest dich.
SIGISMUND
Mächtig war ich, frei und groß,
du und alle mir zu Füßen.
CLOTALD
In dem Auge, wie du redest,
flackert dir ein irres Licht.
Komm zu dir. Denn nirgends warst du,
nicht aus diesem Stroh erhobst dich,
keinen Fuß breit rechts noch links

wälzte sich dein Leib, du lagest
hier und eine Nacht verging,
und dann in den Tag hinein
schliefest du.
Sigismund lacht wild auf.

CLOTALD Oh, unglückselig,
wie ins Innre deines Geistes,
das der Wahnwitz mir verriegelt,
dring ich, dich vor dir zu retten?

SIGISMUND *vor sich*
Polens Erbe!

CLOTALD Sigismund!
Hör mich, hör auf deinen Arzt.

SIGISMUND
Arzt? Ein Arzt war dort! Er drängte
widrig blickend sich an mich!

CLOTALD
Ei, so war dir denn nicht wohl?

SIGISMUND
Mir war wohl. Nur auf mein Bette
warf ich mich ganz ausgehöhlt
von furchtbarem Zorn.

CLOTALD So sehr
zürntest du?

SIGISMUND Wegräumen mußt ich
einen nach dem andern! Endlich
wärs an jenen Greis gegangen,
jenen König, meinen Vater.

CLOTALD
Solche grauenvolle Tat
mußtest du begehen?

SIGISMUND Alle
standen mir im Weg, und alle
mußten fort. Du auch. Allein –

CLOTALD
Du begingest nichts von allem –

SIGISMUND
Fragst du noch einmal? Ein Diener,
der mich höhnte, mußte sterben.

CLOTALD
Und als du den Mord vollbracht,
war dir wohler?

SIGISMUND Der war weg,
andre standen noch im Wege.
Zwischen mich und meine Lust
drängten Arme sich und Fratzen.
Lauernd standen sie umher,
und ich fühlte ihre Augen.
Und sie hoben frech die Stimme,
und sie wagten schnöde Blicke.
Jener alte, feig und tückisch,
er entblödete sich nicht,
mir zu drohen, mich zu schmähen.
Lebend, denn ich lebte wohl,
und von Traum ist nicht die Rede.
Lebend, meiner selbst bewußt,
anerkannt von ihren Lippen
und bestätigt durch ihr Zittern
stand ich da, um sie zu strafen.
Und ich fühlte: sie sind stärker,
und der Lufthauch, den ich atme,
tückisch steht in ihrem Dienst,
und die Erde wankt dem Tritt.

COTALD
Sigismund, betrogner Tor,
das war deine Herrlichkeit?
das der Freiheit süßes Atmen?
Alles was du da berichtest
ist ein häßlich schnöder Alp,
Ausgeburt des schweren Blutes,
das im Stroh zu sehr sich hitzte,
an der Fessel wohl sich staute.
Wärst du wirklich dort gewesen,
hättest wirklich dies erlebt,
blitzte dir aus deinen Augen,
sprühte dir aus jeder Pore
solchen Hochgefühles Macht,

daß in diese Grabesnacht,
daß in diese Kerkerenge
Herrlichkeit des Himmels dränge.
Polens Erbe! Königen gleich!
Alle Häupter dir zu Füßen!
Ahnst du, Bursche, was das ist?
Wenn in deinem Kerker hier
von der Welt ich dir erzählte,
von den Burgen, wie sie blitzen,
von den Straßen, wie sie laufen,
von den Edlen, wie zu Pferde
über Felder, über Hügel,
über Brücken hin sie schweifen,
und du weintest vor Verlangen
und verfluchtest dein Geschick,
so war, was dich also rührte,
nur der Freiheit schwacher Abglanz!
Wenn, die Seele dir zu wecken,
ich von Macht und Größe sprach,
dir von Abraham erzählte,
dem ein Hirtenvolk gehorchte,
der erhabenen Hoheit Roms,
wenn ich, aufwärts noch dich führend,
unserer Könige Majestät
endlich dich begreifen lehrte
als den Gipfel alles Daseins,
wo mit dröhnenden Gewittern,
wo mit Glanz von Engelsflügeln
Gottes Welt an unsre grenzet –
und du deiner selbst nicht mächtig
vor dich hin verloren starrtest,
so war, was dich traf wie Donner,
nur der Größe matter Nachhall!
Und nun willst du dich belügen,
wähnst und willst mich glauben machen,
daß du hättest das erlebt,
das genossen, das geatmet!
Du umströmt von Majestät,

du umhuldigt von Vasallen?!
Was du weißt, was du erinnerst,
kündet wenig von dem allen!
Kündet nur, daß der verstockten
Seele Krampf und Lust am Töten
ausgetobt an Traumgebilden
statt an Molchen und an Kröten,
kündet nur: der böse Geist,
unfruchtbar sich selbst zu fliehen,
muß die Fessel seiner Bosheit
nach ins Land der Träume ziehen –
und in eines wilden Traumes
furchtbar angespannter Bängnis
bautest du geschloßnen Auges
innen neu dir dein Gefängnis.
Aber wenn man auf dich rüttelt,
dann komm endlich auch zu dir!
Und ein Lichtstrahl unterscheide
dich vom Teufel und vom Tier!

SIGISMUND *erschüttert*

Ja! ich habe nur geträumt!
Hier auf diese Streu gestreckt
schlief ich fest und träumte schwer,
träumte, bis du mich geweckt.
Sieht ihn lange an
Aber daß es Träume gibt
von so trüglicher Gewalt,
das, Clotald, ist fürchterlich.
Wenn der Aufschrei meines Innern
eingesperrt in Traumesräumen
nicht einmal bis hin zur Wand
ließ die tote Luft erzittern,
statt ein ganzes Königsland
donnernd aus dem Schlaf zu schüttern,
wenn das Richtschwert meiner Rache,
das ich ohn Erbarmen schwang
folgend einem innern Zwang,
auf dem Haupt von Wahngebilden

auch kein einzig Haar versehrte –
dann, Clotald, jetzt oder niemals
ward ich, dich und mich zu sehen
und dies Dasein zu verstehen,
ohn Erbarmen jäh belehrt!
Denn nicht mehr als solch ein Traum
ist dies Beieinander-Stehen,
dies Sich-in-die-Augen-Schauen,
dies Daliegen an der Kette,
dieses Ganze, dieses Grauen.
Und ich selbst in diesen Mauern,
manchmal redend, manchmal stumm,
wie sie lautlos mich belauern,
geh hier anders nicht herum
als in meines Hirns Gefängnis
jene dünnen Wahngestalten,
deren Treiben in mir rauschte
und die lauernd ich belauschte.
Und der arme Sigismund
und Clotald, der ihn bewacht,
sind nicht mehr denn Ausgeburten
eines öden, bösen Traumes,
einer langen, bösen Nacht.

CLOTALD

Gut, ich seh dich endlich ruhig.
Deine Klugheit macht mich froh,
deinen Scharfsinn muß ich loben.

SIGISMUND

Aber wo mich hin verkriechen,
zu entrinnen dieser Schmach,
daß um einen schnöden Traum
wie des tollen Hundes Schaum
mir hervor die Seele brach!
Daß ich diesem Nachtgewürme,
ausgeheckt von meinem Blut,
hingab mich in Fieberrasen
in der Nacktheit meiner Wut,
bis die Ohnmacht meines Zornes

auf ein Bette hin mich streckte –
und daß ich mein tiefstes Wesen
unverlöschlich so befleckte.
Was kann ich auf dieser Welt,
was in diesem Herzen wollen,
da in grauenvoller Nacht
mir, dem gottverfluchten Tollen,
hier aus dieses Busens Schacht
alles ist emporgequollen
und ich allen Drang und Macht,
alle schluchzende Begier,
alles zwischen Gott und Tier
nicht dem Dasein dargebracht,
nein, im Aug des Wahnsinns Rollen,
hingab in verrückter Schlacht
all mein Sein und all mein Wollen
wesenlosen Traumgespenstern,
die ich mit gespenstischen Händen
stürzte aus erträumten Fenstern...

ERSTER SOLDAT *herein, zu Clotald*
Herr, es zeigte sich am Walde
wieder der verdächtge Schwarm,
ungeordnet, doch in Waffen.

CLOTALD
Und man tat, wie ich befohlen?

SOLDAT
Zwei Patrouillen zogen aus,
längs der Straße hin zu streifen
und die Feldwacht aufzustellen,
doch –

CLOTALD Ich höre.

SOLDAT – von der Feldwacht
schlugen zwei sich oder dreie,
da es dunkelt, in die Büsche.

CLOTALD
Doch man feuerte auf sie,
hoff ich?

SOLDAT Wohl, doch traf man keinen,

und es fehlten beim Appell
ihrer wiederum ein paar.

CLOTALD

Ah, Fußangeln laß ich legen,
schwere Ketten vor das Tor.
Unser Feldstück scharf geladen!
Und ich will doch sehn. Der Bote,
den ich abgefertigt –?

SOLDAT Jener,
der nach Ungarn sollte heimlich?

CLOTALD

Dieser.

SOLDAT Er muß durch sein, denk ich,
als noch frei die untre Brücke.

CLOTALD

Das ist gut. Ich geh mit dir,
sehe, was noch anzuordnen.
Er verlöscht die Fackel an der Mauer, ab mit dem Soldaten. Von außen wird die Tür verschlossen.

SIGISMUND

Laß mir noch das Licht, Clotald!
Stille, schwacher Mondschein.
Lieg ich wiederum allein?
Und die nächtige Finsternis
riesenhaft wie eine Bärin
hockt an meines Käfigs Wand
neben mir und starrt mich an.
Und die schweren Tritte hör ich
oben langsam sich entfernen,
und durchs Fenster dringt ein blasser
Widerschein von jenen Sternen,
die, in so furchtbaren Fernen
thronend, so unglaublich sind.
Um mich streicht der nächtge Wind.
Mich? Ja, diesen, der hier liegt,
dem sein Leben hier verrinnt,
den, der ächzend hier im Stroh,
den, der schleichet an der Kette,

den, von dem das alte Märchen,
traumhaft halb und halb nur gräßlich,
ich beinah vergessen hätte
und mit dem mich nichts verknüpft
als ein Name.

VIELE STIMMEN *draußen*

Sigismund!

DREI GESICHTER VON AUFRÜHRERN *am Fenster*

König Sigismund, wach auf!

SIGISMUND *wirft seinen Kopf ins Stroh*

Still, ich will nur sanfte Träume.

Die Tür wird erbrochen, ihrer zwanzig stürmen die Stufen herab.

DER SOLDAT

Heil dir, König Sigismund!

DER BAUER

Laß mich deine Füße küssen.

Knien vor ihm, zerbrechen seine Ketten.

SIGISMUND *an die Wand flüchtend*

Wiederum, verfluchte Schatten,
drängt ihr gräßlich euch an mich,
mit den Leibern, die nicht Leiber,
grauenvoll die Luft bevölkernd,
mit den Stimmen, die nicht Stimmen,
äffend den zerstückten Sinn?

SOLDAT

Großer Fürst, zu deinen Füßen
sieh uns knechtisch dich begrüßen,
die wir deine Treuen sind.

SIGISMUND *vor sich*

Ein Phantom! ein Nichts! ein Wind!

SOLDAT *springt auf*

Nehmt Ihr uns für Spukgestalten,
Herr, so seht uns doch nur an,
wie wir stehen Mann für Mann,
Waffen in den Händen halten
und mit kriegerischen Mienen
nur drauf warten, Euch zu dienen.

Herr, Euch ist das Herz beklommen,
schreckhaft Euere Gebärden,
lagt Ihr allzu lange doch
elend hier im dumpfen Loch.
Aber das soll anders werden.
Wir fünfhundert oder mehr,
wir, gesonnen Euch zu retten,
wir, die sprengten diesen Turm,
wir, die brachen Eure Ketten,
wir mit diesen unsern Händen
werden Euer Schicksal wenden!

SIGISMUND

Alles wie das erste Mal,
aber durchsichtig und schal.

GEÄCHTETER *in zerschlissenem Mantel, einen rostigen Säbel schwingend*

Laß dir huldigen, mein König –
nun dich, Polens rechten Erben,
diese alten Augen sahen,
will ich gerne für ihn sterben!
Komm zu dir, erhabner Fürst,
laß beleidigter Vasallen,
lasse des zertretnen Volks
Freudentränen dir gefallen.
Alles wirst du schnell erfahren,
Ungeheures wird dir kund,
ganze Fürstentümer grüßen,
König, dich durch meinen Mund.
Schlimm beraten ist dein Vater,
er schlug dich in diese Bande,
und so wie er tat an dir,
tat er schmählich an dem Lande.
Schlimm beraten ist dein Vater,
dich erstickend im Gefängnis,
meinte er zu überlisten
Schicksals Drohung und Verhängnis.
Also wider Gott und Menschen,
wider Himmel und Natur

handeln er und seine Helfer.
Folgend einer Teufelsspur,
hat dein Vater, einstens König,
Kron und Leben sich verwirkt,
und wir stehen hier für Polen,
unsern König uns zu holen,
den ein Kerker uns verbirgt!

SIGISMUND *schreiend*

Einmal schon gebar mein Hirn
mir die gleichen Wahngebilde,
einmal, wie ich euch hier sehe,
deutlich so in gleicher Nähe
standen ähnliche Gestalten,
und die Rede war die gleiche,
und sie größten mich wie ihr
als den Erben dieser Reiche.
Und genau wie jetzt begonnen,
war der Spuk im Nu zerronnen
unter fahlem Hauch der Luft,
und ich lag allein und elend
Wiederum in meiner Gruft!

SOLDAT

Allzu lange Einsamkeit
hat den Hohen Herrn verstört,
und sein Kopf kann nicht mehr fassen,
was er sieht und was er hört.
Doch ich weiß Euch schon zu wecken
und ich schaff Euch ein paar Dinge,
daß ich Euch das starre Blut
wiederum in Wallung bringe!

Bald darauf draußen Geschrei, Schüsse, man hört Türen erbrechen.

BAUER *vor Sigismund niederfallend*

— — — — — — — — — — — — — — — — —

ENTWÜRFE

Eine Idee, die »Das Leben ein Traum« erfüllt, ist die der wirkenden Kraft der Leidenschaften, Illusionen, Qualen, aller Dämonen, deren Gesamtheit den Begriff »Karma« ausmacht –: so wirkt die bloße Existenz des furchtbaren Geschehnisses »Sigismund« wie ein Pestherd auf das ganze Land, ja der junge Mensch (der kranke Sohn des Gefängniswärters) geht daran zugrunde.

Dieser Turm das Zentrum des Weltunrechts; hier gebiert furchtbares Unrecht fortwährend Dämonen, wie das Aas Maden erzeugt. Dies gespiegelt: angstvoll durch den Kranken, mystisch durch den Bauern, drohend teuflisch durch den Soldaten. – Teufel umflattern den Turm wie Raben das Hochgericht.

I

Fischer erzählt den Soldaten von dem in einer Flasche gefundenen lateinischen Manifest. Der reisende Kaufmann kommt vorüber, der in V durch die verirrte Kugel stirbt. – Der Bauer, der verzückt erzählt: Die Flasche ist gefunden worden: es lebt ein eingekerkerter Messias, und er wird heraustreten und die Demütigen erhöhen, die Nackten, Elenden auf den Thron setzen. – Die Soldaten sagen: das ist einer von den armen Teufeln, wie sie massenweis in den Wäldern lungern, weil sie das Leben auf der Scholle nicht aushalten. – Der Bauer symbolisiert über die Flasche, daß es gerade eine gläserne Flasche war...

Elend. Dürre, es erscheinen Hungersteine in den Flüssen, Jahrhunderte alt: »wenn ihr mich sehen werdet, werdet ihr weinen...« – Bauern behaupten, der König habe in Türmen wie dieser das Saatgetreide aufhäufen lassen, um es den Verhungernden gegen Blut zu verkaufen, das er für seine Bäder braucht.

Kranker Sohn des Gefängniswärters: er leidet furchtbar unter dem Unrecht, das hier geschieht. Mit dem Eigensinn der Kranken spricht er immer davon, kann es sich nicht aus dem Sinn schlagen. Gefängniswärter bittet nach Erstattung des Berichtes um Versetzung einkommen zu dürfen, des Sohnes wegen. Die Frau immer der Reinigung beflissen, sie kehrt den Garten, räumt immerfort den Schmutz der Soldaten weg. – Sohn zur Mutter (– alles was die Mutter tut, nimmt er furchtbar symbolisch): alles Fegen umsonst, alles Kehren umsonst – du fegst das Unrecht, das gräßliche, nicht aus der Welt. – Mutter: was kümmert dich der Mensch? (Der Kranke ist Gegenfigur zum Kämmerer.)

Eine Figur wie der junge Kranke erlebt eigentlich das Ganze was die Hauptfigur zu erleben bestimmt ist, aber neu, dumpfer, wie in einem trüben Spiegel. Daß seine Eltern, befangen im Wesensscheine ihrer Existenz, so dahinzuleben vermögen, daß die entsetzliche Ungerechtigkeit in dem Turm auf fünf Meter von ihm sein kann... das ist nur in einer Welt möglich, deren ganzes Paradoxon eben von einem stärkeren Brennglas (Sigismund) aufgefangen erst völlig deutlich wird. Zur Idee eines Stückes verhält sich die Hauptfigur und eine solche Nebenfigur eines Dramas so, wie in einem zu Tod verwundeten Körper sich der Kopf und ein Stück der Gliedmaßen verschieden und doch gleich – begreifend oder dumpf mitfühlend – zu der tödlichen Wunde verhalten.

Clotald will nur hören: alles in Ordnung. – Aufgeregte Klagen des Wärters und Gesuch um Entlassung. Clotald läßt den Sigismund einmal herausführen, um ihn einzuschüchtern: »wenn du fortfährst, hier aufzureizen, wird man dich in eine Grube legen, wo du nicht aufrecht stehen kannst und das Licht des Tages nie siehst.« – Sigismund, kann es gar nicht fassen: »du mich da hineinstoßen? Du hast mir doch die klammernden Organe geschaffen, es muß doch zu etwas führen, meinen Vater hab ich dich öfter genannt, es kann doch nicht alles wieder in mir verwesen sollen, o Gott, o Gott, ich kann doch nicht bei lebendigem Leibe zugefrieren!« – Clotald (tritt weg): »Führt mir mein Pferd vor, ich habe zuviel Zeit mit diesem Burschen vertan.«

Dem Sigismund ist sein Lieblingstier, Spinne oder Wurm, böswillig getötet worden. Er will keine Nahrung mehr zu sich nehmen: Clotald, ernstlich besorgt, auch von dem Priester dazu aufgefordert, läßt ihn einmal in der Sternennacht herausführen: da verspricht er, überwältigt, zu leben, um das Königreich zu erwerben, das über diesen Sternen ist (– sein Sprechen über die armseligen Tiere großartig, königlich: sich ein mystisches Königreich in der Einöde schaffend).

Clotald sagt sich: sein Geist wird irr, man muß ihn auf sich selbst reduzieren: deshalb läßt er ihn unter den Sternhimmel herausführen. Clotald ein Aufseher über Narren, Verbrecher und Unschuldige.

Sigismund: wie er die Ratte im Falleisen sieht, welche die andern Ratten halb aufgefressen haben, »ich habe immer Mühe, mich abzugrenzen, um mich nicht zu verlieren. Von solchen Tieren aber fühle ich mich verschieden, durch Ekel. Was ist Ekel? ein Wirbel in mir. Alle Worte sind Wirbel, die in mir rotierend mich ins Grundlose hinabschauen lassen. Ich bin ein Tümpel mit Wirbeln drin.«

Von dem Wurm sagt er: der kommt immer aus seiner Höhle, wenn der arme Sigismund der liebe Gott ist: wenn sein Haß zu Flügeln wird, dann kommt der Wurm mit so lieben Augen und redet »unbenannt« zu Sigismund und ist ein »schönerer Mensch«.

Gedicht des Gefangenen: in seinem Kerker ein Fetzen feuchtwarmer Frühlingsluft. Sein erster Gedanke: mir ist es nur Botschaft, Erinnerung, aufregendes Gleichnis, aber denen draußen ist es Schweifen, Sich-Finden und Zeugen, ist es Erobern und Schwelgen, Einsamkeit und Verwandlung, ist es Sich-Ausleben, Sich-Ergießen in die Welt und Einsaugen der Welt in sich... – Zweiter Gedanke: dieses alles ist nur gleichnishafter Natur; wenn ich von dem Hauch eingedrungener Luft den Antrieb zu den gleichen Bewegungen der Seele erhalte, so habe ich dasselbe was die draußen haben.

Das Stadium der Angst und Verkleinerung: Was hilft der Wind dem armen Sigismund? was helfen ihm die Vögel, die in den Büschen schreien? was hilft ihm sein Buch? was helfen ihm seine Arme, seine Augen? was hilft ihm alles was er weiß?

das ist nur der Tod in soundso viel Stücken. Das ist die Zange, die ihm kleine Stücke Fleisch abreißt! – Das Stadium der Megalomanie: der Wind ist ein Stück von ihm, und die Vögel sind er, auch die Mäuse: alles was er früher als Objekt der Qual in sich hineingeschluckt hat, assimiliert er sich jetzt. Auch seine Eßschale, sein Lagerstroh, seine Mordlust werden jetzt Emanationen seiner Göttlichkeit. – Die Kröten, die diesen Garten beleben, der nur eine Art Anhäufung seiner Absonderungen ist, erscheinen ihm wie Ungeziefer seines eigenen Leibes. In gehobenen Stunden hat er den Größenwahn, zu glauben, daß alles nur aus ihm herausgewachsen ist.
Die furchtbare Nutzlosigkeit: soll ich die Wände meines Gefängnisses mit der Schilderung meines Daseins bedecken? wo fände ich die Hieroglyphen, um den ungeheueren Rang meiner Leiden auszudrücken? – Wozu hast du mich lesen gelehrt? wie kann ich die biblische und die römische Geschichte anders nachleben als wie ein an der Glaswand herumzuckendes Insekt? also ist sie mir nutzlos! ich bin vollgestopft mit den eingeklemmten Reizen des Lebens! um mich ihrer zu entladen brauche ich eine ungeheure und symbolische Wollust: den Mord. – Er umschreibt den Begriff »symbolisch«: ich muß eine Handlung begehen – nur eine solche entladet mich –, bei der ich mich völlig hingeben kann; bei der der arme Sigismund weg und die Welt auch weg ist, und nur der, der tut, der ist da, der ist da und tötet, tötet, tötet! – Ekstase! symbolische Handlungen gestatten ihm, aufzugehen; er empfindet nicht das quälende »Wozu«. Er übt sie mit der Fülle der Wollust, er erklärt aber, nicht auf das Töten der Kröten komme es an (daran dürfe er gar nicht denken, er verscharre auch seine Opfer), sondern auf die Ekstase des Tötens. Er ruft immerfort nach symbolischen Erlebnissen. – In den Pausen des Gesprächs reibt er immer zwei Steine aneinander.

II

Der Hof darüber erregt, daß der König krank aussieht, neulich auf der Jagd ohnmächtig wurde, den bösen Blick für alles im Reich hat (er umgibt sich mit den Aufsehern der Gefängnisse, Beichtvätern der Verurteilten, fährt in die elenden Vorstädte, sucht die hungernden Dörfer auf). Zwei Leibärzte verschiedener Ansicht: der eine für Blut- und Milchbäder; beschuldigen einander.
König herein, empfängt Kanzler mit Todesurteil, dringt mit krankhafter Begier in die Geschichte des Vatermordes ein. Wird leichenblaß, muß sich erleichtern: läßt das Protokoll über die Schwangerschaft der Königin verlesen, endlich das über die Wegschaffung des Sohnes; gesteht furchtbare Prophezeiungen.
Verlesung des Protokolls über die Krankheit der Königin, welche ihrer unglücklichen Entbindung vorausging. Wie sie sich beherrschen mußte, bei Empfängen oft ohnmächtig wurde. Als ihre Krankheit dann unbezähmbar wurde, ließ der König sie auf ein Lustschloß bringen. (Akt III spielt auf ebendem Lustschloß.) Die Gräfin L. wurde seine erklärte Geliebte. Der König erschien nach der Entbindung auf dem Lustschloß, fand seine Frau noch lebend, aber sprachlos. Das Kind wurde weggeschafft und statt seiner das tote Kind einer Hundewärtersfrau beerdigt.
Erzählung des Königs: die Schwangerschaft der Königin war unheimlich; im fünften Monat trieb ein in ihr hausender Dämon sie zu Brandstiftung und Grausamkeit. Dann verfiel sie in Melancholie, wollte sich an Ecken stoßen usw. In ihr wuchs etwas Grauenvolles. – Das Kind hob sich mit mächtigen Händen, an denen Krallen gewesen sein sollen, ans Licht und saß grinsend (er saß aufrecht) auf der toten Mutter. Die Amme floh, der Hof entsetzte sich. (Der Bauer in IV zu Sigismund: »wie unser Herr hast du als Neugeborenes den Mund aufgetan und geredet.«)
Er entläßt lächelnd den Hof, sinkt dann fahl und in kalten Schweiß gebadet zusammen.
Ist, nachts, allein mit zwei Vertrauten: Beichtvater und altem

Diener (zum Beichtvater: »o alle meine Beichten seit zwanzig Jahren sind unvollständig.« – Er fragt die beiden: »was ist Prestige? was ist angeborene Königlichkeit?«) Gesteht die eigentliche Ursache des Ganzen: den furchtbaren Wahrtraum; sie scheinen ihn nicht zu verstehen; ihm sind alle Ausdrücke zu schwach.

Nach der Wegschaffung des Prinzen ist eine (psychische!) Impotenz des Königs eingetreten. Das war eine entsetzliche, fortwährende Mahnung. Dabei war er sinnlich und konnte die Orgien des Selbstgefühls, welche die Liebe bietet, nicht entbehren: so kam er mit vielen Frauen in die Situation, sich von ihnen belügen zu lassen, geradezu die Lüge, [die] heuchlerische Ekstase in ihnen zu züchten. (Die Ärzte sprechen schon von einem verjährten Übel des Königs und dagegen ordinierten merkwürdigen Mitteln; es ist eine allgemeine Kraft- und Mutlosigkeit der energischen Organe.)

Geständnisse: mit der qualvollen Zeit der Impotenz und der Mätressenwirtschaft zusammenhängend große Grausamkeit: viel Verschwörungen, Enthauptungen, Verbannungen, Konfiskationen, Zerstörung von Edelsitzen. Prachtentfaltung in Krieg und Frieden aus wahnwitzig angespannter Eitelkeit, auf dem gleichen kranken Boden gewachsen. – Sein wesentliches tausendmal wiederholtes psychisches Erlebnis waren eingeklemmte Affekte, verschwiegene Bilder des Grausens, unterdrückte Einsichten. Wenn er bei seiner Frau oder seiner Geliebten lag, so sah er Bilder des Unheils, an dem er verantwortlich war; wenn er fremde Monarchen empfing, im Kriegszelt speiste, das Tedeum feierte, so wandelte er wie auf zertretenen Gesichtern.

Furchtbarer Inhalt der Vision des Königs: Gewogen und zu leicht befunden werden?... »die Würmer meiner Lügen werden aus meinem lebendigen Leib hervorkriechen...«

Die Prophezeiung. »Schließlich sah ich mich am grauenvollsten Ort, den ich nie erblicken möchte; es war der Ort meines Heulens und Zähneklapperns, mir tödlich wie der Blick des Basilisken: die Nachtluft dort sog an meiner Kraft, die flüsternden Blätter dort verlachten meine Ohnmacht, der heulende Wassersturz dort begrub mich lärmend in Jammer und Tod – dort lag ich vor meinem Sohn: alle standen um mich, sahen auf mich, und niemand half mir. Die Sterne sahen herab, gesättigt funkelten sie, keine Hand von Engeln tauchte nieder, mich verkehrten Abraham zu retten.«

Die furchtbare Prophezeiung ist eine Art laterna magica des bösen Gewissens nach außen projiziert: er wußte, daß diese furchtbaren Dinge wahr waren – in der Idee wenigstens –, weil sie aus dem Material seiner Versündigungen gemacht waren; es waren die Dinge, die zu ignorieren er gelernt hatte, die er in den Kerker des Unterbewußtseins geschickt hatte wie Sträflinge, von sich gejagt wie die Geächteten der Berge. – »o Gott«, sagte ich mir, »dieses Unabwendbare muß ich von meinem Lande abwenden: dabei belog ich mich, ich wollte es nur von mir abwenden. Im Innersten, unter meiner Betäubung fühlte ich aber: es läßt sich nicht abwenden. Und dieses Schicksal, diese heranschleichende Todeskrankheit meines Leibes und meiner Seele, ist an diesen Sohn geknüpft. Dieser Sohn sitzt nicht dort im Turm, sondern als fressender lebendiger Wurm in meinem Gewissen. Ich bringe alles in Beziehung zu ihm. Nichts kann mich vor ihm retten als er selbst. Sein Anblick wird mir weniger furchtbar sein als der Gedanke an ihn.«

Er will nicht ins Bett, will sitzend warten, bis sie den Sohn bringen. In seiner Erwartung einschlummernd, sieht er das wirklich ihn umgebende Gemach nicht, sieht die Bergschlucht: die Hände des Dieners scheinen ihm nackte Leichen. Das (antizipierte) Hereinkommen des Sohnes, nicht durch die Flügeltür, sondern über eine Brücke. – König sagt: »ich höre Schritte, höre näher die Schritte« – man beruhigt ihn, die anderen hören nichts. Er hört den Kommenden durch die Wachen im Vorsaal durchgehen, »warum halten sie ihn nicht auf? er streift doch mit dem Fuß eine Partisane, warum hält man ihn nicht auf?« Der Kämmerer vom Dienst tritt in die Tür. Der König hält ihn für den Sohn, »warum bohrt er seine Blicke so in mich? was kann ich sagen, um ihn zu begütigen? Ich bringe kein Wort heraus, um das Ungeheuere zu sagen.« (Sprachaporie.) »›Vater unser‹ – ich war sein Vater und hab ihm das getan!« (In seinem Anfall eine Fülle symbolisierender Traumata.)

III

Sigismund – Clotald. – Clotald: mein Prinz etc. – Sigismund: aber erinnere dich doch! schüttelt ihn, hält das nicht aus, daß der andere vergessen zu haben scheint. – Clotald stellt ihm Andalosia als Gespielen und Diener vor. Ein moskowitischer Trabant vor der Tür, eine starke Meute, Jagdpferde.
Sigismund – Andolosia: Es kommt zu einem freundlichen Anblicken: Du Wunderlicher – du Guter – Unglaublicher – Gräßlicher! Andalosia küßt dem Prinzen die Hand. Wie in der Badegeschichte im »Wilhelm Meister«: er lernt Liebe und Freundschaft in einem raschen Augenblick zugleich kennen. Andalosia erzählt das Jagdabenteuer: da lag sie in ihrem Blut, und daneben wälzte sich die Hirschkuh. Sie sagte: Tötet doch das arme Tier, es tut so weh. In diesem Augenblick, wo ihr Mann und ihr Schwager hintraten, das Tier töten, flüsterte sie mir zu: Gib die Hand zu mir... Denselben Abend besaß ich die schöne Fürstin...
Der Prinz Astolf empfängt Sigismund, auf den Kämmerer gelehnt, seine Hand in dessen Locken.
Die jungen Hofherren: Atmosphäre Brantôme, Bassompierre und »Cent nouvelles nouvelles«. Polizian (der Kämmerer) ein Kerl von Lebenskraft.
Sigismund – Polizian. S.: Was ist Königs Gewalt? P.: Durch einen Wink kann er alle entfernen. S.: Z. B. ich diese? P.: Gewiß. S.: Entfernt euch alle. – S.: Und wie beweist er Gunst? P.: Indem er einen seines vertrauten Gespräches würdigt und ihn dadurch in den Himmel hebt. S.: Z. B. ich dich? P.: Gewiß, mein gnädiger Fürst.
Form des Dialogs: Polizian entwickelt seine Ansicht, daß der König für jede Ausübung seiner Despotie entschuldigt ist. Sigismund hält ihm Argument für Argument mit furchtbarem Scharfsinn entgegen, als ihn Polizian auf den Knien um Schonung fleht (Modell die Ironie, mit der Rupert von Schroffenstein sich nach dem Vorbild seines Bruders benimmt, während Jeronimus ermordet wird).
Sigismund (zum Kämmerer): Nun hast du schon wieder gelächelt. – Aus allem, was ihm der Kämmerer erzählt – Enthu-

siasmus, Loyalität, Jugend, Tapferkeit – spürt er nur den Kerl heraus, der sich genährt, gesonnt, gekitzelt, angetrunken, mit Gedanken geprahlt hat, während er mit seinem Unrat in einer Kammer schlief, an der Kette lag und die Verzweiflung kennelernte. Er hört jedes Wort mit furchtbarer symbolisierender Konversion an. Wie wenn er mit dem anderen zusammengewachsen wäre! und mit dem Vater dazu! Seit der Kämmerer hier ist, ist wie ein Stück eines Abszesses operiert. Bestimmter Moment des finsteren Entschlusses, wo Sigismund den Kämmerer die Türen absperren heißt –: wo der Kämmerer die furchtbare Weltanschauung enthüllt, daß es ihm recht ist, daß Gewalt und Zufall die Welt regieren; er ist sehr hübsch, sehr potent. Aufrichtigkeit, unter jungen Leuten, reißt ihn hin. Sigismund sticht ihn mit der Pike nieder; sein Opfer verfolgend, von Tür zu Tür, die Pike schwingend, stößt er einen erhaben gräßlichen Gesang der Rache aus. Der Kämmerer stürzt im Alkoven zusammen, Sigismund kommt mit der Pike nach vorne, stemmt sie auf den Boden, »Gericht! Gericht! Gericht!« – Die Musik näher: Sigismund wirft die Pike weg, horcht, wiegt sich fröhlich zum Takt des Marsches, Menuett. Inzwischen dunkelt es, es kommt mit Fackeln und Musik das Mädchen. Das Gefolge prallt zurück. Sie wischt mit ihrem Schleier das Blut auf, holt aus dem Alkoven Wassergefäß. – König fragt: Wo ist der Kämmerer? – Sigismund: Bei der Toilette, man wechselt ihm das Hemde und wäscht ihn mit wohlriechendem Wasser. (Er denkt, daß man ihn in dem Zwilch und den stinkenden Fellen leben und seinen Unrat selbst austragen und damit den Garten düngen ließ.)
In Gegenwart des Königs, während dieser noch spricht, fängt er an, Clotald sein Todesurteil zu verkünden, und packt diesen, um es zu vollstrecken.
Clotald wirft ihm vor, er habe sich in der Freiheit so gegen Menschen vergangen, wie früher gegen die Kröten; da sagt er: Es war anders, ich war Richter. Es war das Wirkliche. Es hätte zu einem Ziel geführt, wenn man mir nicht in den Arm gefallen wäre.
König den starr daliegenden Sigismund betrachtend: wie klein doch die Ursachen so furchtbarer Träume sind. Wie un-

geheuer die Magie, wie nichtig die Realität, wie traumhaft gegenüber der entsetzlichen Wirklichkeit des Traumes. »Sagt ihm, er hat geträumt. Wir aber wollen in die Kapelle gehen.«

Draußen Armesünderglocke: der Vatermörder soll zum Tode geführt werden. Viel Volk aus den Wäldern, unbegreiflich herbeigeströmt, mit Kreuzen und Fahnen, hat einen Auflauf verursacht, und der Mörder ist entsprungen. Diese Nachricht wirft den König in seine Angst zurück. – Gegen Schluß stürzt der entsprungene Mörder außen ans Fenster. Dringt ein, König stützt sich auf den Neffen.

IV und V

Sigismund sich aufrichtend: Jetzt hat sich ein Traum um meine Augen gelegt wie mistige feuchte Spinnweben und spiegelt mir das frühere Loch vor. Weg! weg! Augenkrankheit, widriger Schleim. Laß dich mit den Fingern von den Augen reißen, schmutzige irre Spiegelung! Es geht nicht weg! es vergeht nicht! (Er wirft sich ins Stroh, richtet sich dann schlau auf, späht umher.) Es ist wieder da! (Schlägt das Licht aus. Clotald läßt sogleich ein neues bringen. Jetzt schreit Sigismund auf.)

Sigismund, auf des ersten Aufrührers Rede: Neuer Traum! – Der Aufrührer: Was?! Wirklichkeit! – Gleichviel, ob Traum ob nicht: ich habe Königsgedanken, die wollen stoßen auf Bereite, sei alles nur ein Schattenspiel.

Sigismund und die Hereinbrechenden. Er glaubt an eine Art Dissolution seiner Person; diese gestaltgewordenen bösen Lüste wollen ihn jetzt anstiften, an Clotald Rache zu nehmen und sich einem wilderen Orgasmus wieder hinzugeben. Er bekämpft ihr Scheindasein mit allen Gründen, entwickelt eine geniale Beredsamkeit, ihnen zu zeigen, da er ihr Sein und Tun für schattenhaft hält.

Die Idee »geträumte Dinge« gibt ihm eine erlösende Distanz. – Schlüssel zu seiner Auffassung im IV. Akt und zu der reifen Einsicht im V.: die Märchen, die das ewig sich Wandelnde, ewig Wiederholende als Einmaliges, ewig Bleibendes darstellen. – Gegen Clotald (in I): er sucht im Betragen des Clotald eine Notwendigkeit, eine latente sinnvolle Übereinstimmung, warum er ihm eben so viel, nicht mehr und nicht weniger, beigebracht, warum er plötzlich strenger gegen ihn geworden. Er ahnt dahinter »Königs Befehl« mit einer Großartigkeit wie Gottes Ratschluß ausgestattet.

IV. Nun erscheint ihm die Inkonsistenz, Inkonsequenz eines solchen Charakters wie ein tolles Märchen, das er abschnurrt. In V faßt er das alles als Schicksal auf, daß Clotald ihm und er dem Clotald soundso viele Schmerzen verursacht hat; er sieht in dem mediokren Gemisch, dem Märchen, erzählt von einem Tollen, als welches ihm Clotalds Leben so wie das des Königs etc. erscheint, geheimnisvolle Signaturen. In den Gesichtern stehen Runen geschrieben.

Clotald, ein Moment der Schwäche: Ich bin alt; nicht auf so gräßliche Weise, aus dem Bett gerissen, tötet mich, nicht so schmählich will ich umkommen – (über das allgemeine höhnische Schweigen vor Wut sich ermannend) Nun denn, Bestien, schlachtet mich hin, und in eurem blöden Wahn, das Rechte zu tun, tuet rings um und um das blutige Unrecht – Der Soldat; der Bauer; der Vatermörder, welcher die Rechtfertigung seiner Tat von dem, was nun geschieht, erwartet.

Wendung. Jener Mörder, der in das Gemach des Königs drang, sieht dem Sigismund ähnlich (er ist jenes einzig vorhandene zweite Kind des Königs, an dessen Existenz der König nicht mehr glaubte, er wehrt den Glauben daran mit den Worten von sich ab: das wäre zu fürchterlich, wenn daraus ein Sohn entstanden wäre –). Dieser Mensch ist unter denen, die in den Kerker eindringen. Sigismunds unbegreifliches Betragen, sein anscheinender Wahnsinn, wie er Clotald beschützt, macht ihn für die Empörer unbrauchbar. Sie schlagen ihn nieder, werfen ihn in ein tiefes Loch neben dem Kerker, wo Wasser rinnt, und führen der jubelnden Menge den neuen Sigismund, nur mit einer Halblarve, als König vor: er habe geschworen, die Larve zu tragen, bis er dem Alten die Krone heruntergerissen habe. – Miecislaus, das Gesicht halb verhüllt mit schwarzem Tuch, das von einer schwarzen Fahne geris-

sen, nimmt noch Sigismunds Fell um. (Die Prophezeiung lautete: Der halbverlarvte Sohn wird des Knienden Haupt mit Füßen treten.)
So töten die drei Söhne des Königs einander: Sigismund den Analosia, Miecislav den Sigismund.

DER TURM

EIN TRAUERSPIEL IN FÜNF AUFZÜGEN

Personen

BASILIUS, der König
SIGISMUND, sein Sohn
JULIAN, der Gouverneur des Turmes
ANTON, dessen Diener
BRUDER IGNATIUS, ein Mönch, ehemals der Großalmosenier
OLIVIER, ein Soldat
DER KINDERKÖNIG
EIN ARZT
EIN JUNGER MÖNCH
GRAF ADAM, ein königlicher Kämmerer
DER BEICHTVATER DES KÖNIGS
SIMON, ein Jude
DER SCHREIBER JERONIM }
DER TATARISCHE ARON } Aufrührer
INDRIK, der Schmied }
EIN REITER
EIN REITERBUB
EINE BAUERNFRAU
EINE JUNGE ZIGEUNERIN

Bannerherren. Herren von Hof. Kämmerer. Pagen. Ein Kastellan. Ein Stallmeister. Soldaten. Ein Stelzbeiniger. Eine alte Frau. Ein Pförtner. Ein Bettler. Mönche. Aufrührer. Feldhauptleute. Knaben.

Schauplatz: Ein Königreich Polen, aber mehr der Sage als der Geschichte
Zeit: Ein vergangenes Jahrhundert, in der Atmosphäre dem siebzehnten ähnlich

DER ERSTE AUFZUG

ERSTER AUFTRITT

Vor dem Turm. Vorwerke, halb gemauert, halb in Fels gehauen. Zwischen dem Gemäuer dämmerts, indessen der Himmel noch hell ist.

Olivier der Gefreite und ein paar invalide alte Soldaten, unter ihnen Pankraz und Andreas, sind beisammen.

OLIVIER *ruft nach hinten* Rekrut, hierher!

Der Rekrut, ein flachshaariger Bauernsohn, läuft herzu.

Spring Rekrut, und hol mir Feuer zur Pfeife! Ich will Tabak rauchen.

REKRUT Ja, Herr!

Will weg.

OLIVER Zu Befehl, Herr Gefreiter, hast du zu sagen! Verstanden!

REKRUT Ja, Herr.

OLIVIER Eselskopf! Dreckschädel! Bougre! Larron! maledetta bestia! Wie hast du zu sagen?

Rekrut glotzt ihn erschrocken an, schweigt.

OLIVIER Hol's Feuer! Marsch!

REKRUT Ja, Herr!

Springt weg.

OLIVIER Dir werd ich den Hundshaber ausdreschen!

ANDREAS *nach einer Pause* Ist das wahr, Gefreiter, daß du ein Student gewesen bist?

Olivier gibt ihm keine Antwort. Pause

PANKRAZ So bist du demnach unser neuer Wachkommandant?

OLIVIER Unterstehst du dich, mir eine direkte Frage zu stellen? Erfrechst du dich gegen mich dein Maul aufzuwerfen?

ANDREAS Du hast ein hartes Mundleder! Solche wie du die bringens weit bei heutiger Zeit.

Man hört zeitweilig ein dumpfes Klopfen von hinten.

OLIVIER Welcher Kujon hackt Brennholz im Keller, dieweil

ich hier Inspektion abhalt? Er soll aufhören, laß ich befehlen.

Rekrut kommt, bringt Feuer.

OLIVIER *will sich die Pfeife anzünden* Von wo kommt der Wind?

REKRUT Weiß nich, Herr.

OLIVIER Bestie, so will ich dir die Nasenlöcher voneinandernageln, daß man sie mit zwölf Klafter Bindfaden nicht wieder soll zusammenbringen. Stell dich zwischen die Pfeifen und den Wind.

REKRUT Ja, Herr.

OLIVIER *zündet seine Pfeife an* Ich kann das verdammte Klopfen nicht leiden. Sie sollen aufhören. Marsch hin, Rekrut. Ich befehls, Holzhacken wird eingestellt. Es alteriert mich.

PANKRAZ Es hackt niemand Holz, es ist der dahinten: der Gefangene.

OLIVIER Der Prinz, der nackig geht, mit einem alten Wolfsfell um den Leib?

PANKRAZ *sieht sich um* Sprich: der Gefangene. Nimm das andere Wort nicht auf die Zunge. Es bringt dich vor den Profosen.

OLIVIER Da gehören zwei dazu. Die Zeitläufte sind nicht danach, daß sie eine Person wie mich schurigeln könnten. – Was treibt die Bestie? Was rumort er in seinem Käfig?

ANDREAS Er hat einen Pferdeknochen ausgescharrt und wenn ihms die Kröten und Ratten zu arg treiben, schlägt er unters Geziefer drein, wie ein Hirnschelliger.

PANKRAZ Sie kujonieren ihn seit er am Leben ist, so kujoniert er was ihm unter die Hände kommt.

OLIVIER Horcht! Der Dudelsack! Jetzt hört er auf, mitten im Takt! Merkt ihr was?

PANKRAZ Was ist da dabei?

OLIVIER Jetzt spielts wieder. Und jetzt still. Signale sinds!

ANDREAS Wie denn?

OLIVIER Lehrt ihr mich die Judenschmugglerwitz kennen? Das ist eine ganze Sprache. Jetzt hört der Dudelsack auf: das heißt: schnell hinter den Erlen dahin, der Posten schaut nicht her. Eine einhörnige Kuh: um Neumond könnt ihr hier durch. Eine Schickse die singt: paßt auf, da liegen Fuchseisen.

PANKRAZ Wie du das weißt!

ANDREAS Da sollten wir streifen. Da wir einmal auf Grenzbewachung hier sind.

OLIVIER Laß sie. Ist mir gerad recht, was die schmuggeln.

PANKRAZ Was denn?

OLIVIER Waffen. Pulver und Blei. Hellebarden, Piken, Morgenstern, Äxt. Aus Ungarn herauf, aus Böhmen herüber, aus Littauen herunter.

PANKRAZ Verfluchte Juden, wo sie es nur auftreiben.

OLIVIER Die spüren was los ist. Spüren blutige Tag. Riechen den roten Hahn aufm Dach.

REKRUT *geheim, ängstlich* Ein dreibeiniger Has hat sich sehen lassen, ein hageres Schwein ist dahergekommen, ein glühäugiges Kalb rennt durch die Gassen.

OLIVIER Alle gehen gegen alle. Es bleibt kein Haus. Die Kirchen werden sie mit dem Kehrichtbesen zusammenkehren.

DER STELZBEINIGE *der bisher geschwiegen hat* Sie werden ihn hervorziehen, und das Unterste wird zuoberst kommen, und dieser wird der Armeleut-König sein und auf einem weißen Pferd reiten und vor ihm wird Schwert und Waage getragen werden.

OLIVIER Halt's Maul, böhmischer Bruder. Schmeiß einen Stein in den Zwinger, ich will die Remassuri nicht.

DER STELZBEINIGE Vor ihm wird Schwert und Waage getragen werden!

OLIVIER Schmeiß einen Stein, Rekrut! – oder der Henker soll dich mit dem breiten Messer barbieren!

REKRUT *zittert* Aus dem Wolfsleib ist ein Menschenkopf gewachsen! er reckt fünffingerige Händ und faltets wie ein Mensch!

OLIVIER Sieht das Vieh so kurios aus? Ich steig hinein und zieh ihm 's Fell ab! Das muß stichfest machen.

PANKRAZ Geh nicht hin, stinkt auch.

OLIVIER Bin in belagerter Stadt nächtlings auf Verwesendes gelegen, als wärs meine Bettstatt. Gebt eine Pike. Ich jag ihn auf. Her die Pike! Wenn ich was will, so geschiehts! Hältst du meinen Blick aus?

Er reißt dem Pankraz seine Pike aus der Hand.

REKRUT *schreit auf* Da fliegt ein Schlangenei! fliegts dir ins Gesicht, bist blind auf ewig! Da fliegts!

Er deutet in die Luft

Wenn eine menschliche Kreatur ins Blutschwitzen kommt, so erbarmen sich die Schlangen, sie werfen sich in die Luft in einem Knäuel und gebären alle zusammen ein Ei, – das macht die Blinden sehend und die Sehenden blind!

Olivier wischt sich die Augen. Rekrut führt ihn sanft beiseite, nimmt ihm die Pike aus der Hand und legt sie weg; dann kniet er nieder, das Gesicht gegen das Gemäuer im Hintergrund.

ANDREAS *tritt dicht an Olivier heran* Ich warn dich, Gefreiter. Denk an die scharfe Instruktion!

OLIVIER Weiß von keiner.

ANDREAS Da sind zehn verbotene Artikel.

OLIVIER Wo kämen die her? Auf die pfeif' ich!

ANDREAS Auf die wird hier jedermänniglich vereidigt. Nicht auf zehn Schritt dem Gefangenen nahe. Kein Wort mit ihm, kein Wort über ihn, bei Leib und Leben.

OLIVIER Den möcht ich sehen, der mich vereidigen kommt. Dem möchte ehender der rote Saft auslaufen.

PANKRAZ *ist hinzugetreten* Die hat hier das Gouvernement erlassen, dem wir allesamt untergeben sind.

OLIVIER Den Kerl hab ich nicht gesehen. Der kann mir den Buckel hinunterrutschen. Das ist eine Hofschranze. Die hängen bald alle. Denen wird der Strick schon eingeseift.

ANDREAS Das ist ein großer Herr. Der hat das Mandat über den Gefangenen und über uns.

OLIVIER Ein gesalbter Lauskerl ist das. Er stinkt nach Muskat und Bisam, nach Balsam und Laussalbe und wäscht sich die Händ in einem silbernen Waschbecken.

PANKRAZ Der hat das schleunige Recht. Dem ist Gewalt gegeben über unsere Hälse wie dem Schiffskapitän über seine Mannschaft.

OLIVIER Das möchte ich sehen! Der soll an mich herankommen. Hier steh ich!

ANDREAS Der läßt dir einen im eisigen Winter anbinden an einen Baumstrunk. Solche Gewalt ist ihm gegeben.

OLIVIER Gewalt gegeben! Gewalt gegeben! über alte Kaschbettler vielleicht, über solche Marodierer die von der Muskete auf den Bettelnapf herabgekommen sind! Nicht über eine Person wie mich!

PANKRAZ Du wirst es schon sehen, Gefreiter!

OLIVIER Sehen? Was werd ich sehen?

PANKRAZ Daß ihm hier die oberste martialische Gewalt gegeben ist, ob er gleich die Händ in einem silbernen Becken wäscht.

OLIVIER Gegeben, von wem gegeben! Dazu muß einer die oberste martialische Gewalt in Händen haben, daß er sie in andere geben kann! Ist sie ihm leicht von dem da gegeben?
Er zieht eine Münze heraus, hält sie dem Pankraz vors Gesicht
Der wiegt nicht! auf den hust ich! auf den tu ich was!
Er wirft die Münze verächtlich über seine Schulter
Wenn mir hier das Quartier nicht konveniert, wenn hier nicht inner vierzehn Tagen alles nach meiner Pfeifen tanzt, so gibts ein Harnischwaschen zwischen mir und dem Hofkerl – wo ist der Kerl? Ich will ihn sehen!

ANDREAS Den siehst du nicht. Sobald er uns eine Ordre zu geben hat, läßt er dreimal »habt acht« blasen, dann schickt er seinen Bedienten –

OLIVIER Seinen Bedienten? an meine martialische Person? seinen rotzigen Bedienten! so will ich doch inner einem Monat dem Hofkerl sein silbernes Waschbecken um die Ohren hauen! Ihn hängen will ich und mit seinem Bauchfett meine Stiefel schmieren.

PANKRAZ So ist es. Er läßt dreimal »habt acht« blasen. Da! –
Drei Hornsignale hintereinander. Anton erscheint auf einer hölzernen Brücke überm Vorwerk und schickt sich an herunterzukommen. Die Soldaten außer Olivier verziehen sich. Olivier steht da, als bemerkte er Anton nicht.

ANTON *tritt von hinten auf ihn zu* Ist Er der neue Herr Wachkommandant?
Olivier schweigt.

ANTON In hohem Auftrag!

Olivier gibt keine Antwort.

ANTON *nahe, in seinem Rücken, grüßt* In hohem Auftrag Seiner Exzellenz!

Grüßt abermals.

Olivier dreht sich halb um, mißt ihn mit einem verächtlichen Blick von oben nach unten.

ANTON *grüßt abermals, sehr freundlich* Dem Herrn Wachkommandanten einen guten Tag.

Olivier klopft seine Pfeife aus, ohne ihn zu beachten.

ANTON *grüßt wiederum* In hohem Auftrag: der Herr zieh Seine Wach hier ab und besetz die Zugäng. Aber Seine Wachposten sollen den Rücken kehren und dabei alles im Aug behalten. Sie sollen auf alles aufpassen und nicht hören. Es bekümmert Ihn nicht, was hier vorgehen wird, aber ich sags Ihm: der Gefangene wird zur ärztlichen Visite vorgeführt.

Olivier pfeift was.

ANTON Hat der Herr verstanden? Ich bitt den Herrn, daß Er den Befehl ausführ!

Olivier spuckt aus und geht weg.

ANTON *ihm nachsehend, grüßt* Ein artlicher Herr! sehr ein artlicher junger Herr! Er will mir danken, aber mich nicht in Verlegenheit setzen. Ein freimütig soldatischer junger Herr! Mit dem einen Moment beisammenstehen ist wie mit einem anderen eine Stund diskutieren. Er muß eine aparte Sympathie für mich haben, aber er läßts nicht überfließen, damit der soldatische Appell nicht darunter leidet!

OLIVIERS STIMME *außerhalb* Wache antreten! Wache rechtsum!

Kurzer Trommelwirbel.

ARZT *kommt den gleichen Weg wie Anton auf die Bühne* Wo find ich den Kranken?

ANTON Der Herr will sagen: den Gefangenen. Gedulde sich der Herr. Ich führ ihm die Kreatur heraus.

ARZT Wo ist das Zimmer?

ANTON Was für ein Zimmer?

ARZT Nun, das Verlies, der Gewahrsam?

ANTON *deutet nach hinten* Dort!

ARZT Wie, dort?

Wendet sich hin.

ANTON Vor dem Herrn seiner Nasen, mit Respekt zu sagen.

ARZT Ich sehe einen kleinen offenen Käfig, zu schlecht für einen Hundezwinger. – Du willst mir nicht sagen, daß er dort – oder hier ist ein Verbrechen begangen, das zum Himmel schreit!

Anton zuckt die Achseln.

ARZT Dort? Tag und Nacht?

ANTON Winter und Sommer. Im Winter wird eine halbe Fuhr Stroh zugeschmissen.

ARZT Seit wie lange?

ANTON Seit vier Jahren.

Arzt steht sprachlos.

ANTON Vor vier Jahren ist alles verschärft worden. Einmal nachts sind große Herren geritten gekommen, haben mit dem Gouverneur konferiert. Von da ab schläft er auch nachts im Zwinger da, hat keinen freien Ausgang, die Füß an der Kette, eine schwere Kugel dran, die stinkende Wildschur am Leib, ob Sommer ob Winter, sieht die Sonn nicht mehr als im hohen Sommer zwei Stunden lang.

Man hört wieder die dumpfen Schläge, wie am Anfang.

ARZT *verdeckt sich mit der Hand die Augen* Wie verbringt er den Tag?

ANTON *zuckt die Achseln* Mit Nichtstun. Wie ein Herr oder wie ein Hund. Schieb ich ihm die Nahrung hinein, so freut er sich. Ich red immer mit ihm!

Ängstlich schnell

Nur das Unumgängliche natürlich!

ARZT Ich will hintreten. Ich will ihn sehen.

ANTON Je nachdem der Herr die Ausdünstung vertragen wird.

ARZT *tritt näher hin* Mein Auge gewöhnt sich. Ich sehe ein Tier, das an der Erde kauert.

Tritt zurück.

ANTON Das ist schon das Betreffende.

ARZT Das! – Ruf ihn. Führ ihn her vor mich.

ANTON *sieht sich um* Ich darf vor keiner fremden Person mit ihm reden.

ARZT Vor dem berufenen Arzt wird dirs erlaubt sein. Ich trage die Verantwortung.

ANTON Sigismund! – Er gibt keine Antwort. Da ist er bös. Da muß man ihn nicht reizen. Wütig wird er sonst, ganz hirnschellig; ich kenn ihn gut. – Er hört mich schon. Das seh ich an seinen Augen. Sieht der Herr die herglühen? – Achtung! Er leidet nicht, daß man ihn angeht. Er hat sich einmal mit einem Fuchs verbissen, den die Wächter ihm zur Kurzweil übers Gitter werfen taten.

ARZT Kannst du ihn nicht rufen? nicht zureden? Ist er denn ohne Vernunft?

ANTON Der? Kann Latein und wird mit einem dicken Buch fertig, wie wenns eine Speckseiten wär. – Aber manchmal krampft sich ihm 's Wort im Mund und er bringts nicht heraus. Andere Zeiten ist er wie der Herr und ich.

Nähert sich dem Zwinger, sanft anrufend

Komm der Sigismund! Wer wird denn da sein? Der gute Anton ist da. Der Anton macht die Tür auf.

Er öffnet die Tür mit der Pike, die an der Mauer gelegen hat

Da, jetzt leg ich meinen Stecken weg.

Er legt die Pike auf die Erde

Jetzt sitz ich aufm Boden. Jetzt schlaf ich.

Leise zum Arzt

Geb der Herr Achtung. Erschrecken darf er nicht, sonst wirds bös.

ARZT Hat er denn eine Waffe?

ANTON Immer einen Roßknochen. Sie müssen früher in dem Winkel das Vieh verscharrt haben. – Es ist innerst eine gute Kreatur, geb ihm der Herr was ein, daß er wieder sanft wird.

ARZT Wo die ganze Welt auf ihm liegt. Es ist alles zusammenhängend.

ANTON Pst! er rührt sich. Er schaut die offene Tür an. Das ist nichts Gewohntes! –

Gegen den Zwinger hin

Soll ich mich legen? dann legst dich zu mir? Gemütlich!

Sigismund tritt aus dem Zwinger hervor, in einer Hand einen großen Stein.

ANTON *winkt ihm* Geh, da setz dich zu mir.

SIGISMUND *redet nach* Setz dich zu mir!

ANTON *auf der Erde sitzend* Ist ein Herr gekommen.

Sigismund gewahrt den Arzt, zuckt zusammen.

ANTON Nicht fürchten. Ein guter Herr. Ein feiner Herr. Was denkt der Herr von dir? Leg den Stein weg. Er denkt, du bist ein Kind. Bist aber zwanzig Jahr.

Steht auf, geht langsam hin, windet ihm sanft den Stein aus der Hand

Mußt dich zusammennehmen. Ich hab ihm gesagt, du bist mein Freund. – Denk, er weiß wie du heißt.

ARZT Sigismund, komm zu mir!

Sigismund schaut hin.

ANTON Siehst dus? ein guter Herr! –

Leise

Seh der Herr seine Augen. –

Laut

Der Herr wird dir helfen. Besseres Essen! eine Decken! Aber du mußt dein Gutes herzeigen. Ein Kind nimmt sich zusammen, ein Hund nimmt sich auch zusammen. Weißt noch: der Hund Tyras!

Zum Arzt, aber Sigismund hört zu

Er war als Kind bei bäuerischen Leuten, recht guten Leuten, bis zum vierzehnten Jahr. Herumgelaufen, gesprungen, geschossen mit der Armbrust! Das war ein gutes Leben!

Leise

Seht nicht starr hin, er verträgt nicht den scharfen Blick, da wird er wie Eisen.

Halblaut, ohne hinzusehen

Jetzt wird der Sigismund auch sprechen. Alle werden wir miteinander diskurieren. Mit Reden kommen die Leut zusammen. Hund reden auch. Schaf auch: machen bäh!

SIGISMUND – auch sprechen!

ANTON Zum Toni wird der Sigismund sprechen. Denn heut ist einmal 's Sprechen erlaubt.

SIGISMUND – is Sprechen erlaubt?

ANTON Und obs erlaubt ist! Befohlen ists! Vorwärts jetzt, wer diskurieren will!

Haut sich auf die Knie

Haccus, Maccus, Baccus, das sind drei heilige Wort! bewähren sich an jedem Ort! die heiligen sieben Planeten, die trösten uns in allen Nöten! – Wird dir auch schon besser gehen.

ARZT *ohne den Blick von Sigismund zu verwenden* Ein ungeheurer Frevel! Nicht auszudenken ist das.

ANTON Gib Antwort! oder was soll der Herr denken? Der Herr ist weit her kommen.

ARZT *tritt näher* Möchtest du anderswo wohnen, Sigismund?

SIGISMUND *schaut zu ihm auf, dann wieder weg; spricht dann schnell vor sich hin, wie ein Kind* Vieher sind vielerlei, wollen alle los auf mich. Ich schrei: Nicht zu nah! Asseln, Würmer, Kröten, Feldteufeln, Vipern! Sie wollen alle auf mich. Ich schlag sie tot, sinds erlöst, kommen harte schwarze Käfer, vergrabens.

ARZT Rührende Stimme, noch halb kindisch. – Hol ein Licht, ich muß ihm ins Auge sehen.

ANTON Ich laß den Herren nicht allein mit ihm, darfs nicht!

Ruft nach hinten

Ein Kienspan daher!

Arzt geht hin, legt Sigismund die Hand auf die Stirn. Hornsignal draußen.

ARZT Was ist das?

ANTON Es heißt, daß niemand herandarf oder es wird scharf geschossen.

SIGISMUND *sehr schnell* Deine Hand ist gut, hilf mir jetzt da! Wo haben sie mich hingetan? Bin ich jetzt in der Welt? wo ist die Welt?

ARZT Die Grenze ist verwirrt zwischen innen und außen.

SIGISMUND *sieht ihn an mit verstehendem Ausdruck* Ist alles durcheinander, blast ein Engel, bringt alles in Reih und Glied. – Schöne Hand, geschickte Hand! greift in Kotter hinein, greift untern Stein, zieht den Krebs hervor! schmeißt ihn in Topf, zündet 's Feuer an, wird der Krebs schön rot und die Fische schön blau!

ANTON Sag's Sprüchel von den Fischen!

SIGISMUND *schnell* So sagen die sieben Siegel: daß alle Fisch werden brüllen, die Engel werden weinen, und werfen sich mit Steinen, die Gräslein werden zahnen und alle hohen Tannen –

ANTON Was er einmal gehört hat, geht ihm nach. Vergißt nichts.

ARZT Die ganze Welt ist gerade genug, unser Gemüt auszufüllen, wenn wir sie aus sicherem Haus durchs kleine Guckfenster ansehen! Aber wehe, wenn die Scheidewand zusammenfällt!

Ein Soldat kommt und bringt einen brennenden Kienspan.

ANTON Da ist die Kienfackel!

Reichts dem Arzt.

ARZT Ich muß sein Auge sehen.

Drückt Sigismund, der an seinen Knien lehnt, sanft gegen sich und leuchtet ihm von oben ins Gesicht

Nichts von der Starrheit des Wahnsinns. Bei Gott, kein mörderisches Auge, nur ein unermeßlicher Abgrund. Seele und Qual ohne Ende.

Er gibt die Kienfackel zurück, Anton tritt sie aus.

SIGISMUND Licht ist gut. Geht herein, macht 's Blut rein. Sterne sind solches Licht. In mir drin ist ein Stern. Meine Seele ist heilig.

ARZT Es muß einmal ein Strahl in ihn gefallen sein, der das Tiefste geweckt hat. So hat man doppelt an ihm gefrevelt.

Julian, der Gouverneur, von einem Soldaten begleitet, der eine Laterne trägt, erscheint droben auf der hölzernen Brücke, sieht herab.

ANTON Seine Exzellenz sind selbst hier. Es wird gewinkt von oben. Da soll die Untersuchung zu Ende sein.

ARZT Das bestimme ich.

Er fühlt Sigismund den Puls

Was gebt ihr ihm zu essen?

ANTON *leise* Da täte der Herr nicht zufrieden sein. Leg der Herr ein Wort ein. Es ist für einen räudigen Hund zu gering.

ARZT Ich bin zu Ende.

ANTON Jetzt geht der Sigismund schön hinein.

Sigismund zuckt, kniet am Boden. Anton nimmt die Pike auf, öffnet ganz die Tür zum Zwinger. Sigismund bleibt auf den Knien, streckt die Hand aus.

ARZT *verhält sich die Augen* O Mensch! o Mensch!

Sigismund stößt einen klagenden Laut aus.

ANTON Sollen sie mit Stangen kommen, dich eintreiben?

ARZT Ich bitte dich, geh für heute an deine Stätte. Ich verspreche dir, daß ich tun werde, was ich vermag.

Sigismund steht auf, verneigt sich gegen den Arzt.

ARZT *vor sich* O mehr als Würde in solcher Erniedrigung! das ist eine fürstliche Kreatur, wenn je eine den Erdboden trat.

Sigismund ist in den Zwinger zurückgegangen.

ANTON *hat den Zwinger von außen verschlossen* Der Herr erlaubt, daß ich vorangeh. Der Herr ist sogleich droben im Turm erwartet.

Sie gehen hinauf.

ZWEITER AUFTRITT

Gemach im Turm, eine größere, eine kleinere Tür.
Julian, Anton.

JULIAN Ist der Simon herein? Er soll gesehen worden sein. Sobald er sich blicken läßt, wirds mir gemeldet.

ANTON *deutet hinter sich* Der Herr Doktor.

JULIAN Eintreten.

Anton öffnet die kleine Tür. Der Arzt tritt ein, verneigt sich. Anton tritt ab.

JULIAN Ich bin dem Herren für die beschwerliche Herreise sehr verbunden.

ARZT Eure Exzellenz hatten zu befehlen.

JULIAN *nach einer kleinen Pause* Ihr habt die Person in Augenschein genommen?

ARZT Mit Schrecken und Staunen.

JULIAN Wie beurteilt Ihr den Fall?

ARZT Als ein grausiges Verbrechen.

JULIAN Ich frage nach dem ärztlichen Befund.

ARZT Der Ausgang wird ergeben, ob man, unter anderem, den Arzt nicht zu spät gerufen hat.

JULIAN Ich will nicht hoffen! Der Herr gebrauche seine gepriesene Überlegenheit. Es sollen keine Kosten gescheut werden.

ARZT Vom Leib aus allein kann nur Pfuscherei den Leib heilen wollen. Es geht um mehr. Der ungeheure Frevel ist an der ganzen Menschheit begangen worden.

JULIAN Hoh!

ARZT *fest* Hier ist Adam, des obersten Königs erstgeborener Sohn, geschändet.

JULIAN Darf ich um sachlichen Rat bitten?

ARZT Hier wird mit Drogen und Pulvern nichts erzielt werden. Was die Medikamente nicht heilen, sagt Hippokrates, heilt das Eisen. Was das Eisen nicht heilt, heilt das Feuer.

JULIAN Wie soll ich die Rede verstehen?

ARZT So: daß ich auf das scharfe Eisen obziele, wodurch die Menschen hingemäht werden wie Schwaden, und auf das Feuer, durch welches ein Königreich aufgefressen wird wie eine Scheune.

JULIAN Wie kommt der Herr zu solchen Divagationen? Es ist von einer einzelnen privaten Person die Rede, die unter meiner Obhut steht.

ARZT Mitnichten. Hier wird, woferne Gott nicht Einhalt tut, die Majestät gemordet. An der Stelle, wo dieses Leben aus den Wurzeln gerissen wird, entsteht ein Wirbel, der uns alle mit sich reißt.

JULIAN *sieht ihn an* Ihr nehmt Euch viel heraus. – Ihr seid eine berühmte Persönlichkeit. Die Fakultät feindet Euch an, aber das hat Euch nur noch mehr in Evidenz gebracht. Ihr habt ein großes Gefühl von Euch selbst.

ARZT Eure Exzellenz ermangeln der Möglichkeit, sich die Vorstellung zu bilden, wie gering ich von mir selbst denke. Mein Ruhm ist vielfach Mißverständnis. Denen, die im Bodendunst gehen, scheint jede Fackel groß wie ein Kirchentor. Wäre mein Leib gewaltiger, so wollte ich umso gewaltigere Wirkungen ausüben. Wie Leib und Seele eins des anderen immer wieder übermächtigt wird, das ist mein unnachlässiges Studium. Wer erahnen könnte, vermöge welcher Kraft die Übergänge bewirkt sind, der stünde groß da. Aber wer es nicht nur zu ahnen, wer es zu packen wüßte: das wäre ein Magier.

JULIAN Das ist jeder Mensch, der einen starken Willen hat.

ARZT Oder einen starken Glauben: die beiden sind eins.

JULIAN Setzt Ihr die gleich?

ARZT Aus Erkenntnis.

JULIAN Ihr seid ein Sektierer? Ein Schwenkfeldianer?

ARZT Ich bin ein katholischer Christ, wie Euer Gnaden.

JULIAN *geht auf und ab, dann plötzlich vor dem Arzt stehenbleibend* Gerad heraus! wen vermutet Ihr in dem Gefangenen? Antwortet ohne Scheu. Ich frage als Privatperson.

ARZT Ihr möget als was immer fragen. Ich habe nur einerlei Rede: hier ist das höchste Geblüt in der erbärmlichsten Erniedrigung gehalten.

JULIAN Da gibt der Herr Träumereien nach.

ARZT Eure hochadelige Person allein, die sich hergibt zum Hüter und Kerkermeister eines Unbekannten –

JULIAN Wir lassen mich aus dem Spiel. – Ich sehe, Ihr seid hergekommen in einer sonderbaren vorgefaßten Meinung.

ARZT Nein, nicht so. Die Person die ich gesehen habe, ist erlaucht und zum Größten auserlesen. Nie bin ich in gewisser Ehrfurcht vor einer erlauchten Gegenwart gestanden. Die Knie wollten sich beugen; ich habe mich hart überwinden müssen.

JULIAN Ihr seid selbstgewiß und liebt nicht, Euch von einem phantastischen Irrtum abbringen zu lassen.

ARZT Ich schließe nichts aus der Nachricht, alles aus dem Eindruck. Dieses Wesen, vor dem ich da unten stand, bis an die Knöchel im Unrat, ist eine quinta essentia aus den höchsten irdischen Kräften. Diese Seele wird Euch dereinst zur Last gelegt, und Eure Schultern sind nicht stark genug um eine diamantene Last zu tragen.

JULIAN Ihr beliebt mit Phantasie zu reden, ohne Einblick in die Umstände. Ich bleibe in der Wirklichkeit, soweit das

Staatsgeheimnis mir nicht den Mund verschließt. Das in Rede stehende junge Mannsbild war ein Opfer von Koinzidenzien. Ich habe gesänftigt, was an mir lag. Ohne mich wäre es kaum am Leben.

ARZT Es wäre am Leben, so ohne Euch als ohne mich, und wenn seine Stunde kommt wird er hervorgehen und unser Herr sein. Das ist der Sinn der Koinzidenzia.

Es klopft.

JULIAN Ihr habt Euch einen großen Enthusiasmus bewahrt. Ich verstehe die Wirkung, die Eure Person ausübt. Ich wünsche mich mit Euch noch zu unterhalten. Vor allem über das, was zu tun ist. Der Gefangene, ich gebe es zu, war vernachlässigt. Ihr werdet mir einschneidende Maßregeln vorschlagen.

Arzt neigt sich. Anton ist eingetreten, mit Bechern auf einer silbernen Platte.

JULIAN Im Augenblick bin ich behindert. – Man hat für Euch im Nebenzimmer einen kleinen Imbiß aufgetragen; ein Happen Fleisch, eh Ihr in Sattel steigt. Es ist angeordnet, daß zwei von meinen Leuten mit Euch reiten, und Euch vor Nacht aus dem Gebirg auf die königliche Straße bringen.

Anton auf einen Wink tritt heran, mit den Bechern.

JULIAN *ergreift einen Becher* Einen Satteltrunk, darf ich bitten. Meinen Dank nochmals, für die Hingabe kostbarer Zeit. Ich tue Bescheid.

ARZT *nachdem er getrunken* Aber nur mit dem Rand der Lippen.

JULIAN Es nimmt mir neuerdings den Schlaf. Es muß so gut ein Gift in dem edlen Getränk liegen, als ein –

Er wendet sich zu Anton, sie reden heimlich.

ARZT Al-kohol: das Edelste. Im Innern unserer Muskulatur auftretend im gleichen Augenblick wo, vierundzwanzig Stunden nach dem Tod, Verwesung ihren ersten Hauch tut. Aus dem Heillosen die Kräfte der Heilung. Das ist encheiresin naturae.

ANTON *meldet halblaut* Der Getaufte Simon ist herein, mit einem Brief für Euer Gnaden.

JULIAN Her mit ihm.

ANTON Ist schon da.

Läßt Simon zur größeren Tür eintreten, Arzt ist mit einer Verneigung zur kleinen abgetreten.

Simon überreicht Julian einen Brief.

JULIAN Auf welchem Weg empfangen?

SIMON Auf meiner Geschäftsreise Rückweg in der bewußten Weise durch die bewußte Person. Es ist hinzugefügt worden, ich soll mich beeilen: es ist wichtig für Seine Gnaden. Ich hab meinem Schwager übergeben die Geschäfte, die waren wichtig nur für mich, hab mich auf mein Pferd gesetzt, und bin gefahren im Sattel die ganze Nacht, den gnädigen Herrn Burggrafen prompt zu bedienen.

Julian erbricht hastig den Brief, winkt Simon abzutreten.

Simon geht ab.

JULIAN *liest den Brief* – Des Königs Neffe auf der Jagd gestorben! Mit dem Pferd in eine Wolfsgrube gestürzt! – Das ist ungeheuer. Der zwanzigjährige baumstarke junge Fürst. Das ist Gottes sichtbarliche Fügung!

Tritt hin und her, liest dann weiter

Der König allein, zum ersten Mal allein, zum ersten Mal seit dreißig Jahren verlassen vom allgewaltigen Berater.

Liest

Der Großalmosenier, dein mächtiger unbeugsamer Feind, ist ins Kloster, ohne Abschied vom König – er hat seine Hand aus den Geschäften gezogen, für immer ––

Spricht

Ich träume! es kann nicht möglich sein, daß so viel auf dem kleinen Fetzen Papier steht!

Tritt ans Fenster ins Helle, liest wieder

– in eine Wolfsgrube gestürzt – – der Großalmosenier ist in ein Kloster – alle Würden abgetan – unter dem Namen: Bruder Ignatius ––

Er läutet mit einer Handglocke.

Simon herein.

JULIAN Ich habe da überraschende Nachrichten. Es sind große Dinge vorgegangen. – Was gibts in der Welt? Was reden die Leute?

SIMON Die Welt, gnädigster Herr Burggraf Exzellenz, die Welt ist ein einziger Jammer. Sobald man mit Geld nix mehr kaufen kann – nu, kauft das Geld was? Was is Geld? Geld is Zutrauen zum vollen Gewicht. Wo is ein lötiger Taler? Hat einer an lötigen Taler gesehen, hat er gemußt machen ä große Reis.

JULIAN *zu Anton* Den Schlüssel!

ANTON Die Exzellenz hat ihn in der Hand. –

JULIAN Den andern!

ANTON Da liegt er vor Augen.

SIMON Hat der Krieg angefangen, is gezahlt worden mit silberne Taler der Soldat, der Lieferant. Is der Krieg ins zweite Jahr gegangen, war der Taler ä Mischung, im dritten Jahr war das Silber ä versilbertes Kupfer. Aber genommen habens die Leut. Hat der König erkennt, man kann machen Geld, wenn man sein Gesicht und Wappen prägt auf Zinn, auf Blech, auf Dreck. Haben die großen Herren erkennt, haben die Stadtbürger erkennt, haben die kleinen Herren erkennt. Macht der König Geld, machen die Grafen Geld, wer macht nicht Geld? Bis alles geschwommen is in Geld.

Julian hat wieder die Augen auf dem Brief.

SIMON Aber wer hergegeben hat schweres Geld, soll der nehmen leichtes? Wie denn nicht! Steht doch dem König
Er nimmt die Kappe ab
sein landesherrliches Bildnis darauf. Aber für Abgab und Steuern wird das neue Geld verboten! Und die Soldaten und die Bergleut sollen nehmen das leichte Geld? Was tut sich? Die Bergleut fahren nicht mehr in Berg, die Bäcker backen nicht mehr; der Arzt lauft vom Krankenbett, der Student von der Schul, der Soldat von der Fahn. Dem König sein Zutrauen is dahin. Dann is in der ganzen Welt nix geheuer.
Auf einen Blick Julians
Was die Leut reden? Von ä großen Strick reden sie, so lang wie von da bis Krakau, der wird, sagen sie, schon eingeseift jede Nacht, und an dem sollen hängen die großen Herren und die kleinen Herren, und die reichen Leut und unsere

Leut alles durcheinander, Gott soll beschützen. – Es müssen große Sachen vorgegangen sein bei Hof, aber was brauch ich Seiner Gnaden Exzellenz zu erzählen? Wenn heut am Abend einer der größten Herren vom Hof wird hierher zu reiten gekommen sein, wird er bereden mit Eurer Gnaden Exzellenz die Staats- und politischen Sachen –

JULIAN *stutzt* Wer wird gekommen sein zu reiten hierher? Was ist das?

SIMON Der gnädige Herr Großwoiwod von Lublin, mit einer Gesellschaft von mindestens fünfzig, darunter Edelpagen und Hartschierer, den ich hab hinter mir gelassen um zwei drei Stunden, weil ich hab riskiert mein Leben und bin gefahren auf mein huzulischen Pferdl, durch die Sumpfwege, zu bringen den Brief mit der Ankündigung, weil ich mir hab das ausklären können, daß die Nachricht wird wichtig sein zu wissen, bevor die Herrschaft eintrifft selber, und wertlos nachher, wenn er schon steht vor der Herrschaft ihrem Gesicht dahier in der Stub. – Euer Gnaden Exzellenz schaut auf mich, als wenn ich aus dem Mund brächt eine Überraschung, wo doch Euer Gnaden halten in Händen die Briefschaft, wo es muß geschrieben stehen schwarz auf weiß.

JULIAN Es ist gut. Hinauslassen.

Simon ab. Anton zurück.

JULIAN Anton! Hast du gehört? Nichts von dem Besuch steht in dem Brief. Anton, kann es die Wahrheit sein?

ANTON Der Simon ist sonst kein Lügner. Das wär auch eine kurzatmige Lügnerei. – Es wird schon nichts helfen. Es wird sich schon so verhalten.

JULIAN Ja? Dann – Anton! Der stolzeste größte Woiwod am ganzen Hof! Geschickt an mich! Vom Herren selber geschickt an mich! Ja geht das in deinen Schädel, was sich da begeben hat? Was da wird! Du! sie machen die Leiche lebendig! Das Unglaubliche wird wahr! Ich – ich – hörst du? was schneidest du für ein Gesicht?

ANTON Kann ich mir vielleicht nicht denken, was da in Ihnen vorgeht! Das bedeutet doch nicht mehr und nicht weniger, als daß man Sie zurückholt an den Hof, daß man Ihnen aufdrängt die Ehren, soll heißen die Beschweren, die Würden, soll heißen die Bürden, die Vertrauensstellen, die Sinekuren und Sekkaturen, alles das, wovor Ihnen graust, wie dem Kind vor der bitteren Medizin!

JULIAN Es wird nicht wahr sein. – Mein Gott, wenn es wahr wäre!

ANTON O du mein Heiland! wie echappieren wir jetzt! wie kommen wir aus? Da ist guter Rat teuer. Wenn sich Euer Gnaden krankstellen täten? Ich mach das Bett auf!

JULIAN Was redest du da?

ANTON Weiß ich denn nicht, was Ihnen bevorsteht? und weiß ich denn nicht, wie Sie darüber gesonnen sind? Wiederum ein großer Herr sein am Hof! Wie Ihnen die Haut schaudert wenn Sie bloß denken! Wie Sie das durch und durchschauen, den Lug und Trug, die Gemeinheit und das Scherwenzeln, und die Speichellecker und die Ohrenbläserei und das Verleumden hinterm Rücken und die Kabale und die Kamarilla und wie sie alle heißen! – Pfui Welt! Pfui Zeitung! Pfui, pfui, pfui! – Wenn Euer Gnaden in Wald verreiten täten?

JULIAN Schweig das Gewäsch ohne Sinn und Verstand, oder ich schlag dir übers Maul. Das getäfelte Zimmer wird eingerichtet für Seine Erlaucht den Woiwoden. Mein eigenes Bett hinein.

ANTON Alles, alles, daß wir ihn nur geschwind wieder loswerden!

JULIAN Aus meinem besten Reitpelz die Marderfelle heraustrennen und einen Fußpelz daraus machen.

ANTON Aus dem grünsamtenen?

JULIAN Eine Fußdecke daraus vors Bett für Seine Erlaucht.

ANTON Daß er nur in Gottesnamen die Füß bald wieder woanders hinsetzt!

JULIAN Die schöne venezianische Spitze von meiner Mutter her, wo ist die?

ANTON In der Kapellen doch, aufm Altar.

JULIAN Abnehmen von dort. Dem Herrn Woiwoden auf den Nachttisch, zur Unterlag für den Becker mit dem Abendtrunk.

ANTON Recht! Alles daß wir nur recht bald Valet trinken mit ihm. Daß wir ihn nur bald wieder los sind! Die aufgeblasene Schranze, die daherkommt, Euer Gnaden in Euer Gnaden eigenem Zimmer zuzumuten, was auf Euer Gnaden Natur die Wirkung tut wie Brechweinstein und Stinkwurz!

Julian ringt nach Fassung.

ANTON *sieht ihn von der Seite an* Muß ein glorioses Gefühl sein, wenn man weiß: meiner bin ich sicher! Komm her, Satanas, breits aus vor mir, die Herrlichkeit, wie einen Teppich – und jetzt hebs schnell wieder weg, sonst spuck ich dir drauf, denn das hab ich überwunden.

JULIAN Das Maul halten mit der Fastenpredigt, der unpassenden! – Den Hostiniuk hinauf aufs Vorwerk!

ANTON Den Trompeter?

JULIAN Aufs Vorwerk, von wo man den Reitsteg übersieht. Sobald er die Kavalkade gewahr wird, ein Signal! eines! ihm einschärfen: sobald es gewöhnliche Reiter sind. Ists aber eine fürstliche Kavalkade, – führen die Reiter die gelbroten Fähnlein des Palatins von Lublin – oder gar den Silbernen Leuen im amarantenen Feld –

Er muß sich vor Erregung an den Tisch halten.

ANTON Dann?

JULIAN Dann drei Stöße nacheinander wie vor dem König! – Was glotzt du so auf mich? Soll ich –

ANTON Ich sag schon nichts. Aber es klopft an der Tür.

Geht hin

Der Herr Doktor haben abgegessen und bitten aufwarten zu dürfen. – Soll er?

JULIAN Laß eintreten. Und dann fort, alles ausführen.

Arzt ist eingetreten, er trägt einen Zettel in der Hand.

Anton geht ab.

ARZT *vor Julian stehenbleibend, der in Gedanken verloren dasteht* Ich finde Eure Exzellenz verwandelt.

JULIAN Ihr seid ein scharfer Physiognomiker. – Was seht Ihr in meinem Gesicht?

ARZT Eine gewaltige hoffnungsvolle Erregung. Weite Anstalten! Große Anstalten! ein ganzes Reich umspannend. Flectere si nequeo superos, Acheronta movebo! nie habe ich diese Zeile so verstanden, als in Dero Gegenwart. Euer Gnaden sind aus einem heroischen Stoff gebildet.

Julian muß lächeln, unterdrückt aber das Lächeln sogleich.

ARZT Aber – ich muß es in einem Atem aussprechen: die Quelle selber ist getrübt. Die tiefste Wurzel ist angenagt. In furchtbarem Schlangenkampf ringen Gut und Bös in diesen gebieterischen Mienen.

JULIAN Gebt meinem Puls mehr Stetigkeit, das ist alles was ich brauche. Verordnet mir, was den Herzschlag herabsetzt. Mir stehen große Aufregungen bevor. – Ich brauche andere Nächte.

ARZT Von irgendwo steigt Ohnmacht und Beschämung herauf, gegen Morgen, gräßlich, aus einem nie zu erschöpfenden Abgrund. – Die Stunde zwischen Nacht und Tag ist es, wo die Gottheit, den Schein von Wirklichkeit gräßlich scheidend, an uns herantritt.

Julian schließt die Augen, schlägt sie schnell wieder auf.

ARZT *den Blick auf ihm* Euer Puls geht nicht gut, und doch – ich verbürge es – ist der Herzmuskel kraftvoll. Aber Ihr verleugnet Euer Herz. Herz und Hirn müßten eins sein. Ihr aber habt in die satanische Trennung gewilligt, die edlen Eingeweide unterdrückt. Davon diese bitter gekräuselten Lippen, diese Hände, die sich Weib und Kind zu berühren versagen.

JULIAN *nickt* Furchtbar einsam waren meine Jahre.

ARZT Furchtbar, aber gewollt. Was Ihr suchet, ist schärfere Wollust: Herrschaft, unbedingte Gewalt des Befehlens.

Julian sieht ihn an.

ARZT Der Gang zeigt mir heroischen Ehrgeiz, in den Hüften verhalten von ohnmächtigem, gigantisch mit sich zerfallenem Willen. Erhaben gewölbt ist diese Brust und doch gewürgt der Atem. Die Augen gebietend und doch ein gräßlich fliehender Blick. Der letzte Mut fehlt, die glorreiche und doch demütige Selbstliebe fehlt, die herrliche Tugend, von der ewige Jugend sich ergießt in jede Faser. Eure Nächte sind wütendes Begehren, ohnmächtiges Trachten. Eure Tage sind Langeweile, Selbstverzehrung, Zweifel am

Höchsten – die Flügel der Seele eingeschnürt in Ketten, und Fremde halten die Kette und sind gewaltig in Euch über Euch. Wehe! schafft Euch Raum in der Brust vor Eurem Drängen, und die Welt wird Euch Raum geben!

JULIAN Ihr kommt einem nahe! zu nahe!

ARZT Auf das Übel hinzuweisen, dort wo ich es gewahre, ist mir gegeben. Die Verschuldung an diesem Jüngling, das ungeheure Verbrechen, die Komplizität, die Miteinwilligung: alles steht in Eurem Gesicht geschrieben.

JULIAN Genug von diesem Burschen, den Ihr obstinat in die Mitte des Weltgeschehens stellt!

ARZT Ihr habt ihn eingemauert in die Fundamente! den Sklaven aus ihm gemacht, der im Finstern Euch die Mühle tritt: und er ist dem Blut nach Euer Herr!

JULIAN Genug. Der Herr redet ohne die Dinge zu kennen.

Geht an die Wand, läßt ein Fach aufspringen, nimmt ein Blatt heraus, daran ein Siegel hängt

Ich habe ihm das Leben gerettet, mehr als einmal. Die größte Härte war anbefohlen, ohne Erbarmen. Er sollte verschwinden, ausgetilgt sein. Man mißtraute mir. Ich hatte ihn zu gutherzigen Bauern gegeben. Es wurde imputiert, ich hätte ehrgeizige Pläne auf das Weiterleben des Gefangenen gesetzt.

ARZT Ich verstehe.

JULIAN Eine Kommission wurde geschickt, zu visitieren. Ich ließ den Herren reichlich auftragen. Dann führte ich sie vor den Hundezwinger und zeigte ihnen den Unglücklichen.

ARZT Der Herr hat gehandelt wie Pontius Pilatus.

JULIAN Ich beließ ihn in einem menschenwürdigen Kerker mit Fenstern. – Durch das Fenster fiel ein Schuß in der ersten Nacht und streifte ihn am Hals, ein zweiter gegen Morgen und ging ihm zwischen Arm und Brust hindurch. – Ohne mich wäre er erwürgt. – Ich wünsche nicht von Euch verkannt zu werden.

Er hält ihm das Blatt hin

Der Herr sieht! das allerhöchste Siegel. Die eigenhändige Unterschrift der höchsten Person. – Ich gehe sehr weit mit Euch.

ARZT *liest aus dem Blatt* – »überführt eines geplanten Attentates auf die geheiligte Majestät –« – darunter das Signum Seiner Eminenz des Siegelbewahrers. – Dieser Knabe! – Die Schrift ist neun Jahre alt. Damals war er ein Kind!

JULIAN Ein Dämon ist alterslos.

ARZT Ein Dämon! das Lamm mit gebundenen Füßen!

JULIAN Sterne haben bevor er geboren war auf ihn gewiesen, wie mit blutigem Finger. Das Verkündete traf ein, punktweise, ihn gräßlich zu bestätigen, als den der außerhalb der menschlichen Gemeinschaft steht. Er war überführt, ehe seine Lippen ein Wort bilden konnten.

ARZT *hebt die Hände zum Himmel* Überführt!

JULIAN Des Majestätsverbrechens. – Was vermag ich!

Schließt das Blatt ein.

ARZT *nimmt einen Zettel aus dem Gürtel* Ich hatte im währenden Essen aufgeschrieben, was ich fürs Unerläßlichste hielt. Ein menschenwürdiger Gewahrsam, der Sonne zu, eine reine Nahrung, der Zuspruch eines Priesters.

JULIAN Gebt her.

ARZT Nein, es ist zu wenig, ich zerreiße es.

Er tuts

Nur Wiedergeburt heilt einen so Zerrütteten. Man führe ihn in seines Vaters Haus zurück, nicht übers Jahr, nicht über einen Monat, sondern morgen zu Nacht!

JULIAN Ihr wißt nicht was Ihr sagt.

ARZT Ich kann, ich vermag, ich bin, – diese Medizin flößt ihm ein; dann ladet die Welt auf seine Schultern: er wird sie tragen!

JULIAN Ich müßte einen Tag lang mit Euch sprechen und mir ist die Lippe versiegelt wie die Hand gebunden. Ich hab Euch schon mehr vertraut als irgendwem!

ARZT Eure Rettung geht durch seine, oder Ihr versinket in dem Wirbel; es hängt alles an einer Kette.

JULIAN Ihr kennt die Welt als ein Philosoph, nicht als ein Handelnder.

ARZT Niedertracht – dies eine Wort ist über ihrem Handeln geschrieben.

JULIAN Nennt es so: so ist sie das Allmächtige.

ARZT Das Pfandrecht der dumpfen Erde auf den lebendigen Leib der aus ihr gekommen ist.

JULIAN Ihr sagt es.

ARZT Aber die Entscheidung steht bei der Kraft und dem freien Willen.

JULIAN Wie denn!

ARZT Der Leib allein macht Euch dem höllischen Gespinst untertan. Dies aber

Er zeigt hinter sich nach abwärts

ist Euer Werk, das Zeugnis ablegen wird gegen Euch.

JULIAN Ich bin ein Instrument, weiter nichts.

ARZT So spricht der Leib: aber der Geist kennt seine Schuld.

Julian hebt die Hände überm Kopf zum Himmel.

ARZT Dies ist Ihr Werk. Alles woran Sie sonst die Hände gelegt haben ist nichts. Dieses allein zählt.

JULIAN Ich wollte von Euch richtiger gekannt sein.

ARZT Es steht geschrieben: an ihren Werken werdet ihr sie erkennen. Denn das Werk ist die Frucht die wir bringen.

JULIAN Ihr imputiert mir!

ARZT So und nicht anders redet Euer Gewissen zu Euch zwischen Tag und Nacht. Das sagen die gelben Flecken im Weiß Eures Augensterns.

Julian auf und nieder.

ARZT Sie haben geschaltet mit Gottes Geschöpf. Sie haben sich an Gott unmittelbar vergangen.

JULIAN Und wenn es ein Dämon und Teufel ist, vorwitziger Mann? Ein Aufrührer gegen Gott und die Welt!

ARZT Nemo contra Deum, nisi Deus ipse.

JULIAN *bleibt vor ihm stehen* Der Herr vermißt sich einer großen Autorität. Wo sieht der Herr die Bürgschaft für solchen alles aufwiegenden Wert der Kreatur von der wir uns unterhalten.

ARZT Die Frage ist im innerlichen Herzen schon beantwortet, und nur mit dem Mund zum Schein gestellt. Aber ich beantworte sie aus dem Herzen und nicht zum Schein.

JULIAN Ich wäre begierig.

ARZT Das erste ist eines Menschen Stimme. Dieser sagt ein Wort, und es ist als gäbe er uns die Seele hin, damit wir sie essen wie Brot und trinken wie Wein. Das Zweite ist eines Menschen Blick. Dieses in Ketten liegenden Geschöpfes Blick geht durch die Seele stärker als der Schall einer Posaune. Dieser ist weder Mann und Weib, sondern über beiden. Sein Herz ist geduldig, so wie es gewaltig ist. Seine Natur ist einfach. Es sind keine fremden Elemente in ihm. Er ist heilig und unberührt. Er ist auserlesen als ein Gefäß, dessen Gebrauch niemand wissen kann.

Trompeten in der Ferne.

JULIAN *schließt erblassend die Augen* Der Herr ist zu auskultieren gewohnt und hat ein scharfes Ohr. Darf ich fragen, ob ich richtig gehört habe?

ARZT Drei Trompetenstöße in großer Entfernung.

Julian schlägt die Augen wieder auf, atmet tief auf.

ARZT Jetzt habt Ihr im Nu einen kühnen und furchtbaren Gedanken ausgeboren. – Euer Gesicht flackert. Verratet ihn nicht! Lasset diese Trompeter nicht sein wie das dreimalige Krähen des Hahnes. Verratet nicht um der Heiden willen den, der in Eure Hand gegeben ist.

JULIAN Ich sehe wie durch plötzliche Erleuchtung die Möglichkeit einer Probe.

ARZT Wodurch man den Unglücklichen retten könnte?

JULIAN Ich halte für möglich, daß vieles wird in meine Hand gegeben werden. Der Herr ist imstande, einen sicher wirkenden gewaltigen Schlaftrunk –?

ARZT Ich habe ein Theriak in Besitz, das die Kräfte der Seele in tausendfachen Schlaf legt.

JULIAN Und könntet mir dasselbe durch eine vertraute Person zusenden?

ARZT Darf ich fragen –

JULIAN Ich würde einen Reitenden darum schicken.

ARZT Ich errate: Ihr wollt den Bewußtlosen in eine andere Umgebung schaffen. Ihm gewisse Personen vor Augen bringen?

JULIAN Wir wollen kein Wort zu viel aussprechen. Ich spiele noch in diesem Augenblick um meinen Kopf, wofern ich zu weit gehe.

ARZT Und wenn er die Probe nicht besteht? – Euer Blick sagt

etwas Gräßliches und Eure herabgezogene Lippe, die den Eckzahn entblößt, setzt das Siegel darunter. Und dazu soll ich beistehen?

JULIAN Große Geschicke werden durch große Proben entschieden.

ARZT Wenn er mißfällt – wenn die Begegnung – mich schauderts. Was wird aus ihm?

JULIAN Dann wird es – vielleicht – gelingen, ihm das gleiche Leben zu fristen, das er bisher geführt hat.

ARZT Wie? Was sprecht Ihr aus?

JULIAN Gewahrsam auf ewig, in dem Turm den der Herr kennt, im günstigen Falle.

ARZT Dazu biete ich nicht die Hand.

JULIAN Dann ist es, wohlverstanden, der Herr, der die Kreatur ihrem Schicksal überläßt. Der Schlaftrunk, der vor und nach der Probe das Bewußtsein völlig auslöscht, so daß die getane Reise dem halbverstörten Sinn als nicht gewesen, als eine bloße Wahnspiegelung seines Hirns bewiesen werden kann, das ist unabgängliche Bedingung.

ARZT *tritt zurück* Es hieße ein Geschöpf Gottes in den Wahnsinn treiben.

JULIAN Einen andern Ausweg gibt es nicht. Ich gebe Euch eine halbe Minute Bedenkzeit. Überlegt Euchs.

ARZT *nach einigen Sekunden* Der Reitende kann den Schlaftrunk morgen nacht bei mir abholen. – Die Dosis ist streng bemessen. Euer Exzellenz schwöre mir, daß der Gefangene den Schlaftrunk aus keiner anderen Hand –

JULIAN Aus meiner eigenen Hand. Wofern ich die Zulassung zur Probe bewirken kann. Das steht bei höheren Personen.

ARZT Der Schlaftrunk wirkt auf eine erschreckende Weise. – Es kommt zuerst über den, der getrunken hat, eine große Angst und Unruhe. Die elementarischen Lebenskräfte fühlen, daß sie gebunden werden sollen, und empören in ihrer ganzen Stärke sich gegen die Überwältigung. Sodann –

JULIAN *ist ans Fenster getreten, horcht hinaus; wendet sich* Sodann?

ARZT – wird dem Herrn ein Anblick zuteil werden, wie er

dem Priester am Sterbebett eines Gerechten zuteil wird. Wie ein vom Feuer durchwebter Himmel wird sich vor dem Herrn der Geist dieses Auserwählten enthüllen. Die wahre Glorie der menschlichen Seele wird zutage treten, für eine unmeßbare Frist: Minuten, halbe Minuten nach der Uhr. Dies währt, bis der Leib das Übergewaltige nicht mehr aushält, in einem Schrei sich der Bedrängnis entlädt, und dumpf hinabstürzt in todähnlichen Schlaf.

Trompeten.

Julian zittert, läutet mit der Handglocke.

ARZT Ich bin entlassen?

JULIAN Mit der Bitte, diese geringfügige Entlohnung anzunehmen

Reicht ihm eine Börse

und dazu diesen Ring als ein Andenken.

Zieht den Ring vom Finger, reicht ihn hin, die Hand zittert ihm dabei heftig.

ARZT Euer Gnaden belohnen fürstlich.

Neigt sich, zieht sich zurück.

Anton zur andern Tür herein, einen schönen Überrock auf dem Arm und Schuhe. Er hilft Julian das Hausgewand ausziehen, den schönen Rock anziehen.

JULIAN Wie nahe sind sie?

ANTON Die Kosaken, die vorausreiten, traben über die zweite Brücke.

JULIAN Ich habe einen einzelnen Reiter heransprengen sehen.

ANTON Ja, ja.

Nestelt das Gewand zu.

JULIAN Ein Vorreiter, ein Kurier? was?

ANTON Ich sags nicht, es täte Sie ärgern. Ein aufgeblasener Kerl!

JULIAN Es handelt sich um mich? Was will man von mir?

ANTON Daß sie ein königliches Handschreiben bringen, das steigt so einem Stallputzer in die Nase. Soll der König nicht auch einmal einen Brief schreiben? Hat er keine Hände?

JULIAN Gerichtet an mich? An meine Person?

ANTON *zieht ihm die Schuhe an* Ich hab ja gewußt, es wird

Ihnen unangenehm sein. – Aber daß es Sie so grausam angreift –

Julian sagt nichts.

ANTON Wie wird man sich jetzt herauswinden? Wo die obendrein ein Reitpferd für Sie mitgebracht haben! Was soll man da vorschützen?

JULIAN Ein Reitpferd?

ANTON Ein russischer Goldfuchs, mit Schabracken aus Silberstück und silbernen Zäumen. Damit Sie morgen mit dem Frühesten aufsetzen und an Hof reiten. Der Herr Woiwod soll sozusagen die ehrenvolle Begleitung bilden, alles zur mehreren Repräsentation und Auszeichnung.

JULIAN *atmet fliegend* Sind meine Leute aufgestellt?

ANTON Spalier.

Bindet ihm die Schuhe.

JULIAN Du voraus ans Tor mit dem Leuchter.

ANTON Sind ja die Kienfackeln an der Treppe. Wer wird sich strapazieren für Leute, die einem nur Unerwünschtes ins Haus bringen!

JULIAN Angezündet! Kniest nieder am untersten Treppenabsatz. Wenn Seine Erlaucht der Woiwod an dir vorbei ist, springst ihm vor, leuchtest die Treppe hinan. Ich geh ihm entgegen, vom obersten Absatz drei Stufen, keinen Schritt mehr.

ANTON *zündet an* So recht. Er soll verstehen, daß wir auf ihn nicht gewartet haben, die neunzehn Jahr lang.

DER ZWEITE AUFZUG

ERSTER AUFTRITT

Kreuzgang im Kloster. Im Hintergrund die Eingangspforte. Zur Rechten Eingang ins Klosterinnere. Pförtner schließt hinten auf. König Basilius und Höflinge treten ein. Ein Bettler kommt hinter ihnen herein.

KÖNIG Ist dies der Ort, wo der Bruder Ignatius die empfängt, die mit einem Anliegen zu ihm kommen?

PFÖRTNER Hier stellt euch hin und wartet alle.

JUNGER KÄMMERER Vorwärts du, und melde wie ich dir sagen werde.

PFÖRTNER Ich darf nicht melden. Das ist nicht meines Amtes. Meines Amtes ist Aufschließen, Zuschließen.

JUNGER KÄMMERER Weißt du, wer vor dir steht?

PFÖRTNER Weiß nichts. Darfs nichts wissen. Ist nicht meines Amtes. Diesen kenne ich.

Weist auf den Bettler, tritt zu diesem

Stell dich daher. Daß er dich sieht. Er wird sich freuen, daß du wiedergekommen bist.

Bettler stellt sich schweigend abseits.

JUNGER KÄMMERER Hier steht die Majestät von Polen, unser aller König und Herr! Hörst du mich, Torwart?

KÖNIG Laß. – Dies ist ein schwerer Gang. Ich will die Vettern, die ihn mit mir getan haben, über alle Woiwoden, Palatine und Ordinaten erhöhen.

Die Höflinge neigen sich.

Junger Bruder tritt von rechts heraus; schön, leise, mit einem beständigen Lächeln. Kämmerer tritt hin, redet leise mit ihm.

JUNGER BRUDER *sieht auf den König, tritt dann auf den König und die Höflinge zu, neigt sich ein wenig* Mir geziemt nicht, die Namen zu kennen. Ich habe ihm zu melden: es ist ein Mann da, in großer Not – oder: es ist ein Weib mit ihren Söhnen von dort und dort – oder: es ist ein Kranker da und bittet um deinen Segen.

Neigt sich, tritt nach der andern Seite.

HÖFLINGE *unter sich, halblaut* Ist das erhört! der hochmütige, satanische Gleisner! ist solches erlebt worden!

JUNGER BRUDER *lächelt* Seiet leise!

KÖNIG Schläft er so früh am Tag, daß man ihn nicht stören darf?

JUNGER BRUDER Gegen Morgen, wenn die Sterne bleich werden, erst dann schläft er ein, in seinem hölzernen Sarg, und wenn die Vögel sich rühren, ist er wieder wach.

Tritt zum Bettler, der betet, das Gesicht in den Händen

Was begehrst du?

Bettler regt sich nicht.

PFÖRTNER Es ist der ohne Namen, der herumzieht von einer heiligen Stätte zur andern und Winter und Sommer übernachtet auf den steinernen Stufen der Kirchen. Er hat schon einmal mit ihm gesprochen. Er hat zu ihm gesagt: bist du denn der wiedererstandene heilige Hilarius, oder der auf die Welt zurückgekehrte selige Abt Makarion?

BETTLER *nimmt die Hand von den Augen und man sieht, daß eines seiner Augen ausgestochen ist* Unwert!

PFÖRTNER Jetzt kommt er von der Heiligen Jungfrau auf dem Weißen Berge. Verlaufene Soldaten, wie es jetzt überall gibt, wollten in die Kirche einbrechen und das schwarze Bild stehlen, das leuchtet von Edelsteinen stärker als eine Lampe. Er lag auf der Schwelle, sie stießen an ihn, da schrie er und die Mönche konnten die Kirche verrammeln und es abwehren. Dafür schlugen ihn die Soldaten so lange, bis sie ihn für tot hielten. Ein Auge haben sie ihm auch ausgeschlagen. Er aber hat ihnen vergeben und betet für sie.

BETTLER Unwert!

Stellt sich hinter die Höflinge.

PFÖRTNER Die Hellebarde ist aus der Hand des Wächters genommen und in die Hand des Räubers gegeben. Was soll da aus uns werden?

JUNGER BRUDER *lächelt* Das schützende Kleid ist hinweggenommen, so sind wir nackend, wie es sich geziemt zur Züchtigung.

KÖNIG Melde! melde, es ist einer da, Basilius, und in großer Not und sein Anliegen ist dringend.

JUNGER BRUDER *neigt sich* Er wird bald kommen. Gedulde sich die Herrschaft.

Geht rechts hinein.

EIN DUMPFER GESANG *wird hörbar* Tu reliquisti me – et extendam manum meam et interficiam te!

KÖNIG *tut einen Schritt vor, sieht nach oben* Heut ist St. Aegydi Tag: da geht der Hirsch in die Brunft. – Ein schöner, heller Abend: die Elstern fliegen paarweise vom Nest ohne Furcht für ihre Jungen und der Fischer freut sich: sie laichen bald, aber sie sind noch begierig und springen im frühen nebligen Mondschein, ehe es noch Nacht ist. Es bleibt lange noch schußlicht, zwischen dem Fluß und dem Wald, und groß und fürstlich tritt der Hirsch aus dem Holz, und löst die Lippen, daß es scheint als ob er lache, und schreit machtvoll, daß die Tiere im Jungholz ihre zitternden Flanken aneinanderdrücken vor Schreck und Verlangen. – Wir waren wie er und haben majestätische Tage genossen ehe das Wetter umschlug, und den schönen Weibern lösten sich die Knie beim Laut Unseres Kommens, und wo Wir beliebten einzutreten, da beschien der silberne Leuchter oder der rosige Kienspan die Vermählung Jupiters mit der Nymphe.

Er stützt sich auf den jungen Kämmerer

Und diesem schien kein Ende gesetzt, denn Unsere Kräfte waren fürstlich. – Nun aber ist seit Jahr und Tag die Hölle los gegen Uns, und es lauert eine Verschwörung gegen Unser Glück unter Unseren Füßen und über Unseren Haaren, die sich sträuben, und Wir können die Rädelsführer nicht greifen. Wir wollen dahin und dorthin, und Unsere Gewalt befestigen, und es ist wie wenn der Boden weich würde und Unsere marmornen Schenkel ins Leere sänken. Die Mauern wanken von den Grundfesten aus und Unser Weg ist ins Nicht-mehr-gangbare geraten.

EINER DER HÖFLINGE *ein Greis, tritt neben ihn* Es ist ein Ding, das kauft die anderen Dinge und so ist es der König über die Dinge: darum ist ihm dein Gesicht aufgeprägt und dein königliches Wappen und die Leute lieben es und nennen es: das gute Geld. Aber wo ist das gute Geld hin? Wie ist es aus dem Land hinausgelaufen und mit ihm der Gehorsam? Denn wo kein Lohn ist, da ist keine Ehrfurcht; und wo keine Ehrfurcht ist, da ist kein Gehorsam.

EIN ANDERER Das haben die feisten Bürger in den Städten verschuldet, die Pfeffersäcke und Wollkratzer und Leimsieder, die aus dem Krieg Nutzen gezogen haben, nicht zehn für hundert, nein hundert für zehn, und über alles die Juden, diese stinkenden Vampire: sie haben dem Land das Mark aus den Knochen geschlürft. Sie haben aus dem Geld das Silber herausgesogen, und in unseren Händen das rote stinkige Kupfer gelassen, dessengleichen sie als Haar auf den Köpfen tragen, die Judasse!

EIN DRITTER *tritt von hinten hinzu* Sie liegen auf königlichen Schuldverschreibungen, wie auf Gansdaunen, ihr stinkender Fuchsbau ist tapeziert mit Pfandscheinen von Grafen und Bannerherren – und wenn du ihrer zehntausend in deine Hände nimmst, über die du einen eisernen Handschuh gezogen hast, und pressest sie in deiner Hand, bis sie ausgepreßt sind, so wird Blut und Schweiß auf die Erde fließen und die Äcker werden wieder fruchtbar werden und aus den Ähren wird das Gold und Silber fallen auf die polnische Erde.

DER ZWEITE Lasse die Königliche Majestät uns reiten mit unseren getreuen adeligen Vasallen gegen die Juden und Judenknecht, die hinter Pfählen sitzen, gegen Aufrührer, entlaufene Mönch, entsprungene Schullehrer, und in sie arbeiten mit soviel Schwertern, Piken, Kolben, als uns noch in unseren fürstlichen Händen verblieben sind – ehe es zu spät wird.

KÖNIG Ich kann das Geschmeiß nicht greifen. Ich reite an: sie sind Bettler. Aus abgedeckten Hütten kriechen sie mir entgegen und recken abgezehrte Arme gegen mich. Die Wälder, in denen ich jage, sind voller Bettler: sie fressen die Rinde von den Bäumen und stopfen sich die Bäuche mit Klumpen Erde.

Er schaut vor sich, der Kopf fällt ihm nachdenklich auf die Brust.

Auch dies war in der Prophezeiung: es waren Dinge in der Prophezeiung, die kein Mensch für möglich gehalten hätte,

und sie fangen an, möglich zu erscheinen! Es waren Greuel darin, von denen jeder gesagt hätte, daß sie nur könnten bildlich gemeint sein, und sie fangen an im wörtlichen Verstande einzutreffen.
Der Hunger ist in der Prophezeiung; die Seuche ist in der Prophezeiung; die Finsternis, erleuchtet von brennenden Dörfern – der Soldat, der die Fahn abreißt und seinem Oberen die Pferdehalfter ums Maul schlägt, der Bauer, der vom Pflug läuft und seine Sense umnagelt zur blutigen Pike, die Kometen, die Erde, die sich spaltet, die Haufen herrenloser Hunde, die Raben, kreisend Tag und Nacht überm blachen Feld – es ist alles in der Prophezeiung.
Leise für sich
Ich habe das Pergamen mit eigenen Händen verbrannt bei verriegelten Türen, aber die Zeilen, wie ich sie habe sich abkräuseln sehen in Zunder, so brennen sie auf in meiner Brust unter der Herzgrube, ob ich lieg oder geh oder stehe.
Er seufzt tief auf, der andern vergessend
Nun kommen die Hauptstück: daß die Sonn ausgeht am hellen Tag über einer großen Stadt – nein! zuvor geschieht, daß die Rebellion ihre Fahne bekommt: das ist ein Bündel klirrender, zerrissener Ketten an einer blutigen Stange, und der dem sie vorangetragen wird, das ist mein leiblicher Sohn, mein einziges Kind, den ich gewonnen habe in rechtmäßiger Ehe – und sein Gesicht ist wie eines Teufels Gesicht wiedergeboren aus dem höllischen Feuer, und er ruht nicht bis er mich findet und seinen Fuß auf mein Genick setzt. Ich höre meinen Kopf, der auf die Erde aufschlägt! und er tritt auf mein Gesicht und drückt mich hinein, bis ich Erde fresse und die Erde mich frißt – so geschiehts am hellichten Tage und die Sonne geht aus vor Grausen – so prophezeit! wortwörtlich! da! punktweise geschrieben, wie ich es spreche!
Er stöhnt und besinnt sich dann, blickt zurück auf sein Gefolge
Ich bin sehr krank, meine Getreuen! Ich hoffe, ihr habt mich zu einem Arzt begleitet, der mir helfen kann.

DER ALTE HÖFLING *dicht bei seinem Ohr* Entsinne sich mein gnädiger Herr der Schärfe des Blickes, dem im Staatsrat der verschlungenste Knoten sich löste –

KÖNIG Ich will nicht an seinen Blick denken! Seine Augen gehen wie die Augen des Greifen durch und durch und das Eingeweide hält ihnen nicht stand.

Er richtet sich auf, seine Stimme verändert sich

Wir sind noch König in Polen! Wir wollen jetzt, wo nicht sogleich Unserem Wunsch willfahrt wird – so werden Wir diesem Mönchsloch den Rücken kehren und reiten, wohin Unserem Adlerblick zu reiten gelüstet!

Der Großalmosenier wird von rechts herausgeführt. Zwei Mönche stützen ihn. Der junge Mönch von früher schreitet daneben, ein aufgeschlagenes Buch in der Hand; ein Laienbruder folgt, der einen Faltstuhl trägt. Sie stellen den Faltstuhl hin und lassen den Großalmosenier drauf nieder. Er ist ein neunzigjähriger Greis; seine Hände und sein Gesicht sind gelblich weiß, wie Elfenbein. Die Augen hält er meist geschlossen, doch wenn er sie öffnet, so vermag ihr Blick noch Schreck und Ehrfurcht zu verbreiten. Er trägt das Habit der einfachen Mönche. Alle sind von seinem Eintreten an still.

DER GESANG *wird deutlich hörbar, eine einzige drohende Stimme*

Ecce ego suscitabo super Babylonem quasi ventum pestilentem. Et mittam in Babyloniam ventilatores et ventilabunt eam et demolientur terram eius.

GROSSALMOSENIER *mit halbgeöffneten Augen* Hier ist, was sie das Licht des Tages nennen. Eine fahle Finsternis. Lies aus dem Guevara. Hier ist ein Blumengarten – ein Gallert, bunt und stinkig.

Er schließt die Augen.

CHOR Et demolientur terram eius! Et cadent interfecti in terra Chaldaeorum.

JUNGER BRUDER *liest aus dem Buch* Fahr hin, Welt, denn auf dich ist kein Verlaß, dir ist nicht zu trauen; in deinem Haus weset das Vergangene nur mehr als ein Gespenst, das Gegenwärtige zergeht uns als ein morscher und giftiger Pilz unter den Händen, das Zukünftige pochet immer an als eine Räuberfaust um Mitternacht, und in hundert Jahren schenkst du uns kaum eine Stunde wahrhaftigen Lebens.

GROSSALMOSENIER Nicht eine Stunde wahrhaftigen Lebens!

Er schlägt die Augen auf, gewahrt den Bettler, winkt ihm lebhaft

Sieh da, welch ein Gast ist über unsere Schwelle getreten!
König beziehts auf sich, will vortreten, Großalmosenier ohne ihn anzusehen winkt ihm verächtlich ab, wie einer eine Fliege scheucht.

HÖFLINGE *fahren auf* Ha!

König winkt ihnen sich zu bezähmen.

GROSSALMOSENIER *zu dem Bettler in gespannter Teilnahme* Wie geht es dir, mein Teurer? und woher lenkt sich dein Schritt? und wirst du nun bei uns bleiben, zumindest einen Tag und eine Nacht?

BETTLER Sorget nicht für den Tag, den ihr den morgenden nennt, denn vor dem Herren ist kein solcher, sondern alles steht vor ihm als ein Augenblick, unteilbar.

GROSSALMOSENIER *zu den Mönchen* Horchet auf ihn!

Bettler schweigt.

GROSSALMOSENIER Führet mich zu ihm, wenn er nicht zu mir kommt, daß ich ihn küsse und seinen Segen empfange.

Will auf, von den Mönchen unterstützt.

BETTLER Unwert!

Entspringt.

CHOR Et demolientur terram eius! Et cadent interfecti in terra Chaldaeorum.

GROSSALMOSENIER Lies im Guevara, solange Licht ist. In der Finsternis sehe ich Gesichte: Wahrheit.

JUNGER BRUDER *hebt das Buch um zu lesen* Fahr hin, Welt, in deinen Palasten dient man ohne Bezahlung –

KÖNIG *tritt an den Großalmosenier heran* Herr Kardinal, der König von Polen wünscht Euch einen guten Abend.

GROSSALMOSENIER Ich höre eine lästige Stimme, die dazwischenfährt von irgendwo. Lies weiter im Guevara.

König tritt zwei Schritte zurück.

JUNGER BRUDER *liest* Fahr hin, Welt – in deinem Palast dient man ohne Bezahlung, man liebkost, um zu töten, man erlöst, um zu stürzen, man ehrt, um zu schänden, man entlehnt, um nicht wiederzugeben, man straft ohne Verzeihen. In deinem Prunksaal ist eine Bühne aufgeschlagen, darauf spielst du vier oder fünf wüste Szenen, die sind langweilig zu schauen: da wird um Macht geschachert und um Gunst gebuhlt; da werden die Klugen gestürzt, die Unwürdigen werden hervorgezogen, der Verräter mit Gnade angesehen, die Redlichen werden in den Winkel gestellt –

König tritt abermals heran.

GROSSALMOSENIER *mit geschlossenen Augen* Wer bist du, der sich vordrängt ungerufen?

KÖNIG Ich bins!

GROSSALMOSENIER Ich höre: Ich. Ich höre das scheußliche Wort des Hochmuts!

Sehr stark

Lies laut weiter, Knabe.

Junger Bruder hebt das Buch, um zu lesen.

KÖNIG *schlägt ihm gebietend aufs Buch* Ich, der König, trete vor meinen alten Ratgeber und klage, klage, klage die Not des Landes. Die Witwen und Waisen ringen die Hände, im Backofen ist das Feuer gelöscht, aber die Flecken und Städtlein brennen lichterloh; die Straßen kann niemand befahren vor Räubern und Mordbrennern, und die Friedhöf haben allbereits die Dörfer aufgefressen.

Großalmosenier fährt mit der Hand durch die Luft, als scheuchte er eine Fliege.

HÖFLINGE *murren, wenden sich als wollten sie gehen* Unerhört! Unwürdiges Schauspiel!

KÖNIG *tritt auf sie zu* Bleibet, meine Getreuen! Gehet nicht von mir!

EIN HÖFLING *in Wut, aber mit gedämpfter Stimme* Man sollte ihn aus dem Sessel reißen und das Maul an die Erde drucken!

KÖNIG Ich will den Städten ihre Freiheiten nehmen! ich will die Juden aus meinem Schutz stoßen, und alles soll in eure Hände gegeben werden, wie es zu Zeiten Unserer Vorfahren war.

Höflinge beugen ihre Knie, küssen ihm Hände und Saum des Gewandes.

KÖNIG *lächelt* Ah, meine Getreuen! so ist doch die befruchtende Wärme noch nicht ganz von diesen Händen gewichen!

GROSSALMOSENIER Lies im Guevara. Ich bin müde, daß noch immer Tag ist.

JUNGER BRUDER *liest* – da wird der Aufrichtige in den Winkel gestellt und der Unschuldige verurteilt. Da ist für den Herrschsüchtigen Kredit und für den Redlichen ist kein Kredit. –

GROSSALMOSENIER Schales Zeug! wie laues Wasser! Da ist – und da ist – und da ist!

Mit gewaltiger Stimme, indem er sich hebt und die Arme in die Luft wirft

Nichts ist! nichts ist! nichts ist als das unerbittliche Gericht und die Sonderung der Spreu von dem Weizen.

Stille, der Gesang hat aufgehört.

Großalmosenier sinkt von der Anstrengung erschöpft im Stuhl zusammen, mit geschlossenen Augen.

KÖNIG *zu den Höflingen* Tretet alle hinweg. Wendet euch ab. Es muß sein.

Geht hin, fällt vor dem Großalmosenier auf die Knie

Du mußt mich hören!

GROSSALMOSENIER *sieht ihn lange durchdringend an* Ich kenne den Herrn nicht!

Lacht lautlos.

KÖNIG Kardinal Großalmosenier! Großkanzler der Krone! Großsiegelbewahrer des Reiches! das erhabene Königreich liegt vor dir.

GROSSALMOSENIER *lacht noch stärker, aber lautlos* Ah! sags noch einmal! Ah, was ist denn das: das erhabene Königreich?

KÖNIG Hast du Unser Siegel geführt? Hast du Unser Richtschwert geführt? Jetzt brauchen Wir dich!

GROSSALMOSENIER Schrei nicht eitel! Das Wort eitel hat zweierlei Sinn; einmal heißt es: prahlen vor sich selber, Zuschauer sein sich selber, geistige Buhlerei treiben mit sich selber, – zum zweiten heißt es: nichtig, für nichts, im Mutterleib verloren. – Eitel war dein Getanes, dein Gedachtes, dein Gezeugtes – von dir selber im Mutterleib vereitelt.

KÖNIG Vater straf mich, aber verlaß mich nicht!

GROSSALMOSENIER Vater? Das ist ein furchtbares Wort. Nimmst du wirklich das Wort in den Mund? Vergeht dir nicht die Zunge, indem sie den unausdenklichen Geschmack davon schmeckt?

KÖNIG *sich halb aufrichtend, leise* Ich habe meinen einzigen Sohn von mir getan, – dahin wo ihn die Sonne nicht bescheint! – Diese Tat und alle Taten habe ich getan unter deiner Gewalt. Du hast mir gezeigt: eine heilige Ordnung, gesetzt von Gott. Die heißest du mich schützen, und in ihrem Dienst waren wir verbunden.

GROSSALMOSENIER Wo war deine Menschheit, die sich hätte verbinden können mit der meinigen? Denn ein Mensch fängt dort an, wo ein viehisch gelüstender Leib überwältigt ist und unter die Füße gebracht von Wesenheit. Das war nicht deine Sache. Dein Wollen sitzt unter dem Nabel und dein Unvermögen in der Herzgrube; unter deinen Haaren war die Bosheit, und der stinkende Hochmut ist dir durch die Nase gegangen: so warst du ein Leib und hast gewuchert mit deinem Leib, und an deinem Leib wirst du gepackt werden. Du hast ins Fruchtfleisch gebissen, das duftend war und weich: jetzt aber beißest du in Holz: dazu ist die Stunde gekommen.

KÖNIG *stark, aber mit gedämpfter Stimme* Ist die böse Stunde gekommen? und ist es darum, daß du mich verlassen hast mit einer Umarmung und mich ausgeliefert hast mit einem Seitensprung, du Judas? So komme mein königliches Blut über dich, und alles Blut, das fließen wird und darin sie waten werden bis an ihre Knie!

GROSSALMOSENIER *lächelt* Es steht geschrieben: der verdorbene Mensch liebt nicht den, der ihn strafet!

KÖNIG *sieht ihn scharf an* Du Basilisk, daß ich aus dir herausreißen könnte die Wahrheit! denn immer hast du das Letzte vor mir verborgen, wie die boshafte Stiefmutter vor der armen Waise.

GROSSALMOSENIER Die Wahrheit, die da ist hinter allem Scheine, wohnt bei Gott.

KÖNIG So ist es Gott oder Satan, der durch die Sterne redet? Antworte mir!

Großalmosenier sieht ihn an.

KÖNIG Oder lügen die Sterne?

GROSSALMOSENIER Wer sind wir, daß sie uns lügen sollten?

KÖNIG Aber es ist prophezeit: er wird seinen Fuß auf meinen

Nacken setzen, bei hellichtem Tag und im Angesichte meines Volkes.

GROSSALMOSENIER Aber du wirst wackeln mit dem Steiß vor ihm, wie ein Hund vor seinem Herren, und wirst begehren das Schlachtermesser zu küssen mit dem er dich abtut!

KÖNIG Verhöhnst du mich? Glaubst du nicht an die Prophezeiung? Antworte mir! Wie können sie gesehen haben, was nicht ist? wo ist der Spiegel, der auffängt, was noch nirgend gewesen ist?

GROSSALMOSENIER Recht so! Halte dich an das, was deine Augen sehen, und ergetze dich mit Ehebrecherinnen und Jagdhunden! – Aber ich sage dir: es gibt ein Auge, vor dem ist heute wie gestern und morgen wie heute. Darum kann die Zukunft erforscht werden und es steht die Sibylle neben Salomo und der Sterndeuter neben dem Propheten.

KÖNIG *vor sich* Ich war unfruchtbar, so viele Jungfrauen und Weiber ich erkannte, und es wurde gesagt: fruchtbar im Brachmond an der Königin, und meine Königin wurde guter Hoffnung im Brachmond. Es wurde gesagt: er kommt, wie einer, der die Türen einrennt, denn er ist ein Gewalttäter von Anbeginn, und das Kind wurde geboren und es zerriß der Mutter den Leib, widerstrebend der weisen Frau und dem Arzte. – Er wollte da sein, nackt aus dem Nackten, blutig aus dem Blutigen, tödlich aus dem Tödlichen, und wahrmachen die Prophezeiung vom ersten Schrei an. –

GROSSALMOSENIER Aber es ist dein Kind, gewonnen in heiliger Ehe!

KÖNIG Fleisch von meinem Fleisch, du sagst es!

GROSSALMOSENIER In der Ehe, vergleichbar dem Geheimnis der Kirche zu ihrem Herrn und Meister.

KÖNIG Und ich habe ihn nie gesehen und muß mich gegen ihn verbergen, mit Riegeln und Ketten und Spießen und Stangen!

GROSSALMOSENIER *mit einem undurchdringlichen Ausdruck* Es entflieht keiner der großen Zeremonie, der König aber und der Vater ist in die Mitte gesetzt!

KÖNIG *fällt abermals vor ihm nieder* Gib Uns Unser Kind zurück! Wir schreien mit gewundenen Händen: gib Uns Unser Kind zurück!

GROSSALMOSENIER In Rom hab ich Theaterspielen sehen, in einem großen Saale, aber schlecht. Was sie nicht anging agierten sie mit gespreizten Leibern und schleppten gebauschtes Zeug hinter sich drein, wie Schlangenschweife. Jetzt sehe ich einen großen Schauspieler.

KÖNIG *steht aufrecht, beugt sich zu dem Greis, drohend* Berate mich! Verwende dich bei Gott für mich! Gib mir das Kind wieder – oder nimm sein Blut auf dich. – Ich will Ruhe haben in meinem Gewissen – oder Ruhe in meinem Reich für den Rest meiner Tage. Eines von beiden! eines von beiden!

GROSSALMOSENIER Wunderbar gefügt aus zweien Enden ist die Zange und sie arbeiten gegeneinander!

KÖNIG *leiser* Ich habe befohlen, den Mann herzubringen, der ihn bewacht. Ich will das Kind nicht so leben wissen. Aber meine Hände sollen rein bleiben von seinem Blut. – Ich kann nicht mehr! Tritt du für mich vor Gott! Ich trete hin und her wie ein gefangenes Tier! Ich winde mich!

GROSSALMOSENIER *über ihn hinweg* Auch die schlaffe Frucht unter der Zange gibt einen Tropfen Öl!

KÖNIG Redet Gott mit zwei Zungen? Antworte mir! Lügt Gott? – Wenn ich das Geschöpf unschädlich gemacht habe in einem Turm mit Mauern, zehn Schuh dick, – und der Aufruhr soll zu keinem Haupte gelangen – zu welchem Ende ist dann der Aufruhr gekommen? Sind das Spiegelfechtereien? ist Gott wie der Herzog von Littauen, der sich aufs Blüffen legt und mit falschen Würfeln um Länder spielt? Schaff mit, daß Gott eine deutliche Sprache führt, und ich will handeln nach seinem Willen, als ein christlicher Souverän!

GROSSALMOSENIER Gott! Gott! nimmst du das Wort in deinen nassen Mund? Ich werde dich lehren, was das ist: Gott! Du kommst zu mir um Hilfe und Erquickung – und findest, was dich nicht freut. Statt eines vertrauten Wesens, worein du wie in einen Spiegel dich hineintust, als in die Gesichter der vor dir wedelnden Menschen, findest du eine unberührte Miene, vor der dich graust. Ein Etwas spricht mit meinem Mund, aber wie aus dir selbst heraus, auf dich selber zielend; es nimmt dich nicht und es läßt dich nicht los; statt daß du von einem zum andern kommst, buhlend, kommt eines ums andere zu dir: nichts Neues, nichts Altes, abgelebt, doch nicht abgelebt, – öd, lahm, doch wirbelnd. In der Mitte aber mußt du stehen, wie an einen Pfahl gebunden. – Du willst aus deiner Haut, bietest und bietest, Mord sogar bietest du an, aber vergeblich. Ganz leise ist die Hölle in dich hineingewachsen, die da heißt: Verlassen von Gott. – Da ist nichts mehr als dein Leib, den kein Leben mehr lockt. Du kannst nichts mehr, ermachst nichts mehr, bedeckt mit schwächendem Schweiß, zergehend und zugleich Stein; in nackter Not – doch nicht frei. Aber da ist noch etwas: das geht auf vor dir, als wollte es dich verschlingen – du hängst ihm überm Rachen – es verschmäht dich und läßt dich liegen. Du schreist: es ist hinter deinem Schrei und zwingt dich und heißt dich deinen Schrei hören, deinen Leib spüren, deines Leibes Schwere wiegen, deines Leibes Gebärde wahrnehmen, wie Wälzen von Schlangen mit schlagendem End, dein Zergehen einatmen, deinen Gestank riechen: Ohr hinterm Ohr, Nase hinter der Nase. Es verzweifelt hinter deiner Verzweiflung, durchgraust dich hinter deinem Grausen, und entläßt dich nicht dir selber, denn es kennt dich und will dich strafen: Das ist Gott!

Er sinkt zusammen, mit geschlossenen Augen.

KÖNIG Deinen Rat will ich! deinen Rat!

Großalmosenier öffnet ein Auge, lacht lautlos.

KÖNIG Ihr, meine Vasallen! Hilft mir niemand gegen diesen Satan und Verräter!

Höflinge wenden sich, tun einen Schritt gegen den Großalmosenier. Großalmosenier richtet sich auf, starrt sie an.

KÖNIG Heran meine Getreuen, faßt ihn an! Mein Herr Minister ist Uns Rat schuldig und will Uns sein Schuldiges veruntreuen. Ihr habet gehört, daß er noch einen gewaltigen Atem hat. Traget ihn, wenn er nicht gehen kann, in Unsere Burg! er soll im Staatsrat präsidieren! Ich will aus ihm herausholen, was zu holen ist, denn es ist Not an Mann und

Wir sind der anschlägigen Köpfe bedürftig! Auf und fasset!

Höflinge mit einem Sprung heran. Mönche heben abwehrend die Hände. Großalmosenier liegt wie ein Toter.

GESANG Ecce ego suscitabo super Babylonem quasi ventum pestilentem.

EINER DER HÖFLINGE *dem Großalmosenier am nächsten* Es wäre mir eine auserlesene Lust, ihn mit dem Messer in der Seite zu kitzeln bis er Eurer Majestät willfährig wäre, aber ich sehe, es ist eine halbe Leiche, und da geht mich ein Grausen an.

KÖNIG *kehrt sich weg* Hebet ihn weg.

Mönche nehmen den Großalmosenier auf und tragen ihn ins Haus. Es pocht draußen.

Pförtner schließt auf, läßt den Woiwoden von Lublin eintreten und Julian, hinter ihnen Anton.

JUNGER KÄMMERER *tritt auf den König zu, beugt sein Knie und meldet* Der Woiwod von Lublin.

WOIWOD *tritt vor den König, beugt sein Knie* Vergebe Deine Hoheit die Verspätung. Die Straßen sind verlegt von Rebellen. Zamosk brennt. Sie haben mir ein Drittel meiner Leute vom Pferd gerissen. Wir haben uns durch die Wälder ziehen müssen. Hier bringe ich den Edelmann, der den einsamen Turm befehligt.

Julian tritt vor, kniet vor dem König hin.

KÖNIG Dieser? sein Wächter?

Er tritt argwöhnisch zurück.

Julian bleibt knien.

KÖNIG Wir erinnern uns gnädig früherer Begegnung.

Reicht die Hand zum Kuß, winkt aufzustehen

Wir sind gewärtig, dich klagen zu hören. Es ist ein tobender Simson, den wir dich bewachen hießen! Wir werden zu belohnen wissen. – Aber wir fürchten, in deinem Aug das Spiegelbild eines unnatürlich wütenden Dämons zu gewahren.

JULIAN *aufstehend, aber mit gebogenem Knie* Es ist ein sanfter, schöner, wohlgeschaffener Jüngling.

KÖNIG Voll Haß im Innern? wie ein Schwamm vollgesogen mit Gift?

JULIAN Arglos. Ein weißes unbeschriebenes Blatt.

KÖNIG Menschlich? ein Mensch? Ah!

JULIAN Oh! gefiele es dem undurchdringlichen Ratschluß –

König runzelt die Stirn, tritt zurück.

JULIAN – den Jüngling einer Prüfung zu unterziehen –

König tritt noch einen Schritt zurück.

JULIAN Man ließe ihn, bestünde er sie nicht, in ewiger Kerkernacht wiederum verschwinden. Für den Unglücklichen wäre es wie ein kurzer Traum mitten im dumpfen Schlaf.

KÖNIG Der Traum einer Nacht? Kühn – und zu kühn!

JULIAN *schnell* Nicht zu kühn – durch Handeln wird uns die Welt zur Welt. Er hat nie gehandelt: er kennt nur Schatten und Bilder, nur Träume!

KÖNIG Zu kühn! Wer könnte sich verbürgen –

JULIAN Ich! Euer Majestät für alles! mit diesem Kopf!

KÖNIG *lächelt* Ein offenherziger, mannhafter Edelmann! und ein Berater! solch ein Berater! – es ist vielleicht der Ariadnefaden in der Dunkelheit des Labyrinths, den deine Hand Uns reicht – noch wissen Wir nicht, ob ihn zu ergreifen die Umstände Uns gestattet werden. Wir werden Uns bedenken. Du gibst Uns die Regsamkeit der Gedanken wieder. Ein großes Geschenk! –

Er winkt ihn ganz nahe zu sich

– Wie viele Jahre waltest du des schweren Amtes?

JULIAN Zweiundzwanzig Jahre weniger einen Monat. Sein Alter.

KÖNIG Beispiellos! lernet, meine Großen, lernet was Hingabe ist. Dieser gute Edelmann dient Uns seit zweiundzwanzig Jahren fern Unseren Augen an einem abgelegenen und wüsten Ort mit jedem Tropfen seines Blutes. Es rührt mich.

Er wischt sich die Augen mit einem Tüchlein

Mein Herz ist schlicht und jedem Guten offen, wie eines Kindes. – Zweiundzwanzig Jahre. Wir waren vierunddreißig und Unsere Königin eine Fürstin von zwanzig Jahren, schöner und erhabener als Worte es malen können. Zweiundzwanzig Jahre!

JULIAN *beugt sich über die dargereichte Hand, er hat gleichfalls die Tränen in den Augen* Sie sind in diesem Augenblick ausgelöscht.

Anton nähert sich von hinten, unmerklich, spitzt seine Ohren.

KÖNIG Das Wiedersehen hat Uns sehr bewegt. Es sind deine Arme, die Unseren Verwandten betreuen.

Er zieht ihn an sich, mit der Gebärde einer Umarmung

Wie würden Wir es ertragen, ihn selbst –

Sein Gesicht verändert sich, aber nur für einen Moment

Wir wollen an ein teures Grab hier nahebei.

Zu Julian

Unsere hochselige Königin liegt hier. – Der Pförtner soll Uns begleiten, niemand sonst. Nach einem inbrünstigen Gebet treten Wir wieder unter euch.

Höflinge verneigen sich.

KÖNIG *schon im Gehen, tritt noch einmal auf Julian zu* Die Nähe eines treuen Mannes, welch ein Schatz! Berater! Tröster! Du hast mir das Leben wiedergegeben.

Winkt Julian vertraulich zu

Er folgt Uns an Hof. Wir haben viel mit Ihm vertraulich zu beraten.

Julian neigt sich tief. König winkt dem Pförtner und verschwindet hinten zur Linken. Höflinge treten zu Julian heran. Anton trachtet unauffällig seinem Herrn immer näher zu kommen.

EINER DER HÖFLINGE *unter einer leichten Verneigung* Wir sind nahe Verwandtschaft. Euer Gnaden Großmutter war meines Herrn Großvaters Schwester. Ich wollte nicht hoffen, daß Euer Gnaden dessen wäre uneingedenk worden in den Jahren, da man Sie nicht bei Hofe gesehen hat.

Anton spitzt die Ohren.

JULIAN *neigt sich leicht* Wie wäre ich so großer Verwandtschaft uneingedenk worden? Ich hatte alle Zeit Muße, über meinen Stammbaum Betrachtungen anzustellen.

Anton lächelt.

EIN ZWEITER *ebenso* Trete der Herr mit mir in mein Haus, in welchem Er über alle zu gebieten!

ZWEI ANDERE *ebenso* Gebe der Herr uns Seine Protektion. Wir ersterben des Herrn bereitwilligste und verpflichtetste Diener!

JUNGER KÄMMERER *an Julian herantretend, mit einer tiefen Verneigung* Bacio le ginocchia di Vostra Eccellenza!

König kommt zurück, steht rückwärts. Höflinge rangieren sich; bitten mit Gebärden Julian, einen vorzüglichen Platz in ihrer Mitte zu nehmen. Julian, indem er unter sie tritt, wirft über die Schulter einen Blick auf Anton. Anton bekreuzigt sich, wie zu Tode erschrocken.

Alle gehen.

ZWEITER AUFTRITT

Im Turm. Fünfeckiges Gemach mit engem vergitterten Fenster. Hinten in einer Ecke eine kleine eiserne Tür. An der Wand ein großes Kruzifix. Eine hölzerne Bank, ein Eimer, ein Waschbecken. Im Hintergrund auf halbverbranntem Stroh sitzt Sigismund. Er trägt einen reinlichen Anzug aus Zwilch und hat nackte Füße, aber ohne Ketten. Man hört von draußen aufsperren.

ANTON *tritt herein* Aufgeschaut, Sigismund, der Toni ist zurück. Ja, wo war denn der Toni? das möchtest gern wissen. Ist keine Zeit zum Erzählen. Gründlich gemacht wird.

Er nimmt einen Besen, der nächst der Tür lehnt, sprengt aus dem Eimer Wasser auf den Boden und fängt an auszukehren. Sigismund sieht auf ihn, schweigt.

ANTON *im Kehren* Kriegst einen Besuch oder gar ihrer mehr.

Er schnuppert in die Luft

Was ist das? hast gezündelt im Stroh? Bist leicht zwei Jahr alt, oder zweimal zehn und zwei dazu? Versteckst deine Händ? Da schau! Brandstifter! Sollen wir dir die Händ in eine hölzerne Geigen sperren? Mächtig viel Stroh verbrannt, Reiser, alles! – Gnad dir Gott, wenns ein Wächter bemerkt hätt. – Was hast getrieben und zu welchem End?

Sigismund antwortet nicht.

ANTON *sanfter* War dir, du wärst ein Köhler? Köhlers Kunst ist Feuer niederhalten, nicht anfachen! Gib Antwort!

Sigismund schüttelt den Kopf.

ANTON *hat wieder zu kehren angefangen* Hast gemeint, du wärst ein Schmied? Blasbalg treten, Eisen schlagen? willst so hoch hinaus?

Sigismund schüttelt wieder den Kopf.

ANTON *hält inne mit dem Kehren* Bald dus nicht sagst, wird der Toni schiech. Freut dich das Böse? Bist ein Teufel? Ein Sotek bist! Ein Spirifankerl. Fledermauskrallen werden dir wachsen!

Sigismund hebt stumm flehend die Hände.

ANTON Also sags. Du sollst reden mit mir. Reden ist Menschheit. Wenn die Viehheit reden könnt, wären Wolf und Bär die Herren, täten kommandieren auf der Welt. An der Red erkennt man den Mann. – Hast wollen schlafen gehen, Licht auslöschen? – du hast vergessen wie man tut, hast den Kien ins Stroh gesteckt, hast gemeint, so löscht man ihn aus? Darauf hast dir einen Schippel Haar ausgerissen, haben gebrannt lichterloh und gestunken wie dem Teufel sein Huf? Ja?

SIGISMUND Groß war mein Feuer!

ANTON O du gspaßiger Vogel! wie deine Haar verbrannt waren, hast das Gewand ausgezogen, dem Lohfeuer nachgeschmissen, hast geschrien: Feuer, zieh die Hosen an, damit dich niemand glanzen sieht!

SIGISMUND *schnell* Mein Vater war im Feuer.

ANTON Wie hat er denn ausgeschaut? Ein Feuergesicht, ein rauchiger Mantel, ein blaulodernder Bauch und glühende Schuh?

SIGISMUND *sieht weg* Mein Vater hat kein Gesicht!

ANTON Feuernärrischer Lapp, einen Tunker hast gmacht am Stroh, und die Glut hat dir die Haar versengt: geträumt hat dir das Übrige.

SIGISMUND Mir hat nicht geträumt! Das Feuer war da und ich war da, so hab ich das Feuer gesehen und das Feuer hat mich gesehen!

ANTON Du Fledermaus!

Sprengt geweihtes Wasser über ihn aus einem kleinen bleiernen Becken, das unterm Kruzifix an der Mauer hängt

Aufräumen jetzt! Bist ein Mensch? der grauste sich, wenn ein Zimmer ausschaut wie dem Teufel seine Bettstatt.

SIGISMUND *angstvoll* Anton, was ist denn das: ein Mensch – wie ich ein Mensch bin?

ANTON *gießt ihm Wasser ins Becken* Da, wasch dir dein Gesicht, so kommst auf andere Gedanken.

Man hört die Tür von außen aufsperren.

Da hast ein Tüchel.

Wirft ihm ein bunt baumwollenes Tuch zu, Sigismund wischt sich ab.

Und jetzt! da schau hin! heimgsucht wirst! das ist jetzt ein fideles Gefängnis. Geht bald zu wie in einem Taubenschlag.

Von außen ist die eiserne Tür geöffnet worden. Eine Bauernfrau, Sigismunds Ziehmutter, ist eingetreten, bleibt unweit der Tür stehen. Sigismund kehrt sein Gesicht gegen die Wand.

BÄUERIN *tritt näher, zu Anton* Ist derselbige krank? weiß er nichts von sich?

Sigismund verbirgt Kopf und Hände im Stroh.

BÄUERIN Sieben Jahr hab ich ihn nicht gesehen. Ists wahr, daß ihm Krallen gewachsen sind? glühende Augen, wie bei einem bösen Nachtvogel?

ANTON Gelogen! zeig deine Händ, Sigismund. – Dort ist er, schau Sie!

SIGISMUND *faßt sich* Mutter, bist du zu mir gekommen?

BÄUERIN *tritt zu ihm* Dein Haar ist wirr. Wo hast du deinen Kamm? Gib ihn mir, daß ich dich kämme.

Anton reicht ihr aus einer Wandnische einen bleiernen Kamm.

BÄUERIN *kämmt Sigismund das Haar* Ebenbild Gottes, halt auf dich. Weißt nicht mehr, wie die Bäuerinnen durch den Zaun gespäht, wegen deiner weißen Wangen, rabenschwarzen Haare? Milch und Honig vor die Tür gestellt, ich dich hab verstecken müssen, Fensterladen zurammeln! Streng war das Verbot!

SIGISMUND Wo ist der Mann?

BÄUERIN Der Ziehvater ist tot seit vier Jahren. Bet mit mir für seine Seele: Gegrüßt seist du Maria, voll der Gnaden. – Hast mich verstanden. Bet mit mir. Siehst ihn nie wieder.

SIGISMUND Ich seh ihn recht oft. Erst vorige Nacht. Er liegt hinterm Ofen in einer ganz finsteren Kammer. Ist das die Hölle wo sie liegen, auf feurigen Betten, ihnen mit Angelhaken die Zunge aus dem Mund gerissen wird? – oder sind wir schon hier in der Hölle?

BÄUERIN *greift nach ihrem Rosenkranz* Bet mit. Bet um Erleuchtung.

SIGISMUND Ich möchte wohl, aber es läßt mich nicht. – Ich brings nicht auseinander, mich und das andere. Es wächst mit mir zusammen. Unken und Asseln, Mauern und Türm. Es ist alles bald groß bald klein, daß mir schwindelt. Ein Strohhalm wie ein Balken legt sich auf meine Seel, zerquetscht sie. Einen Turm, einen Berg blas ich vor mir hin wie Staub, so – ist meine Seele so stark?

BÄUERIN Deine Seele ist ein Web aus reinem unverlöschlichem Licht, so wie das Linnen, das gebunden war an seinen vier Zipfeln, darin das Gewürm war und die Tiere der Erde. Bind es auf, fällt das Getier heraus, das weiße Tuch aber bleibt rein und fährt leuchtend wieder hinauf zum Himmel, von da es heruntergehalten worden ist.

SIGISMUND Wo ist aber meine Seele?

BÄUERIN Wie denn, wie fragst du da?

SIGISMUND Ich frag recht. – Weißt du noch das Schwein, das der Vater geschlachtet hat, und es schrie so stark und ich schrie mit – und wie ich dann kein Fleisch hab anrühren können, und hättet ihr mir mit Gewalt die Zähn aufgebrochen, auch nicht. Dann ist es an einem Kreuzholz gehangen, im Flur an meiner Kammertür; das Innere so finster, ich verlor mich darin. – War das die Seele, die aus ihm geflohen war in dem letzten schrecklichen Schrei? und ist meine Seele dafür hinein in das tote Tier?

BÄUERIN Du sprichst nicht recht. Bet mit mir: Vater unser, der du bist in dem Himmel –

SIGISMUND Mutter, nimm mich zu dir! dein Gesicht ist wie ein Apfel und auch wieder erdig, deine Augen wasserhell wie

Ewiges. Nimm mich zu dir hinüber: denn wo bist du und wo bin ich?

BÄUERIN Wir sind vereinigt an einem leiblichen Ort, und wenn du mit mir betest, dann sind wir auch geistlich an einem Ort.

SIGISMUND Du bist nicht meine Mutter dem Fleisch nach, so hörst du nicht meine Stimme, die zu dir ruft!

BÄUERIN Ich höre deine Stimme.

SIGISMUND Nicht die wahre, die wird nicht gehört mit diesen Ohren, sondern die wird gehört von der Mutter zum Kind mit Ohren, die unter dem Herzen sind. Wo ist meine Mutter dem Fleische nach? warum hilft sie mir nicht? wo ist mein leiblicher Vater, daß er mich im Stich läßt! da er mich doch gemacht hat! Ich recke die Hände und schreie nach ihm: Vater!

BÄUERIN *zeigt aufs Kruzifix* Da ist dein Vater und dein Erlöser! Sieh hin auf den! – drück dir sein Bild ins Herz, das Herz ist weich, das Bild ist hart, drücks ein, wie einen Stempel und Prägestock!

SIGISMUND *sieht lange hin, ahmt die Stellung nach, mit ausgebreiteten Armen; dann läßt er die Arme sinken* Ich brings nicht auseinander, mich mit dem und aber mich mit dem Tier, das aufgehangen war an einem queren Holz und ausgenommen und innen voller blutiger Finsternis. Mutter, wo ist mein End und wo ist dem Tier sein End?

BÄUERIN Hab dein Leiden lieb! reiß' heraus aus dir und opfers Ihm auf unter seine blutigen Füß!

SIGISMUND Ich kann mein Leiden nicht ausreißen aus mir! ist alles eins mit mir! bleibt dann nichts drin!

BÄUERIN Du mußt können! Schau an seine brechenden liebevollen Augen –

SIGISMUND *schließt die Augen* Kanns nicht sehen. In mir ist rotes Feuer und Finsternis. Er soll mir helfen!

BÄUERIN Auf die Augen! Schau hin! verlassen vom Vater im Himmel! Mit Dornen gekrönt, mit Ruten geschlagen, ins Gesicht gespien die Kriegsleut! erschau das!

SIGISMUND Umgekehrt! hat frei herumgehen dürfen! auf einem Schiff fahren! Hochzeit mitessen! Burg einreiten aufm Palmesel und alle gejubelt um ihn!

BÄUERIN Schau hin, Bock du, widerspenstiger! Dahin hat ihn 's Schiff gefahren! dahin hat ihn die Eselin getragen! Nägel durch die Händ! die Knöchel durchschlagen! den Leib angestochen! Auf die Augen! Fest die Augen auf ihn! an ihn denken bei Tag und Nacht oder du gehst verloren!

Sigismund verhält sich die Augen mit der Hand.

Bäuerin tritt hart an ihn.

SIGISMUND *schreit auf* Mutter, erzürne mich nicht! Ah!

Bäuerin tritt zurück.

SIGISMUND Keinen Leib an meinen Leib! Messer und Ketten, Prügel und Stein, aber keinen Leib.

BÄUERIN *faltet ihre Hände, betet* Ihr heiligen vierzehn Nothelfer, ihr starken Kämpfer und Diener Gottes, wunderbar in der Kraft, fest in der Beständigkeit des Glaubens, stehend vor Gottes Thron, verherrlichet und gekrönt mit goldenen Kronen, fahret herbei, diesem zu Hilfe, tuet ab von ihm gefletschte Zähne, geballte Fäuste, lieber lasset die Hände abfallen, die Füße lahmen, die Augen erblinden, die Ohren ertauben und bewahret seine Seele vor der Gewalttat und dem Übel. Amen.

SIGISMUND *still wie zuvor* Mutter, du bist nicht meine Mutter, aber ich war dir anvertraut und du hast mir Essen gegeben anstatt meiner Mutter – du wendest dich und gehst von mir fort? Weißt du denn, was geschehen wird mit mir?

Hinten ist die Tür abermals aufgesperrt worden und Julian ist eingetreten. An der Tür wird eine andere Person sichtbar, die wartet. Bäuerin neigt sich, küßt Julian den Rock. Julian bleibt stehen.

SIGISMUND *flüchtet auf sein Strohlager* Anton! schau hin! da ist mein Mörder über die Schwelle getreten!

JULIAN In der Art ist er gesänftiget? Hat das Weib nichts Besseres vermocht? und du –

ANTON *halblaut zu Sigismund* Meinen Herrn darfst nicht schelten! Das wär halt keine Manier. So was darf man sich nicht einmal im Stillen denken, geschweig denn herausschreien.

JULIAN *tritt näher* Sigismund, ich bin zu dir gekommen.

Winkt, Anton gibt ihm einen niedrigen Holzstuhl ohne Lehne, auf den er sich setzt

Ich komme, um dir Freude zu bringen, Sigismund. Achte gut auf das, was mein Mund jetzt spricht: du hast eine schwere, lange Prüfung überstanden. Fassest du meine Rede?

Sigismund zittert, sagt nichts.

JULIAN Du hast viel ausgestanden. Dein Leben war hart und einsam. Zuzeiten hat Angst und Kummer dein Gemüt verstört. Aber die Prüfung, habe ich mir sagen lassen, hat dich nicht töricht gemacht, sondern weise.

Sigismund verbirgt seine Hände unter den Zwilchärmeln.

JULIAN Achtest du auf mich?

SIGISMUND Du bist oberste Gewalt über mir, vor dir zittere ich. Ich weiß, daß ich dir nicht entrinnen kann.

Er verbirgt unwillkürlich seine Hände

Ich sehe auf deine Hände und deinen Mund, damit ich wohl verstehe, was du willst.

JULIAN Gewalt ist von oben verliehen. Von einem Höheren als ich bin, merke wohl. Ich war aber dein Retter. Heimlich goß ich Öl deiner Lebenslampe zu; durch mich allein ist noch Licht in dir. Das merke dir. Dünke ich dir so fremd, Sigismund? Hab ich dich nicht einen Winter lang neben mir an einem hölzernen Tische sitzen lassen und vor dir das große Buch aufgeschlagen und darin dir Bild für Bild die Dinge der Welt gewiesen, und sie dir mit Namen genannt und dich dadurch ausgesondert unter deinesgleichen?

Sigismund schweigt.

JULIAN Hab ich dir nicht erzählt, von Moses mit den Tafeln und Noah mit der Arche und Gideon mit dem Schwert und David mit der Harfe, von Rom, der großen, mächtigen Stadt und ihren Kaisern, und daß von ihnen unsere erlauchten Könige abstammen? Hab ich dir nicht Begriff gegeben, von Herr und Knecht, von Fern und Nah, von Himmlisch und Irdisch? Antworte mir!

Sigismund starrt zu Boden.

JULIAN Hab ich dich nicht erzogen, will sagen: gezogen nach oben, heraus gezogen aus der Tiernatur, die auf die Erde starrt, weil sie gebacken ist aus Leim und Asche und dein Angesicht nach oben gerissen zum Gewölb des Himmels, dahinter Gott wohnt? – Blick auf, gib Antwort auf der Stelle! Oder leugne, wenn du kannst!

Sigismund nickt.

JULIAN Ungeheure Wohltat hab ich dir demnach erwiesen. Hineingetreten bin ich in deine Finsternis, wie der Mond, die silberne, gekrümmte Lampe, zu der die Heiden beten. Anbeten solltest du mich dafür nach Recht, niederfallen vor mir und den Zipfel meines Rockes fassen!

SIGISMUND Ungleich dem Tier hab ich Begriff von meiner Unkenntnis. Ich kenne, was ich nicht sehe, weiß, was fern von mir ist. Dadurch leide ich Qual wie kein Geschöpf.

JULIAN Wunderbarer Vorzug! Danke mir! Preise mich noch mit dem letzten Atemzug! Zum Betrachter der Gestirne hab ich dich gemacht, zum Genossen der Engel! Einen gewaltigen Magier habe ich aus dir gemacht, gleich Adam und Moses! denn ich habe das Wunder der Sprache in deinen Mund gelegt.

Sigismund birgt sich leise stöhnend im Stroh.

JULIAN Ha! so liebe ich dich, Sigismund: denn dadurch wird der Mund des Menschen gewaltig, daß er in die Buchstaben seinen Geist eingießt, rufend und befehlend! – Warum stöhnst du?

SIGISMUND Ein furchtbares Wort aber ist: das wiegt alle anderen auf!

JULIAN Was ist das für ein Wort? wie heißt das Wort? Ich bin begierig, was das für ein Zauberwort ist!

SIGISMUND Sigismund!

Er fährt sich mit den Fingern über die Wangen und den Leib hinab

Wer ist das: ich? Wo hats ein End? Wer hat mich zuerst so gerufen? Vater? Mutter? Zeig mir sie!

JULIAN Deine Eltern haben dich von sich getan. Du warst schuldig vor ihnen.

SIGISMUND Grausig ist das Tier. Es frißt die eigenen Jungen, noch feucht aus dem Mutterleib. Meine Augen habens gesehen. Und doch ist es unschuldig.

JULIAN Forsche nicht, bis der Vorhang zerreißt. Steh auf dir selber! allein! So hab ich dich ausgestattet! Kriechende und reißende Getiere, an denen dein kindischer Sinn hängt, sind aus der Erde gewirkt, Bäume und Fische aus Wasser, Vögel aus Luft, Sterne aus Feuer, du aus noch reinerem Feuer. Lichtgeist, vor dem Engel knien! Feuersohn, oberster! Erstgeborener!

SIGISMUND Warum redest du so groß zu mir? was schwingst du in der Hand, das funkelt und glüht?

JULIAN Wonach Hirsch und Adler und Schlange lechzen: daß sie durch Pflanzen und Steine, durch Tränke und Bäder ihr Leben erneuern: denn zweimal geboren wird der Auserwählte. Feuerluft schwinge ich in der Hand, Elixier des neuen Lebens, balsamische Freiheit!

Sigismund schaudert vor dem Fläschchen in Julians Hand zurück.

JULIAN *leise zu Anton* Sprich ihm zu! Sag ihm von einer Reise!

ANTON Hurra! Sigismund! wir machen eine Reis! groß ist die Welt! schön ist die Welt! auf ausm Stroh!

SIGISMUND Weh! muß ich für immer ganz ins Dunkle zurück!

JULIAN Ans Licht! So nah ans Licht, daß nur ein junger Adler nicht blind wird. – Trink dies.

SIGISMUND Du hast mich gelehrt, daß sie Gefangene in einem Trunk vergeben. Sag mir zuvor, wer ich bin, und ich folge dir wie ein Lamm.

Julian ist zur Tür getreten und hat gewinkt. Ein vermummter Diener, der einen Becher trägt, ist eingetreten. Julian nimmt den Becher, gießt aus dem Fläschchen ein, birgt das Fläschchen wieder in seiner Gürteltasche. Der Diener verschwindet.

JULIAN *hält Sigismund den Trank hin* Du bist du. Dir fehlt die schimmernde Ahnung, was das heißt: Leben. Höre: durch Taten ist die Welt bedingt. Hast du Begriff, was Taten sind? Trink und sieh zu.

SIGISMUND *fällt nieder* Sag mir, wer ich bin?

ANTON Sie werdens dir schon sagen, bald du wo eingetroffen bist! Nur nicht im voraus viel fragen, das macht die Leut aufsässig! Bürst ihn weg, den Trank!

SIGISMUND *weicht zurück* Ich hab Angst! Ich kenne es seinen Blicken an, daß ich sterben muß, Anton!

JULIAN Genug geredet. Es ist Zeit, daß wir unsere Reise antreten.

SIGISMUND Hilf mir, Anton!

ANTON *kniet neben Sigismund nieder* Nur leben lassen, Euer Gnaden! nur nicht umbringen! ist so ein junges Blut! Man kann ihm einen Maulkorb vors Gesicht hängen, daß er mit niemandem mehr reden kann, nur am Leben lassen, Euer Gnaden!

JULIAN Sollen dich die Knechte mit Fäusten packen, dich zwingen zu deinem Heil?

SIGISMUND Kommst du mir so?

Er steht auf, und verharrt einen Augenblick in tiefem Sinnen, dann –

Ich trinke.

Nimmt den Becher und trinkt aus, indem er Julian dabei unausgesetzt ansieht; dann gibt er ihm den Becher zurück

Und ich zieh dich nach, vor Gottes Gericht.

Er sieht Julian unverwandt an, sein Gesicht verändert sich

Ah! du! ich zieh dich nach!

Nach diesem Aufschrei taumelt er und schließt die Augen. Er geht ein paar Schritte nach hinten und setzt sich auf den Boden.

JULIAN *indem er auf Sigismund hinsieht* Zieh mich nach auf den Thron!

Anton schneuzt sich. Julian winkt ihn heran, gibt ihm den Becher. Sigismund sitzt auf dem Boden, sein Kopf sinkt gegen die Mauer.

ANTON *läßt den Becher fallen, will hin* Ich muß ihm den Kopf halten! er soll nicht sterbender am harten Stein lehnen.

JULIAN *hält ihn* Schweig, Narr! wer redet vom Sterben! der fängt jetzt erst zu leben an.

ANTON Schaun doch Euer Gnaden, wie sanft er ausschaut!

Kniet bei Sigismund, streichelt ihm die Füße

Sieht denn Euer Gnaden nicht, er hat einen Heiligenschein überm Gesicht! o du heiliger verklärter Marterer du!

JULIAN Nichts sehe ich, als die angekündigte Wirkung des Elixiers. Der Trank ist das Honorar wert.

Sigismund schlägt die Augen auf.

ANTON *bei ihm knieend* Da schaust her! jetzt hat sich der Heiligenschein in ihn hineingezogen, wie die Fetten in einen Krapfen! – Das muß ein Gutes sein, der Elixier. Ich möcht wohl das Becherl ausschlecken.

JULIAN *setzt den Fuß darauf* Untersteh dich!

SIGISMUND *richtet sich auf, geht gegen vorne* Welche Versammlung von Gedanken in mir. Mächtig stehen sie in meiner Brust, wie gekrönte Könige.

ANTON Jetzt hat der so martialische Gedanken!

SIGISMUND *mit einem lächelnden Ausdruck* Es glaubt der Mensch, er tue übel an seinesgleichen oder gut: aber wer berührt das Innere? Das ist unberührbar. – Ich habe geklagt, daß mein Vater verborgen sei.

Er lacht leise

Mein Vater ist ja bei mir. Der Mensch erkennt schwer, was ihm nahe ist: er sieht die Mauern, aber er sieht nicht, wer mit im Zimmer ist. Hier innen

Er kreuzt die Arme über der Brust

sind die vier Enden der Welt; schneller als der Adler flieg ich von einem zum andern, und doch bin ich aus einem Stück und dicht wie Ebenholz: das ist das Geheimnis.

ANTON Jetzt redt der Bub so schön, wie ausm Büchl!

JULIAN Schweig und ruf die Knechte!

ANTON *geht gegen die Eisentür, die angelehnt ist* Sind schon da!

Sigismund nähert sich den beiden freundlich, aber nicht als ob er sie erkennte. Zwei vermummte Knechte sind leise eingetreten, halten sich nahe der Türe.

SIGISMUND *zu Julian und Anton, aber wie zu Fremden* Fürchtet euch nicht in unserer Versammlung, ihr Nichtgestorbenen! und sehet ihr auch Engel, die hinter mir stehen? Engel und Teufel sind eins: sie haben den gleichen heimlichen Gedanken.

Er tritt noch einen Schritt vor

Seht ihr auf meinen Mund, daß ich ihn euch sage? Eines Menschen Mund ist wie eine Blume, aber unverwelklich! Aus ihm steigt die Lobpreisung. Der Mensch ist eine einzige Herrlichkeit, und er hat nicht zuviel Leiden und Schmerzen, sondern ihrer zu wenig. Das sage ich euch!

Mit veränderter Stimme

Es hebt mich auf. Ganz weg ist alle Furcht. Nur die Füße werden auf einmal so kalt. Wärm sie mir, Anton.

ANTON *bei ihm* Erkennst mich denn?

SIGISMUND Heb sie mir in den feurigen Ofen, darin wandeln singend die Jünglinge, meine Brüder: Herr Gott, dich loben wir! Von Angesicht zu Angesicht! Auserlesen!

Er wirft die Hände nach oben

Vater – in deine Hände –

Fällt zusammen.

Die zwei vermummten Knechte treten vor.

JULIAN Das fürstliche Gewand bereitgelegt? die Schuh, der Gürtel, alles? Ihn einkleiden, ehrerbietig!

Die Knechte nehmen Sigismund auf.

JULIAN *hat seinen Mantel über ihn gebreitet, dann zu Anton* Den Reisewagen anschirren lassen! Die Eskorte soll bereit sein zum Aufsitzen. Die Wache ins Gewehr treten. Wink draußen aus dem Fenster.

Anton zieht sein Tüchel heraus, läuft hinaus. Die Knechte tragen Sigismund hinaus. Julian folgt. Trompetensignal draußen.

DER DRITTE AUFZUG

Das Sterbegemach der Königin, in der Königsburg. Im Hintergrund ein hohes Fenster. In der rechten Wand ein Alkoven mit dem Bett, durch einen Vorhang verschließbar. Links vorne ein Oratorium, von welchem man in die Kirche hinabsieht. In der Mitte der linken Wand der Eingangstür gegenüber ein Kamin. Aus dem Oratorium führt eine geheime Tür in einen schmalen Gang, von dem der Anfang noch in der linken Kulisse sichtbar ist. Hier kann man sich aufhalten und durch ein Fenster des Oratoriums unbemerkt in das Hauptgemach sehen. Das Gemach ist karmesinrot ausgeschlagen, desgleichen der Alkoven und das Oratorium. Die Fensterladen sind zu. Im Alkoven brennt ein ewiges Licht.
Der Kastellan sperrt von draußen auf und tritt mit zwei Dienern ein, indem sie nur einen Flügel der Haupttür öffnen. Die Diener öffnen die Holzladen an dem hohen Fenster im Hintergrund: draußen ist heller Tag.

KASTELLAN *mit dem großen Schlüsselbund klirrend* Das Sterbegemach der hochseligen Königin! Unbetreten durch diesen Haupteingang seit einundzwanzig Jahren. Die ehrwürdigen Schwestern von der Heimsuchung, deren zwei hier von Mitternacht bis Morgengrauen im Gebete verharren, betreten es durch diese kleine Tür, welche durch eine Wendeltreppe, die im Pfeiler verborgen ist, zur Sakristei hinabführt.
Man hört von unten die Orgel und den Gesang der Nonnen. Der Kastellan tritt an den Alkoven, besprengt das Bett mit Weihwasser aus einem silbernen Becken am Eingang des Alkovens, schließt dann ehrerbietig den Vorhang. Man hört draußen die Annäherung von Menschen. Dann das dreimalige Stoßen einer Hellebarde auf den Steinboden. Auf einen Wink des Kastellans eilen die Diener hin und öffnen die Flügeltür sperrangelweit. Der Hof tritt ein; Trabanten, Stabträger, Pagen mit Wachslichtern. Dann der Träger des Reichsbanners mit dem Silbernen Adler, so-

dann ein Page, der auf karmesinrotem Kissen des Königs Gebetbuch und Handschuhe trägt. Der König, den krummen Säbel umgehängt, seinen polnischen Hut in der Hand. Dicht hinter ihm sein Beichtiger. Hofherren paarweise, zuvorderst Julian allein; hinter den Hofherren vier Kämmerer. Zuletzt der Arzt, mit ihm sein Gehilfe – ein junger Mensch mit einer Brille –, hinter diesem Anton, der ein verdecktes silbernes Becken trägt. – Der König bleibt in der Mitte des Gemaches stehen, hält seinen Hut hin. Ein Page springt vor, nimmt den Hut mit gebogenem Knie. Der König nimmt seine Handschuhe von dem knieend dargereichten Kissen, zieht den linken an, steckt den rechten in den Gürtel. Die Trabanten und die Stabträger sind rund ums Gemach und wieder zur Flügeltür hinausgegangen, ebenso der Kastellan und die Diener. Die Flügeltür wird geschlossen. Zwei Stabträger nehmen an der Tür innen Stellung. Die Herren stellen sich links, Julian am äußersten rechten Flügel, vor dem Oratorium auf. Der Arzt und der Gehilfe stehen nächst der Tür. Der König tritt auf den Alkoven zu. Ein Kämmerer eilt hin, zieht den Vorhang auf. Ein anderer Kämmerer reicht dem König den Weihwasserwedel. Der König besprengt das Bett, kniet dann nieder, verharrt einen Augenblick im Gebet. Der Beichtiger kniet mit ihm. Der König steht auf, tritt in die Mitte, Beichtiger seitlich etwas hinter ihm. Der Gesang und die Orgel haben aufgehört.

KÖNIG *zum Beichtiger* Ich habe vor dem Sterbebette meiner seligen Gemahlin für mich gebetet und für ihn. Das kurze Gebet hat meine Seele wunderbar erfrischt.
Er winkt den Arzt zu sich
Ihr beharrt drauf, Euch zurückzuziehen?

ARZT Eure Majestät hat mir diese einzige Bedingung bewilligt: daß es mir erlassen bleibe, selbst vor das Angesicht des Prinzen zu treten, wenn sich die Nötigung ergeben sollte, nochmals eine Betäubung vorzunehmen. Mein Gehilfe ist von allem unterrichtet, das heißt von den Handgriffen, die nötig werden könnten – nicht von dem Tatbestand.
Leiser
Er sieht in dem Prinzen einen geistig Kranken, an dem Eure Majestät um entfernter Verwandtschaft willen Anteil nehmen. Möge alles –– Ich habe einen Schwamm getaucht

in Essenzen von unfehlbarer Wirkung. Die Betäubung tritt augenblicklich ein, wenn der Duft der Essenz eingeatmet wird, sei es mit Willen, sei es gezwungener Weise. Der Diener dort trägt ihn in einer verdeckten Schüssel. Er war dem Gefangenen vertraut, er kann, wenn es notwendig ist, Beistand leisten. – Mögen diese Vorbereitungen sich als überflüssig erweisen, darum bete ich zu Gott.

KÖNIG So beten wir unablässig seit neun Tagen und Nächten. – Ihr seid uns in diesen Tagen sehr nahegekommen. Wir betrachten Eure illustre Person von Stund an als die unseres zugeschworenen Leibarztes.

Reicht die Rechte zum Kuß, der Arzt beugt sich über die Hand. Der Arzt schreitet zur Tür, Stabträger öffnet ihm, der Arzt geht hinaus, an der Tür verneigt er sich nochmals.

KÖNIG Stärke mich unaufhörlich mit deinem Rat, ehrwürdiger Vater. – Ich habe mich von meinen Ratgebern überreden lassen. – Ich habe meine weiche menschliche Natur der höheren Einsicht unterworfen.

BEICHTIGER Auch die Heilige Schrift –

KÖNIG Ich weiß. Auch die Heiden. Selber die Heiden. Es waren die höchsten Beamten in Rom, Königen vergleichbar. Sie standen nicht an, den eigenen Sohn –

BEICHTIGER Zweien Söhnen ließ der Konsul das Haupt an einem Tag vor die Füße legen.

KÖNIG Zweien! An einem Tag! Was waren seine Argumente? Gegenwart der Argumente ist alles.

BEICHTIGER Damit dem beleidigten Gesetz Genugtuung werde.

KÖNIG Wie, dem Gesetz? Das Gesetz? Ja ––

BEICHTIGER Das Gesetz und der Souverän sind eins.

KÖNIG Vatersgewalt – der Vater ist der Schöpfer – die Gewalt abgeleitet unmittelbar –

BEICHTIGER Von der Gewalt des schaffenden Gottes, dem Quell alles Daseins.

KÖNIG *tritt einen Schritt von den Höflingen weg, zieht den Beichtiger nach sich* Und die Absolution, wenn ich mich genötigt sehe, ihn dorthin bringen zu lassen wiederum – meinen leiblichen Sohn – wiederum hin, wo die Sonne ihn nicht bescheint –?

BEICHTIGER Du zweifelst? Zur Verhütung unabsehbaren Übels!

Es hat von draußen an der Tür gescharrt.

KÄMMERER *ist hingegangen, spricht mit jemandem durch die halboffene Tür. Tritt dann zum König, mit gebeugtem Knie* Der Stallmeister ist vor der Tür, der den fremden Prinzen auf seinem Ausritt begleitet hat. Er ist auf kürzerem Wege vorausgeeilt. Der Prinz wird in wenigen Augenblicken in den Burghof einreiten.

König winkt. Stabträger öffnet, läßt den Stallmeister eintreten. Stallmeister eilt zum König, beugt die Knie. König winkt ihm zu sprechen.

STALLMEISTER Euer Majestät zu melden: Dieser fremde Prinz ist ein schlechter Redner, dann er tut beinahe den Mund nicht auf, aber das kann ich beschwören, ein geborener Reiter.

KÖNIG Ei!

STALLMEISTER Er kam vor das für ihn herausgeführte Pferd – und stellte sich zuerst an, als hätte er noch nie den Fuß in einen Bügel gesetzt. Er ließ sich von mir die Zügel in die Hand legen – dann wollte er aufsteigen und setzte den rechten Fuß vorauf, – die Stallburschen lachten – der Fuchs wurde unruhig – da gab uns der Prinz einen Blick wie kaltes Eisen – und dann schwang er sich ohne Bügel hinauf und saß im Sattel und hielt die Sprünge des ungebärdigen Fuchsen aus, wie der fürstlichste Kavalier unter der Sonne.

König sieht Julian an.

JULIAN Er ist im Leben nie auf einem Pferde gesessen! Ich war des strengen Verbotes immer eingedenk.

KÖNIG Eine Herrschaft über sich selber ohnegleichen! Muß ich nicht die ungeheure Gewalt der Verstellung fürchten?

JULIAN Wie, mein gnädiger König?

KÖNIG Er würdigt die Personen, die Wir ihm zum Gefolge gegeben haben, kaum eines Blickes, – welche Sprache ist von ihm zu erwarten, wenn er vor Uns tritt?

JULIAN Die ehrerbietigste, aber freilich nicht wie sie an einem Hofe gesprochen wird.

KÖNIG Sondern?

JULIAN Wie vielleicht die Engel sprechen. Seine Sprache ist Zutagetreten des inwärts Quellenden – wie beim angehauenen Baum, der durch eben seine Wunde einen balsamischen Saft entläßt.

Der Stallmeister zieht sich mit gebeugtem Knie zurück.

KÖNIG *winkt einen der älteren Höflinge zu sich* Ist der junge Kavalier, der dem Prinzen als Dienstkämmerer beigegeben ist –

HÖFLING Graf Adam vom Weißen Berge –

KÖNIG Ist ihm eingeschärft, daß er den Fremden durch geschickte Fragen und Anmutungen aller Art, wie zwischen jungen Leuten üblich – dazu verleitet, unvermerkt seine Beschaffenheit zu enthüllen?

HÖFLING Der Graf weiß, daß Eure Majestät von verborgener Stelle aus das Gespräch anzuhören geruhen werden, das er scheinbar unter vier Augen mit dem jungen Fürsten führen wird.

KÖNIG *zu Julian, leise* Der oberste Begriff der Autorität ist diesem Knaben eingeprägt? der Begriff unbedingten Gehorsams?

Er sieht ihn scharf an.

JULIAN *hält den Blick aus* Mein König bedenke, daß der Jüngling diese Welt nicht kennt, so wenig als seine Stellung in ihr. Er kennt ein Höchstes: er hebt seine Augen zu den Sternen und seine Seele zu Gott.

KÖNIG Wir wollen hoffen, daß dies genüge.

Sehr hörbar

Denn die Welt ist außer Rand und Band und Wir sind entschlossen, das um sich greifende Feuer zu ersticken, – und wenn nötig, in Strömen Blutes.

Die Höflinge, die zuhinterst, dem Fenster zunächst stehen, spähen hinab. Die Pagen drängen sich in der Nähe des Fensters zusammen und suchen unter einiger Unruhe hinunterzusehen. König bemerkt es, sieht hin.

KÄMMERER Der Prinz steigt vom Pferde. Graf Adam will ihm den Bügel halten, aber er kommt ihm zuvor. Er wendet sich gegen das Portal und tritt in die Burg.

KÖNIG *zu Julian, sich mit Mühe beherrschend* Ich will ihn noch nicht sehen.

Er führt Julian von den Höflingen weg, nach vorne
Ein großer Augenblick, ein furchtbar entscheidender Augenblick.

JULIAN *fällt auf die Knie* Seine Worte klingen zuweilen heftig und jäh – bedenke Eure Majestät in ihrer Weisheit und Langmut: das Wesen hat nie einen Freund gehabt.

KÖNIG Auch ich habe nie einen Freund um mich gehabt.

JULIAN *auf den Knien* Sein junger Fuß hat nie einen Schritt getan, ohne eine schwere hündische Fessel!

KÖNIG Auch ich, Graf Julian, habe nie einen freien Schritt getan.

JULIAN *auf den Knien* Sei langmütig, großer Fürst, mit dem Geprüften!

KÖNIG *sieht ihn an* Sei du für immer sein Berater, mein weiser Julian, milder ihm, als der meine mir!
Er nimmt eine goldene Kette mit dem Weißen Adler in Edelsteinen vom Hals und hängt sie ihm um, und spricht dazu
Sic nobis placuit.
Reicht Julian die Hand zum Kusse, hebt ihn auf. Man hört nun wieder die Orgel, aber ohne Gesang. Auf ein Geräusch an der Tür ist der eine Kämmerer hingegangen und hat währenddem mit dem Draußenstehenden gesprochen. Dann steht er und sieht auf den König. König winkt ihn heran.

KÄMMERER Der Prinz begehrt in ein inneres Gemach und zu ruhen.

KÖNIG Was spricht er?

KÄMMERER Kaum ein Wort, keine Frage. Nur dies sagte er, was ich melde.
König nickt.

BEICHTIGER Er begehrt in seines Vaters Haus. Ducunt fata volentem.
Die Orgel schwillt etwas an, ohne sehr laut zu werden.

KÖNIG *wirds gewahr* Was ist dies? Aus der Kirche herauf? Man heiße dies einstellen –

JULIAN Lasse mein König dies gewähren. – Seine Seele ist für Töne empfänglich und – bedenken in Gnaden! – er hat nie eine andere Musik gehört als die rauhe Trommel oder die schneidende Trompete!

KÖNIG *winkt einen der Höflinge zu sich* Versammle den Hof – außen.

Die Stabträger öffnen die Tür, die Pagen laufen ab, die Stabträger treten ab. Die beiden jungen Kämmerer und einige Höflinge treten ab. – Der König zu der Gruppe, die geblieben. Der Kastellan ist eingetreten mit den Schlüsseln und übergibt sie dem Ältesten unter Verneigen, geht wieder ab.

KÖNIG Ihr meine Vertrautesten, durch heilige Eide gebunden – wartet hier innen. Die anticamera, woselbst der Kleine Dienst der Königin sich vor der Messe zu versammeln pflegte – dort haltet euch auf. Was ich mit dem Prinzen zu sprechen habe, verträgt keine Zeugen. Trete ich aber mit meinem jungen Gast auf den Altan und lege ihm als Zeichen des Einvernehmens väterlich den Arm um seine Schulter, dann lasset Posaunen erschallen: denn dann ist für dieses Königreich eine große Stunde herangekommen.

Die Höflinge verneigen sich und gehen. Man sieht sie durch die geheime Tür des Oratoriums in den kleinen Korridor links treten und sich nach links entfernen: außer dem Beichtvater. Ihnen folgt der Gehilfe des Arztes, hinter ihm Anton.

ANTON *im Vorübergehen zu Julian* Mir hat von schmutzigem Wasser geträumt und von ausgefallene Zähn! es geht schlecht aus.

KÖNIG *winkt dem Beichtvater zu warten, ruft dann Julian durch einen Wink des Auges* Jene Worte meines hochseligen Großoheims, Kaiser Karls des Fünften, treten mir vor die Seele, mit denen er seine Krone und Länder seinem einzigen Sohne, Don Philipp, übergab. Wenn Euch mein Tod, sprach er, in den Besitz dieser Länder gesetzt hätte, so würde mir ein so kostbares Vermächtnis schon großen Anspruch auf Eure Dankbarkeit gegeben haben. Aber jetzt, da ich sie Euch aus freier Wahl überlasse, da ich zu sterben eile, um Euch den Genuß derselben zu beschleunigen, jetzt verlange ich von Euch, daß Ihr diesen Völkern bezahlet, was Ihr mir dafür schuldig zu sein glaubt. –

Er hat die Augen voller Tränen.

JULIAN *kniet nieder und küßt ihm die Hand* Möge sich seine Seele dir offenbaren. Erringt nicht der Kristall unter gräßlichem Druck seine edle Gestalt? So ist er, wenn ihn dein Auge recht gewahrt.

KÖNIG Vielleicht werde auch ich mich für den Rest meiner Tage in ein Kloster zurückziehen – möge ein würdiger Sohn meinen Untertanen bezahlen, was er an Dank mir schuldig zu sein glaubt.

Sein Gesicht verändert sich, er winkt den Beichtiger zu sich, Julian tritt zurück.

KÖNIG *zum Beichtiger* Wo aber läuft der schmale Grenzrain, dessen Überschreitung vor Gott und der Welt – die äußerste Strenge rechtfertigen würde? wo? mein Vater? – du schweigst. Wenn er seine Hand gegen mich erhübe?

BEICHTIGER Das verhüte Gott!

KÖNIG Welche werden auch dann noch sagen: das Opfer der Staatsräson sei seiner verstörten Sinne nicht mächtig gewesen.

BEICHTIGER Weise Richter, mein König, haben die Erkenntnis gefällt: ein fünfjähriges Kind wird straffällig und kann durch das Schwert vom Leben zum Tod gebracht werden, wofern es zu wählen versteht zwischen einem vorgehaltenen Apfel und einem kupfernen Pfennig.

KÖNIG *lächelt* Ein fünfjähriges Kind! Höchst weise ersonnen! Ein wunderbares Paradigma! Ein Prinz, der zu Pferde sitzt wie ein geborener König und ein fürstliches Gefolge vor Stolz keiner Anrede würdigt, ist jedenfalls kein fünfjähriges Kind.

DER EINE KÄMMERER *kommt eilig durch die Tür rechts, meldet knieend* Sie kommen!

KÖNIG Wer ist mit ihm?

KÄMMERER Der Prinz hieß mit einer gebietenden Gebärde die Diensttuenden zurückbleiben. Graf Adam allein ist pflichtschuldig gefolgt und führt ihn die Treppe herauf hierher.

KÖNIG Fort! Dort hinein. Zu den Übrigen. Auch du, ehrwürdiger Vater.

Beichtiger und Kämmerer ab. Zu Julian

Du bleibst!

Man sieht den Beichtiger, hinter ihm den Kämmerer, durch den Korridor abgehen. Dann treten der König und Julian in den Kor-

ridor und bleiben sichtbar stehen, indem sie durchs Fenster in das Gemach spähen.

Das Gemach bleibt eine Sekunde leer, dann wird der junge Kämmerer, Graf Adam, an der Tür, die aufgeht, sichtbar: er öffnet von außen. Läßt Sigismund eintreten, tritt hinter ihm ein, und schließt die Tür. Sigismund ist fürstlich gekleidet, trägt aber keine Waffe im Gürtel. Er tritt herein, sieht sich um. Dann ans Fenster, sieht hinaus, dann wieder in die Mitte des Zimmers.

GRAF ADAM Sie haben ruhen wollen, gnädiger Herr. – Dieses Zimmer ist Ihnen zugewiesen vom fürstlichen Gebieter dieses Palastes, dessen Gast Sie sind.

Er zieht den Vorhang am Alkoven auf und deutet mit ehrerbietiger Gebärde auf das Bett.

Sigismund tritt hin, sieht das Bett, den Alkoven, das ewige Licht an; ein Schauder überfällt ihn, er tritt zurück.

GRAF ADAM *mit gespielter Unbefangenheit* Dies ist nicht das Bett, allerdings, auf dem Sie heute morgen erwacht sind. Sie kamen zu unerwartet früher Stunde. Sie waren im Reisewagen fest eingeschlafen – man trug Sie in das nächste beste Gemach. Indessen wurde dieses würdigere vorbereitet.

Sigismund sieht alles an; erblickt sich im Spiegel, der überm Kamin hängt; erschrickt etwas, verbirgt seine Hände unter den Ärmeln. Seine Miene drückt Mißtrauen aus und eine angespannte Wachheit. – Plötzlich läßt er den Kopf sinken. Der Kämmerer springt hin, stellt ihm einen Stuhl hin, der neben dem Kamin stand. Sigismund dankt mit einem schwachen Lächeln und einer kleinen Gebärde, läßt sich auf den Stuhl hin.

KÖNIG *mit Julian außerhalb des Gemaches als Zuschauer sichtbar* Höchst edel! Fürstlich in jeder Gebärde!

Er stützt sich auf Julian.

SIGISMUND *vor sich, leise* Mich hungert!

GRAF ADAM Ich befehle einen Imbiß hierher und reiche Ihnen knieend Brot und einen Becher Weins, aber nicht mehr als dies, zur Stillung des ersten hitzigen Hungers, –

Klatscht gegen die Tür in die Hände

he, Diener! – denn die Mahlzeit selber, die Freude des festlichen Tages, muß mein erhabener Gebieter mit Ihnen zu teilen das Glück haben – er will Sie zu seiner Rechten sitzen sehen und um Sie stehend die Großen, die seine Diener sind – er als erster will den Blick auffangen,

Kniet

mit dem Sie zu erkennen geben, daß Ihre Seele einem ungeheuren Umschwung des Glücks gewachsen ist.

Sigismund mustert ihn von oben bis unten, als wollte er fragen: wer bist du, daß du mir so nahekommst?

KÖNIG Meine Frau, wie sie leibt und lebt! Gegen jedes Zunahetreten gewappnet mit schierer stummer Unmöglichkeit!

Zu Julian

Hinein! und bereite ihn vor! ganz! sag ihm Alles!

JULIAN *leise* Alles, auch das Letzte?

KÖNIG *von Tränen übermannt* Auch das Letzte! sag ihm, daß sein Vater hier wartet, ihn an seine Brust zu drücken. Und dann öffne mir die Tür und laß mich allein mit ihm. Geh!

Julian tritt durch die geheime Tür ins Oratorium und von dort ins Gemach. Die Orgel war einen Augenblick stärker hörbar, weiterhin ist sie hie und da sehr leise vernehmlich. Der Kämmerer wird ihn zuerst gewahr, tritt zurück, verneigt sich. Auf einen Wink Julians geht er an die Tür, verneigt sich nochmals tief gegen Sigismund hin und geht hinaus. Sigismund wendet den Kopf, erblickt Julian, steht jäh auf, kehrt Julian den Rücken. Er zittert heftig.

JULIAN *läßt sich hinter Sigismund, drei Schritte von ihm, auf ein Knie nieder. Auch er kann seine Erregung kaum bemeistern. Leise* Prinz Sigismund!

Sigismund hebt die Hände wie flehend abwehrend vor sich hin, aber ohne sich Julian zuzuwenden, mit einem leisen, kaum hörbaren Laut des Schreckens.

JULIAN Ja, ich.

Eine Stille

Dies war die Reise, die ich dir versprach. Dies Haus ist ihr Ziel.

Sigismund sieht sich hastig um, wendet ihm sogleich wieder den Rücken.

JULIAN Habe ich dir je gelogen?

Sigismund schüttelt den Kopf, noch ohne sich ihm zuzuwenden.

JULIAN Hier ist Alles! Was dieses Wort bedeutet, kannst du nicht ermessen – aber indem du es vernimmst, ahndet dir viel. – Du bist weise: du willst die Welt nicht anders als sie ist. Jeden Augenblick nimmst du, wie er ist, möchtest nichts verändern – weil du gelernt hast: zu wissen.

Sigismund kehrt sich allmählich ihm zu.

JULIAN *erhebt sich und spricht aus der gleichen Entfernung* Du willst nicht fort, da man dich hergebracht hat. Du verlangst nichts; was man dir gibt, nimmst du – denn du weißt: es ist deines Vaters Haus.

Sigismund zuckt zusammen.

JULIAN Du hast dir gesagt, daß es dein Vater ist, der so über dich gebietet, und daß, nun du hier bist, er dir auch nahe ist: das hast du dir gesagt, Sigismund, denn dein Sinn ist stark und geht auf den Kern der Dinge. Du begreifst, daß deines Vaters Wege dir unerforschlich sein mußten, wie dem Getier deine Wege übers Getier. Du möchtest nicht leben, wenn nicht Höheres über dir wäre, so ist dein Sinn. – Du fragst nicht: Was ist mir geschehen? –

Sigismund schüttelt den Kopf.

JULIAN – Noch: Warum ist es mir geschehen? –

Sigismund schüttelt den Kopf.

JULIAN Denn dein Herz ist uneitel. Du verehrtest Gewalt, die über dir ist. Dir ahnt immer das Höhere, weil du selbst von Hohem bist. Und nun bist du bereit?

SIGISMUND Wohin führst du mich?

JULIAN Bleibe. Verbirg nicht deine Hände. Zeige sie ohne Scheu. Dies halte fest: ich bin deines Vaters Diener. Ein Mann ist bei jedem Atemzug des Höheren eingedenk.

Sigismund steht in unsäglicher Spannung.

JULIAN *nachdem er sich umgesehen hat* Sigismund, Kronprinz von Polen, Herzog von Gothland, ich habe dir den Besuch deines königlichen Vaters anzukündigen.

Die Orgel tönt nun stärker, schwillt mächtig an, die vox humana tritt gewaltig hervor.

Sigismund steht entgeistert. Dann sucht er mit den Augen wo dieser Klang herkomme, er sieht nach oben, zittert heftig. Tränen schießen ihm in die Augen.

JULIAN So recht. Laß die Orgel dir den Namen: Vater – in die Seele dröhnen. Vater, Schöpfer Himmels und der Erde! Von Angesicht! Fall nieder!

KÖNIG *außerhalb, aber sichtbar, kniet nieder und betet* Tu ein Wunder, Herr im Himmel! und versöhne ihn mit seinem Schicksal, dessen unschuldiges Werkzeug ich war. Amen.

Sein Gesicht, wie er wieder aufsteht, ist von Tränen überströmt. Sigismund fällt auf die Knie, birgt sein Gesicht in den Händen. Julian eilt hin, öffnet die Tür, läßt den König eintreten. Die Orgel wird leiser. Der König steht im Gemach. Sigismund liegt noch auf den Knien, das Gesicht in den Händen, wie sein Vater schon vor ihm steht. Julian tritt auf den Korridor hinaus, verschwindet nach links.

KÖNIG *nach einer Pause* Sprich, mein Sohn. Laß mich deine Stimme hören.

Sigismund auf den Knien, den Kopf zur Erde.

KÖNIG Sohn, Wir haben dir verziehen. Du bist Uns heimgekehrt. Unsere Arme sind offen. Laß Uns dein Antlitz sehen!

Sigismund zittert, zuckt; wendet sein Gesicht gegen die Wand; kniet dort nieder, abgewandt. Drückt das Gesicht gegen die Mauer.

KÖNIG Nein, es ist an Uns. Wir demütigen Uns vor dem, der gelitten hat. Wir neigen Uns.

Er neigt sich ein wenig.

Sigismund zittert stärker, birgt den Kopf hinterm Sessel.

KÖNIG Wie Sankt Martin, da er den Bettler fand, den nackenden, vor Kälte zitternden – Wir schneiden Uns einen Teil Unseres Mantels ab!

Er greift ans Schwert

Sieh auf! Sollen Wir Unseren königlichen Mantel mit dir teilen? Oder –

Er stößt das Schwert wieder in die Scheide

kommst du an Unser Herz in seine ungeteilte Wärme?

Er öffnet seine Arme. Sigismund sieht auf.

KÖNIG Steh auf, mein Sohn, und tritt getrost auf deinen Vater zu.

Sigismund steht auf.

KÖNIG Laß Uns deine Stimme hören, junger Fürst! Wir sind begierig nach ihr. Wir haben ihren Klang zu lange entbehrt.

Sigismund redet, aber es dringt kein Laut über seine Lippen.

KÖNIG Was flüsterst du in dir? Möge es ein guter Geist sein, der aus dir flüstert!

Sigismund kann nicht reden.

KÖNIG Rede laut das Wort der gerührten Anerkenntnis. Du vermagst nicht zu wissen, was du gegen Uns verschuldet hast.

Sigismund qualvoll ringend, stumm.

KÖNIG *einen Schritt näher* Wir bedürfen eines weisen Sohnes. Wir wollen einen jungen Fürsten sehen, der großen Dingen gewachsen ist. Wir wollen Uns selber wiedererkennen im Saft und Glast Unserer Jugend. Wir warten.

Sigismund geht zurück.

KÖNIG Scheue nicht zurück vor Unserem Anblick, auch nicht aus Ehrfurcht. Dein Auge in Unseres! vernimm einmal für alle Male, Kronprinz von Polen! Wir vermögen nicht mißzuhandeln als König an dem Untertan, als Vater an dem Sohn; und hätten Wir dir ohne Gericht das Haupt auf den Block gelegt: so war Uns heilige Gewalt verliehen, und da ist niemand, der wider Uns klagete. Denn Wir waren vor dir – so bist du in Unsere Hand gegeben von Gott selber.

Sigismund deutet durch Zeichen, er habe Furcht vor Gewalt, Furcht vor des Königs Händen.

KÖNIG *versteht ihn* Die Hände? Furcht vor Unseren königlichen Händen? Sie sind milde, fruchtspendend, heilen den Kranken, dem ich sie auflege. Aber Ehrfurcht gebührt ihnen: recht so, mein kluger Sohn. Eines Königs Hand ist beredter als die Zunge des Weisen. Ihr Wink ist Befehl und im Befehl ist die Welt eingeschlossen: denn in ihm liegt die Vorwegnahme des Gehorsams. Indem er befiehlt, gleicht der König seinem Schöpfer. – Wie Gott befahl: es werde Licht! so befehle ich dir: es werde Licht in deinem Haupt und Gehorsam in deinem Herzen! Und dies wird dir leicht sein: denn rege dich, tritt hierher und dahin, und Alles, worauf dein Auge fällt, kommt von mir!

Sigismund berührt angstvoll den eigenen Leib.

KÖNIG Alles! Auch dein Leib, auf den du deutest. Wir zeugten dich hier – in diesem selben Gemach – dort auf diesem fürstlichen Lager.

Sigismund stöhnt auf.

KÖNIG *tritt wieder vor ihn hin* Ist dein Herz überwältigt? will es dich vor Unsere Füße werfen? zuckst du vor Ehrfurcht? – Ja, du empfängst viel in einer Stunde.

SIGISMUND Woher – so viel Gewalt?

KÖNIG *lächelt* Nur die Fülle der Gewalt frommt: in der Wir sitzen, als der Einzige, einsam. So ist Gewalt des Königs. Alle andere ist von ihm geliehen und ein Schein.

SIGISMUND *sehr stark* Woher?

KÖNIG Von Gott unmittelbar. Vom Vater her, den du kennst. – Am Tage, da es Gott gefiel, sind Wir in Unser Recht getreten als Erbe. Ein Heroldsruf erscholl in die vier Winde. Die Krone berührte das gesalbte Haupt. Dieser Mantel wurde Uns umgetan. So war wieder ein König in Polen. Denn es stirbt Basilius oder Sigismund, es stirbt nicht der König. Ahndet dir, wer vor dir steht?

SIGISMUND Gib schon dein Geheimnis preis! Laß schon dein Gesicht vor mir aufgehen! Offenbar dich mir! – Ich habe nie einen Menschen geküßt. Gib mir den Friedenskuß, mein Vater! Aber zuvor erhöhe mich über dich selber zu dir! Gib dich mir so, wie du mich genommen hast! Laß aufgehen dein Gesicht! Zeige mir, wie du mitgebunden bist worden! mitgeschlagen bist worden! Laß deine Wunden aufgehen! Mutter, Vater! Nimm mich zu dir!

KÖNIG Genug. Ich liebe diese Maske nicht. Komm zu dir, Prinz von Polen. Besinne dich, von wo ich, dein König, dich gerufen habe und wohin ich dich erhöht habe.

Sigismund steht ratlos.

KÖNIG Setz dich hier zu meinen Füßen, mein Sohn.

Er setzt sich auf den hohen Stuhl, Sigismund zu seinen Füßen auf den niedrigen. Der König sieht ihm lange ins Gesicht

Du bist ehrgeizig und begierig nach Macht: das lese ich in deinen Zügen. – Man hat dich gelehrt mit gefühlvollen Worten die Herzen zu gewinnen. – Mögen solche Gaben dir nach meinem Tode zugute kommen. –

Er nimmt seine Hand

Mir vertraue und keinem sonst. Eines ist Königen not: daß sie sich ihrer bösen Ratgeber zu erwehren lernen. Sie sind die Schlangen an unserem Busen. Hörst du mich, mein Sohn? Antworte mir.

SIGISMUND Ich höre, mein Vater.

KÖNIG Du bist verschlossen, mein Sohn. Du bist schlau und geschickt. Ich sehe, du bist jedem Geschäft gewachsen. Ich übertrage dir das erste und größte.

Er steht auf, Sigismund gleichfalls

Entledige mich dieses arglistigen Dieners. Mache uns frei von der Schlange Julian, die uns beide umstrickt hat.

SIGISMUND *sieht ihn an* Wie, mein Vater?

KÖNIG Wie, mein Vater? Wie? in Ketten dich? unter seiner Peitsche den Erben dreier Kronen? Und mir deine Wildheit vorgespiegelt! meine Tage vergiftet, meine Nächte ausgehöhlt mit dem Schauermärchen von einem tobenden Knaben mit mörderischen Augen! mit dem Gespenst eines geborenen Aufrührers! – Begreifst du die Anstalten der satanischen Bosheit? Begreifst du, wie er den Keil treibt mit rastlosen Schlägen zwanzig Jahre lang zwischen Vater und Sohn? – Was ist das für ein allgemeiner Aufruhr, mit dessen Androhung er nun wieder mein argloses Herz bestürmt? In wessen Hand, wenn nicht in der seinen, laufen die Fäden zusammen? – Und zu welchem Ende verknüpft er deinen Namen mit diesen Anstalten? Schwant dirs, mein armer Sohn, zu welchem Ende? Dich an ihn zu ketten durch die Gemeinsamkeit des an mir begangenen Frevels – ihn dir unentbehrlich zu machen für immer – dich zu erniedern zum Werkzeug deines Werkzeugs – einen zweiten Basilius aus dir zu machen – einen zweiten Ignatius aus ihm!

SIGISMUND Das ist eines Königs Großheit! die ich mir zu ahnen vermeinte, wenn ich einen Roßknochen schwang überm Getier!

Er bedeckt sein Gesicht mit den Händen.

KÖNIG Ich frage dich nicht! Wer schürt seit einem Jahr diesen Aufruhr in meinen Ländern? Ich verhöre dich nicht. Ich begehre nicht, daß du mir deinen Lehrer preisgibst. Ich gebe ihn dir preis. In deinen Händen sei sein Geschick. Ich rede als ein König zu dem mir geborenen Könige. Wer ist wider zwei Könige, wenn sie einig sind? – Nimm diesen Ring. Steck ihn an deinen Finger. Wer ihn trägt ist der Herr. Meine Garden gehorchen ihm. Meine Minister sind die Vollstrecker seiner Befehle. Ich habe ihn einem gewaltigen Teufel vom Finger genommen. Du sollst ihn tragen, mein Sohn.

Er steckt Sigismund den Ring an

Handle du für uns beide. Sei klug, sei stark, sei kühn. Tritt hervor aus dieser meiner Umarmung und sei wie ein Blitz. Verhafte diesen Julian und sieh zu, ob der angezettelte Aufruhr nicht dahinfällt wie ein Bündel Reisig. Jeder deiner Schritte sei furchtbar, schnell und entscheidend. Überwältige die Bösgesinnten, ehe sie sich vom blassen Schreck zu einer rebellischen Besinnung erholt haben. Treibe Stand gegen Stand, Landschaft gegen Landschaft, die Behausten gegen die Hauslosen, den Bauer gegen den Edelmann. Der Menschen Schwäche und Dummheit sind deine Bundesgenossen, riesengroß, unerschöpflich. – Aber deine erste Tat sei jäh, erschreckend, besinnungraubend – und wäre sie die Hinrichtung dieses Julian! Die Prärogative dieses Ringes an deiner Hand sind unermeßlich. Sie heben den Lauf der Gerichte auf. Sie legen den Griff des Richtbeils unmittelbar in die Hand des Trabanten, der dich auf einem nächtlichen Gang begleitet. Sie machen dich mir gleich, mein Sohn, damit du handeln könnest für uns beide. Es ist von nun ab ein König in Polen: aber er wandelt in zwei Gestalten. Weh unseren Feinden!

Er öffnet seine Arme.

SIGISMUND *tritt zurück* Wer bist du, Satan, der mir Vater und Mutter unterschlägt? Beglaubige dich!

Er schlägt ihm ins Gesicht.

KÖNIG Trabanten! Zu mir! Auf deine Knie, Wahnwitziger!

SIGISMUND *packt ihn* Was fletschest du? Warum wird dein Gesicht so gemein? – Ich habe schon einmal einen alten Fuchs mit Händen erwürgen müssen! Er hat gerochen wie du!

Stößt ihn von sich.

KÖNIG Nieder auf deine Knie, rebellisches Tier! Hört niemand? Wir werden dich züchtigen! Wir werden nicht anstehen, dich im Angesicht des Volkes auf den Richtblock zu schleifen.

SIGISMUND Ich bin jetzt da! Alles andere ist Gewölle, wie es die Krähen ausspeien! – Ich bin da! – Ich will! An mir ist nichts vom Weib! Mein Haar ist kurz und sträubt sich. Ich zeige meine Tatzen. Diese Stunde, zu deinem Schrecknis, hat mich geboren.

KÖNIG Unantastbar! Die Majestät! Zu Hilfe!

Er will nach links, Sigismund vertritt ihm den Weg.

EINES PAGEN STIMME *von links* Der König ruft!

SIGISMUND *bedrängt den König, reißt ihm das Schwert aus der Scheide, schwingt es* Ich befehle! Da hinüber! Nieder auf den Boden! Ich will treten auf dich! – Seitdem ich da bin, bin ich König! Wozu riefest du mich sonst?

König stöhnt unter seinem Griff.

SIGISMUND Röhr doch! Mach Lärm! Rufe! Schrei dich tot! Her den Mantel!

König will entspringen. Julian wird in dem Korridor links sichtbar, stürzt herein und durch die Tür rechts wieder heraus. Sigismund läuft dem König nach mit geschwungenem Schwert. König fällt zusammen. Sigismund reißt ihm den Mantel ab und hängt ihn sich um die Schultern.

PAGEN *im Korridor links, schreien auf* Zu Hilfe!

Etliche Höflinge stürzen herbei, dringen durchs Oratorium ins Zimmer. Der Korridor füllt sich mit Hofherren, Kämmerern, Pagen.

ALLE *schreien durcheinander* Wer ruft? Was ist geschehen? Da hinein! Es ist verboten! Der König ist tot!

Die ins Zimmer Eingedrungenen halten sich links.

SIGISMUND *den Blick fest auf ihnen* Stille! Keinen Blick auf die alte Leiche! Auf die Knie mit euch! Küsset die Erde vor den Füßen eueres neuen Herren und werfet das alte Fleisch dort in die Grube – vorwärts hier! Die Vordersten zwei!

Er deutet auf zweie mit der Spitze des Schwertes

Fort mit dem Erblasser! Packt an! – Da, ich will das nicht sehen!

Die Höflinge regen sich nicht. Hinter ihnen haben sich mehrere ins Zimmer geschoben. Die Tür rechts öffnet sich. Julians Kopf erscheint. Er sieht nach allen Richtungen, springt dann herein.

JULIAN *hat das Reichsbanner an sich gedrückt, wirft sich vor Sigismund auf die Knie, indem er ihm das Banner überreicht und ruft* Es lebe der König!

SIGISMUND *ergreift das Banner mit der Linken* Herein da mit euch! Hier seht euren Herrn! Bereitet euch! Ich will mit euch hausen wie der Sperber im Hühnerhof. Mein Tun wird meinem Willen genugtun. Verstehet mich! Meine Gewalt wird so weit reichen als mein Wille. Auf die Knie mit euch!

Er wirft ihnen das nackte Schwert vor die Füße

Da! Ich brauche das nicht! Ich bin der Herr!

Einige der vordersten knien nieder.

GRAF ADAM *zwischen den Höflingen, schreit auf* Der König lebt! Zu Hilfe Seiner Majestät!

Er reißt aus Sigismunds Hand das Panier an sich

Es ist nur ein König in Polen! Vivat Basilius!

Zwei Kämmerer schieben sich an der linken Wand entlang und kommen Sigismund in den Rücken. Der eine wirft seine Arme von hinten um Sigismund und bringt ihn zu Fall. Mehrere stürzen sich nun noch auf ihn. Er wird in den Alkoven halb gerissen, halb getragen. Die älteren Höflinge und die Pagen eilen zum König, helfen ihm sich aufrichten. Pagen bringen von hinten den Mantel, hängen ihn dem König um. Der Beichtiger stützt ihn. Gleichzeitig

EINE STIMME *aus dem Alkoven* Er liegt!

EINE ANDERE STIMME Her mit dem Arzt!

Der Gehilfe des Arztes, Anton mit der verdeckten Schüssel neben ihm, sind als letzte aus dem Oratorium getreten. Der Gehilfe geht gegen den Alkoven, von wo man ihm winkt. Er sieht sich nach Anton um. Anton preßt die verdeckte Schüssel gegen sich. Mehrere kommen gelaufen, reißen Anton die Schüssel weg, tragen sie hastig nach dem Alkoven. König hat sich aufgerichtet.

GRAF ADAM *kommt atemlos aus dem Alkoven, wirft sich vor dem König auf die Knie, überreicht den Ring* Ich habe ihm von hinten die Sehne durchschnitten wie einem Hirsch. Er liegt.

EIN ANDERER JUNGER HÖFLING *ebenso* Ich habe ihn aufs Bett gerissen.

EIN DRITTER *ebenso* Wir haben ihm den Schwamm unter die Nüstern gehalten und jetzt liegt er unschädlich.

Julian kommt nach vorne. Er ist leichenblaß und wie betäubt. Er geht mechanisch bis an die linke Wand und stellt sich dorthin, wo er zu Anfang gestanden hat. Eine Gruppe älterer Höflinge nehmen seitlich hinter ihm Stellung, heften drohende Blicke auf ihn und halten ihre Dolche gezückt. König scheint Julian nicht zu sehen. Julian wird sich plötzlich der Lage bewußt, fällt mit dem Gesicht gegen den König auf die Knie, ohne sich dem König zu nähern. König wendet sich ein wenig, so daß er den knieenden Julian nicht mehr vor dem Gesicht hat. Von den Höflingen einige, die nächsten, küssen gerührt den Saum von des Königs Rock, dann andere. Beichtiger redet leise und eindringlich auf den König ein.

KÖNIG Es ist geschehen, wie prophezeit war. Er hat seinen Fuß auf mich gesetzt im Angesicht des Volkes. Jetzt muß er sterben.

BEICHTIGER *dicht bei ihm* Erhaben, ich weiß es, mein König, war dein Denken im entscheidenden Augenblick. Dein Leib lag im Staub, unterworfen dem Rasenden, aber deine Seele in einem Nu schwang sich auf und du standest vor Gott, erhöht und nicht erniedrigt.

KÖNIG Wie prophezeit war! Aber Wir sind Unserer Krone mächtig geblieben und können über ihn die Strafe verhängen! Ah! Wer hätte das gewagt zu hoffen!

BEICHTIGER Als du lagest unter dem Schwert des rasenden Sklaven, wie ein verlorener Mann, da war in Wahrheit ein Gedränge von Engeln zwischen der gezückten Schneide und deinem Nacken und deine Seele lag wie ein Tropfen Tau im Kelch einer Lilie, die im Frühwind schaukelt, und ihre Gedanken, ich weiß es, waren erhaben und ruhig. Was empfandest du, mein heiliger König, im Augenblick, da uns das Blut in den Adern gerann? Welches Bild erfüllte deine Seele erhaben und glanzvoll, wie der Pinsel des begnadeten Malers es schafft auf die Tafeln, zu zieren den Hochaltar?

KÖNIG Als ich hinschlug auf den Boden, dröhnte in meinem Ohr eine schwere gräßliche Last! Wie von eisernen Stangen und Ketten. Was war das?

BEICHTIGER Heil dir! Das waren die Ketten, die er tragen soll in der Nacht seines Kerkers! Eingegeben durch Gott, dröhnte durch dich das Sinnbild der unblutigen Sühne. Hebe deine weißen Hände zu Gott, barmherziger König, er hat dir eingegeben, deine Hände rein zu halten von Blutschuld. Dank wollen wir sagen unserem Gott und Herrn!

Die Türe rechts geht auf, Diener bringen einen Trunk, Kämmerer reichen ihn knieend dem König.

EIN HÖFLING Der König trinkt!

ALLE Heil Eurer Majestät!

König gibt den geleerten Becher zurück. Dann wendet er sich, winkt dem Hof ihm zu folgen und geht mit starken Schritten durch die Tür rechts, die vor ihm auffliegt, ab. Alle folgen in Eile. Die Julian zunächst stehen, bespeien ihn. Julian bleibt an seiner Stelle und stöhnt dumpf.

ANTON Recht so – machen sich Luft – daß sich die Gall nicht inwendig aufs Herz ergießt –

Julian stöhnt.

ANTON O mein! ist Ihnen so schlecht?

JULIAN Nicht ich – nicht mich laßt zur Ader – aber das Tier mit Hörnern, bis es weiß wird und umfällt: den alten Bock mit einer Krone auf! Alle Herrschaft ist auf den Wahnwitz der Untertänigkeit gegründet, ein Narr wird mit einem Strohhalm regiert, ein Elefant gehorcht einem Zwerg, den er zertrampeln könnte wie eine Mücke.

ANTON Die Red ist dunkel, aber sie kommt halt auch aus einem blauschwarzen Gesicht heraus. Reden nur weiter. Schaun mich nur nicht so stier an!

JULIAN *verloren* Was?

ANTON *in Angst* Natürlich! natürlich! Wie Sie es sagen!

Die Tür rechts geht auf, einer der Höflinge tritt mit starken Schritten ein, Pagen mit ihm.

HÖFLING *vor Julian stehenbleibend* Mit engelsgleicher Fassung nimmt mein Souverän das Geschehene hin, daß zu unerforschlicher Prüfung ein Teufel, die inkarnierte Rebellion, sich verkleidet hat in höchst sein eigenes Fleisch und Blut, der erhabenen Dynastie zu höllischem Hohn. Dunkler Ort wird diesem Wesen zum Aufenthalt angewiesen. Als ein Namenloser, nie zu Nennender verbleibe er in ewigem Gewahrsam – der Raum da er seine Glieder rege, soweit eine Kette gestattet, dreißig Pfund schwer, mit der man seinen satanischen Leib schmiedet an den mittelsten Pfeiler des Gewölbes. Nun zu dir –

ANTON Bedenken Euer Erlaucht, mein Herr ist nicht recht gesund, lassen mich lieber um den Arzt laufen –

HÖFLING *hebt den Stock gegen Anton, dann zu Julian* Über dir schwebt unverjährbares Urteil wegen hochverräterischer, satanischer Konspiration: aufgeschoben nur die Vollstrekkung, hängt das Richtschwert über dir bei Tag und Nacht an einem Haar. Dein Tun trotz alledem und was dich mag getrieben haben in dunkler Brust deckt die Nachsicht des erhabenen Monarchen mit einem milden Schleier. Du bleibst nach wie vor sein Wärter.

Deutet auf Sigismund hin

Wachst über seinem Leben bei Tag und bei Nacht. Du hast ins Angesicht der Majestät ein vermessenes Wort gewagt: Bestünde, sprachst du, dein Pflegling nicht die Probe, so wären diese Stunden hier zu achten als ein kurzer Traum mitten dumpfem Schlaf. Das mache wahr und friste mit diesem Dienst dein Dasein, es ist dir für unbestimmte Zeit geliehen. Der Ort, da du es fristest, ist der Turm dort, einsam im Gebirg. Wer dich antrifft nur einen Büchsenschuß weit von seinem Gemäuer, er sei ein freier Mann oder leibeigener Sklav, der vollzieht an dir die Acht und Aberacht – gibt dein Blut und Gebein der Erde, dein Auge den Vögeln, deine Zunge den Hunden. Ab vom Gürtel jetzt das königliche Insiegel, durch Verstellung von dir erschlichen, ab vom Nacken die herrliche Kette, die dir nicht ziemt. – Edelknaben, tut euren Dienst!

Pagen fallen Julian an und entreißen ihm Kette und Siegel. Höfling geht ab, die Pagen mit den Kleinodien vor ihm. Julian stöhnt.

ANTON Lassen sich hin! legen sich in den Sessel!

Will den Sessel heranrücken, Julian weigert sich zu sitzen. Arzt tritt ein mit Gehilfen und Dienern. Er geht zum Alkoven.

JULIAN Stehen! Aufrecht hier hinausgehen –

ARZT *am Alkoven* Verbände an die Füße, dies leichte seidene Tuch über sein Gesicht. – Wesen aus einem einzigen Edelstein, du darfst keine Schmach erleiden!

Er steht einen Augenblick in Gedanken.

ANTON *läuft zum Arzt* Kommen hierher, unser gnädiger Herr ist der ärgere Patient.

Arzt tritt hin, richtet den Blick auf Julian. Julian tritt ihm einen Schritt entgegen, schwankt dabei.

ARZT *reicht ihm ein Fläschchen aus seiner Tasche* Trinken der Herr von diesem, es wird Ihnen die Kräfte geben, daß Sie, auf meinen Arm gestützt, bis in mein Zimmer kommen, wo ich Ihnen eine Ader schlagen werde. Jetzt mehr als je hat der Ihnen anvertraute hohe Jüngling Anspruch auf Ihre ganzen Kräfte.

Die Diener unter Aufsicht des Gehilfen heben Sigismund vom Bette und tragen ihn langsam hinaus.

JULIAN Was wollen Sie von mir? Welche Hoffnung ist noch zurück? Sind Sie in Unkenntnis, was über uns verhängt ist?

ARZT Jede Hoffnung. Denn er lebt und wird leben. Das verbürge ich. So und nicht anders war von jeher den Heiligen gebettet zur Erwachung.

JULIAN Klafterdicke Mauern um uns! Überm Kopf die Faust des Wärters.

Der Kastellan und die Diener verschließen den Alkoven, sind nun näher gekommen.

ARZT *leiser* Gewaltig ist die Zeit, die sich erneuern will durch einen Auserwählten. Ketten wird sie brechen wie Stroh, Stürme wegblasen wie Staub.

JULIAN Was bindet deine Seele mit so gewaltigem Glauben an diesen Jüngling? Du hast kaum mit ihm geredet!

ARZT *leise* Acheronta movebo. Ich werde die Pforten der Hölle aufriegeln und die Unteren zu meinem Werkzeug machen – der Spruch war von Geburt an auf der Tafel Ihrer Seele geschrieben.

JULIAN Haltet mich! Angst wandelt mich an, zu sterben und nichts hinter mir zu lassen.

Zwei Diener treten von links herein, der eine mit einer Fackel.

ARZT Man kommt, wir müssen fort von hier.

DER EINE DIENER Ist hier der Doktor? Seine Gnaden der Graf vom Weißen Berge suchen den Herrn.

ARZT *tritt hervor* Hier bin ich!

Julian tritt seitwärts ins Dunkel, kehrt das Gesicht gegen die Wand.

GRAF ADAM *an der Tür stehenbleibend* Euer Hochgelahrt empfangen hiemit den Befehl, mit dem Kranken erst bei sinkender Nacht die Reise anzutreten. Es sind Umstände dazwischen getreten.

ARZT Welcher Art?

GRAF ADAM Gebietende für den Augenblick. In das niedere Volk ist die Hirnwut gefahren. Rottierer haben etwas Unsinniges ausgestreut. Sie liegen zu Tausenden vor den Kirchen und beten für einen Bettlerkönig, einen namenlosen Knaben, der ihr Führer sein und in Ketten ein neues Reich heranbringen soll. – Man wird mit Dragonern und Musketieren die Straßen absperren. Euer convoi verbleibt ohne jede Gefährdung.

Er nickt ihm zu und geht. Die Diener hinter ihm.

ARZT *laut* Ich bin unbesorgt über den Ausgang.

Wendet sich zu Julian.

JULIAN Gewaltiger Mann, wie dein Sehstern leuchtet! Bleibe bei mir, ich werde dich verehren wie einen Engel.

ARZT Ihr werdet mich kaum wiedersehen. Die Kräfte freizumachen ist unser Amt, über dem Ende waltet ein Höherer.

Sie gehen hinaus.

DER VIERTE AUFZUG

Unterirdisches Gewölbe, links eine Wendeltreppe nach oben in den Fels gehauen.
Sigismund auf seinem Bette sitzend. Julian kommt die Wendeltreppe herab, Anton leuchtet ihm mit einer Lampe; er trägt unter dem linken Arm Kleider in ein Tuch eingeschlagen.

JULIAN Weck ihn, Anton!

ANTON Sigismund! schläfst du? Er hat die Augen offen.

SIGISMUND *sieht Julian an* Mein Wächter, du bist lange nicht bei mir gewesen.

JULIAN Ich habe eine Reise tun müssen, heimlich: um deinetwillen. Zu dir zu treten, Ohnmacht zur Ohnmacht, dessen war ich überdrüssig. Nun aber komme ich zurück als ein Verwandelter. Schüttle den Schlaf ab, völlig, für immer. – Ich bleibe von jetzt an bei dir, als dein Diener, Tag und Nacht.

SIGISMUND *sieht ihn an* Du bist mit flüsterndem Anhauch immer bei mir, wie die Gruft selber mir vertraut, als ihr Atem: daß keine Welt ist, außer meinem Traum, so hast du mich gelehrt, und daß aus ihm kein Erwachen sein wird.

JULIAN Anton, achte, ob mein Bote nicht kommt, wir haben nicht Zeit zu verlieren, vor Tag müssen wir weit von hier sein.

ANTON Hörst dus, Sigismundi! mach deine Ohren auf! Jetzt kommt eine unverhoffte Neuigkeit!

SIGISMUND *schaut ringsum, wo das Licht hinfällt, dann auf Julian* Immer wieder trittst du herein in meine Finsternis, wie der zaubernde Mann, von dem die Ziehmutter gesagt hat, da ich ein Kind war. Vor dem war mir Angst, aber dich fürchte ich nicht. Sooft du gekommen bist und dies rosige Licht geflossen ist aus deiner Lampe gegen die Wände meines Grabes, sooft bin ich wieder in der Welt gewesen. Ich liege hier und dennoch zugleich fliege ich dahin, die Kühle der Nachtluft weht mir ins Gesicht und unter mir sehe ich das Dorf und den Wald in dem Licht des Mondes, in dem alles von Schmach befreit ist, und im Fluß, unter dem silbernen Schimmer stehen die Fische und freuen sich an der lauen fließenden Tiefe und ich spiele in ihrer Mitte, aber dann kehre ich hierher zurück und sehe dein Gesicht an und es verwandelt sich vor mir – ich weiß nicht wie – und goldenes und blaues Licht fließt um deine Schläfen und um deine Wangen – und trächtig mit Botschaft richten sich deine Augen auf mich, aber dann lösen sich deine Lippen voneinander und es kommt – o weh! von ihnen zu mir aufs neue immer nur das Wort, das hart zu hören ist, o mein Lehrer! die Wahrheit!

JULIAN Ja! Höre nun, höre, mein Sohn! Denn von mir bist du, deinem Bildner, nicht von dem, der den Klumpen Erde dazu hergegeben hatte, noch von ihr, die dich unter Heulen geboren hat, ehe sie dahinfuhr –: ich habe dich geformt für diese Stunde, nun lasse mich nicht im Stich!

ANTON Es ist ein Schuß gefallen, Euer Exzellenz, jetzt noch einer, ganz in der Nähe. Was wär denn das?

JULIAN Achte auf einen, der oben klopfen wird, sonst auf nichts!

Zu Sigismund

Mein Tun, verborgen dir, war Verwirklichung; ein Plan, ungeheuer, unter dem allem. Fassest du mich! Aufruhr, offener Aufruhr schüttelt diese Nacht seinen Rachen wie der Bär, der auf das Dach des Schafstalles geklettert ist. Über den Wäldern und Bergen geht jetzt Brand auf. Zwinger, solche wie dieser da, bersten und die Kerker geben ihre lebenden Eingeweide von sich, und Wut stürzt auf Wut. Aber die Zehntausend, die ein Pferd und einen adeligen Degen haben, reiten mit blutenden Sporen querfeldein, und ihr Feldgeschrei ist dein Name.

Sigismund hebt abwehrend die Hände.

JULIAN Noch mehr! höre noch mehr! Ich habe durchgegriffen bis ans Ende, die Erde selber habe ich wachgekitzelt und was in ihr wohnt, was aus ihr geboren ist, den Bauer, den Kloß aus Erde, den fürchterlich starken – ich habe ihm

Atem eingeblasen – das Tier mit Zähnen und Klauen habe ich aufgestört, aus Schweinsschnauze und Fuchsrachen stößt es deinen Namen hervor und erwürgt mit erdigen Händen die Schergen und Büttel. Das habe ich zustande gebracht! denn Gewalt gibt es, wo es einen Geist gibt – und Recht hat der, der gesagt hat, daß man die Unterwelt aufwühlen muß. – Jetzt steh auf und komm mit mir dorthin wo du Legionen der Deinigen so siehst, wie der Mond am Jüngsten Tag die Auferstehenden sehen wird, und sein Auge wird nicht groß genug sein, ihre Menge zu fassen – laß dich ankleiden und tritt mit mir hin, dies zu sehen. – Du hast lange genug ins Schwarze gestiert.

SIGISMUND Wissend: das sind Träume! – denn so hast du mich gelehrt zu benennen und zu erkennen, was sich regt vor meinem Auge. – Träume! – so hast du mich es nennen gelehrt.

JULIAN Träume! Recht so. Das Wort war Weisheit und Schutz gegen dich selber. Sprach ich: dies, was dir widerfuhr, war Wirklichkeit, so stürzte die Welt auf dich und begrub dich unter Trümmern. Darum sprach ich: es träumt dir. Und wiederum: es träumt dir!

SIGISMUND Bis es fing – dann hatte es mich, und keine Hand reißt den Köder aus mir als mit meinen Eingeweiden.

JULIAN Deine Seele hat leiden müssen, um sich zu erheben – und alles andere war eitel!

SIGISMUND Du hast es mich fassen gelehrt. Eitel ist alles außer der Rede zwischen Geist und Geist.

JULIAN Jetzt aber ist Herrschaft vor dir hingebreitet, Allmacht greifbar – Wirklichkeit, goldene! Knieende Männer, zehntausend Edelleute reißen die Schwerter aus der Scheide; wer in den Sturm hinaushorcht, der hört deinen Namen donnernd von ihren Lippen!

SIGISMUND Aber mein Geist schwebt höher, und Schreien ficht mich nicht an!

JULIAN Deinem Geist gab ich Nahrung; denn ich habe ihn gezeugt in dir! Dich selber gebildet aus dir selber, mein Innerstes eingießend in dich!

SIGISMUND Aber ich nun, dein Gezeugter, bin über dem Zeugenden. Wenn ich liege, einsam, so geht mein Geist, wohin deiner nicht dringt.

JULIAN Ja? Erfüllt dich Ahnung? Gewaltige Ahnung deiner selbst? Herrliche Zukunft?

SIGISMUND Zukunft und Gegenwart zugleich. Fasse ganz, was du selber in mich gelegt hast, wenn du mich hinauftrugest an deiner Brust unter die Sterne, die aufziehen überm Turm – denn so hast du mich erhöht, um meine Seele heil zu erhalten vor der Starrnis der Verzweiflung. Da ich gewaltiger Mensch eins bin mit den Sternen, so lehrtest du mich, darum warten sie wissend auf mein Tun. Aus meiner Brust gebäre ich ihnen die Welt, nach der sie zittern. Ihnen ist alles Gegenwart, die sich gebiert – die Qualen, die dem niedrigen Menschen geschehen mit Harren und Stocken, und daß ihn zermalmen will mit zermalmendem Heranschreiten ein Übergewaltiges – derer sind sie ledig. Ihresgleichen aber, so sprachest du, mein Lehrer, – ihresgleichen in Auserwählung ist eines träumenden Menschen herrliche Brust, die aus sich selber die Welt schafft, genießend ihres innersten Selbst. Wer daliegt im Dunkel und dieses weiß, was bedarf der noch? so sprachst du zu mir: diese Erde kann ihm nichts hinzu geben.

JULIAN Gepriesener! den kein Königsmantel erhöhen kann. Ich habe dich einmal hinausgeführt aus diesem Turm, angetan mit fürstlichen Gewändern, was aber ist das gegen die Ausfahrt, die ich dir jetzt bereitet habe!

SIGISMUND Richtig: denn jetzt laufe ich nimmer Gefahr, daß der Wahn als ein Wahn sich ausweist!

JULIAN Du sprichst es aus, mein Sohn, denn diesmal bist du gesichert.

SIGISMUND Ja, das bin ich. Herr und König auf immer in diesem festen Turm!

Er schlägt sich auf die Brust.

JULIAN Jetzt geht es nicht mehr um die Teilung des Erbes.

SIGISMUND Nein, das Ganze bleibt bei mir auf immer und niemand wird mirs entwinden!

JULIAN Jetzt sind wir die Weissager und die Wahrmacher zugleich!

SIGISMUND Wahrhaftig, das sind wir! Heil uns, daß wir gewitzigt sind!

JULIAN Taten tun, das ist nunmehr uns vorbehalten! Nur der Gebietende tut – die anderen braucht er nur nach seiner Willkür, wie Geräte!

SIGISMUND Ha! das haben wir erfahren! als sie uns auf den Wagen warfen, wie ein Kalb mit gebundenen Füßen.

JULIAN Meine Herrschaft! Mein Reich! Diese beiden Worte presse an dein Herz! Zieh dich an!

Er zieht ein Gewand, einen scharlachnen Leibrock, aus dem Pack

Die kühnen Edelleute nehmen dich in ihre Mitte, fünfzigtausend Bauern sind auf und haben ihre Sensen umgenagelt zu Spießen!

ANTON *nähert sich Julian* Es zieht sich Lärmen und Schießen immer näher. Jetzt läuten sie Sturm in unserer Kapelle und es riecht nach Brand. Was wär dann das?

JULIAN Der lebendige Beweis meines Tuns! Der Adel ist herein. Sie läuten. Sie zünden gewaltige Freudenfeuer an. Sie schießen Viktoria. Vorwärts! Das Gewand her! den Gürtel!

ANTON *läuft wieder an die Treppe, horcht nach oben* Ich höre was: es lallt so. Es stöhnt wer. Es kommt wer die Stiege hinunter.

Geht sie hinauf.

JULIAN *packt vollends die Kleider aus und reicht sie Sigismund hin* Schnell! schnell! Ich habe in deinem Namen die Schlachta aufgeboten! und die Nackigten aus den Erdhöhlen ans Licht gestampft! Nimm! Zieh an! Wir reiten!

SIGISMUND Ich verstehe was du willst, aber ich will nicht. Ich stehe fest und du bringst mich nicht von der Stelle. Ich habe mit deinen Anstalten nichts zu schaffen.

ANTON *von der Treppe her, zu Julian, halblaut* Kommen gleich daher. Der Berittene ist zurück. Er redet was, aber ich versteh ihn nicht.

JULIAN *zu Sigismund* Jetzt versag mir nicht, denn jetzt ist unsere Stunde gekommen.

SIGISMUND Was weißt du von mir? Hast du den Zugang zu mir? da ich unzugänglich bin, wie mit tausend Trabanten verwahrt.

JULIAN Zieh an das Gewand. Schnall um den Gürtel!

SIGISMUND Ich tus nicht!

JULIAN Tust es nicht?

SIGISMUND *wehrts ihm, weicht zurück* Du hast mich ins Stroh gelegt wie einen Apfel und ich bin reif geworden und jetzt weiß ich meinen Platz. Aber der ist nicht dort wohin du mich haben willst.

JULIAN Zu mir! ich reiß dich hinaus aus deiner Gruft.

SIGISMUND Einmal und nicht wieder! Jetzt, jetzt! versinke ich dir, wie dem Gräber der Schatz beim Hahnenkrat!

JULIAN Ich werde auf meinem Nacken dich aus deinem Kerker tragen!

SIGISMUND Nein, das wird nicht sein! Ich gehöre mir und nichts kann mich berühren!

ANTON *bringt den Reiter die Treppe herabgeschleppt, ein Bub kommt hinter ihm, der Reiter und der Bub schwarz wie aus dem Morast gezogen* Der Reiter wäre da. Aber die Unsrigen haben auf ihn geschossen. Das hat ihm die Red verschlagen.

JULIAN Was ist die Botschaft, schnell! Was melden die wohlgeborenen Herren aus deinem Mund?

REITER *faltet die Hände und murmelt Sprüche* Quibus, Quabus, Sanctus Hacabus! Jetzt und in der Stunde unseres Absterbens, Amen.

ANTON Mit Sprüchemurmeln, sagt der Bub, sind sie durch die aufrührerischen Bauern durchgekommen.

REITER Sanctus Hacabus! surgite mortis!

ANTON Sie tropfen von Schlamm, haben sich im Sumpf verstecken müssen drei Tag und drei Nächte! Darüber hat er den Verstand verloren!

REITER Pater nisters! gratibus plenis! Als auch wir vergeben unsern Schuldigern und erlöse uns von dem Übel, Amen.

JULIAN Her die Botschaft! Sie werden sie ihm eingenäht haben. Heraus damit!

SIGISMUND Achte nicht auf diese! Höre meine Weigerung und immer wieder meine Weigerung!

Reiter, unter Zittern, bringt nichts heraus.

BUB Die Bauern sind auf aus ihren Erdlöchern. Haben Flegel in der Hand, Mistgabeln, Sensen –

JULIAN Gerufen von mir. Was zitterst du, Narr! Deine Botschaft von den Herren! wo halten die Geschwader? gib Antwort!
Er rüttelt ihn.

BUB Die Herren sind alle im Wald, sie gehen nicht heraus. Ihre Füße sind in der Luft, so hoch!
Lacht verwirrt
Die Bauern sind über sie und haben sie in die Bäume gehängt!

JULIAN Unsere Pferde! Pack diesen dort! Hinauf mit uns! Durch die Furt in den Wald.

BUB *kommt hervor* Es ist kein Weg frei. Der Olivier, der rebellische Soldat – der verritten war –

JULIAN Verritten ist der in meinem Auftrag. Rebellisch ist der in meinem Sold. Mit Sendungen und Briefen von mir.

BUB *lacht* Umgekehrt ist auch gefahren. Zurück selbzwanzig um Mitternacht auf eigene Faust! Er und die Seinigen machen mit Spießen unsere Leut nieder. Man hört schreien bis hier in Keller. Jetzt läuten sie Sturm, daß ihrer noch mehr zusammenlaufen, Räubergesindel, Landlose, Diebsleut, Mörder!

JULIAN Wo sind die Pferde?
Er schüttelt ihn
Wo sind unsere Pferde?

BUB Weiß nicht! weiß nicht! es ist alles drunter und drüber. Es geht jeder gegen jeden.
Reiter entweicht nach oben.

JULIAN Ich hab die Hölle losgelassen und jetzt ist die Hölle los. So muß ich ihr ins Gesicht schauen. Anton, du wartest hier. Ruf ich, so bringst du mir diesen nach, oder –
Er zieht ein Pistol
du bist dahin.
Er will hinauf.

BUB *hängt sich an ihn* Nicht hinaufgehen! Sie erschießen alles was herrisch ist: auch Buben, Pferd, Katzen, Hund.
Julian schüttelt ihn ab, geht hinauf, Bub schleicht ihm nach.

ANTON *vor Angst trippelnd* Mir wird entrisch! sehr entrisch wird mir! Auf, Sigismundi, jetzt heißts gescheit sein.

SIGISMUND *ganz ruhig* Was ist dir, Anton? Anton, bring mir frisch Wasser, mich dürstet.

ANTON *will ihm Reitstiefel anziehen* Ziehn schon an! Ziehn an! wir reiten! hopp, hopp! über Land! Wir müssen uns davonmachen!

Sigismund sinnt etwas, setzt sich aufs Bett.

ANTON Heraus aus dem Traum! Kennen mich? Sigismund! Prinz! Prinz!

SIGISMUND Was willst du, Anton? Gut kenn ich dich!

ANTON Es geht ums Leben, Herr Prinz. Wir müssen fort! hinaus!

SIGISMUND Mir ist gut. Hab zu trinken und Brot. Nicht zu warm, nicht zu kalt. Dank schön, Anton. Geh weg. Nimm die Latern. Ich brauch kein Licht.

ANTON Heut ist nicht wie alle Tag. Es geschieht was. Es ist was los.

BUB *von der Treppe* Der Herr schreit nach dir! Sie schießen auf den Herrn.

ANTON Wer?

BUB Alle miteinander, Rebellische! Er will reden, aber sie lassen ihn nicht. Sie stechen auf ihn los!

Verschwindet wieder.

ANTON Soll ich davonlaufen ohne ihn? Mutter der Schmerzen! Sigismund! hören auf mich! Himmlische Trompeten! Hinaus! uns verstecken! es geht ums Leben!

SIGISMUND Du sprichst nicht recht, jetzt geschieht etwas Neues mit mir. Ich spürs wie einen Vorschmack, aber nicht im Mund, sondern tiefer unten in der Brust.

ANTON Strafende Hand Gottes! Wir haben dich um den Verstand betrogen! Du warst wirklich im Schloß vor einem Jahr! Es gibt deinen Vater! Es war kein Traum, sondern die Wahrheit. Das hohe Schloß steht, so wahr wie der Turm da. Jetzt sollst du wieder hin! König sein drin!

SIGISMUND Ich weiß recht wohl, daß ihr das ausgesonnen habt. Aber ich will nicht. Ich bleibe noch hier. Bis ich werde hinausgehen wollen.

ANTON Jetzt schwitz ich Blut! – Jetzt bleibt mir ein einziger Ausweg!

Er zieht ein Messer, geht mit gespielter Drohung auf Sigismund los

Gleich folgst du mir, Bub, widerspenstiger! – oder –

SIGISMUND *sieht ihn ruhig an* Ich will nicht, denn ich habe mit denen nichts zu tun, die Schwerter und Messer in den Händen haben. Wenn ich aber sagen werde: ich will! dann wirst du sehen, wie herrlich ich aus diesem Turm hinausgehe.

ANTON *gewahrt eine Brandröte von oben* Jesus Maria und Josef!

SIGISMUND *lacht* Was beißt sich der Anton in die Fäust?

ANTON Unglückseliger, siehst du nicht den roten Schein? Mord und Brand ist das!

Tumult von draußen.

Verkriech dich in Winkel! Jetzt kommts: die Hand an die Gurgel, das Knie auf die Brust! Und das muß mir passieren! mir, einem rekommandierten Herrschaftsdiener aus Wien! Wie bin ich denn in das vermaledeite Land hineingekommen! Ich kann mich auf gar nichts mehr besinnen!

Er läuft nach hinten.

SIGISMUND *sieht um sich, lächelt* Schön wirds jetzt hier; die Sonne geht auf aus dem Finsteren, die Spinnen in der Mauer freuen sich, wie wenn der Frühling kommt über Nacht und der Hecht mit seinem Schwanz das zarte Eis zerschlägt. Horch, Leute kommen, viele, wie Rauschen vom Bach!

STIMMEN Sigismund! Sigismund! Sigismund!

ANTON Jetzt brüllen die Höllteufel deinen Namen! verkriech dich!

SIGISMUND Tritt her, weise auf mich und schreie laut: hier steht er!

Der Fackelschein wird stärker.

OLIVIER *mit Aufrührern von rechts. Noch im Hintergrund* Halt! Wer zuerst der Kreatur ansichtig wird, tut die Meldung an mich. Rufet ihn noch einmal bei seinem Namen.

VIELE Sigismund!

ANTON *leise* Achtung! Der hat Heu am Horn, der ist stößig!

Sigismund tritt ein.

OLIVIER *fährt zurück* Spieße gefällt! Äxte parat! Ist dies die Kreatur?

ANTON *laut* Lassen ihn! verschonen ihn! Ihm ist nicht richtig. Er ist kein vollsinniger Mensch.

OLIVIER Bringet ihn ins Licht.

Zwei mit Fackeln treten hin.

Sperrt er einen Wolfsrachen auf? Wo ist mein Passauersegen?

Greift unters Wams

Gebet ihm zu verstehen, daß er sich als unser Alliierter anzusehen hat! Wir wollen zwei Schritte ihm entgegen, damit er uns erkenne und seine Reverenz erweise, als seinem Retter.

Er trinkt aus einem zinnernen Branntweinkrug, den einer ihm hinhält.

Anton grüßt.

JERONIM *tritt vor* Sehet her, nackigte Brüder, erstgeborene Söhne Adams! Dies ist der, von dem ich euch gesagt habe. Sehet: der Königssohn unter der Erde, mit Ketten geschmiedet an das fließende Gewölb!

Immer mehr bewaffnete Bauern hinten herein.

ANTON Wie der Herr sagt. Er ist tiefsinnig geworden über dem, was sein Vater ihm angetan hat. Es ist über ihn gekommen, wie der Dummkoller beim Roß, wenn der Herr das weiß. Nicht einmal Essen freut ihn.

OLIVIER Maul halten, Lakai.

Zu Sigismund

Tritt vor, Kreatur. Bist du deiner Sinne mächtig und willens, deines Vaters Blut aus einem silbernen Humpen zu trinken?

Sigismund antwortet nicht.

OLIVIER Haben sie dir dein Hirn aus dem Schädel kastriert? Vermagst du zu erkennen, was man dir hinhalt? Zücket ein Waffen gegen ihn!

Sie tuns.

SIGISMUND Es geht ein süßer Geruch vom Eisen, wie von Bohnenblüten in der Luft: das kommt vom Blut, in das ihr sie getaucht habt.

OLIVIER Du erkennst demnach, was man dir vor Augen bringt?

SIGISMUND Die Geräte des Ackers sind entfremdet ihrem Dienst und müssen jetzt die Welt reinigen. Das erkenne ich. Und ich erkenne auch, daß du der Rechte bist für ein blutiges Werk, genau so wie du bist. Denn du hast einen Stiernacken und die Zähne eines Hundes.

OLIVIER Ha, spricht meine Miene dich an? Recht so: denn ich brauche dich und lege meine Hand auf dich. Fassest du meine Rede?

SIGISMUND *tritt zurück* Alles geht in mich hinein und aus mir wieder heraus, und ich bleibe in meinem Gedinge. Ich bin mein eigener Vater und Sohn und lebe mit mir in Eintracht.

Der Feuerschein wird stärker.

OLIVIER Wo glotzest du hin? Bougre, Larron, écoute.

SIGISMUND *hebt die Hand* Horch, jetzt flattern die Dohlen um den Turm und schreien über ihre Nester, in denen die Brut verbrennt – aber der Wanderer, der zehn Stunden weit übern Hochpaß geht, sieht nur ein kleines, glimmendes Fünkchen. So bescheiden ist alles!

OLIVIER Sperr die Ohren auf! Weißt du, wessen Fleisch und Blut du bist?

SIGISMUND *sieht ihn an* Ich habe es erfahren müssen.

OLIVIER Dann weißt du genug. Reiß dein Maul auf und schrei: Tod, Tod, Tod! Mordjo! Gericht! Gericht! Tod und Verdammnis über meinen Mörder!

SIGISMUND Ich habe einmal geschrieen wie einer, den der Alp drückt, aber ich habe mir keine Hilfe herbeigeschrieen. – Ihr riecht nach Verbranntem, nach Geschlachtetem und nach Erde! Euer scharfer Dunst macht mich dürsten.

Anton reicht ihm den Krug, er tut einen langen Zug.

OLIVIER Her jetzt mit dem Judas, mit dem malefikantischen Hofschranzen, und ob er aus siebenundneunzig Wunden blute, her mit Seiner Exzellenz, lebend oder tot. Denn dazu sind wir aufgestanden, damit wir allezeit das Rad der Gerechtigkeit aus dem Sumpf stemmen!

Einige bringen Julian getragen, er ist notdürftig verbunden, er hält die Augen geschlossen, sie setzen ihn auf das Bett.

JERONIM *verneigt sich* Königlicher Prinz Sigismund, erkennst du diesen für den belialischen Judas, deinen Kerkermeister, der dich, unsern König, an der Kette gehalten hat, ärger wie einen Hund?

SIGISMUND Was arg und was nicht arg ist, wer entscheidet das?

OLIVIER Was! du Gans, die in ein neues Faß sieht! Schrei Zeter, gib Zeugnis gegen ihn! – Und du, antworte ihnen, so wie man es brauchen kann, du! – Ich will eine Prozedur! Jetzt ist bei mir das schleunige Recht! Kapierst du?

Julian schweigt.

OLIVIER *zu Julian* Hast du die zehn verbotenen Artikel gemacht! Oder nicht? Hast du dir in einem silbernen Waschbecken die Hände gewaschen! Oder nicht? Was? Das Maul nicht auf? Leugne das, wenn du kannst! Her mit dem Waschbecken, daß ich es ihm um den Schädel schlage! Vorwärts!

Julian öffnet die Augen.

ANTON Sofort! zu Befehl!

Will gehen, einer stellt ihm ein Bein, man hält ihn.

SIGISMUND Er hat mich nicht geschlagen, wie ihm befohlen war, sondern: er hat mich gehalten, wie er ausgesonnen hatte: in der Erfüllung seines geistigen Werkes. Denn er war der Meister über dem allen. Und solange er lebte, hielt er sein Werk nicht für verloren, und mit Recht.

OLIVIER *nachdem er getrunken* Maulhalten jetzt, bis das Waschbecken da ist. Habt acht, ich habe Inspiration, einen Befehl zu erlassen! Regimentsschreiber, schreib! An die gesamten Haufen! Also setzen, ordnen und befehligen wir: Die Bauern sind allerorts vom Pflug zu rufen, weil ein neuer Weltstand eintreten wird, bei dem die Erde nicht mehr umgebrochen wird, sondern das menschliche Fleisch und Bein wird umgebrochen. Alle Männer von fünfzehn bis siebenzig sind befehligt unter die Blutfahn; die nicht wollen vom Pflug lassen, denen die Händ abhauen. An die Pflüge gespannt Edelleute und Bürger – Salz gesät in die Furchen: Im neuen Weltstand werden wir vom Überfluß ernährt und bewegen uns immer von der Stell, so braucht es einen Acker nimmermehr. Sodann: Alle Eßwaren herbei, dem Heer zu dienen: als da sind die Waben und die Käse, die Lebkuchen und den Branntwein, die Kälber und Schwein, die Lämmer, die Ziegen, Hühner und Gäns, Salz und Schmalz, Störe und Hecht – also gegeben unter der Blutfahn. –

Unterschreibts

Vorwärts in der Prozedur! Quetsch aus ihm heraus was nötig ist nach Form Rechtens, daß wir ihn aufs Rad flechten!

SIGISMUND Ich bezeuge, dieser Mann hat mich die Wahrheit gelehrt, die einzige Wahrheit, vermöge der meine Seele lebt, denn meine Seele braucht Wahrheit, wie die Flamme, die ausgeht wenn ihr die Luft versperrt wird.

OLIVIER Und was ist das für Wahrheit? Du Erzkreatur, du epileptische?

SIGISMUND *zu ihm* Wir wissen von keinem Ding wie es ist, und nichts ist, von dem wir sagen könnten, daß es anderer Natur sei als unsere Träume. Aber mißverstehe mich nicht. Was ich fürchte, ist der Irrtum, als ob ich dadurch anders sei als du oder dieser oder einer dort unter diesen. Ich bin wie ihr seid. Aber ich weiß, und ihr seid ohne Wissen.

JERONIM Höret alle! er läuft am lichten Tag herum und glaubt, daß ihm träumt! wie einer dem man den Kopf in einen Sack gesteckt hat und den Sack am Hals fest zugebunden hat. Er bezeugt, daß sie ihn närrisch gemacht haben! Dafür werden sie von euren Händen sterben müssen.

Einige seufzen schwer.

SIGISMUND Ich sage dir: es ist kein Ding anderer Natur als unsere Träume, – das Wasser, das aus diesem irdenen Quellbrunnen rinnt, –

Er zeigt auf seinen Krug

– was ist wirklicher? Aber auch diesem ist das beigemischt – und die Sterne schwimmen wie Fische im gleichen. Dieses haben sie mich gelehrt.

JERONIM Hört alle! Volk! Oh! Oh!

SIGISMUND Sie haben mich hinangeführt, bei Nacht mit verbundenen Augen in meines Vaters Palast, und mich wieder zurückgeführt und haben gesagt: Du warst nirgends als du bist Dies, und das ist einerlei Ort.

JERONIM Mit solchen Reden ihrer vermaledeiten, satanischen Zungen, ihr guten Ackersmänner, haben diesen euren armen König um den Verstand gebracht der Scherge da und sein Lakai. Dafür müssen sie sieben Fuß höher hängen und die Raben müssen ihnen die Zungen aus dem Maul hacken!

ANTON *dicht bei Sigismund* Jetzt hats g'raten! Jetzt zeig, daß du weißt, wo der Bartel den Most holt!

SIGISMUND Sei still. – Sie haben zu mir gesagt: du hast geträumt, und immer wieder: du hast geträumt! Dadurch, wie wenn einer einen eisernen Finger unter den Türnagel steckt, haben sie vor mir eine Tür ausgehoben und ich bin hinter eine Wand getreten, von wo ich alles höre, was ihr redet, aber ihr könnt nicht zu mir und ich bin sicher vor euren Händen!

OLIVIER Verdeutsch ihnen den Galimathias! schrei es aus, Schlaukopf, so daß alle es begreifen, was sie für eine Malefizschandtat an dieser Kreatur verübt haben.

JERONIM *mit schriller Stimme* Er sagt, sie haben ihn frieren und hungern lassen, und wenn sie vollgesoffen waren, haben sie ihn geprügelt wie einen störrischen Esel.

Volk stöhnt auf.

OLIVIER Wir wollen sie hängen, ehrwürdiges Volk! aber zuvor will ich ein Einbekenntnis haben und den da zu unseren Füßen um Gnade winseln hören für sein Leben!

ANTON Jetzt ist Matthäi am letzten! Sag ihnen, daß ich ein fremdländischer Herrschaftsdiener bin und mit der Sache nichts zu tun habe.

OLIVIER Rede, Ankläger! Vorwärts! Laß Schlauheiten aufsteigen aus deinem Bauch! Bring ihn zum Reden! Er soll wiehern vor Angst! Als einen Geständigen will ich ihn hängen!

Junge Zigeunerin mit dem silbernen Waschbecken und einem schönen Handtuch kommt, ängstlich. Man zeigt ihr den Weg.

OLIVIER *zu Julian* So viel Zeit als ich brauche, mir die Hände zu waschen, geb ich dir zu deiner Rechtfertigung. Dann will ich dies Spülwasser hingeben und sie werden dir darin den Strick einseifen!

JULIAN *blickt um sich* Du Gesicht einer Ratte! Du Schweinsstirn mit bösen nach oben schielenden Augen! Du

Schnauze eines gierigen Hundes! -- Klumpen ihr, wandelnde! Beim Licht dieser Fackel, die mir eure scheußlichen Gesichter zeigt -- ich will über euch lachen ohne daß ihr mich kitzelt!

Er hebt sich auf

Tut eure Spieße fort! Ha, du Nichts mit tausend Köpfen, vor mir totem Mann weichst du zurück wie die Schafherde vor dem Hund, und dennoch erdrückst du Erdhaufen den, der in unsagbarer Mühe dich unterwühlt hat um dich über Nacht auf das Dach seines Feindes zu stürzen. Denn ich habe aus einem Nichts ein Etwas gemacht – aber daß ich dies gewollt habe, war das Einzige, das mir angestanden hat! Du kannst mir nichts davon rauben, Kanaille. – Du dienst mir jetzt noch, denn meine Schwermut, wie ich dich ansehe, wird zu gewaltig, als daß das Grausen mich angehen könnte. Steh unter meinem Blick, du Nichts, du Kehricht, das ich zusammengekehrt habe. Solange ich dich mit den Augen bändige, werde ich das Gefühl meines Selbst nicht entbehren.

OLIVIER Geht nichts anderes aus diesem hoffärtigen Rachen als stinkende Schmähung? So will ich dir dies Spülicht aus deinem eigenen Wasserbecken übern Schädel gießen, so wahr nunmehr das schleunige Recht bei mir ist!

JULIAN *sieht ihn fest an* Das wirst du nicht wagen!

SIGISMUND Mein Lehrer, warum sprichst du zu ihnen? Was zu sagen der Mühe wert wäre, dazu ist die Zunge zu dick.

JULIAN *wendet sich ihm zu* Bist du auch da, mein Geschöpf? – Er ist, wie er da steht, mein Werk, und erbärmlich. – Wer ist der, der mir ein Werk aufgedrungen hat, das über meine Kräfte ging?

SIGISMUND Deine Augen sind vermauert mit dem was nicht ist, sonst würdest du erkennen, daß dein Werk gelungen ist und nicht vereitelt.

JULIAN Kehre dich ab von mir, du Kloß aus Lehm, dem ich das unrechte Wort unter die Zunge gelegt habe. Ich will dich nicht sehen.

SIGISMUND Du hast mir das rechte Wort unter die Zunge gelegt, mein Lehrer, das Wort des Trostes in der Öde dieses Lebens, und ich gebe es dir zurück in dieser Stunde.

JULIAN *setzt sich wieder auf sein Bett* Ich will dich nicht sehen!

Wendet den Blick von ihm

Ich habe etliche in ihren Betten sterben sehen, die in feiger Angst alles an sich raffen wollten. Ich aber stoße jetzt alles von mir und bleibe allein.

Er schließt die Augen.

SIGISMUND Ich lächle dir zu in deine Einsamkeit. – Dein Gebet ist nicht ohne Kraft, wenn du auch die Fäuste ballst anstatt die Hände zu falten.

JULIAN *öffnet die Augen und schließt sie wieder* Ich habe das Unterste nach oben gemacht, aber es hat nichts gefruchtet!

SIGISMUND Du quälst dich, daß eine Ader in dir aufgehe, von der du trinken könntest. In mir aber fließt es ohne Stocken, und das ist dein Werk.

JULIAN *öffnet noch einmal die Augen, als wollte er reden, schließt sie dann und sinkt um mit dem einen Wort* Nichts!

OLIVIER *tritt näher* Ist er mir echappiert? Denn was hab ich davon, wenn ich einem Toten Spülwasser übern Schädel gieße? Her, daß ich mir die Hände trockne!

Er tuts

–– und hängt dort die lakaiische Sau an ein Fensterkreuz.

Er trinkt Branntwein.

Einige fassen Anton an.

SIGISMUND *tritt an Julians Bette* Gleich wird dir so zumut sein wie mir ist. Es gibt etwas Besseres als Vergessen: eine wunderbare Erleuchtung in der Einsamkeit. – Er ist tot. – Und du

Zu Anton

bleibe bei mir und fürchte dich nicht. Auch der Hund will zuweilen gestreichelt sein, geschweige denn der Mensch. Also lasset diesen in Frieden.

OLIVIER Du Malefizschindaasvogel mit Teufelsflügeln! Hab ich dich dazu, daß du mir Insubordination prästierst unter meinen Augen?

SIGISMUND *sieht ihn ruhig an* Du hast mich nicht. Denn ich bin für mich. Du siehst mich nicht einmal, denn du vermagst nicht zu schauen.

OLIVIER Wirfst du dein Maul auf gegen meine Erlauchtige

Person? – So will ich dich demnächst in ein Hundsfell genäht in die Mistgrube fahren lassen. – Aber zuvörderst habe ich dich betreffend anzubefehlen! Habt acht!

Trommelwirbel.

Denn ich brauche seine phantastische Fratze für die Weiber, daß sie mir warm bleiben und sich mit Messern an die Kürassierpferde machen. –

SIGISMUND Es braucht keine Weiber, denn ihr werdet durchreißen wie der Ostwind, ihr werdet Gefangene zusammenraffen wie Heu, und alle Türme und Festungen werden euch ein Scherz sein!

OLIVIER Potz Element! Bist du der Prophet Daniel? So sollst du mir auf einem Ochsenwagen immer vor dem mittelsten Haufen herfahren und sollst schreien: Blut über meine Verkäufer! Lasset die Blutfahne wehen!

SIGISMUND Irre dich nicht, denn bei mir ist kein Ding besser beherbergt als ein anderes.

OLIVIER Dafür will ich ihn füttern und er soll auf seinem Wagen so viel zu essen haben, daß ihm der Bauch platzt. – Wofern er aber als ein Narr das Maul gegen unsere Sache aufwirft, so soll getrommelt und geblasen werden in seine Red hinein, daß er sein eigenes Wort nicht hört, indem es ihm aus dem Maul fährt, –– dafür stehst du mir ein, tatarischer Aron, und zu diesem Behuf sollst du mein Stab- und Statthalter übern Tross sein.

JERONIM Dazu hast mich gemacht, Olivier, und es mir überm Becher Branntwein zugeschworen!

OLIVIER Du hast mich Gestrenger Generalissimus anzusprechen und dein Maul zu halten, wo ich Anordnung treffe. Achtung! Wer ist hier Kapitän?

Trommelwirbel.

Jedennoch werde ich mich herbeilassen, jetzt sogleich unter währendem Bankett eine ewige Rangliste anzufertigen, gemäß der sich zu halten sein wird in jeglichem Stück, und euch, meine Generalleutnants, will ich Teufelsnamen geben, wie eine alte Hexe sie mir zugeraunt hat – und unter diesen Namen sollt ihr fliegende Brandrotten kommandieren! Wo die auftreten, da sollen die Edelleute und Stadtbürger pissen vor Angst, wissend, daß ihr letztes Stündlein geschlagen hat. – Was siehst du mich so an, Kreatur? Glaubst du mir nicht? Ich sage, die in Burgen, Herrenschlössern und Städten wohnen, sollen Junge kriegen vor Grausen! Aus ihren Bäuchen soll das Letzte heraus, wenn sie auf ihren Mauern stehen und uns anreiten sehen!

JERONIM Und was, gestrenger Kapitän, wenn wir straßauf straßab die Häuser besetzt haben und mit einem solchen geschliffenen Schlüssel

Er deutet auf eine Axt

die Türen aufgesperrt haben, was soll dann mit den Herrn der Häuser geschehen?

OLIVIER Herren! Herren! Daß dich der Schwarze schänd und dir das Wort in der Kehle abwürg! Die Herren sollen kopfunter in den Abtritt fahren!

JERONIM Und die Grundherrn?

OLIVIER Die sollen in die Erde, von der sie Zins erhoben haben, eingegraben werden.

EIN ANDERER Und die Herrn über Flüsse und Teiche? die Brückenzoll erhoben und armen Leuten das Fischen verwehrt haben?

OLIVIER Ersäuft sollen sie werden in ihren Gewässern!

JERONIM Und die Jagdherrn?

OLIVIER In Wolfshäute vernähen und ihre Bluthunde auf sie hetzen!

EIN DRITTER Und die Pfaffen? Schullehrer? Amtsschreiber? Steuereinnehmer? Lakaien?

OLIVIER Hinwerden müssen sie wie Fliegen! Die Zucht soll verschwinden! Es sollen hinter uns die Geier und Wölfe kommen und sie sollen nicht sagen, daß wir halbe Arbeit getan haben. – Jetzt aber bin ich genug inkommodiert und behelligt, und es weiß jeder wonach er sich zu achten hat, und es ist mir die Kehle trocken. Jetzt sollen die Stabsmetzger und der Koch herbei und ich will ihnen den Brokken Fleisch anbefehlen, den ich will an Spieß gesteckt haben, und dich da, keine andere, will ich den Branntwein einschenken sehen –– und wenn ich eine martialische Gesundheit ausbringe, so will ich sie vom Altan mit Posaunen und im Burghof mit Stücklösen verkündet wissen und das soll bis in den hellen Tag hinein währen.

SIGISMUND Recht so. Aber du mußt später einmal auch die Hefe aussaufen, und mein Trunk da

Er deutet auf den irdenen Wasserkrug

bleibt immer lieblich.

OLIVIER Achtet mir auf den Masilisken da und hängt ihm einen Maulkorb um, wofern er seine Zunge nicht im Zaum hält. – Euch zwei da will ich verantwortlich machen, daß diese Kreatur nütze und nicht schade. Er soll keinen Schritt tun ohne meine Genehmigung. -- Generalmarsch! zu meinem Abgang! schlag auf das Fell, daß dir die Schlägel samt den Fingern abfliegen.

Tambour schlägt den Generalmarsch.

Jedermann soll wissen, daß meine Erlauchtige Person sich jetzt zur Mahlzeit begibt. Fackeln voraus! und ihr da rangiert euch hinter meine Durchlauchtige Magnifizenz!

Geht ab mit Gefolge die Treppe hinauf unter Trommelschlag und Vorantritt von Fackeln.

EINER VOM VOLK *zu Sigismund, mit Ehrerbietung* Wir sind bei dir! Sprich zu uns!

EIN ALTER MIT EINEM STELZBEIN Das ist der Armeleute-König und sie werden vor ihm das Schwert und die Waage tragen.

EIN ANDERER Sprich zu uns!

EIN DRITTER Rufet ihn bei seinem Namen!

EIN ANDERER Dieser Name darf nicht genannt sein!

EIN FÜNFTER Die ihn beim Namen genannt haben, denen ist die Zunge stumm geworden!

EIN GREIS *sich vordrängend* Sehet ihn an, unseren König, wie er dasteht. Wie in lebendigem Flußwasser gebadet, so glänzt er von oben bis unten.

EINER Er fürchtet sich vor uns!

MEHRERE Fürchtest du dich, Herr?

EINER Sprich zu uns!

EIN ANDERER Wenn er schreien wollte, würde uns allen die Seele bersten wie ein Sack. Weckt ihn nicht auf. Er ist scheintot.

EINE ALTE FRAU Ich sehe ihn!

DER ALTE STELZBEINIGE Ein Spalt geht auf und das Reich dieser Welt wird hineinstürzen.

SIGISMUND Mutter, komm zu mir.

Mehrere bringen goldgestickte Gewänder, eine Dalmatika, goldene Schuhe, –– eine goldene Krone.

EINER Sie wollen ihn bekleiden mit goldenen Gewändern!

EINER *mit dem Gewand* Will unser König gestatten, daß wir bekleiden?

EIN ALTER Laß dich bekleiden. Wir haben es genommen vom Altar weg und wollen es dir mit Ehrerbietung umhängen.

Sie bekleiden ihn.

DER STELZBEINIGE Ein Spalt geht auf und das Reich dieser Welt wird hineinstürzen!

EIN ANDERER Bleib bei uns! Harre aus bei uns!

EIN ANDERER Ein feuriger Engel wird vom Himmel kommen und wird den Bauern die Pflughand abhauen! Aber mit der linken Hand werden sie das Schwert schwingen!

SIGISMUND *vor sich, halblaut* Ich aber werde mit euch hinausgehen.

EINER Er spricht zu uns!

EIN ANDERER Bleib bei uns!

EIN ANDERER Daß wir nicht sterben, o Herr!

EINER *von denen, die hinten stehen* Die Weiber sollen ihn sehen! Hebet ihn auf, unsern König! Aber achtet auf ihn wie auf ein wächsernes Bild!

INDRIK, DER SCHMIED Machet eine Gasse, damit alle, die draußen stehen, ihn sehen können. Öffnet, damit alle ihn sehen können!

Es geschieht.

SIGISMUND Tretet beiseite. –– Ich spüre ein weites offenes Land. Es riecht nach Erde und Salz. Dort werde ich hingehen.

STIMMEN Bleib bei uns!

EINER Willst du fahren?

EIN ANDERER Wir wollen einen Wagen rüsten und zwölf Paar Ochsen vorspannen. Auf dem sollst du fahren, und eine

Glocke soll läuten auf deinem Wagen, als wärest du eine Kirche auf Rädern.

STIMMEN Bleib bei uns! Harre aus bei uns!

EIN ANDERER Daß wir nicht sterben, o Herr!

EINER Die Weiber wollen herein, seine Füße küssen.

EIN ANDERER Jagt sie fort, die Stuten! Sie sind es nicht wert, sein Gesicht zu sehen.

Die Weiber draußen schreien auf.

EINER Hungert dich nicht? Die Weiber schreien, daß wir dich hungern lassen.

EIN ANDERER Bringet alles herbei! Ladet alles ab von dem Troßkarren, was herrlich zu essen ist, und breitet es vor seine Füße!

STIMMEN Bleib bei uns! Harre aus bei uns!

ANDERE Bringet alles! Machet einen Berg vor ihm. Bringet Fleisch, Brot und Milch. Bringet Honig und Rahm. Bringet Geräuchertes und Gebackenes wie für zehn hungrige Männer, die gedroschen haben.

VIELE Bringet! Bringet! Bringet!

EINIGE Bleibe bei uns, o Herr!

Sie bringen das Genannte in Körben, auf Blättern, auf Holztellern. Häufen es auf.

SIGISMUND Nicht was die Vogelschlinge noch was der Angelhaken geschafft hat, noch das Messer an der Kehle des Schweines, –– aber dies da aus weißem Mehl ist eine schöne Speise.

Er nimmt etwas, teilt es mit Anton

Aber auch dieser muß bei mir bleiben,

Er nimmt seinen Trinkkrug, birgt ihn an der Brust

denn mich wird viel dürsten in eurer Welt.

ANTON *frißt eine Wurst* Sprichwort – Wahrwort! Auf einen Schrecken wird der Mensch hungrig. Jetzt versteh ich die Red!

EINER *der Sigismund in einem bunten Tüchlein Essen vorhält* Meinst du jetzt auch noch, daß du träumst? Wenn du von allem diesem gekostet hast, wirst du dann immer noch meinen, daß alles ein Traum ist?

ANTON Ah, gar kein Denken! Jetzt wacht er gleich auf!

STIMMEN Wache auf bei uns!

ANDERE Gehe nicht fort von uns!

SIGISMUND *den Krug an seine Brust drückend* Wie der Hahn auf dem Hofe rieche ich den grauenden Morgen und die Stunde, wo die Sterne von ihrem Wachtposten abtreten. Lasset uns zusammen fortgehen.

Er tut einige Schritte.

ARON *taumelt die Wendeltreppe herab, eine kostbare Decke um* Wo ist die Kreatur? Wo habt ihr sie hingeschafft?

INDRIK, DER SCHMIED *hebt seinen Hammer* Hier steht unser König! Was willst du von ihm?

Sigismund wendet sich nach ihm.

ARON Hinauf mit dir! Her du! Du kommst mit mir! Unser Generalissimus ist in großer Delektation und will, daß du ihm aus einem sonderlichen Becher knieend eine Maß Pfaffenwein kredenzen sollst. Also hinauf mit dir im Galopp! Es ist befohlen! Kapierst du?

Er taumelt.

INDRIK *stellt Aron ein Bein und wirft ihn hin* Da lieg, säuischer Kerl, und verreck, wenn sie die Fackeln in die Pulverkammer schmeißen.

SIGISMUND Laß ihn liegen. Dort wo wir hingehen wird gehorsamt ehe befohlen war und gemäht ohne Hoffnung aufs Nachtmahl. Aber du bist rüstig und sollst Vormäher sein.

Indrik kniet hin und küßt den Saum von Sigismunds Kleid

VIELE Herr, schütze uns! Harre aus bei uns!

Sigismund geht hinaus, sie folgen ihm.

DER FÜNFTE AUFZUG

Das Innere eines Zeltes. Haupteingang in der Mitte. Nebeneingänge je zwei links und rechts. – Ein gebrochener Stuhl und eine hohe Trommel als Sitze. Eine eiserne Regimentskasse in der Nähe. – Rechts vorne ein Haufen Beute: Teppiche, kostbare Gewänder, Sattelzeug, Linnen, alles auf einen Haufen geworfen. Es ist dunkel, kurz vor Tag. – Signale ab und zu, wie von dem Zeltlager ringsum. Öfters Schießen in der Ferne.

Ein Tatar bringt die gebundene Zigeunerin an einem Strick geführt. Der Reiterbub ihm voraus. – Simon sieht sich um; er ist mit dem Durchzählen und Aufschreiben der erbeuteten Sachen befaßt. – Indrik steht auf von einem Schemel, auf dem er gesessen hat. Er ist gewaffnet und hat einen Streitkolben vom Gurt hängen. – Der Arzt tritt seitwärts aus dem Dunkel hervor und Graf Adam von einer andern Seite.

REITERBUB Das ist die Zigeunerin und der Reiter, der sie eingebracht hat. Sie hat blutige Füß, er hat sie hinter dem Pferd laufen lassen.

Der Arzt tritt näher hin. Der Tatar tritt ab, der Reiterbub gleichfalls, nachdem er Graf Adam etwas leise gemeldet.

ARZT Es hätte ihr Tod sein können. Sie ist schwanger.

INDRIK Schwanger vom Olivier? So kommt sie mit dem leibhaftigen Satan nieder.

GRAF ADAM Wie seht Ihr das sogleich? Ich hätte ihr nichts angekannt.

ARZT Es prägt sich aus, untrüglich. Die Haltung, die Augen. Ich könnte es kaum sagen.

INDRIK *zu Simon* Ist das die rechte Olivierische Hauptthur? Simon, schau sie an!

ADAM Nicht so laut, der König schläft.

ANTON *tritt leise links heraus* Nein, er ist auf und liest in einem Buch.

SIMON *tritt hin, aber nicht nahe* Wie heißt die Rechte? Zwölf und zwanzig Weiber hat er hinter ihm drein bei Tag und bei Nacht, aber diese ist die große Lieblingin von ihm gewesen jederzeit. Mir gewünscht, daß ich sie nie mit meine Augen hätt gesehen einziehen in ä Stadt. Was dahinter bleibt, is ä Schindanger voller halb noch zappelnde Leichen.

Reiterbub tritt wieder ein, sieht Adam an.

ADAM Eintreten lassen.

Reiterbub ab.

ADAM Es gehen die Bannerherren jetzt hier durch. Schafft das da beiseite.

INDRIK *zu der Zigeunerin* Hock nieder.

Er wirft einen Teppich über sie.

Reiterbub öffnet den Vorhang am Haupteingang. – Zwei Tataren treten ein mit Lanzen. Dann eine kleine Schar Herrn von Hof, ohne Waffen, dann wieder zwei Tataren.

ADAM Nehmen die erlauchten Herren hier vorlieb,

Er weist auf den kleinen Ausgang rechts

Seine Majestät wird Sie bald vor sich befehlen.

EINER DER HERREN *halblaut* Es ist uns freies Geleit gesichert. Wir sind ohne Waffen. Wozu die Tataren uns am Leib?

ADAM Eine Ehrenwache, nichts weiter, erlauchter Herr.

Er führt sie rechts hinüber.

EIN ANDERER HERR *im Gehen halblaut* Ihr, Vetter Adam, habt geschwind erraten, wie der Wind sich drehen wird. Ich mache Eurer Vorsicht mein Kompliment.

ADAM *öffnet den Vorhang rechts* Belieben die gebietenden Herrn hier einzutreten.

Er läßt sie eintreten und folgt ihnen.

Zwei Tataren bleiben an der Tür rechts, zwei am Haupteingang.

INDRIK *zieht den Teppich weg und reißt die Zigeunerin vom Boden auf gegen das Licht* Wo ist dein Kerl? dein Gschwuf? Wo zündet er jetzt Dörfer an und haut den Kindern die Köpfe ab? Wir sind ohne Nachricht von Seiner besoffenen Magnifizenz! Gib Antwort oder man wird dich anders fragen!

Die Zigeunerin preßt die Zähne zusammen. – Anton horcht nach links, tritt dann vor den linken Eingang, hebt den Vorhang ehrerbietig.

ADAM Der König.

Neigt sich.

Simon tritt zurück. – Indrik zieht die Zigeunerin nach hinten.

SIGISMUND *tritt herein, in einem langen Leibrock, ungewaffnet; er geht auf den Tisch zu* Woher sind die Landkarten?

Er setzt sich.

INDRIK *tritt vor* Aus dem Kloster, das gestern abend rechter Hand unserer Marschlinie gebrannt hat.

SIGISMUND *beim Tisch, ohne aufzusehen* Die Tataren sollen sich in acht nehmen. Wenn ich wieder einen roten Himmel sehe, lasse ich ihrer ein Dutzend hängen.

Da er den Blick des Arztes auf sich ruhen fühlt

Wundert Ihr Euch, daß ich schnell die Sprache der Welt gelernt habe? – Guter Freund, mein Ort ist ein schreckenvoller Ort, und ich lebe unter den Sternen auch am lichten Tage, und nichts ist da oder nicht da: alles, indem es ist, war schon da.

Er winkt Adam heran, zeigt ihm die Karte

Eine schöne Darstellung. Da liegt das ganze Land bis ans Gebirge hin. Schön liegt es da, wie in einem Korb. Hier seht Ihr die Sümpfe südlich.

ADAM In die wir den Olivier mit Gottes Hilfe werfen werden.

SIGISMUND Oder er uns mit des Satans Beistand.

ADAM Bei unseren Tataren hält sich hartnäckig ein Gerücht, wonach es zwischen ihren Leuten und ihm zu einem für uns glücklichen Treffen gekommen wäre. –

SIGISMUND Wir wollen sicherer gehen, denn wir stehen einem starken Teufel gegenüber. Es sind keine Nachrichten herein? – Deine Kundschafter, Simon?

SIMON *tritt heran* Es ist keiner zurück. Aber die dort ist mehr wert als ein Bericht.

Er zeigt auf die Zigeunerin, die dem Tisch den Rücken kehrt.

SIGISMUND Ist das eines seiner Weiber?

SIMON *leiser* Das ist eine große Mitwisserin von allem was er vorhat.

SIGISMUND *zu Indrik* Sorge, daß du sie zum Reden bringst. Ohne Gewalt! Geh mit, Simon. Nehmt von dem Zeug da und bestecht ihre Begehrlichkeit.

Die Zigeunerin lacht lautlos. – Indrik und Simon ab nach links hinten mit der Zigeunerin.

SIGISMUND *zum Arzt* Ich habe im Plutarch die Biographie gelesen, die Ihr mir aufgeschlagen hattet. Es sind große Bezüge darin auf uns und unsere Lage trotz der Verschiedenheit der Zeiten. Ich möchte mich mit Euch darüber unterhalten. Vielleicht findet sich abends eine Stunde.

Der Arzt neigt sich. – Anton, indessen Sigismund redet, hin zu ihm und richtet ihm etwas am Schuh.

SIGISMUND Fütter dich besser, Anton, ruh mehr aus, laß dir doppelte Rationen geben. Ich will dein altes ausgepolstertes Gesicht wieder sehen.

Anton küßt ihm die dargereichte Hand.

SIGISMUND *zu Adam, indem er sich wieder an den Tisch setzt* Ich habe stark schießen hören bei den Feldwachen kurz vor Mitternacht. Was war da?

ADAM *tritt heran* Darf ich Eurer Majestät melden – die Palatine und Bannerherren, so viele ihrer noch am Leben sind, sind mit einer salva guardia durch die Vorposten herein und warten hier nebenan. – Das Schießen war am Fluß zwischen unseren vorgeschobenen Posten und den Grünen. Sie haben jenseits ein festes Lager geschlagen. Aber sie haben sich neutral erklärt und das Schießen ist eingestellt worden.

SIGISMUND Die Grünen sind Marodierer, Versprengte von der königlichen Armee, verlaufene Mordbrenner von Oliviers Haufen. Seit wann schlägt solches Lumpenpack ein festes Lager und gibt Neutralitätserklärungen ab?

ADAM Diese sind ein großes kriegsmäßig geordnetes Korps. Es sind Kinder aus allen drei Ländern und sie haben einen Kinderkönig über sich.

SIGISMUND *sieht auf von der Landkarte* Was meinst du damit, Adam?

ADAM Es sind Halbwüchsige, die sich gesammelt haben –

ARZT Solche sind überall in den Wäldern, seit der vierjährige

Krieg unter Basilius die Grenzländer zu einer Wüstenei gemacht hat. Es sind die zusammengelaufenen Waisen aus den Dörfern ohne Häuser. Da oder dort führt ein alter Mann, der sich auf einen Buchenzweig stützt, sie in einen versteckten Winkel auf die Grasweide, solange bis ein harter Winter kommt und sie alle erfrieren. Man hat solches seit Jahren sehen können, wenn man durchs Gebirge geritten ist.

Simon tritt hinten wieder ein, dahinter Indrik mit der Zigeunerin.

ADAM Es sind ihrer gegen zehntausend. Sie haben besondere Rechte und Bräuche und über sich einen gewählten König, der ein starker und schöner Bursch sein soll und aus den Augen schauen wie ein junger Löwe. Sie pflügen und leben wieder wie die Menschen vordem. Sie verrichten Handwerk und singen dazu.

SIGISMUND Ich werde nicht zehntausend mit einem verschanzten Lager in meiner Flanke lassen. Das hieße, ihnen gegenüber drei Regimenter und Geschütz zurücklassen um meinen Nachschub zu sichern; soviel Deckung kann ich nicht entbehren. Sie haben einen König, sagst du?

ADAM Von dem wunderlich genug geredet wird. – Er soll des Königs Basilius Kind sein, von einem schönen wilden Weib, die ihn auf der Jagdhütte bediente – aber sowie er zur Welt kam, von der Mutter in die Wälder verschleppt ohne Kenntnis: er seiner Kindschaft, so der König seiner Vaterschaft.

SIGISMUND Den Burschen will ich sehen – ich lasse ihm freies Geleit anbieten. Schick einen Parlamentär mit einer weißen Fahne in allen Formen. Wir wollen Seiner grünen Majestät nicht nahetreten.

Er wendet den Kopf gegen Simon

Was habt Ihr in Erfahrung gebracht?

Adam gibt den Tataren an den Türen Befehl. Der Reiterbub tritt an die Tür.

SIMON *hintretend* Sie äußert sich: zu solchem Gelumpe wie wir sind wird sie nicht den Mund auftun. Wenn sie mit Eurer Königlichen Majestät allein wäre.

Leiser

Sie stände Eurer Majestät nicht zum ersten Mal vor Augen.

SIGISMUND *steht auf* Ich weiß das. Es wird nichts anderes übrig bleiben. Oder

Zum Arzt

wißt Ihr eine andere Methode?

ANTON Allein unter vier Augen?

Leise

Wenn die canaglia ein Dolchmesser bei sich hat? Verhindern das der Herr Doktor!

ADAM *halblaut* Man hat sie untersuchen lassen bis auf die Haut. Sie hat weder Schriftliches bei sich noch eine Waffe.

SIGISMUND Laß indessen den Grafen ein Frühstück vorsetzen – wenn wir etwas haben!

Zum Arzt

Verschaffet durch einen Reitenden das Buch, von dem Ihr gesprochen habt. Des Kaisers Marcus –

ARZT Marcus Aurelius –

Graf Adam, nach einer Verneigung, ist rechts abgegangen; vorher sind auf seinen Wink die Tataren abgetreten.

SIGISMUND Betrachtungen oder wie Ihr es genannt habt. Ein großer Monarch, – und voll edler Gedanken und weiter Pläne, die Zukunft Europas auf Jahrhunderte in gewisse Bahnen zu lenken. Aber auch er den Umständen unterworfen und stirbt im Gezelt, mitten aus seinen Entwürfen. – Ich beneide Euch um Euer Wissen. Nein, ich liebe Euch darum. Es wohnt bei Euch nicht zur Miete, sondern im eigenen Palast. – Verlasset mich nicht, außer wenn Eurem Körper unsere Lebensweise zu beschwerlich fällt.

Indrik bringt die Zigeunerin näher heran.

SIGISMUND *wirft einen Blick auf sie und kehrt ihr dann wieder den Rücken, das Folgende halb für sich, aber doch auch zum Arzt hin sprechend*

Durch zweierlei übt das Olivierische in der Welt seine satanische Gewalt aus, durch die Leiber und durch die Sachen.

Er streift mit dem Fuß die aufgehäuften Dinge
– Tu ihr die Stricke ab.
Zum Arzt, so daß die Zigeunerin es nicht hören kann
Mit ihr werde ich allein sein beim Schein einer Lampe, wie Olivier, aber zu andern Geschäften, weiß Gott. – Sie ist jung und eher schön als häßlich, und dennoch schauderts mich.
Aber wir haben nichts anderes, das uns Mutter werden könnte, als dieses Geschlecht, und dies ist der Stoff, aus dem die Welt gemacht ist.

ANTON *leise zu Indrik* Laß ihr die Hände gebunden.

SIGISMUND *hats gehört* Frei die Hände!
Anton zögernd ab. – Indrik tritt ab.

SIGISMUND *setzt sich an den Tisch und blickt in die Karte* Ich habe eine Meldung, daß der rebellische Haufen, den dein Mann befehligt, von meinen tatarischen Truppen ans Gebirge gedrückt und aufgerieben ist. Was sagst du dazu, Wahrsagerin?

DIE ZIGEUNERIN Wer? der General?
Lacht rauh
wer erdruckt den? – Ihr erdruckt vielleicht ein ungeborenes Kind, Ihr! Das trau ich euch zu!

SIGISMUND *sieht auf* So trägst du ein ungeborenes Kind in dir?

DIE ZIGEUNERIN *schweigt und zieht im Dunkel mit den Fingern Kreise* Womit ich trächtig bin, das sollst du sehen!

SIGISMUND Was murmelst du?

DIE ZIGEUNERIN *schnell auf einem Kreis gehend* Svahah! angah! – Ellio! mellio! – Selo, elvo, delvo, helvo!

SIGISMUND *ohne hinzusehen* Du kannst gehen, wenn du nicht reden willst. Lauf. Melde deinem Herrn: ich war eine ungeschickte Botin!

DIE ZIGEUNERIN *in einem sonderbaren tanzartigen Schritt auf ihn zu; ihr Haar knistert* Blutige Füße – schlechte Boten! Kommen weit her – laufen welche mit?
Sie wirft sich hin, legt's Ohr an die Erde
Viele! eine Armee!
Sie schlägt mit den flachen Händen leicht auf den Boden, sogleich

erfüllt sich die Luft mit dem Geräusch von vielen trippelnden und schleifenden Tritten.

SIGISMUND *sieht auf, geht zu ihr* Sind wir so weit?

DIE ZIGEUNERIN *wirft den Kopf zurück* Wir sind so weit! Aus der Erde! aus der Gruft! – Aus dem Abtritt! aus der Luft!

Ein Pfeifen und Trippeln von Ratten und anderem Getier: huschende Schatten überall.

SIGISMUND Wo wimmeln die Kellerasseln her? Was wollen die Mäus und Ratten, groß wie die Katzen?

Er lacht.

DIE ZIGEUNERIN Auf, ihr! auf, ihr! – wir sind viele – er ist einer! Groß wird klein, und klein wird groß! alles springt aus einem Schoß!

SIGISMUND Du kannst nichts aus deinem Schoß schütteln, schwarzer Engel, womit ich nicht auf du und du wäre!

Aus dem Dunkel hebt sich etwas wie ein Weib, mit einem entfleischten Pferdekopf an Stelle des Kopfes.

Deine Schwestern mit den Roßzähnen haben bei mir kein Glück. Ich habe ihrer welche mit mir im Bettstroh gehabt: sie erwärmen einen schlecht. –

Das Ding kommt ihm seitlich näher. Er scheucht es weg

Laß mich, Bettschatz. – Und du versteh mich, kleine Friedenstaube. Ich bin begierig nach einer Botschaft von deinem Herrn Gemahl. Sie brennt dir auf der Zunge; denn du hast dich absichtlich fangen lassen. Wie die Ziege dem Melker, bist du mir zugelaufen. – Also tu den Mund auf, bevor ich dich meinen Tataren in die Arme lege!

DIE ZIGEUNERIN Deinen Tataren? dir folgt ja niemand! du hast ja keine Armee! das sind ja lauter Lügengeister! die haben alle Teufelsnamen, deine Tataren! Die machst du ja aus Dunst! aus gelbem giftigen Nachtnebel machst du die! – Wie kämen sie denn so lautlos über einen, wenn man marschiert! Wie könnten sie denn ohne Schrei die Wachen erwürgen? – Und doch hast du mit solchem Blendwerk den leibhaftigen Herrgott in den Sumpf getrieben, Judas, verfluchter!

SIGISMUND Ist der Rote Satan tot? Ah! sassa! Ich – du lügst? du willst mich fangen? – Ich will seinen Leichnam sehen!

DIE ZIGEUNERIN Freßt ihm die Augen aus, ihr Toten – Erde, schüttel den Bauch aus!

Brandröte, Sturm, daß die Zeltpflöcke schüttern. Große Knochen rasseln aus der Erde.

SIGISMUND Das ist er! So wahr ich – Er stinkt nach Brand und Blut wie der Brunfthirsch! – Bei meiner Überkraft! So wahr ich dich hergezogen an dem tiefsten Strang den ich in der Hand habe!

DIE ZIGEUNERIN *niedergekauert, wimmert* Helft mir, Geziefer! Nagt den Strang ab! Er reißt mich!

SIGISMUND Her vor mich! den Leichnam!

Immer stärkere Brandröte.

DIE ZIGEUNERIN *an der Erde, wirft sich herum, deutet nach hinten, dort steht eine zweite Gestalt, ihr völlig gleich* Schau die! schau die! Wie ihr Liebster ihr den Weg erleuchtet mit angesteckten Dörfern! Die kommt weit her!

Winkt die Gestalt heran

Hier her!

SIGISMUND Sessa! bist du doppelt, Hagreiterin? Ich bin auch mehr als einer – da, ich will dir Tempo geben!

Er ergreift einen großen Knochen, schwingt ihn, spricht einen Spruch und tut dazu schwere Schritte nach dem Takt, wie ein an den Pflock gebundener Bär

So schrein die sieben Siegel: die Fische werden brüllen, die Engel werden weinen, und schmeißen sich mit Steinen, die Gräslein werden zahnen, und alle hohen Tannen!

Es trommelt in der Luft gewaltig. – Die aufrechte Zigeunerin kommt mit schweren Schritten, auf jeden Trommelschlag einen Schritt, heran. Sigismund schlägt mit dem Knochen den Takt dazu.

DIE AUFRECHTE ZIGEUNERIN *mit weit offenen, aber nicht sehenden Augen, im Gehen* Immer geh! immer geh! Blutige Füß! verliert nicht den Mut! Ihr kommt schon hin! ihr kommt schon hin! Freu dich mein Kind! mein Kind im Bauch! Dein Vater brennt die Welt an! das leucht't dir auf den Weg!

Sie kommt dicht an Sigismund.

SIGISMUND *hebt die Hand* Halt! Stockan! Hier steht wer!

Die kauernde Zigeunerin lacht.

DIE AUFRECHTE ZIGEUNERIN *plötzlich ganz nahe bei Sigismunds Gesicht, jäh den Ausdruck verändernd, als erkennte sie ihn* Pfui, Lagerdieb! Auspeitschen den mit einem Zügel! – Da, bindet ihn!

Sie will ihn fassen, er schlägt mit dem Knochen durch die Luft, sie weicht zurück

Der Schmarotzer! Deinem Generalissimus hast das feurige Lüftel aus dem Leib gestohlen! Da drin ists, was du gestohlen hast!

Sie schlägt sich auf den Leib

Du Alraun! Samen, vom Galgen geträufelt!

DIE KAUERNDE ZIGEUNERIN *fährt mit der Hand in dem Haufen Knochen herum. Ein Fuchs bellt heiser und wühlt sich unter den Knochen hervor mit glühenden Augen.* Fürcht dich nicht, mein alter Buhl. Er ist an der Kette. – Was? fletscht er die Zähne gegen dich! Dein leiblicher Sohn, auferstanden aus der Senkgrube. Beiß ihn, hussa, hetz! Ich schmeiß dich auf ihn.

Sie nimmt den Fuchs in die Arme; plötzlich hat sie statt seiner den König Basilius in den Armen, der mit halbem Leib aus der Erde ragt.

SIGISMUND Hinweg! Das ist vorbei. Das liegt in dem Bauch der Erde.

Basilius lacht, streckt seine Zunge gegen Sigismund und fällt zusammen als ein gekrümmter Fuchs, dem die Zunge aus dem Maul geht.

DIE STEHENDE ZIGEUNERIN Was liegt, steht auf gegen dich. Jetzt geht alles um.

Ein Mann, mit schrecklicher fremder Miene, wälzt sich unterm Zeltvorhang hervor.

SIGISMUND Ich bin gefeit gegen euch. Erde auf euch!

DIE KAUERNDE ZIGEUNERIN Erd folgt dir nicht! Ausgestoßen von der Erd. Ausgespien von der Luft! Alraun!

SIGISMUND Wer bist denn du, alter Nachtwandler? Solche wie du hab ich in meinem Kofen immer um mich sitzen gehabt.

DER MANN AUF DER ERDE *reißt sich sein unkenntliches Gesicht ab und enthüllt sich als der tote Julian. Er sitzt auf der Erde und winkt Sigismund mit seiner grünen Hand* Hör mich. Ich habe wenig Zeit. – Sigismund. – Ich hab dich nicht die rechte Sprache gelehrt. Ich möchte mir die Haare raufen. Die ich dich gelehrt habe, reicht nur für die Anfänge. Es geht aber alles immer weiter. Hier, wo ich wohne, ahne ich erst die neue Sprache: die sagt das Obere und Untere zugleich.

SIGISMUND Sie kommt schon auf acht Füßen zu mir. Aber ich habe keine Zeit. Ich bin ein General in seinem Zelt und muß nach zwei Fronten schlagen.

JULIAN Ich muß dir meinen Kopf leihen, damit du die Welt von unten siehst.

Sein Kopf allein mit einem gräßlich angespannten wissenden Ausdruck kommt auf Sigismund zu.

SIGISMUND *schlägt mit dem Knochen in die Luft* Die Lektion hab ich schon im Turm gelernt. Laß mich!

Der Kopf verschwindet. Auch der tote Fuchs ist verschwunden. Der Sturm wird wieder stärker. Ein Krachen wie von einer eingebrochenen Tür.

DIE STEHENDE ZIGEUNERIN *in den Sturm hinein* Herbei, du Starker! Herbei, du Großer! Hol ihn dir!

Die Lampe erlischt, der Feuerschein mitten im Zelt wird stark. In ihm steht Oliviers Gestalt, aber undeutlich wie aus Glas. Die kauernde Zigeunerin ist von nun ab verschwunden.

SIGISMUND Antworte mir! Zeig dich mir an! Ich will es. Ich befehle.

Oliviers Gestalt wird deutlicher.

DIE ZIGEUNERIN Reckst du gebietend deine Hand gegen deinen Herrn? Du Krott! Du Natternbub! Deine Hand wird man dir lähmen.

Olivier steht und starrt. Er hat einen zerhauenen Schädel.

DIE ZIGEUNERIN Brüll ihn an, daß ihm die Eingeweide aus dem Leib fallen. – Ah, wie er schaut. Wie er die armen Zähne bleckt. Wie er die blutigen Haare sträubt. Herr! Herr! Herr!

SIGISMUND Du hast meinen Blick niemals ausgehalten wie du noch im Fleische warst. Sonach fort mit dir. Aber nicht wie du selbst willst, sondern wie ich will. So wie dein letzter Augenblick war, so fährst du dahin vor meinen Augen.

Olivier will auf Sigismund los. Er hebt den Stumpf eines Schwertes und will auf ihn hauen. Aber seine Tritte sind unsicher wie auf Sumpfboden. – Jeronim und Aron, von Morast triefend, reißen sich links und rechts zu ihm empor und hängen sich an ihn. Er brüllt auf und versinkt mit ihnen.

DIE ZIGEUNERIN *indem er noch da ist* Was? wer? welche Waffen für dich? – Straf mich nicht, ich bin da. Deine Sklavin ist da. Dein Geschöpf ist da.

Nach Oliviers Versinken im Augenblick fast völlige Dunkelheit. – Die Zigeunerin ist in diesem Augenblick Sigismund sehr nahe.

SIGISMUND *stark* Lichter her, und schafft das Weib weg!

Ein Lichtschein von links. – Die Zigeunerin greift in die Luft und fällt zusammen. – Adam kommt eilig von rechts mit einem Licht, ebenso von links der Arzt und Anton, sowie mehrere Diener. – Es dringt indessen von draußen auch das grauende Tageslicht durch die Zeltwände ein.

SIGISMUND *Adam entgegen* Olivier ist tot. – Versteht ihr mich? Olivier ist tot.

ARZT Ist das möglich?

ADAM Verläßliche Nachricht? Handgreifliche Beweise?

SIGISMUND *sehr lebhaft* Er hat mir soeben die Überzeugung davon beigebracht!

ARZT Wie denn?

Indrik tritt von hinten herein.

ADAM Wo ist das Weib hingekommen, Indrik?

INDRIK Hier liegt sie.

ADAM Tot?

INDRIK Ich weiß nicht.

Man trägt die Zigeunerin fort.

SIGISMUND Freunde, ich bin Herr im eigenen Haus. Gebt mir ein Tuch. –

Anton reicht ihms, er wischt sich die Stirn.

SIGISMUND *sehr lebhaft* Es ist nicht Angstschweiß, sondern ein kalter Tau, der sich vom Anhauch der untern Welt angesetzt. Ein Ding sicher zu wissen lohnt ein bißchen kalten Schweiß. Ja, Doktor, es war jemand da. Aber in anderer Weise als Ihr und ich. Es scheint noch etliche Weisen zu geben, von denen wir erst mit nächstem erfahren werden. –

Hier stand es. Es ging ein Wind davon aus, der das Licht löschte, und das Fleisch ein wenig kräuseln machte. – Es geschahen dabei nicht viel Reden. Ich schrie das Ding an und es verschwand. – Es sieht aus, als ob wir zu höheren Dingen bestimmt wären.

ARZT Eure Majestät bluten ja!

Er greift nach der Verbandtasche, die er um hat.

SIGISMUND Was denn? –

Zu Adam gewandt

Mit zerhauenem Schädel liegt er in einem Sumpf. – Adam, es sind blutige Zeiten. Wo blute ich?

ARZT Hier an der Hand. Wie kommen Eure Majestät zu der Wunde? Es ist ein scharfer Schnitt quer über die ganze Palme hin und senkrecht durch die Lebenslinie.

SIGISMUND Was weiß ich! Ja: ich habe etwas gespürt. Das Weib war mir nahe.

ARZT Das Weib! da sei Gott vor!

ANTON *sucht am Boden, hebt ein winziges Dolchmesser auf* Da! kann es das sein? Ein Messer, nicht größer als eine Haarnadel.

ARZT Sehr wahrscheinlich.

Zu Anton

Einen großen Becher vom stärksten Branntwein! sofort!

Anton ab.

SIGISMUND *zum Arzt* Hier stand das Ding. Vor einer Minute hätte ich es Euch zu erklären vermocht – bild ich mir ein – aber der Augenblick ist scheelsüchtig und hinterläßt seinem Nachfolger nur eine leere Truhe mit der Aufschrift: Hier war es!

Er geht zum Tisch und sieht in die Karte

Jetzt kann mein Vortrab einschwenken. Die zwei Haufen ohne Führer sind im voraus verloren. Nun, warum verbindet Ihr mich nicht?

ARZT *indessen Sigismund bei der Karte steht* Graf Adam!

ADAM *bei ihm* Was macht Ihr für ein fürchterliches Gesicht! Gift?

ARZT Es ist mehr als möglich.

INDRIK *hats gehört, stürzt hin, nimmt Sigismunds Hand, indem er vor ihm kniet* Laßt mich die Wunde aussaugen!

ANTON *mit dem Becher, zitternd* Herr Doktor, was ist denn da geschehen?

ARZT Ruhe! –

Zu Indrik

Laßt gehen, der Schnitt ist dafür zu tief.

ADAM Wie fühlen sich Eure Majestät?

SIGISMUND Wie immer. Was seht ihr mich so an? Wie? Was habt ihr alle? Bin ich vergiftet?

ARZT Leeren Eure Majestät für jeden Fall diesen Becher. Die Zigeuner, weiß ich, gebrauchen das Gift der Viper. Dies ist das einzige Gegenmittel, das mir zur Hand ist.

SIGISMUND Mir ist ganz wohl, und Ihr wißt, mir widerstrebt der Branntwein.

ARZT Er wird Eurer Majestät jetzt nicht widerstehen. Ich bitte darum. Und dann eine kleine Ruhe. Das Herz bedarf vielleicht jetzt seiner Kräfte, um sich zu wehren.

Er verbindet ihm die Hand

SIGISMUND *trinkt den Becher aus* Wir müssen unsere Geschäfte erledigen und können vorläufig die Stunde nicht wählen. –

Zu Adam

Die Grafen wollen eintreten. Wir können diesen zweideutigen Großen jetzt mit freierem Blut entgegentreten als vor einer Stunde.

ARZT Das gebe Gott!

SIGISMUND *zu Adam* Sag ihnen, daß der schwarze Haufe in den Wind geschlagen ist. Es gibt keine Olivierische Armee mehr, die mir entgegenstünde, und sie sind nicht mehr das Zünglein an der Waage, das sie sich zu sein dünken. Vorwärts – aber halt sie im Ungewissen über den Empfang, den ich ihnen bereiten werde. Und wart noch! laß ihnen ihre Schwerter zurückgeben: sie sollen nicht wie Köche und Stallmeister vor mich treten.

Adam tritt rechts ab. – Der Arzt hat sich von Anton den Becher abermals gefüllt bringen lassen und tritt damit auf Sigismund zu.

SIGISMUND Wozu das noch? mir fehlt nichts.

ARZT Ich bitte inständig.

SIGISMUND Ich bin völlig wohl, bis auf –

Er streicht sich übers Knie.

ARZT Bis auf –?

SIGISMUND Ein Nichts. Eine große Schwere in den Beinen. Wir sind auch drei Tage und Nächte kaum aus dem Sattel gekommen.

Er setzt sich, nimmt die Karte zur Hand.

Anton sieht angstvoll auf Sigismund und macht ein verzweifeltes Gesicht und beißt sich in die Fäuste. – Der Arzt tritt zu Sigismund und drängt ihm den Branntwein auf. –

Der Vorhang an dem Haupteingang wird auf ein Zeichen Adams aufgehoben. Es treten ein: ein Offizier, der die Reichsstandarte trägt, ein gewappneter Bauer mit der Aufrührerstandarte: eine schwarze Stange, woran oben ein Bündel zerrissener Ketten befestigt ist, und ein tatarischer Hauptmann mit einer Standarte, bestehend aus vergoldetem Halbmond und Roßschweif. Die drei Standartenträger stellen sich an der linken Schmalwand des Zeltes auf. Indrik tritt hin und ergreift die Standarte mit den zerrissenen Ketten. – Von links treten die Bannerherren herein, denen Adam vorantritt. Eingetreten knien sie sogleich Sigismund gegenüber nieder. Gleichzeitig treten durch den Haupteingang Sigismunds Feldhauptleute ein, fünf oder sechs geharnischte Männer aus den niedrigen Ständen, und nehmen links rückwärts nahe dem Eingang Stellung. – Adam, wieder eingetreten, ergreift das ihm von einem Knaben gereichte Reichsschwert in einer samtenen Scheide und stellt sich links hinter Sigismund.

SIGISMUND *bei dem Tisch auf der Trommel sitzend, betrachtet jeden einzelnen der Knienden sehr aufmerksam, dann* Stehen die Herren auf – wir sind im Feldlager, nicht am Hof. – Aber ich bin gewärtig, meine Vasallen, eurer einträchtigen Huldigung, endlich!

DER ÄLTESTE BANNERHERR *knieend* Erlauchtester! Großmächtigster! Unüberwindlichster! – Erhabene Majestät! Unser aller souveräner König und Herr!

SIGISMUND So stehet auf, Vettern! Stehet!

DER ÄLTESTE BANNERHERR *stehend, sowie alle andern gleichfalls aufstehen* Wie der Morgenstrahl die Schiffbrüchigen nach grausiger Sturmnacht, trifft uns die milde Anrede unseres gnädigen Königs. Heil uns Geprüften! und Heil nach welcher Nacht des Grauens. Welches Menschen Mund spricht aus, was in diesen Zeiten geschehen ist! – Die Städte von der Erde weggekehrt mit einem Besen, die Burgen und Klöster starrende Brandstatt, die Felder Blutmoore, die Überlebenden in hohlen Bäumen oder in Klüften unter der Erde. Aber unser angestammter König redet uns huldvoll an, und mit dem männlichen Auge, in dem keine Träne zittert als die der ehrfürchtigen Rührung, erschauen wir in diesem Siegerzelte aufgepflanzt unseres alten Reiches hochehrwürdiges Banner – und blicken auf dieses allein, das da rausche früh und spät überm Scheitel unseres rechtmäßigen Königs.

SIGISMUND Ihr möget auf alle dreie blicken, Herren, sie flattern und klirren einträchtig im Winde, wo wir reiten. Sprecht weiter, Palatin.

DER ÄLTESTE BANNERHERR Furchtbar ohne Maßen war das Dräuen der Zeit, aber furchtbarer war der Zwiespalt, der unser Herz zerriß. Gewalt und Gesetz, diese beiden, auf denen die Welt ruht, vor unsern Augen in ungeheurem Widerstreit! Der Sohn gegen den Vater, Herrschaft gegen Herrschaft, Gewalt gegen Gewalt wie Wasser gegen Feuer, aber ein drittes gegen beide, wie wenn am Tage des Gerichtes die Erde sich auftut und Wasser und Feuer verschlingt: mit den Narren und Verbrechern, den Gottesfeinden und Schwarmgeistern, den Gleichmachern und Selbsthelfern brach Asien herein und wollte Herr sein in unserem Hause wie in grausigen Tagen der Väter. Furchtbar über dem Chaos schwang in Eines Gewaltigen Hand das Banner der zerrissenen Ketten, daß es klang über unsern gebeugten Häuptern wie Gottes Geißel. – Wie konnten wir in dieser Hand die Hand unseres gebenedeiten Königs erkennen? – Der niederwarf geheiligte Vatersgewalt, entblößte die Städte der schützenden Mauern, die Burgen schleifte, nicht wehrte dem Brand der Kirchen und dem Hinfall der Klöster! Dem zitternd um ihr Leben die Hauslosen auf zerstampfter Heerstraße entgegenzogen und das Brot, ihm darboten, gesalzen mit den eigenen Tränen – aber er war es!

SIGISMUND Er war es. Er ist es. Euer König und Herr aus der Kraft und der Notwendigkeit, hier bin ich. – Die alten Könige sind tot, die Gewohnheiten vernichtet, das Verbundene aufgelöst. Es ist vom Nordmeer bis zum dunklen Meer im Süden, dem dies Reitervolk anwohnt, keine Gewalt mehr aufrecht außer mir. Aus Schmieden und Viehtreibern habe ich meine Feldhauptleute gemacht, umgeschweißt die Pflugscharen zu Schwertern – und alles war möglich, das vordem unmöglich geheißen hatte.

INDRIK Du hast uns gezeigt: Gewalt, unwiderstehliche, und über der Gewalt ein Höheres, davon wir den Namen nicht wissen, und so bist du unser Herr geworden, der Eine, der Einzige, ein Heiligtum, unzugänglich.

DER ERSTE BANNERHERR Ja, es erhob sich aus dem brennenden Nest ein Phönix, und da er sich aufschwang, erkannten wir die Brut unserer Könige und den gewaltigen Flug deiner nordischen Ahnen, und jetzt hat der Alptraum ein Ende und die Wüste unseres Lebens wird wieder wegsam vor unseren Augen. – Herr, laß uns einen großen König sehen, der der schwärmerischen Unkraft der Zeit den Pol der männlichen Gewalt entgegensetzt: gerecht und groß, milde und mächtig!

SIGISMUND *steht auf* Der will ich sein.

DIE HERREN Es lebe der König!

SIGISMUND *tritt einen Schritt auf sie zu* Aber daß wir uns recht verstehen! Ich nehme mir heraus, daß ich beides in diesem Dasein vereine: zu ordnen und aus der alten Ordnung herauszutreten. Und dazu bedarf ich euer: Einwilligung ist das Teil, das ich von euch verlange, Einwilligung, die da mehr ist als Unterwerfung!

DIE HERREN Ordne, Herr! Gib uns Friede! Lasse Gerechtigkeit walten!

SIGISMUND Was ihr Friede nennt, das ist eure Gewalt über die Bauern und die Erde. Was ihr Gerechtigkeit rufet, damit meinet ihr eure Gerechtsame und daß die Wölfe anstatt der Hunde sein sollen. Könnet ihr diese Begier nicht abtun? Wisset ihr nichts, als zu sitzen im Besitz und zu trachten nach Vorrang! – Ich trage den Sinn des Begründens in mir und nicht den Sinn des Besitzens, und die Ordnung, die ich verstehe, ist gefestigt auf der Hingabe und der Bescheidung. Denn ich will nicht dies oder das ändern, sondern das

Ganze mit einem Mal, und dann wollen wir alle zusammen die Bürger des Neuen sein.

Er geht einmal auf und nieder, wobei der Arzt gespannt auf ihn sieht, und tritt dann wieder auf die Herren zu

Vettern, ihr glaubet, euer Geschick lasse sich noch eingrenzen wie ein Bauerngut durch eine Hürde: aber dem ist nicht so – denn die Welt will sich erneuern, und wenn die Berge sich gegeneinander bewegen, achten sie nicht eines alten Kirchturmes in ihrer Flanke. Was lange aufrecht war, liegt danieder: der Deutsche Orden ist dahingefallen gegen die Krämerstädte, auf dem moskowitischen Throne sitzt ein erwürgtes Kind, und es ist niemand gewaltig in der Mitte dieser Erde als dieser, der Großherr,

Er zeigt auf die Tataren

mein Verbündeter, und ich. Er hat das große Ostreich aufgerichtet: die Kraft Asiens faßt er zusammen unterm schwellenden Mond und dem wehenden Roßschweif und er zählt nicht die Völker die ihm gehorchen, und zwischen sich und mir hat er den Fluß dort unten gesetzt, Borysthenes oder Oglu, wie sie ihn heißen, und seine breiten Wellen spiegeln das Lächeln unserer Eintracht, und vielleicht werde ich ihm durch meine Einwilligung Konstantinopel dahingeben als ein Pfand: denn es ist Zeit, daß die Großen einander in großer Weise begegnen. – Eure kleinen Reiche aber, eure Häuser, die ihr gegeneinander baut, und euren Glauben, den ihr gegeneinander habt, die achte ich nicht und verwische eure Grenzen: ich will euch kleine Völker neu mischen in einem großen Mischgefäß.

DER ÄLTESTE BANNERHERR Gut und Blut dir, o unser König und Herr! aber laß dich erkennen von deinen Getreuen! Nicht neben deinem heiligen Panier wehe der Roßschweif der Heiden! und laß in die Erde vergraben das Banner der zerrissenen Ketten: denn was soll das Zeichen der Empörung, wo du doch der Herr bist! – Sondern die heilsame Krone berühre dein Haupt und schaffe es unverletzlich und heilig! Mache einen Bund mit uns, die wir deine Vasallen sind, und gewähre, daß wir dich krönen mit der Krone deiner Väter!

INDRIK Seine Stirn trägt das Zeichen der Herrschaft für alle und er braucht nicht eure alte Krone. Keinen Bund zwischen ihm und euch!

DIE HERREN Gewähre die Krönung! Gewähre, o Herr! – Es lebe unser gekrönter König!

SIGISMUND Halt! Ich will nicht Herr sein in den Formen, die euch gewohn und genehm sind, sondern in denen, die euch erstaunen. Es ist noch die Zeit nicht, daß ihr mein sanftes Gesicht sehet, sondern das kommt später. – Wenn das, was ich schaffen werde, nicht dauern kann, so werft mich auf den Schindanger zu Attila und Pyrrhus, den Königen, die nichts begründet haben. Wenn aber ja, dann wollen wir Kronen aufsetzen und lächeln. Die Göttin Zeit, meine Freundin aus dem Kerker, möge uns günstig sein! – Warum wird es mit einmal so finster?

Er taumelt

Öffnet! lasset doch Licht herein!

Er sinkt dem herbeispringenden Anton in die Arme.

Der Vorhang des Zeltes wird aufgezogen. Draußen steht das Volk, viele gewaffnet, alle barhäuptig. Inmitten des Lagers erhebt sich ein gewaltiger Mast mit einem Bündel zerrisener Ketten.

ARZT Treten die Herren zurück. Der König ist unwohl.

Anton und Adam, der dem einen der Feldhauptleute das Reichsschwert abgibt, springen hin und betten Sigismund rechts im Vordergrunde auf ein Lager aus den Kleidern und Teppichen die dort aufgehäuft liegen. –

Die Herren treten beiseite.

EINER DER HERREN *leise* Was ist das? Hat er die fallende Sucht wie sein Vater?

EIN ANDERER Sehet, wie bleich sein Gesicht ist. Was gebt ihr für unser Leben, Herren, wenn er die Augen nicht wieder aufschlägt?

ANTON *bei Sigismund knieend* Geben ein Zeichen, großmächtige Majestät! Geben ein kleines Zeichen dem Anton! Nur einen Wink mit dem Finger.

ARZT *zu den Feldhauptleuten, die herangetreten sind* Zurück da, daß die Luft und das Licht hereindringt! Der König ist sehr krank. Zurück, ich bitte!

Die Volksmenge draußen vermehrt sich, aber in lautloser Stille.

SIGISMUND *schlägt die Augen auf* Wer ist der Magere da? Er sieht meinem alten Anton ähnlich.

Anton weint.

Und was ist dort der große steigende Brand? Hängt die Tataren, daß sie wieder diesen Turm angezündet haben!

ARZT Die steigende Sonne blendet Seine Majestät! Haltet einen Schild vor!

Es geschieht.

SIGISMUND Nein! sehen! – Mein Lehrer im Kerker hat mich die Dinge richtig nennen gelehrt, aber das ist vom jetzigen Augenblick mir eingegeben, daß ich diesen flammenden Turm dort oben für meinen Wohnsitz hielt. – Verstehet mich wohl: ein Mensch braucht keinen geringeren Raum als die ganze Welt, um in der Wahrheit da zu sein – aber ich habe zwanzig Jahre in einem hohlen Stein gewohnt und ein Wort kannte ich nicht: Sehnsucht. Denn wo ich bin, da dringe ich ein und bin gegenwärtig und herrsche. – Sehet nicht scheu, Vettern. Habe ich euch eine strenge Miene gezeigt? – Es ist etwas Scharfes in unser Blut gekommen, ohne das man Schlachten nicht gewinnen kann – aber wir haben auch ein wenig Geist gewonnen: aus dem Mark unserer Knochen und der Vermählung unseres Innern mit der Notwendigkeit. – Ich frage euch: – so wahr ihr Männer seid – ob nicht etwas in euch ist, das ja sagt zu mir trotz allem?

Er hebt sich auf, sieht sie an, und läßt sich dann wieder hinsinken. Etliche küssen ihm die Hände und den Saum des Gewandes.

DIE HERREN *knien um sein Lager* Empfange, Herr, den Treuschwur deiner Vasallen! – Gewähre, daß wir dich krönen! – Das heilige Salböl treffe deine Glieder und sie werden heil sein!

Der Arzt beugt sich über Sigismund.

SIGISMUND *schlägt die Augen auf und schließt sie gleich wieder; leise aber deutlich* Ich werde gleich sterben.

EINER DER JÜNGEREN BANNERHERREN *Sigismund zunächst* Du wirst leben, Herr, und die Salbung empfangen mit dem heiligen Öle. Wunderbar ist das smaragdene Gefäß heil geblieben im Gewölbe unter der Brandstatt.

EIN ANDERER Wunderbar ist der Greis am Leben geblieben,

der hundertjährige, Ignatius, einst der Lenker des Reiches, und seine Hände werden die Krone auf dein gesalbtes Haupt setzen; dazu hat das Geschick ihn aufgespart.

SIGISMUND *richtet sich auf* Ah! wo war ich! noch einmal im Turm? In der Schwärze! ah! ah! erschlagt den Alten! zerschmeißt den Turm! zerbrecht die Ketten! Ich bin da! ich will nicht sterben! Entblößt das Schwert! mir! Ich will es halten!

Er versuchts

Es ist niemand da außer mir! Ihr sehet nicht wie die Welt ist. Nur ich, weil ich schon einmal tot war. –

Er reißt sich ganz auf

Alle zu mir! Mit dem Schwert brechen wir die Tür in die Zeit auf! Her! her! – Ich reiße euch alle mit mir herein – in das – in die Sonne – Gift und Licht – und – dennoch! dennoch!

Er fällt zusammen.

DAS VOLK *schreit auf* Ah!

ADAM Ist unser König ohne Abschied von uns gegangen?

ARZT *hält Sigismunds herabhängende Hand* Er lebt, er ist nicht tot. Sein Puls geht klein und schnell wie bei einem kleinen Vogel.

Sigismund schlägt die Augen auf.

ARZT Wie fühlt sich Eure Majestät? Ich schöpfe Hoffnung.

SIGISMUND Laßt das sein. Mir ist viel zu wohl zum Hoffen.

Eine Stille. Er liegt mit offenen Augen.

Die Herren flüstern miteinander und horchen. Man hört ein Glöckchen, wie das Glöckchen des Knaben vor dem Priester. Es nähert sich.

EINER DER HERREN Im voraus stärkt dich das Salböl, das auf einem Wagen herannaht.

EIN ANDERER DER HERREN Höre die Fanfare! höre das Glöckchen! Sie bringen den Bruder Ignatius getragen, der dich krönen wird.

Das Kriegsvolk außen gibt eine Gasse frei.

DER REITERBUB *kommt, eine weiße Fahne in der Hand* Sie kommen! Nicht nur der junge König kommt jetzt, den unser Herr geladen hat durch diese Fahne, sondern viele von den Seinigen sind mitgekommen, alle ohne Waffen und in weißen Gewändern! Sie sind schon zwischen den Unsrigen und niemand hält sie ab.

Zwei Knaben, in weißen Gewändern mit nackten Füßen. Der eine hält ein Glöckchen, der andere einen weißgeschälten Zweig.

DER KINDERKÖNIG *ist durch die offene Gasse etwas hinter den beiden Knaben herangetreten. Er trägt ein weißes Gewand und auf dem Kopf einen gekrönten Helm. Er bleibt in der Mitte stehen* Ich bleibe hier, und diese, die das Wasser und das Erz spüren, werden mir sagen, ob der Ort geheuer ist.

Sigismund liegt regungslos. – Der Arzt sieht unverwandt auf ihn.

DER KINDERKÖNIG Mir geziemt nicht, das Übel zu sehen.

DER ERSTE KNABE *zu denen, die um Sigismund gedrängt sind* Tretet zurück und lasset diesen frei liegen.

ADAM Wer befiehlt hier?

DER KINDERKÖNIG Ich! denn die leben werden, haben mich über sich gesetzt.

Die Herren machen Miene, ihre Schwerter zu ziehen.

DER KINDERKÖNIG Schämt euch vor unseren ungewappneten Händen und steckt die Schwerter ein.

ARZT *zu dem ihm zunächst stehenden Knaben* Habt ihr keine Heilkräuter? Ist kein weiser Schäfer unter euch? Wir brauchen um Christi willen ein herzstärkendes Antidot!

DER ZWEITE KNABE Wir sind Heilkräuter selber. Wir sind im Gebirge groß geworden.

Er wendet sich von ihm ab. Die beiden Knaben stellen sich in einer gemessenen Entfernung vor Sigismund auf. Alle sind zurückgetreten, ihnen Platz zu machen.

DER ERSTE KNABE *nachdem er mit erhobenem Kopf die Luft in sich gesogen hat, singt* Das Licht ist sanft, und ich höre die Sichel gehen im Gras und die Schwaden über die Sense fallen.

DER ZWEITE KNABE *singt* Gewaltig! die Lerche ist gewaltig! und die Sonne zeigt ihr herrliches Haus und alles deutet auf einen Punkt.

DER ERSTE *singt* Gewaltig ist die Erde und gewaltiger der Mensch. Es ist sonst nichts da! Er ist ein Maß und wird gemessen.

DER ZWEITE *singt* Hier ist der Fels, aus dem der Quell fließt, Milch und Honig.

BEIDE *zusammen* Hier ist alles gereinigt! und keine Furcht ist nahe.

Sie knien nieder, gegen Sigismund gewandt.

SIGISMUND *schlägt die Augen auf* Was weckt mich noch einmal! Wer wohnt noch in mir, den ich nicht kenne?

Der Kinderkönig tritt einen Schritt näher.

SIGISMUND *für sich* Jemand.

Er richtet seinen Blick auf den Kinderkönig. Sie betrachten einander.

DER KINDERKÖNIG *noch zwei Schritte näher tretend* Ich weiß deinen Namen und ehre dich nach deinen Taten. Meine blutende Mutter hat ihn mir gesagt, ehe sie mich hieß in den Brunnen steigen, damit ich am Leben bleibe.

SIGISMUND *lächelt* Wer bist du?

DER KINDERKÖNIG Ein König!

Er neigt sich zu ihm

Weißt du, es ist das in mir, wovon eine geringe Gabe die Menschen störrisch macht, eine große aber zahm und folgsam wie Hunde. Du sollst mir Schwert und Waage geben: denn du bist nur ein Zwischenkönig gewesen. – Wir haben Hütten gebaut und halten Feuer auf der Esse und schmieden die Schwerter zu Pflugscharen um. Wir haben neue Gesetze gegeben, denn die Gesetze müssen immer von den Jungen kommen. Und bei den Toten stellen wir Lichter auf.

Sigismund sieht ihn an, lächelt.

DER KINDERKÖNIG Tretet alle zurück und lasset mich allein mit meinem Bruder.

Die beiden Knaben stehen auf und treten nebeneinander hinter den Kinderkönig. – Der Kinderkönig tritt ganz nahe zu Sigismund hin. – Sigismund schließt die Augen.

DER KINDERKÖNIG Mit einem in der Welt war es mir bestimmt, Blutbrüderschaft zu schließen – und jetzt –

Er kniet zu Sigismund hin

erschrick nicht. Das was du nicht sagen kannst, das allein frage ich dich.

Alle knien nieder, sowohl die im Zelt als das Volk draußen. Das Volk draußen seufzt tief.

EINIGE AUS DEM VOLK Wir können nicht seinen Kopf sehen!

Höre uns! Wir rufen dich! wir! wir! Du unser Haupt! Rede nicht mit dem Fremden!

Sigismund schlägt die Augen auf und reckt die rechte Hand empor, damit alle sie sehen können. – Das Volk weint.

DER KINDERKÖNIG *leise* Dein Gesicht! Wer ist dieses Göttliche, das jetzt auf die Schwelle tritt?

SIGISMUND *sieht ihn an* Das zergeht bald. Leiste mir Freundschaft, solange ich da bin. – Furchtbar fest haftet die Seele im Leib. Aber die Wahrsagerin hat es gesagt, daß für mich kein Platz in der Zeit ist.

ANTON *zu Sigismunds Füßen knieend* Uns haben der Herr König nichts zu sagen?

SIGISMUND *sieht um sich, dann mit klarer Stimme, den Arzt ansehend* Gebet Zeugnis: ich war da. Wenngleich mich niemand gekannt hat.

DAS VOLK Verlasse uns nicht! Harre aus bei uns!

DIE BEIDEN KNABEN Lasset ihn sterben! – Freude!

SIGISMUND *mit ganz heller Stimme, sich ein wenig aufrichtend* Hier bin ich, Julian!

Er fällt zurück, tut einen tiefen Atemzug und stirbt.

Der Kinderkönig steht auf und hebt die rechte Hand. – Alle erheben sich und recken, wie er, die rechte Hand empor. – Die drei Bannerträger senken die Banner zu Sigismunds Füßen.

DAS VOLK Zerreißet unsere Standarten!

DER KINDERKÖNIG Ruhe, ihr! – In der Zeit könnet ihr diesen nicht messen: aber außer ihr, wie ein Sternbild.

DAS VOLK Sigismund! bleibe dein Name bei uns!

KNABEN *zwischen dem Kriegsvolk hervorgetreten, singen mit heller Stimme* Mitte spiritum tuum, et creabuntur, et renovabis faciem terrae!

DER KINDERKÖNIG *indem er das in der Scheide geborgene Reichsschwert ergreift* Hebet ihn auf. Wir brauchen sein Grab, unsern Wohnsitz zu heiligen.

Knaben heben Sigismunds Leiche auf.

DER KINDERKÖNIG Vorwärts und folget mit mir diesem Toten.

Trompeten.

Vorhang

DER TURM

EIN TRAUERSPIEL

(Neue Fassung)

Personen

KÖNIG BASILIUS
SIGISMUND, sein Sohn
JULIAN, der Gouverneur des Turmes
ANTON, dessen Diener
BRUDER IGNATIUS, ein Mönch, ehemals Kardinal-Minister
OLIVIER, ein Soldat
EIN ARZT
DER WOIWODE VON LUBLIN
DER PALATIN VON KRAKAU
DER GROSSKANZLER VON LITAUEN
DER OBERSTE MUNDSCHENK
GRAF ADAM, ein Kämmerer
DER STAROST VON UTARKOW
DER BEICHTVATER DES KÖNIGS
SIMON, ein Jude
EIN REITKNECHT
EIN OFFIZIER
EINE BAUERNFRAU
DER TATARISCHE ARON, DER SCHREIBER JERONIM, INDRIK DER LETTE } Aufrührer
GERVASY, PROTASY } Spione des Königs

Herren vom Hof, Kämmerer, Pagen, ein Stelzbeiniger, ein Kastellan, Soldaten, ein Pförtner, ein Bettler, Mönche, Aufrührer

ERSTER AKT

ERSTER AUFTRITT

Vor dem Turm. Vorwerke, halb gemauert, halb in Fels gehauen. Zwischen dem Gemäuer dämmerts, indessen der Himmel noch hell ist.
Olivier, der Gefreite, und ein paar invalide Soldaten, unter ihnen Aron, Pankraz und Andreas, sind beisammen.

OLIVIER *ruft nach ihnen* Rekrut! Hierher!
Rekrut, ein flachshaariger Bauernbursch, springt herzu.
OLIVIER Spring, Rekrut, und hol mir Feuer zur Pfeife!
REKRUT Ja, Herr!
Will weg.
ARON Zu Befehl, Herr Gefreiter, hast du zu sagen!
OLIVIER Hols Feuer! Marsch!
REKRUT Ja, Herr!
Nach einer Pause
ANDREAS Ist das wahr, Gefreiter, daß du ein Student gewesen bist?
Olivier gibt ihm keine Antwort. Pause
PANKRAZ So bist du demnach unser neuer Wachkommandant?
Olivier gibt keine Antwort.
Rekrut kommt und bringt eine glimmende Lunte.
OLIVIER Von wo kommt der Wind?
REKRUT Weiß nicht, Herr.
OLIVIER Stell dich zwischen die Pfeifen und den Wind, Bestie.
REKRUT Ja, Herr!
OLIVIER *zündet sich eine Pfeife an* Das verdammte Klopfen soll aufhören. Marsch hin, Aron. Ich befehls, Holzhacken wird eingestellt. Es alteriert mich.
PANKRAZ Es hackt niemand Holz. Es ist der dahinten: der Gefangene.
OLIVIER Der Prinz, der nackig geht, mit einem alten Wolfsfell um den Leib?

PANKRAZ *sieht sich um* Sprich: der Gefangene. Nimm das andere Wort nicht auf die Zunge. Es bringt dich vor den Profosen.

Olivier lacht lautlos.

ARON Die Zeitläufte sind nicht darnach, daß sie einen, wie den, schurigeln könnten.

OLIVIER *sieht nach links* Was treibt die Bestie? Was rumort er in seinem Käfig?

ARON Er hat einen Pferdsknochen ausgescharrt, damit schlägt er unter die Ratten und Kröten, wie ein Hirnschelliger.

PANKRAZ Sie kujonieren ihn, kujoniert er sie wieder.

REKRUT Er hat einen Wolfsleib, aus dem ist ein Menschenkopf gewachsen. Er reckt fünffingerige Händ und faltets wie ein Mensch.

OLIVIER Sieht das Vieh so kurios aus? Den muß ich sehen. Schmeiß einen Stein, Rekrut, und jag ihn auf.

Er nimmt eine Pike und geht hin.

ARON Er hält seinen Blick nicht aus! Da schaut, wie er sich verkriecht, der Wolfsmensch.

ANDREAS *tritt dicht an Olivier heran* Ich warn dich, Gefreiter. Denk an die scharfe Instruktion.

OLIVIER Weiß von keiner.

ANDREAS Da sind zehn verbotene Artikel – auf die wird hier jedermann vereidigt.

ARON Auf die pfeift er dir! Gelt, Olivier?

ANDREAS Nicht auf zehn Schritt dem Gefangenen nahe. Kein Wort mit ihm, kein Wort über ihn, bei Leib und Leben.

PANKRAZ Die hat hier der Gouverneur erlassen, dem wir allesamt untergeben sind.

ANDREAS Der hat das schleunige Recht. Dem ist Gewalt gegeben über unsere Hälse.

ARON Gewalt gegeben! Über alte Kaschbettler vielleicht, über solche Marodierer, wie ihr seid! Nicht über eine Person wie den da!

OLIVIER Wo ist der Gouverneur? Ich will ihn sehen!

PANKRAZ Den siehst du nicht. Wenn der uns Ordre zu geben hat, läßt er dreimal Habt acht blasen. Dann schickt er seinen Bedienten.

ARON Seinen rotzigen Bedienten an dem seine martialische Person? Hast du gehört?

OLIVIER Halts Maul, bis Zeit ist. – Horcht, da! Der Dudelsack. Jetzt spielts wieder. Und jetzt still. Signale sinds. Juden, Schmuggler.

ARON Da sollten wir streifen.

OLIVIER Laß die. Ist uns grad recht, was die schmuggeln.

ARON Was denn?

OLIVIER *leise* Waffen, Pulver und Blei, Piken, Morgenstern, Äxte. Aus Ungarn herauf, aus Böhmen herüber, aus Litauen herunter.

ARON Verfluchte Juden!

OLIVIER *halblaut* Die spüren, was los ist. Riechen im voraus den roten Hahn aufm Dach.

ARON *nahe bei ihm* Sind die alle mit einverstanden, sag mirs, gestrenger Kapitän!

OLIVIER Wirst es erfahren, bis Zeit ist.

REKRUT *geheim, ängstlich* Ein dreibeiniger Has hat sich sehen lassen, ein hageres Schwein ist dahergekommen, ein glühäugiges Kalb rennt durch die Gassen.

OLIVIER *nur zu Aron* Alle gehen gegen alle. Es bleibt kein Haus. Die Kirchen werden sie mit dem Kehrichtbesen zusammenkehren.

ARON Und was wird mit denen werden, die heute die Herrenleut sind?

OLIVIER Die werden kopfunter in den Abtritt fahren.

ARON Das geht mir in den Leib wie ein Schnaps. Und unser werden so viele sein, daß wir die gewältigen werden?

OLIVIER *halblaut* Zehntausend in den Häusern, zehntausend in den Wäldern, hunderttausend unter der Erden.

DER STELZBEINIGE *der bisher geschwiegen hat* Sie werden ihn hervorziehen, und das Unterste wird zuoberst kommen, und dieser wird der Armeleute-König sein und auf einem weißen Pferde reiten.

ARON Halts Maul, böhmischer Bruder.

DER STELZBEINIGE In den feuchten Bergen wird von ihm ein Reich gegründet werden.

ARON Halt dein Maul!

OLIVIER *halblaut, zu Aron* Auch solche wie den da werden wir brauchen. Und den da hinten auch. Den richt ich mir ab wie ein Hund; der soll mir apportieren.

ARON Ich verstehs nicht, aber ich weiß, daß du kommandieren wirst. Denn du schaust auf Menschen, wie einer auf Steine schaut.

OLIVIER Der wird kommandieren, dem die politische Fatalität sich anvertraut.

ARON Ist die so großmächtig, die Fatalität?

Ein Hornsignal. Gleich wieder eines. Ein drittes.

PANKRAZ *leise* Da habt ihrs. Er läßt dreimal Habt acht blasen. Und da kommt der Bediente.

Anton erscheint auf einer hölzernen Brücke überm Vorwerk und schickt sich an herunterzukommen.

Die Soldaten, außer Oliver, verziehen sich.

ANTON *tritt von hinten auf Olivier zu* In hohem Auftrag! *Grüßt.*

Olivier gibt keine Antwort.

ANTON In hohem Auftrag Seiner Exzellenz!

Grüßt abermals hinter Oliviers Rücken.

Olivier dreht sich um, mißt Anton mit einem verächtlichen Blick.

ANTON *grüßt abermals, sehr freundlich* Dem Herrn Wachkommandanten einen guten Tag zu wünschen. – In hohem Auftrag: Der Herr zieh Seine Wach hier ab und besetz die Zugäng. Aber seine Wachposten sollen den Rücken kehren und dabei alles im Aug behalten. Es bekümmert den Herrn nichts, was hier vorgehen wird, aber ich sags Ihm: der Gefangene wird zur ärztlichen Visite vorgeführt. Hat der Herr verstanden? Ich bitt den Herrn, daß Er den Befehl ausführt.

Olivier spuckt aus und geht weg.

ANTON *ihm nachsehend* Ein freimütig soldatischer junger Herr. Mit dem einen Moment beisammenstehen, ist wie mit einem anderen eine Stund diskurieren.

OLIVIER *außen* Wache antreten! Wache rechts um!

Kurzer Trommelwirbel.

ARZT *kommt den gleichen Weg wie Anton auf die Bühne* Wo find ich den Kranken?

ANTON Der Herr will sagen: den Gefangenen. Gedulde sich der Herr. Ich führ Ihm die Kreatur heraus.

ARZT Wo ist das Zimmer?

ANTON Was für ein Zimmer?

ARZT Nun, das Verlies, der Gewahrsam.

ANTON *deutet nach hinten* Dort!

ARZT Wie dort?

Wendet sich hin

Ich sehe einen kleinen, offenen Käfig, zu schlecht für einen Hundezwinger. – Du willst mir nicht sagen, daß er dort – oder hier ist ein Verbrechen begangen, das zum Himmel schreit!

Anton zuckt die Achseln.

ARZT Dort? Tag und Nacht?

ANTON Winter und Sommer. Im Winter wird eine halbe Fuhr Stroh zugeschmissen.

ARZT Seit wie lange?

ANTON Vor vier Jahren ist alles verschärft worden. Von da ab schläft er auch nachts im Zwinger da, hat keinen freien Ausgang, die Füß an der Kette, eine schwere Kugel dran, die stinkende Wildschur am Leib, ob Sommer ob Winter, sieht die Sonn nicht mehr als im hohen Sommer zwei Stunden lang.

Man hört wieder die dumpfen Schläge, wie am Anfang.

ARZT *tritt näher hin* Mein Auge gewöhnt sich. Ich sehe ein Tier, das an der Erde kauert.

Tritt zurück.

ANTON Das ist schon der Betreffende.

ARZT Das! – Ruf ihn. Führ ihn her vor mich.

ANTON *sieht sich um* Ich darf vor keiner fremden Person mit ihm reden.

ARZT Ich trage die Verantwortung.

ANTON Sigismund! – Er gibt keine Antwort. – Achtung! Er leidet nicht, daß man ihn angeht. Er hat sich einmal mit einem Fuchs verbissen, den die Wächter ihm zur Kurzweil übers Gitter werfen taten.

ARZT Kannst du ihn nicht rufen? nicht zureden? Ist er denn ohne Vernunft?

ANTON Der? Kann Latein und wird mit einem dicken Buch fertig, wie wenns eine Speckseiten wär.

Nähert sich dem Zwinger, sanft anrufend

Komm der Sigismund. Wer wird dann da sein? Der Anton ist da.

Er öffnet die Tür mit der Pike, die an der Mauer gelegen hat

Da, jetzt leg ich meinen Stecken weg.

Er legt die Pike auf die Erde

Jetzt sitz ich aufm Boden. Jetzt schlaf ich.

Leise zum Arzt

Geb der Herr Achtung. Erschrecken darf er nicht, sonst wirds bös.

ARZT Hat er denn eine Waffe?

ANTON Immer einen Roßknochen. Sie müssen früher in dem Winkel das Vieh verscharrt haben. – Es ist innerst eine gute Kreatur, geb ihm der Herr was ein, daß er wieder sanft wird.

ARZT Wo die ganze Welt auf ihm liegt. Es ist alles zusammenhängend.

ANTON Pst! er rührt sich. Er schaut die offene Tür an. Das ist nichts Gewohntes!

Sigismund tritt aus dem Zwinger hervor, in einer Hand einen großen Stein.

ANTON *winkt ihm* Geh, da setz dich zu mir.

SIGISMUND *redet nach* Setz dich zu mir!

ANTON *auf der Erde sitzend* Ist ein Herr kommen.

Sigismund gewahrt den Arzt, zuckt zusammen.

ANTON Nicht fürchten. Ein guter Herr. Was denkt der Herr von dir? Leg den Stein weg. Er denkt, du bist ein Kind. Bist aber zwanzig Jahr.

Steht auf, geht langsam hin, windet ihm sanft den Stein aus der Hand.

ARZT *ohne den Blick von Sigismund zu verwenden* Ein ungeheurer Frevel! Nicht auszudenken ist das.

ANTON Grüß den Herrn! oder was soll der Herr denken? Der Herr ist weither kommen.

ARZT *tritt näher* Möchtest du anderswo wohnen, Sigismund?

SIGISMUND *schaut zu ihm auf, dann wieder weg, spricht dann schnell vor sich hin wie ein Kind* Vieher sind vielerlei, wollen alle los auf mich. Ich schrei: Nicht zu nah! Asseln, Würmer, Kröten, Feldteufel, Vipern! Sie wollen alle auf mich. Ich schlag sie tot, sinds erlöst, kommen harte schwarze Käfer, vergrabens.

ARZT Hol ein Licht, ich muß ihm ins Auge sehen.

ANTON Ich laß den Herrn nicht allein mit ihm, darfs nicht!

Ruft nach hinten

Einen Kienspan daher!

ARZT *geht hin, legt Sigismund die Hand auf die Stirn. Hornsignal draußen.* Was ist das?

ANTON Es heißt, daß jetzt niemand heran darf, oder es wird scharf geschossen.

SIGISMUND *sehr schnell* Deine Hand ist gut, hilf mir jetzt du! Wo haben sie mich hingetan? Bin ich jetzt in der Welt? Wo ist die Welt?

ARZT *für sich* Die ganze Welt ist gerade genug, unser Gemüt auszufüllen, wenn wir sie aus sicherem Haus durchs kleine Guckfenster ansehen. Aber wehe, wenn die Scheidewand zusammenfällt!

Ein Soldat kommt und bringt einen brennenden Kienspan.

ANTON Da ist die Kienfackel!

Reicht sie dem Arzt.

ARZT Ich muß sein Auge sehen.

Drückt Sigismund, der an seinen Knien lehnt, sanft gegen sich und leuchtet ihm von oben ins Gesicht

Bei Gott, kein mörderisches Auge, nur unermeßlicher Abgrund. Seele und Qual ohne Ende.

Er gibt die Kienfackel zurück, Anton tritt sie aus.

SIGISMUND Licht ist gut. Geht herein, machts Blut rein. Sterne sind solches Licht. In mir drin ist ein Stern. Meine Seele ist heilig.

ARZT Es muß einmal ein Strahl in ihn gefallen sein, der das Tiefste geweckt hat. So hat man doppelt an ihm gefrevelt.

Julian, der Gouverneur, von einem Soldaten begleitet, der eine Laterne trägt, erscheint droben auf der hölzernen Brücke, sieht herab.

ANTON Seine Exzellenz sind selbst hier. Es wird gewinkt von oben. Da soll die Untersuchung zu Ende sein.

ARZT Das bestimme ich.

Er fühlt Sigismund den Puls

Was gebt ihr ihm zu essen?

ANTON *leise* Es ist für einen räudigen Hund zu gering. Leg der Herr ein Wort ein!

ARZT Ich bin zu Ende.

ANTON Jetzt geht der Sigismund schön hinein.

Sigismund zuckt, kniet am Boden. Anton nimmt die Pike auf, öffnet ganz die Tür zum Zwinger. Sigismund bleibt auf den Knien, streckt die Hand aus.

ARZT *verhält sich die Augen* O Mensch! o Mensch!

Sigismund stößt einen klagenden Laut aus.

ANTON Sollen sie mit Stangen kommen, dich eintreiben?

ARZT Ich bitte dich, geh für heute an deine Stätte. Ich verspreche dir, daß ich tun werde, was ich vermag.

Sigismund steht auf, verneigt sich gegen den Arzt.

ARZT *vor sich* O mehr als Würde in solcher Erniedrigung! Das ist eine fürstliche Kreatur, wenn je eine den Erdboden trat.

Sigismund ist in den Zwinger zurückgegangen.

ANTON *hat den Zwinger von außen verschlossen* Der Herr erlaubt, daß ich vorangeh. Der Herr ist sogleich droben im Turm erwartet.

Sie gehen hinauf.

ZWEITER AUFTRITT

Gemach im Turm, eine größere, eine kleinere Tür. Julian, Anton.

JULIAN Ist der Simon herein? Er soll gesehen worden sein. Sobald er sich blicken läßt, wirds mir gemeldet.

ANTON *deutet hinter sich* Der Herr Doktor.

JULIAN Eintreten.

Anton öffnet die kleine Tür. Der Arzt tritt ein, verneigt sich. Anton tritt ab.

JULIAN Ich bin dem Herrn für die beschwerliche Herreise sehr verbunden.

ARZT Eure Exzellenz hatten zu befehlen.

JULIAN *nach einer kleinen Pause* Ihr habt die Person in Augenschein genommen?

ARZT Mit Schrecken und Staunen.

JULIAN Wie beurteilt Ihr den Fall?

ARZT Als ein grausiges Verbrechen.

JULIAN Ich frage nach dem ärztlichen Befund.

ARZT Der Ausgang wird ergeben, ob man, unter anderem, den Arzt nicht zu spät gerufen hat.

JULIAN Ich will nicht hoffen! Der Herr gebrauche seine gepriesene Überlegenheit. Es sollen keine Kosten gescheut werden.

ARZT Vom Leib aus allein kann nur Pfuscherei den Leib heilen wollen. Es geht um mehr. Der ungeheure Frevel ist an der ganzen Menschheit begangen worden.

JULIAN Wie kommt der Herr zu solchen Divagationen? Es ist von einer einzelnen privaten Person die Rede, die unter meiner Obhut steht.

ARZT Mitnichten. An der Stelle, wo dieses Leben aus den Wurzeln gerissen wird, entsteht ein Wirbel, der uns alle mit sich reißt.

JULIAN *sieht ihn an* Ihr nehmt Euch viel heraus. – Ihr seid eine berühmte Persönlichkeit. Die Fakultät feindet Euch an, aber das hat Euch nur noch mehr in Evidenz gebracht. Ihr habt ein großes Gefühl von Euch selbst.

ARZT Eure Exzellenz ermangeln der Möglichkeit, sich die Vorstellung zu bilden, wie gering ich von mir selbst denke. Mein Ruhm ist vielfach Mißverständnis. Denen, die im Bodendunst gehen, scheint jede Fackel groß wie ein Kirchentor.

JULIAN *geht auf und ab, dann plötzlich vor dem Arzt stehenbleibend* Grad heraus! Wen vermutet Ihr in dem Gefangenen? Antwortet ohne Scheu. Ich frage als Privatperson.

ARZT Ihr möget als was immer fragen. Ich habe nur einerlei Rede: Hier ist das höchste Geblüt in der erbärmlichsten Erniedrigung gehalten. – Eure hochadelige Person allein, die sich hergibt zum Hüter und Kerkermeister eines Unbekannten –

JULIAN Wir lassen mich aus dem Spiel. Ich sehe, Ihr seid hergekommen in einer sonderbaren vorgefaßten Meinung.

ARZT Ich schließe nichts aus der Nachricht, alles aus dem Eindruck. Dieses Wesen, vor dem ich da unten stand, bis an die Knöchel im Unrat, ist eine quinta essentia aus den höchsten irdischen Kräften.

JULIAN Ihr beliebt mit Phantasie zu reden, ohne Einblick in die Umstände. Ich bleibe in der Wirklichkeit, soweit das Staatsgeheimnis mir nicht den Mund verschließt. Das in Rede stehende junge Mannsbild war ein Opfer von Koinzidenzien. Ich habe getun, was an mir lag. Ohne mich wäre es kaum am Leben.

ARZT Er wäre am Leben, so ohne Euch als ohne mich, und wenn seine Stunde kommt, wird er hervorgehen. Das ist der Sinn der Konzidenzia.

Es klopft.

JULIAN *sieht ihn an* Ich wünsche mich mit Euch noch zu unterhalten. Vor allem über das, was zu tun ist. Der Gefangene, ich gebe es zu, war vernachlässigt. Ihr werdet mir einschneidende Maßregeln vorschlagen.

Arzt neigt sich. Anton ist eingetreten, mit Bechern auf einer silbernen Platte.

JULIAN Im Augenblick bin ich behindert. Man hat für Euch im Nebenzimmer einen kleinen Imbiß aufgetragen.

Anton auf einen Wink tritt heran, mit den Bechern.

JULIAN *ergreift einen Becher* Einen Satteltrunk, darf ich bitten. Meinen Dank nochmals, für die Hingabe kostbarer Zeit. Ich tue Bescheid.

ARZT *nachdem er getrunken* Aber nur mit dem Rand der Lippen.

JULIAN Es nimmt mir neuerdings den Schlaf. Es muß so gut ein Gift in dem edlen Getränk liegen als ein Balsam.

Er wendet sich zu Anton, sie reden heimlich.

ARZT Al-kohol: das Edelste. Im Innern unserer Muskulatur auftretend im gleichen Augenblick, wo, vierundzwanzig Stunden nach dem Tod, Verwesung ihren ersten Hauch tut. Aus dem Heillosen die Kräfte der Heilung. Das ist encheiresin naturae.

ANTON *meldet halblaut* Der Getaufte Simon ist herein, mit einem Brief für Eure Gnaden.

JULIAN Her mit ihm.

ANTON Ist schon da.

Läßt Simon zur größeren Tür eintreten, Arzt ist mit einer Verneigung zur kleinen abgetreten.

Simon überreicht Julian einen Brief.

JULIAN Auf welchem Weg empfangen?

SIMON In der bewußten Weise durch die bewußte Person. Es ist hinzugefügt worden, ich soll mich beeilen: es ist wichtig für Seine Gnaden.

Julian erbricht hastig den Brief, winkt Simon abzutreten. Simon geht ab.

JULIAN *liest den Brief* – Des Königs Neffe auf der Jagd gestorben! Mit dem Pferd in eine Wolfsgrube gestürzt! – Das ist ungeheuer. Der zwanzigjährige baumstarke junge Fürst. Das ist Gottes sichtbarliche Fügung!

Tritt hin und her, liest dann weiter

Der König allein, zum erstenmal allein, zum erstenmal seit dreißig Jahren verlassen vom allgewaltigen Berater.

Liest

Der Kardinal-Minister, dein mächtiger unbeugsamer Feind, ist ins Kloster, ohne Abschied vom König – er hat seine Hand aus den Geschäften gezogen, für immer –

Spricht

Ich träume! es kann nicht möglich sein, daß so viel auf dem kleinen Fetzen Papier steht!

Tritt ans Fenster ins Helle, liest wieder

– in eine Wolfsgrube gestürzt – der Kardinal-Minister ist in ein Kloster – alle Würden abgetan – unter dem Namen: Bruder Ignatius –

Er läutet mit einer Handglocke.

Simon herein.

JULIAN Ich habe da überraschende Nachrichten. Es sind große Dinge vorgegangen. – Was gibts in der Welt? Was reden die Leute?

SIMON Die Welt, gnädigster Herr Burggraf Exzellenz, die Welt ist ein einziger Jammer. Sobald man mit Geld nix mehr kaufen kann – nu, kauft das Geld was? Was is Geld? Geld is Zutrauen zum vollen Gewicht. Wo ist ein lötiger Taler? Hat einer an lötigen Taler gesehen, hat er gemußt machen ä große Reis.

JULIAN *zu Anton* Den Schlüssel!

ANTON Die Exzellenz hat ihn in der Hand. –

JULIAN Den andern!

ANTON Da liegt er vor Augen.

SIMON Hat der Krieg angefangen, is gezahlt worden mit silberne Taler der Soldat, der Lieferant. Is der Krieg ins zweite Jahr gegangen, war der Taler ä Mischung, im dritten Jahr war das Silber ä versilbertes Kupfer. Aber genommen habens die Leut. Hat der König erkennt, man kann machen Geld, wenn man sein Gesicht und Wappen prägt auf Zinn, auf Blech, auf Dreck. Haben die großen Herren erkennt, haben die Stadtbürger erkennt, haben die kleinen Herren erkennt. Macht der König Geld, machen die Grafen Geld, wer macht nicht Geld? Bis alles geschwommen is in Geld.

Julian hat die Augen wieder auf dem Brief.

SIMON Aber wer hergegeben hat schweres Geld, soll der nehmen leichtes? Wie denn nicht? Steht doch dem König

Er nimmt die Kappe ab

sein landesherrliches Bildnis darauf. Aber für Abgab und Steuern wird das neue Geld verboten! Und die Soldaten und die Bergleut sollen nehmen das leichte Geld? Was tut sich? Die Bergleut fahren nicht mehr in Berg, die Bäcker backen nicht mehr, der Arzt lauft vom Krankenbett, der Student von der Schul, der Soldat von der Fahn. Dem König sein Zutrauen ist dahin. Dann is in der ganzen Welt nix geheuer.

Auf einen Blick Julians

Aber was brauch ich Seiner Gnaden Exzellenz zu erzählen? Wenn heut am Abend einer der größten Herren vom Hof wird hieher zu reiten gekommen sein, wird er bereden mit Euer Gnaden Exzellenz die Staats- und politischen Sachen –

JULIAN *stutzt* Wer wird gekommen sein zu reiten hieher? Was ist das?

SIMON Der großmächtige Herr Woiwod von Lublin, mit einem Gefolg von mindestens fufzig, darunter Edelpagen und Hartschierer, den ich hab hinter mir gelassen um zwei drei Stunden. – Euer Gnaden Exzellenz schaut auf mich, als wenn ich aus dem Mund brächt eine Überraschung, wo doch Euer Gnaden halten in Händen die Briefschaft, darin es muß geschrieben stehen schwarz auf weiß.

JULIAN Es ist gut. Hinauslassen.

Simon ab. Anton zurück.

JULIAN Anton! Der stolzeste größte Woiwod am ganzen Hof! Geschickt an mich! Vom Herren selber geschickt an mich! Du! sie machen die Leiche lebendig! Ich – ich – hörst du? Was schneidest du für ein Gesicht?

ANTON Kann ich mir vielleicht nicht denken, was da in Ihnen vorgeht! Das bedeutet doch nicht mehr und nicht weniger, als daß man Sie zurückholt an den Hof, daß man Ihnen aufdrängt die Ehren, soll heißen die Beschweren, die Würden, soll heißen die Bürden, die Vertrauensstellen, die Sinekuren und Sekkaturen, alles das, wovor Ihnen graust, wie dem Kind vor der bitteren Medizin!

JULIAN Es wird nicht wahr sein. – Mein Gott, wenn es wahr wäre!

ANTON O du mein Heiland! Wie echappieren wir jetzt! Wie kommen wir aus? Da ist guter Rat teuer. Wenn sich Euer Gnaden krankstellen täten? Ich mach das Bett auf!

JULIAN Schweig das Gewäsch! Das getäfelte Zimmer wird eingerichtet für Seine Erlaucht den Woiwoden. Mein eigenes Bett hinein. Aus meinem besten Reitpelz die Marderfelle heraustrennen und eine Fußdecke daraus vors Bett für Seine Erlaucht.

ANTON Daß er nur in Gottesnamen die Füß bald wieder woanders hinsetzt!

JULIAN Den Trompeter hinauf aufs Vorwerk!

ANTON Den Trompeter?

JULIAN Sobald er die Kavalkade gewahr wird, ein Signal! Eines! ihm einschärfen: sobald es gewöhnliche Reiter sind. Ists aber eine fürstliche Kavalkade –

Er muß sich vor Erregung an dem Tisch halten.

ANTON Dann?

JULIAN Dann drei Stöße nacheinander, wie vor dem König! – Was glotzt du so auf mich? Soll ich –

ANTON Ich sag schon nichts.

Sieht ihn von der Seite an

Muß ein glorioses Gefühl sein, wenn man weiß: meiner bin ich sicher! Komm her, Satanas, breits aus vor mir, die Herrlichkeit, wie einen Teppich – und jetzt hebs schnell wieder weg, sonst spuck ich dir drauf, denn das hab ich überwunden.

Es klopft an der Tür. Anton geht hin

Der Herr Doktor haben abgesessen und bitten aufwarten zu dürfen. – Soll er?

JULIAN Laß eintreten. Und dann fort, alles ausführen.

Arzt ist eingetreten, er trägt einen Zettel in der Hand. Anton geht ab.

ARZT *vor Julian stehenbleibend, der in Gedanken verloren dasteht* Ich finde Eure Exzellenz verwandelt.

JULIAN Ihr seid ein scharfer Physiognomiker. – Was seht Ihr in meinem Gesicht?

ARZT Eine gewaltige hoffnungsvolle Erregung. Weite Anstalten! Große Anstalten! Ein ganzes Reich umspannend. Euer Gnaden sind aus einem heroischen Stoff gebildet.

Julian muß lächeln, unterdrückt aber das Lächeln sogleich.

ARZT Aber – ich muß es in einem Atem aussprechen: die Quelle selber ist getrübt. Die tiefste Wurzel ist angenagt. In furchtbarem Schlangenkampf ringen Gut und Böse in diesen gebieterischen Mienen.

JULIAN Gebt meinem Puls mehr Stetigkeit, das ist alles was ich brauche. Mir stehen große Aufregungen bevor. – Ich brauche andere Nächte.

Schließt die Augen, schlägt sie schnell wieder auf.

ARZT *den Blick auf ihm* Euer Puls geht nicht gut, und doch – ich verbürge es – ist der Herzmuskel kraftvoll. Aber Ihr verleugnet Euer Herz. – Herz und Hirn müßten eins sein.

Ihr aber habt in die satanische Trennung gewilligt, die edlen Eingeweide unterdrückt. Davon diese bitter gekräuselten Lippen, diese Hände, die sich Weib und Kind zu berühren versagen.

JULIAN *nickt* Furchtbar einsam waren meine Jahre.

ARZT Furchtbar, aber gewollt. Was Ihr suchet, ist schärfere Wollust: Herrschaft, unbedingte Gewalt des Befehlens.

Julian sieht ihn an.

ARZT Der Gang zeigt mir heroischen Ehrgeiz, in den Hüften verhalten von ohnmächtigem, gigantisch mit sich zerfallenem Willen. Eure Nächte sind wütendes Begehren, ohnmächtiges Trachten. Eure Tage sind Langeweile, Selbstverzehrung, Zweifel am Höchsten – die Flügel der Seele eingeschnürt in Ketten!

JULIAN Ihr kommt einem nahe! Zu nahe!

ARZT Auf das Übel hinzuweisen, dort wo ich es gewahre, ist mir gegeben. Die Verschuldung an diesem Jüngling, das ungeheure Verbrechen, die Komplizität, die halbe Miteinwilligung: alles steht in Eurem Gesicht geschrieben.

JULIAN Genug. Der Herr redet, ohne die Dinge zu kennen.

Geht an die Wand, läßt ein Fach aufspringen, nimmt ein Blatt heraus, daran ein Siegel hängt

Ich habe ihm das Leben gerettet, mehr als einmal. Er sollte verschwinden, ausgetilgt werden. Man mißtraute mir. Ich hatte ihn zu gutherzigen Bauern gegeben vom achten bis zum dreizehnten Lebensjahr. Es wurde imputiert, ich hätte ehrgeizige Pläne auf das Weiterleben des Gefangenen gesetzt. Ich mußte ihn wieder in den Turm setzen.

ARZT Ich verstehe.

JULIAN Ich beließ ihn zuerst in einem menschenwürdigen Kerker mit Fenstern. – Durch das Fenster fiel ein Schuß in der ersten Nacht und streifte ihn am Hals, ein zweiter gegen Morgen und ging ihm zwischen Arm und Brust hindurch. – Ohne mich wäre er erwürgt. – Ich wünsche nicht von Euch verkannt zu werden.

Er hält ihm das Blatt hin

Der Herr sieht! Das allerhöchste Siegel. Die eigenhändige Unterschrift der höchsten Person. – Ich gehe sehr weit mit Euch.

ARZT *liest aus dem Blatt* – »überführt eines geplanten Attentates auf die geheiligte Majestät –« – Dieser Knabe! – Die Schrift ist neun Jahre alt. Damals war er ein Kind!

JULIAN Sterne haben, bevor er geboren war, auf ihn gewiesen, wie mit blutigem Finger. Das Verkündete traf ein, punktweise, ihn gräßlich zu bestätigen, als den, der außerhalb der menschlichen Gemeinschaft steht. Er war überführt, ehe seine Lippen ein Wort bilden konnten.

ARZT *hebt die Hände zum Himmel* Überführt!

JULIAN Des Majestätsverbrechens. – Was vermag ich!

Schließt das Blatt ein.

ARZT *nimmt einen Zettel aus dem Gürtel* Ich hatte im währenden Essen aufgeschrieben, was ich fürs Unerläßlichste hielt. Ein menschenwürdiger Gewahrsam, der Sonne zu, eine reine Nahrung, der Zuspruch eines Priesters.

JULIAN Gebt her.

ARZT Nein, es ist zu wenig, ich zerreiße es.

Er tuts

Nur Wiedergeburt heilt einen so Zerrütteten. Man führe ihn in seines Vaters Haus zurück, nicht übers Jahr, nicht über einen Monat, sondern morgen zu Nacht!

JULIAN *auf und nieder* Und wenn es ein Dämon und Teufel ist, vorwitziger Mann? Ein Aufrührer gegen Gott und die Welt! – Da!

Er horcht.

Trompeten in der Ferne.

JULIAN *schließt erblassend die Augen* Der Herr ist zu auskultieren gewohnt und hat ein scharfes Ohr. Darf ich fragen, ob ich richtig gehört habe?

ARZT Drei Trompetenstöße in großer Entfernung.

Julian schlägt die Augen wieder auf, atmet tief auf.

ARZT Jetzt habt Ihr im Nu einen kühnen und furchtbaren Gedanken ausgeboren. Euer Gesicht flackert.

JULIAN Ich sehe wie durch plötzliche Erleuchtung die Möglichkeit einer Probe.

ARZT Wodurch man den Unglücklichen retten könnte?

JULIAN Ich halte für möglich, daß vieles wird in meine Hand gegeben werden. Der Herr ist imstande, einen sicher wirkenden, gewaltigen Schlaftrunk –?

ARZT Darf ich fragen –

JULIAN Ich würde einen Reitenden darum schicken.

ARZT Errate ich? Ihr wollt den Bewußtlosen in eine andere Umgebung schaffen. Ihm gewisse Personen vor Augen bringen?

JULIAN Wir wollen kein Wort zuviel aussprechen. Ich spiele um meinen Kopf.

ARZT Und wenn er die Probe nicht besteht? – Wenn er mißfällt. – Was wird aus ihm?

JULIAN Dann wird es – vielleicht – gelingen, ihm das gleiche Leben zu fristen, das er bisher geführt hat.

ARZT Dazu biete ich nicht die Hand.

Tritt zurück

Es hieße ein Geschöpf Gottes in den Wahnsinn treiben.

JULIAN Ich gebe Euch eine halbe Minute Bedenkzeit. Überlegt Euchs.

ARZT *nach einigen Sekunden* Der Reitende kann den Schlaftrunk morgen nacht bei mir abholen. – Die Dosis ist streng bemessen. Euere Exzellenz schwöre mir, daß der Gefangene den Schlaftrunk aus keiner anderen Hand –

JULIAN Aus meiner eigenen Hand. Wofern ich die Zulassung zur Probe bewirken kann. Das steht bei höheren Personen.

Er zittert, läutet mit der Handglocke.

ARZT Ich bin entlassen?

JULIAN Mit der Bitte, diese geringfügige Entlohnung anzunehmen

Reicht ihm eine Börse

und dazu diesen Ring als ein Andenken.

Zieht den Ring vom Finger, reicht ihn hin, die Hand zittert ihm dabei heftig.

ARZT Euer Gnaden belohnen fürstlich.

Neigt sich, zieht sich zurück.

Anton zur anderen Tür herein, einen schönen Überrock auf dem Arm und Schuhe. Eilig. – Er hilft Julian das Hausgewand ausziehen, den schönen Rock anziehen.

JULIAN Wie nahe sind sie? Ich habe einen einzelnen Reiter heransprengen sehen.

ANTON Ja, ja.

Nestelt das Gewand zu.

JULIAN Ein Vorreiter, ein Kurier? Was?

ANTON Ich sags nicht, es täte Sie ärgern. Ein aufgeblasener Kerl!

JULIAN Was will man von mir?

ANTON Daß sie ein königliches Handschreiben bringen, das steigt so einem Stallputzer in die Nase. Soll der König nicht auch einmal einen Brief schreiben? Hat er keine Hände?

JULIAN Ein Handschreiben – an meine Person?

Er muß sich setzen.

ANTON *zieht ihm die Schuhe an* Ich hab ja gewußt, es wird Ihnen unangenehm sein. – Aber daß es Sie so grausam angreift –

Julian sagt nichts.

JULIAN *auf, atmet fliegend* Sind meine Leute aufgestellt?

ANTON Spalier.

Bindet ihm die Schuhe.

JULIAN Du voraus ans Tor mit dem Leuchter.

ANTON Sind ja die Kienfackeln an der Treppe. Wer wird sich strapazieren für Leute, die einem nur Unerwünschtes ins Haus bringen!

JULIAN Angezündet! Du kniest nieder am untersten Treppenabsatz. Wenn Seine Erlaucht, der Woiwod, an dir vorbei ist, springst ihm vor, leuchtest die Treppe hinan. Ich geh ihm entgegen, vom obersten Absatz drei Stufen, keinen Schritt mehr.

ANTON *zündet an* So recht. Er soll verstehen, der Hofschranz, daß wir auf ihn nicht gewartet haben, die neunzehn Jahr lang.

Vorhang

ZWEITER AKT

ERSTER AUFTRITT

Kreuzgang im Kloster. Im Hintergrund die Eingangspforte. Zur Rechten Eingang ins Klosterinnere.
Der Pater Guardian, vor ihm die beiden königlichen Spione Gervasy und Protasy.

GERVASY Wie wir Euer Ehrwürden melden. Er selbst in allerhöchster Person.
PROTASY Will aber nicht gekannt sein.
GERVASY Gekannt vielleicht – aber nicht erkannt.
PROTASY Alles im strengsten außergewöhnlichen Geheimnis.
Man pocht. Pförtner geht aufschließen.
GERVASY Wir verziehen uns untertänig.
PROTASY Wir erwarten draußen den erlauchtigen Woiwoden von Lublin. Der ist hierher befohlen.
Sie verneigen sich tief, verschwinden im Kreuzgang.
Pater Guardian entfernt sich. Pförtner schließt auf. König Basilius und Höflinge treten ein. Ein Bettler kommt hinter ihnen herein.
KÖNIG Ist dies der Ort, wo der Bruder Ignatius die empfängt, die mit einem Anliegen zu ihm kommen?
PFÖRTNER Hier stellt euch hin und wartet alle.
JUNGER KÄMMERER Vorwärts du, und melde, wie ich dir sagen werde.
PFÖRTNER Ich darf nicht melden. Das ist nicht meines Amtes. Meines Amtes ist Aufschließen, Zuschließen.
JUNGER KÄMMERER Weißt du, wer vor dir steht?
PFÖRTNER Weiß nicht. Darfs nicht wissen. Ist nicht meines Amtes. Diesen kenne ich.
Weist auf den Bettler, tritt zu diesem
Stell dich daher. Er wird sich freuen, daß du wiedergekommen bist.
Bettler stellt sich schweigend abseits.
KÖNIG Dies ist ein schwerer Gang. Ich will die Vettern, die ihn

mit mir getan haben, über alle Woiwoden, Palatine und Ordinaten erhöhen.

Die Höflinge neigen sich.

JUNGER BRUDER *tritt von rechts heraus; schön, leise, mit einem beständigen Lächeln* Seiet leise!

KÖNIG Schläft er so früh am Tag, daß man ihn nicht stören darf?

JUNGER BRUDER Gegen Morgen, wenn die Sterne bleich werden, erst dann schläft er ein, und wenn die Vögel sich rühren, ist er wieder wach.

Tritt zum Bettler, der betet, das Gesicht in den Händen

Was begehrst du?

Bettler regt sich nicht.

PFÖRTNER Es ist der ohne Namen, der herumzieht von einer heiligen Stätte zur anderen und Winter und Sommer übernachtet auf den steinernen Stufen der Kirchen. Er hat schon einmal mit ihm gesprochen.

BETTLER *nimmt die Hand von den Augen, und man sieht, daß eines seiner Augen ausgestochen ist* Unwert!

PFÖRTNER Verlaufene Soldaten, wie es jetzt überall gibt, haben ihm ein Auge ausgeschlagen. Er aber hat ihnen vergeben und betet für sie.

BETTLER Unwert!

Stellt sich hinter die Höflinge.

KÖNIG Melde! melde, es ist einer da, Basilius, und in großer Not, und sein Anliegen ist dringend.

JUNGER BRUDER *neigt sich* Er wird bald kommen. Gedulde sich die Herrschaft.

Geht rechts hinein.

EIN DUMPFER GESANG *wird hörbar* Tu reliquisti me et extendam manum meam et interficiam te!

KÖNIG *tut einen Schritt vor, sieht nach oben* Heut ist St. Ägydi Tag: da geht der Hirsch in die Brunft. – Ein schöner, heller Abend: die Eltern fliegen paarweise vom Nest ohne Furcht für ihre Jungen, und der Fischer freut sich: sie laichen bald, aber sie sind noch begierig und springen im frühen nebligen Mondschein, ehe es noch Nacht ist. Es bleibt lange noch schußlicht zwischen dem Fluß und dem Wald, und groß und fürstlich tritt der Hirsch aus dem Holz und löst die Lippen, daß es scheint als ob er lache, und schreit machtvoll, daß die Tiere im Jungholz ihre zitternden Flanken aneinanderdrücken vor Schreck und Verlangen. – Wir waren wie er und haben majestätische Tage genossen, ehe das Wetter umschlug, und den schönen Weibern lösten sich die Knie beim Laut Unseres Kommens, und wo Wir beliebten einzutreten, da beschien der silberne Leuchter oder der rosige Kienspan die Vermählung Jupiters mit der Nymphe.

Er stützt sich auf den jungen Kämmerer

Und diesem schien kein Ende gesetzt, denn Unsere Kräfte waren fürstlich. – Nun aber ist seit Jahr und Tag die Hölle los gegen Uns, und es lauert eine Verschwörung gegen Unser Glück unter Unseren Füßen und über Unseren Haaren, die sich sträuben, und Wir können die Rädelsführer nicht greifen. Wir wollen dahin und dorthin und Unsere Gewalt befestigen, und es ist, wie wenn der Boden weich würde und Unsere Schenkel ins Leere sänken. Die Mauern wanken von den Grundfesten aus, und Unser Weg ist ins Nichtmehr-Gangbare geraten.

EINER DER HÖFLINGE Das haben die feisten Bürger in den Städten verschuldet, die Pfeffersäcke und Wollkratzer, und über alles die Juden: sie haben dem Land das Mark aus den Knochen geschlürft. Sie haben aus dem Geld das Silber herausgesogen und in unseren Händen das rote stinkige Kupfer gelassen, dessengleichen sie als Haar auf den Köpfen tragen, die Judasse!

EIN ZWEITER *tritt von hinten hinzu* Sie liegen auf königlichen Schuldverschreibungen wie auf Gansdaunen, ihr Fuchsbau ist tapeziert mit Pfandscheinen von Grafen und Bannerherren – und wenn du ihrer zehntausend in deine geharnischten Hände nimmst, bis sie ausgepreßt sind, so wird Blut und Schweiß auf die Erde fließen, und aus den Ähren wird das Gold und Silber fallen auf die polnische Erde.

DER ERSTE Lasse die Königliche Majestät uns reiten mit unseren getreuen adeligen Vasallen gegen die Juden und Judenknecht, die hinter Pfählen sitzen, gegen Aufrührer, entlaufene Mönch, entsprungene Schullehrer, und in sie arbeiten mit so viel Schwertern, Piken, Kolben, als uns noch in unseren fürstlichen Händen verblieben sind – ehe es zu spät wird.

KÖNIG Ich kann das Geschmeiß nicht greifen. Ich reite an: sie sind Bettler. Aus abgedeckten Hütten kriechen sie mir entgegen und recken abgezehrte Arme gegen mich. Sie fressen die Rinde von den Bäumen und stopfen sich die Bäuche mit Klumpen Erde.

Er schaut vor sich, der Kopf fällt ihm nachdenklich auf die Brust

Auch dies war in der Prophezeiung. Es waren Greuel darin, von denen jeder gesagt hätte, daß sie nur können bildlich gemeint sein, und sie fangen an im wörtlichen Verstande einzutreffen. Der Hunger ist in der Prophezeiung; die Seuche ist in der Prophezeiung; die Finsternis, erleuchtet von brennenden Dörfern – der Soldate, der die Fahn abreißt und seinem Oberen die Halfter ums Maul schlägt, der Bauer, der vom Pflug läuft und seine Sense umnagelt zur blutigen Pike – es ist alles in der Prophezeiung.

Er seufzt tief auf, der andern vergessend

Nun aber kommen die Hauptstück: daß die Rebellion ihre Fahne bekommt: die ist ein Bündel klirrender, zerrissener Ketten an einer blutigen Stange, und der, dem sie vorangetragen wird, das ist mein leiblicher Sohn, – und sein Gesicht ist wie eines Teufels Gesicht, und er ruht nicht, bis er mich findet und seinen Fuß auf mein Genick setzt. – So prophezeit! wortwörtlich geschrieben, wie ich es spreche!

Er stöhnt und besinnt sich dann, blickt zurück auf sein Gefolge

Ich fühle mich sehr krank, meine Getreuen! Ich hoffe, ihr habt mich zu einem Arzt begleitet, der mir helfen kann.

Der Großalmosenier wird von rechts herausgeführt. Zwei Mönche stützen ihn. Der junge Mönch von früher schreitet daneben, ein aufgeschlagenes Buch in der Hand; ein Laienbruder folgt, der einen Faltstuhl trägt. Sie stellen den Faltstuhl hin und lassen den Großalmosenier darauf nieder. Er ist ein neunzigjähriger Greis; seine Hände und sein Gesicht sind gelblich weiß, wie Elfenbein. Die Augen hält er meist geschlossen, doch wenn er sie öffnet, so vermag ihr Blick noch Schreck und Ehrfurcht zu verbreiten. Er trägt das Habit der einfachen Mönche. Alle sind von seinem Eintreten an still.

DER GESANG *wird deutlich hörbar: eine einzige drohende Stimme* Ecce ego suscitabo super Babylonem quasi ventum pestilentem. Et mittam in Babyloniam ventilatores et ventilabunt eam et demolientur terram eius.

GROSSALMOSENIER *mit halbgeöffneten Augen* Das Licht des Tages. Eine fahle Finsternis. Lies aus dem Guevara. Hier ist ein Blumengarten – ein Gallert, bunt und stickig.

Er schließt die Augen.

CHOR Et demolientur terram eius! Et cadent interfecti in terra Chaldaeorum.

GROSSALMOSENIER *schlägt die Augen auf, gewahrt den Bettler, winkt ihm lebhaft* Sieh da, welch ein Gast ist über unsere Schwelle getreten!

König beziehts auf sich, will vortreten.

Großalmosenier, ohne ihn anzusehen, winkt ihm verächtlich ab, wie einer eine Fliege scheucht.

HÖFLINGE *fahren auf* Ha! Was! was untersteht er sich?

König winkt ihnen, sich zu bezähmen.

GROSSALMOSENIER *zu dem Bettler in gespannter Teilnahme* Wie geht es dir, mein Teurer? und wirst du nun bei uns bleiben, zumindest einen Tag und eine Nacht?

Bettler schweigt.

GROSSALMOSENIER Führet mich zu ihm, wenn er nicht zu mir kommt, daß ich ihn umarme und seinen Segen empfange.

Will auf, von den Mönchen unterstützt.

BETTLER Unwert!

Entspringt.

CHOR Et demolientur terram eius! Et cadent interfecti in terra Chaldaeorum.

GROSSALMOSENIER Lies im Guevara, solange Licht ist.

JUNGER BRUDER *hebt das Buch und liest* Fahr hin, Welt, in deinen Palästen dient man ohne Bezahlung, man liebkost, um zu töten, man ehrt, um zu schänden, man straft ohne Verzeihen.

KÖNIG *tritt an den Großalmosenier heran* Herr Kardinal, Euer König und Herr wünscht Euch einen guten Abend.

Großalmosenier fährt mit der Hand durch die Luft, als scheuchte er eine Fliege.

HÖFLINGE *murren, wenden sich, als wollten sie gehen* Unerhört! Unwürdiges Schauspiel!

KÖNIG *tritt auf sie zu* Bleibet, meine Getreuen! Gehet nicht von mir!

EIN HÖFLING *in Wut, aber mit gedämpfter Stimme* Man sollte ihn aus dem Sessel reißen und ihm das Maul an die Erde drukken!

KÖNIG Ich will den königlichen Städten ihre Freiheiten nehmen! Ich will die Juden aus meinem Schutz stoßen, und alles soll in eure Hände gegeben werden, wie es zu Zeiten Unserer Vorfahren war. Bleibet!

Höflinge beugen ihre Knie, küssen ihm Hände und Saum des Gewandes. – Der König lächelt. Der Gesang hat aufgehört.

GROSSALMOSENIER Lies im Guevara. Ich bins müde, daß noch immer Tag ist.

JUNGER BRUDER *liest* Da wird der Aufrichtige in den Winkel gestellt und der Unschuldige verurteilt. Da ist für den Herrschsüchtigen Kredit, und für den Redlichen ist kein Kredit. –

KÖNIG *zu den Höflingen* Tretet alle hinweg. Wendet euch ab. Es muß sein.

Die Höflinge gehen weg und bleiben unsichtbar. Auch die Mönche, außer einem.

König geht hin, fällt vor dem Großalmosenier auf die Knie und steht wieder auf.

GROSSALMOSENIER *sieht ihn lange und durchdringend an* Ich kenne den Herrn nicht!

Lacht lautlos.

KÖNIG Kardinal Großalmosenier! Großkanzler der Krone! Großsiegelbewahrer des Reiches! Ich hebe zu dir die Hände und begehre deinen Rat!

GROSSALMOSENIER *lacht noch stärker, aber lautlos* Du hast deinen Krieg verloren, Basilius. Eitel war dein Krieg, unzeitig war dein Krieg, frech und freventlich war dein Krieg. Und als er verloren war, da ist der vom Ratstisch gejagt worden, der seine Hände aufgehoben hatte und geschrien wider diesen Krieg. – Denn es bedurfte der Selbstbezwingung, so war dieser Krieg zu vermeiden, – und der Weisheit: und hart ist der Pfad der Weisheit zu treten, denn er ist voller Dornen. Aber leicht war es, das Eitle zu tun und zu reiten, anstatt zu raten!

KÖNIG Genug!

GROSSALMOSENIER *nickt* Es steht geschrieben: Der verdorbene Mensch liebt nicht den, der ihn strafet. Das Wort Eitel, merke, hat zweierlei Sinn. Einmal heißt es: prahlen von sich selber, Zuschauer sein sich selber, geistige Buhlschaft treiben mit sich selber. Zum zweiten heißt es: nichtig, für nichts, im Mutterleib verloren. – Eitel war dein Gedachtes, dein Getanes, dein Gezeugtes, von dir selber im Mutterleib vereitelt.

KÖNIG Du Basilisk, daß ich aus dir herausreißen könnte die Wahrheit, denn immer hast du das Letzte vor mir verborgen, wie die boshafte Stiefmutter vor der armen Waise.

GROSSALMOSENIER Die Wahrheit, die da ist hinter allem Scheine, wohnt bei Gott.

KÖNIG So ist es Gott oder der Satan, der durch die Sterne redet? Antworte mir! – Lügen die Sterne?

GROSSALMOSENIER Wer sind wir, daß sie uns lügen sollten?

KÖNIG Ich habe meinen einzigen Sohn von mir getan, dahin wo ihn die Sonne nicht bescheint. Denn es ist prophezeit, er wird seinen Fuß auf meinen Nacken setzen, bei hellichten Tag und in Angesicht meines Volkes!

GROSSALMOSENIER Und du wirst wackeln mit dem Steiß vor ihm, wie ein Hund vor seinem Herrn, und wirst begehren das Schlachtmesser zu küssen, mit dem er dich abtut.

KÖNIG Verhöhnst du mich? Glaubst du nicht an die Prophezeiung? Dann antworte mir! Wie können sie gesehen haben, was nicht ist? Wo ist der Spiegel, der auffängt, was nirgends gewesen ist?

GROSSALMOSENIER Recht so! Halte dich an das, was deine Augen sehen, und ergetze dich mit Ehebrecherinnen und Jagdhunden! – Aber ich sage dir: Es gibt ein Auge, vor dem ist heute wie gestern und morgen wie heute.

Rückt ihm näher

Darum kann die Zukunft erforscht werden, und es steht die Sibylle neben Salomo und der Sterndeuter neben dem Propheten.

KÖNIG *vor sich* Ich war unfruchtbar, so viele Jungfrauen und Weiber ich erkannte, und es wurde gesagt: fruchtbar im Brachmond an der Königin, und meine Königin wurde guter Hoffnung im Brachmond. Das Kind wurde geboren und zerriß der Mutter den Leib, widerstrebend der weisen Frau und dem Arzte. – Es wollte da sein, nackt aus dem Nackten, tödlich aus dem Tödlichen, und wahrmachen die Prophezeiung vom ersten Schrei an. –

GROSSALMOSENIER Und es ist dein Kind, gewonnen in heiliger Ehe!

KÖNIG Aber ich habe ihn nie gesehen und muß mich gegen ihn verbergen mit Riegeln und Ketten und Spießen und Stangen.

GROSSALMOSENIER Es entflieht keiner der großen Zeremonie, der König aber und der Vater ist in die Mitte gesetzt.

KÖNIG Wenn ich das Geschöpf unschädlich gemacht habe in einem Turm mit Mauern, zehn Schuh dick – und der Aufruhr soll zu keinem Haupt gelangen –, zu welchem Ende – ich frage dich! – ist dann der Aufruhr über mein Reich gekommen? Soll ich der Verlierer sein bei Tag und Nacht und geprellt um meines Reiches Glanz und um meines Gewissens unbefleckten Spiegel, zugleich um beides? Sind das Spiegelfechtereien? Ist Gott wie der Herzog von Litauen, der sich aufs Blüffen legt?

GROSSALMOSENIER Wunderbar gefügt aus zwei Schneiden ist die Zange, und auch die schlaffe Frucht, wenn man sie preßt, gibt einen Tropfen Öl!

KÖNIG Schweig und höre. Ich habe befohlen, den Mann vor mein Angesicht zu bringen, der ihn bewacht.

GROSSALMOSENIER Nein! Du hast nicht gewagt den Schleier zu lüpfen, der behütet war von allen Schrecken der Majestät und bewacht von zehnfacher Drohung des Todes!

KÖNIG Ich habe befohlen, den Mann herbeizubringen, der ihn bewacht, und ihn vor mein Angesicht zu stellen und vor das deine. Und du, du wirst heraussteigen aus deinem hölzernen Sarg und wirst vorsitzen einem Gericht über diesen Knaben, dessen Angesicht Wir nie gesehen haben. – So wird es an den Tag kommen, ob dieser ein Dämon ist und ein Aufrührer von Mutterleib: dann wird sein Haupt fallen und vor deine Füße rollen. Oder aber: ich werde mein Kind in meine Arme nehmen, und die Krone, geflochten aus dreien Kronen, wird nicht ohne Erbe sein. – Daran will ich erkennen, ob Gott dich zu meinem Ratgeber bestellt hat – oder der Satan.

GROSSALMOSENIER Gott! Gott! nimmst du das Wort in deinen nassen Mund? Ich werde dich lehren, was das ist, Gott! – Du kommst zu mir um Hilfe und Erquickung und findest, was dich nicht freut. Statt eines vertrauten Wesens, worein du wie in einen Spiegel dich hineintust, als in die Gesichter der vor dir wedelnden Menschen, findest du eine ungerührte Miene, vor der dich graust. Ein Etwas spricht mit meinem Mund, aber wie aus dir selbst heraus, auf dich selber zielend; es nimmt dich nicht, und es läßt dich nicht los; statt daß du von einem zum andern kommst, kommt eines ums andere zu dir: nichts Neues, nichts Altes, abgelebt, doch nicht ausgelebt, öd, lahm, doch wirbelnd. – Du kannst nichts mehr, ermachst nichts mehr, zergehend und zugleich Stein: in nackter Not doch nicht frei. Aber da ist noch etwas! Du schreist: es ist hinter deinem Schrei und zwingt dich und heißt dich deinen Schrei hören, deinen Leib spüren, deines Leibes Schwere wiegen, deines Leibes Gebärde wahrnehmen, wie Wälzen von Schlangen mit schlagendem End, dein Zergehen einatmen, deinen Gestank riechen: Ihr hinterm Ohr, Nase hinter der Nase. Es verzweifelt hinter deiner Verzweiflung, durchgraust dich hinter deinem Grausen und entläßt dich nicht dir selber, denn es kennt dich und will dich strafen: das ist Gott.

Er sinkt zusammen mit geschlossenen Augen.

KÖNIG *schreit* Herbei meine Getreuen, faßt ihn an. Mein Herr Minister ist mir Rat schuldig und will mir sein Schuldiges veruntreuen! –

Höflinge mit einem Sprung heran, Mönche hervor, heben abwehrend die Hände. Großalmosenier liegt wie ein Toter.

GESANG Ecce ego suscitabo super Babylonem quasi ventum pestilentem.

KÖNIG *kehrt sich ab* Hebet ihn weg.

Mönche nehmen den Großalmosenier auf und tragen ihn weg. Es pocht draußen. Pförtner schließt auf, läßt den Woiwoden von Lublin und Julian eintreten sowie Gervasy und Protasy, hinter ihnen Anton.

GERVASY UND PROTASY *treten auf den König zu, beugen die Knie und melden* Der Woiwod von Lublin.

WOIWOD *tritt vor den König, beugt sein Knie* Vergebe deine Hoheit die Verspätung. Die Straßen sind verlegt von Rebellen. Wir haben uns durch die Wälder ziehen müssen. Hier bringe ich den Edelmann!

Julian tritt vor, kniet vor dem König hin.

KÖNIG Dieser? Sein Wächter?

Er tritt argwöhnisch zurück.

Julian bleibt knien.

KÖNIG Wir erinnern Uns gnädig einer früheren Begegnung.

Reicht die Hand zum Kuß, winkt aufzustehen

Wir werden zu belohnen wissen. – Aber Wir fürchten, in deinem Aug das Spiegelbild eines Dämons zu gewahren.

JULIAN *aufstehend, aber mit gebogenem Knie* Es ist ein sanfter, schöner, wohlgeschaffener Jüngling.

KÖNIG Voll Haß im Innern?

JULIAN Arglos. Ein weißes unbeschriebenes Blatt.

KÖNIG Ein Mensch? Ah!

JULIAN Oh! gefiele es dem undurchdringlichen Ratschluß –

König runzelt die Stirn, tritt zurück.

JULIAN – den Jüngling einer Prüfung zu unterziehen –

König tritt noch einen Schritt zurück.

JULIAN Man ließe ihn, bestünde er sie nicht, in ewiger Kerkernacht wiederum verschwinden.

KÖNIG Der Traum einer Nacht? Kühn – und zu kühn! Wer könnte sich verbürgen –

JULIAN Ich! Eurer Majestät für alles! Mit diesem Kopf!

KÖNIG *lächelt* Ein Berater! Endlich ein Berater! –

Mit Beziehung auf das Vorige; er winkt ihn ganz nahe zu sich

– Wie viele Jahre waltest du des schweren Amtes?

JULIAN Zweiundzwanzig Jahre weniger einen Monat. Sein Alter.

KÖNIG Beispiellos! Lernet, meine Großen, lernet, was Hingabe ist. Zweiundzwanzig Jahre!

JULIAN *beugt sich über die dargereichte Hand, er hat gleichfalls die Tränen in den Augen* Sie sind in diesem Augenblick ausgelöscht.

Anton nähert sich von hinten, unmerklich, spitzt seine Ohren.

KÖNIG Das Wiedersehen hat Uns sehr bewegt. Es sind deine Arme, die Unseren Verwandten betreuen.

Er zieht ihn an sich, mit der Gebärde einer Umarmung

Wie würden Wir es ertragen, ihn selbst –

Sein Gesicht verändert sich, aber nur für einen Moment

Die Nähe eines treuen Mannes, welch ein Schatz! Berater! Tröster! Du hast mir das Leben wiedergegeben.

Winkt Julian vertraulich zu

Er folgt Uns an Hof. Wir haben viel mit Ihm vertraulich zu beraten.

Julian neigt sich tief. König winkt dem Pförtner, der aufschließt. Höflinge treten zu Julian heran. Anton trachtet unauffällig seinem Herrn immer näher zu kommen.

EIN HÖFLING *unter einer leichten Verneigung* Wir sind nahe Verwandtschaft. Euer Gnaden Großmutter war meines Herrn Großvater Schwester. Ich wollte nicht hoffen, daß Euer Gnaden dessen wären uneingedenk worden in den Jahren, da man Sie nicht bei Hofe gesehen hat.

Anton spitzt die Ohren.

ZWEI ANDERE *ebenso* Gebe der Herr uns seine Protektion. Wir sterben des Herrn bereitwilligste und verpflichtetste Diener!

JUNGER KÄMMERER *an Julian herantretend, mit einer tiefen Verneigung* Ich küsse Eurer Exzellenz die Hände!

Alle gehen.

ZWEITER AUFTRITT

Im Turm. Fünfeckiges Gemach mit engem vergitterten Fenster. Hinten in einer Ecke eine kleine eiserne Tür. An der Wand ein großes Kruzifix. Eine hölzerne Bank, ein Eimer, ein Waschbecken. Im Hintergrund auf halbverbranntem Stroh sitzt Sigismund. Er trägt einen reinlichen Anzug aus Zwilch und hat nackte Füße, aber ohne Ketten. Man hört von draußen aufsperren.
Anton tritt herein. Er nimmt einen Besen, der nächst der Tür lehnt, sprengt aus dem Eimer Wasser auf den Boden und fängt an auszukehren. Sigismund sieht auf ihn, schweigt.

ANTON *im Kehren, er schnuppert in die Luft* Was ist das? Hast gezündelt im Stroh? Mächtig viel Stroh verbrannt, Reiser, alles! – Gnad dir Gott, wenns ein Wächter bemerkt hätt. – Was hast getrieben und zu welchem End?

SIGISMUND *schnell* Mein Vater war im Feuer.

ANTON Wie hat er denn ausgschaut? Ein Feuergesicht, ein rauchiger Mantel, ein glühblauer Bauch und rote Schuh?

SIGISMUND *sieht weg* Mein Vater hat kein Gesicht!

ANTON Du Fledermaus!
Sprengt geweihtes Wasser über ihn aus einem kleinen bleiernen Becken, das unterm Kruzifix an der Mauer hängt
Aufräumen jetzt! Bist ein Mensch? der graust sich, wenn ein Zimmer ausschaut wie dem Teufel seine Bettstatt.

SIGISMUND *angstvoll* Anton, was ist denn das: ein Mensch – wie ich ein Mensch bin?

ANTON *gießt ihm Wasser ins Becken* Da, wasch dir dein Gesicht, so kommst auf andere Gedanken.
Man hört die Tür von außen aufsperren.
Da hast ein Tüchel.
Wirft ihm ein bunt baumwollenes Tuch zu, Sigismund wischt sich ab.
Und jetzt! Da schau hin! Heimgsucht wirst!
Von außen ist die eiserne Tür geöffnet worden. Eine Bauernfrau, Sigismunds Ziehmutter, ist eingetreten, bleibt unweit der Tür stehen. Sigismund kehrt sein Gesicht gegen die Wand.

BÄUERIN *tritt näher, zu Anton* Ist derselbige krank? Weiß er nichts von sich?

Sigismund verbirgt Kopf und Hände im Stroh.

BÄUERIN Sieben Jahr hab ich ihn nicht gesehen. Ists wahr, daß ihm Krallen gewachsen sind? Glühende Augen, wie bei einem Nachtvogel?

ANTON Gelogen! Zeig deine Händ, Sigismund. – Dort ist er, schau Sie!

SIGISMUND *faßt sich* Mutter, bist du zu mir gekommen?

BÄUERIN *tritt zu ihm* Dein Haar ist wirr. Wo hast du deinen Kamm? Gib ihn mir, daß ich dich kämme.

Anton reicht ihr aus einer Wandnische einen bleiernen Kamm.

BÄUERIN *kämmt Sigismund das Haar* Ebenbild Gottes, halt auf dich. Weißt nicht mehr, wie die Bäuerinnen durch den Zaun gespäht wegen deiner weißen Wangen, rabenschwarzen Haare? Milch und Honig vor die Tür gestellt, ich dich hab verstecken müssen, Fensterladen zurammeln! Streng war das Verbot!

SIGISMUND Wo ist der Mann?

BÄUERIN Der Ziehvater ist tot seit vier Jahren. Bet mit mir für seine Seele.

SIGISMUND Wo ist aber meine Seele?

BÄUERIN Wie denn? Wie fragst du da?

SIGISMUND Ich frag recht. Weißt du noch das Schwein, das der Vater geschlachtet hat – es schrie so stark, und ich schrie mit. Dann ist es an einem queren Holz gehangen, im Flur an meiner Kammertür, ich konnte bis in das Innere schauen. War das die Seele, die aus ihm geflohen war bei dem entsetzlichen Schreien, und ist meine Seele dafür hinein in das tote Tier?

BÄUERIN *betet* Vater unser, der du bist im Himmel –

SIGISMUND Wo ist mein leiblicher Vater, daß er mich im Stich läßt! Da er mich doch gemacht hat!

BÄUERIN *zeigt aufs Kruzifix* Da ist dein Vater und dein Erlöser! Sieh hin auf den! – Drück dir sein Bild ins Herz, drücks ein, wie einen Stempel und Prägestock!

SIGISMUND *sieht lange hin, ahmt die Stellung nach, mit ausgebreiteten Armen, dann läßt er die Arme sinken* Ich brings nicht auseinander, mich mit dem dort und aber mich mit dem Tier, das aufgehangen war an einem queren Holz und innen blutschwarz. Mutter, wo ist mein End und wo ist dem Tier sein End?

Er schließt die Augen.

BÄUERIN Auf die Augen! Schau hin! Verlassen vom Vater im Himmel! Mit Dornen gekrönt, mit Ruten geschlagen, ins Gesicht gespien die Kriegsleut! Erschau das! – Schau hin, Widerspenstiger!

SIGISMUND *schreit auf* Mutter, erzürne mich nicht!

Er stößt sie von sich.

BÄUERIN *faltet ihre Hände, betet* Ihr heiligen vierzehn Nothelfer, ihr starken Kämpfer und Diener Gottes, verherrlichet und gekrönet mit goldenen Kronen, fahret herbei, diesem zu Hilfe, tuet ab von ihm gefletschte Zähne, geballte Fäuste, lieber lasset die Hände abfallen, die Füße lahmen, die Augen erblinden, die Ohren ertauben und bewahret seine Seele vor der Gewalttat und dem Übel. Amen.

Sie schlägt das Kreuz über ihn.

SIGISMUND *schreit angstvoll* Mutter!

Hinten ist die Tür abermals aufgesperrt worden, und Julian ist eingetreten. An der Tür wird eine andere Person sichtbar, die wartet. Bäuerin neigt sich, küßt Julian den Rock. Julian bleibt stehen. – Sigismund flüchtet auf sein Strohlager.

JULIAN In der Art ist er gesänftiget? Hat das Weib nichts Besseres vermocht? und du –

Tritt näher

Sigismund, ich bin zu dir gekommen.

Winkt, Anton gibt ihm einen niedrigen Holzstuhl ohne Lehne, auf den er sich setzt

Ich komme, um dir Freude zu bringen, Sigismund. Achte gut auf das, was mein Mund jetzt spricht: du hast eine schwere, lange Prüfung überstanden. Fassest du meine Rede?

Sigismund verbirgt seine Hände unter den Zwilchärmeln.

JULIAN Achtest du auf mich?

SIGISMUND Du bist oberste Gewalt über mir, vor dir zittere ich. Ich weiß, daß ich dir nicht entrinnen kann.

Er verbirgt unwillkürlich seine Hände

Ich sehe auf deine Hände und deinen Mund, damit ich wohl verstehe, was du willst.

JULIAN Gewalt ist von oben verliehen. Von einem Höheren als ich bin, merke wohl. Ich war aber dein Retter. Heimlich goß ich Öl deiner Lebenslampe zu; durch mich allein ist noch Licht in dir. Das merke dir. – Dünke ich dir so fremd, Sigismund? Hab ich dich nicht neben mir an einem hölzernen Tische sitzen lassen und vor dir das große Buch aufgeschlagen und darin dir Bild für Bild die Dinge der Welt gewiesen und sie dir mit Namen genannt und dich dadurch ausgesondert unter deinesgleichen?

Sigismund schweigt.

JULIAN Hab ich dir nicht erzählt von Moses mit den Tafeln und Noah mit der Arche und Gideon mit dem Schwert und David mit der Harfe, von Rom, der großen, mächtigen Stadt und ihren Kaisern, und daß von ihnen unsere erlauchten Könige abstammen? Hab ich dir nicht Begriff gegeben von Herr und Knecht, von Fern und Nah, von Schuld und Strafe, von Himmlisch und Irdisch? Antworte mir?

Sigismund starrt zu Boden.

SIGISMUND Ungleich dem Tier hab ich Begriff von meiner Unkenntnis. Ich kenne, was ich nicht sehe, weiß, was fern von mir ist. Dadurch leide ich Qual wie kein Geschöpf.

JULIAN Wunderbarer Vorzug! Danke mir! Denn dadurch wird der Mund des Menschen gewaltig, daß er in die Buchstaben seinen Geist eingießt, rufend und befehlend! – Warum stöhnst du?

SIGISMUND Ein furchtbares Wort aber ist: das wiegt alle anderen auf!

JULIAN Was ist das für ein Wort? Wie heißt das Wort? Ich bin begierig, was das für ein Zauberwort ist!

SIGISMUND Sigismund!

Er fährt sich mit den Fingern über die Wangen und den Leib hinab.

Wer ist das: ich? Wo hats ein End? Wer hat mich zuerst so gerufen? Vater? Mutter? Zeig mir sie!

JULIAN Deine Eltern haben dich von sich getan. Du warst schuldig vor ihnen.

SIGISMUND Grausig ist das Tier. Es frißt die eigenen Jungen noch feucht aus dem Mutterleib. Meine Augen habens gesehen. Und doch ist es unschuldig.

JULIAN Forsche nicht, bis der Vorhang zerreißt. Steh auf dir selber! Allein! So hab ich dich ausgestattet! Lichtgeist, vor dem Engel knien! Feuersohn, oberster! Erstgeborener!

SIGISMUND Warum redest du so groß zu mir? Was schwingst du in der Hand, das funkelt und glüht?

JULIAN Wonach Hirsch und Adler und Schlange lechzen: daß sie durch Pflanzen und Steine, durch Tränke und Bäder ihr Leben erneuern: denn zweimal geboren wird der Auserwählte. Feuerluft schwinge ich in der Hand, Elixier des neuen Lebens, balsamische Freiheit! Trink dies und lebe!
Sigismund schaudert vor dem Fläschchen in Julians Hand zurück.

ANTON Hurra! Sigismund! Wir machen eine Reis! Groß ist die Welt! Auf ausm Stroh!

SIGISMUND Muß ich ganz ins Dunkle zurück! So jung ich bin! O weh! so wird mein Blut über euch kommen!

JULIAN Ans Licht! So nah ans Licht, daß nur ein junger Adler nicht blind wird. – Trink dies.

SIGISMUND Du selber hast mich gelehrt, daß sie Gefangenen in einem Trunk vergeben.
Julian ist zur Tür getreten und hat gewinkt. Ein vermummter Diener, der einen Becher trägt, ist eingetreten. Julian nimmt den Becher, gießt aus dem Fläschchen ein, birgt das Fläschchen wieder in seiner Gürteltasche. Der Diener verschwindet.

JULIAN Trink dies!

SIGISMUND *fällt nieder* Sag mir zuvor, wer ich bin?

ANTON Sie werdens dir schon sagen, bald du wo eingetroffen bist! Nur nicht im voraus viel fragen, das macht die Leut aufsässig! Bürst ihn weg, den Trank!

JULIAN *hält Sigismund den Trank hin* Du bist du. Höre: Durch Taten ist die Welt bedingt. Hast du Begriff, was Taten sind? Trink und sieh zu.

SIGISMUND Hilf mir, Anton!

JULIAN Sollen dich die Knechte mit den Fäusten packen? Ich werde sie holen – vorwärts, ihr da!

An der Tür.

ANTON *kniet neben Sigismund nieder* Nur leben lassen, Euer Gnaden, nur am Leben lassen!

SIGISMUND *nimmt den Becher und trinkt ihn schnell aus* Indem du hart redest, hab ich es ausgetrunken um deinetwillen.

Er geht ein paar Schritte nach hinten und setzt sich auf den Boden, nachdem er Anton den Becher gegeben hat.

ANTON *läßt den Becher fallen* Ich muß ihm den Kopf halten, er soll nicht sterbender am harten Stein lehnen.

JULIAN *hält ihn* Schweig, Narr! wer redet vom Sterben! Der fängt jetzt erst zu leben an.

ANTON *kniet bei Sigismund, streichelt ihm die Füße* Sieht denn Euer Gnaden nicht, er hat einen Heiligenschein überm Gesicht! O du heiliger verklärter Marterer du!

JULIAN Schweig und ruf die Knechte!

ANTON *geht gegen die Eisentür, die angelehnt ist* Sind schon da!

Zwei vermummte Knechte sind leise eingetreten, halten sich nahe der Tür.

SIGISMUND *zu Julian und Anton, aber wie zu Fremden* Es hebt mich auf. Ganz weg ist alle Furcht. Nur die Füße werden kalt. Wärm sie mir, Anton.

ANTON *bei ihm* Erkennst mich denn?

SIGISMUND Heb sie mir in den feurigen Ofen, darin wandeln singend die Jünglinge, meine Brüder: Herr Gott, dich loben wir! Von Angesicht zu Angesicht! Auserlesen!

Er wirft die Hände nach oben

Vater – jetzt komme ich –

Fällt zusammen.

Die zwei vermummten Knechte treten vor.

JULIAN Das fürstliche Gewand bereitgelegt? Die Schuh, der Gürtel, alles? Ihn einkleiden, ehrerbietig!

Die Knechte nehmen Sigismund auf.

JULIAN *hat einen Mantel über ihn gebreitet, dann zu Anton* Den Reisewagen anschirren lassen! Die Eskorte soll bereit sein zum Aufsitzen! Die Wache ins Gewehr treten. Gib's Zeichen! Vorwärts!

Anton zieht sein Tüchel heraus, läuft hinaus. Die Knechte tragen Sigismund hinaus. Julian folgt.

Trompetensignal draußen.

Julian winkt Olivier zu sich.

Olivier tut die Mütze ab, die ihn vermummt hat.

JULIAN Du reitest mit deinem Kumpan den näheren Weg. Wo wir uns begegnen, kennst du mich nicht. Du quartierst dich in der Vorstadt ein und knüpfst Bekanntschaft an mit Unzufriedenen, Steuerverweigerern, verlaufenen Soldaten.

OLIVIER Ist schon geschehen. Die Brüderschaft der Nichtbeter ist verständigt und die der Nichtzahler auch.

JULIAN Wer hat dir erlaubt vorzugreifen?

OLIVIER *verschmitzt* Ich bin ein Drach mit vielen Schweifen. Meiner Person muß man sich so bedienen, wie sie geschaffen ist.

JULIAN *tritt hart an ihn heran* Muß man?

ANTON *läuft herein* Er liegt im Reisewagen. Alles bereit zum Aufsitzen.

JULIAN In Gottes Namen.

Er geht hinaus.

Nochmaliges Trompetensignal draußen.

Vorhang

DRITTER AKT

Das Sterbegemach der Königin, in der Königsburg. Im Hintergrund ein hohes Fenster. In der rechten Wand ein Alkoven mit dem Bett, durch einen Vorhang verschließbar. Links vorne ein Oratorium, von welchem man in die Kirche hinabsieht. In der Mitte der linken Wand der Eingangstür gegenüber ein Kamin. Aus dem Oratorium führt eine geheime Tür in einen schmalen Gang, von dem der Anfang noch in der linken Kulisse sichtbar ist. Die Fensterladen sind zu. Im Alkoven brennt ein ewiges Licht.
Der Kastellan sperrt von draußen auf und tritt mit zwei Dienern ein, indem sie nur einen Flügel der Haupttür öffnen. Die Diener öffnen die Holzladen an dem hohen Fenster im Hintergrund: draußen ist heller Tag.

KASTELLAN *mit dem großen Schlüsselbund klirrend* Das Sterbegemach der hochseligen Königin! unbetreten durch diesen Haupteingang seit einundzwanzig Jahren. Die ehrwürdigen Schwestern von der Heimsuchung, deren zwei hier von Mitternacht bis Morgengrauen im Gebet verharren, betreten es durch diese kleine Tür, welche durch eine Wendeltreppe, die im Pfeiler verborgen ist, zur Sakristei hinabführt.
Man hört von unten die Orgel und den Gesang der Nonnen. Der Kastellan tritt an den Alkoven, besprengt das Bett mit Weihwasser aus einem silbernen Becken am Eingang des Alkovens, schließt dann ehrerbietig den Vorhang. Man hört draußen die Annäherung von Menschen. Dann das dreimalige Stoßen einer Hellebarde auf den Steinboden. Auf einen Wink des Kastellans eilen die Diener hin und öffnen die Flügeltür sperrangelweit. Der Hof tritt ein: Trabanten, Stabträger, Pagen mit Wachslichtern. Dann der Träger des Reichsbanners mit dem silbernen Adler, sodann ein Page, der auf karmesinrotem Kissen des Königs Gebetbuch und Handschuhe trägt. Der König, den krummen Säbel umgehängt, seinen polnischen Hut in der Hand. Dicht hinter ihm

sein Beichtiger. Hofherrn paarweise, zuvorderst Julian allein; hinter den Hofherren vier Kämmerer. Zuletzt der Arzt, mit ihm sein Gehilfe – ein junger Mensch mit einer Brille –, hinter diesem Anton, der ein verdecktes silbernes Becken trägt. – Der König bleibt in der Mitte des Gemaches stehen, hält seinen Hut hin. Ein Page springt vor, nimmt den Hut mit gebogenem Knie. Der König nimmt seine Handschuhe von dem knieend dargereichten Kissen, zieht den linken an, steckt den rechten in den Gürtel. Die Trabanten und die Stabträger sind rund ums Gemach und wieder zur Flügeltür hinaus gegangen, ebenso der Kastellan und die Diener. Die Flügeltür wird geschlossen. Zwei Stabträger nehmen an der Tür innen Stellung. Die Herren stellen sich, Julian am äußersten rechten Flügel, vor dem Oratorium auf. Der Arzt und der Gehilfe stehen nächst der Tür. Der König tritt auf den Alkoven zu. Ein Kämmerer eilt hin, zieht den Vorhang auf. Ein anderer Kämmerer reicht dem König den Weihwasserwedel. Der König besprengt das Bett, kniet dann nieder, verharrt einen Augenblick im Gebet. Der Beichtiger kniet mit ihm. Der König steht auf, tritt in die Mitte, Beichtiger seitlich etwas hinter ihm. Der Gesang und die Orgel haben aufgehört.

KÖNIG *zum Beichtiger* Ich habe vor dem Sterbebette meiner seligen Gemahlin für mich gebetet und für ihn. Das kurze Gebet hat meine Seele wunderbar erfrischt.
Er winkt dem Arzt zu sich
Ihr beharrt darauf, Euch zurückzuziehen?

ARZT Eure Majestät hat mir diese einzige Bedingung bewilligt, daß es mir erlassen bleibe, selbst vor das Angesicht des Prinzen zu treten, wenn sich die Nötigung ergeben sollte, nochmals eine Betäubung vorzunehmen. Mein Gehilfe ist von allem unterrichtet, das heißt von den Handgriffen, die nötig werden könnten – nicht von dem Tatbestand.
Leiser
Er sieht in dem Prinzen einen geistig Kranken, an dem Eure Majestät um entfernter Verwandtschaft willen Anteil nehmen. Möge alles – – Ich habe einen Schwamm getaucht in Essenzen von unfehlbarer Wirkung. Der Diener dort trägt ihn in einer verdeckten Schüssel. Er war dem Gefangenen vertraut, er kann, wenn es notwendig ist, Beistand

leisten. – Mögen sich diese Vorbereitungen als überflüssig erweisen, darum bete ich zu Gott.

KÖNIG So beten Wir unablässig seit neun Tagen und Nächten. – Ihr seid Uns in diesen Tagen sehr nahegekommen. Wir betrachten Eure illustre Person von Stund an als die Unseres zugeschworenen Leibarztes.

Reicht die Rechte zum Kuß, der Arzt beugt sich über die Hand. Der Arzt schreitet zur Tür, Stabträger öffnen ihm, der Arzt geht hinaus, an der Tür verneigt er sich nochmals.

KÖNIG Stärke mich unaufhörlich mit deinem Rat, ehrwürdiger Vater. – Ich habe mich von meinen Ratgebern überreden lassen. – Ich habe meine weiche menschliche Natur der höheren Einsicht unterworfen.

BEICHTIGER Auch die Heilige Schrift –

KÖNIG Ich weiß, auch die Heiden. Selber die Heiden. Sie standen nicht an, den eigenen Sohn –

BEICHTIGER Zweien Söhnen ließ der Konsul das Haupt an einem Tage vor die Füße legen.

KÖNIG Zweien! an einem Tag! Was waren seine Argumente?

BEICHTIGER Damit dem beleidigten Gesetz Genugtuung werde.

KÖNIG Wie, dem Gesetz? Das Gesetz? Ja – –

BEICHTIGER Das Gesetz und der Souverän sind eins.

KÖNIG Vatersgewalt – der Vater ist der Schöpfer – die Gewalt abgeleitet unmittelbar –

BEICHTIGER Von der Gewalt des schaffenden Gottes, dem Quell alles Daseins.

KÖNIG *tritt einen Schritt von den Höflingen weg, zieht den Beichtiger nach sich* Und die Absolution, wenn ich mich genötigt sehe, ihn dorthin bringen zu lassen, wiederum – meinen leiblichen Sohn – wiederum hin, wo die Sonne ihn nicht bescheint –?

BEICHTIGER Du zweifelst? Zur Verhütung unabsehbaren Übels!

Es hat von draußen an der Tür gescharrt.

Kämmerer ist hingegangen, spricht mit jemandem durch die halboffene Tür. Tritt dann zum König, mit gebeugtem Knie, spricht heimlich zu ihm.

König winkt.

Stabträger öffnet, läßt Gervasy und Protasy eintreten. Gervasy und Protasy eilen zum König, stehen mit gebeugtem Knie. König leiht Gervasy sein Ohr, der zu ihm flüstert.

KÖNIG Dieser Knabe sitzt zu Pferde wie ein fürstlicher Kavalier?

Er sieht Julian streng an.

JULIAN Er ist nie im Leben auf einem Pferde gesessen. Ich war des strengen Verbotes immer eingedenk.

Protasy flüstert indessen in des Königs anderes Ohr.

KÖNIG *strenge zu Julian* Er würdigt die Personen, die wir ihm zum Gefolge gegeben haben, keines Blickes! Welche Sprache ist von ihm zu erwarten, wenn er vor Uns tritt?

JULIAN Die vielleicht die Engel sprechen. Seine Sprache ist Zutagetreten des inwärts Quellenden – wie beim angehauenen Baum, der durch eben seine Wunde einen balsamischen Saft entläßt.

Gervasy und Protasy ziehen sich mit gebeugtem Knie zurück.

KÖNIG *zu Julian, leise* Der oberste Begriff der Autorität ist diesem Knaben eingeprägt? der Begriff unbedingten Gehorsams?

Er sieht ihn scharf an.

JULIAN *hält den Blick aus* Mein König bedenke, daß der Jüngling diese Welt nicht kennt, so wenig als seine Stellung in ihr. Er kennt ein Höchstes: er hebt seine Augen zu den Sternen und seine Seele zu Gott.

KÖNIG Wir wollen hoffen, daß dies genüge.

Sehr hörbar

Denn die Welt ist außer Rand und Band, und Wir sind entschlossen, das um sich greifende Feuer zu ersticken, – und wenn nötig, in Strömen Blutes.

Die Höflinge, die zuhinterst, dem Feuer zunächst stehen, spähen hinab. Die Pagen drängen sich in der Nähe des Fensters zusammen und suchen unter einiger Unruhe hinunterzusehen. König bemerkt es, sieht hin.

KÄMMERER Der Prinz steigt vom Pferde. Er wendet sich gegen das Portal und tritt in die Burg.

KÖNIG *zu Julian, sich mit Mühe beherrschend* Ich will ihn noch nicht sehen.

Er führt Julian von den Höflingen weg, nach vorne
Ein großer Augenblick, ein furchtbar entscheidender Augenblick.

JULIAN *fällt auf die Knie* Seine Worte klingen zuweilen heftig und jäh – bedenke Eure Majestät in ihrer Weisheit und Langmut: das Wesen hat nie einen Freund gehabt.

KÖNIG Auch ich habe nie einen Freund um mich gehabt.

JULIAN *auf den Knien* Sein junger Fuß hat nie einen Schritt getan, ohne eine schwere hündische Fessel!

KÖNIG Auch ich, Graf Julian, habe nie einen freien Schritt getan.

JULIAN *auf den Knien* Sei langmütig, großer Fürst, mit dem Geprüften!

KÖNIG *sieht ihn an* Sei du für immer sein Berater, mein weiser Julian, milder ihm als der meine mir. – Du bist mir wert – fast schäme ich mich es zu zeigen, wie sehr!
Er nimmt die goldene Kette mit dem Weißen Adler in Diamanten vom Hals und hängt sie ihm um, dazu sprechend
Sic nobis placuit!
Reicht Julian die Hand zum Kuß, hebt ihn auf. Mit verändertem Ausdruck
Und dieses nicht zur Ruhe kommende Volk? Dieser halb erstickte, immer wieder fortschwelende Aufruhr? Wie denkst du darüber? Du hast allerorten deine Verbindungen, deine ruhelosen Hände sind überall –
Er sieht ihn zweideutig an.

JULIAN *will sprechen* Mein König –

KÖNIG Diese geheimen Brüderschaften – diese lichtscheuen unheimlichen Bündnisse? – Ich bin unterrichtet.

JULIAN Mit einer fürstlichen Gebärde – mit einer Tat, mein König –

KÖNIG Du meinst, Wir werden sie leicht niederwerfen, wenn Wir dir Vollmacht geben?

JULIAN Es ist leicht für einen großen König, das Vertrauen seines Volkes wiederzugewinnen.

KÖNIG Ah, du meinst, daß ich ihr Vertrauen wiedergewinnen muß – nicht sie das meinige?
Er sieht ihn starr an.

JULIAN Beides, mein Fürst, wird in einem geschehen.
KÖNIG Wenn ich abgedankt haben werde?
JULIAN Da sei Gott vor! – Die Milde gegen den einen wird die Herzen überwinden. Jeder einzelne wird sich vor Dankbarkeit überwältigt fühlen – da er einen solchen Born der Gnade springen sieht.
KÖNIG Oh, Ursache mir dankbar zu sein – er wird sie bekommen. Und meine Völker auch. – Wenn ich dir mein Inneres enthüllen könnte –
Man hört nun wieder die Orgel, aber ohne Gesang.
KÖNIG *winkt einen der Höflinge zu sich* Versammle den Hof außen.
Die Stabträger öffnen die Tür, die Pagen laufen ab, die Stabträger treten ab. Die beiden jungen Kämmerer und einige Höflinge treten ab. – Der König zu der Gruppe, die geblieben. Der Kastellan ist eingetreten mit den Schlüsseln und übergibt sie dem Ältesten unter Verneigen, geht wieder ab.
KÖNIG Ihr meine Vertrautesten, durch heilige Eide gebunden – wartet hier innen. Die Anticamera, woselbst der Kleine Dienst der Königin sich vor der Messe zu versammeln pflegte – dort haltet euch auf. Was ich mit dem Prinzen zu sprechen habe, verträgt keine Zeugen. Trete ich aber mit meinem jungen Gast auf den Altan und lege ihm als Zeichen des Einvernehmens väterlich den Arm um seine Schulter, dann lasset Posaunen erschallen: denn dann ist für dieses Königreich eine große Stunde gekommen.
Die Höflinge verneigen sich und gehen. Man sieht sie durch die geheime Tür des Oratoriums in den kleinen Korridor links treten und sich nach links entfernen: außer dem Beichtvater. Ihnen folgt der Gehilfe des Arztes, hinter ihm Anton.
ANTON *im Vorübergehen zu Julian* Mir hat von schmutzigem Wasser geträumt! es geht schlecht aus.
KÖNIG *winkt dem Beichtvater zu warten, ruft dann Julian durch einen Wink des Auges* Jene Worte meines hochseligen Großoheims, Kaiser Karls des Fünften, treten mir vor die Seele, mit denen er seine Krone und Länder seinem einzigen Sohn, Don Philipp, übergab.
JULIAN *kniet nieder und küßt ihm die Hand* Möge sich seine

Seele dir offenbaren. Erringt nicht der Kristall unter gräßlichem Druck seine edle Gestalt? So ist er, wenn ihn dein Auge recht gewahrt.

KÖNIG Vielleicht werde auch ich mich für den Rest meiner Tage in ein Kloster zurückziehen – möge ein würdiger Sohn meinen Untertanen bezahlen, was er an Dank mir schuldig zu sein glaubt.

Sein Gesicht verändert sich, er winkt den Beichtiger zu sich, Julian tritt zurück

KÖNIG *zum Beichtiger, schnell* Wo aber läuft der schmale Grenzrain, dessen Überschreitung – vor Gott und der Welt – die äußerste Härte rechtfertigen würde? wo? mein Vater? – Du schweigst. Wenn er seine Hand gegen mich erhübe?

BEICHTIGER Das verhüte Gott!

KÖNIG Welche werden auch dann noch sagen: das Opfer der Staatsräson sei seiner verstörten Sinne nicht mächtig gewesen.

BEICHTIGER Weise Richter, mein König, haben das Erkenntnis gefällt: ein fünfjähriges Kind wird straffällig und kann durch das Schwert vom Leben zum Tod gebracht werden, wofern es zu wählen versteht, zwischen einem vorgehaltenen Apfel und einem kupfernen Pfennig.

KÖNIG *lächelt* Ein fünfjähriges Kind! Höchst weise ersonnen! Ein wunderbares Paradigma! Ein Prinz, der zu Pferde sitzt wie ein geborener König und ein fürstliches Gefolge vor Stolz keiner Anrede würdig, ist jedenfalls kein fünfjähriges Kind.

KÄMMERER *kommt eilig durch die Tür rechts, meldet knieend* Sie kommen!

KÖNIG Wer ist mit ihm?

KÄMMERER Der Prinz hieß mit einer gebietenden Gebärde die Diensttuenden zurückbleiben. Graf Adam allein ist pflichtschuldig gefolgt und führt ihn die Treppe herauf hierher.

KÖNIG Fort, dort hinein. Zu den übrigen. Auch du, ehrwürdiger Vater.

Beichtiger und Kämmerer ab.

Zu Julian

Du bleibst!

Man sieht den Beichtiger, hinter ihm den Kämmerer, durch den Korridor abgehen. Dann treten der König und Julian in den Korridor und bleiben sichtbar stehen, indem sie durchs Fenster in das Gemach spähen. Das Gemach bleibt eine Sekunde leer, dann wird der junge Kämmerer, Graf Adam, an der Tür, die aufgeht, sichtbar: er öffnet von außen. Läßt Sigismund eintreten, tritt hinter ihm ein und schließt die Tür. Sigismund ist fürstlich gekleidet, trägt aber keine Waffen im Gürtel. Er tritt herein, sieht sich um, dann ans Fenster, sieht hinaus: dann wieder in die Mitte des Zimmers.

KÖNIG *mit Julian außerhalb des Gemaches als Zuschauer sichtbar* Höchst edel! fürstlich in jeder Gebärde!
Er stützt sich auf Julian.

KÖNIG Meine Frau, wie sie leibt und lebt! Gegen jedes Zunahetreten gewappnet mit schierer stummer Unmöglichkeit.
Zu Julian
Hinein! und bereite ihn vor! ganz! Sag ihm alles!

JULIAN *leise* Alles, auch das Letzte?

KÖNIG *von Tränen übermannt* Auch das Letzte! Und dann öffne mir die Tür und laß mich allein mit ihm. Geh!
Julian tritt durch die geheime Tür ins Oratorium und von dort ins Gemach. Die Orgel war einen Augenblick stärker hörbar, weiterhin ist sie hie und da sehr leise vernehmlich. Der Kämmerer wird ihn zuerst gewahr, tritt zurück und verneigt sich. Auf einen Wink Julians geht er an die Tür, verneigt sich nochmals tief gegen Sigismund hin und geht hinaus. Sigismund wendet den Kopf, erblickt Julian, richtet sich jäh auf, kehrt Julian den Rücken. Er zittert heftig.

JULIAN *läßt sich hinter Sigismund, drei Schritte von ihm, auf ein Knie nieder. Auch er kann seine Erregung kaum bemeistern. Leise* Prinz Sigismund!
Sigismund hebt die Hände wie flehend abwehrend vor sich hin, aber ohne sich Julian zuzuwenden, mit einem leisen, kaum hörbaren Laut des Schreckens.

JULIAN Ja, ich.
Eine Stille
Dies war die Reise, die ich dir versprach. Dies Haus ist ihr Ziel.

Sigismund sieht sich hastig um, wendet ihm sogleich wieder den Rücken.

KÖNIG Wie er ihn schräg von unten anblickt. Er haßt ihn offenkundig. Das ist Manna für meine Seele!

JULIAN *erhebt sich und spricht aus der gleichen Entfernung* Du hast dir gesagt, daß es dein Vater ist, der so über dich gebietet. Du begreifst, daß deines Vaters Wege dir unerforschlich sein mußten, wie dem Getier deine Wege übers Getier. Du möchtest nicht leben, wenn nicht Höheres über dir wäre, so ist dein Sinn. – Du fragst nicht: Was ist mir geschehen? –

Sigismund schüttelt den Kopf.

JULIAN Noch: Warum ist es mir geschehen? –

Sigismund schüttelt den Kopf.

JULIAN Denn dein Herz ist uneitel. Du verehrest Gewalt, die über dir ist, dir ahnt immer das Höhere, weil du selbst von Hohem bist. Und nun bist du bereit?

Sigismund verbirgt die Hände.

JULIAN Bleibe. Verbirg nicht deine Hände. Zeige sie ohne Scheu. Dies halte fest: ich bin deines Vaters Diener. Ein Mann ist bei jedem Atemzug des Höheren eingedenk.

KÖNIG *außerhalb, aber sichtbar, kniet nieder und betet* Tu ein Wunder, Herr im Himmel! und versöhne ihn mit seinem Schicksal, dessen unschuldiges Werkzeug ich war. Amen.

Sein Gesicht, wie er wieder aufsteht, ist von Tränen überströmt.

JULIAN *nachdem er sich umgesehen hat* Sigismund, Kronprinz von Polen, Herzog von Gotland, ich habe dir den Besuch deines königlichen Vaters anzukündigen.

Sigismund fällt auf die Knie, birgt sein Gesicht in den Händen. Julian eilt hin, öffnet die Tür, läßt den König eintreten. Die Orgel wird leiser. Der König steht im Gemach, Sigismund liegt noch auf den Knien, das Gesicht in den Händen, wie sein Vater schon vor ihm steht. Julian tritt auf den Korridor hinaus, verschwindet nach links.

Die Orgel tönt nun stärker, schwillt mächtig an, die vox humana tritt gewaltig hervor.

Sigismund steht entgeistert, dann sucht er mit den Augen, wo dieser Klang herkomme, er sieht nach oben, zittert heftig. Tränen schießen ihm in die Augen.

KÖNIG *nach einer Pause* Sprich, mein Sohn, laß mich deine Stimme hören.

Sigismund auf den Knien, den Kopf zur Erde.

KÖNIG Sohn, Wir haben dir verziehen. Du bist heimgekehrt. Unsere Arme sind offen. Laß Uns dein Antlitz sehen!

Sigismund zittert, zuckt; wendet sein Gesicht gegen die Wand; kniet dort nieder, abgewandt. Drückt das Gesicht gegen die Mauer.

KÖNIG Nein, es ist an Uns. Wir demütigen Uns vor dem, der gelitten hat. Wir neigen Uns.

Er neigt sich ein wenig.

Sigismund zittert stärker, brigt den Kopf hinterm Sessel.

KÖNIG Wie Sankt Martin, da er den Bettler fand, den nackenden, vor Kälte zitternden. –

Er greift ans Schwert

Sieh auf! Sollen wir Unsern königlichen Mantel mit dir teilen? oder

Er stößt das Schwert wieder in die Scheide

kommst du an Unser Herz in seine ungeteilte Wärme?

Er öffnet seine Arme.

Sigismund steht auf.

KÖNIG Laß Uns deine Stimme hören, junger Fürst! Wir sind begierig nach ihr. Wir haben ihren Klang zu lange entbehrt.

Sigismund redet, aber es dringt kein Laut über seine Lippen.

KÖNIG Was flüsterst du in dir? Möge es ein guter Geist sein, der aus dir flüstert!

Sigismund kann nicht reden.

KÖNIG Dein Auge in Unseres! Vernimm einmal für alle Male, Erbe von Polen! Wir vermögen nicht mißzuhandeln als König an dem Untertan, als Vater an dem Sohn; und hätten Wir dir ohne Gericht das Haupt auf den Block gelegt: so war Uns heilige Gewalt verliehen, und da ist niemand, der wider Uns klagte. Denn Wir waren vor dir – so bist du in Unsere Hand gegeben von Gott selber.

SIGISMUND *deutet durch Zeichen, er habe Furcht vor Gewalt, Furcht vor des Königs Händen. Stöhnt auf* Woher – so viel Gewalt?

KÖNIG *lächelt* Nur die Fülle der Gewalt frommt: in der Wir sitzen, als der Einzige, einsam. So ist Gewalt des Königs. Alle andere ist von ihr geliehen und ein Schein.

SIGISMUND Woher so viel Gewalt? woher?

KÖNIG Von Gott unmittelbar. Vom Vater her, den du kennst. Am Tage, da es Gott gefiel, – sind Wir in Unser Recht getreten als Erbe. Ein Heroldsruf erscholl in die vier Winde, die Krone berührte das gesalbte Haupt, dieser Mantel wurde Uns umgetan. So war wieder ein König in Polen. Was ist dir?

SIGISMUND Gib schon dein Geheimnis preis! Laß schon dein Gesicht vor mir aufgehen!

Er kommt mit seinen Augen dem Gesicht des Königs ganz nahe, tritt zurück.

König sieht ihn starr an.

SIGISMUND Ich habe nie einen Menschen geküßt. Gib mir den Friedenskuß, mein Vater!

KÖNIG Genug. Ich liebe solche Worte nicht. Komm zu dir, Prinz von Polen. Besinne dich, von wo ich, dein König, dich gerufen habe und wohin ich dich erhöht habe.

SIGISMUND Erhöht! Erhöhst du mich jetzt über mich selber zu dir? Ja? – Laß aufgehn dein Gesicht. Gib dich mir so, wie du mich genommen hast. Mutter, Vater! nimm mich zu dir.

KÖNIG Dich verzehrt die Begierde nach Macht. Das lese ich in deinen Zügen. – Aber man hat dich gelehrt, mit gefühlvollen Worten die Herzen gewinnen.

Mit einem ironischen Lächeln

Mögen solche Gaben dir nach meinem Tode zugute kommen. – Jetzt aber setz dich hier zu meinen Füßen, mein Sohn.

Er setzt sich auf den hohen Stuhl, Sigismund zu seinen Füßen auf den niedrigen

Mir vertraue und keinem sonst. – Eines ist Königen not: daß sie sich ihrer bösen Ratgeber erwehren lernen. Sie sind die Schlangen an unserem Busen. Hörst du mich, mein Sohn? Antworte mir.

SIGISMUND Ich höre, mein Vater.

KÖNIG *sieht ihm ins Gesicht* Du hörst? Ich suche kindliche Ergebenheit in deinem Blick, und ich finde sie nicht. Du bist verschlossen, mein Sohn. Du bist schlau und selbstgewiß. – Gut. Ich sehe, du bist jedem Geschäft gewachsen. – Ich übertrage dir das erste und größte.

Er steht auf, Sigismund gleichfalls.

KÖNIG Mache uns frei von der Schlange Julian, die uns beide umstrickt hat.

SIGISMUND Wie, mein Vater? was redet mein Vater?

KÖNIG *spielt auf Sigismunds Hand* Wie, mein Vater? Wie?

Jählings fürchterlich

In Ketten dich? unter seiner Peitsche den Erben dreier Kronen? und mir deine Wildheit vorgespiegelt? Meine Tage vergiftet, meine Nächte ausgehöhlt mit dem Schauermärchen von einem tobenden Knaben mit Mörderaugen! mit dem Gespenst eines geborenen Aufrührers! –

In geändertem Ton

Und zu welchem Ende? Schwant dirs, mein armer Sohn? Dich an ihn zu ketten durch die Gemeinsamkeit des an mir begangenen Frevels – ihn zu deinem Herrn und Meister zu machen für immer – dich zu erniedern zum Werkzeug deines Werkzeugs – einen zweiten Basilius aus dir zu machen, einen zweiten Ignatius aus ihm –

Er knirscht wild die Zähne

wenn du ihm nicht zuvorkommst. –

Sigismund sieht ihn entsetzt an, schlägt die Hände vors Gesicht.

KÖNIG Her zu mir!

Leise

Was ist das für ein allgemeiner Aufruhr, mit dessen Androhung er nun wieder mein ahnungsloses Herz bestürmt!

SIGISMUND Was für ein Aufruhr? ich weiß von keinem Aufruhr!

KÖNIG *zieht ihn an sich* Ich frage dich nicht: wer schürt seit einem Jahr diesen Aufruhr in meinen Landen? in wessen Hand, wenn nicht in der seinigen, laufen diese Fäden zusammen? Still!

Er legt ihm die Hand auf den Mund
Ich verhöre dich nicht. Ich begehre nicht, daß du mir deinen Lehrer preisgibst. Ich gebe ihn dir preis.

SIGISMUND Du gibst ihn mir preis? meinen Lehrer? Er hat mich gelehrt in einem Buch lesen. Alles hat er mich gelehrt.

KÖNIG In deinen Händen sei sein Geschick. Still. Nimm diesen Ring. Ich stecke ihn an deinen Finger.

SIGISMUND Diesen Ring!

KÖNIG Wer ihn trägt, ist der Herr. Meine Garden gehorchen ihm. Meine Minister sind die Vollstrecker seiner Befehle. Tritt hervor aus meiner Umarmung und sei wie der Blitz. Deine erste Tat sei jäh, erschreckend, besinnungraubend!

SIGISMUND Meine erste Tat! Sie ahnte mir, wenn ich den Roßknochen schwang überm Getier – ruf das nicht auf!

KÖNIG *dicht an seinem Ohr* Verhafte diesen Verräter Julian und sieh zu, ob der angezettelte Aufruhr nicht dahinfällt wie ein Bündel Reisig!

Sigismund wortlos.

KÖNIG *zieht ihn an sich* Mit diesem Blick, den du jetzt auf mich wirfst, tritt vor ihn. Die Prärogative dieses Ringes an deiner Hand sind unermeßlich. Sie machen dich mir gleich, mein Sohn.

SIGISMUND Dir gleich? Deine Macht – ist jetzt da? –

Er hält ihm den Ring vor.

KÖNIG *leise zutraulich* Sie legen den Griff des Richtbeils unmittelbar in die Hand des Trabanten, der dich auf einem nächtlichen Gang begleitet. Es ist auch von nun an nur ein König in Polen –

SIGISMUND Nur einer!

KÖNIG Aber er wandelt in zwei Gestalten, und eine davon ist neu und fürchterlich. Weh unseren Feinden!

Er drängt ihn sanft hinweg
Geh! geh!

SIGISMUND *tritt zurück* Wer bist du, Satan, der mir Vater und Mutter unterschlägt?

Er schlägt ihm ins Gesicht.

KÖNIG Trabanten! Zu mir! Auf deine Knie, Wahnwitziger!

SIGISMUND *packt ihn* Was fletschest du? Warum wird dein Gesicht so gemein? – Ich habe schon einmal einen alten Fuchs mit Händen erwürgen müssen! Er hat gerochen wie du!

Stößt ihn von sich.

KÖNIG Nieder auf deine Knie, rebellisches Tier! Hört niemand! Wir werden dich züchtigen! Wir werden nicht anstehen, dich im Angesicht des Volkes auf den Richtblock zu schleifen.

SIGISMUND Ich bin jetzt da! – Ich will! An mir ist nichts vom Weib! Mein Haar ist kurz und sträubt sich. Ich zeige meine Tatzen. Diese Stunde, zu deinem Schrecknis, hat mich geboren.

KÖNIG Unantastbar! Die Majestät! Zu Hilfe!

Er will nach links, Sigismund vertritt ihm den Weg.

PAGE *von links* Der König ruft!

SIGISMUND *bedrängt den König, reißt ihm das Schwert aus der Scheide, schwingt es* Ich befehle! Da hinüber! Nieder auf den Boden! Ich will treten auf dich! – Seitdem ich da bin, bin ich König! Wozu riefest du mich sonst?

König stöhnt unter seinem Griff.

SIGISMUND Röhr doch! Mach Lärm! Rufe! Schrei dich tot! Her den Mantel!

König will entspringen. Julian wird in dem Korridor links sichtbar, stürzt herein und durch die Tür rechts wieder hinaus. Sigismund läuft dem König nach mit geschwungenem Schwert. König fällt zusammen. Sigismund reißt ihm den Mantel ab und hängt ihn sich um die Schultern.

PAGEN *im Korridor links, schreien auf* Zu Hilfe!

Etliche Höflinge stürzen herbei, dringen durchs Oratorium ins Zimmer. Der Korridor füllt sich mit Hofherren, Kämmerern, Pagen.

ALLE *schreien durcheinander* Wer ruft? Was ist geschehen? Da hinein! Es ist verboten! Der König ist tot!

Die ins Zimmer Eingedrungenen halten sich links.

SIGISMUND *den Blick fest auf ihnen* Stille! Keinen Blick auf die alte Leiche! Auf die Knie mit euch! Küsset die Erde vor den

Füßen eures neuen Herrn und werfet das alte Fleisch dort in die Grube – vorwärts hier! Die vordersten zwei!

Die Höflinge regen sich nicht. Hinter ihnen haben sich mehrere ins Zimmer geschoben. Die Tür rechts öffnet sich, Julians Kopf erscheint. Er sieht nach allen Richtungen, springt dann herein.

JULIAN *hat das Reichsbanner an sich gedrückt, wirft sich vor Sigismund auf die Knie, indem er ihm das Banner überreicht, und ruft* Es lebe der König.

SIGISMUND *ergreift das Banner mit der Linken* Herein da mit euch! Hier seht euren Herrn! Bereitet euch! Ich will mit euch hausen wie der Sperber im Hühnerhof! Mein Tun wird meinem Willen genugtun. Versteht mich! Meine Gewalt wird so weit reichen als mein Wille. Auf die Knie mit euch!

Er wirft ihnen das nackte Schwert vor die Füße

Da! Ich brauche das nicht! Ich bin der Herr!

Einige der vordersten knien nieder.

GRAF ADAM *zwischen den Höflingen, schreit auf* Der König lebt! Zu Hilfe Seiner Majestät!

Er reißt aus Sigismunds Hand das Panier an sich

Es ist nur ein König in Polen! Vivat Basilius!

Zwei Kämmerer schieben sich an der linken Wand entlang und kommen Sigismund in den Rücken. Der eine wirft seine Arme von hinten um Sigismund und bringt ihn zu Fall. Mehrere stürzen sich nun noch auf ihn. Er wird in den Alkoven halb gerissen, halb getragen. Die älteren Höflinge und die Pagen eilen zum König, helfen ihm sich aufzurichten. Pagen bringen von hinten den Mantel, hängen ihn dem König um. Der Beichtiger stützt ihn.

Gleichzeitig

EINE STIMME *aus dem Alkoven* Er liegt!

EINE ANDERE STIMME Her mit dem Arzt!

Der Gehilfe des Arztes, Anton mit der verdeckten Schüssel neben ihm, sind als letzte aus dem Oratorium getreten. Der Gehilfe geht gegen den Alkoven, von wo man ihm winkt. Er sieht sich nach Anton um. Anton preßt die verdeckte Schüssel gegen sich. Mehrere kommen gelaufen, reißen Anton die Schüssel weg, tragen sie hastig nach dem Alkoven. König hat sich aufgerichtet.

KÖNIG *zittert* Es ist geschehen, wie prophezeit war. Er hat seinen Fuß auf mich gesetzt in Angesicht des Volkes. – Aber Wir sind Unserer Krone mächtig geblieben und können über ihn die Strafe verhängen! Ah! wer hätte das gewagt zu hoffen! Mich dürstet.

EIN HÖFLING Zu trinken für den König!

Etliche Pagen gehen eilig ab.

KÖNIG *berührt seine rechte Hand mit der linken* Mein Ring!

Einer läuft hin zu dem Bette, bringt den Ring, überreicht ihn knieend.

KÖNIG Auch er muß mit Blut abgewaschen werden.

Sieht ihn an. Er winkt mehrere nahe zu sich

In das niedrige Volk ist ja die Hirnwut gefahren! Sie liegen, höre ich, in den Kirchen und beten um einen neuen König, einen unschuldigen Knaben, der in Ketten ein neues Reich heranbringen wird. – Wir wollen ihnen ein heilsames Schauspiel geben. Man wird mitten auf dem großen Markt das Schafott errichten, höher als je eines errichtet war. Dreimal zwanzig Stufen hoch soll er steigen, bis er den Block findet, sein Haupt darauf zu legen.

Lauter zu allen

Ich will alle Stände meiner Hauptstadt feierlich geladen wissen, und es sollen die Angeschmiedeten aus meinen Bergwerken und von meinen Galeeren losgemacht werden. Man soll sie in reinlichen Festgewändern aufstellen, und er soll auch vor ihnen vorbeigeführt werden, damit auch die letzten meiner Untertanen nicht ohne eine Ergetzung bleiben an einem solchen Freudentag.

Die Tür geht auf.

ZWEI PAGEN Platz für den Wein des Königs!

Drei Pfeifer spielend. – Der Obermundschenk.

Der Pokal, von einem Pagen getragen.

OBERMUNDSCHENK *reicht knieend den Pokal, steht wieder auf und ruft, indem der König den Pokal an den Mund setzt* Der König trinkt!

ALLE Heil Eurer Majestät!

Obermundschenk empfängt knieend den geleerten Pokal, geht ab mit den Pfeifern und Pagen.

KÖNIG *steht auf* Den Leibarzt! Wir bedürfen seiner Geschicklichkeit. Die Kreatur soll heil und ihrer selbst bewußt unter das sühnende Schwert!

Pagen ab.

König tut einige Schritte.

Höflinge geben den Blick auf diese Gruppe frei: Julian an der Wand von dreien umgeben, die ihre Dolche auf ihn gezückt halten.

Julian mit geschlossenem Auge, stöhnt.

ANTON *in seiner Nähe* O mein, ist Ihnen so schlecht? Muß man Euer Gnaden zur Ader lassen?

König behält Julian im Auge, flüstert mit einem Höfling. Drei Pagen stehen nahebei.

HÖFLING Edelknaben, tut euren Dienst!

Pagen fallen Julian an und reißen ihm die Ordenskette ab und das königliche Siegel aus dem Gurt.

JULIAN Stehen! Aufrecht hier hinausgehen.

Er fällt zusammen.

Arzt tritt schnell ein und auf den König zu.

KÖNIG Nicht Wir! – Wir haben Uns eben eines sehr bösen Anfalles allein erwehrt. Dort bedarf man Euer. Und auch den Helfershelfer will ich bald seiner Sinne mächtig haben. Ich werde ihm in diesen drei Tagen noch einige Fragen stellen lassen. Dann sollen sie ihn auf einer Kuhhaut zum Hochgericht schleifen, und der Scharfrichter soll ihn als zweiten abtun.

Arzt tritt zu dem Bette, dort stehen Höflinge und Trabanten. Man macht ihm Platz.

Gervasy und Protasy treten lautlos ein, schleichen auf den König zu, tief gekrümmt, jeder einen Zettel in der Hand.

KÖNIG Ihr kommt zurecht, immer zurecht, meine Braven. – Jetzt bin ich Herr im eigenen Haus.

Gervasy und Protasy ab, mit gebogenen Knien.

KÖNIG *durchfliegt die Zettel, steckt sie zu sich, in den Gürtel, blickt um sich. Der Hof im Halbkreis.* Zdislaw!

Ein Großer tritt hervor.

KÖNIG Dein Sohn hat sich gestern nacht vor Zeugen so geäußert: Wenn es sich ergeben sollte, daß dieser geheimnisvolle Fremde wirklich königlichen Blutes wäre, und wenn dieser Prinz nach der Krone trachten sollte, so würde er sein Schwert nicht gegen ihn ziehen. – Das sind verräterische Wenn und mörderische Und! Es steht ein Turm leer im Gebirge, dort wollen Wir ihm Zeit geben, seine Reden zu bereuen. Steh auf. Tritt zurück.

Zum Starost von Utarkow, den er heranwinkt

Du hast mit deiner Frau, als du mit ihr allein warst, gesprochen, es gäbe innerliche Stockungen und verrottete Säfte, deren Wirkung die sei, daß sie unversehens das überfüllte Haupt strangulieren. Mit dieser verdeckten Rede hast du angespielt auf Uns, das Haupt dieses Reiches.

STAROST VON UTARKOW Ich weiß nichts! Niemand kann das gehört haben!

KÖNIG Geh dort hinüber, Rebell. Die Wache wird dich abführen. – Ihr sollt euch alle ansehen und nicht wissen, welcher noch nicht verraten ist. Bohuslaw!

Ein alter Höfling tritt vor.

KÖNIG Was zitterst du so, wenn ich dich gnädig heranwinke?

Leise

Deine beiden jungfräulichen Nichten sind sehr schön. Wir müssen, ob Wir wollen oder nicht, aus ihrer beiden Schönheit das Juwel dieser nahenden Festtage machen.

Lauter

Unser gutes Volk wird sich nicht nehmen lassen, einen Freudenpfennig darzubringen.

Zum Kanzler

Sorge, daß die Steuerlisten neu aufgelegt werden. Von der Judenschaft erwarten Wir ein freiwilliges Geschenk, solches Anlasses würdig.

Wieder zu dem alten Höfling

Deiner Nichten Schönheit ist von köstlicher Besonderheit.

Zum Kastellan von Krakau

Das Schafott mit schwarzem Stoff verkleiden. Auch die Statue der allerseligsten Jungfrau, dem Gerüst gegenüber, einhüllen in schwarzes Gewebe. – Ihn aber lasset ein Hemd aus blutfarbenem Scharlach tragen, denn wer die Hand gegen den geweihten König erhob, ist einem Vatermörder gleichzuachten – nicht wahr,

Zum Beichtiger gewandt

mein Vater?

Zu dem alten Höfling

Führe Uns die beiden Fräulein herbei, heute abend, und sei du allein der Wächter ihrer Ehre. Ordne alles an, nimm die Schlüssel Unseres Jagdschlosses an dich, sei Unser Zeremonienmeister. Geh! geh!

Er drückt ihm die Hand, ehe der Alte sie küssen kann, entläßt ihn, wendet sich dann jäh zu Graf Adam

Adam, Wir stehen sehr in deiner Schuld für deine Geistesgegenwart. Steigere nur deine Verdienste nicht zu hoch, daß Wir in Sorge kämen, sie nicht mehr würdig vergelten zu können. Zu hoch gespannte Gunst verkehrt sich leicht in Abgunst. Da sei Gott vor! Folgt mir, mein Hof. Wir wollen heute noch einen starken Hirsch hetzen.

Er geht mit starken Schritten durch die Tür rechts, der Hof folgt ihm.

ARZT *im Alkoven* Verbände an die Füße. Dies leichte Tuch über sein Gesicht – Wesen aus einem einzigen Edelstein, du darfst keine Schmach erleiden!

ANTON *läuft zu ihm* Kommen dorthin, mein gnädiger Herr ist der ärgere Patient.

Julian liegt auf der Erde, das Haupt an einen Stuhl gelehnt, schwer atmend.

ARZT *tritt hin, reicht ihm ein Fläschchen aus seiner Tasche* Trinken der Herr von diesem, es wird Ihnen die Kräfte geben, daß Sie auf meinen Arm gestützt bis in mein Zimmer kommen, wo ich Ihnen eine Ader schlagen werde.

Zu den Wachen, die Julian fassen wollen, indem er sie abhält

Vorwärts! Hier befehle ich und bin der Majestät verantwortlich, sonst keinem.

Leise zu Julian, der mit Antons Hilfe sich aufgerichtet hat

Jetzt mehr als je hat der Ihnen anvertraute hohe Jüngling Anspruch auf Ihre ganzen Kräfte.

Die Diener unter Aufsicht des Gehilfen haben Sigismund vom Bette aufgenommen und tragen ihn langsam hinaus.

JULIAN Was wollen Sie von mir? Welche Hoffnung ist noch zurück?

ARZT Die größte. Denn er lebt und wird leben, das verbürge ich. – So und nicht anders

Er deutet auf den, der hinausgetragen wird

war von jeher den Heiligen gebettet zur Erwachung.

JULIAN Überm Haupt die Faust des Henkers! Sie hämmern schon an dem Gerüst!

ARZT *führt ihn noch einen Schritt gegen den Vordergrund, leise* Acheronta movebo. Ich werde die Pforten der Hölle aufriegeln und die Unteren zu meinem Werkzeug machen: der Spruch war von Geburt an auf der Tafel Ihrer Seele geschrieben.

Sie gehen langsam der Tür zu, wo die Wache Stellung genommen hat.

JULIAN Wie darf ich Euch verstehen? So wisset Ihr –?

ARZT *stehenbleibend* Gewaltig ist die Zeit, die sich erneuern will durch einen Auserwählten. Ketten wird sie brechen wie Stroh, granitene Mauern wegblasen wie Staub. Das weiß ich.

JULIAN Ja! Gewaltiger Mann! Wie dein Sehstern wissend leuchtet. Bleibe bei mir. Mit dir vereint –

ARZT Die Kräfte freizumachen ist unser Amt, über dem Ende waltet ein Höherer. – Wir müssen fort von hier!

Sie gehen, die Wache folgt ihnen.

Vorhang

VIERTER AKT

Ein Saal in der Burg. An der linken Seitenwand ein erhöhter Thronsitz unter einem Baldachin, daneben eine verborgene Tür. An der Wand gegenüber eine Flügeltür, die auf einen Balkon führt. Rechts vorne und in der Mitte der Rückwand die Haupttüren des Saales.
Einige alte Herren vom Hof und einige Damen. Pagen und Lakaien, Erfrischungen servierend. Ein Teil der Personen auf dem Balkon, ein Teil herinnen. Läuten des Armensünderglöckchens, anhaltend.

ERSTER ALTER HERR *einen Becher leerend* Führt man den Menschen noch immer an den Tribünen vorbei? Das dauert endlos.

ZWEITER ALTER HERR *sieht hin* Jetzt ist der Priester auf dem Schafott. Dort ganz hoch oben. Ein Paulaner.

DRITTER ALTER HERR *vom Balkon hereinkommend* Einen Fächer der Gräfin, sie hat die Sonne im Gesicht.

ERSTER ALTER HERR Ein Fächer wird benötigt für die Palatina. Schafft einen, Pagen.

ZWEITER ALTER HERR Und Seine Majestät auf der Estrade mit der Sonne im Gesicht, seit zwei geschlagenen Stunden!

ERSTER ALTER HERR Jetzt geht sie gleich hinter das Dach der Marienkirche.

ZWEITER ALTER HERR Gott sei Dank.

Die Unruhe gespannter Aufmerksamkeit auf dem Balkon. Page mit einem Fächer geht hinaus. Die drei alten Herren treten gleichfalls hinaus. Graf Adam und der Starost von Utarkow sind durch die mit einer Tapete verhängte Tür neben dem Thronsitz eingetreten. Beide sind sehr bleich. Sie gewahren die Personen auf dem Balkon und verhalten sich lautlos. Das Armensünderglöckchen bimmelt eintönig.

ADAM Wie ist dir zumute, Starost, daß du einer Hinrichtung zusiehst, an dem Tag, auf den deine eigene anberaumt war?

STAROST Meine Nerven sind zu gespannt, um witzige Fragen zu beantworten. Warum fällt der Signalschuß nicht? Da ist etwas nicht in Ordnung.

ADAM Der Schuß wird fallen, sobald das Glöckchen zu bimmeln aufgehört hat. Im gleichen Augenblick werfen sich die zweitausend Sträflinge auf die Garden zu Pferd.

STAROST Warum fällt der Schuß nicht? Eine Sache, die fünftausend Mitwisser hat, ist verloren, wenn sie sich um eine Minute verzögert.

ADAM Der Schuß wird fallen, sobald das Glöckchen zu bimmeln aufgehört hat.

STAROST Es ist nicht möglich, er muß längst auf der Treppe zu dem Schafott sein. Da stimmt etwas nicht. Wir sind verraten, Adam!

Die Hand am Schwert

Lebendig soll mich der Basilius nicht haben.

Das Glöckchen ist stille. Sie horchen angespannt.

ADAM Ruhig, Starost. Jetzt spielen wir das große Spiel. In drei Sekunden stechen wir den König, oder der König sticht uns.

Unten fällt ein Schuß, gleich darauf noch mehrere. Geschrei. Unruhe auf dem Balkon. Ein Paar Damen auf. Ein Aufschrei.

ADAM Wir stechen den König! Vorwärts, Starost, auf deinen Posten.

Der Starost hebt die Tapete auf und verschwindet, Graf Adam läuft an die rückwärtige Tür, öffnet sie und verschwindet dort. Alle Damen, vom Balkon herein.

DIE DAMEN Was ist denn los? Was ist denn geschehen!

EINE DAME Sie reißen die Dragoner von den Pferden!

JUNGE DAME Ich habe die Bannerherren rings um den König die Säbel ziehen sehen! Was bedeutet denn das?

EIN ALTER HERR Aufruhr ist das! Eine hochverräterische Verschwörung ist das!

ZWEITER ALTER HERR Warum feuern denn die Garden nicht?

Sturmläuten von einer, dann von mehreren Glocken.

Alle herinnen durcheinander.

ERSTE DAME Man kann nicht unterscheiden. Sie schreien etwas.

ZWEITE DAME Ich fürchte mich.

ZWEITER ALTER HERR Warum feuern denn die Garden nicht! Zu Hilfe dem König!

Er zieht.

Damen laufen zur Tür rechts vorne, kommen gleich wieder zurück.

Tafeldecker läuft an die verborgene Tür links

ALTER HERR Wohin da?

TAFELDECKER Das Goldgeschirr in Sicherheit bringen. Es geht drunter und drüber.

Verschwindet durch die kleine Tür.

DIE DAMEN Die Haupttreppe ist abgesperrt. Man läßt niemand durch! – Wie, abgesperrt? Mit Truppen?

ALTE DAME Wir müssen hinaus! Wer kommandiert die Wache?

JUNGE DAME Dort hinüber! Durch die Kapelle!

Sie wollen nach dem Hintergrund.

GRAF ADAM *mit einem Offizier der Wache betritt den Saal durch die Tür im Hintergrund* Hier geht niemand hinaus. Abführen, wer hier ist.

JUNGE DAME Was ist geschehen?

GRAF ADAM Die Damen dort hinüber, bitte. Durch die Kapelle. Die Treppe wird abgesperrt. Der König kommt sogleich hier herauf.

Unten Geschrei. Einige Schüsse.

ALTER HERR Unser König ist dort unten in den Händen von Rebellen.

GRAF ADAM *nach hinten* Wache antreten!

Zu den vorderen

Seine Majestät König Sigismund wird inmitten seiner getreuen Bannerherren sogleich hier sein.

Zur Wache

Es lebe der König!

WACHE Vivat Sigismund!

Die Damen gehn durch die Wache ab.

DIE ALTEN HERREN Hochverrat!

Sie ziehen.

GRAF ADAM *sehr ruhig* Entwaffnen! Abführen!

Die alten Herren werden abgeführt.

Graf Adam und der Offizier folgen ihnen. Die Tür wird sogleich geschlossen. Die verborgene Tür öffnet sich. Gervasy und Protasy heraus, ängstlich spähend.

Gervasy an der rückwärtigen Tür, horcht.

Protasy schleicht sich ans Fenster, hinunterzuspähen, dann an die Tür rechts.

Basilius' Gesicht hinter der Tapete hervorsehend.

PROTASY *leise zu Gervasy* Versperrt?

GERVASY Das Zimmer ist voller Menschen, sie halten den Atem an, aber es klirrt trotzdem von Waffen.

PROTASY *lautlos zu ihm hin* Dort ist ein Aug am Schlüsselloch. Sie schauen herein.

GERVASY *versucht durchs Schlüsselloch zu sehen* Hier auch.

Basilius tritt hervor, in einem prächtigen aber zerstörten Gewand, das bloße Schwert in der Hand. Niemand ist bei ihm als ein alter Höfling.

Protasy und Gervasy winken ihm warnend.

BASILIUS Wie bin ich ihnen entkommen?

DER ALTE HÖFLING Sie haben nicht gewagt, die Hand an den gesalbten König zu legen.

BASILIUS *in bleicher Wut* Nicht einer soll mir mit dem Leben davonkommen. Warum schießen meine Garden nicht? Schaff mir den Offizier, der die Schloßwache kommandiert. Hierher bring ihn mir.

Gervasy und Protasy nahe heran, die Hand auf dem Mund.

DER ALTE HÖFLING Zurück, mein gnädiger Herr! Zurück! durch die Kapelle. Hier bist du verloren.

Er hebt die Tapete. Basilius ab, der Höfling hinter ihm.

Gervasy will nach, Protasy hinter ihm.

GERVASY *prallt zurück* Die Tür geht nicht auf. Sie ist von außen verriegelt. Jetzt haben sie ihn.

Sie horchen.

PROTASY In der Mausefalle haben sie ihn.

GERVASY Und uns mit ihm.

Draußen Fanfare.

Gervasy und Protasy bergen sich hinter einer Tapete. Die Flügeltüren hinter ihnen tun sich auf.

Graf Adam tritt ein, man sieht Garden hinter ihm.

Fanfare abermals.

Sigismund rechts herein, halb geführt, halb getragen von den Woiwoden. Er trägt ein langes weißes Hemd, darüber noch Fetzen des Scharlachgewandes. Zwei geleiten Sigismund auf den Thronsitz. Die Wache leistet die Ehrenbezeigung. Draußen Fanfaren.

Alle Woiwoden knien vor dem Thron nieder.

Sigismund gibt ein schwaches Zeichen, aufzustehen.

PALATIN VON KRAKAU *bleibt knien* Wir erbitten mit aufgehobenen Händen Verzeihung dafür, daß wir Eurer erhabenen Person diesen Gang über den Marktplatz nicht ersparen konnten. Wir bedurften des Aufruhrs der Niedrigsten, um alle fortzureißen und die Truppe zu überwältigen.

SIGISMUND Ich bitte, stehen die Herrn auf.

Etwas stärker

Ich will niemand knien sehen! – Ich hätte in dieser Minute knien sollen und meinen Kopf auf den Block legen.

PALATIN VON KRAKAU *knieend* Eurer Majestät Haupt umgibt nunmehr, ehe noch die Krone sich darauf gesenkt hat, der Goldglanz eines Heiligen und Märtyrers für ewige Zeiten.

Er steht auf. Alle mit ihm. Sie stehen Sigismund gegenüber. Woiwod von Lublin und Kanzler von Litauen treten zu dem sitzenden Sigismund, zu beiden Seiten des Thrones auf der untersten Stufe stehenbleibend.

WOIWOD VON LUBLIN Vermag Seine Hoheit uns Ihre Aufmerksamkeit zu gewähren?

KANZLER *nach hinten rufend* Den Arzt! Seine Hoheit bedarf einer Stärkung!

PALATIN VON KRAKAU *nach hinten rufend* Kämmerer her! Schafft Kleider für Seine Majestät!

ANTON *an der Tür im Hintergrund zu den dort Spalier bildenden Soldaten* Lassen mich herein, ich muß zu meinem Herrn.

Er wird durchgelassen.

SIGISMUND *sieht auf Anton, der sich ihm nähert* Anton!

ANTON Ist mein Herr nicht da?

Sieht sich angstvoll um

Eure Hoheit! Eure Majestät! Wo ist mein gnädiger Herr?

Sigismund sagt etwas, das unhörbar bleibt.
Woiwod von Lublin, Kanzler von Litauen treten ihm näher.
SIGISMUND Suchen! Meinen Lehrer!
KANZLER Wen befehlen Eure Hoheit zu suchen?
SIGISMUND Den, der mit mir im Kerker war! Den sie auf der Kuhhaut geschleift haben.
ANTON Soll ich gehen?
Sigismund nickt ihm zu.
WOIWOD VON LUBLIN Der Graf ist, dafür bürge ich, unversehrt. Er war von allem unterrichtet. Man wird ihn später herbeiholen. Aber jetzt bedürfen Euer Hoheit Ihrer ganzen Stärke zum unaufschieblichsten Staatsgeschäft.
Unruhe an der vorderen Tür.
RUFE AUS DER MITTE DER WOIWODEN Die Schreiber herein, durchlassen die Schreiber! sonst niemanden!
KANZLER *geht hin, läßt zwei Staatsschreiber eintreten* Jetzt tritt niemand mehr ein, der kein Bannerherr ist.
WOIWOD VON LUBLIN *ruft über die Wache hinüber* Die Treppe hinabdrängen den kleinen Adel! In den Vorhof die Landboten. Absperren!
PALATIN Hier tagt der Staatsgerichtshof, und niemand betritt diesen Saal.
OFFIZIER Wache, kehrt euch!
Wache wendet sich gegen außen.
SIGISMUND Man soll ihn mir herbringen, den sie auf der Kuhhaut geschleppt haben.
ANTON *reißt die Scharlachfetzen von Sigismund ab* Es sind welche gegangen, Eure Majestät!
MEHRERE Herbei mit dem Basilius! Keine Zeit zu verlieren!
KANZLER Hauptmann der Wache!
Offizier zu ihm.
KANZLER Der Herr übernimmt mit sechs Offizieren im Karabiniersaal die Person des ehemaligen Königs und macht dieselbe hier stellig.
OFFIZIER Zu Befehl, Euer Erlaucht.
Sigismund flüstert indessen mit Anton.
ANTON *geht hinten ans Spalier* Ich muß Kleider holen für den König.
Er wird durchgelassen.

SIGISMUND *will vom Thron herab* Ich will mit ihm gehen und den suchen, den sie auf der Kuhhaut geschleift haben.

Woiwod von Lublin und Kanzler von Litauen nötigen ihn sanft auf seinen Thronsitz zurück.

WOIWOD VON LUBLIN Wir bitten untertänig, sich zu fügen. Ein hochwichtiger Staatsakt verlangt Euer Hoheit Fassung und Geistesgegenwart.

KANZLER Es ist notwendig, gnädiger Herr! Es ist notwendig.

Trommel, langsam, umflort, von außen. Wache gibt die Tür rechts vorne frei und macht Spalier für den eintretenden Zug. Die Herren treten zurück und geben Raum.

Basilius, bloßköpfig, ohne Waffen, in einem prächtigen, aber zerstörten Kleid, zwischen den Hellebarden zweier Hartschierer. Vier andere nach, der Offizier mit gezogenem Degen voraus. Offizier salutiert mit dem Degen.

KANZLER *winkt ihm, mit der Wache beiseitezutreten, nimmt dann aus der Hand des einen Schreibers eine Rolle entgegen* Basilius, Ihr seid vorgerufen worden, um das Manifest Eurer Abdankung mit lauter Stimme vorzulesen und vor uns aller Augen zu unterfertigen.

BASILIUS Es soll hier meine Abdankung beraten werden? – Ich begehre einen Kronanwalt. Wer steht hier für meine Rechte? Was ist das für ein Gerichtshof?

EINIGE STIMMEN *sehr scharf* Genug!

KANZLER *die Urkunde ihm reichend, leise aber nachdrücklich* Lest und unterschreibt!

BASILIUS *entfaltet die Urkunde und sieht hinein, dann* Ich bin hier eingetreten, nachdem man mir im anderen Saal feierlich mein Leben zugesichert hatte. Wo sind die Herren? Warum haben sie mich nicht begleitet?

WOIWOD VON LUBLIN Verlies das Manifest, zu reden ist nichts!

BASILIUS *sieht Sigismund an, der ihn nicht zu beachten scheint, entfaltet die Urkunde und liest* Ich, Basilius, ehedem König von Polen –– Hier fehlen die übrigen Titel!

KANZLER Sie werden nachgetragen werden. Beeilt Euch!

BASILIUS *liest* –– König von Polen, von Gottes strafendem Blitz erleuchtet in der Blüte meiner Sünden, meine Unwürdigkeit zu erkennen, und herabgestürzt vom Gipfel meines Hochmuts, habe den Rat meiner allzeit getreuen, freundwilligen Vettern, der Fürsten, Palatine und Bannerherren ––

WOIWOD VON LUBLIN Verneigt Euch!

BASILIUS *sieht ihn an, verneigt sich dann übermäßig, liest weiter* –– gesucht, dem ich mich unterwerfe, unbedingt und ohne Murren.

Er seufzt.

PALATIN VON KRAKAU Weiter!

BASILISU *liest* Erkannt für einen Tyrannen und Räuber, Verräter am Reich und an meiner eigenen Krone – erkannt, wie? – Ah, von euch erkannt! –

MEHRERE STIMMEN Weiter!

BASILIUS *liest* – entsage ich dieser Krone, gebe aus der Hand das Siegel, lege nieder den Stab des Kriegsherren und die Standarte – die Standarte auch? –, begebe mich meiner Vorrechte und Ehren, entsage meinem Rang – Das? Inwiefern? Das kann ich nicht!

WOIWOD VON LUBLIN Stehet ruhig, Basilius!

STIMMEN Zu Ende! Der Kanzler soll lesen!

PALATIN VON KRAKAU *zuvorderst stehend, zum Kanzler* Belieben Euer Erlaucht die Urkunde laut zu Ende zu lesen, damit wir zur Unterschrift kommen!

KANZLER *nimmt die Urkunde aus Basilius' Hand und liest* – entsage meinem Rang und bin von Stund an nicht mehr König und Herr über den Ländern der Krone Polen, sondern der schuldbeladenste Untertan gedachter Krone und erharre, solcher Haft mich fügend als man mir verhängen wird –

BASILIUS Aber mein Leben ist mir gesichert! Folgt das endlich in der Schrift da?

KANZLER *mit erhobener Stimme* – die Beschlüsse, die der Staatsrat mit seiner Weisheit fassen wird.

BASILIUS Noch Beschlüsse? Aber nicht mich betreffend! Ich ziehe mich mit einem kleinen Hofstaat auf das Schloß zurück, das man mir anweist.

KANZLER *mit erhobener Stimme* Gegeben in ehemals meiner Königsburg, am letzten Tage –

BASILIUS Letzten? Wieso letzten? Das könnte mißdeutet werden! –

KANZLER – am letzten Tag meines Verweilens in derselben, unter dem Insiegel meines Nachfolgers, auf dem der Segen des Allmächtigen ruhe.

BASILIUS Nicht Sohnes? Euere Hoheit sind noch in Anwartschaft?

Er verneigt sich übertrieben im Kreise, nur nicht vor Sigismund

Gott sege Eure gesamte Majestät!

KANZLER Reichet ihm eine eingetauchte Feder.

Schreiber tuts.

BASILIUS *sieht in die Urkunde* Das ist alles? So wenig Worte? So trocken?

Er nimmt mechanisch die Feder aus der Hand des Schreibers

Das Wichtigste fehlt. Die Summe für meinen Unterhalt ist nicht genannt. Hier ist kein Tisch.

Woiwod von Lublin zeigt auf die unterste Stufe des Thrones.

BASILIUS Der König winkt mir. Er scheint mich sprechen zu wollen.

WOIWOD VON LUBLIN Hier unterschreibt!

BASILIUS *kniet hin und unterschreibt; steht dann auf, spricht zu Sigismund* Sohn, du hast einen armen Erdenwurm aus mir gemacht. – Ich gehe.

Zu den Herren

Mein Leben und mein Unterhalt sind mir gesichert!

Nochmals sich zu Sigismund zurückwendend

Unsere Vettern sind geschickter, Könige zu untergraben als zu stützen. Ich warne Eure Hoheit.

WOIWOD VON LUBLIN Schweiget, Basilius. Verneigt Euch vor Seiner Hoheit und vor den Herren, Euren Richtern, und tretet ab.

Zu dem Offizier, der vortritt

Führt ihn dorthin ab.

BASILIUS Dorthin? Soll das heißen: in den Turm? Dorthin lasse ich mich nicht führen! Ich habe niemals einem alten Mann diesen Turm angewiesen. Ein Kind kann allein sein – ein alter Mann kann nicht allein sein. Laßt mich!

Er springt beiseite

Ich habe kein todeswürdiges Verbrechen begangen. Ich habe ihn nicht getötet. Es stand bei mir, noch im letzten Moment die Begnadigung vorzunehmen. Wer kann wissen, ob ich nicht entschlossen war, mit einem weißen Tuch zu winken!

KANZLER Trabanten! Macht ein Ende!

Trabanten stehen unschlüssig, sehen auf ihren Offizier.

BASILIUS Wartet! Man kann mich in ein Kloster bringen. Das ist zulässig. Ich bin eine geistliche Person. Der König ist der Oberste Seelenhirt. Holt den Kardinal, er ist verantwortlich für meine Seele! Ich will keinen Hofstaat, aber man soll mir Bücher geben, die ich beherzigen kann – ich will erbauliche Bücher – deutlich gedruckt –

OFFIZIER Greift ihn, Trabanten!

BASILIUS *entläuft ihnen, klammert sich an den Fuß des Thronsessels* – deutlich gedruckte mit faßlichen Bildern, denn mein Herz ist kindlich geblieben – nur die Welt hat mich verderbt. Ich appelliere! Ich mache verantwortlich!

Trabanten haben ihn gefaßt und aufgerichtet.

BASILIUS Man wird ein erbauliches Wunder erleben, wenn man mich sanft behandelt – aber wer mich in einen einsamen Turm sperrt, der wird es mit einem Verzweifelten zu tun haben!

Trabanten führen ihn ab.

Es ist halbdunkel geworden. Zur rückwärtigen Tür treten Diener mit Armleuchtern herein, andere, darunter Anton, mit Gewändern und einem Mantel; zuvorderst der Arzt.

ANTON Dem König seine Kleider, Herr Kommandant!

Das Spalier läßt sie durch.

WOIWOD VON LUBLIN Bevor wir Eure Hoheit lehenspflichtig auf den Knien als die Majestät unseres Herrn begrüßen, wird sie mit Hand und Mund einen Eid ablegen auf das Konstitutum, das ich

Er winkt dem zweiten Schreiber

hier in Händen halte.

Sigismund erkennt Julian, der vermummt unter den Dienern eingetreten ist, erhebt sich.

PALATIN VON KRAKAU Gibt uns Eure Majestät Ihre Aufmerksamkeit? Es ist notwendig.

SIGISMUND Dürfen meine Kammerdiener zu mir treten? Die Herren sind angekleidet, und ich habe nur ein Hemde an.
Er steigt die Stufen herab.
Die Diener treten hin, auch die mit den Leuchtern, und verdecken Sigismund. Man hört in der Ferne schießen. Etliche der Woiwoden sehen zur Balkontür hinaus.

ERSTER DIENER Man hört schießen in der Vorstadt. Es wird nicht abgehen, ohne daß man den losgelassenen Pöbel mit blutiger Gewalt wieder an die Kette legt.

ZWEITER DIENER Der Teufel sät sein Unkraut zwischen den Weizen; das ist einmal so.
Sigismund tritt hervor.
Julian neben ihn.

SIGISMUND *leise zu ihm* Bleibe jetzt dicht bei mir, mein Lehrer.

KANZLER *tritt vor Sigismund* Es erscheint nötig, daß durch ein feierliches Konstitutum in allem die Befugnisse des Staatsrates festgesetzt werden. Es handelt sich darum, daß Eure Hoheit eidlich gebunden sein wird –
Sigismund reicht dem Arzt die Hand, der sie küßt. Setzt sich dann auf den Thron.

WOIWOD Geben Eure Hoheit dem Kanzler Audienz. Es ist vonnöten. – Man verzögere nicht den grundlegenden Staatsakt, zu dem wir hier sind.

SIGISMUND *steigt herunter, geht auf die Woiwoden zu* An euch allen bin ich vorbeigeführt worden – Ich habe dein Gesicht gesehen – deines – deines! Du verbargst dein Gesicht in deinen Händen. Du sahest mich fest an, und ich verstand, daß du mir Trost geben wolltest. Du gabest mir ein Zeichen zum Himmel empor.
Sie neigen sich tief und küssen ihm die Hand.
Aber jetzt gehet, meine Vettern, und lasset mich allein mit diesem Mann,
Er zeigt auf Julian
denn er wird mein Minister sein, und ich will mich mit ihm beraten.

WOIWOD VON LUBLIN *geht mit starken Schritten auf Julian zu* Graf Julian, verlasset diesen Saal, den zu betreten Euch niemand ermächtigt hat.

PALATIN VON KRAKAU Das Konstitutum enthält die Namen der fürstlichen Personen, mit denen allein der König sich beraten darf.

KANZLER Das königliche Siegel verbleibet dem Staatsrat und dem König zu gemeinsamer Hand.

JULIAN Das Siegel ist in meiner Hand. In des Königs Namen: die Herren sind beurlaubt. Wenn man ihres Rates bedürfen wird, wird man sie zu finden wissen.

DIE WOIWODEN *drohend* Wir werden sie zu finden wissen! Wir werden zu treffen wissen! Wir werden zu strafen wissen!

JULIAN Offizier! In des Königs Namen! Die Herren verlassen uns. Gebt ihnen den Ausgang frei.

DIE WOIWODEN *legen die Hand an die Schwerter* Oho! Das werden wir sehen.

JULIAN *sehr stark* Garden! Wer ist König in Polen?

OFFIZIER *stellt sich etwas neben Sigismund hin* Standarte zu mir!

Standarte tritt hinter den Offizier. Fanfare draußen.

Garden, die Piken querhaltend, stellen sich zwischen Sigismund und die Woiwoden, so daß diese einen Schritt zurückweichen müssen.

JULIAN Die Herren sind geschickter, Könige abzusetzen als einzusetzen, man wird sie danach behandeln.

Garden, die Piken querhaltend, tun einen Schritt, die Woiwoden weichen einen Schritt gegen den Ausgang zurück.

PALATIN VON KRAKAU Ein königlicher Ratschluß ohne unsere Zustimmung ist null und nichtig!

DIE WOIWODEN So ist es!

Garden tun einen Schritt.

JULIAN Wir werden die königlichen Siegel vor Mißbrauch zu wahren wissen!

WOIWOD VON LUBLIN Du Hochverräter hast die Siegel gestohlen! Darauf steht der Tod!

Garden tun einen Schritt.

JULIAN Begeben sich die Herren unverweilt in ihre Häuser! Jeder einzeln! Jede Zusammenrottung wird als Hochverrat geahndet.

Garden tun einen Schritt.

DIE WOIWODEN *schon ganz nahe der Tür, schütteln ihre Fäuste* Wir sprechen uns noch!

JULIAN Dazu, Ihr Herrn, sind Könige von Gott gesetzt, daß sie Unordnung in Ordnung überführen.

Die Woiwoden werden hinausgedrängt.

Wache an beiden Türen tritt ab.

Anton rückt für Sigismund einen Armstuhl heran, dann für Julian.

Arzt tritt in den Hintergrund.

JULIAN *tritt vor Sigismund, indem er sein Knie beugt, dann sich gleich aufrichtet* O du mein König! O du mein Sohn! – denn von mir bist du, deinem Bildner, nicht von dem, der den Klumpen Erde dazu hergegeben hat, noch von ihr, die dich unter Heulen geboren hat, ehe sie dahinfuhr! Ich habe dich geformt für diese Stunde! Jetzt laß mich nicht in Stich! – Ich verstehe deinen Blick. Deine Seele hat leiden müssen um sich zu erheben – und alles andere war eitel.

SIGISMUND Du hast mich es fassen gelehrt. Eitel ist alles außer der Rede zwischen Geist und Geist. – Aber ich nun, dein Gezeugter, bin über dem Zeugenden. Wenn ich jetzt einsam liege, so geht mein Geist, wohin deiner nicht dringt.

JULIAN Ja? Erfüllt dich Ahnung? Herrliche Ahnung deiner Selbst? Gewaltige Zukunft?

SIGISMUND Zukunft und Gegenwart zugleich.

JULIAN Gepriesener, den kein Königsmantel erhöhen kann. Ich habe dich hinausgeführt aus deinem Turm, angetan mit fürstlichen Gewändern, aber was war das gegen die Ausfahrt, die ich dir jetzt bereitet habe!

SIGISMUND *lächelnd* Richtig! Denn jetzt laufe ich nimmer Gefahr, daß der Wahn als ein Wahn sich ausweist.

JULIAN Du sprichst es aus, mein König. Denn diesmal bist du gesichert.

SIGISMUND Ja, das bin ich, Herr und König auf immer in diesem festen Turm.

Er schlägt sich auf die Brust.

JULIAN Jetzt sind wir die Weissager und die Wahrmacher zugleich.

SIGISMUND Das sind wir. Heil uns, daß wir gewitzigt sind!

Er setzt sich.

JULIAN Taten tun, das ist nunmehr uns vorbehalten.

SIGISMUND Das ist uns vorbehalten.

JULIAN Und jetzt sitz auf und reite mit mir dahin, wo du die Legionen der Deinigen so siehst, wie der Mond am Jüngsten Tag die Auferstandenen sehen wird, und sein Auge wird nicht groß genug sein, die Menge zu fassen. – Höre mich! Verstehe mich! Mein Tun, verborgen vor dir, war Verwirklichung; ein Plan, ein riesenhafter, unter dem allem. Noch auf der Kuhhaut war ich der Stärkere als alle zusammen Hörst du mich? Diese prahlerischen Großen waren die Fanghunde. Jetzt, da der Hirsch liegt, peitscht man sie weg. Ungeheurer Aufruhr, von ihnen nicht geahnt, schüttelt diese Nacht seinen Rachen über dem ganzen Land, wie der Bär, der auf das Dach eines Schafstalles geklettert ist. Ich habe durchgegriffen bis ans Ende, die Erde selber habe ich wachgekitzelt und was in ihr wohnt, dem Bauer, dem Kloß aus Erde, dem fürchterlich starken – ich habe ihm Atem eingeblasen –, aus Schweinsschnauze und Wolfsrachen stößt er deinen Namen hervor und erwürgt mit erdigen Händen die Büttel und Schergen, die sich ihm entgegenstellen. – Ich habe in deinem Namen die Schlachta aufgeboten – ihrer zehntausend von gemeinem Adel reiten und nehmen dich in ihre Mitte, fünfzigtausend Bauern sind auf und haben die Sensen umgenagelt zu Spießen.
Öffnet die Balkontür, Brandröte am Himmel.

ANTON Jetzt läuten sie Sturm von allen Kirchen in der Vorstadt, und der Wind bringt einen starken Brandgeruch mit. Auch grob schießen hört man. Was wäre denn jetzt das?
Ein Diener mit einem Reitgewand überm Arm ist von links eingetreten und wartet.

JULIAN Der lebendige Beweis meines Tuns – Das ist mein Geschütz, und die es bedienen, sind die Meinigen. Die Bergwerke haben ihr lebendiges Eingeweide hergegeben, mit angebrannten Pfählen gehen nackende Leute gegen ein Karree von Musketieren an – der Jüngste Tag ist da für alle, die die Zeichen der Zeit nicht verstanden haben. – Jetzt stehen die großen Herrn auf den Balkonen ihrer Paläste und pissen vor Angst. – Hörst du schreien? Es gibt niemanden, der diese Nacht nicht marschiert und deinen Namen schreit. – Aber ich halte sie dir zusammen: ich bändige die Gewalt mit der Gewalt, den Soldaten mit dem Bauer, das flache Land mit den festen Städten, die großen Herrn mit dem adeligen Aufgebot, das Aufgebot mit den Schweizer Regimentern, die ich auf dich vereidigt habe, und das Heft wird in deiner Hand bleiben. Nimm dort, mein König! Zieh an! Wir reiten. Was siehst du mich so an?

SIGISMUND Ich verstehe was du willst, aber ich will nicht.

JULIAN Du willst nicht?

Versteht nicht

Ei doch! Vorwärts. Das Gewand her! Den Gürtel!

SIGISMUND Ich stehe fest, und du bringst mich nicht von der Stelle. Ich habe mit deinen Anstalten nichts zu schaffen.

Arzt tritt zu Sigismund.

JULIAN Mein König! Jetzt versag mir nicht, denn jetzt oder nie ist deine Stunde gekommen.

SIGISMUND Was weißt du von mir? Hast du Zugang zu mir? Der ich unzugänglich bin, wie mit tausend Trabanten verwahrt.

JULIAN Zieh dich erst an! Schnall nur den Degen um! Pferde sind bereit! Jetzt müssen sie dich sehen. Dann steh ich fürs Ende.

SIGISMUND Leb wohl, Julian.

Wendet sich.

JULIAN Mein König! Was tust du mir jetzt an?

SIGISMUND Du hast mich ins Stroh gelegt wie einen Apfel, und ich bin reif geworden, und jetzt weiß ich meinen Platz. Aber der ist nicht dort, wohin du mich haben willst.

Sie sehen einander in die Augen.

ARZT Bedenken Euer Exzellenz, welch einen Tag der König hinter sich hat.

SIGISMUND Nein, mein Freund. Sondern ich will nicht. Wenn ich aber sagen werde: ich will, dann sollst du sehen, wie herrlich ich aus diesem Haus hinausgehe.

ANTON *leise zu Julian* Lassen der Herr. Er ist tiefsinnig geworden über dem, was man ihm angetan hat.

Die Tür rechts öffnet sich ein wenig. Simon schiebt sich herein.

ARZT Es ist hier unter diesem Saal ein Schlafgemach bereitet. Ich mit den Dienern werde wachen.

JULIAN *bemerkt Simon, tritt auf ihn zu* Wie kommst du herein? Wie hat dich die Wache durchgelassen?

SIMON Wache ist nicht da. Kein Mensch im Vorsaal. Kein Mensch auf den Stiegen.

SIGISMUND Ich werde schlafen. Morgen wird viel geschehen, und da werde ich nicht beiseite bleiben dürfen. Leb wohl, Julian.

Er geht, Anton geht ihm voran, öffnet die Tür rückwärts; Arzt folgt ihm.

JULIAN Du kommst von drüben aus der Vorstadt?

SIMON Hinüber bin ich leicht gekommen, herüber war es schon schwer.

JULIAN Ich sehe einen starken Feuerschein. Aber das Schießen hat aufgehört.

SIMON Der was hat, hat sich in ein Mausloch verkrochen. Das Gesindel tanzt und springt. Auf wen sollen sie schießen?

JULIAN Die Schweizer halten die Brücke von der Vorstadt herüber?

SIMON Die Schweizer sind abgezogen.

JULIAN Abgezogen?

SIMON Auf Befehl des Staatsrats, heißt es.

JULIAN *ruft* Jerzy!

Reitknecht tritt rechts ein mit Julians Hut und Degen.

JULIAN *zum Reitknecht* Meine Pferde sind unten bei der Schloßwache?

REITKNECHT Die Pferde sind unten – aber Wache ist keine mehr da. Alles abgezogen in der Stille.

JULIAN Die Schloßwache abgezogen?

SIMON Das ist es eben. Sie haben die Losung verändert. Es ist überhaupt alles anders. – Vom neuen Herrn König ist keine Sprach. Von Euer Exzellenz ist keine Sprach. Der ohne Namen hat jetzt drüben alles in der Hand.

JULIAN Der ohne Namen heißt Olivier und handelt auf meinen Befehl.

Reitknecht tritt näher.

SIMON Sehr wohl. Der hat jetzt alles in der Hand. Die Geschütze und die Leut. Aber es schaut nicht aus, als ob der Befehl annehmen tät.

REITKNECHT Euer Exzellenz haben einen Offizier zu ihm geschickt: er soll aufhören mit Schießen und Brennen. Das hat der ihm vorgehalten. Hat er geantwortet: er fängt jetzt erst an. Und was das betrifft, daß er herüberkommen soll und sich hier melden, so wird er schon kommen, aber mit zwanzigtausend hinter ihm. Darauf ohne weiteres den Offizier vom Pferd heruntergeschossen. Der Reitbursch ist ausgekommen und hats gemeldet.

JULIAN Vor Morgengrauen ist das adelige Aufgebot in ihrem Rücken. Wo halten die Geschwader? Weiß man das?

SIMON Die Herrn sind alle in die großen Wälder – da drüben. Aber sie gehen nicht heraus.

JULIAN Wie? Sie gehen nicht heraus?

SIMON Ihre Füße sind in der Luft. – Die rebellischen Bauern sind über sie und haben sie alle in die Bäum hineingehängt.

JULIAN Ich habe die Hölle losgelassen, und jetzt ist die Hölle los. So muß ich ihr ins Gesicht schauen.

Schnallt den Degen um, setzt den Hut auf und geht schnell ab. Reitknecht folgt ihm, Simon schleicht sich hinaus.

Vorhang

FÜNFTER AKT

Ein Vorsaal im Schloß, rechts ein eisernes Gitter, mit einer Tür darin gegen einen äußeren Vorraum. Links zwei Türen. Es ist Nacht, nahe am Morgen. An der linken Wand, unweit der hinteren Tür, ist ein niedriges Nachtlager.

ANTON *angekleidet, kauert auf dem Lager; erhebt sich dann, geht ans Gitter, spät hindurch* Herr Offizier! –
Sind Sie da? Niemand da? Gar niemand da?
Holt sich ein Feuerzeug, zündet ein Licht an, leuchtet durchs Gitter
Wo sind die Garden? Wo ist der Posten? Herr Doktor! mir ist entrisch!
Geht an die vordere Tür links
Hören mich der Herr Doktor?

ARZT *tritt heraus* Was ist, Anton?

ANTON Kein Wachtposten mehr da – niemand. Was ist denn das, Herr Doktor?

ARZT Schläft der König?
Horcht an der rückwärtigen Tür.

ANTON *im Hintergrund am Fenster* Unten laufen welche mit Laternen. Sie bringen wen! Sehr entrisch ist mir.

JULIANS REITKNECHT *erscheint am Gitter* Unglück! Der Herr ist hin!

ARZT *läuft zu ihm.* Ruhig, nicht schreien – der König schläft.

REITKNECHT Heruntergeschossen vom Pferd. Gestochen auf den Liegenden mit Piken. Sie bringen ihn.

ANTON Wer bringt ihn?

REITKNECHT Unsrige. Aber Unsrige nicht allein. Auch solche Bloßköpfige, Bloßfüßige.
Sigismund tritt leise aus seiner Tür, sie bemerken ihn nicht.

ANTON Jetzt gehts ans Leben. Jesus Maria und Josef!
Arzt ab durch die Tür im Gitter mit dem Reitknecht.

SIGISMUND Was beißt sich der Anton in die Fäust?

ANTON Verstecken sich! Sie schießen auf alles was herrisch ist.

Sigismund tritt ruhig ans Fenster, sieht hinab.

ANTON *trippelt vor Angst* Wenn das alles nicht so schnell ging'! Zwanzig Jahr ist alles recht langsam gegangen!

Menschen nähern sich rechts außerhalb des Gitters. Fackelschein.

ANTON Jetzt kommts: die Hand an die Gurgel, das Knie auf die Brust! – Wie bin ich denn in das vermaledeite Land hineingekommen? Ich kann mich auf gar nichts mehr besinnen!

STIMMEN *sehr nahe* Sigismund! Sigismund!

ANTON Jetzt brüllen die Höllenteufel Ihren Namen! Verstekken sich doch um alles in der Welt, verstecken sich drin!

SIGISMUND Hier bin ich. Geh ihnen entgegen, weise auf mich und schrei laut: Hier steht er, den ihr sucht. Dann werden sie dir nichts tun.

Der Arzt, der Reitknecht und Anton bringen Julian getragen. Er hat die Augen geschlossen und sieht aus wie ein Toter. Zugleich betreten den Raum Aufrührer, teils bewaffnet, teils unbewaffnet. Darunter sind etliche mit strengen Gesichtern und langem Haar, die Fackeln in den Händen tragen; etliche halbnackt und noch mit abgerissenen Ketten an den Füßen und Eisen um den Hals. Die meisten von ihnen bleiben außerhalb und sehen durch das Eisengitter herein. Man legt Julian auf das niedrige Bett, von dem früher Anton aufgestanden ist.

DER VORDERE Sehet her, nackigte Brüder! erstgeborene Söhne Adams! Sehet: der Königssohn unter der Erde, mit Ketten geschmiedet an das fließende Gewölb! Dieser ist es!

EIN STELZBEINIGER *drängt sich vor* Dieser ist der Armeleute-König, und sie werden vor ihm das Schwert und die Waage tragen.

Sigismund sieht, ohne sich zu regen, auf Julian.

ANTON *leise zum Arzt* Muß unser Herr sterben?

EINER Sprich zu uns!

EIN ANDERER Rufet ihn bei seinem Namen!

EIN DRITTER Die ihn beim Namen genannt haben, denen ist die Zunge stumm geworden.

JULIAN *schlägt die Augen auf, erhebt den Oberleib und blickt um*

sich. Zwei mit Fackeln stehen nahe seinem Bette. Wo bin ich?
Er sieht im Kreise um sich, mühsam
Du – Gesicht einer Ratte! Du Schweinsstirn mit nach oben schielenden Augen! Du Schnauze eines Hundes! Klumpen ihr, wandelnde! Beim Licht dieser Fackel, ich will über euch lachen, ohne daß ihr mich kitzelt!
Er hebt sich ganz auf
Tut eure Spieße fort!
Sie geben Raum.
Ha, du Nichts mit tausend Köpfen, steh unter meinem Blick. – Solange ich dich mit den Augen bändige, werde ich das Gefühl meines Selbst nicht entbehren!

EINER MIT EINER FACKEL Die Herde hat keinen Hirten. Die aber Stäbe und Schwerter in den Händen haben, sind Teufel. An denen vollziehen wir das Gericht. So bist du gerichtet.

JULIAN Du hast mich gerichtet? Du Kehricht, das ich allein zusammengekehrt habe!

SIGISMUND *tritt einen Schritt näher zu Julian* Mein Lehrer, warum sprichst du zu ihnen? Was zu sagen der Mühe wert wäre, dazu ist die Zunge zu dick.

JULIAN *wendet sich ihm zu* Bist du auch da, mein Geschöpf? – Er ist, wie er dasteht, mein Werk und erbärmlich.

DER MIT DER FACKEL Wir sind die Lichtträger, die Wiedertäufer im Feuer. Du bist unser Licht, und jetzt werden wir den Fürsten der Finsternis mit unsern bloßen Händen erwürgen.

EINER IN LUMPEN Wir sind bei dir! uns sprich zu, du unser König!

SIGISMUND *näher bei Julian* Mein Lehrer, ich bin bei dir.

JULIAN Kehre dich ab von mir, du Kloß aus Lehm, dem ich das unrechte Wort unter die Zunge gelegt habe. Ich will dich nicht sehen.

SIGISMUND Du hast mir das rechte Wort unter die Zunge gelegt, das Wort des Trostes in der Öde dieses Lebens – und ich gebe es dir zurück in dieser Stunde.
Julian legt sich wieder; er schließt die Augen.

SIGISMUND Ich lächle dir zu in deine Einsamkeit. – Dein Gebet ist nicht ohne Kraft, wenn du auch die Fäuste ballst, anstatt die Hände zu falten.

JULIAN *öffnet die Augen und schließt sie wieder* Ich habe das Unterste nach oben gebracht. Aber es hat nichts gefruchtet.

SIGISMUND Du quälst dich, daß eine Ader in dir aufgehe, von der du trinken könntest. In mir aber fließt es ohne Stocken, und das ist dein Werk.

JULIAN *öffnet noch einmal die Augen, als wolle er reden, schließt sie dann und sinkt hin mit dem einen Wort* Nichts!

SIGISMUND *blickt ihn an* Er ist tot.

DER MIT DER FACKEL Achte nicht auf den Toten; denn du wirst ewig bei uns bleiben.

EIN GREIS *drängt sich vor* Sehet ihn an, unseren König, wie er dasteht. Wie im lebendigen Flußwasser gebadet, so glänzt er von oben bis unten.

EINER Sprich zu uns!

EIN ANDERER Weckt ihn nicht auf. Wenn er schreien wollte, würde uns allen die Seele bersten wie ein Sack.

EIN FAST NACKENDER *mit einer Kette am Fuß* Wir kennen dich wohl. Du bist an uns vorbeigeführt worden, du Lamm Gottes, und jeden einzelnen von uns hast du gegrüßt mit deinen ersterbenden Augen!

Er bückt sich und küßt Sigismunds Kleid.

EIN ANDERER Bleibe bei uns! harre aus bei uns!

SIGISMUND *halblaut, wie für sich* Ja, ich werde mit euch hinausgehen.

EINER Er spricht zu uns. Er sagt, er wird mit uns hinausgehen.

EIN ANDERER *niederknieend* Daß wir nicht sterben, o Herr!

EINER Machet eine Gasse, damit alle, die draußen stehen, ihn sehen können.

SIGISMUND Ich spüre ein weites offenes Land. Es riecht nach Erde und Salz. Dort werde ich hingehen.

EINER Wir wollen einen Wagen rüsten und zwölf Paar Ochsen vorspannen. Auf dem sollst du vor uns herfahren, und eine Glocke soll läuten auf deinem Wagen, als wärest du eine Kirche auf Rädern.

STIMMEN *drinnen und draußen* Bleib bei uns! harre aus bei uns!

EINER VON DEN NACKENDEN *mit einem Eisen um den Hals* Wir

sind unbekleidet – aber dürfen wir bekleiden? Will unser König gestatten, daß wir ihn bekleiden mit einem goldenen Gewand?

EIN ANDERER Wir haben es genommen vom Altar weg und wollen es mit Ehrerbietung dir umhängen.

SIGISMUND *betrachtet die Nackenden* Das sind unverzierte Menschen. Wir wollen im Freien miteinander wohnen, die in Häusern wohnen gefallen mir nicht.

DER EINE MIT DER FACKEL Darum werden wir von den Kirchen keinen Stein auf dem andern lassen: denn Gott versteckt sich nicht in einem Haus.

EINIGE Laß uns dich aufheben und hinaustragen, damit alle dich sehen.

ANDERE *weiter hinten* Herr, schütze uns! Harre aus bei uns!

Sie seufzen.

Ein scharfer Trommelwirbel außen, ziemlich nahe.

Sigismund erschrickt.

DER MIT DER FACKEL Fürchte dich nicht, denn du bist eine Fakkel, und niemand kann dich auslöschen.

SIGISMUND Wer ist das, der jetzt zu mir hereinwill? Ich höre seinen Schritt auf der Treppe.

EIN ANDERER VON DEN FACKELTRÄGERN Die Haare auf deinem Haupt sind gezählt, und es ist keiner, der gegen dich die Hand erhöbe.

SIGISMUND *sehr angstvoll* Wer sind denn aber die, die jetzt hereintreten?

DER EINE NACKENDE Das sind die ohne Namen, die bis nun über uns den Befehl geführt haben. Dich aber setzen wir über sie. So komm auf unsere Schultern und sprich zu ihnen von oben.

SIGISMUND Nein, jetzt tritt einer herein, dem muß ich mich stellen.

Ein kurzer Trommelwirbel außen.

Olivier tritt herein, ganz in Eisen und Leder, Pistolen im Gürtel, einen Sturmhelm auf, eine kurze eiserne Keule in der Hand. Hinter ihm Jeronim, der Schreiber, und der Lette Indrik, diese auch mit kurzen Piken bewaffnet.

Das Volk gibt Raum.

Olivier tritt auf Sigismund zu, betrachtet ihn.

EINER Das ist der Erwählte! Er soll auf einem Glockenwagen vor uns fahren.

EIN ANDERER Alles, was geschehen ist, ist um seinetwillen geschehen.

EIN DRITTER Vor seinen Füßen werden sich alle küssen, und der Wolf wird das Lamm umarmen. Darum muß er auf einem Wagen vor uns herfahren.

OLIVIER Gut. Es wird so angeordnet werden.

Er gewahrt den toten Julian, tritt hin, das Volk gibt Raum

Ich kenne ihn. Er war dein Kerkermeister. Er hat dich gehalten, ärger wie einen Hund, und jetzt ist ihm vergolten.

SIGISMUND Du bist irre. Er hat mich nicht gehalten wie ihm befohlen war, sondern er hat mich gehalten, wie er ausgesonnen hatte in der Erfüllung seines geistigen Werkes.

OLIVIER Schafft den toten Jesuiten hinaus.

SIGISMUND Nein, tragt ihn da hinein und leget ihn auf mein Bette.

Einige heben Julian auf und tragen ihn ins Nebenzimmer.

DER MIT DER FACKEL *zu Sigismund tretend* Wir sind immer bei dir! Wir bleiben rings um dies Haus und achten auf deinen Ruf.

OLIVIER Vorwärts, gebt Luft hier.

EIN ZWEITER MIT EINER FACKEL *gegen Olivier gewendet* Wir kennen keine Obrigkeit! Wollt ihr ohne Namen euch aufwerfen – so wird man euch richten.

OLIVIER Irrtum! Es ist keine Obrigkeit – aber es sind die, denen ihr auferlegt habt, zu sorgen, daß getan werde, was getan werden muß. – Lasset mich jetzt allein mit diesem Menschen.

Aron, Jeronim und Indrik halten ihre Piken quer und drängen das Volk aus dem Saal. Trommelwirbel draußen. Das Volk weicht lautlos zurück, alle mit den Augen auf Sigismund.

SIGISMUND *deutet auf Anton* Der soll bei mir bleiben. Anton, mich dürstet. Bring mir zu trinken, Anton.

Arzt weicht als einer der letzten aus dem Zimmer, aber nicht mit den übrigen, sondern allein zur Tür rechts vorn.

Anton stellt einen Kerzenleuchter auf den Tisch.

OLIVIER *halblaut zu seinen drei Begleitern* Ihr bleibt in Rufweite, meine Adjutanten, alle drei.

Zu Aron noch leiser

Diese Brandstifter mit den Fackeln absondern im Hof. Mit verläßlichen Leuten umgeben, ohne Aufsehen.

Aron, Jeronim und Indrik treten ab.

OLIVIER Ich habe mit dir zu reden, und du wirst mir Antwort geben.

Sigismund sieht ihn an, sieht wieder weg.

OLIVIER Weißt du, vor wem du stehst?

Sigismund schweigt.

OLIVIER Wir sind deine Helfer. Wir haben dich unter dem Beil hervorgerissen, als es schon durch die Luft sauste.

SIGISMUND Ja, sie hatten meinen Kopf schon anderswo hingelegt. Dadurch, wie wenn einer einen eisernen Finger unter den Türangel steckt, haben sie vor mir eine Tür ausgehoben, und ich bin hinter eine Wand getreten, von wo ich alles höre, was ihr redet, aber ihr könnt nicht zu mir, und ich bin sicher vor euren Händen.

Er setzt sich

Anton, schau hinaus, wo sind denn jetzt die, mit denen ich Freundschaft geschlossen habe? Ist der Doktor auch bei ihnen?

ANTON Achten lieber auf den Herrn da, der hat jetzt viel zu sagen.

OLIVIER Sigismund! Es ist an dem, daß du entschädigt wirst für das was du ausgestanden hast. Du sollst ein großes Amt bekommen.

ANTON *leise* Bedanken sich!

OLIVIER Du wirst, wenn wir jetzt marschieren, auf einem Wagen fahren, und sie werden zu Tausenden herbeikommen und Heil rufen über dir, daß du deinen Vater vom Thron gejagt hast. Auf diese Weise wird das sprachlose Volk von uns durch eine Bilderschrift unterrichtet werden, und die Herren werden kopfunter in die Erde fahren. Dir aber wird wohl sein, statt aus einem irdenen Krug wirst du aus silbernen Humpen saufen, und Weiber werden dich in die Badstube führen und dir zu Diensten sein.

SIGISMUND *zu Anton* Alle, die mir freund sind, sollen beisammen bleiben und mich abholen.

ANTON Achten auf den Herrn, der vermag viel!

OLIVIER Gibst du mir keine Antwort? Du hast es hinter den Ohren, Sohn des Basilius. Du witterst: jetzt muß Macht geübt werden, also willst du Macht und nicht Schein. Recht hast du! Die Klugen werden wir zu uns ziehen, auf den Dummen aber werden wir reiten. Also komm, und man wird sehen, wozu du verwendbar bist unter denen, die anordnen.

SIGISMUND *mit Verachtung* Wer ist das, der dir Macht gegeben hat, daß du sie unter andere austeilst?

OLIVIER Siehst du dieses eiserne Ding da in meiner Hand? So wie dies in meiner Hand ist und schlägt, so bin ich selbst in der Hand der Fatalität. Das, was jetzt vor dir steht, das hast du noch nicht gekannt. Was du bis jetzt gekannt hast, waren jesuitische Praktiken und Hokuspokus. Was aber jetzt dasteht, das ist die Wirklichkeit.

SIGISMUND Ich verstehe dich gut. Ich weiß, das Jetzt und Hier legt viele an die Kette. Aber mich nicht, denn ich bin da und nicht da. Also hast du mir nicht zu gebieten.

OLIVIER Dazu habe ich dich und deinesgleichen, damit ich euch auferlege, wozu ich euch brauchen will.

SIGISMUND Du hast mich nicht. Denn ich bin für mich. Du siehst mich nicht einmal: denn du vermagst nicht zu schauen, weil deine Augen vermauert sind mit dem was nicht ist.

OLIVIER Das ist alles was du mir zu erwidern hast? Epileptische Kreatur, siehst du nicht, wer vor dir steht?

SIGISMUND Ich sehe, du hast einen Stiernacken und die Augen eines Hundes. Also taugst du gut zu dem Geschäft, das dir aufgegeben ist.

OLIVIER Das ist alles?

Anton faltet in Angst die Hände.

SIGISMUND Solche, wie du bist, habe ich in meinem Kofen schon immer um mich sitzen gehabt.

Er steht auf, kehrt Olivier den Rücken und geht langsam bei der Tür links rückwärts hinaus, Anton folgt ihm.

OLIVIER *schüttelt den Kopf dreimal mit furchtbarer Drohung*

Es ist genug. Es ist genug. Es ist genug. – Herein, meine Adjutanten, alle drei!

Aron, Jeronim, Indrik treten ein.

OLIVIER Der Basilius ist abgetan?

JERONIM Abgetan. Mit dem Glockenschlag sieben. An einer Kellerwand, einen Sack übern Kopf, und gleich dort vergraben.

OLIVIER Allmählich die Höfe räumen.

Er sieht auf seine Taschenuhr

Um neun Uhr haben sie geräumt zu sein. Die äußeren Tore bleiben angelehnt, Geschütz dahinter, mit Kartätschen geladen. – Bis dahin aber –

Er tritt ans Fenster

drei ausgewählte Scharfschützen dort drüben. Sie sollen die Fenster hier im Auge haben. Dies sofort.

Jeronim ab.

OLIVIER Schaut dort hinein. Was seht ihr?

ARON *leise* Den Sigismund, den Basiliussohn. Er steht beim Bett und bückt sich über den, der darin liegt.

OLIVIER Prägt euch sein Gesicht ein. Notiert euch im Kopf die Maße, wie er gebaut ist, die Haarfarbe, alles.

ARON Auf dem flachen Land geht sein Bild um, ein schlechter Kupferstich, und sie zünden Kerzen davor an wie vor einem Heiligenbild.

OLIVIER Ebendarum. Ich brauche einen Kerl, ähnlich ihm zum Verwechseln und der mir pariert wie der Handschuh an meiner Hand.

ARON Was brauchst du noch eine Konterfei, wenn du ihn selber hast?

OLIVIER Er selber ist nicht verwendbar. – Wir gehen. Den drei Scharfschützen werde ich persönlich Instruktion geben. Geht.

Aron und Indrik treten ab.

Arzt öffnet leise die kleine Tür links vorne, kommt schnell herein.

OLIVIER *sieht ihn, richtet seine Pistole auf ihn* Wer da?

ARZT *hebt die Hände* Gebe der Herr mir eine Minute Gehör! Ich bin der Arzt des Königs.

OLIVIER Der Mensch Sigismund ist bis jetzt nicht krank. Meint Ihr, er bedarf demnächst eines Arztes? Seid Ihr ein Wahrsager? – Ich weiß von Euch. An anderer Stelle wird man Verwendung für Euch haben. Meldet Euch beim Stadtkommando. Saget, ich habe Euch geschickt.

ARZT Ich bin hier an meinem Platz. Ich habe alles gehört, was Sie geredet haben.

Faltet die Hände

Ahnen Sie, wen Sie töten wollen! Herr! Herr!

OLIVIER Gebärdet Euch nicht. Die Pfaffen- und Komödiantensprache ist abgeschafft. Es ist ein nüchterner Tag über der Welt angebrochen.

ARZT Ahnt Ihnen nicht, vor wem Sie gestanden sind? Ist Ihnen kein Organ gegeben für die Hoheit dieses Wesens?

OLIVIER Der Mensch da ist soeben vor seinem Richter gestanden. Das ist die nüchterne Tatsache.

ARZT Wer ist der Richter über die Reinheit? Wo hat die Unschuld ihren Richter?

OLIVIER Ich habe gemeint, der Herr ist ein Doktor, aber ich sehe, er ist ein Pfaff. Die Begriffe, mit denen der Herr operiert, sind abgetan und liegen auf dem Schindanger. – Du stehst hier – Basilius und der Jesuit da drinnen, der Volksbetrüger, die haben dich gemacht, der eine leiblich, der andere geistig – so bist du schuldig, das ist dir eingezeichnet von der Fatalität, und am Leibe wirst du gestraft werden, denn wir haben nichts, dich zu fassen, als den Leib. Das ist unsere Gerichtsordnung.

ARZT Erblicket die ganze Welt: sie kennt nichts Höheres, als in diesem Wesen uns entgegentritt.

OLIVIER Ich sehe auf die Welt, die dergleichen hervorbringt, wie auf eine Possenreißerbude.

ARZT Und die Menschen spüren es! Weit und breit, es bringt sie auf die Knie!

OLIVIER Eben alle diese kriechenden Angelegenheiten werden beseitigt werden.

ARZT Die Welt wird nicht vom Eisen regiert, sondern von dem Geist, der in ihm ist. Er ist ein gewaltiger Mensch. Hütet Euch!

OLIVIER Jetzt habt Ihr sein Urteil ausgesprochen. Darum muß er kassiert, annulliert, ausgelöscht werden. Dazu stehe ich hier. – Denn ich und einige, wir haben uns aufgeopfert und nehmen dem Volk die Last des Regimentes ab, damit es nicht schwindlich werde.

ARZT Dazu bist du hier eingetreten?

Er fällt vor ihm nieder.

OLIVIER Jawohl! man sollte nach Recht vor uns liegen, für das, was wir auf uns genommen haben, aber wir verschmähen es, und auch mit unseren Namen soll kein Götzendienst getrieben werden, darum halten wir sie geheim. – Lasset mich los, Herr, oder ich mache mich anders frei.

Er stößt den Arzt weg und geht hinaus.

Arzt richtet sich auf. Es ist allmählich Tag geworden.

SIGISMUND *tritt aus seiner Tür* Ist der Mensch fort? Den habe ich schon an einem anderen Ort gesehen, aber jetzt habe ich ihn zum letztenmal gesehen.

ANTON *ist hinter Sigismund eingetreten* Sollen wir fort? Hinunter? Soll ich Leut rufen? Zeichen machen?

SIGISMUND *bleibt stehen und blickt auf die Wand neben der Tür zu seinem Zimmer, die vom Widerschein der Morgensonne schwach erhellt wird* Der Bauer hatte ein Schwein geschlachtet, das war aufgehangen neben meiner Kammertür, und die Morgensonne fiel ins Innere, das war dunkel; denn die Seele war abgerufen und anderswo geflogen. Es sind alles freudige Zeichen, aber inwiefern, das kann ich euch nicht erklären.

Er setzt sich.

STIMMEN *von außen* Sigismund!

ANTON *am Fenster* Jetzt kommen ihrer viele in den Hof herein. Sie schauen herauf.

Er hat das Fenster geöffnet, tritt jetzt zurück.

SIGISMUND *sitzend* Nicht wahr, sie werden mich abholen? Dann werde ich vorwärts gehen und mich nicht mehr umblicken.

STIMMEN *außen* Sigismund! Bleibe bei uns! Harre aus bei uns, verlasse uns nicht!

SIGISMUND Ich bin allein und sehne mich verbunden zu sein.

Er steht auf.

STIMMEN Sigismund! Verlasse uns nicht!

ANTON Recht komödiantisch gebärden sich die. Das sind keine ehrlichen Leut.

SIGISMUND Ich will zum Fenster und mit meinen Gefreundeten reden, sie rufen mich.

Er geht langsam gegen das Fenster.

ANTON *ängstlich* Gehen lieber nicht zum Fenster!

ARZT *vor sich* Eine Wendung, alldurchdringender Gott! – Oder laß mir die Herzader brechen und im Zusammenstürzen mich den Himmel sehen, darin ich mit diesem sein werde!

STIMMEN Komme zu uns, Sigismund!

Sigismund tritt ans offene Fenster. Von draußen fällt ein Schuß. Arzt und Anton sehen, daß Sigismund getroffen ist, fangen ihn in ihren Armen auf und bringen ihn ins Innere des Zimmers, wo sie ihn auf einen Stuhl niederlassen.

ANTON *beißt sich in die Faust* Von unten geschossen! Herr Doktor! Solche Mörder! So niederzüchtige Mordbuben!

SIGISMUND *schlägt die Augen auf* Still, Anton, ich werde gleich sterben.

ANTON Solange Leben ist, ist Hoffnung. Das hab ich oft gehört. Sagen doch etwas, Herr Doktor!

Arzt hält Sigismunds Puls.

SIGISMUND Mir ist viel zu wohl zum Hoffen.

Er schweigt.

ANTON Uns haben der Herr König nichts zu sagen?

SIGISMUND *sieht den Arzt an* Gebet Zeugnis, ich war da, wenngleich mich niemand gekannt hat.

Arzt und Anton knien nieder.

Sigismund fällt zurück, tut einen tiefen Atemzug und ist tot.

Vorhang

ZU ›DER TURM‹

BRIEFLICHE ÄUSSERUNGEN ZUM ›TURM‹

ZUR ERSTEN FASSUNG

Am 16. 1. 1928 schrieb Hofmannsthal, vermutlich zum Zwecke der Veröffentlichung, über sein Trauerspiel: »Aufnehmenden den Weg ins Innere einer Dichtung zu weisen, ist für den der sie hervorgebracht hat, kaum leichter, ja vielleicht schwerer als für einen der diesen Weg selbst gegangen ist. So kommt mir im rechten Augenblick der Brief eines jüngeren Freundes zuhilfe – ich darf dieses Wort gebrauchen, obwohl ich den Schreiber des Briefes nie mit Augen gesehen habe. ›Ich muß bekennen‹, schreibt mein im fernen Nordosten Deutschlands weilender Freund, ›daß sich mir erst in diesem Sommer und wohl im Zusammenhang damit, daß ich mit dem Übergang hierher aus dem asozialen Dasein des privaten gelehrten Arbeitens in soziale Funktionen eintrat, nach vergeblichen Versuchen auf einmal die Tür ins Innere Ihres ›Turms‹ geöffnet hat: die neue Welt, die Sie darin aufgebaut haben, wollte ich bis dahin vom Individuell-Ethischen, von dem Weg zur sittlichen Freiheit her verstehen, der dem Einzelnen aufgegeben ist – ich wollte das Drama protestantisch interpretieren und kam damit nicht durch, bis ich den Standpunkt wechselte und nun auf einmal erkannte, daß es der Gesamtbereich des Politischen als geistiger Form ist, den Sie dem Drama darin zurückerobert haben.«

ZUR ZWEITEN FASSUNG

Im Dezember 1925 schrieb Hofmannsthal an einen jungen Mann als Antwort auf dessen Brief:

– – – – – –

– – – – Der eine sieht eine Gruppe schicksalverbundener Gestalten vor sich, der andere glaubt in diesen Figuren Ideen verkörpert zu sehen, wohl politische Ideen, aber nicht solche, die sich genau mit Namen nennen ließen. Vielleicht liegt eben darin das Dichterische, daß sich beide Möglichkeiten durchkreuzen. Es führt mich dies in ein Bereich, über das Auskunft zu geben mir selbst schwer wird. Der Dichter geht von den Gestalten aus: sie erscheinen ihm, aber zugleich in ihrer schicksalmäßigen Verknüpfung. Ihr Schicksal ist darin, daß sie mit einander da sind (das Mysterium der Contemporanität). Indem sie aber den Weg kreuzen, wirken sie aufeinander ein, nicht durch Einzelnes, nicht dialektisch, auch nicht einmal durch die Charaktere wie bei Shakespeare, sondern durch ihre ganze Masse, wie Gestirne. Sie reden kaum miteinander, jeder eigentlich nur mit sich selbst. Wechselweis sind sie für einander etwas, das über Menschenmaß hinausgeht: so Sigismund für den Vater die Auflehnung, die Revolution – dieser für jenen das Ehrfurchtgebietende, zugleich das Lastende, das Furchtbare schlechthin. Fast ohne Willen, ohne Plan hat es sich eingestellt, daß alle Figurentypen, die möglich sind, nacheinander hervortreten. Sigismunds Schicksal trug es so zu sprechen in sich, daß sich vor ihm dies alles zeige, damit sein Schicksalsraum rund würde. So erscheint neben dem legitimen König der geistliche Berater, in ihm zugleich die weltliche, die Herrschaftsseite der Kirche. Ihnen gegenüber Olivier, die Auflehnung des Untersten, das ewige ochlokratische Element. Am Schwersten ist Julian zu definieren: er ist die Weltklugheit, die Herrschsucht des begabten Individuums, aber der ›Kairos‹ ist ihm versagt – sein Beginnen bleibt vergeblich, wird vereitelt – und doch wieder nicht: auch er wirkt mit an Sigismunds Schicksal.

Der Kinderkönig ist mir wie ein wiedergeborener Sigismund: darum das Brüderliche zwischen ihnen, das schnelle wechselweise Verstehen

PROLOGE UND VORSPIELE

VORSPIEL ZUR ANTIGONE DES SOPHOKLES

Auf dem Theater. Die Hauptdekoration (Palast des Kreon) ist aufgestellt. Mitwirkende sind im Abgehen. Theaterarbeiter löschen die Lichter aus.
Erster und zweiter Student sind vorne. Der zweite schon im Überrock, den Hut auf dem Kopf. Der erste barhaupt, einen großen dunkeln Mantel über den Arm geschlagen.

ZWEITER STUDENT
Die Prob ist aus. Man geht. Was kommst du nicht?
ERSTER STUDENT *sieht in die Kulisse, welche die Tür des Palastes darstellt*
Wart, ich will sehn, was dort im Dunkeln steht.
ZWEITER STUDENT
Wo denn?
ERSTER STUDENT
Dort in der Tür.
ZWEITER STUDENT Ich sehe niemand.
ERSTER STUDENT
Niemand? Du siehst das nicht? Sie ist sehr biegsam
und klimmt in einem Schattenstreif empor.
Doch ihr Gewand – du siehst nicht, wie sichs regt?
ZWEITER STUDENT
Ja, doch, ich seh. Die Zugluft weht es an.
ERSTER STUDENT
Wen?
ZWEITER STUDENT
Das Gewand, das dort im Dunkeln hängt.
ERSTER STUDENT
Du siehst nur ein Gewand? Ich sehe mehr.
ZWEITER STUDENT *schon rückwärts, indes auch alle übrigen abgegangen sind und nur die rückwärtige Bühne noch von einem dürftigen Lichtschein erhellt wird*
Wilhelm, so komm!

ERSTER STUDENT Ich komme.

Er zögert wiederum.

ZWEITER STUDENT Man will schließen!

Verschwindet, indem er eine schwere, eisenbeschlagene Tür hinter sich zuschlägt; es ist völlig finster.

ERSTER STUDENT

Ich bin schon da.

Will gehen. – Der Genius tritt aus der Tür des Palastes und steigt langsam die Stufen herab. Er trägt ein flutendes Gewand und eine tragische Maske vor dem Gesicht. Ein milchiger, schimmernder Schein umgibt ihn.

ERSTER STUDENT *außer sich*

Heinrich, es tritt hervor!
Heinrich, es schaut auf mich!

Dann halblaut, sich selber mit Lächeln beruhigend

Schauspielerin!

Der Genius bleibt vor ihm stehen; er trägt schöne Reifen um die nackten Arme; in der Rechten hat er einen hohen Stab, wie die Herolde.

STUDENT

Mein Fräulem, ich war ziemlich lächerlich,
vor Ihnen zu erschrecken. Zwar, es wird
nicht mehr probiert, und so ganz unvermutet…

Stockt, lächelt verlegen, wechselt den Ton

Ich bin ein Neuling, auch in dieser Welt,
wo Tag auf Nacht, und Höhle auf Palast,
ein künstliches Geschöpf dem andern folgt –

Stockt wiederum unter dem geheimnisvoll auf ihn gehefteten Blick, tritt einen Schritt zurück, spricht mit gezwungener Lebhaftigkeit

Es regt die Phantasie gewaltig auf:
das Nichtigste ist nicht geheimnislos,
man trägt sogar ein Etwas mit hinaus –

Muß wieder innehalten, findet gewaltsam den Übergang

Die Griechen, sie sind doch recht fern – doch Sie,
Sie tragen dies Gewand, als wärs das Ihre –
ja, Sie sind hier im Täuschenden zu Haus,
und das geheimnisvolle Element

umgibt und nährt Sie; wie beneidenswert!
Nach einer Totenstille Pause; mit gewaltsamer Leichtfertigkeit auf die Gestalt zutretend
Sehr schöne Maske, deine Augen leuchten!
Sprich nicht, noch nicht, der Augenblick ist köstlich!
Geheimnis ist der Schönheit schönstes Kleid:
ihr solltet immer nur in Larven gehn,
und eur Gesicht sollt was Verborgnes sein
und sich dem Blick nur geben, der schon liebt.
Doch deine Hand, die laß mir; Hände sprechen!
Indem er die Hand berührt, fährt er blaß und zitternd zurück
Ah! Du bist keine Frau! Du bist kein Mensch!
Du bist die fürchterliche Gegenwart
von etwas, das mein Fleisch sich kräuseln macht
wie Zunder. Warum muß mir das geschehn!
Sehr stark
Wie, oder bin ich hier, und das ist drüben?
Flüsternd
Ich träume nur. Hier rechts von meinem Bett
ist meine Uhr, und dort das Fenster, wo nur?
Ein weißes Linnen regt sich von der Wand,
da nahm ich es für eine Nachtgestalt,
die hier vor mich hertrat. Wo ist mein Bett?
So fest liegt es auf mir, ich meine, ich höre,
wie fingernd ihre Hand den Stab berührt.
Ich hab den Mut nicht, nur ein Aug zu drehn.
Phantom, geträumtes, du, Phantom, was willst du?

GENIUS

Mit welchem Namen da benennst du mich?

STUDENT

Von irgendwo Emporgestiegenes,
des Gegenwart mich kalt besessen macht!
Wandrer, an dessen Sohlen Staub nicht haftet!
Ich weiß, ich werd erwachen, werde liegen
hart neben meinem Bette an der Erde,
allein, und werde sprechen: Dies war nichts!
Doch gib mir eine Nachricht, gib ein Etwas!
Mich überkommt das Süße an dem Wahnsinn!

GENIUS
Die ewig leben, senden mich an dich
mit einer schönen Botschaft.
STUDENT deine Stimme
– ich red mit ihm! – ist schön. Jedwede Botschaft
muß schön sein, die du bringst.
Denn deine Stimme ist mit Glück geschwellt
wie Segel eines Fahrzeugs fern am Himmel,
drin Liebende der ganzen Welt vergessen;
und deiner Stimme Schwebung ist gesegnet
so wie ein goldner Tag im Herbst, den Greise,
auf Mauern wandelnd zwischen Rebenlauben,
mit kühler Hand und reinem Auge segnen.
Dies alles hab ich schon einmal geträumt.
Doch war es nie so schön. –
GENIUS *den Stock auf den Boden stoßend*
Du träumest nicht:
Das eben ist die Botschaft, die ich bringe:
Mich mußt du glauben, daß du sie verstehst.
STUDENT
Dich glauben? wer bist du?
GENIUS Und wer bist du?
STUDENT
Ich? ich? ich steh doch hier, ganz Wirklichkeit.
Dies ist die Bühne, eh probierten wir
ein griechisch Trauerspiel; die draußen gehn
und Türen schließen, die sind meinesgleichen;
und draußen ist die Stadt mit vielen Straßen:
auf Viadukten dröhnen Züge hin
durch schwefelfarbne Luft hinaus ins Land;
dort stehen Wälder, und die suchen wir
zuweilen – doch umgibt uns hier wie dort
Geschick und schlummerlose Wirklichkeit,
und nichts ist leer –, wie fandest du den Raum,
aus deinem Drüben hier hereinzugleiten?
Wer grub dir mit den Händen diese Höhlung
in die lebendige Luft? was willst du hier?

GENIUS
Die ewig leben, senden mich an dich
mit ihrer Botschaft.
STUDENT Du bist ein Phantom,
die Stätte hier hat dich gebrütet, dies
unsichre Licht, die trügerischen Wände,
die Legionen Träume, die hier nisten.
Schönes Gespenst, du bist die Ausgeburt
von einem sonderbaren Haus: hier geben
erbärmliche und sehr erhabne Träume
einander Stelldichein –
GENIUS
Und kehrst doch selber gern hierher zurück,
und rührest ungeheueren Geschicken
wieder und wieder an den Saum des Mantels
und nahmest in der Seele dumpfen Spiegel
des Königs Ödipus furchtbares Auge,
das rollende, voll Abgrund der Verblendung,
und später blutige, gebrochene.
Und kommest wiederum und drängest dich,
der schwesterlichsten Seele Schattenbild
zu sehen: hier heraus wird sie dir treten,
Antigone, und wie sie reden wird
und ihren Leib dem Tod entgegentragen
mit heiligem, gebundnem Schritt, da wird
die Kraft der Seele dir von ihren Lippen
entgegenschwirren und wird ihre Fesseln
um deine Seele legen, daß sie nackt,
so wie die Sklavin einem Siegeswagen,
mitfolgt und spricht: »Dies mußte so geschehen.
So will ich tun, und will so sterben müssen.
Denn hier ist Wirklichkeit, und alles andre
ist Gleichnis und ein Spiel in einem Spiegel.«
STUDENT
Mir ist, dies könnte möglich sein, doch seh ichs
wie zwischen Dämpfen, und es hält nicht stand!
GENIUS
Erfaß es nur. Dir bietet sich kein Festes.
So wie die Möwe auf dem Kamm der Wogen

so muß dein Geist ausruhn auf Fliehendem.
Durchsichtig ist sein Thron und rollt dahin.
Erfaß es! sei nicht dumpf! laß dich erschüttern!
Von Gipfeln, die im Lichte ewig blühn,
warfs mich herab zu dir mit einer Botschaft:
Antigones erhabnem Schattenbild
schreit ich in der erneuten Todesstunde
voran und streue Ehrfurcht ringsumher.
Mit starken Händen greif ich in die Luft
und banne sie, daß sie gewaltig sich,
ein unsichtbarer Schoß des Schicksals, lagert,
ausstoßend des Gemeinen dumpfen Dunst.
Ob Tausende sich drängen, Einsamkeit
der Wüste gieße ich um jedes Herz,
die Unruh hemm ich, heiß die Zeit stillstehn.
Stößt dröhnend seinen Stab auf den Boden
Was hier geschieht, ist ihr nicht untertan.
Hier hebt eine leise Musik an, die Rede zu begleiten.

STUDENT

Du atmest kühn und stark. Doch eine Maske
verhüllt mir dein Gesicht. Wie glaub ich dir?
Zweideutig ist ein so verhüllter Anblick:
die Maske, die du trägst, ist wundervoll –
allein dein Wesen scheint mir mehr, viel mehr!
Hingerissen
Begreif ichs ganz, wie würd ich wesentlich!
Müde, entmutigt zurücktretend
Dein Anblick wieder nährt nur Träumereien.

GENIUS

Ich sprach zu dir, du ahntest, ahntest recht:
zuck nicht umher nach neuer Offenbarung!
Ergriff ich dich, was kümmerts dich, wodurch?
Ich rief dich auf, ich rührte dich, ich bin!
Die Maske aber darf dich nicht verstören:
es tragen die Geliebtesten der Menschen
vor dir ein maskenhaft Gesicht:
ein menschlich Aug erträgt nichts Wirkliches.
Verlarvt, der Herold eines Schattens, steh ich
vor dir – glaubst du an mich?

STUDENT Ich möchte glauben.

Hier schwillt die Musik an.

GENIUS

So hauch ich deine beiden Augen an.

Der Student neigt sich der Gestalt, die ihn anhaucht. Dann läuft ein starker Schauder durch seinen Leib. Der Genius tritt von ihm weg und steigt langsam die Stufen zum Palast empor, zweimal sich umblickend. Der Student richtet sich auf. Er ist blaß. Er wirft einen völlig veränderten Blick um sich. Hier bricht die Musik plötzlich ab.

STUDENT

Die Stufen dort sind fürchterlich! Dort saß
Ödipus, und von seinen Lippen troff
der Fluch und Blut von seinen beiden Augen!
Er richtet den Blick nach aufwärts
Die Last des Daches, unter dem sie lebten,
der alte Laios schon! Die Sonne drüber –
Der Himmel hart und funkelnd wie Metall. –
Ich möchte meinen Leib von hier wegschleppen!
Die grelle Sonne liegt wie festgenagelt
vor dieser Tür, und nichts bleibt mir verborgen!
Innen und außen muß ich sehn und wissen.
Ein schwerer schwacher Lufthauch weht mich an,
darin ist Staubgeruch und böser Dunst
von etwas, das verwest. Das kommt von dort,
Scheu sich umsehend
dort drüben, wo auf offnem Feld ein Leichnam liegt.
Wenn nur ein starker Wind herkäme und
der Staub ihn ganz zudeckte, dort den Toten.
Er liegt. Wenn man von etwas trinken könnte
und ganz vergessen, daß das alles ist!
Ich höre drin im Haus welche umhergehn.
Du! kannst du denn nichts helfen? nichts abwenden?

Genius winkt verneinend und verschwindet in der Tür des Palastes.

STUDENT *ihm wild nachrufend*

Zu welchem Amte hast du mich geweiht?
Wie hast du mir die Poren aufgetan?
Was für ein sehendes Geschöpf gemacht

aus mir? Warum muß ich Teilnehmer sein
an etwas Furchtbarem, das nun geschehn wird?
Mein Blick schwankt durch die schweren Mauern da,
so wie durch Wasser, und ich seh die Jungfrau
Antigone, das funkelnde Gefäß
des Schicksals,

Hier fängt die Musik wieder an und wird nun immer mächtiger.

sehe ihre schlanken Schultern,
das schlichte Haar, entgegen mir bewegt sich
ihr Fuß und ihr Gewand, auf ihrer Stirn
sind sieben Zeichen des ganz nahen Todes!
Sie geht durch eine Ebbe. Links und rechts
tritt in durchsichtigen erstarrten Wogen
das Leben ehrfürchtig vor ihr zurück!

Ihm scheint die Erscheinung wirklich aus dem Dunkel des Palastes entgegenzukommen. Der dunkle Mantel flattert um seinen bewegten Leib wie eine Wolke. Die Musik hat die Kraft des vollen Orchesters und ist hier schon in die eigentliche Ouvertüre übergegangen.

Dies strahlende Geschöpf ist keines Tages!
Sie hat einmal gesiegt und sieget fort.
Da ich sie sehe, kräuselt sich mein Fleisch
wie Zunder unter einem Feuerwind:
mein Unvergängliches rührt sich in mir:
aus den Geschöpfen tritt ihr tiefstes Wesen
heraus und kreiset funkelnd um mich her:
ich bin der schwesterlichen Seele nah,
ganz nah, die Zeit versank, von den Abgründen
des Lebens sind die Schleier weggezogen:
einwühlen muß ich mich in meinen Mantel,
eh mich die übermäßigen Gesichte
erdrücken! Denn dem Hauch des Göttlichen
hält unser Leib nicht stand, und unser Denken
schmilzt hin und wird Musik!

Er sinkt, das Gesicht in seinem Mantel verborgen, auf die Stufen des Palastes. Der Vorhang fällt und bleibt unten, bis die Ouvertüre zu Ende gespielt ist.

VORSPIEL FÜR EIN PUPPENTHEATER

Offener Platz im Walde. Ein Weg, herauffführend von rechts, verliert sich rückwärts zwischen hohen Tannen. Links Felswand, kleiner Wasserfall. Der Wald bewegt. Vogelstimmen, Blätterrauschen.
Der Dichter tritt auf. Sein Kopf ist unbedeckt, er scheint vom Schreibtisch weg hier heraufgewandelt.

DER DICHTER Wie im Traum bin ich die Straße heraufgekommen, als wäre ich mit geschlossenen Füßen gegangen, und doch glaube ich, war ich nie im Leben so wach. Blindlings herauf hab ich müssen, als wollte ein unsichtbarer Wirbel meine Lebenswelle einziehen. Da steh ich, wo ich hundertmal gestanden bin – da drüben ist ein Erdbeerschlag, den kenn ich von Kind auf –, und trotzdem ist mir, als wäre es heute in der Ewigkeit zum erstenmal und von Ewigkeit her so vorbestimmt, und alle meine früheren Male gehen nur wie Schatten rings aus grünen Spiegeln hervor und treten in mich zusammen. »Es ist alles nur wie immer«, möchte mein Kopf sagen, »hoch stehen die Bäume und still hier heroben, blau schimmern die Täler durch« –– aber warum ist mir denn heute so, als könnt ichs austrinken, in mich hineintrinken diese ganze Sonnenwelt und dann zusammensinken, mein Inneres nach außen gekehrt wie ein umgestülpter Handschuh?
Er blickt herum wie suchend
Beklommen bin ich und doch voll Mut, wie der Frucht ist mir zumut, die auf den Mund wartet, in dem sie zerschmelzen soll, hier möcht ich mich hinwerfen, und doch treibts mich weiter hinein, sattgetrunken bin ich und durstverzehrt, ein Lebendiges ist um mich, und ein Lebendiges such ich, möchte an die Erde mich drücken, meine Arme um einen Baum schlingen, möchte hinein und hinab und hinauf! Meines Wesens Inhalt, mein Ich tropft hinweg wie eine zu

weiche Kerze, und darüber zehrt wie eine durchsichtige, wütende, stille Flamme ein Du, ein unsichtbares Du!

Der Wald regt sich, der Waldtauber gurrt, der Kuckuck ruft.

Versteckst du dich in Tieren, du? Sollen sie meine Brüder sein und, wenn das Tor aufspringt, mich hineinführen? Ich will nicht an mir herunterschauen, ob mir schon Klauen wachsen oder glitschige Fischschuppen: ich fühl es wohl, es geht ein gebärender Schwindel von oben nach unten durch mich: meinetwegen mach ein Tier aus mir, laß mich gurren wie die Taube, wie den Hecht laß mit Schnalzen aus der Flut mich aufschlagen... mach mich so schamlos und so keusch wie sie, so nackt und so bekleidet, so wild und so zutraulich: nimm mich auf unter deine Boten, die wandeln auf deiner nackten Spur! Das ist meine Sternenstunde, ich fühls, du hast mir einen Gürtel mit Riesenkräften hingelegt, Adlerflügel hast du für mich im Gebüsch versteckt, ich werd einen Stern anrühren wollen, und so leicht wirds geschehn, wie ich jetzt die Erde anrühre... aber eines letzten Zaubers noch bedarfs: soll ich meine Kleider von mir werfen, und darf ich dafür die ganze Welt als meinen Mantel um mich schlagen? Soll ich dem Wasserfall, daß er seine rauschende Säule in mich hineinschlägt, die offene Brust darbieten? Soll ich drei Schritte hinter mich treten oder sieben vor mich? Soll ich das Vorgefühl des Todes in mein Herz pressen und dabei über meinen Schatten springen? Antworte mir, heiß deine Leute da mir antworten, die mit bläulich-grünen Luftaugen mich umlauern! Antworte mir: ich lasse mein Leben hinter mir, ich habe einen Mut wie das Kind, das fremde Gesellen im finstern Wald irregeführt haben, und es lacht sie an und wirft Blumen nach den Händen, die es würgen wollen, aber da wachsen ihm auch schon Flügel... also antworte mir!

Wiederum gurrt der Tauber, ruft der Kuckuck.

Horch, wie es nach mir ruft, wie es mich anglüht aus dem Dunkel vor! Und wie das Leben mir jede Faser durchströmt: ein trübsinniger Halbschlaf war alles, was ich gekannt habe vor dieser Stunde!

Wenn jetzt ein Etwas den lebendigen Leib leise vom saftgärenden, grün und goldnen Höhlenlager hebt und auf mich zukommt... und es kommt!... die Arme der ganzen Welt, von hinten her um meinen Leib geschnürt, rissen mich nicht von der Stelle... eh schlag ich Wurzeln! denn es kommt! Pygmalion, du küßtest einen Stein, ich, ich küsse die Nieentschleierte ins Leben, die Göttin selber, die ewige Natur! Was dort im Dunkel auf mich zukommt, was mir Seligem bei hellem Tag zur Brautnacht aus ewig starrendem Geheimnis steigt: das ist sie ja!... Ich fühle dich: meine Sinne alle mit entzückter Stärke umarmen dich zuvor! da lieg ich dir!

DAS ALTE WEIB *tritt aus dem Wald hervor; sie schleppt mühselig eine Last dürren Holzes. Erschrocken über den Mann, der vor ihr hinfällt, schreit sie auf* Jesus Maria und Joseph!

läßt ihre Last fallen und steht mit keuchendem Atem.

DER DICHTER *ist jäh wieder auf seine Füße gesprungen* Ein altes Weib, zusammengekrümmt wie ein Angelhaken! Ist das meine schöne Galatee! Umsonst dies Gefühl seliger Stärke in meinen Adern fließen? umsonst alle Sinne wie eine Meute jappend schon im Dunst und Duft des Unendlichen? O nein! hier oder nie gehts um mehr als meine Seele, gehts um meines Leibes Seligkeit! Hinter dieser Larve aus Leichenwachs gebildet blühen Wangen eines Engels für die Lippen, die mutig sind! Wenn ich diesen abscheulichen Leib umschlinge, fällt er in Zunder, und wie ein junger Aal windet sich das Leben selbst in meinem Arm! Nimm welche Larve du willst, göttliche Geliebte, mich betrügst du nicht.

Er umschlingt sie.

DAS WEIB Du Gauner! auslassen! schlechter Kerl! auslassen!

DER DICHTER *läßt sie* Es gibt Höllenzeichen, mit denen die Wirklichkeit uns aus dem tiefsten Traum aufjagt. Dieser einziger Zahn, gräßlich türmend über der Höhle, in der wie ein Wurm die welke Zunge sich windet!

DAS WEIB Er redt ja alleweil. Was will er denn?

Hebt horchend die gekrümmte Hand ans Ohr.

DER DICHTER *vor sich* Oh, ich verstehe dich! nicht die Erde soll ich küssen und nicht den Wasserquell an meine Brust drücken... meinesgleichen soll ich umarmen. Das ist deine Antwort.

Der Kuckuck ruft von nahe.

Höhnst du mich, versteckter Vogel? weht ihr mit doppelter Fremdheit mich an, ihr Bäume? fremd und einsam, einsam und verhöhnt, verhöhnt und umlauert! o Welt, Welt!

DAS WEIB A Geld? ja das ist was Schön's. Das möcht i freili a, je je!

DER DICHTER Meinesgleichen das! mir näher als alle andern Geschöpfe! und fremd, so in die Seele fremd.

DAS WEIB A Hemd? is ihm leicht mei Hemd net schön gnua? hab schon a schöners Hemderl zhaus, aber das wird aufgespart auf mei Leich. Na ja, bin ja a Bürgerstöchterl von Hernals, soll i leicht kei schöns Leicherl haben? Was schaut er mi denn a so an? was will er denn?

DER DICHTER Und lebt und schleppt sich Holz nach Haus, diese Glieder zu wärmen! Und freut sich, für den Ehrentag der Verwesung ein reines Hemd im Kasten zu haben!

DAS WEIB Wann i nur mei Holzerl wieder hätt!

DER DICHTER Meinesgleichen! Das sind die Boten, die du an mich sendest. Du selbst bleibst mir ewig stumm.

DAS WEIB Jetzt tut er gar beten. Wenn i nur mei Holzerl wieder hätt.

DER DICHTER *hilft ihr das schwere Bündel aufladen* Da hast du dein Holz. Da trag auf dem Rücken dir die Wärme heim, die in deinen welken Adern nicht mehr gärt. Der große König Salomon wollte sich nichts anderes, als er die junge Sklavin hieß an seine erkaltenden Knie kommen.

DAS WEIB Amen, Amen. Da schau, jetzt hilft er mir gar. Na, was war denn das nacher zuvor, du Gaunerl du?

Geht ab.

DER DICHTER Da humpelt sie hin. Und den Berg herauf kommen Singende, denen wünscht sie was, die schenken ihr Geld, dafür fährt der Schiffer sie über, und der Kahn trägt sie und schaukelt unter ihr leicht und stolz, als ob sie eine junge Prinzessin wäre, und der Schatten des Berges streckt seine Riesenarme über sie und über den Fluß. Aber es ist ja, als wäre dies alles eine künstliche Uhr und ich ein Teil davon: denn wie sie unten zwischen den Weiden mir entschwindet, fangen tief in mir andere an emporzusteigen: es ist als trüg ich ein Bergwerk in mir, in dessen tiefen, dunklen Schächten sich tausend Leben rühren: alle Besonderheiten und Geheimnisse meines Blutes rinnen zusammen zu Gestalten und Figuren: die Urahnin schlägt in mir die Augen auf, wie ich selber im Schoß ihrer Enkeltochter einst getan, den Geizigen spür ich seinen Strumpf voll Gold in gierigen kalten Fingern liebkosen, und wilde Männer schießen kriegerische Blicke durch mich hin, wie Kometen ihre Blitze. Von ganz vergessenen Leuten regt sich ein Bewußtsein und ein zorniger Wille, Fromme sinken an Altären nieder, der Bauer zieht seine Furche, der Bürger baut sein Haus, der Dieb schaut ihm mit gierigen Augen ins Fenster, gute und böse Kinder wachsen auf wie Rittersporn und Brennessel, und Liebende teilen im Schatten meines Herzens ihr Herz wie eine Frucht, und ich fühle den doppelten Schmerz und die doppelte Lust von Mann und Weib.

Der Kuckuck ruft von nahe.

Ja, du sollst hinüberrufen, und auch ihr sollt hineinrauschen, ihr Bäume, in die andere Welt, die ich aufbauen will: aber nur so wie ein Traum herüberklingt in einen andern Traum. Aus diesem Traum hier steig ich und trete hinüber in jenen andern, der heißt Menschenwelt und -leben: den Spuren des armen alten Weibes folg ich, die mir glühen wie Karfunkel im grünen Grund, kreuze den Pfad des Einsiedlers und des Jägers, springe über den Kreis, den der Schatzgräber zieht, fahre auf dem Fluß mit den Fröhlichen, berge mich im Dunkel mit den Bösen, steige mit dem Totengräber in sein frisches Grab und sitze im Wagen mit dem reichen Verschwender;

Ad spectatores

da sollt ihr bald die Würfel der Spieler klappern hören, bald den unschuldigen Gefangenen an seiner Kette klirren; Kaspar Hauser soll hervortreten, die rätselhafte Waise, die Pfalzgräfin Genofeva soll leidend und ersterbend vor euch immer lieblicher werden, wie das Wiesengras erst, wenn es geschnitten daliegt, am süßesten duftet; Leda vor euren Augen mit ihrem Schwan buhlen und Doktor Faust mit dem Gespenste Helena. Und das alles so oft ihr wollt: durchaus so oft ihr wollt, soll sich dies alles euch darbieten, und der Kuckuck kann nicht öfter seinen Ruf auslassen, als für euch sich diese Dinge abspielen werden mit Gebärde, Stimmen, Musik und Tanz, und erleuchtet auf alle Arten: mit Licht der Sonne, des Mondes, der Sterne, Feuerbrunst und Unterwelt.

Geht ab, der Kuckuck ruft viele Male.

Vorhang fällt.

PROLOG ZUR ›LYSISTRATA‹ DES ARISTOPHANES

DER DRAMATURG VOR DEN VORHANG TRETEND,
AD SPECTATORES

Sie erschrecken ein wenig, meine Verehrten, den Mann im schwarzen Rocke vor den Vorhang treten zu sehen. »Ach«, sagen Sie sich, »der Dramaturg!« und hier wandelt das Gespenst der Langeweile Sie an. »Wer anders als er kann dies ausgeheckt haben, uns die griechische Komödie zu galvanisieren. Der Dramaturg! ein Mann, der seinen Beruf verfehlt hat, ein in die Irre geratener Privatdozent. Und nun zeigt er sich, er erscheint, er redet, er funktioniert. Er wird das, was er angestiftet hat, ein ›Experiment‹ nennen und sich vergnügt die Hände reiben. Seine Lippen werden triefen von Kultur. Das Brettchen zu seinen Füßen wird er der Orchestra vergleichen, und Parabase wird das Stichwort sein, auf das er eine Schleuse von Gelehrsamkeit gegen uns eröffnen wird. Bevor er den Mund auftut, wissen wir, was in ihm vorgeht. Heute ist sein großer Tag. Wer hätte ihn vor dem Vorhang geduldet, wenn Shakespeare auf dem Zettel stünde, oder ›Die Räuber‹ oder Ibsen! Und, ach Gott, nun steht er hier. Es muß nicht zum besten mit diesem Theaterabend beschaffen sein, daß *er* herauskommt. Armes Drama, das den Dramaturgen vorgeschickt bekommt. Den Dramaturgen – lucus a non lucendo. Hier ist Rhodus, hier springe man, aber man rede nicht.«
Wie gerne, meine Verehrten, ließe ich Sie noch länger über mich sprechen. Es ist unabsehbar, zu wieviel Geistreichem und Treffendem meine Gegenwart Sie noch aufreizen würde. Aber mir sind wenige Minuten nur gegeben – und ich brenne, die Verantwortung für fast alles abzuschütteln, was später kommen wird, sobald ich den Akteurs diesen zehn Meter breiten Raum freigegeben haben werde. Ich – lassen Sie mich gestehen –, ich liebe das Theater nicht. Es verdirbt mir zu oft meine Träume. Freilich ist es wahr, daß alle meine Träume beständig ums Theater herumflattern: dies ist nun einmal das kleine Paradoxon meines Daseins. Jedenfalls habe ich eine nicht abzuleugnende Schwäche für die Schauspieler. Ein Et-

was berauscht mich an ihnen: daß sie alles in die Gewalt der Gegenwart bringen wollen. Sie sind entzückende Überschätzer des Augenblicks. Sie besitzen nicht die geringste Perspektive in die Vergangenheit. Dies haben sie mit den Kindern gemein und mit den Griechen. Aber es ist abgemacht, daß ich nicht erschienen bin, um Ihnen von den Griechen zu sprechen. Durch diese meine Liebe für irgend etwas, das ihnen wesentlich ist, halte ich mich unter ihnen – ich meine unter den Schauspielern. Aber zuweilen werfe ich ihnen irgend ein Wort hin, das sie befremdet und beunruhigt. Dies verlangt meine Natur, zur Herstellung meines Selbstgefühls. Nehmen wir an, sie spielen Komödie: moderne Komödie, oder Komödie von Shakespeare. Dann finde ich alles, was sie da hinstellen, schal. Ein Charakterchen – allenfalls zwei Charakterchen gegeneinander. Ein Situatiönchen. Ich deute an, daß ich dies unendlich bürgerlich finde, ein bißchen ärmlich. Ich lasse durchblicken, daß irgendwo in den Schatzkammern meines Innern die Vision einer Komödie schlummert, einer gigantischen Komödie, einer Weltkomödie, in der Menschen, Tiere, Götter durcheinandertanzen, Frechheit und Grazie einander umschlingen, einer Komödie, in der die höchste Form erfüllt und in göttlichem Übermut wieder gebrochen wird, einer Komödie – ich liebe es sehr, unsere Schauspieler neugierig zu machen. Ganz beiläufig flechte ich dann den Namen ein: Aristophanes. Ich spreche natürlich von Aristophanes! Aristophanes! sage ich nochmals. Ahnt ihr? Vermöchte ich, euch ihn ahnen zu machen! da wollte ich euch einen Trank mischen! Denkt euch etwas, wogegen gehalten Mozarts Figaromusik zahm und ein Bacchanal von Rubens' Pinsel plump ist! Denkt euch einen Tanz, einen wahrhaftigen Tanz, ersonnen nach einem Plan von entzückender Klugheit – und alles, was ihr in Eurer Sprache »Szene« heißt, nichts als Momente und Figuren dieses Tanzes, die ganze Welt in Larven gesteckt und tanzend im Überschwang der zügellosesten Gebärden – die ganze Last des Lebens nicht in dunkelleuchtende Träume verwandelt wie bei Shakespeare, sondern in wirbelnde Bewegung, die frechste Frechheit noch durch einen namenlosen Schwung geadelt –, denkt euch dies alles, und auf diesem schimmernd den Tau der frühen Zeit, und hindurchhauchend den Wind des griechischen Meeres, den Atem von Safran und Krokus und Blütenstaub der Bienen des Hymettos. Dies alles geboren, aber aus welcher Welt! Denkt euch die Welt dazu, die blutigen Lanzen des Peloponnesischen Krieges, den Giftbecher des Sokrates, der im Dunkeln schleichende Angeber, die zehntausendköpfige Volksversammlung, die Hetären des Alkibiades, bunt und beschwingt wie leichte freche Vögel, und über allem den goldenen Schild der Athene. Denkt euch dies alles in allem: im Wirbel dieser Welt diese Komödie dahertanzend wie einen von wilden Kindern gepeitschten Kreisel – dies denkt euch, und dann geht hin und spielt eure Lustspiele herunter!

Es ist dies mein kleiner Kunstgriff: sie von Zeit zu Zeit ein wenig herabzustimmen. Ich verstehe ihnen anzudeuten, daß es einige Dinge gibt, die ihnen für immer verschlossen sind. Wie könnte man im gemeinsamen Haushalt leben, wenn man es nicht verstünde, von Zeit zu Zeit die Distanzen herzustellen?

Immerhin kam es dazu, daß ich gelegentlich veranlaßt wurde, dies oder jenes aus dem Aristophanes vorzulesen. Lassen Sie mich gestehen, dies ist eine Aufforderung, der ich schwer widerstehe. Vielleicht liebe ich die Schauspieler um dessen willen, daß ihnen gegeben ist, was mir versagt ist: sich zu verwandeln. Aber indem ich lese, verwandle ich mich. Ich bin Trygäos der Landmann und Kleon der Demagog. Ich bin Myrrhine das Weib und Kinesias der Mann. Ich bin die Sängerin Nachtigall, bin der Wiedehopf, bin der Habicht, der Flamingo, bin alle Vögel zugleich. Dann klappe ich das Buch zu und ziehe mich zurück. Sie werden sagen, daß ich mich nicht energisch genug zurückgezogen habe. Das Resultat gibt uns jedenfalls unrecht. Ich weiß selbst nicht, wie ich Ihnen erklären soll, daß wir nun doch die »Lysistrata« des Aristophanes vor Ihnen spielen wollen. Spielen wollen, als ob es ein Stück von heute wäre. Als ob einige Jahrtausende nicht existierten. Spielen wollen aus der Phantasie von Schauspielern heraus, die keine Perspektive der Vergangenheit besitzen. Es ist dies alles, meine Verehrten, sozusagen über meinen Kopf

weg zustande gekommen. Ich habe mich so oft müssen einen Pedanten nennen hören, daß ich an mir selber irre geworden bin. Ich kann allem an den Schauspielern widerstehen, nur ihrer Phantasie nicht. Ich mache mich ihnen selber zum Sprachrohr ihrer geheimsten Wünsche, und wäre es gegen mich selbst. Ihre unbegrenzte Begierde, sich nach einem bis ins Mark neuen Rhythmus zu regen, das Blut von Tänzern und von Gauklern in ihnen, dies alles entzückt mich. Ich traue ihnen dann Kräfte zu, die in keinem stillen Leser, keinem brütenden Gelehrten wohnen. Ich meine dann, daß sie an ihrem lebendigen Leib das Instrument haben, Weltenfernen aufzusperren: daß ihresgleichen oder niemand zu dem süßen Kern des Aristophanes dringen kann, diesem Kern aus nackter Menschlichkeit, Gaukelei, Idylle, Meeresnähe, Sternennähe. Ich mache mir ihre kühnsten Sophistereien zu eigen und spiele sie, wenn es sein muß, gegen mich selber aus, und ich sage mir wiederum, daß ich sie darum liebe, weil sie alles in die Gewalt der Gegenwart zu bringen wissen. Ich lasse mich zu ihrem Sprecher machen und will es nur gestehen, daß sie mich, den sie den Pedanten nennen, herausgeschickt haben, weil ihnen nun doch angst wird vor den dritthalb Jahrtausenden, die ihre unbedenkliche Phantasie übersprungen hat, als wäre es ein dritthalb Schuh breiter Graben.
Ich fühle schon Lysistrata hinter dem Vorhang, die so klug als frech ist und sich die Genossinnen zusammentreibt. Lassen Sie sich einen wilden Tanz gefallen, in dem eine Gebärde ebensoviel wert ist wie ein Wort und ein lustiger Kontrast so viel wie eine Wahrheit. Verzeihen Sie das Einzelne um des Ganzen willen: wir waren ängstlich und eifrig, ein Ganzes zu schaffen und ein Lebendiges, das ist alles.

Der Dramaturg tritt ab, der Vorhang hebt sich, Lysistrata steht auf der Szene.

SZENISCHER PROLOG ZUR NEUERÖFFNUNG DES JOSEFSTÄDTER THEATERS

Die Dekoration zum »Diener zweier Herren« von Goldoni ist gestellt.
Die Personen der ersten Szene (Doktor, Pandolfo und Tebaldo) sind auf der Szene.

DOKTOR Hier haben Sie meine Hand. Es bleibt dabei.

PANDOLFO Es bleibt dabei.

Truffaldino, in der Kulisse sichtbar, sucht von der Bühne ins Haus zu sehen.

PANDOLFO *fortfahrend, nachdem er beunruhigt auf Truffaldino hingesehen* Heute Verlobung und morgen Hochzeit. Unser junges Volk ist so ineinander verliebt. – Sie sollen Zeuge sein.

Er winkt Truffaldino, zu verschwinden.

TEBALDO Viel Ehre.

Truffaldino, hinter ihm Smeraldina, suchen ins Publikum zu sehen.

TEBALDO *nochmals, um die Unterbrechung zu verdecken* Viel Ehre.

PANDOLFO Man kann wohl sagen, hier hat der Himmel seine Hand im Spiele gehabt.

Für sich

Was will der Bursche! Zu früh! Truffaldino! Fort! Zu früh!

Doktor dreht sich beunruhigt um.

SOUFFLEUR *sehr merklich* Ohne den plötzlichen Tod des jungen Rasponi –

PANDOLFO *mit Energie* Ohne den plötzlichen Tod des jungen Rasponi wären wir wohl nie Schwäger geworden!

Smeraldina sucht Truffaldino, dessen Neugier nicht zu bezähmen ist, vom Betreten der Bühne abzuhalten.

TEBALDO Was, der junge Rasponi ist tot?

TRUFFALDINO *reißt sich von Smeraldina los und tritt auf. Indessen er seine ersten Worte sagt, sucht er eine Stellung zu gewinnen, in der er den ganzen Zuschauerraum überblicken kann, und spricht dabei mit sichtlicher Zerstreutheit seinen Text* Übrigens habe ich die Ehre, mit aller Hochachtung zu sein Euer Hochedelgeboren dienstwilliger Diener und Freund –

TEBALDO Was, der junge Rasponi tot?!

Zu Truffaldino

Tritt ab! Verschwinde! Du bist zu früh aufgetreten!

PANDOLFO UND SOUFFLEUR Tot! Er ist ermordet worden! In einer Gesellschaft wilder junger Leute!

INSPIZIENT *zu Truffaldino* Zurück! Abtreten!

DOKTOR *zu Truffaldino* Unauffällig abgehen! Sie sind zu früh aufgetreten! Verschwinden Sie, bevor das Publikum was merkt!

SOUFFLEUR Der Liebhaber seiner Schwester, den er nicht leiden konnte –

Pandolfo verliert die Fassung.

DOKTOR Wenn er nicht sofort abgeht, schmeißt er uns das Stück, bevor es noch angefangen hat!

Inspizient links vorne, sucht Truffaldino durch Zeichen wegzuschaffen.

TRUFFALDINO Laßt mich doch einen Blick auf das neue Haus werfen, man ist doch neugierig! So eine stattliche Versammlung! So viel hübsche Frauen! Und alle sind sie begierig! gespannt! und auf uns! Man ist doch kein Holzklotz! Man hat doch ein Herz in der Brust! Man möchte doch Bekanntschaft machen!

Sie bemühen sich, ihn von der Rampe fortzuziehen.

Es geht doch etwas aus von einem solchen Anblick! Es liegt doch etwas in der Luft! Das ist doch wie bei einer ersten Begegnung mit einer Person, von der wir viel gehört haben und die uns, wenn wir ihr zu gefallen vermöchten, sehr beglücken könnte. Man will doch einen Eindruck machen.

PEDANT *indem er die Arme übereinanderschlägt* Den macht man durch Leistungen.

TRUFFALDINO Oh, du kennst die Welt schlecht! Alles hängt davon ab, wie man sich präsentiert. Der erste Moment entscheidet. Es ist genau wie bei den Frauen. Ein Wort zu wenig – und die schönste Gelegenheit ist vertan.

ERSTER Aber ein Wort zuviel verdirbt alles!

ZWEITER Wir haben uns das Versprechen gegeben, keine Reden zu halten, sondern in aller Bescheidenheit hier einzutreten. Es ist auf diesen Brettern schon genug Theater gespielt worden, und wir wollen nichts tun als weiterspielen. Man dichtet unserer Truppe allerlei Ehrgeiz an, und man wird uns nichts durchgehen lassen, was man andern durchgehen läßt.

DRITTER Wer das »Glas Wasser« im alten Burgtheater gesehen hat, dem werden wir nicht erzählen, wie man Theater spielt.

TRUFFALDINO *sanft* Man wird mich nicht davon abbringen, daß die Herrschaften

Er schiebt sich näher an die Rampe

begrüßt werden wollen. Sie sehen ganz so aus!

VIERTER *schiebt ihn weg* Als eine unerhörte Anmaßung wird man es uns Schauspielern ankreiden, wenn wir hier Reden halten!

FÜNFTER Aber wenn wir schweigen, als Aufgeblasenheit!

TRUFFALDINO *immer sanft* Laßt mich nur ein paar Worte sagen, ganz ohne Pathos!

Die übrigen verstellen ihm den Weg.

PEDANT Man will uns Theater spielen sehen, so gut es in unsern Kräften liegt; das ist alles, was man will.

Mit erhobener Stimme

Es hieße Eulen nach Athen tragen, wollte man einem Wiener Publikum –

Von nun an alle Stimmen immer lauter gegeneinander.

EINER Den Spiegel unseres Zeitalters werden wir ihnen vorhalten! Das ist es, was sie von uns erwarten!

ANDERER Vergessen wollen sie das Zeitalter! Darum gehen sie ins Theater!

DRITTER Nein, sie wollen ja gerade heraus aus dem Theater!

ZWEITER Nein! Hinein wollen sie ins Theater!

ERSTER Sie wollen, daß der Schauspieler wieder zurücktritt hinter den Dichter!

FÜNFTER Hervortreten wollen sie ihn sehen, den Schauspieler! Das Stück war ihnen immer egal!

PEDANT Es hieße Eulen nach Athen tragen, wollte man einem Wiener Publikum –

SECHSTER Das Aktuelle wollen sie, das Heutige! Strindberg wollen sie sehen!

ZWEITER Strindberg wollen sie nicht sehen! Sie wollen ihren Grillparzer sehen! ihren Raimund!

SIEBENTER Grillparzer und Raimund wollen sie nicht sehen! Das ist eine Lüge, sie wollen keine Antiquitäten!

TRUFFALDINO *versucht durchzudringen* Nur ein paar Worte, ganz ohne Pathos! Nur einen Blick auf die Galerie hinauf, zu den jungen Leuten!

Die Stimme noch verstärkt und gereizt im Ton.

EINER Sie wollen sehen, was keiner Zeit angehört!

PEDANT *deklamierend* »Alles Vergängliche – ist nur ein Gleichnis. – Das Unzulängliche – hier wirds Ereignis!«

Bei dem »hier« stampft er auf.

ANDERE Sie wollen nicht, daß man ihnen was sagt!

ANDERER O ja, sie wollen, daß man ihnen das sagt, was sie hören wollen!

TRUFFALDINO *wie oben* Nur ein paar ganz kurze Worte, ganz ohne Pathos!

ANDERER Aber sie wissen nicht, was sie hören wollen!

ANDERER Dann müssen sie wollen, was wir wollen!

ANDERER Nein, wir wollen, daß sie wollen, was wir wollen!

PEDANT Es hieße Eulen nach Athen tragen, wollte man einem Wiener Publikum – –

Alle reden gleichzeitig; Die Klingeln fangen zu läuten an. Die Nichtbeschäftigten sind auf die Bühne gekommen.

TRUFFALDINO Nur ein paar schlichte Worte! Ich möchte ihnen irgend etwas zuliebe tun!

EINER *zu Pantalon* So bringen Sie ihn doch zur Ruhe, es ist doch Ihr Sohn!

DIE KOKETTE *in Männerkleidern* Sie wollen ihn nicht reden lassen, und damit tun sie unrecht. Das ist eine Stadt, wo man mit sich reden läßt!

TRUFFALDINO Hört ihrs!

DIE KOKETTE – und es ist eine Dummheit, wenn man irgendeine Gelegenheit versäumt, dem Publikum, von dessen Gunst wir abhängen, etwas Liebes zu sagen.

TRUFFALDINO Das predige ich doch!

DIE KOKETTE Denn es gibt nun einmal ein gewisses Fluidum, das wir brauchen, und wenn es ausbleibt, sind wir weder hübsch, noch liebenswürdig, noch begabt. Man muß dem Publikum sagen, daß zwischen ihm und uns sich heute etwas anspinnt, das nur gut werden kann, wenn beide Teile miteinander ins Spiel kommen; daß es in jeder Liebschaft traurig ausschaut, wenn der eine Teil – nur empfangen und nicht auch geben will.

TRUFFALDINO *eifrig zustimmend, schnappt ihr das Wort vom Mund weg; er steht ihr zur Linken* – nur empfangen und nicht auch geben will!

Zugleich mit ihr.

DIE KOKETTE *hält ihm mit der linken Hand den Mund zu und fährt fort* – nicht auch geben will. Das alles müßte man ihnen natürlich nicht so sagen, wie ich es jetzt sage, sondern so, daß es eine Art hat, und das hätte man sich eben vorher von irgendwem aufsetzen lassen müssen. Aber wenn wir nichts Aufgesetztes haben, so soll er halt hingehen und es ihnen sagen, so gut er kann.

ALLE WEIBLICHEN PERSONEN Laßt ihn reden!

TRUFFALDINO Ja, laßt mich mit zwei Worten sagen, wie mirs ums Herz ist.

EINER Gut, aber sage es nicht umständlich.

ANDERER Deutlich!

DRITTER Herzlich!

TRUFFALDINO Das ist doch meine Stärke!

VIERTER Klipp und klar!

FÜNFTER Aber ohne Pathos!

TRUFFALDINO Das will ich doch! das will ich doch!

SECHSTER Verhalten!

SIEBENTER Mit Humor!

ACHTER Mit diskretem –

TRUFFALDINO Mit diskretem Humor. Du nimmst mir das Wort vom Munde!

ERSTER Aber ohne Witze!

TRUFFALDINO Ohne Witze!

ERSTER Keine nichtssagenden Artigkeiten!

ZWEITER Kein Loblied auf die Vergangenheit!

VIERTER Kein Appell an die Zukunft!

FÜNFTER Und keine Anspielung auf die Gegenwart!

TRUFFALDINO Nichts von dem allen.

SECHSTER Sprich ihnen nicht von Literatur, das interessiert sie nicht.

SIEBENTER Und nicht von Politik, von der wollen sie nichts wissen.

TRUFFALDINO Laßt nur! Laßt mich!

ACHTER Bedenke aber, daß sie seit neuerer Zeit Demokraten sind, daß sie keine Unterschiede kennen!

TRUFFALDINO Natürlich!

ERSTER Aber viele Abstufungen!

TRUFFALDINO Das hab ich im kleinen Finger!

ZWEITER Schmeichle ihnen nicht!

TRUFFALDINO Wie werd ich?

EINE FRAUENSTIMME Wer nicht schmeichelt, verletzt!

TRUFFALDINO Da hat sie recht!

DRITTER Rede ihnen nicht von unserm Ernst, den können sie nicht leiden!

TRUFFALDINO Ich weiß, wie mans anfängt!

VIERTER Nichts von Programmen, nichts von Plänen!

TRUFFALDINO Ach, ach!

FÜNFTER Aber unterstehe dich nicht, leichtfertig von uns zu reden, denn es ist uns sehr ernst mit dem, was wir bringen!

TRUFFALDINO Das will ich meinen!

SECHSTER Verletze keinen!

SIEBENTER Bevorzuge niemanden!

ERSTER Bedenke, es sind Geschäftsleute, Advokaten, Ärzte!

ZWEITER Sorgenvolle, abgespannte Menschen!

DRITTER Verkümmere ihnen nicht das bißchen Aufheiterung!

TRUFFALDINO Ist das meine Art?

VIERTER Aber es sind Wiener, geborene Phäaken, heitere, behagliche Pessimisten!

FÜNFTER Also tritt ihrem Ernst nicht zu nahe!

TRUFFALDINO Wie werde ich!

SECHSTER Raube ihnen nicht ihre Unbefangenheit!

SIEBENTER Unterfange dich nicht, ihre Vorurteile zu verletzen!

TRUFFALDINO Ich werde mich hüten!

ACHTER Bedenke, daß Kritiker unter ihnen sitzen!

ERSTER Laß dir nicht einfallen, dich bei ihnen einschmeicheln zu wollen!

TRUFFALDINO Sieht mir das ähnlich?

ZWEITER Und noch weniger, sie zu verstimmen!

EINE FRAU Begnüge dich damit, das auszusprechen, was jeder einzelne von uns –

MEHRERE Was wir alle –

EINER Was die Stunde verlangt!

ZWEITER Ganz ohne Umschweife!

DRITTER In zehn Worten! Wir sind hier und wollen – also sagt, was wir wollen!

VIERTER Wir wollen Theater spielen, ganz nach der alten Art!

FÜNFTER Aber andrerseits doch –

SECHSTER Ja, natürlich, auf eine neue Weise!

ERSTER Die aber insofern auch wieder die alte ist, als wir gar keine neuartigen Absichten damit verbinden –

ANDERER Sondern im Gegenteil – aber natürlich trotzdem –

DRITTER Insoferne wir doch moderne Menschen sind –

DIE GLEICHE FRAU WIE OBEN Ach Gott, ist denn das so schwer? Wir begrüßen in ihnen das Publikum einer Stadt, die –

EINER Nein, wir begrüßen in diesem Publikum den Geist einer Stadt, der –

ANDERER Der immer –

DRITTER Der auch mit uns war, wenn wir anderswo waren –

DIE GLEICHE FRAU Und zu der wir jetzt nicht auf Besuch, sondern wieder nach Hause kommen!

EINER Ja, ungefähr das sage!

ZWEITER Aber in größter Kürze!

DRITTER Also vorwärts!

VIERTER Und keine gebildeten, hochtrabenden Wörter!

FÜNFTER Das Wort »neuer Stil« streiche aus deinem Lexikon!

SECHSTER Aber das Wort »Tradition« ebenfalls. Das könnte den Leuten an dieser Stelle anmaßend erscheinen.

SIEBENTER Kurz, rede, wie dir der Schnabel gewachsen ist!

ACHTER Aber laß dir kein unüberlegtes Wort entschlüpfen!

ALLE Hast du begriffen?

Truffaldino sieht sie entgeistert an.

ALLE Also rede!

Sie machen ihm Platz.

TRUFFALDINO *tritt vor, nimmt einen Anlauf, zu reden. Dann stockt er: sein Gesicht verrät inneren Schreck, dessen er aber mit Gewandtheit sogleich wieder Herr wird* Ich habe Ihnen nichts zu sagen. Sie

Auf die Schauspieler deutend

haben mir in ihrem Eifer alles vorweggenommen. Entnehmen Sie daraus, wie sehr wir alle bestrebt sind, Ihre Gunst zu erwerben – und zu verdienen!

Verneigt sich. Alle ebenso

DER INSPIZIENT Das Stück fängt an. Ich bitte, wer nicht beschäftigt ist, die Bühne freizugeben. Erster Akt, erste Szene. Auftritt: der Doktor, Pandolfo, Tebaldo!

»DAS THEATER DES NEUEN«

EINE ANKÜNDIGUNG

Die auftretenden Personen sind Schauspieler des Theaters in der Josefstadt. Sie spielen sozusagen jeder sich selbst.
Ein Büroraum im Theater in der Josefstadt. Ein Schreibtisch, bedeckt mit Bühnenmanuskripten. Ein Telephon. Kleine Türen links und rechts. Waniek und Homolka sind da. Telephon klingelt. Waniek geht hin.

WANIEK *am Telephon* Ja, ich bin hier. Wie? Die Entscheidung steht bevor? Man hat mir doch gesagt, die Entscheidung sei getroffen, und zwar in günstigem Sinn!

HOMOLKA Was gibts?

WANIEK Wie? Mein Elaborat wurde noch nicht vorgelegt? Über das »Theater des Neuen«! Ja, natürlich. Um das handelt es sich doch. Im blauen Papier. Maschinenschrift. Das einzige Exemplar! Das ist doch ungeheuerlich!
Zu Homolka
Sie können unser Programm nicht finden, meinen Entwurf! Er hat noch gar nicht vorgelegen!
Am Telephon
Wie? Nein, Herr Waldau ist nicht hier, hier ist Waniek, Theater des Neuen! Ich spreche mit der Direktion. Ich bitte mich nicht zu unterbrechen.
Erschrocken
Mich mit Berlin verbinden... damit ich unser Programm mündlich am Telephon... wie? Wer spricht da hinein! Nein. Ich habe Herrn Waldau nicht gesehen... In vier bis fünf Minuten? Von der Kanzlei aus? Ja, wie denken Sie sich denn das? Ein Programm von fünfzehn Maschinenseiten? Wie? Ich spreche. Hören Sie mich, Fräulein Nitschmann? Es ist doch ganz undenkbar. Sie hören nicht? Ist dort niemand?
Er hängt ab.

FRIEDELL *tritt ein* Also das »Theater des Neuen« ist, wie ich höre, genehmigt?

WANIEK Es hat noch gar nicht vorgelegen!

FRIEDELL Wir kommen in vierzehn Tagen mit dem ersten Stück heraus?

WANIEK Man zitiert mich ans Telephon, um in drei Minuten Auskunft über ein Projekt von dieser inneren und äußeren Tragweite zu geben.

FRIEDELL Ah. Dann ist also keine so brennende Eile. Da kann ich indessen meine Arbeitsstätte aufsuchen.

Geht an den Diwan und entnimmt dessen Innerm eine Schnapsflasche, ein Gläschen und einige Zeitungen.

WANIEK Dinge dieser Art lassen sich doch nur Aug in Aug vertreten. Es handelt sich doch hier um die subtilste Schwebung, um Weltanschauliches und dessen Vertretung gegenüber Männern einer anderen Generation! Das kann man doch nicht in einen Apparat hineinbrüllen!

HERMANN THIMIG *tritt ein; Paletot, Handschuhe, Hut in der Hand* Also? Sind wir soweit? Ich dachte, ich würde euch schon in voller Arbeit finden. Wir müssen doch jetzt vor allem das Repertoire festsetzen. Die Zustimmung haben wir doch?

Telephon klingelt.

WANIEK *am Telephon* Herr Waldau ist nicht hier.

Zu Thimig

Nein, wir haben sie vorläufig nicht.

Am Telephon

Herr Dworsky ist auch nicht hier. Nein, ich weiß nicht, wo er sein kann.

Hängt ab

Raten Sie doch, wie ich mich jetzt verhalten soll!

FRIEDELL Wackelnde Tische vertrag ich nicht. In einer Welt, in der alle Begriffe wackeln, müssen wenigstens die Tische feststehen. Sie erlauben, daß ich eines dieser Manuskripte praktisch verwerte.

Nimmt ein Manuskript

»Der Einsame.« Ein ekstatisches Szenarium in neun Stadien. Das werden wir nicht brauchen? Oder steht das vielleicht zur engeren Wahl? Dann nehme ich dieses.

Er nimmt ein anderes

»Der junge Mensch.« Ein Weg in drei Windungen und

einer Überwindung. Sie halten es also für richtig, daß wir diese Windungen mitmachen?

WANIEK Darüber sind wir doch vollkommen einig. Das Prinzipielle kann doch jetzt nicht plötzlich wieder in Frage gestellt werden!

FRIEDELL Wir waren darüber einig?

WANIEK Bis aufs letzte!

FRIEDELL Wann?

WANIEK Heute nacht um drei Uhr!

FRIEDELL Vollkommen einig? Dann ist doch höchste Zeit, daß wir die Sache von einem anderen Standpunkt ansehen. Würden Sie mir kurz in Erinnerung bringen, worüber wir einig waren? Damit ich mir, indessen Sie telephonieren, die entgegengesetzten, schlagenden Argumente zurechtlegen kann.

Homolka lacht auf.

THIMIG *Steht auf* Darf ich fragen, was überhaupt bis jetzt feststeht?

WANIEK Feststeht vorläufig gar nichts. Es scheint eben alles wieder in der Schwebe zu sein.

FRIEDELL Feststeht, daß sich der ganze Plan und seine Eignung, hier realisiert zu werden, auch von einem vollkommen entgegengesetzten Standpunkt ansehen läßt, von dem aus sich ein abratender Bescheid der Direktion sehr gut begreifen ließe.

HOMOLKA *von seinem Platz aus, wo er sich hingesetzt hat, sehr bestimmt* Feststeht: das »Theater des Neuen« wird gemacht. Wird in diesem Monat gemacht.

THIMIG Ah! Ausgezeichnet!

HOMOLKA Wird gemacht, weil wir es machen wollen und machen werden. Ich glaube wenigstens, wir alle wollen,
Blick auf Thimig und Friedell
und da wir es also wollen und da wir daran glauben...

FRIEDELL Oder da wir glauben, daß wir wollen... Die Begriffe Glauben und Wollen sind vertauschbar. Die Untersuchungen der neueren Schule von Nancy haben ergeben, daß zwischen der Kraft des Wollens und des Glaubens ein unterirdischer Zusammenhang besteht.

THIMIG Sehr gut. Ich bin außerordentlich für ein energisches

Handeln. Wir nehmen an, daß diese Formalität erledigt ist, und gehen in die Sache ein. Es wäre also an dem, daß wir uns für das Eröffnungsstück entscheiden.

HOMOLKA Das Eröffnungsstück ist hier.

Er zeigt auf ein aus seiner Brusttasche herausragendes Bühnenmanuskript.

THIMIG Ah! Ihr habt schon gewählt? Ich hatte allerdings gedacht, daß man das gemeinsam – na, darf ich vielleicht sehen?

HOMOLKA Dieses Stück ist das Stück, mit dem wir das »Theater des Neuen« eröffnen, wenn wir das sind, was wir sein wollen.

THIMIG O bitte, aber darf ich vielleicht doch sehen!... ich interessiere mich begreiflicherweise.

HOMOLKA »Baal« von Brecht. Ich glaube, das sagt genug. Der Name ist ein Programm. Er bedeutet das Letzte, den Durchbruch ins Unbedingte, Neue, Elementare.

THIMIG Ah, ja! Aber würden Sie mich nicht einen Blick in das Stück tun lassen. Ein Blick gibt doch eine Idee. Ich interessiere mich doch.

HOMOLKA Ein Blick würde Ihnen nichts sagen. Ein Stück wie dieses ist die letzte Einheit. Hier sind nicht ausgeklügelte Worte auf ein ausgeklügeltes Szenarium geklebt. Hier ist Gebärde und Wort eins. Innere Gewalt entlädt sich und schafft den neuen Lebensraum, indem sie ihn mit sich erfüllt.

THIMIG Es ist aber historisch?

HOMOLKA Historisch? Wie kommen Sie zu dem gespenstischen Begriff?

THIMIG »Baal«... ich nehme an!

HOMOLKA Es ist der Mythos unserer Existenz, die elementare Erfassung unseres Daseins. Der Mensch von heute geht durch alles durch, er saugt alles Lebendige in sich, um schließlich zur Erde zurückzukehren.

THIMIG Und Sie nehmen an, daß dies ohne weiteres verstanden werden wird? Ich meine: hier. Hier ist doch schließlich nicht Berlin.

HOMOLKA Aber heute ist doch heute, vielleicht auch hier.

THIMIG Gewiß.

HOMOLKA Und Menschen von heute sind Menschen von heute? Vielleicht auch hier?

THIMIG Ohne jeden Zweifel.

HOMOLKA Und glauben Sie, daß man aus der Zeit, der man angehört, sich ausschließen kann, ohne zum Schatten zu verkümmern? Was meinen Sie, Doktor Friedell?

FRIEDELL Ich bin überzeugt, daß ich, sobald ich mich aus meiner Zeit ausschließen wollte, zum Schatten einschrumpfen würde. So schwer mir das persönlich auch fallen dürfte.

WANIEK Ich wenigstens würde mich augenblicklich aufhängen, wenn ich annehmen sollte, daß in der Zeit, in der ich atme, trotz Radio, Trusts und Scheinwerfern jede mythenbildende Kraft erloschen wäre.

THIMIG Es handelt sich aber nicht nur um uns, es handelt sich doch um die, welche unten sitzen. Das Theater ist schließlich ein geselliges Institut. Wenn wir wollen, daß ein neuer Dichter in einer neuen Sprache durch uns zu ihnen rede, so müssen wir auch wollen, daß sie ihn verstehen.

HOMOLKA Der Dichter, für den wir eintreten, redet nicht.

THIMIG Ah so!

HOMOLKA Der neue Dichter einer chaotischen Zeit ist Zielseher.

FRIEDELL *gießt sich ein Gläschen Schnaps ein* Es handelt sich darum, daß der Zeitstoff endlich geballt werde.

Trinkt sein Gläschen aus.

WANIEK Sie könnten ebensogut sagen: gelöst. – Aber formuliert wie ihr wollt und laßt mich indessen vorarbeiten.

Von der Arbeit aufstehend

Ein neues Seelenhaftes ist doch da!

HOMOLKA Wir fühlen es.

WANIEK Es rührt uns an.

HOMOLKA Es will Gestalt werden durch unsern Leib hindurch.

THIMIG Ausgezeichnet. Ich wünsche mir nichts Besseres. Aber das kann es nur durch das Medium der Sprache.

HOMOLKA Jawohl, dieser Sprache.

Er schlägt sich auf die Brust

Es braucht unsern Leib. Unsern Schrei. Unsere Stummheit.

THIMIG Aber vor allem braucht es das da.

Deutet auf seinen Mund

Ohne Sprache kein Inhalt. Ohne Geist keine Welt.

HOMOLKA Wir haben nicht Geist zu verzapfen, sondern All in Seele aufzulösen. Seele in All.

WANIEK Wir haben den magischen Raum zu schaffen, in dem die materiellen und sozialen Begrenzungen sich auflösen und der Mensch sich selber zum Sinnbild wird.

HOMOLKA Der Mensch von heute haßt das Wort. Er haßt die Gaukeleien des Geistes. Er will Ding, Blut, Wesen.

FRIEDELL Sie hören es!

THIMIG Ja, ja, ja, ja. Ich kenne den Text. Ich kenne auch die Melodie. Warum wir uns aber gerade von denen die Rezepte ausborgen sollen, die sich gigantisch vorkommen, weil sie mit dem Leben niemals fertig werden, das weiß ich nicht. Wir hier werden fertig. Für uns ist die Form kein Schreckgespenst. Wir bewegen uns in Formen, ohne das Geheimnis des Lebens an sie zu verlieren. Wir bedienen uns, verzeihen Sie, einer artikulierten Sprache, und ob Shakespeare oder Nestroy sie uns in den Mund legt! Die überkommene Sprache ist nun einmal die Brücke, auf der stehend wir den Hinsturz der Generationen überdauern. Sei sie an der Oberfläche veraltet, so ist es unser Stolz, daß wir, in sie eindringend, das ihr für ewig anvertraute Leben fühlbar machen, und unser Lohn, daß wir von denen verstanden werden, die vor uns sitzen, ob sie nun Greise sind, die von gestern kommen, oder Knaben, die nach morgen gehen.

HOMOLKA *steht auf* Herr Thimig, solange Sie in diesem Grade vertikal denken, können wir uns nicht verstehen.

THIMIG *etwas erschrocken* Ich denke vertikal?

FRIEDELL *behaglich* Ja, diesen Eindruck habe ich auch gehabt. Das ist eine Infektion, die in der Wiener Luft liegt.

HOMOLKA Sie denken in Ahnenreihen, als deren Endpunkt Sie sich setzen. Der neue Mensch denkt horizontal. Im Querschnitt der Gegenwart. Wir stammen nicht ab.

THIMIG Sind Sie dessen sicher?

HOMOLKA Die Sprache als Vehikel dessen, was Sie Geist nennen, hat bis auf weiteres abgewirtschaftet.

THIMIG Das weiß ich nicht.

HOMOLKA Sie ist lebensüberdrüssig geworden.

THIMIG Davon bin ich nicht überzeugt.

FRIEDELL Sehr begreiflich. Sie hat es satt bekommen, in aller Mund zu sein. Auf die Dauer ist das keine Existenz für ein geistiges Wesen.

THIMIG Ein Mann von wahrhaftem Geist wird sie erneuern, heute oder morgen.

HOMOLKA Die Zeit hat keine Zeit zu warten, sie will erlöst werden.

THIMIG Eine rohe, unartikulierte Sprache wird sie nicht erlösen, sondern nur unsere Existenz untergraben.

HOMOLKA *sehr stark* Das Chaos frisiert sich nicht, Herr Thimig!

Thimig verstummt. Eine kleine Pause. Das Telephon klingelt heftig.

Waniek stürzt ans Telephon.

WANIEK Die Verbindung mit Berlin. Ja, ich komme. Was soll ich tun? Was soll ich sagen?

Hängt ab

Kann ich eine geistige Welt, die man sich in monatelangem Nachdenken ausgebaut hat, am Telephon begründen?

Eilt weg, wird am Fenster rechts noch einmal sichtbar.

HOMOLKA Was Sie zu sagen haben, sind zehn Worte. Das »Theater des Neuen« wird gemacht und die Eröffnung heißt: »Baal« von Brecht.

Waniek ab.

Eine Pause.

FRIEDELL *zu Homolka* Sie haben da früher etwas sehr Interessantes gesagt. Ich nehme an, ohne es zu wollen.

HOMOLKA Wieso?

FRIEDELL Ich nehme immer an, daß einem die interessanten Dinge unabsichtlich herausrutschen; außer bei mir selbst, natürlich.

HOMOLKA Ach so!

FRIEDELL Nämlich, daß die Zeit unerlöst ist; und wissen Sie auch, wovon sie erlöst sein möchte?

THIMIG Ich bin begierig.

FRIEDELL Vom Individuum.

THIMIG Wie?

FRIEDELL Sie schleppt zu schwer an dieser Ausgeburt des sechzehnten Jahrhunderts, die das neunzehnte großgefüttert hat.

THIMIG Das ist doch ein etwas weitgehendes Paradoxon.

HOMOLKA Keineswegs, wir sind anonyme Gewalten. Seelische Möglichkeiten. Individualität ist eine der Arabesken, die wir abgestreift haben. Sie werden sehen, wie ich den »Baal« spiele.

THIMIG Ah! Sie werden den »Baal« spielen?

Macht einen Gang

Sie nennen das Individuum eine Einbildung? Da kann ich nicht mehr mit, und Sie auch? Vielleicht daß ich, wenn ich den »Baal« gesehen haben werde...

FRIEDELL Jawohl, Herr Thimig, und ich würde so weit gehen, zu behaupten, daß alle die ominösen Vorgänge in Europa, denen wir seit zwölf Jahren beiwohnen, nichts sind als eine sehr umständliche Art, den lebensmüden Begriff des europäischen Individuums in das Grab zu legen, das er sich selbst geschaufelt hat.

THIMIG *am Ende seiner Geduld* Da kann ich nicht mehr mit!

WALDAU *eintretend* Störe ich? Ich sehe, ihr seid mitten in eurer Besprechung. Ich will euch um Gottes willen nicht stören.

Will fort.

THIMIG Im Gegenteil, Sie kommen zurecht, um eine etwas überraschende, aber interessante Neuigkeit zu hören.

WALDAU *verbindlich* Hat sich etwas Neues ereignet?

THIMIG Jawohl. Das Individuum existiert nicht mehr.

WALDAU Wie?

THIMIG Die moderne Denkweise hat es abgeschafft. Es ist eine Arabeske, die hinter uns liegt.

Waldau lächelt verlegen.

THIMIG Diese beiden Herren haben mich sozusagen mit der Zeit in Kontakt gebracht.

WALDAU Welches Individuum? Ich bin nicht ganz im Bild. Es handelt sich?

THIMIG Um Sie, um mich. Um den Individualbegriff im allgemeinen.

WALDAU Wenn ich einen Spaß nicht verstehe, so tun, als ob ich ihn verstünde, das gelingt mir nie.

THIMIG Es ist kein Spaß, Herr Waldau. Wir führen ein sehr ernstes Gespräch.

HOMOLKA Allerdings.

WALDAU Ja, ihr seht so ernst aus. Ihr habt eine Differenz? Das wäre doch schrecklich zwischen lieben Kollegen.

THIMIG Gar nicht. Ich bin nur entsetzlich rückständig. Ich habe bis jetzt geglaubt, ein Individuum zu sein und kraft meiner Individualität Individuen darzustellen.

WALDAU Außerordentlich sympathische Individuen, lieber Hermann.

THIMIG Darum handelt es sich nicht, lieber Waldau. Es handelt sich darum, daß für horizontal denkende Menschen von heute das beschränkte Ich des Individuums nicht mehr existiert. Sie werden das verstehen, wenn Sie ihn haben den »Baal« spielen sehen.

WALDAU Ah, den »Baal«...?

THIMIG Den »Baal« von Brecht, mit dem wir das »Theater des Neuen« eröffnen.

WALDAU Wir eröffnen also? Und habt ihr schon über Rollen konferiert?

FRIEDELL Vorläufig konferieren wir über Grundbegriffe, über das, was sozusagen hinter den Rollen verborgen liegt. Über den Geist der Generationen. Verstehen Sie?

WALDAU Da bin ich ganz unmaßgeblich.

HOMOLKA Wieso?

WALDAU Als einzelner?

HOMOLKA Es gibt keinen einzelnen in Ihrem Sinn.

WALDAU Ich habe bisher mein bescheidenes Ich für eine Privatangelegenheit gehalten.

THIMIG Da waren Sie im Irrtum. Das alles sind Begriffe von vorgestern.

WALDAU In meiner Haut hab ich doch geglaubt zu Haus zu sein, das heißt mindestens in den trivialeren Momenten.

FRIEDELL Das Ich als absolute Einheit ist rein phänomenologisch eine der schwerst zu beweisenden Angelegenheiten.

THIMIG Ich fürchte...
Zu Waldau
Na, wollen wir nicht indessen hinaufgehen. Wir erfahren ja oben, was wird.

WALDAU Bitte sehr.
Er bleibt aber stehen
Nun allerdings, für die Schranken des Individuums in die Schranken zu treten, dürften wir, wie wir da sind, jedenfalls die Ungeeignetsten sein.
Einer reicht ihm eine Zigarette, die er anzündet.

THIMIG Inwiefern wir?

WALDAU Wir Schauspieler.

THIMIG Ach so!

WALDAU Denn, wenn man schließlich das Schicksal hat, nur man selbst zu sein, indem man immer ein anderer wird...

THIMIG *lächelt* Ach so!
Homolka tritt näher.

WALDAU Ich meine, wenn man sozusagen nur durch neue Situationen und Begebenheiten erfährt, ob man eigentlich eng oder weit, energisch oder energielos, ein Mörder oder ein Träumer ist...

THIMIG *völlig entspannt* Na ja, natürlich.

WALDAU Ich weiß nicht, ob einer von Ihnen sich so ganz im klaren ist, wo er anfängt und wo er aufhört... ich bin es nicht.

THIMIG *lächelnd* Ja, wenn Sie es so meinen!

WALDAU Diese gewissen ungewissen Verbindungen mit dem Unbekannten, die wir beständig eingehen...

THIMIG Ja freilich, die...

FRIEDELL Die Amöbe.

WALDAU Wie?

FRIEDELL Der Schauspieler ist die Amöbe unter den Lebewesen und darum ist er der symbolische Mensch. Die Amöbe, das unbestimmbare Urwesen, das sich von der Situation diktieren läßt, ob es Tier oder Pflanze sein soll.

HOMOLKA Hört, hört!

THIMIG Aber das ist doch ganz etwas anderes.

HOMOLKA *zu Waldau* Wären Sie bereit, diese Verbindungen

mit dem Unbekannten unter einer kleinen Versetzung des Akzents Geburtswehen der Zukunft zu nennen?

WALDAU *höflich* Ich sehe kein Hindernis.

HOMOLKA Und zuzugestehen, daß dieses sich gebärende Zukünftige, Überpersönliche das zufällige Ich zersprengen darf und muß?

WALDAU Bitte.

FRIEDELL Na, und die Sache mit den zwei Seelen in der einen Brust war doch auch schon eine kleine Revolte gegen das dogmatische Ich!

THIMIG Das gebe ich zu.

HOMOLKA Ich habe nie mehr behauptet. Ich habe gesagt, daß der neue Mensch sich vor allem als Träger potentieller Energien weiß.

THIMIG Ja gewiß, gewiß.

HOMOLKA Daß die herkömmlichen historischen und sozialen Grenzen des Individuums für ihn keine Bedeutung haben.

THIMIG Ausgezeichnet.

WALDAU Nun, aber da sehe ich doch gar keine Divergenz.

Lächelt.

Homolka lächelt.

WALDAU Nicht die geringste, sondern im Gegenteil eine außerordentliche Übereinstimmung.

HOMOLKA *lächelt sehr stark* Das könnte man sagen.

Thimig tritt einen Schritt auf Homolka zu und reicht ihm die Hand.

WANIEK *von rechts oben* Bewilligt! Alles bewilligt! Wir beginnen sofort die Proben und eröffnen das »Theater des Neuen« am einundzwanzigsten März!

HOMOLKA Mit »Baal« von Brecht!

Eilt nach oben.

FRIEDELL Keinerlei Bedingungen?

WANIEK Keine.

FRIEDELL Keinen Aufschub? Keine Hindernisse?

WANIEK Keine.

FRIEDELL Das heißt ja geradezu, einem den Boden unter den Füßen wegziehen.

Vorhang.

FRAGMENTE

ALEXANDERZUG

FRESKEN

I

Das Schlachtfeld von Issus

Ein Hügel am Schlachtfeld, bedeckt mit gefallenen persischen Trabanten, Waffen und den Trümmern prachtvoller vergoldeter Kriegswagen. Dahinter das Schlachtfeld: in bläulicher Ferne am Fluß Burgen.
Alexander, um ihn Feldherrn und makedonische Edle; weiterhin makedonische Krieger.

EINE HOHE STIMME AUS DER MENGE
Sieg, Alexander, Sieg!
EINE GROSSE SCHAR, IN DER FERNE
Alexander! Alexander!
DIE FELDHERREN, DIE EDLEN
Sieg, großer Sieg!
Alexander! Alexander!
PARMENION
Mein König, Persien war ein großes Wort,
ein schweres Wort, in Griechenohren dröhnend;
der Hellespont in Ketten: Wasserweg
aufrauschend durch der Berge Leib geführt;
mit Städtefackeln roterhellt die Nacht;
von ihrer stampfenden Galeeren Wucht
das Meer zur Unzeit flutend und der Wind
mit Erzgedröhne schauerlich erfüllt;
landwärts die lauten tiefen Flüsse leer
von ihrer Rosse drittem Durst: das war
des Riesen Persien eine rechte Hand,
gehoben wider uns: die eine Hand.

… Nicht eine Hand, nein beide, Händ und Arm',
des ganzen Leibes wildgespannte Sehnen,
ja, schier der Füße im Verzweiflungskampf
zu Hilf gerufene unedle Kraft,
Herr, ringest du zu Boden, setzest heut
das jugendliche königliche Knie
auf die in Erz gebundne Riesenbrust,
mein großer König, König Philipps Sohn.
Pause

ALEXANDER

Ein Sieg? Ein großer Sieg? welch Wort ist das,
das diese Tausende so dröhnend rufen,
und klingt doch hier wie eine schlechte Schelle
so leer und jeder Göttlichkeit entblößt?

– –

ALEXANDER – DIE FREUNDE

ALEXANDER

Sonntag, 3. Februar 1895. – Ich sage zu den kleinen dunklen Häusern und Kindern in Mödling: gebt mir euch, – und sie geben mir den göttlichen Leib Alexanders des Großen im Bade liegend. – Gedanken = ein tiefes Kommunizieren mit dem Wesen der Dinge. Feuer einer Laterne vermittelt die Idee des ewigen Weltfeuers und die mystische Vereinigung mit diesem. E vita Alexandri Magni. – Eine Vorrede dazu, tief menschlich: »Gottes ist der Orient!« etc. – Die Vorrede aus christlich-mohammedanischer Zeit von einem hohen blauen Berg aus über die Länder hinschauend zu Sindbad dem Seefahrer, Kaiser Diocletian und den Propheten Christus und Mohammed.

Fragmente: das eine die Enttäuschung nach dem Sieg bei Issos.

Fragmentum x: des Königs Bad und ein Narr auf seinem Thron:

Der König trägt im Bad einen Mantel aus leuchtendem weißem Gewebe. In der Dämmerung sieht sein Leib unter dem Wasserspiegel wie ein Phantom aus, sein göttliches Haupt mit dem metallhaften Haar und den Zügen einer rätselhaften, im Schlaf ermordeten Frau, eines Jünglings von ergreifender und verwirrender Schönheit und eines grausamen Gottes, liegt wie abgehauen auf der bebenden Fläche.

Seine Gedanken im Bad: in einer gläsernen Glocke ins Meer hinabzusteigen und diese Wesen zu begreifen, die unsterblichen, durch Teilung sich vergnügenden. – Der Erwartete, in beiden Elementen heimisch, als Gott auch Herr der Erde und des Feuers, des Wassers und der Muscheln, der Quallen (als durchsichtige lebende Blumen), der Flüsse, der Teiche, des Meeres. – Beim Zurückgehen in der Allee: früher im Wesen des ihn umhüllenden Wassers hat er die Notwendigkeit gewisser Existenzen gespürt; auch Sonne (– Bruder Sonne –) und andere Feuer wirken so auf ihn: in jedem Wesen ist alles

ausgedrückt, er selbst in hohen Bergen und Schleimtieren, in seinem eigenen Kopf und in fallenden Meteoren. Auch Thais spürt er jetzt mehr und die Flammen von Persepolis und seine früheren Berauschungen. Er trägt den Kopf gesenkt, niemand atmet, sogar die ganz fernen Reiter stehen regungslos. Der Narr auf dem Thron fletscht die Zähne. Wie Alexander aufschaut und ihn sieht, erfüllt ihn der Wirbel des rätselhaften Daseins so sehr, daß er fast auf der Stelle gestorben wäre. Während ihn Satrapen von rückwärts halten, redet er totenbleich ewige Wahrheiten. Wie man den Narren vom Thron reißt, wird er tobsüchtig und schreit so furchtbar wie der Tod. – Alexander sagt: mein Reich ist nicht aus dieser Welt und kann nicht länger leben als ich. Dieser Narr ist ich, und ich will seine Füße küssen. – Über der großen Allee ist die untergehende Sonne und der blasse Mond gleichzeitig.
Das Gewebe, in welchem der König gebadet hat, wird von vier Satrapen mit vergoldeten Handschuhen hinter dem Teich auf eine dunkle, von tiefem Wald umgebene Wiese gelegt. Dort leuchtet es in der Dämmerung, noch mehr bei Nacht. Die Scharen der Tiere kommen, stellen sich herum und schauen es vor Sehnsucht zitternd an. Lautlos machen sie einander Platz, weil immer neue kommen: Flamingos, Gazellen, Pelikane, Ziegenhirsche mit bebenden Flanken. Die Kronen der Bäume hängen ganz voll Affen mit unsäglich traurigen Augen, fliegenden Hunden, die stundenlang an einer Kralle hängen, den Kopf abwärts, die funkelnden Augen auf das Tuch gerichtet, Chamäleone, von Verlangen schauernd und phosphoreszierend, Hunde mit unsäglicher Gier und Demut.
Alexander: Prinzipien des Lebens, Götter neben ihm: »plurimus Ganges«, die großen lebendigen Ströme; die Menschen Ungeziefer. Seine Seele in einer Art elysischem Zustand:

Nulli certa domus. Lucis habitamus opacis
Riparumque toros et prata recentia rivis
Incolimus.

In solchen Versen ist die Schönheit nicht durch starres Darauf-Hinsehen zu erfassen, sondern durch Darüber-weg-sehen. So sollen alle Erscheinungen des Lebens wie eine unsäg-

liche Musik im Flug vorbeigleiten und dabei wird sich die Seele ausleben.
In der ersten Epoche seines Lebens glaubt er an die Möglichkeit, zu halten, zu besitzen, im Besitz etwas zu spüren. Aber er sieht ein, daß das alles nur auf eine großartige Allegorie hinausläuft, qui laissera son âme inassouvie. Königliche Prunkgärten, nackte Königinnen, mit Reben und Diademen an Bäume gebunden... das Ende von dem ist das Anzünden von Persepolis, denn im Tod liegt die Idee des Lebens (παντα ϱεῖ) viel stärker ausgesprochen als in starren Triumphzügen.
Mysterienlehre: wir sind von einem Fleisch mit allem was je war, mit Alexander, mit Tamerlan, mit den verschwundenen Rieseneidechsen und Riesenvögeln, mit allen Göttern und dem Wunderbaren der menschlichen Geschlechter. – Alexander der Große für einen gewissen, x Meilen entfernten Stern gegenwärtig, ebenso für uns, – in unseren Molekülen schwingend, – nur sind wir dessen nicht bewußt; recht hat also das Kind, zu weinen, weil der Prinz im Märchen geköpft: quasi praesentem eum spectaret.
Alexander und der Philosoph Xanthippos. Alexander sagt ihm: meine Taten findest du nicht bei mir, sie sind nie gewesen, du mußt sie erfinden. So ist es mit allem Geschehenen.

DIE FREUNDE

I

Seit kurzem opfert Alexander nicht mehr dem guten Glück allein, sondern auch den Göttern, die Übel abwehren.
Der sabäische Philosoph: er prophezeit den Untergang des Alexander aus omina; Amyclas zieht ihn zu sich: »Jetzt mir allein sag die wahren Gründe!« – Jetzt sagt der: »Er ist unsicher geworden. Er tut nicht mehr, sondern er handelt, ut sibi aliquid fecisse videatur.«
Im Anfang schreit einer von den Pagen aus dem Schlaf: »Herondas!« – das war ein Mörder, nicht der erste, nicht der letzte: es war der zweite.

Eine Andeutung des Karsis, daß der Plan des Herondas geheime Größe habe.
Amyclas: die Schwermut seines Vaters, den Alexander durch Verdacht in den Tod getrieben hat, liegt auf ihm, er braucht ein ungeheures Schicksal, um durch einen Gegendruck den Druck der stillen Verzweiflung loszuwerden. Kurze Zeit vor dem Äußersten hat er einen Augenblick großer Gehobenheit.
Herondas, der frühere Mörder, hatte zu Mitwissern die drei Nubier, die im Bade dem König dienen, und den Waffenmeister Gorgos; die drei Schwarzen durch List und Seelenkenntnis an sich zu ketten, das war seine tiefe Maulwurfsarbeit:

denn alles hier ist fürchterlich verwandt,
ein Königshaus beladen mit dem Fluch,
der aller Größe eingetrieben ist...

Der Entschluß: hic Rhodus, hic salta, hier sind alle meine Möglichkeiten von Triumph und Größe, für mich und meine paar Freunde muß ich auftreten, wer soll uns sonst retten...
Das Antlitz der Meduse (vielleicht im Schild):

die Tat ist wie der Anblick der Meduse,
von vorne fürchterlich, unschädlich dem,
der sie im Rücken hat...

»Je stumpfer du dich gegen das Leben stellst, desto ärmer wird dein Raub sein: das Leben muß man in sich ziehen, – so gelüstet es eine Kreatur nach der anderen.«
Szene mit dem Philosophen. – Amyclas geht ihm, in die Hände klatschend, entgegen: »Der Philosoph! der neue Philosoph! Beredsamkeit ist alles!« Er entwirft ein Bild, wie er sich den Redner denkt. Darauf antwortet ihm der: »du bist selbst ein Redner, darum hüte dich vor Taten, habe schuldige Ehrfurcht vor ehrlichen Mördern, Knopfgießern, Stallknechten.« Zum jungen Eumenes:

Ich geh auf einem Moor: der erste Schritt,
den ich fehltue, ist auch schon mein Tod.

»Du mußt jetzt alles zusammennehmen, was ich dir je getan hab, sonst erträgst du das nicht, was ich dir sagen will.«
Leise Zweifel an Eumenes: was war das, während ich mit ihm sprach, daß mein Mut kleiner wurde? – hinunter, das sind Schatten, die jeder Körper wirft, ein wesenloses Ding, gemacht, Hypochonder zu schrecken.

Amyclas: »Mein kleiner Bruder Eumenes...« – Eumenes: »Mein Stiefbruder ist hier, er ist krank und wird bald sterben?« Amyclas:

Ist dir dein Bruder mehr als deine Tat,
dann muß er viel mehr wert sein als dein Leben.

»Wie kann denn das sein?« fragt einer. – »Indem du daran glaubst, ist es. Ich habe in mir überwunden, fertig gedacht und steh da, aber wirklich fertig ist es nicht« (glaubt im tiefsten nicht daran). – »Bist du mein Freund? Tätest du das und das für mich?« – »Ich glaub wohl, es aber sicher zu wissen...«

Kallisthenes, der Redner: er ist höchst unzuverlässig, voll Möglichkeit der sittlichen Größe. »Weißt du, ich kann auf dem Seil tanzen, viel ist es nicht, aber es ist etwas.« – Alexander verachtet ihn als Redner.

Anfang der Szene mit Lykos: Lykos mit dem alten Sklaven allein, Botschaft, daß der König morgen kommen wird. Der König bleibe heut abend selbst im Zelt, weil er müd sei. Er ist erschüttert von dem Auftreten des Doppelgängers, es ist eines jener Merkmale von Unsicherheit wie die neuen Opfer, die Kallisthenes erwähnt. – Eine heitere Gelassenheit vor dem Tod.

I. 3. – – –: He Amyclas, wohin?
Amyclas: Wir haben Wache bei des Königs Zelt?
– – –: Der König schläft heut nicht in seinem Zelt.
Amyclas: Der König – schläft – heut nicht – in seinem Zelt?
Was soll das sein? wer hat euch das gesagt?
– – –: Von Gorgos haben wirs, dem Waffenträger.

In der Nähe der Szene mit der Syrerin: das Leben ist ein Zeichendeuten, ein unaufhörliches, wer nur einen Augenblick innehält, tut seinem Tod ein Stück Arbeit zuvor. – Ebendort: »während ich dich zu überreden suche, fällt mir die Kraft ab, mir ist als rede ein Fremder.«

Über die Syrerin: »Dieses Heer ist wie ein wanderndes Kamel, das in den Augen dergleichen Schmeißfliegen sitzen hat. Um den König sind solche Wahrsager.«

I. Ende. – Die Syrerin kommt, er geht ihr entgegen:

Und rät sie mir, was mich erschrecken soll,
so setz ich meine Zeichen gegen ihre.

Die Syrerin: »Heiß alle treten hinter sich, du kannst es doch, du bist ja doch der Herr.« – Amyclas: »Was ist das Schicksal des ersten Mörders?« – Syrerin: »Herr, frag mich nicht; ich habe mich aus Rührung vor dir gedemütigt, du mein lieber Bruder, mein Sohn, laß meine Stirn an deinem Knie liegen, sieh: in der Erde liegen sie noch näher beisammen, alles hier ist fürchterlich verwandt.«

Im Gespräch mit der Syrerin kommt es heraus, daß ihm jede Überredung eines anderen seine reine Beziehung zu der Tat etwas verdreht, so daß sie ihm entfremdet wird.

II

Für die Größe Alexanders: daß es ganz schwer zu denken erscheint, daß seine Mutter noch immer lebt.

1. Szene: des Königs Bad wird erzählt, welches Glück es ist, ihm den golddurchwirkten Mantel zu reichen. Benehmen der Tiere, der Anblick des Königs im Bad. – Zwei dem König Ergebene reden von Hephästion.

Im Anfang ist Amyclas sehr fieberhaft unruhig, wird dann in den Szenen mit Kallisthenes, mit Gorgos immer heiterer, fast trunken, mit Karsis am Brunnen völlig gehoben, doch gesteht er im Fieberhaften, daß es nur Schein ist, und seine große Ungeduld möchte den Großen Himmelswagen. Wie eine Schwalbe vor dem Gewitter hinkommt in ungeheurem Schaukelfluge, wo sie sonst nie hinkommt, bis an die Gesichter der Menschen, an die Erdscholle, schon von der geahnten Gewalt im voraus im großen Fieber in der Luft hin und her geworfen, so streift jetzt seine Phantasie durch Leben, Traum und Tod hin.

Er macht Worte, damit ihre Gedanken sie nicht mehr abwendig machen. »Seit uns die vielen Weiber in den indischen Sümpfen starben, verlieben sie sich alle in den König. Stell einen so, daß man nicht viel von ihm sieht, laß ihn nicken, so werden sich welche in ihn verlieben.« – »Wer bist du, der du

alles beurteilst?« – Gorgos: »Wer bist du, dem nicht eingeboren ist, Gericht zu halten über deinesgleichen?«
Je mehr sich ihm die Tat zu entziehen scheint, desto mehr ist er nach Begierde zu ihr entzündet: sie ist ihm, was dem Antäus seine Mutter Erde. – »Du bist zu sehr verliebt in deine Tat.« – Er deckt die andern mit der Kraft seiner Worte wie eine ängstliche Henne. Der Jüngste, ein ernstes Kind: er bekommt Angst vor der in drei, vier Episoden ausgedrückten Übermacht des Königs (»er ist zu stark«). – Einer erzählt die Geschichte mit dem Wahnsinnigen Amyclas: so ist die Zeit erfüllt... – In der höchsten Steigerung eine Ahnung des sokratischen »einem guten Manne kann nichts Böses widerfahren«, und dazu »if my bark sinks, it sinks to a new sea« (hier auch das Gleichnis von der Schwalbe). – Er hat in der ungeheuren Anspannung das Zeitgefühl verloren: wie lang ists her, daß das war? – Zwei Stunden. – Und jenes? – Heute bei Tagesanbruch. – Mir ists, als wärens Jahre.
Das Gespräch mit Kallisthenes beängstigt ihn: war Frost in der Kapsel meiner Gelenke eingeschlossen und kriecht jetzt langsam durch mich hin? hab ich zu schwere Steine zwischen die Fersen genommen und komme nicht wieder hinauf? – Kallisthenes spürt in jeder Tat das sich selbst Herausfordern und das verleidet sie ihm. In Stichomythie gegen Kallisthenes spielt Amyclas ein verdecktes, fast provozierendes Spiel zum Schrecken der andern; dann kommt eine retardierende Szene, wo der Rhetor sein Wesen expliziert. – Nach dem Gespräch mit Kallisthenes: er sagte doch nur »reck dich nicht aus, – du bleibst stets, was du bist« – und davon fühl ich mich schon klein, erröt ich, wenn von Mut die Rede ist?
Monolog, wo die Schwäche ihn anfällt: mein inneres Auge fängt an, die festen Formen seiner Feinde in grauenvolle Schatten aufzulösen von übermenschlicher Gestalt, – fängt dieses Schattenspiel von neuem an? – Monolog des Zweifels: wo ist Eumenes? – Um sich ganz zu binden das verzweifelte Mitnehmen des Gorgos. Gorgos ist mit Kallisthenes aufgetreten, dann baden gegangen, tritt von rechts wieder auf; dann die Szene mit Karsis am Brunnen.
Mit Gorgos. – Gorgos: »ich weiß viel von dir, zum Beispiel

das mit der Einquartierung in Persepolis« – jetzt geht einer mißtrauisch herrschend vorüber – »jetzt ist die Luft wieder rein. Sonderbar zu denken, daß Luft so notwendig zum Leben ist, daß ihr bloßes Abhalten Tod bringt, – wie wir doch alle aufeinander angewiesen sind. – Die Luft ist rein, als könnte ihr Ausbleiben, das Wasser hell, als könnte sein Eindringen nicht schaden, das Blut drückt, als könnte es totdrücken, und ist doch ich selbst.« – Büßer in Indien, die sich durch die Stufenreihe der Geschöpfe durch Reinheit die Erhöhung verdienen, sind das Gegenbild für Gorgos. Über die Inder: sie achten Taten für nichts, für bunten Traum, die Welt ist ihnen ein Traum ihres Gottes; König achtet den Wurm, Eroberer dankt ab; aus dem höchsten Rang kann einer durch ein Schwanken der Gesinnung wieder hinabgedrängt werden; dem elenden Mörder wachsen Flügel, weil er sich eines Tieres erbarmt hat. – Einer sagt: »Mich schwindelt, das nimmt das Mark aus unserm Leben.« – Gorgos: »Kommt, fremde Götter, aus der Luft mir zu Hilfe!«
Szene am Brunnen. – Der finstere Karsis: seine jungen Kräfte haben sich an einer übermäßigen Last überhoben; Pietät die Grundlage seines Wesens, er hätte darüber wollüstig und geschwätzig werden können, wenn er es nicht verachtete, – so hat sich eine düstere Gleichgültigkeit in seiner Seele hergestellt. – Amyclas: »Ich habe in meinem Kahn zu dem Schwermütigen und dem Knaben noch einen Löwen mitgenommen, der nach mir schlägt, sobald mein Auge verzagt oder meine Füße unsicher werden.« Ein Anhauch von Zweifel: »Satt vor der Mahlzeit – ist das mein Geschick? Am Morgen nüchtern – schwindlig vor dem Gipfel? – Von uns nimmt jedes Ding Hoheit und Niedrigkeit.« – Am Brunnen vor dem Abgehen: »Wir wollen uns ins Zelt des Königs stellen, es hat nur einen Ausgang und kein Entrinnen ist drin für das Wild.« Der Verrat: ein kranker, schwach, springt aus dem Bette über diese Nachricht. Der Kranke heißt Lykos, er ist der viel ältere Stiefbruder des Eumenes. Er ist von Wunden und Sumpfluft so erschöpft, daß er wie ein schon Gestorbener ist: »ich bin schon wie ein umgestürzter Krug, aus dem das Leben rinnt.«

Er läuft zu Ptolemäus.
Gorgos kommt dem Verrat des Lykos durch eigenen zuvor, er enthüllt dem König alles und kommt schon heraus mit dem Befehl, es dürfe niemand steinigen, der König werde eine besondere Strafe finden. – Er kommt wieder mit dem Befehl des glühenden Dreifußes, – da findet er nur mehr einen Toten. (Ein glühender Dreifuß: so strafen sie in diesem Land den Meuchelmord bei Sklaven.)
Letzte Szene: »Der an die Wahrheit einer Tat sein Leben setzt, darf nichts liebbehalten« – das sagt Amyclas, aber es geht gegen ihn. Zusammengedrängt: der Abschied eines Verbannten von seinem Vater, seiner Heimat, und die Qual des Bräutigams, der die Braut sterben sieht, und der junge Vater, der den eigenen Kindern hinstirbt: – ein unterdrücktes Gefühl wird ein solcher Dämon, daß die Seele im engen Gefängnis des Leibes von ihm erwürgt wird. Jetzt tausend!
Amyclas kommt sich vor wie ein Taucher, der aus ungeheuren Tiefen emporkommt. – Eine kurze eindringliche Szene, wo er aus Konsequenz seines Charakters dem Paris das Fortgehen gestattet.
Ende: ein endloses Zeichendeuten das Leben. Der König behandelt die Sache mit Verachtung, als leicht: ein schmaler Stab in die Speichen seiner sausenden ehernen Räder gesteckt, das also war mein Schicksal. Es ist nicht schön, ganz zu sterben; es ist ein beängstigendes Abschiednehmen, jede Möglichkeit dringt noch einmal herauf und wird erwürgt. – Fürchterlich ist es, jung zu sterben, und anders als jeder denkt:

> Sterben ist nichts, jung sterben und es wissen,
> ist fürchterlich, – die leere Luft hat Fäuste
> und will mich würgen.

Schlußszene: er ist auf der Plattform des Zeltes angebunden, bittet von dort den Soldaten, ihn auf nacktem Boden knien und die Götter der Unterwelt anbeten zu lassen. »Du hast ja deinen Speer und kannst mir beim ersten Sprunge die Kniekehle lähmen. Vielmehr ich sage dir, ich werde nicht versuchen zu entlaufen.« – Der Mann gibt ihm keine Antwort, sondern nickt nur mit dem Kopf. – Das mit dem Ring: beim

letzten Heraustreten mit gefesselten Händen: wo liegt der Ring, das ist das letzte, was ich vom Leben verlange: den freien Tod. – Nachdem er das Gift aus dem Ring gesogen hat, dankt er den geheimnisvollen Göttern, die ihm, wie dem Schiffbrüchigen die Planke, den Trost des eigenen stillen Todes statt des Sklaventodes zugeworfen haben.
Der eine Soldat ruft dem andern zu: du, mir scheint, der stirbt. – Der andere antwortet: das ist ohnehin besser, als daß er auf Knechtesart hingerichtet worden wäre.

LEDA UND DER SCHWAN

Wer selber sieht,
Sieht andre sehen.
Ronsard

Wer hat des irdischen Leibes
Hohen Sinn erraten,
Wer kann sagen,
Daß er das Blut versteht?
Novalis

Der Alte hatte auf Befehl eigens vom Lande geholt werden müssen. Die alte Frau gerät außer sich über die Schönheit Ledas und über die schönen Früchte des Gartens. »Sind diese Früchte über Nacht gewachsen? Bisamäpfel, gelbe Pflaumen, Quitten, Granaten voll Bienen, wohlriechende Blätter, duftendes Holz, Cinnamon, unberechenbarer Reichtum.«
Die Landschaft: oft weht Nord und Süd leuchtend, einander zurufend voll Verlangen.
Leda: »man muß anbeten: jenen gelagerten Hügel dort im Schattengewande, den erhaben sich hinlassenden, jenes tönende sich ewig erneuernde Wasser – sind es Geschwister? unbegreiflicher Jubel! Amme, erzähle mir fliegend die Geschichte meiner Ahnen, daß ich ringsum meine Verwandten erkenne!
Jener Vogel, der in den Nächten meinem Turmfenster vorüberflog, mit solcher Gebärde, daß ich mich ihm gern nachgeworfen hätte, war es ein Gott? Sprich, Alte, Alte, antworte mir, war es ein Gott?«
Leda sagt sich: ein Schicksal ähnlich Danae auf dem Turm (»Balcon«! Baudelaire, über Sonne und Sternen; »la nuit s'épanouissait ainsi qu'une cloison«), ähnlich Europa von Land zu Land.
in der Alten tritt die Mänade hervor: ist sie Bacchos, verkleidet? sie hebt wild zu tanzen an. sie erregt fast Furcht.

Die Amme (es ist eine Bacchantin, die Mutter des Königs Pentheus) immer wilder sie umtanzend, heranstürmend: den Ton der verlangenden Nachtigall, des lechzenden Taubenweibchens nachahmend

Leda in immer steigenden seelischen Entzückungen hinschmelzend: er kam von so weit her, mich zu umfangen, er flog nachts an meinem Zimmer vorbei, welch unbegreifliche Herablassung; was kann ich tun, und wenn ich gleich verginge, – ihn zu befriedigen?

Wie die entschleierte Mänade den Reigen der Natur entfesselt, ahnet Leda: »Dies Leben hier ist nur geliehen Recht.« Sie spürt in sich das Leben von Vater und Mutter, von Ahnen – und von Kindern, wunderbaren Kindern, sich regen und spürt die Verzweigungen von denen ihren Schicksalen: Helena, Klytämnestra, die Dioskuren Verführer Bändiger

sie dürstet und weiß nicht, ob eine Frucht oder ein Wort ihren Durst stillen soll

Sie fragt: »Für wen soll meine weiße bebende Nacktheit« (so drückt sich die Alte aus) »aus den Kelchen meiner Gewänder emporsteigen?«

»Die nackte Blume meiner Lippen lügt:
mir ist das gleich...«

(Die Alte wird immer zerstreuter.)

Leda und die Alte handeln unter einem geheimnisvollen heiligen Befehl. (Leda: »es sind so viel Gebete über mir.«) Niemand darf ferngehalten werden; auch der Fischer nicht, er kommt, ist jung, aber blind.

Das wollüstige Warten des Schwanes. Ihr Hingehen, sich auf einen Mantel*

Ein Fischteich mit einem Kanal in Verbindung. Ein Fischer geht vorüber und singt.

Stimmung des blinden jungen singenden Fischers: »Sagesse«, »Surtout n'allez pas croire que n'ayant pas connu le bonheur de l'amour, vous ignorerez jusqu'au bout le grand bonheur de l'existence humaine.«

Sein inneres Aug ist unermüdlich und von quellender sinnli-

* Seite abgerissen

cher Gewalt, »für mich ist alles immerfort gleichzeitig da, Sternlicht stürzt immer herab. Mein ganzer Körper ist aufnehmend: wie des Bären Brust kommt mir die Raupe an den Leib. hinabtauchen nackt, um die Netze zu hängen und zu beschweren: welche erweiterte Welt. Traumbilder, Erinnerungen und Wirklichkeit sind zusammen. Meine Blindheit, recht erfaßt, ist ein Feuerquell der wütendsten Freude«
Stimmung des Fischers; Bist du an einer Rose vorübergegangen, so suche sie nicht wieder; – dies als Fuge triumphierend gesteigert. »Herrlichkeit des Wortes Du!« ruft er aus.
Leda empfindet zwischen sich und dem Fischer eine große Harmonie, so daß sie (nach einer gewissen Zeit des Schweigens, wobei sie sich der still-schauernden Luft assimiliert) sich nicht länger zurückhalten kann, auf alles was er erwähnt lebhaft erwidert –: eine sich in ihn einschmiegende Wechselrede, als wüßte sie viel von seinem niedrigen Leben und wüßte nichts Niedriges davon. eine trunkene Vertraulichkeit stellt sich ein: wobei sie alle vorkommenden Details seines Lebens sehr gut versteht: das Ziegenfell, auf dem er schläft
Nach Abgehen des Fischers wird es für die Augen der Wärterin Nacht, für Leda bleibt die Stunde leuchtend.
Die Alte, sterbend, reißt der forteilenden Leda das Gewand herab.

JUPITER UND SEMELE

Phantastische Dichterkomödie, die höchste Stufe bezeichnend, als Folie dient die Begebenheit von Jupiter und Semele

Das Mädchen bittet, er möge, im höchsten Glanz seiner Macht, sie umarmen. Er warnt, beschwört, umsonst.
Nun gibt er ihr ein Stelldichein unweit der verfallenen Stadtmauer. Sie kommt hin, findet ein flackerndes Feuer und ihn, von dem grenzenlosen Zauber der einfachsten Worte, die er hervorstößt, »Du – Ich«, überwältigt: wahnsinnig.
In der Szene, wo sie die Bitte stellt, schon angedeutet, daß er mit Geheimnisvollem und Fürchterlichem Verkehr hat.
Des Dichters eigentliches Gebiet: das Verhältnis von Geist zu Körper, von Idee zum Ausdruck, Mensch zum Tier (es müssen Tiere vorkommen, zu denen er ein sehr starkes Verhältnis hat; conf. »The Island of Doctor Moreau«).
Ob nicht als seine wahre Geliebte die Muse einzuführen wäre, eine Gestalt ähnlich der geheimnisvollen Königin in »Idyll of the white Lotus«.
Ihr dämonischer, tragischer Zug: bis zum Äußersten gehen zu wollen. So hat sie ihre Familie verlassen. Ihr Bruder ist Offizier.
Sie sagt: auf deine Bekanntschaften etc. bin ich nicht eifersüchtig. Nicht auf das, was du in früheren Jahren, in fremden Städten erlebt hast, das durchschaue ich leicht: es muß etwas mehr geben, etwas Tieferes

Hund, den ihr Bruder vergiftet haben muß – von einem anderen hätte er sich nicht Nahrung reichen lassen –, richtet sich nachts mit brechendem Blick vor dem Bett der Liebenden auf.
Der Hund, der stumm verendet, ist die stumme Kreatur: bevor der Hund mit brechenden Augen ans Bett gekommen ist, hat sie gebeten: er möge sich ihr *ganz* hingeben, so wie

sie sich ihm gibt. Sie ist eifersüchtig auf gewisse von ihm mit gleißender Lippe ausgestoßene Selbstgespräche:
Während du bei mir schläfst, bist du in dir selbst nur zu Gast. Einem anderen Wesen gibst du deine zusammengefaßte Fülle hin.
Gedankengang der Frau: Du strömst in ein anderes Medium, als ich bin, Zeugungskraft aus. Immer dich ganz zu besitzen, wäre zu viel: aber einmal gib dich mir ganz. Ich liege unter dir wie die stumme Kreatur. Anderswo tust du etwas das noch wirklicher ist, als wenn hier deine Hände an meinen Brüsten sind und du in meinem Schoß liegst. Etwas was Verschmelzung bedeutet, während du an mir bloß hinstreichelst.

Gedankengang seiner Antwort: Ja, ich vermag mich anders hinzugeben. In eine solche Wortgewalt mich zu verwandeln, vor der du vergehen müßtest. Dein Wesen würde hinschmelzen und du bliebest nichts als eine Kotlache, weinende Erinnerung an den einen Augenblick zu dem du nie mehr emporkommst. Denn sieh, indem ich ausspreche: Ich und Du, so bricht schon das Chaos herein. Laß mich: ich will im Wörterbuche lesen
Sie (dringender): So sei mein Leib verflucht, die Nacht verflucht, wo ich zuerst mich dir gab: denn alles dies war nur geliehen Recht, darum verfluch ichs.
Tragisches Grundmotiv: Weibliches will hin, wo Weibliches Vernichtung findet.

DIE SÖHNE DES FORTUNATUS

TRAUERSPIEL

Tragisches Grundmotiv: der schrankenlos Reiche wird dämonisch getrieben, den Armen seinen Reichtum so fühlbar zu machen, daß sie seine Existenz nicht mehr ertragen können und sich zusammenrotten, ihn zu erwürgen. Die Söhne werden also ermordet von einer ganzen Gruppe von Menschen: ihren Dienern, Entehrten, Verletzten, geschändeten Armen. Vor dem Mord (V) furchtbares Gespräch der beiden Brüder miteinander, eingesperrt in dem Zimmer von den Mördern.
Prolog hiezu: Fortunatus' Begegnung mit Fortuna.
Vorspiel: Fortunatus und sein Diener steigen aus dem Waldschacht des Quecksilberbergwerkes hervor. Fortunatus hat sein Leben auf jeden Fall versichern lassen, der Dünste wegen; erklärt dem Diener den Versicherungsvertrag (der betreffende Bankier schließt ihn mit Kauffahrern etc.). Fortunatus will sterben, seinen Söhnen wenigstens die Versicherungssumme hinterlassen.
Fortunatus mit dem Diener: entläßt den Diener, geht ab; Diener spricht Verdacht aus, sein Herr könne sich töten wollen.
Charakter des Fortunatus: Monolog im Wald vor dem Selbstmord. Er glaubt, daß er im Begriff ist, sich umzubringen. Zählt sich die Gründe nochmals auf. Leeres Leben, zu nichts gebracht, den Söhnen ein nutzloser, lächerlicher Vater: fühlt sich ums Leben betrogen. Merkt plötzlich, an einem Koinzidieren von Tränen, Zweigen, Himmelblau drüber: ich werde mich nicht umbringen, bin zu jung und zu alt dazu, zu schlecht und zu gut – Wenn einem nur das Glück irgendwie die Hand reichte, man müßte doch ins Leben hineinkommen.
Nachdem er dem Leben zurückgegeben ist: er ist über Fünfzig und dabei ganz naiv: erwartet sich viel von der großen Welt, von fernen Ländern, orientalischer Üppigkeit, spanischer Grandezza, die Söhne weiser und älter im Guten und Schlechten als der Vater.

Vor seinem Einschlafen und vor dem Aufzug der Fortuna: die heranwehende Glücksatmosphäre: Tauben, Wolken, Molche selig in ihren Farben und ihrer Feuchtigkeit. – Sucht vergebens schweren Stein, um sich zu ertränken (will ihn unters Collet stecken).

Nahen des Glücks: Molche, ein Paar, die sich umarmen, sich mit den Pranken ins Gesicht fahren, als wäre für jeden der Leib des anderen ein wunderbares Element, sich darein zu wälzen: wie jetzt jedem der Leib des anderen aufgehen muß. In der Luft Gurren der Waldtaube von unerhörter Gewalt. – Fortunatus: »O herrliche Welt, liebreiche Geschwister! mein Herz hüpft auf einer Welle: alles ist möglich, ich kann noch die Harmonie von allem erfassen.« – Fortuna nimmt einem ihrer Eingespannten die Trense aus den Lefzen und läßt ihn reden: es ist der große Pompejus, er starb, ehe er bemerkte, daß er unglücklich war; ein anderer ist ein Tatar-Chan, der nie einen Glücklicheren sah als er selbst war; wenn er einen zu sehen meinte, ließ er ihn töten.

Rede des Fortunatus an das Glück:

»– – – – – – – – – – – – – – – –
Wie? gabest mir? und ich besaß? genoß?
Wie ging dies alles zu? den Schlüssel mir –!
den Schlüssel! sonst nenn ich verfluchte Metze dich,
Erzlügnerin und Beule voll von Gift...«

Das Glück: wurden dir nicht vielfach komplizierte günstige Fügungen zuteil? – Fortunatus: dies jawohl, aber ich will die Kehrseite davon haben. Oft dacht ich mir: jetzt ist der Bettler unten glücklicher, jetzt der lechzende Hund, jetzt beneide ich den, der die Frau vor mir besessen, dann einen Alternden um sein Dasitzen majestätisch-traurig; – ich will, daß mir so zumute immer sein soll, wie nur je den von mir Beneideten in meinem Neid zumute war: wenn ich schreite, will ich den Genuß des hinter mir auffliegenden Staubes haben

Anfang des Trauerspieles

Fortunatus fliegt aus dem Morgenlande zurück ins Bett seines Sohnes Ampedo, will hier sterben, macht sein mündliches Testament.

Der Alte – Zurückkommen mit dem Hut; durchs Fenster: ein schönes, prachtvolles Bett, worin Andelocia mit seiner Geliebten gelegen: dort will der Alte hineinkriechen, um zu sterben. Er fühlt sich fertig, wie eine ausgegossene Flasche. Sehnt sich nur mehr nach dem Bett, der Finsternis hinter den Vorhängen.

I. Andelocia und seine Geliebte, der Vater am Balkon. Geliebte muß fort. Vater herein, Monolog: will sterben. – Andelocia zurück, zu ihm Ampedo, der die gleiche Person liebt, ihn anfleht, das Letzte zu veräußern. Andelocia hat schon heimlich das Grundstück veräußert, Wut des Bruders. – Andere Figuren, ihre Situation illustrierend: die Kokotte, der Advokat. Brüder allein, haßvoll, schreiend. Ampedo vermutet im Bette die Belvidera, springt ans Bett, sie finden den Vater. Des Vaters mündliches Testament. Die Brüder allein.

Fortunatus: »Hört mich doch, hört mich doch, küßt mich, laßt eure Gesichter angreifen, dazu ist aber keine Zeit, das Erlebnis zu erzählen ist keine Zeit, es war ungeheuer und grauenhaft. Mein unermeßlicher Reichtum –« die Söhne: »wo, Vater, wo? das Hütlein wo? welches die Formel?« – drängen einander weg, legen das Ohr an seine erbleichenden Lippen. Er drängt sie weg: »beide, beide sollen hören! aber wehe! grauenhaft! wäre ich nur nicht gekommen! hätte ich euch lieber nie wiedergesehen!«

historisch-soziologisches Grundmotiv: die décadence emporgekommener Familien. – Motive für das Treiben der beiden Söhne: (der eine [hat] eine unersättliche Geliebte, die ihm einen ganzen Train von verzweifelten Existenzen anhängt) in Volpone.

Anfang: Wir wollen unseren Reichtum im allgemeinen verborgen halten, nur gegenüber dem Einzelnen durch plötzliches Zeigen einer Truhe Goldes, Enthüllen einer Perlenkette schrankenlose Macht ausüben. Nun erst ist dieses Haus uns etwas nütze: dieser Kasten, diese Wendeltreppe, diese Falltür, dies Gewölbe.

Grundgedanke: Il faut glisser, ne pas appuyer. – Ampedos Grundstimmung: habe ich jene unerschöpfliche Machtquelle, so darf ich »appuyer«: das Leben muß mir nachgeben.

Er will Mutter und Stieftochter (Tochter?) zugleich soutenieren, den gewesenen Bräutigam der Tochter in seinen Diensten haben, dessen Schwester ebenfalls heranziehen. Was andere heimlich, verworren, unter der Hand tuen, will er herrisch, am Tage, in einem großartigen Zeremoniell tuen. Hat sehr gut gezogene Dienerschaft, baut großartig (III: auf Terrasse, IV: in wundervollem labyrinthischem Garten).

Ampedo will aus reinem Übermut einem alternden Menschen seine nicht mehr junge Frau wegnehmen und ihn dann wieder zwingen, mit ihr zu leben.

Stellung welche gegen Ampedo alle einnehmen die seiner Macht unterliegen: Valeria, die Tochter der Vittoria, sieht ihn als einen unwiderstehlichen Dämon an, ihr Bräutigam Philipp als das Muster eines Edelmanns und als Zauberer. – einen Vater, Adeligen, sonst fast unangreifbar, fängt er mit dessen Hypochondrie. Findet, daß sein Atmen und Gesichtsfarbe nicht die besten sind, und verspricht ihm die unerhörtesten Ärzte und Arzeneien.

zu Ampedo vieles auf römische Kaiser Bezügliche lesen: Tacitus, Sueton, Gibbon.

Vb Tod des Ampedo, Andelocia bleibt im Leben, ist so gut wie tot. Die zum Mord verschworenen haben Ampedo, der vorher verwundet wurde, die Kellerstiege hinabgeschleift, lassen ihn nun seinen Tod erwarten in dem Gewölbe, das er selbst hat vermauern lassen; hier auch ein unterirdischer Fluß. Umtanzen ihn noch, halten ihm fürchterlich vor, was er an ihnen verbrochen hat: »Mir hast du das, mir das herausgerissen.« Lassen ihn dann allein. Nun hat er starrende Mauern um sich, er, der nie Hindernisse kannte. Die ganze Wucht seiner Macht hat er angewandt, um diesen Kerker fürchterlich und unentrinnbar zu machen. Hier besucht ihn sein Bruder, der immer in den Höhepunkten geisterhaft plötzlich da ist (vorher: III, einmal bei einem Gelage). Fürchterliches Anklammern des Ampedo an den Bruder, der ihn nicht retten kann (niemand würde herbeikommen, Ampedo zu retten), der nicht einmal bis zu Ampedos letztem Atemzuge dableibt, so furchtbare Abgründe trennen diese zwei Brüder, ein so grauenvolles Weltgefühl hat Andelocia gewonnen.

KÖNIG KANDAULES

EIN TRAUERSPIEL

Atmosphäre: semitisch, Melkart, Tanit, die Gestirne, die Kabyren.
Kult: an gewissen Festen des Baal erschienen die Priester des androgynen Gottes in rötlichen durchsichtigen Frauenhemden, während die Frauen in Männerkleidern Schwerter und Lanzen trugen.
Die Königin indisch. Ihre Tage: sich reinhalten, träumen, den Tieren Gutes erweisen. Befleckt zu werden hält sie für unmöglich. Ihr Vater ein großer Heiliger, der sein Königreich verlassen hat und nackt in der Einöde lebt.
Kandaules selbst. Er trägt einen geflochtenen Bart – eine große Verschiedenheit der Rasse zwischen ihm und Gyges. Seine Väter wilde Eroberer, er der erste ruhige Besitzende. Salomo, Sohn Davids, Enkel Sauls. Er grübelt: worin besteht mein Königtum? Wäre ichs auch, wenn ich es nicht wäre? Wie kann ich meinem Dasein seine luftlose Selbstverständlichkeit nehmen: ihm das geben was ich in den Existenzen der anderen spüre, wenn ich hinabsteige von meinen Terrassen in die nächtliche Stadt, wenn ich sie belausche in ihrer Gier nach dem Leben oder dem Tod ihrer Brüder. Ich möchte mich durch sie hindurch spüren. – Er übersieht, daß das, was ihm am Leben der »anderen« als das eigentlich Lebenmäßige erscheint, auch nichts als eine Form ist, die Form des Geheimnisvollen. Er sieht die »andern«, so wie die »andern« den »König« sehen.
Die großen Könige sind instinktive Schöpfer der Form: Alexander, Napoleon. Des Königs Geist arbeitet daran, die Formen zu zerstören und nach dem, was die Dinge eigentlich sind, zu spüren: was bleibt von den Genüssen meines Schlafgemachs eigentlich? das soll ihm Gyges, wie ein Instrument, wie das Kaninchen, an dem man die Probeoperation vornimmt, erweisen. (Ebenso, um die Königin zu entschleiern, will er ihr auspressen, was sie eigentlich an ihm liebt. Sie

hält krampfhaft den Schleier der Dinge fest.) Ebenso hat er sich in sich die Form »Volk« zerstört, sucht nach dem Menschlichen an sich.
Das Verbrechen des Königs an seinem Königtum. Er will das Mythische auflösen: daß er zu seiner Königin kommt, wie Melkart zu Tanit, das ist ihm nichts. Er will sich seiner Form entkleiden, will (durch Gyges hindurch) das spüren, was eigentlich daran ist. Des Königs Verhältnis zu der Form ist das des Satanisten zur Hostie: beide finden ihre Wollust darin, das zu verletzen, an was sie glauben (semitisch!). Die nackte Königin herzuzeigen: das grandioseste feierlichste Sakrilegium, das sich denken läßt. Es durchschauert ihn selbst wie ein perverser Kitzel die unheimliche Freiheit, die er dem Gyges gegeben hat.
Der Vorgang in der Seele des Königs: er mußte seine Entzükkungen einmal in dem Material ausdrücken welches für ihn das ist was für den Dichter das Wort: in Emotionen eines »anderen«. Die »anderen« sind ihm, dem geborenen Despoten, wegen ihrer Unzugänglichkeit »das Poetische« an sich.
Das Verbrechen des Königs an Gyges: er vergeht sich, sobald er den »anderen« nicht mehr bloß als König, sondern zugleich als Mensch gegenübertreten will. Er spielt die Doppelrolle, die der Dichter im Leben spielt.
Gyges' Existenz eine beschränkte, bescheidene. Er mußte sich immer manchen Wunsch versagen. Er ahnt immer Böses, Neid der Götter. Es ist ihm, als hätte das gerade ihm widerfahren müssen.

I 1 Nachtszene. 2 Verhör. II Im Gemach. III 1 Vor dem Tor. 2 Im Gemach. IV 1 Jagdhütte. 2 Im Gemach. V Im Gemach.
I fängt an, indem der jüngere Freund den Gyges begleiten will, bis dieser ihn mit dem Dolch verjagt. Der Freund fürchtet für sein Leben. Gyges graut vor der Entweihung. – Gyges, der wahre Liebende; ihm kommt vor, als liebte außer ihm keiner wahrhaft, hätte nie einer vor ihm geliebt. Unbegreiflich schal und gemein erscheinen ihm die Worte der Dichter, die Äußerungen der Männer.
Gyges vor der verschlossenen Tür (flüsternd): o komm, Ge-

liebte, laß mich nicht so lange harren. Komm, wirf die Furcht ab, denk nur an uns, an unser Zusammensein. Denk, wie ich harre! komm, komm! wär ich ein König, baut' ich dir einen Palast, wär ich ein König, hättest du tausend Sklavinnen! Er wagt die Tür aufzulehnen, sieht die Tote zwischen die Gitter gezwängt mit den Stummeln ihrer Arme, stöhnt, wirft sich zu Boden. Wie der König und seine Begleiter wieder auftreten – (sie waren schon früher da, wollten diese gegen den Berg hinan gebaute Sackgasse umgehen, wollen an den Fluß gelangen) wirft sich Gyges mit geschwungenem Messer, »Mörder« schreiend, gegen sie. Es wird ganz dunkel.
Kandaules mit seinen Begleitern auf einem nächtlichen Spaziergang in der Vorstadt der Fanatiker am Flußufer. Sie finden hinter einer angelehnten Tür den nackten Leichnam einer Frau aufrecht in der Stellung einer Wartenden mit abgehauenden Händen. Sie fassen einen Menschen, der sich in der Nähe hinter Balken verbergen wollte. Es ist ein griechischer Offizier. Er zerrinnt ihnen zwischen den Händen wie Luft.
2. Bild. Der König verhört den Mann, der seine Frau ermordet hat. Dessen Verantwortung: er ist ein Eiferer. Einer, der furchtbar an den sittlichen Gesetzen, mit jedem Schnörkel, den die Jahrhunderte ihnen angehängt haben, festhält. Er hat die Frau hingerichtet, rituell geschlachtet.
Der Mann: »Weh König, der du kein Lydier mehr bist, kein Grausen vor den Fremden empfindest« – Als der Mann den Arm gegen den König erhebt, ist er schon von selber dem Tod verfallen, durch die Gewalt der Form. (Das sagen selbst die alten konservativen Beisitzer.) – In dem Verhör hält der Mann zuerst beharrlich den Kopf gesenkt, schließlich sieht er den König starr an: endlich hebt er beide Hände gegen ihn.
Der Grieche Gyges, ein junger Hauptmann von den Soldtruppen, kommt seinen Abschied erbitten. Das Erlebnis der Nacht hat ihm den Aufenthalt verleidet. Ein Begleiter des Königs erkennt ihn. Gyges gesteht die Zauberkraft des Ringes. König ergreift Maßregeln, die etwas Drohendes haben – Gyges erzählt, daß er sich des Ringes noch nie bedient habe. Für Kleines ihn zu gebrauchen, hielt eine Scheu ihn ab.

Ebenso davor, Mysterien zu belauschen, ins Innerste der Tempel zu dringen. Er wollte nicht die Rolle des Vampyrs spielen.
Gyges warnt den König vor einer Palastverschwörung, die schon an ihn herangetreten ist. Gyges: »Kurz und gut, sie haben mir zehntausend Talente geboten wenn ich dich ermorde.« (das kann eventuell von Gyges nebenbei, fast wider Willen erzählt, vorkommen). Er bittet den König auf den Knien, ihm das nächtliche Vergehen zu erlassen. Der König steigt vom Thron, umarmt ihn.
Gyges, befragt, wohin er sich wenden wolle: südlich von Ägypten, nahe den Quellen des Nil, ist ein Reich, das eine unheimliche Frau beherrscht: vielleicht bin ich bestimmt von dieser, die erhaben und grausam sein soll, Seligkeit und Todesqual zu empfangen, vielleicht soll sie mir mit Vampyrlippen das tiefste Wesen aus der Brust saugen, mein wortloses Verlangen stillen, mich erschöpfen.
Kandaules beneidet Gyges um sein Abenteuer, um diese Frau die sich für ihn schlachten ließ (–Aussage des Gatten, der seine Frau ermordet hat –), und fragt sich: besitze ich die Frau, deren Anblick diese Erinnerung auszulöschen stark genug wäre?
Die Schenkung des Ringes. Gyges ist unzufrieden, fühlt sich vernachlässigt. Er ärgert sich, daß der König ihn belauscht: daß der König sie nackt gesehen, erfüllt ihn zuerst mit Schmerz, dann mit Triumph. Der König behandelt ihn hochmütig: was gehen mich die Liebschaften meiner Leibwächter an, – da sagt Gyges hochmütig: ich werde dir einen Ring schenken, damit deine nächtlichen Spaziergänge dir profitabler werden und du was von einer gärenden Verschwörung merkst.

Spätere Aufzüge

Das die Königin umgebende Zeremoniell, alles regelnd bis zu den Vorschriften des Kama-sutra über die Positionen der Vereinigung, ist von der höchsten Weisheit ausgebildet: »am

farbigen Abglanz haben wir das Leben«, nur in Symbolen, nie eigentlich können wir das Leben fassen. z. B. nie steht sie völlig nackt vor ihm, sondern ihren Körper bedeckt ein unglaublich feines Gewebe mit hieratischen Gestalten und Zeichen, welche abgebetet werden sollen wie ein Rosenkranz so daß die Wollust nur ein Duft davon ist; – der König, minder weise, denkt den Genuß direkt zu fassen.
Wenn die Hörner verkündigen, daß der König die Nacht bei der Königin verbringen wird, treten die alten Sklavinnen zu ihr und warnen sie, von den Stunden des Glückes größere Greifbarkeit zu verlangen als von den Flügelstäubchen der Schmetterlinge, von einem Schatten auf fließendem Wasser. Hier ist die Erkenntnis der Traumhaftigkeit des Lebens praktisch geworden.
III Das Gemach der Königin. furchtbar umgeben. Wassergräben, Falltüren. Die Stummen – diese läßt der Oberaufseher des Palastes nach der schicksalsvollen Nacht alle kreuzigen.
Die Annäherung des Königs durch ein äußerstes Zeremoniell vorbereitet: Lampen erlöschen, duftende Hölzer entzünden sich. Es werden Becken angeschlagen, alles in den Gärten fällt zu Boden. Es ist, wie wenn Mond zur Sonne kommt: ein mystischer Akt.
Vorszenen: Rhodope steht nicht auf, weil auf ihrer Schleppe eine Katze schläft. Sie ist fortwährend angstvoll, sich zu verschulden, und wäre es gegen die Dämonen, die in der leeren Luft fliegen. – Sie nennt Tiere die wortlosen Heiligen.
Königin erfuhr durch Hofklatsch schon Ringgeschenk (aber es sei ein Abschiedsgeschenk): es ist ihr nur unheimlich, daß der König ihn nicht an der Hand hat, sondern nur den Siegelring, – sie kommt immer wieder darauf zurück.
Im Gemach der Königin. Die Königin regungslos, weil ein Hund auf der Schleppe ihres Gewandes eingeschlafen liegt. Eine ihrer alten Wärterinnen (es sind die Gespielinnen ihrer Mutter) erzählt, sie habe erfahren, der vernachlässigte Liebling Gyges stehe wieder in höchster Gunst: er habe, um sich einzuschmeicheln, dem Könige einen Ring, der unsichtbar macht, zum Geschenk angeboten. Königin fährt entsetzt auf, im tiefsten empört, daß so etwas möglich ist.

In der Szene mit dem König fleht sie diesen an, sich des Ringes zu entäußern, da zeigt ihr der König, daß er außer dem königlichen Siegelring keinen Ring anstecken hat.
Im Gemach der Königin. Rhodope: ich bin nicht allein mit dir – König: hier Gitter! dort Wachen! wer wäre es? – Rhodope: es atmet! es lauert! es droht! (Sie ist so weit, auch vor der leeren Luft Scham zu empfinden.)
Die Königin tut alles, was die heiligen Bücher vorschreiben, um den zürnenden Gatten zu versöhnen: sie ist demütig, ja wollüstig. Er treibt sie immer weiter: durch ihre eigene Unwissenheit, welche er dadurch ins Grenzenlose hineintreibt, daß er ihr sagt: du bist immer noch Braut, noch nicht Gattin. Du entschleierst deine Seele mir nicht genug. Denk, ich stürbe morgen.
Dies alles zu sehen, als ein Ding, wie ein Leuchter, wie eine ekle Fliege auf diesem Anblick zu weiden, erträgt Gyges nicht: glühend dreht er den Ring und geht sichtbar durch die Stummen und Verschnittenen des ersten Vorsaales, – im zweiten ist er schon unsichtbar (Aussage der Gefolterten).
Gyges, die Königin: Das, was der Ring herbeiführt, ist recht eigentlich das Schicksal des Gyges; aus den tiefsten Tiefen der Brust führt er es ihm herauf: das was Gyges als Möglichkeit in sich schlummernd geahnt und wovor ihm gegraust, weswegen er immer Lust gehabt, den Ring wegzuwerfen: daß es ihm geschehen könnte, ein Weib so wahnsinnig zu begehren, daß er alles darüber vergäße, ja Meuchelmord beginge. So kam ihm das furchtbare Erlebnis des ersten Aufzuges als eine Art entsetzlicher Spiegelung vor: er hat in dem Wirbel, der ihn durchzuckt, das in dem Mann beneidet, was der gefühlt haben muß, als er sein Weib hinrichtete, – Gyges wäre geschaffen, beides in einem zu sein, der girrende Liebhaber und der argusäugige Hüter seines Glückes, Kandaules ist keines von beiden.
Das Schicksal der Königin: sie hoffte, nicht durch eine Hölle durchzumüssen, um den Frieden zu erreichen, aber sie muß doch hindurch. – Kandaules wollte Schicksal spielen und hat nur Schicksal entfesselt, das auch ihn zermalmt.
Gyges' furchtbare Wut über das Spiel, das der König mit ihm

trieb. Daß der König gar nicht bedachte, daß ihm dadurch etwas Ungeheueres zugefügt werden könnte. Daß der König ihn als Lustknaben brauchte, so wie ein Parfum, einen Spiegel.

III. 1. Bild. Vor dem ehernen Tor des Palastes. Hier treten Vornehme, einer getragen, an den Leibwächter Gyges heran, der mißmutig ist, nicht zur Jagd mitgenommen zu sein. Hier erfährt man, die Königin habe vor den König treten wollen, dieser war aber schon auf. Hier starrt Gyges nach der Gartenmauer des verbotenen Gartens, will von allen Menschen und Dingen nur Nachricht über sie empfangen, unterbricht alle Fragen mit Gegenfragen nach ihr.
Der Empörer von königlichem Geblüt, im Begriff Gyges aufzusuchen. Er hat Gyges vor wenigen Tagen 10000 Talente geboten. Daraus daß er bis jetzt nicht hingerichtet ist, schließt er, daß Gyges nichts angezeigt, folglich, wenn man ihm nur das Richtige in Aussicht stellt, für die Sache zu haben ist. Sein Bruder will ihn am Mantel halten: weh, wenn du den Fremden an Kandaules' Stelle setzest! – Der Empörer: Tor! ich entfeßle einen Aufstand gegen die Griechen, wodurch der Ast, auf welchen ich Gyges eben klettern ließ um ein Nest auszunehmen, abgesägt wird. – Der Bruder: wie das? – Der Empörer: durch Herumschicken des zerstückelten Leichnams. – Der Bruder: o Kluger! o Schlauer! o Überlegener! (Er küßt vor ihm den Erdboden.)
Der Verschwörer, ein Prinz von Geblüt: tritt zu Gyges und erzählt ihm eine Parabel: anhebend, daß sein Pferd in der Krippe neben dem des Gyges stand und die zwei Pferde nebeneinander schliefen.
Die Stammverwandten des altgläubigen Mannes der ermordeten Frau metzeln auf seine Verhaftung hin, woran sie einem Griechen schuld geben, (Frevel auf Frevel, an Frau und Mann) in ihrem Stadtviertel die Griechen nieder. Einer kommt atemlos, meldet dem Gyges, daß die Feueranbeter den zerstückelten Leib seiner Geliebten herumgeschickt haben. – sagt er: das hättest du mir gestern erzählen müssen, gestern – heute paßt es ganz gut zur Welt. Anfang dieses Bildes liegt Gyges auf der Erde.

Nach den Szenen: Gyges-Diener, Gyges-Buhlerin, Gyges-Verschwörer Gyges ab, in den Garten zu spähen. Die Söldner, ein ganz zersprengter Trupp mit Verwundeten, denen wurden alle Offiziere und die Hälfte der Kameraden ermordet. Ein geordneter Trupp in Reihen zu vier, mit Lanzen. Neue Abteilungen. Einer springt auf einen Tisch, erklärt, was los ist: die Alt-lydier haben Stücke der ermordeten Frau an die Vorstädte gesandt mit der Botschaft: so wird es allen euren Frauen gehen. – Sie erschlagen einen Schöngekleideten. Allgemeine Panik. Sie schlagen ans Tor des Palastes. Schreien um Gyges: »Gyges! Gyges!« Drinnen Stille. Von unten das Volk (der Platz ist das Vorplateau der Akropolis) »Tod den Fremden!« Die Söldner werfen den Schöngekleideten über das Geländer hinab.

Die Verhaftung des Gyges durch die Leute der Königin in dessen Wohnung. Vorher: einer der unzufriedenen lydischen Großen bei Gyges, diesen sondieren. Gyges gibt in seiner Erregung zweideutige Antworten (so wie: man sollte für alle Fälle verläßliche Bogenschützen zur Verfügung haben). Der König läßt sagen, er bedürfe des Gyges heute bei der Jagd nicht, sende ihm zur Zerstreuung zwei der schönsten Sklavinnen aus dem Harem.

III 2 fängt an, daß Königin vor den König will, man ihr aber meldet, er sei zur Jagd. Er habe fast kein Gefolge mitgenommen, auch Gyges den Schwertträger nicht.
»Wie, Gyges ist nicht abgereist?« »Nein!« das trifft sie wie ein Blitz, sie läßt die Sklaven verhören – Nach dem Verhör: »Laß sie kreuzigen: die einen, weil sie gesehen und nicht niedergehauen haben, die andern, weil sie behaupten, ihn nicht gesehen zu haben.« Königin, verwandelt: sie befiehlt Kreuze für die Sklaven aus gefällten heiligen Bäumen zu schneiden. Um einen karischen Bogenschützen zu prüfen, heißt sie ihn auf ein Kind anlegen, das in der grellen Sonne über den Hof geht. Rhodope, Szene der Bogenschützen: »Das ist recht, daß der König auf der Jagd ist: auf der Jagd, wo er erlegt werden wird.« Anfang III ist sie sicher, daß [d]er [Ring] entwendet

wurde, wie ihr Gyges einfällt, – sie glaubt, ihn erkannt zu haben – und [da] das Verhör das bestätigt, vermutet sie, Gyges habe ihn beim Wein von der Hand gezogen. – Königin fragt ihre Vertrauten genau aus nach den Umständen der Verhaftung. Bericht: er war eben daran eine Buhlerin abzufertigen; als wir ihn banden, schrie er »Kandaules! so tückisch als frevelhaft!« – das bringt ihren Verdacht auf die frische Spur. Auf der Jagdhütte im Gebirg (eine ähnliche Situation wie jene wo Gyges den König auf dem Feldzug gerettet hatte). König liegt ausgestreckt auf dem Boden. Beschluß, Gyges im Garten einzugraben. (cf. brahmanische Anschauung.) Kandaules: obwohl seine unaufhörliche Tätigkeit, ja die Emanation seines Wesens dies ist: die Form zu zerstören, so ahnt er nie, wie sehr sein ganzes Dasein von der Form getragen wird. In der Jagdhütte sucht er die Einsamkeit, die Sternennähe, das Gespräch mit den Göttern. (Salambo, Hamilcar und die Meteoriten.) Wer: »er«, etwa das zweizüngige [?] Geschöpf, das die Bogenschützen dann gleich erschießen werden wie ein Wildschwein? Nein, sondern die Form »König«, das hohepriesterliche, nicht mehr menschliche Wesen, der Sohn der Götter. Seine Leute, scheinbar verirrt, stoßen nicht zu ihm. Warnungen. Ein riesenhaftes altes Weib, kehrend aus der Laubhütte heraus die welken Blätter: das trifft den König sehr. Warnungen: zwei kappadokische Bogenschützen halten sich in einer rätselhaften Weise immer in Gyges' Nähe, zu seiner Verfügung. Gyges geht hinein, unschlüssig, ob um den König zu töten oder dessen Rechenschaft zu empfangen. Vorher wirft er den Ring in einen tosenden Wildbach: du bist überflüssig. Mit deiner Hilfe geschah nur, was ohnedies geschehen mußte. (Die Bogenschützen sagten: Geh nur hinein, ihn morden. Du hast es ja leicht, du hast ja den Ring.) Er fragt den König: und wie willst du verantworten, was du an mir getan? wie soll ich fortleben? – König wird despotisch ungeduldig: will Leute holen, die dich wegschaffen. Gyges, warnend: geh nicht vor die Tür, König Kandaules.

Der König: Gyges, was gibts daheim?

Gyges: deine Burg wird berannt, und mit Fackeln beworfen (referiert das Ende von III).

Der König: wodurch?
Gyges: meine Landsleute haben sie angesteckt, als die Königin alle Sklaven kreuzigen ließ.
Kandaules: warum ließ sie die Sklaven kreuzigen?
Gyges: weil die mich nicht niedergehauen hatten.
Kandaules: so hat sie dich gesehen?
Gyges (wie in Hypnose): und darum mußt du jetzt sterben, König!

Der Thronwechsel. Die Unzufriedenen, unterrichtet von den furchtbaren Vorgängen im Hofstaat der Königin, nehmen das für den Anfang einer Palastrevolution. Im Inneren des Palastes wieder herrscht Verwirrung, wie man hört, der König ist auf der Jagd ermordet. Nur die Königin ist in allem ruhig, vollzieht ihre rituelle Tageseinteilung.
Die griechische Palastwache lärmt an der Türe, behauptet, Gyges werde im Innern zurückgehalten, gar gefoltert (die Königin bleibt ruhig), da die Königin Gyges, der zur vorderen Tür gefangen hereingebracht wurde, durch die Pforte der heiligen Quellen entlassen hat.
Zwei Ketten von Botschaften, a) die Revolte der Palastwache, b) die Ermordung des Königs betreffend, werden von der Königin mit jener Ruhe aufgenommen, wie die tanzende spartanische Königstochter bewahrt (die Griechen zünden das Viertel der königlichen Gärten an: berennen die äußere Tür, stecken Sklavenwohnungen in Brand: betrinken sich, s. Salambo). Es wird gemeldet, die Wasserleitung sei durchstochen. Königin: ich brauche kein Wasser mehr als für ein einziges Bad, und so viel ist ja in den goldenen Eimern vorhanden. Die Königin erwartet, unbeirrt durch die Nachrichten von dem Aufruhr – diese nennt sie »keine Nachricht« –, die Botschaft von der Ermordung des Königs. V Wie die Botschaft vom Tode des Königs da ist, sagt Rhodope: jetzt ist wieder die Zeit, Gesetze und Reinigungsvorschriften zu erfüllen. Sie geht, ihr letztes Bad zu nehmen, – in welchem sie sich die Adern öffnet. Sie hofft, in einer der wohlgefälligen heiligen Stellungen zu sterben: es war ihr anders beschieden.
Die Eunuchen: Da du dich dem Gyges vermählen willst um

mit Hilfe der Griechen zu herrschen, so befiehlst du wohl, daß man – bevor du ihnen das Haupt des Kandaules zuwerfen läßt – ihnen Wein, Öl und Sklavinnen darreiche. Königin: lacht gräßlich auf: Nein, ich befehle, daß man glühendes Blei auf sie gieße.
Die Königin, an dem breiten niedrigen Fenster nach der Bergseite hin harrend: sieht die Frauen des Königs schreiend wehklagend, sich die Wangen zerreißend sich in den verbotenen Garten der Königin ergießen. Diese Weiber des Königs ermorden schließlich Gyges, wie Mänaden, als den Mörder ihres Gemahls, und werfen seinen Kopf den Aufrührern hinab.

PENTHEUS

EIN TRAUERSPIEL IN ZWEI AUFZÜGEN

... This tragedy of the Bacchanals, – a sort of masque, a morality, as we say
Walter Pater »Greek Studies«

Kostüme im Geist Aubrey Beardsleys, die Bacchantinnen mit Halbmasken, durchsichtige Gewänder mit Blumen und Gesichtern darauf, Dionysos mit blondem, efeudurchflochtenem Haar, weiblichem Gewand, starke Efeuranken von den Schläfen in die Luft hangend, – dann aber in grauen Gewändern, nur die Augen frei – das Gegenteil der erwarteten Nacktheit.

I Königliche Halle. a) Pentheus erteilt Befehle gegen die Feier des neuen Gottes, (draußen geheimnisvolle Hornrufe) erblaßt, scheint unwohl, entschläft.
b) Pentheus schlummert. Die Mutter erscheint durch einen geheimen, stets verschloßnen Gang. Pentheus nimmt sie für ein Traumbild. Ungeheurer Dialog zwischen den beiden. Sie verschwindet.
c) Vertraute Diener dringen ein; alle Befehle, getreu vollzogen, hatten die entgegengesetzte Folge; einer, zu dem die Wachen eindringen wollten, verbrannte sich in seinem Hause.
d) Pentheus von einer ungeheuren Angst und Verzagtheit überfallen. Ihm scheint eine furchtbare Fliege vor den Augen, um die Schläfen zu schwirren. Es wird Abend. Die Nachrichten steigern sich. Pentheus befiehlt, den geheimen Eingang zur Mutter zu öffnen. Ergreift ein Licht, stürzt hinein, wankt wieder heraus: ihre Gemächer leer. Bote: die Königin ist auf den Bergen.
Zwischenspiel: Hörner, furchtbar anschwellend.
II Hirten verschreckt. Pentheus unter sie. Agaue und einige Bacchen, liebliche Szene, höchstes Glück, weiße Gestalten vor dem dunklen Dickicht.

Alle fliehen. Pentheus herein. Agaue zu ihm, Bacchen zum Schluß. Ermordung.
Totenklage. Der Tag bricht an.

I

(Pentheus: sein Vater soeben gestorben – seine Mutter unterbricht die Trauer, der sie sich unendlich hingab – um sich unendlich dem Dionysos hinzugeben.) Pentheus befürchtet vom Hereinbrechen dieses Dienstes ein Entfesseln aller verborgnen Greuel der Menschennatur: er hat eine blitzartige Vision alles in Kerkern Zusammengepreßten, lichtscheu Hinschleichenden, vampyrhaft Hervorgrinsenden, sich Dukkenden der Welt.
Agaue ahnt, daß das Furchtbare an alle dem nur von dem Druck kommt, der darauf lastet. (Pathologie, Kriminalpsychologie, Romane von Eekhoud, Willy.)
Zweifel: Kann das losgelöste Individuum glücklich sein?
(Pentheus König in einem strengen clan-system, strengstem Ahnenkult. Außer dem clan gibt es nur den Verbrecher, Bettler, Pariah – so sieht Pentheus den Dionysos.)
Pentheus glaubt an die Götter. Sie sind ihm, was Hölderlin die Ideale waren. Er ist Mystiker, den manchmal die Ahnung durchschauert, daß er vielleicht ein Skeptiker ist: insofern es fraglich: ob er die von dem Chaos gesonderte Welt von Denkbildern, an die er zu glauben scheint, wirklich glaubt. – Die Mutter, dunkler Möglichkeiten voll – ist dem Chaos verbunden. Glaubst du meine Götter? fragt sie der Sohn. Es ist in ihm, ihr gegenüber, etwas wie Mißtrauen: aber er biegt es um in verdoppelter Ehrfurcht, etwas wie Angst, oder biegt es um in scheue Zärtlichkeit.
1. Aufzug: der König mit seinem Polizeimeister am Flußufer hinabsteigend, das gräßliche Verborgene aufspürend.
Der furchtbare nicht mehr menschliche Schrei, den die Bacchen ausstoßen, dieser Schrei, den die schlichten Hirten nicht mehr hören wollen, ist das Symbol des Ungeheuern, nicht mehr Bedingten, das der menschlichen Natur als tiefster Kern

innewohnt, des Übernatürlichen. Die Hirten sagen, es ist tausendmal ärger, als wenn man ein Schaf schlachtet. Es ist ärger als das Brüllen des Bergsturzes. Es ist ärger als eine Kuh in Wehen. Sie wollen nicht mehr dienen, sie wollen die Herden im Stich lassen, sie wollen ihre Hütten im Stich lassen. Der König soll verzeihen, aber sie wollen hinabsteigen ins Tal.
Bacchus ist doppelt: ein Doppelgänger seiner selbst. Den chthonischen Gott, das neu-geborne Kind in einer Kornschwinge, das nach der Winternacht mit Tanz und Fackeln erweckt werden muß – diesen zu finden ziehen die Frauen hinaus. Der andere freut sich der Bewegung, freut sich des Sturmes, bläst in den Sturm.
Pentheus kommt zu Wagen, springt rasch herab, – eilt ins Haus: alles duckt sich, versteckt sich, Flüstern erstirbt.

Die Greise. Teiresias etwas wie der alte Goethe; Cadmus, ein altes Kind (Anklänge an Gewisses in Merlin, Klingsor).
Die Greise: Geheimnis! dunkel! hab du Ehrfurcht!
Pentheus: was denn! Faselhänse! Gaukler! frecher Gaukler, der für einen Gott sich ausgibt!
Greise: weißt du wie Götter sind? kennst du die Ehrfurcht! warum kein neuer Gott? wenn er gesandt wäre, zu erproben, ob du Götter erschauen kannst!

I d Die geheime Stelle auf die man drücken muß, um den geheimen Gang zu öffnen, zeigt dann Cadmus in einem trance, (Bölsche) in welchem er sich als den Zeuger der Welt fühlt, in einem phallischen Überschwang (in welchem er ausruft: ich will ins Gebirge, nackend, nur mein Glied soll meine Waffe und mein Szepter sein. Es ist der Schlüssel der die Welt aufschließt. Ich bin der Tempel, an Gebirgswand will ich hocken und dies ist das Heiligtum an mir. Ich will zeugen –), in welchem er sich seiner blühendsten Zeit erinnert. Nachdem er den Gang geöffnet, läßt Pentheus ihn ins Gefängnis werfen. Vorher fragt Pentheus die Trabanten und Aufseher des Palastes: führt hier ein Gang? – Niemand erinnert sich. »Also war es ein Traum« sagt sich Pentheus.
Ein symbolisches Motiv: daß Pentheus seinen eigenen Palast

nicht kennt: nicht die Grotte, nicht die unterirdischen Teiche, nicht den Schacht, der in den Berg führt durch eine Falltür, (an dieser steht er dann und schreit hinab: Mutter, Mutter!) – Cadmus verhöhnt ihn drob.
Der Greis Cadmus wird gefesselt vor Pentheus geführt und lehnt sich glorreich gegen den König auf. Seine Triebfeder ist eine Fanatismus gewordene Mystik. Der Greis schleppt sich an die Tür und schreit über die Höhe hin: »Agaue, meine Tochter Agaue!« – nichts regt sich, Pentheus atmet auf. Ironie: er macht noch alle aufmerksam, daß sich nichts regte.
Schauerlich für Pentheus die Schilderung die Cadmus gibt: warum in diesem Palast alle Räume: Schlafgemach, Gerichtssaal und Verließ durch geheime Türen verbunden: um ein Ineinanderfließen aller königlichen Wollüste zu schaffen, – für Pentheus, dem das Sondern, das Auseinanderhalten alles ist.
Pentheus hält in kurzsichtiger Weise an der Unteilbarkeit der Person, an dem »Charakter« fest. Wenn eine Person so aus ihrem Charakter fällt wie Agaue, so ist dies Verbrechen, Auswuchs, Krankheit.
Totenklage an der Bahre des Pentheus dreht sich um denselben Begriff: individuum est ineffabile.

Der Fremde, den der König verhört (ein Asiate, Dionysos selbst?)
Pentheus fragt ihn: werdet ihr denn euren Gott auf den Bergen finden?
Der Fremde: das ist ganz gleich; es gilt, ihn zu suchen.
Pentheus: und wie erkennt ihr ihn?
Der Fremde (lächelnd): vielleicht ist er unter uns.
Pentheus: und wohin geht der Weg?
Der Fremde: vielleicht nach Äthiopien, vielleicht nur bis zur nächsten Sennhütte, migrare necesse est, vivere non est necesse. Der Fremde ruft Agaue, Cadmus und die Königsschwester auf, ihm zu folgen.
Pentheus: nenne meine Mutter nicht!
Pentheus erklärt dem Fremden die Götter und ihre Funktion (rein hesiodisch, ethisch).

Pentheus schilt den Fremden einen entlaufenen lydischen Sklaven. Der Fremde wirft gehorsam seinen Stock (Wanderstab) hin: eine große Schlange bäumt sich vor dem Thron.
Szene der Agaue im Palast. – Pentheus auf seinem Bette schlaflos: Agaue, eintretend, »mich treibts zu dir. Ich habe dich die Götter schlecht gelehrt«. Pentheus, zweifelnd: »Mutter, du gleichst dir selber nicht, bist du es, Mutter?«
Indem Agaue den Pentheus anspricht: »mein Kind (mein Knabe)!« und er an ihren Knien lehnt, wie vor zwanzig Jahren (er ist achtundzwanzig, sie zweiundvierzig), wird jener Ton angeschlagen: bin ich denn eins und derselbe?
Pentheus-Agaue – Aug in Auge (das Anders-werden der Königin vor seinem Blick)
dann bald darauf: wie sich auch die Greise vor Pentheus' Auge verwandeln: so seltsame alte Kinder werden.
Wie er mit der Mutter allein ist, plötzlich ein Stillschweigen, das Vorüberfliegen von etwas Unnennbarem und ein Augenblick tödlicher Angst im Herzen des Pentheus.
Er kommt zu ihr durch den geheimen Gang, mit einer Fackel. Sie sitzt, auf einem Thron an der Wand eines weiten Gemaches, in das von oben die Sterne fallen. Dieses Gemach ist gegen rückwärts durch ein Gitter von einer Art Vorgarten geschieden. Hier schlafen die Dienerinnen. Die Mutter hebt einen Vorhang der zu den inneren Gemächern führt und zeigt ihm den Spion, den er hineingeschickt hat, wie tot. Dann gibt sie Pentheus den gleichen Schlaftrunk zu trinken und schreitet über seinen Leib hinaus.

(frühere Fassung) Er will ihr nach, halb wahnsinnig vor Erregung. Das Haus erbebt. Feuerschein. Fackeln herein: der Gefangene hat sich befreit. Pentheus, nur krampfig bestrebt, dies zu verstehen dies vor sich selbst zu erklären: es ist kein Wunder, es ist feile Dienerschaft im Bunde mit Gaukelei. In diesem Augenblick ist ihm schon das Weltbild, das er mit starr aufgerißnem Aug festhalten will, umnebelt, verschoben. Er schickt die Diener schlafen, auf einmal tritt Dionysos ein. Hält er ihn nur für einen andern? will er ihn für einen andern halten, um nicht wahnsinnig zu werden?

Aus einem unheimlichen Halbschlaf auffahrend, findet er den fremden Diener eingetreten, getraut sich aber nicht mehr, diesen mit Sicherheit als einen der nicht unter seine Diener gehört zu bezeichnen.
Die feurig-fließende Ironie des Dionysos als Sklave, – klug nicht tölpelhaft – wie er ihn wappnet: ihm das Schwert umgürtet, den Speer in die Hand gibt, auf den er sich verlassen kann: was du vor dir siehst, ist deiner Macht unterworfen – wie sollte es nicht sein? (ein Mißtrauen manchmal zwischen den Zweien, ein flackerndes übermäßiges Zutrauen – du Süßer – du Köstlicher! – dann ein fast haßvolles Aug-in-Augebohren.)
Indes er den König anzieht und wappnet, läuft ein Haufen von Nachzüglerinnen unter lautem Schreien zwei-, dreimal vorbei. Harry Walden als Dionysos denken: ein Liedchen auf seinen Lippen.
Er beredet den König sich ruhig zu halten, dann um so besser alle insgesamt zu treffen.
(vor Schluß: Der Gott (als entlaufener lydischer Sklave) mit einer jähen Bewegung, wirft sich in die Luft und ist entschwunden.)

II

Kleine Hütte eines Hirten. Die Frau allein. Bacchenzüge durch den Wald, die Frau aufregend, anlockend. Der Hirt nach Haus, wütend über gejagte Herden, geraubte Milchkühe, einen von den wilden Frauen ermordeten Sennen. Geht mit der Frau ins Haus. Neuer Zug das Haus umtanzend. Der Hirt mit einer Keule heraus. Der ganze Wald erfüllt von dem wilden Rhythmus des bacchischen Schreies. (Die Bacchen und die Tiere, sie jagen die Herden auseinander). Der Hirt schließt die Frau ein, eilt nach. Die Frau, sich zu befreien, zündet die Hütte an. Der Hirt zurück, müht sich den Brand zu löschen; Pentheus und sein Diener heraufkommend.

II Szene 3. Agaue, mit weißen Blumen geschmückt. Des Hirten Frau, in Fellen. Eine junge Bacche, ein weißes Zicklein.
Die Hirtenfrau vom ungeheuersten Haß zur rasenden Liebe für die Bacchen übergeführt; am Schluß führt sie die Schar, ihre Hütte zu zerstören, die Dachsparren als Feuerbrände zu schwingen.

vorletzte Szene: Pentheus, eine junge Bacche fassend: »bist du meine Sklavin Rhodonte?«
Die verschreckten Hirten, sich bergend: sie wollen alles ertragen, nur nicht wieder den Schrei hören, den furchtbaren Schrei, der von den tausenden von Frauen ausgestoßen die Luft durchdringt, fürchterlicher als das Brüllen der Brandung, grausenhafter als das Heulen eines todverwundeten Tieres, weil er aus menschlichen Brüsten herausdringt. Dann erschallt der Schrei wirklich.
Der Fremde führt den Pentheus, den er mit einem Schleier von Finsternis umhüllt, bis mitten unter die lauernden Mänaden – das Zuschreiten der Mutter auf den starren gefesselten Sohn, auf das Opfer. Ein stufenweises: bringt ihn näher! herauf! heran! stellt ihn mir Aug in Auge!
Ein solches Aug-in-Auge-stehen von Mutter und Sohn einmal vorher: während dieses Aug-in-Auge-stehens ein Vorüber von Visionen (ein tanzender Greis, ein Blutender, ein verhülltes Kind).
Das bergige Land durch eine treppenförmige Bühne versinnlicht. Agaue mit dem Haupt aus einem Bühnenschacht (= Bergestor) heraustretend.

(Schluß) Ohne eine Erweckung der Agaue aus ihrem Traum: sie ordnet um die Bahre des Pentheus prachtvoll den Zug (Kinder, Frauen, Greise als Symbole des Lebens) und meint: so werde sie in ihre Burg hineinziehen und durch das prachtvolle Geschenk und dessen hohe Symbolik den Sohn überzeugen. Sie ordnet den Zug, schreitet voran, sinkt zusammen.
Agaue auf ihre zwei Töchter gestützt: sie segnet die, die nun

hinabziehen wieder ins Leben, wie Gräser die der Wind bewegte, wieder zurückgehen, – sie segnet sie, dann sinkt sie hin. Schlußworte der Agaue: es war eine furchtbare Welle von Osten her, sie trug uns, nun läßt sie uns liegen.
Schluß: Dionysos, eine gewaltige Stimme erhebend wie eherne Trompete, weist alle zur Ruhe, alle müssen sich legen wie gehorsame Tiere.

ZUSÄTZLICHE FRAGMENTE

ad Pentheus. Zwischen Pentheus und Bacchus schwebt auch der Handel: Individuum – Masse. Pentheus geht auf das, was allen gemeinsam ist im Denken: das logisch Greifbar-Tastbare (das Verständige zuungunsten des »Ahnungsvollen«). Bacchus scheint der Anwalt der individuellen amorphen Sensationen zu sein, in welchen Individualität und Kosmos zugleich gegeben; paradoxer Weise propagiert er aber zugleich die Masse, die Herde, die dunkle orgiastische Anhäufung der Erdenwesen.

Pentheus neue Fassung. Der neue Gott – der Fremdmacher. Der Greis (Cadmus) beharrlich nur dies von ihm aussagend: er ist der Fremdmacher – darum beugt sich alles seiner Macht – darum verlangt mich nach seinem Angesicht, – Versuche Pentheus', auf ihn einzuwirken: indem er ihn an Ruhmestaten erinnert.
Szene wo der befreite Gott herantritt und Pentheus mit ihm essen muß. Er tut als hielte er ihn für einen fremden König, der gekommen zu werben. Ungeheure Ironie, worunter tödlicher Haß. Je ein Blick des Fremdmachers macht die Aufwartenden fliehen. Nun wirft er den Tisch um und bedient den König beim Umkleiden. (Vorher, wie Pentheus schon verstört ist, Erscheinungen: die Mutter – fremd – kaum erkennbar.)
Pentheus. Eine Umschreibung nach der Antike. [1917]
Pentheus: Fremder, die Verkleidung genieße ich – um der

Vernunft willen. Da ich ganz bei mir und bewußt bin, lasse ich mich verkleiden. Ich werfe alle Königszierate ab und ziehe Weiberkleider an. Ich könnte tanzen in Weiberkleidern und nicht so viel hast du dadurch über mich gewonnen. Ich lege ab das Gewand, weil es schwer ist: nehme an meine Glieder das leichte – wäre noch leichteres gewoben, ich würde befehlen es mir zu bringen –
Anfang. Ich habe befohlen, lebendig zu begraben die dich aufsuchen, und dich in Ketten zu legen und jetzt bist du da.
Bacchus: Jetzt bin ich hier an deinem Tische und begehre zu essen von deinem Fleisch und Brot.
Im Gebirg. Mutter feiert den Bacchus ähnlich wie Novalis den Schoß der Nacht und begreift den Stier mit in dieses Lob.

SEMIRAMIS

VORSPIEL

Einsamkeit am Bergsee. Semiramis, der alte Priester der Astarte, verhüllte Diener, Ninos.

Semiramis, hier heraufgeschleppt. Hörnergetön von rings andringend; Hirschkuh, Eber, Gazelle brechen herein. Todeswollust wälzt sich vor den Füßen der Jungfrau.

Beim Hereinstürzen des getroffenen Tieres sagt sie: Was ist das, diese Wollust? – Priester: Der Tod. – Semiramis: Können das auch Menschen geben – sich geben, so wie ich mich verwunde zur Wollust?

Priester leugnet den Tod ab. (Nachher, wie der Priester gebracht wird, ertrunken, sagt sie zu Ninos: So können auch Menschen das leiden und geben. Ach, ist es das, was du von mir verlangst? Komm, ich fühl, ich kann es geben.)

Anfang: Semiramis starr. Priester sie umkreisend, mystisch umschreitend:

Du heiliges Gefäß des Lebens, todgebendes, du verschlossener Turm, du Jungfrau und Möglichkeit der großen Hure, du Gründerin von Babylon, heute noch eine Waldtaube – ich der Herr deiner Möglichkeiten. – Er zittert vor geistiger Wollust. Der Priester kann in dieser Ekstase ihr genau beschreiben, wie es geschehen wird, daß sie des Gatten überdrüssig und zu seiner Mörderin wird.

Semiramis meint den Adler zu erwarten, der wie jener anderen der Schwan, Umarmung und Tod bringt. Sie jauchzt entgegen, will ihre Gewänder abwerfen, duldet kein Gewand, nicht Schatten der Bäume, nicht milden Hauch auf sich, will empor auf die Kuppe, wo der Adler sie sieht.

Der Priester meint in ihre Flamme Wasser zu gießen, gießt Öl hinein, indem er Tod und Blut aufruft, die durch sie in die Welt kommen müssen. Alles, was er ihr sagt: Den Gatten wirst du töten, deine Liebhaber köpfen, Schlachten liefern, Städte brennen... – entflammt sie mehr und mehr. Er verkündet die Todesbotschaft als Botschaft der Wollust; sie sagt

ihm: Wirst du das Gewand des Alters abwerfen und glühend wie dein Auge mir entgegentaumeln? Wirst du?
Beide kommen sie über den Tod hinaus in dieser Stunde.
Ein Fischer singt (ohne Worte, wie die Sklavin in der »Königin von Saba«). – Priester schickt die zwei Bewaffneten, ihn erwürgen; der Gesang bricht jäh ab. Semiramis steigt auf die Klippe, zeigt sich ihm, er hebt geblendet die Hand zum Aug. Da packen ihn die zwei. – Priester: Hätt er dich nicht gesehen, er hätte nicht sterben müssen.
Wie sie auf der Klippe steht und vor sich den nackten Abgrund, die riesige leere Welt ausgebreitet sieht, überkommt sie ein spasme: sie will sich von der Luft, die hinstreicht über diese Leere, von dem ungeheuren Geist des Abgrundes will sie sich zur Mutter machen lassen: es ist eine Blutwelle, ein unartikulierter Wunsch, ungeheuer befruchtet zu werden, diese Bergtäler zu bevölkern, Hirtenvölker aus ihrem Schoß hervorstürzen zu lassen wie Bergströme; – da ertönt, in dem Wirbel ihrer Gedanken, unten der Ruf des Entzückens, des Verlangens, der Anbetung. Der Fischer ist halbnackt zwischen seinen Reusen aus dem Schilf emporgetaucht.
Es ist ein Gott, führt ihn zu mir, sagt, daß ich ihn erwarte!
Da gellt der Todesschrei des Fischers herauf, er sinkt blutüberströmt ins Schilf. Dann kommen die Männer blutüberströmt zurück, der eine mit dem blutigen Opfermesser.
(Szenenbild: links unten der Fischer, aufsteigend jäh eine braunrote Wand, oben, in einer Lücke wie eine große Schießscharte, die wundervolle Jungfrau.)
Priester, sie wegschleppend: Was jetzt hereinbricht, ist der Tod! – (sein Tod ist es wirklich). – Sie, die Brüste den Hereinbrechenden entgegentragend: O süßer Tod! Herrlicher Tod! Tod, komm mich töten! – Semiramis: Hätt ich Zeit, dir zu antworten, so sprängen die Antworten wie Keulenschläge, wie Sichelwagen aus mir hervor; ich brauchte mir nur die Zeit zu nehmen, meinen Leib in eine andere Stellung zu bringen, jede Biegung meines Schoßes und meiner Hüften ist fruchtbar an Weisheit. Aber ich habe nicht Zeit, denn alle Kräfte in mir müssen dem einen Horchen, dem einen Michbereiten, dem einen Mich-entgegen-heben dienen.
Das Verenden des Hirschen im Gebüsch.

WESENTLICHES

Semiramis ist das Überpersönliche des Ich. – Sie kann ihr Weibsein nicht begreifen, dann nicht ihr Mutter-sein – in toto also nicht ihr Mensch-sein.
In ihr ist das »Staunen« zum Genie entwickelt, zur Hybris. Ihre Taten tut sie daneben in einem vollkommenen Schlaf, ganz ohne Distanz von ihnen nehmen zu können.
Sie ist darauf gestellt, daß sie von dem, der sie umarmt, verlangen muß, daß er mehr als ein Mensch ist, und ihm nie verzeihen kann, daß er nur ein Mensch ist. Es hätte sie ein Gott, ein Allumfasser, umarmen müssen (Motiv der Alkmene, doch scheint mir Kleist es nicht klar erfaßt zu haben). – Diese Männer, die sie an sich preßt, sind ihr nichts als Gebärden zu dem einzigen Liebenden hin, dem großen Gott, den sie immer ferner im Osten sucht, der sie ausfüllen wird. Wenn ein Geliebter welk wird, läßt sie ihn fallen. Sie spricht mit ihren Frauen von sich selbst als der Braut des fernen Gottes. Der Königssohn, der ihr von Brahma spricht, scheint ihr von ihrem Liebsten zu sprechen.
Das Vorspiel liegt zurück; das Stück zeigt die doppelte Krise, indem ihr erster Mann, den sie töten ließ, weil er nur ein Sterblicher war, ihr nachts (in ihren traumlosen Nächten) immer erscheint, und indem zugleich ihr Sohn krank wird von Asias Fieberluft, so daß sie ihn lange in einer eisernen Sänfte dem Heer folgen läßt, dann den Halbgenesenen, aber auf ewig Schwachen, ihr selbst mysteriös ähnlichen, endlich sich Auge in Auge gegenüberstellen läßt (darauf entschließt sie sich, ihn einzukerkern). In diesem Gegenüber, wo er schweigt wie ein Spiegelbild, bemächtigt sich ihrer der Träume nicht gewohnten Seele ein furchtbares »Das bist du?« – ihr schwindelt, sie ahnt den Abgrund aller seiner Schwäche, in sich – stürzt zusammen. – Die Großen herein, huldigen dem Sohn. Semiramis, aufwachend, durchschaut die Situation.
Seitdem ihre Zeit erfüllt ist und sie getan hat, was zu tun sie ausgesandt war, ist ihrem eigenen Innern der Befehl geworden, sie zu zähmen. Seitdem träumt sie. Früher griff sie in die Welt. – Die Anstöße zu ihrem Zusammenbruch: ihr, die nie-

mals träumte, nimmt jetzt die Gestalt ihres ersten Gatten Ninos sogar den Tag weg. Immer wenn sie allein ist steht er im Schatten ihres Zeltes. Sogar wenn sie auf ihrem Kriegswagen fährt, zur schweren Stunde des Mittags, ist er seitwärts über den Kriegern und Hauptleuten halb schwebend und blickt auf sie.
Zuerst hält sie ihn für einen Gott, und daß er, nur um sie zu strafen, sich lange vor ihr verborgenhielt und nun wieder da ist, um sie zu demütigen. Als sie aber erkennt, daß es ihre Träume sind, ein gleiches wie die Fieberphantasien ihres Sohnes – schaudert sie vor ihrem eigenen Innern.
Im Vorspiel zu fixieren, daß sie nicht träumt. Da sie den Traum nicht kennt, hält sie alle ihre Visionen für Realität, Ninos für einen weiterlebenden Gott. Ninos sagt ihr, daß er aus ihr stammt, daß er die Ausgeburt der letzten Nacht sei, die sie zusammen verbrachten, wo er und sie wußten, daß er sie töten würde.
Die erste Erscheinung des Ninos erfolgt, da sie geschmückt wird und ein neuer Gemahl ihr eingelassen werden soll. Im Gespräch mit dem Schatten des Ninos vergeht die ganze Nacht – indessen ist der Bräutigam von einem Dämon gelähmt worden. – Der Liebhaber des Stückes ist der Schatten des Ninos.
Szene nachts zwischen ihr und der Erscheinung des Ninos – der Tote erscheint ihr gegenüber, der Unersättlichen, Gierigen, als der Besitzende.
Ein anderer Anstoß war das durch Krankheit und Schwäche erwiesene Menschentum ihres Sohnes und seine Ähnlichkeit mit ihr. Sie führt ihn zuerst in einer eisernen Sänfte mit sich, dann verbannt sie ihn ins Innere des Berges. Dort besucht sie ihn, »warum töt ich ihn nicht?« fragt sie sich, und da sie findet, sie sei nicht aus anderem Stoff wie er – so könne er ebensogut an ihrer Statt zurückbleiben. So läßt sie ihn durch Sklaven, die sie dann töten läßt, mit ihren Gewändern bekleiden.

Wesentliches (hauptsächlich konzipiert während der Generalprobe der »Elektra« in Wien, während die Mildenburg als Klytämnestra sang, 22. III. 1909): Das Vorspiel liegt achtzehn

Jahre vor dem Stück. Im Vorspiel ist Semiramis fünfzehn Jahre – nun ist sie dreiunddreißig. So alt war Alexander der Große, als er starb. Das Stück selbst ist Katastrophe, Auflösung.
Da sie jung war, kannte sie Träume nicht. Es handelt sich darum, daß der Glaube an ihre Göttlichkeit, in ihr schon mürbe, durch zwei, drei Anstöße völlig und rasch zusammenbricht.
Nun bleibt ihr nichts, als ins Gebirge zu ziehen mit einem kleinen Gefolge und sich durch Schierlingsaft wieder in göttlichen Stand einsetzen. Der ihr den Saft zubereitet, ist jener zweite Priester, Bruder des ersten, der im Vorspiel am Schluß sich selber tötet. Er lebt einsam im Gebirg, unfern dem Eingang in den Berg, in welchem sie ihr Kind gefangenhält. –
Erster Aufzug bis zum Höhepunkt (sie läßt sich die Geschichte ihrer ersten Ehe als Mimus vorspielen). Ahnung des zweiten Gesichts aller Dinge, des Schalwerdens.
Zweiter Aufzug: Das Ringen mit Ninos.
Nachspiel an jenem See, der nun verödet, gräßlich.

ERSTER AUFZUG

Im Lager. Pantomime ihres früheren Lebens. Schlacht. Vermählung.
Vor einem wundervollen Zelt, sie wird frisiert. Während des Mimus schauerlich-wollüstiges Spiel mit einem Günstling. In dem Mimus wird sie ganz schamlos, wie eine Gottheit behandelt. Sie bricht die Pantomime dort ab, wo es sich um die Geburt des Sohnes handelt. – In dem Mimus wird ihr Buhlen und jedesmalige Ertränken des Liebhabers mythisch dargestellt als Liebschaften der Erdgöttin mit den Monaten – in einem Raum, von dem die (unsichtbaren) Zuschauer durch ein starkes Gitter abgeteilt sind. An dem Gitter Gesichter. Dann Hereinfluten von Kriegern, gegen die Bogenschützen, die das Zelt umgeben. Von jenseits immer anbetend Hereinstarrende. Die Königin steigt zu Wagen, währenddem unterhalten sich drei vor dem Zelt angekettete Gefangene.
Nachher vermählt sie sich mit dem Königssohn des besiegten

Volkes. Der Günstling, der noch die Nacht mit ihr verbrachte, will diesen erstechen. Ingeniöse Strafe. Ninos, das Kind, gezeigt. – Vom Putztisch in die Schlacht.
Bild: ans Stadttor rückkehrend, der Fluß geschwollen von Leichen der Feinde, ihre Köpfe, rabenumschwärmt, zu Hunderten auf der Mauer, alle Fackeln erhellt flackernd.
Zweites Bild: im Bergpalast. – Das Berginnere, wo Semiramis ihren Sohn gefangenhält. Eine schmale Tür öffnet sich auf ein Zauberwort. Von ihr führen viele Stufen in den runden halbdunklen Raum hinab. Ampel, Tisch aus schwarzem Marmor.
Kurzer Auftritt in der unterirdischen Burg des lebendig vergrabenen Sohnes. Im Vorspiel sagt sie: Dieser Berg hier ist hohl, drinnen ist ein See, der See hat eine Insel, darauf steht eine Burg, die Gruft des Lebenden.
Priester: Hier ist weit und breit keine Burg.
Semiramis: Ob es ist, ob es sein wird – vor meinem Auge ist es, die Höhle führt hinein.
Das Motiv der Zauberin aus Tausendundeine Nacht, die einen Unglücklichen alle Neumond besucht, um ihn zu quälen. So verschwindet Semiramis alle Neumond aus dem Lager und fliegt nach dem Palast ins Gebirge, wo sie ihren Sohn in Banden hält, und fragt ihn: Siehst du mir noch ähnlich?
Sie kommt, eine Lampe in der Hand, einen Spiegel im Gewand verborgen, um zu sehen, ob er ihr noch immer gleicht. Sie klatscht in die Hände, eine eherne Tür geht auf, der Sohn kommt hervor.
Er fließt mit Sigismund stark zusammen, vielleicht vorher ein Auftritt im dämmernden Hof, wo er Tiere tötet. Dann, bevor die Sterne aufgehen, führen Verlarvte, die auf seine Klagen und Fragen nicht antworten, ihn hinein. Die Verlarvten reden zu einander: An den Sternen ist zu rechnen, daß die Frau jetzt bald wiederkommt. »Mir träumte«, sagte sie, »daß aus einem Loch meines Leibes ein Tier hervorlief. Aber daß es mir ähnlich sehen würde, träumte mir nicht.«
Ninos in seinem Turmverlies faßt unter »Mutter«, unter »Du« nach Kinderweise alles Geheimnisvolle, Grausige, Mächtige auf, alles draußen: die Nacht, die Sonne, den Sturm,

den Donner. »Mutter«, »Ninos« das sind seine zwei Begriffe, wie »Welt« und »Ich«. – Mutter – Gewalt, Ninos – Erdulden.

ZWEITER AUFZUG

Das Ringen mit Ninos. – Im Lager, Vermählung. Im Zelt.
Sie läßt für sich und den gefangenen Königssohn die Hochzeit richten, wobei sie und er als Erd- und Sonnengottheit bewußt pantomimisch auftreten. (Religiöse Pantomimen: das Spiel der Wahrheit höchste heilige geheimnisvolle übermenschliche Wahrheit. Die Gefühle der Darstellenden?)
Er lebt, die Todeskrankheit in sich fühlend, halb im Tode, er ist nur zum Teil mehr da. Die Krankheit offenbart sich ihm als Unendlichkeit.
Szene im Inneren des Zeltes mit dem Königssohn des fremden Volkes. Er sagt ihr die Sitte, die in seinem Lande dem Königwerden vorausgeht. Er erdrückt sie mit dem ungeheuren Begriff Asien. Er zeigt ihr, daß es unüberbrückbare Gegensätze zwischen den Rassen gebe. Er öffnet die Zeltvorhänge, da schaudert die Fieberluft herein – der heilige Fluß, von Toten gestaut, ist ausgetreten – und Semiramis ahnt, daß sie krank werden und sterben kann.
Die Krankheit der Semiramis, sagt sie sich, welch ein ungeheurer Dämon muß das sein. Man soll meiner Krankheit überall Tempel errichten (bisher hat sie Kranke und Alte töten, aussetzen, lebendig begraben lassen). – Zugleich bricht die Erkenntnis über sie herein, daß die Unendlichkeit des Lebens nicht genießend, real, sondern nur leidend, symbolisch, auszuschöpfen ist.
Der geheimnisvolle Dialog, den sie im Zelt austauschen: daß nur der lebt, der den Tod in sich aufgenommen hat.
Semiramis und der Tod: erst da sie weiß, daß sie stirbt, vermag sie Liebe zu fühlen, die anderen Geschöpfe zu fühlen, nun erst l e b t sie. –
Im Anflang läßt sie eine verschlossene Sänfte bringen, worin ihr Sohn, vor dem ihr graust, weil er ihr so ähnlich sieht – deswegen zeigt sie ihn nicht her. Nun läßt sie die Schlüssel zu dem verschlossenen eisernen Käfig zurück, wie sie flüchtet.

Sie muß flüchten, denn sie erträgt nun nichts mehr als die nackte Einsamkeit.
Sie fliegt mit der Vertrauten, als große schwarze Vögel. Ihre Stimmen (bei geschlossenem Vorhang): Wir wollen uns niederlassen und ruhen.
Im Dorf: dörflicher Festtag, Stimmen: »Sehet die Vögel« – dann treten die zwei gewappneten Frauen hervor. Das Dorf anbetend um sie. Aus dem Hain kommt jetzt heran, fast nakkend, die Mutter des Stammes, heut in der sakralen Pantomime Semiramis vorstellend, mit einer Maske vor dem Gesicht. Ihr wird ein Jüngling geopfert, d. h.: sie vermählt sich ihm; er heißt Menon. –
Semiramis fragt den Ältesten: Wem gehorcht ihr? Antwort: Kommst du aus dem Meer, daß du das nicht weißt? Der Göttin, der großen Frau!

NACHSPIEL

In fahlem Abendlicht an jenem Bergsee des Vorspiels, der nun verödet, gräßlich. Mit wenigen Getreuen versprengt. Das Glück ihr untreu, weil sie sich selber untreu, der Tod ihr überlegen, seit sie den Gedanken des Sterbens einmal zu erfassen vermochte. Um sie noch drei: alle drei waren einmal ihre Liebhaber.
Pilgerzüge durch die Einöde am See, wo Semiramis einsam haust.
Man redet von ihr als von einem mythischen Wesen. Sie will dreinfahren: »Ich! Ich!« – aber da zerbricht ein ungeheurer innerer Vorgang ihr dies voreilige Wort im Munde.

Zur Sprache dieser Oper in Prosa: die Wirkung, die in den Passionsmusiken die ganz einfachen Worte des Evangeliums, in Musik, tun.
Dekorationsentwürfe von Piranese (»Scenografia«). – So große Gestalten machen wie die Sternbilder, über deren Brustwölbung eine Weltenreise ist.

DIE BEIDEN GÖTTER

Semiramis, die »Tochter der Luft« – der Titel erklärt sich, daß sie aus der Emanation des Mächtigen, Herrschenden geboren ist: sie ist die Herrschaft, das Irrationale des Herrschenden.
Sie ist das Ungeistige, der Zwang, das Bestehende – Ninyas ist Geist und Liebe.
Huldigung jedes vor sie Tretenden: Dein Name ist uralt, von Ewigkeit sterngegeben, gleichbleibend, deine Stimme tönt von Aufgang bis Untergang, dein Name ist »Ich Will! Ich Setze! Ich Ordne!«
In bezug auf ihre Mutterschaft: Verbot, dies wie anderes von ihr auszusagen. – Wer ihren Busen gesehen hat, weiß, daß ihr die Herrschaft über die Welt gebührt. – »Macht schreit nach Macht; Macht hält die Fäulnis ab von den Dingen.« – Ihre zwei Augen verschiedener Farbe; nur Begünstigte haben es wahrgenommen: in der Wollust wird das eine nachtschwarz, das andere hell wie Kristall. – Gedächtnislos in jeder Phase für die frühere.
Das Beschwingte, das die Trochäen geben, immer wieder synkopiert, immer zur Ruhe zurück, zur Gelassenheit; Zeremoniell in allem, was Semiramis umgibt, aber naturhaftes Zeremoniell, geboren aus Furcht und Ehrfurcht. Stille um sie, das Geschrei des Heeres immer nur aus der Ferne.
Ihre Wandlungen. Erste Phase: auf der Macht beruhend, alle Völker zu einigen berufen, jede Volks-Sonderart ist als feindlich zu zermalmen. »Alle Völker wollen der gleichen Herrschaft unterworfen sein, danach gieren sie, aber einer muß sie ihnen auferlegen.« – Zweite Phase: gleichsam unterirdisch, sich auf die astrale Notwendigkeit besinnend. Die letzte Phase beginnt mit der Erkenntnis, daß Ninyas eine Macht verkörpere, verstärkt sich mit dem Übergang des Übergewichtes an diese Macht, endigt, indem sie sich zur Dienerin (Herrin) dieser Macht aufwirft. Die Wendung (im vorletzten Bild), als sie erkennt, daß die Kontagion die ganze Welt er-

greift: neue Idee, freudige Märtyrer... – zum Ausrufer: Tritt in die Menschenmenge und sage, »dieses ist nicht mehr dieses; wer sagt euch, was unsere Herrin (unser Herr) befiehlt?«
Ninyas ist der andere, der zweite Takt – den auch der heroische Mensch als notwendig erkennt. Sie stellt ihn sich gegenüber und verewigt ihn – sie braucht keine Verewigung, sie wirkt fort. – Ihre Gesetze: von ihr soll nicht gesagt werden – von ihm soll gesagt werden.
Verhältnis Semiramis-Ninyas: Phaeton als Sohn des Helios und Verdächtigung seiner Mutter Klymene (meine Verwandtschaft mit Ovid, der den Mythos sozial nimmt; so auch Raimund).
Ninyas: der Kosmos, der unzerstörbar, wo auch eingekerkert (worüber Semiramis staunt) – Ninyas immer unterm Bogen (eigentlich weiblich), Semiramis immer herauszielend (eigentlich männlich) – Semiramis-welt: Frauen in Männerkleidung, Ninyas-welt: Männer in Frauenkleidung.
Semiramis: das Heroische will die Verewigung der Tat und der Person, aber nicht den Umschwung des Kosmos. – Ninyas gegen alles Heroische (»liebt er das Volk und regiert er das Land, kann er ohne Tun sein«– »er erhält und beherrscht nicht: das ist tiefste Tugend« – Laotse) – Ninyas selbst, als reine Weltpotenz, wäre das Tao des Laotse, wie Semiramis Stern. Als ihres physischen Leibes Sohn wird er Bacchos (heroisch); nach dem Gewahrwerden der Buhlerinnen wirft er diese Natur ab.
Semiramis immer in Angst, von Ninyas verschlungen zu werden, aufgehoben zu werden: gerade von dem Nichttuenden. Wenn Semiramis die Welt unterworfen hat, wird sie Ninyas-Kosmos. Angst davor, wie der Jungfrau vor dem Manne. Ihr erschrockenes »das ists« – als sie hört, er habe sein Volksheer aufgelöst. – Begegnung und getrennt Weiterziehen: so die Gestirne, so diese Mutter und dieser Sohn. »Wenn die Mutter und der Sohn in einem Haus wohnen, so wird der Anfang einer neuen Zeit sein.«
Semiramis: ungeheure Gewalt des Begreifens, Ninyas unterliegt dem Begreifen. Ninyas als der einmal die Beschaffenheit

der Welt erkannt hat und zu handeln unfähig wird (Hamlet).
Weisheiten des Ninyas: Werkzeuge werden gemacht, und geboren werden Hände: jeder Bauer versteht das. – Wer den Worten des Zweifels antwortet, löscht das Licht des Himmels aus. Wenn die Sonne und der Mond zweifeln wollten, würden sie sofort ausgehen. – Die Straße des Überschwanges führt zum Palaste der Weisheit. – Treulich Dienst eines Hundes oder Pferdes verrichten.

Schema

I

Semiramis' letzter Sieg. Empörung im Rücken. Übersatt des Tuns, kriegsmüdes Heer, alles kehrt sich gegen sie. Ekel im voraus, auch wenn es abermals Sieg wird. – Erhabener Moment: bei hellem Tage die Gestirne sichtbar; Resignation plötzlich: Abtreten aus dieser Welt.

II

Ninyas, alles lösend. Feste, Liebesfeste, blühende Jugend: Bacchos. Schmeichler zersetzen alles, was sich auf Semiramis bezieht, alle Taten der früheren Feldherren, der Kaiserin selbst, alles ins Nichts aufgelöst. Naturreich proklamiert. Höhepunkt, zugleich aber in seinem Sieg wird die Welt schal und grausig.

III

Ninyas' Herrschaft schal werdend. Grausen. Pilgerschaft zur Mutter.

IV

Semiramis in der Felsenburg. Audienz. Schwarz verschleiert, sie gibt kein Zeichen, daß sie ihn beachte. Seine Mitteilung, ihm von Vertrauten abgerungen, er habe beschlossen, sie in den Palast bringen zu lassen. – Semiramis und ihre nächst Vertrauten: die Sterne weisen aufs Leben zurück, aber in anderer Gestalt: als Ninyas.

V

Palast. Ninyas eingeschlummert, Semiramis statt seiner hervortretend. Nur ihre Vertrauten handeln (mit Larven), sie bleibt starr, stumm, furchteinflößend. – Nachricht von Ninyas' Flucht. Gefangennahme, Kerker.

VI

Semiramis als Ninyas. Nachricht von der Wirkung, die der Eingekerkerte auf das Volk tue. Nachricht, er sei mit Hilfe des Volkes geflüchtet. Nicht-begreifen der Situation, geistiger Schauder darüber (Gegenbild jenes Momentes in I). – Beschluß, ihn zu verfolgen.

VII

Ninyas, Volk ihm folgend. Verfolger; sein Verharren im Nichttun. Der Bogenschütze (jener, der den Mantel trägt: Jarbas). – Er sinkt hin. Semiramis kommt. Er richtet sich auf, Licht geht von ihm aus. Sie lüftet den Schleier, daß das Licht von ihr auszugehen scheine. Seine letzten Reden. Sie läßt ihn in ihre Sänfte setzen, Träger, Musik. – Ihr Erstarren. – Schluß: Katafalk hochaufgeschichtet, Semiramis starr davor. – Herold: Das ist der Gott und seine Priesterin.

I

Nächst den Kaspischen Toren. Bergbewohner sich zurückziehend, Selbstmord eines ganzen Volkes. – Alter blinder König des Bergvolkes, hochaufgerichtet. Zuerst sagen sie ihm, es geht alles gut, er wiederholt das Unmögliche: Sieg. Verschmachtet das Weiberheer, ohne Wasser, die Pferde tot, sie essen Schnee, trinken Blut, reißen von halblebenden Pferden das Fleisch. – Das war nur der Vortrab. – Man hat ihn belogen mit Siegesnachrichten, daß die Heranrückenden schon verhungern, daß sie nicht übers Gebirge kommen, daß sie ihre Pferde aufgeschnitten haben, um sich vor der Kälte zu bergen, daß die Kabiren ihnen wehren. – Dann: Wehe, von rückwärts das Gebirg erstiegen, sie alle verloren, flüchten, tragen die Verwundeten weg. Sein Sohn fällt neben ihm, er will, daß seine Söhne vor ihn treten. Knecht: Sie sind tot. Der Alte reißt den toten Sohn an den Haaren auf, schlägt den Unglücksboten nieder und geht hinaus, dem Feind, der Posaune entgegen, er reicht die Pfeile im wehenden Sturm, der Eishagel enthält und ihm den Sieg verspricht. Da trifft ihn ein Pfeil.

Dann dumpfer Paukenschlag, sich nähernd, dann Mägde, Krieger mit Lanzen, Raum abschreitend, Panier. – Semiramis' Trabant Jarbal (Leibwächter mit dem Pelzscharlachmantel, Bogenschütz) – Asträa, gefangene Königstochter, Sklavin mit Kamm und Spiegel, als Magd für Semiramis' Haar. Das Verhältnis Asträa-Semiramis sapphisch-priesterlich: Haarpflegerin, Priesterin des Haupthaares, scheu dienen ihrem Haar, als der Nacht (Sumpf, Mondgottheit) – Asträa, Semiramis' Haar strählend, singt das Schicksal der Sternentochter, singt Lieder für die Haare (deren Abhängigkeit vom Mond): Daß dein gelöstes Haar den Tod bringt.

Jarbal eifersüchtig auf Asträa, daß sie das Haar anrühren darf. – »Europa« und »Asia«, Mägde vor dem Zelt. Schwarze Weiber, Botschaft bringend. Botenbericht vor der Kaiserin (ganz in Eisen). Hölzerne Käfige mit Kampflöwen. Morgentoilette, Zeremonie des Gesandtenempfangs, ein Pfeil hereingeschossen mit einer Botschaft.

Semiramis diktiert Siegesberichte: dreizehn Bergstädte zerstört, das ganze Volk umgepflanzt; Bergfestung durch aufeinandergelegte Sättel erstiegen. In der Ebene skythische Stellung durch Flußüberschreiten auf Pontons aus Zelten umgangen, das Wagenlager des Reitervolkes genommen.
Gesandter der Skythen gemeldet. – Jarbal, anmeldend, er läßt jeden nur unter seinem Knüppel sich nähern, bei Fremden steht er mit erhobenem Schwert. – Zeremonie des fremden Königs, der als sein eigener Gesandter kommt, an den Wagen gespannt wird, den schon vier Könige ziehen. Der alte König soll gefesselt werden, wirft sich auf den Rücken, wehrt sich mit Kräften wie ein Pferd – er kann nicht sterben (stirbt dann auf Ninyas' Schoß). – Moment der Semiramis: Ich freue mich nicht mehr! Was geht da Neues, Unerhörtes in mir vor? – Nein, ich muß fragen: was geht da Unerhörtes in der Welt vor? Denn in mir kann nichts sein, was nicht für die Welt Schicksal wäre!
Führer der verunglückten Expedition, Trümmer des Heeres. »Weiber werfen Staub in die Augen der eingedrungenen Soldaten« – sie wiederholt dies, höhnt ihn damit. Bericht des unglücklichen Feldherrn von einem massenhaften Volk, klein von Gestalt, das sich rattengleich auf die Seinigen geworfen, sich an die Schenkel und Arme hing, den Kopf zurückgebogen – es indigniert sie, dies zu hören, sie findet ihn fett und niedrig, sie wirft ihm vor, alle seine Siege seien erlogen und gestohlen gewesen – nie auch habe sie ihm Gunst erwiesen. Seidene Schnur, in ein Tuch gewickelt, Erlaubnis, sich in ihrem Zelt zu töten. Der Verurteilte, »ich war ihr Mann« – staunt über ihre unverwüstliche Stärke, ruft alle zu Zeugen an. Sie erkennt, der stärkste Feind ist die Schwäche (die Gestalten der Schwäche: die Überschätzung der Resultate, die dumme Panik, Aberglaube, Verwirrung, Grausamkeit der Schwäche, Unfähigkeit). – Der Verurteilte abgeführt, nachgeschickt, ihn zu fragen um ein geographisches Detail. Schreiber, Ausrufer: er sei kaiserlich belohnt worden für eroberte Provinzen.
Botschaft von friedlich lebendem Talvolk durch den Greis und die beiden jungen Fürsten. Semiramis und die Prinzen

(Ayub und Agatun), Verhör, Schreiber dazu: ein Fluß, der das Land ernährt, Anbetung des Feuers auf Berggipfeln. Fragen nach dem nördlichen Meer, das Land gebirgreich, baumreich. Steilküste, gute Häfen; – drüben Sin, das Land der hundert Geschlechter, nördlich neue Völker, geboren mit weißem Haar. – Wenn ich das nördlichste Reich erobere, dann wird mein Reich an den Äther grenzen.
Ihre Anschauung des Landes: Hoch herrscht über Tief, Tief lebt nicht ohne Hoch. – Prophezeiung: wo Öl aus dem Boden quillt, herrscht die Milde.
Der weise Kafur und die beiden jungen Prinzen von ihrem Friedensland erzählend: freiwillige Boten. – Semiramis: Was heißt »freiwillig« – wollte ich, so wäret ihr gefangen; es gibt kein Recht vor mir.
Semiramis immer sie unterbrechend mit Fragen nach der Landschaft: wie weiter zu sichern? –
Die Prinzen: Wir fragen nicht danach.
Semiramis und die beiden Prinzen (es sind dort immer zwei Könige): der eine, der Schwarze, den sie gewinnen will, abgewandt, der andere an ihrem Munde hängend. –
Semiramis: alles Glück bei den Frauen zu suchen, von ihnen auch die Regeneration der Welt (Nicht wahr, mein Freund?) – Verschiedenes Reagieren der Prinzen, der eine stumm, der andere für ihn redend. –
Semiramis: Deine Liebe ist Haß in ihrer dunklen Tiefe.
Sie bevorzugt den Jüngeren: Du wirst Herr sein. Kein Wort von dem, was ich jetzt zu dir gesagt, über deine Lippen!
Ihre Gewalt still, aber unwiderstehlich, die Ruhe um sie. –
Semiramis: Es waren Zeiten, da ich viel sprach nach einem Sieg. Mit dem Prinzen: Dies, daß du so zurückschaust, ist deine Schönheit, diese genieße ich. Mir kann man nicht manquieren. Werbe ich? Bin ich zu werben? Du bist auserlesen, in meinen Weg zu kommen. – Sich selbst als Fatum nehmen. »Wer bis ans Ende beharrt...«
Semiramis mit dem einen der Knaben, Prinzen aus dem glücklichen Königreich, sie zeigt ihm die Möglichkeit, ihr Günstling zu werden, Herr über seinen Bruder, Satrap einer ausgedehnten Grenzlandschaft. Dem, was in ihm an Feuer

und Machtwillen ist, will sie genugtun. Seine Unschuld all diesem gegenüber, Hinweis auf die Lehren des Greisen. Sie droht, diesen unters Joch spannen zu lassen, tuts (rittlings auf einem Esel, Steinwürfe). – Den einen Prinzen abseits, den anderen unter ihr Gefolge.

Semiramis sich abwendend zum Aufflechten des Haares. –

Karia: Ein Mann war da, der in der Haut eines schwarzen Schafes eine Botschaft brachte, daß die Pässe im Rücken besetzt, Zufuhr abgeschnitten.

Lykos der Königin treu, Phryxus Führer der Soldatenrebellion (Admiral unter Ninyas). Phryxus mit wenigen Überlebenden von einer Seitenhut, Bericht unsäglicher Schicksale; er bringt die drei Gefangenen, den greisen Kafur und die zwei jungen Prinzen aus dem glücklichen Lande als Geiseln mit. (Die Königin will Resultate wissen.) Von hinten her Nachzug erwartet, Feuerzeichen in den Pässen, drei Nächte lang statt eine Nacht, dahin geschickte Boten kommen nicht wieder. Endlich das Weib mit der Schafhaut (anfangs: die vertrauten Mägde jenes Feuer im Rücken beobachtend, meldend).

Einer im Halseisen; ein Herold verkündet sein Verbrechen: ein Verrat in den rückwärtigen Pässen; sein ganzes Volk niedergemetzelt – er heult auf – er ist geblendet.

Die Botin (mit dem Schaffell), zugleich Tempelbotin des Unterweltstempels, einladend dorthin (Tempel. Skorpionmensch, Felsen rammen sich zu einer grausigen Schlucht). Sie kommt, ist verschwunden, ist plötzlich wieder da (gespielt von einem Mann). – Verheißt Semiramis alterslose Jugend, ewige Identität, widerstandslose Welt; alle Widerstände sind dort zu Gestalten geworden, die ihr huldigen werden, nach ihr entbrannt – Adlerstiere, Schlangenmänner: Du wirst kommen, nachdem du dies gelesen.

Fluch auf einem blutigen Lammfell: Ninyas, dein Fluch!

Semiramis nun zum erstenmal fühlend die Süßigkeit, sich in den Fluch hineinzustürzen. – Semiramis zur Botin: Welchen Weg kommst du?

Botin: Der liegt offen – der Zaun ist zerrissen.

Die Botin prophezeit Dinge, die gleich darauf eintreffen: die Revolte der Schwachen – sagt ihr:

Das alles hast du bei uns im Bilde.
Empörung anschwellend, furchtbare Nachrichten, Gefangene müssen erschlagen werden, weil Proviant fehlt. Dies entscheidet: Aufruhr, Soldaten wollen sie nicht sehen, halten die Hände vors Gesicht; dem Ausrufer die Sehnen der Füße durchgeschnitten, dem anderen die Zunge. Bei dieser Nachricht die Vertrauten: Du zitterst nicht? Du bist darüber erhaben!
Semiramis: Tat und Tat und Tat. –
Krieger: Zu viel! Zu viel! –
Müdegesiegt, Blinde, Krüppel: Wir sind es satt, hier liegen wir – wir wollen nicht weiter; vor unseren Augen haben wir Furcht, wenn wir in ein Wasser sehen.
Semiramis: das Aufstehen und auf den anderen Losgehen im Zürnen, das beim Ärmel Nehmen des Fliehenden, das Sichdemütigen des Rebellen. Ihr Befehl: Lager schlagen wie immer, Ruhe um mein Zelt wie immer. Noch diese Nacht wird der junge Prinz zu ihr gebracht; Befehl an die Eunuchen. Rat der Vertrauten, das Heer allein zu lassen, so wie schon damals in Ägypten, und von hinten her der Gefahr zu begegnen. (Wunde: Ritz, Ritz in die Tafel: lesbares Wort – so aus Wunden das Wort der Herrschaft.)
Moment der Verfinsterung, empfunden als Weltende; typische Mondkrankheit der Melancholie. Verfinsterung, Weltende, Erkenntnis, daß das Schwache das eigentlich Starke ist. – Die Sterne am hellen Tage. Aufdämmern der Gebundenheit des Menschen, diese nicht fatalistisch formulieren, sondern so: in jedem Gedanken sind wir Vollzieher eines aus uns Wirkenden, die Begrenzungen unseres Gelingens sind – von Tyche-Ananke her – das geographische Geschick. – Hier fällt Semiramis und Semiramis' Handeln in zwei auseinander – zum erstenmal. Die Leiblichkeit der Erde, das Hier und Dort drückt auf sie. Hineinreden des Greises Kafur an dieser Stelle, amorem fati predigend, Ausgleich aller Schicksale.
Prophezeiungen auf dem Wege empfangen: in einem Engpaß werde sie dem blutenden Schaf begegnen, vor dem die Löwin ins Dunkel flüchtet; die Sibylle gekreuzigt. –
Ninyas: der siegreiche Frühjahrsmond, begrüßt mit Hallelu-

ja, »Friedebringer, der uns gefriedet hat – Gott, der die ganze Erde umgebäret – Erntebringer, gesät und ungesät wird reifen – Bringer der Sprache, der Friedenssprache, von Mund zu Mund, wie Milch, kühl Wasser, Honig, Öl – Freundschaft ist doppelt süß« – Attribute: »Löser! Erlöser! Wolke, Blume, Traube, Panther!« Lobsprüche: Weichheit der Flanken, Pfeile die Blicke, Tau der Lippen: Nektar und Milch; Gazellen und Monde im Wettkampf mit ihm, Mond in der vierzehnten Nacht.

Begrüßung: Phryxus (alter Feldherr), Kafur der Weise, Asträa, Jüngling (Enkel des Weisen). Asträa, die Jarbal fortschleppen wollte, ganz getroffen von dem süß Männlichen des Ninyas (das Stark-Schwache), bei Ninyas' Kommen äußerste Berührung, Aufbrechen der Knospe; er nimmt sie auf seinen Wagen. – Ninyas: das Gewahrwerden der grausigen Verkettung der Dinge; er läßt sich die Stätte zeigen, wo Semiramis vor so kurzem geweilt, Bluturteile verhängt und ihn begnadigt hat – dadurch, daß sie flüchtend ihm ersparte, ihr zu begegnen (bei ihr Gewahrwerden der Verkettung, wie das blutende Schaf im Engpaß sie ereilt).

II

Triumph des Ninyas. Ninyas: Nur die Ordnung, die auf Ungerechtigkeit gegründet ist, fürchtet Unordnung. Herrschaft heißt Zwang, Sonderung, Zerklüftung, Ausschließung. – »Herrschaft ist der Elefant, den Selbstsucht und Furcht am Seil führen.« – Mein Herz ist heilig, aber nicht beharrlich. Aus aller Menschen Herzen mach ich mein Herz. Den Guten behandle ich gut, den nicht Guten behandle ich auch gut; den Aufrichtigen behandle ich aufrichtig, den nicht Aufrichtigen behandle ich auch aufrichtig. –

Er schenkt den Brüdern alle Frauen, die ihnen gefallen hatten. – Dirne ihr Bekenntnis ablegend vor Ninyas. – Der Mann von den Mädchen im Geheimnisse unterrichtet, sein Harem war seine Hochschule.

»Ist das Werk vollendet, nennt ers nicht sein« (Laotse) – von der Tafel aufstehen müssen, sich wegwenden müssen, ganz ohne Furcht, ohne begriffen zu werden. Begreifen und handeln.

Lob auf Ninyas: O du Widder, gehörnt mit Gold, o du Arzt, du heilst alle Bekümmerten, tröstest und heilst sie und nennst sie Freunde! O du, der du fünf Fenster eröffnest – durch eines hör ich Musik der Sphären, durch eines blüht der ewige Wein.

Gastmahl des Ninyas. Goldene Vorhalle, die Essenden auf einer Estrade. Tag und Nacht einander umschlingend, die Speisen angekündigt (eine Jungfrau, ein Jüngling ankündigend): als Liebeshandlung das Mahl, auch als Prunk und Stolz des Lebens. Zug: jedes Gericht von einer Gestalt gebracht; die esoterische Interpretation des Essens.

Ninyas beim Mahl, Asträa bei ihm, Jünglinge und Frauen bedienend; Ninyas' Erzieher. – Ninyas mit Asträa sich erhebend, den weisen Greis zu begrüßen, ihn mit zu Tisch zu bitten. Die Prinzen Ayub und Agatun in Festkleidern, begrüßen Ninyas; er lädt sie zum Mahl. Der Stumme (Halbbruder Ninyas'), der die Speisen kostet und aufträgt.

Der Weise: Fröhlich sei das Weib in deinem Schoße. –

Er spricht von Abschied, von letztem Fest. – Erzählung Ninyas', wie ein Feuer alles verzehrte, sich ihm als Kern des Feuers Semiramis enthüllte; Erzählung Asträas, was sie von Semiramis weiß.

Von unten ein gräßlicher Schrei, dreimal. Ninyas heißt Asträa mit einem weißen Tuch herabwinken (Begnadigung): der Mörder Jarbal, der zur Kreuzigung geführt wird, Mordbrenner, heraufgebracht. –

Ninyas: So wäre es wohl richtig, diesen Mörder Jarbal hierher zu rufen? So wäre es wohl richtig, diesen Mörder und Brenner Jarbal hier in unsere Mitte zu setzen, mit ihm zu reden wie mit einem Bruder u.s.f. – und so mit ihm zu reden, daß er erfreut und entzückt, heiter und fröhlich werde –

Jarbal heraufgebracht: Mörder aus Lust. Fessel abgenommen, Einladung zum Mahl, er bietet dem Löser Trotz, ihn zu strafen. Seine große Trotzrede, verachtungsvoll: Wer bist du, daß du mich begnadigst.

(Musik in den Pausen, Gegenrede des weisen Kafur.)
Das Tischgespräch – gelagert: Ninyas, Asträa, der alte Weise, der Mörder Jarbal – »mein Bruder Jarbal« – »mein Bruder Ninyas« –
Ninyas: Kraft meines Willens sollst du hier gelagert sein und dich erfreuen am Sanften und rechts und links austeilen das Gute.
Jarbal: Kraft meiner fünf Glieder will ich hier der Erste sein und rechts und links austeilen, was mich gutdünkt.
Sein Trotz gegen Ninyas; Asträa zittert vor Angst, solange Jarbal gegenwärtig, schmiegt sich an Ninyas. Jarbal höhnt den Ninyas mit dem Wort: Dies ist notwendig.
Haltung des Gastgebers: nicht den Herren spielen; dies erregt den Zorn des Jarbal unmäßig, der liebt nur, achtet nur, was Grenzen setzt: Ich schlief bei ihr, zitterte vor ihrem Beil... – Sie ist die einzige Gewalt. Jarbal preist Semiramis' goldene Haut, an der kein Staub haftet, ihre Kinnbacken, ihre strahlende niedere Stirn: Wenn der Kamm eindrang in ihr Haar, langsam gepreßt von meiner Kraft.
Jarbal verdammt Riemen, segnet Lockerungen, Ninyas quasi eingehend auf Jarbal: Laß den Mann das Fell des Löwen tragen, das Weib das Vlies des Schafes – das Löwengebrüll, das Rasen des Meeres und das zerstörende Schwert sind Teile der Ewigkeit, zu groß für das menschliche Auge.
Der Alte fasziniert von Jarbal, der ihm etwas Wunderbares zu bringen habe; Jarbal fährt ihn an, heißt ihn schweigen. Jarbal zu Tisch gebeten, er stößt die Speisen zurück, steht auf, geht seitwärts, Ninyas steht auf, geht ihm nach, spricht zu ihm: Fort die Zunge von dem Zahn! Bewußtsein ist fast schon Liebe. Setz dich zu uns, atme ruhig, richte den Blick auf uns.
Jarbal will den alten Mann wegjagen, der alte Mann widerredet ihm, Jarbal erschlägt ihn mit einem Weinkrug, entspringt. Ninyas ruft aus: O meine Mutter!
Der Stumme nimmt ihn am Ärmel, warnend, heulend – muß gebunden werden.

III

Ninyas gleich Apollon in der Größe der Einsicht und des Entschlusses, die Mutter herbeizuholen, koste es auch sein Leben. Er muß den Ausgleich auf sich nehmen: Ich habe aufgeschultert alle Unschuld.
Ahnung bei ihm hinter allem und über allem von Gleichmaß und Wiederkehr, Ahnung, daß der Mörder sich durch viele Leiber ringen müsse, daß immer alles im Gleichen stehe – aber Ablehnung, mehr davon zu erforschen; er will nur dieses Leben kennen.
Ninyas' Lieblingsfrau ist es, die ihm vorstellt, daß er von der Mutter erbitten müsse, wie man sich des Bösen in der Welt erwehre ohne Gewalt. Es ist die eine Frau, die der Verschenkung widerstrebt, die ihm treubleiben will – diese zwingt ihn (in einer Szene, wo sie mit ihm allein ist) die Mutter zu suchen. Sie sagt ihm, daß die Welt ohne Kraft nicht gelenkt werden könne. Dionysos führt, wie Orpheus, Herakles, seine Mutter aus dem Schattenreiche zurück.

IV

Semiramis: abgetan ihr Kaisertum, ward sie Königin der Nacht. – Ihr Urerlebnis: ich war Kaiserin. Ihr Brüten, daß sie eine Königin war, da doch in den Sternen nur ein Ist geschrieben ist. Sie muß abermals die Sterne betrachten, mit dem Auge des Seeadlers.
Asia (angstvoll): Wirst du uns wieder zu Stein werden, daß auch deine Drommeten dich nicht erwecken?
Die aus den Sternen gezogene Lehre, daß alles ein Maß haben müsse, aber das Maß wird von der Gewalt gegeben. Sie spürt aber das Element des Ninyas im Sternengang, das sie sich neu aneignen will.
Folgerung aus der Lehre der Gestirne: je nach dem Platz, welchen der Planet am Himmel einnimmt, offenbart sich in ihm eine andere Macht und wirkt er mit einer andern Kraft. Sinn des Schicksals, Sinn der Bewegung: er ist andern gleichge-

ordnet, aber er ist mit Kraft bis an den Rand gefüllt ohne Ahnung vom Recht des andern. – Unterscheide Erdenwelt und Sternenwelt: Erdenwelt das Begrenzte, aber vielfältig Mögliche und immer wieder Neue, Sternenwelt als das Unbegrenzte, aber einfach Starre und niemals Veränderliche.

Ihre Einsicht: zeitlich angesehen – aber abgesehen vom Ichpunkte – ist alles vergangen, d. h.: als Selber-Leben schon gewesen, als Aufgeschichtetes, Schichtendasein, Geschichte. – Zuletzt noch die Fähigkeit, Sein und Werden ungetrennt als eins zu haben, das Erlebnis der Geschichte; dies heißt aber den Sternen gleich sein. – »Es gibt nicht Taten, es gibt nur Täter.«

Semiramis gewinnt aus der Ahnung, daß es nur Vergangenheit gibt oder nur Gegenwart, die Fähigkeit, Ninyas in sich hineinzuziehen, denn was könnte man nun noch ausschließen, da alles eine Aus- und In- und Untereinanderheit. – Ihre Auffassung, daß Ninyas ihre ergänzende Hälfte, nicht sie die seine. – Bei ihr war alles hinauszielend, einmalig; indem Ninyas sie aus der Bahn stieß, hat er ihr das Leben geschenkt, sie ist ihrer selbst innegeworden. Sie ehrt in ihm das Element der Wiederholung, des Kreises – kann sie nicht dieses Element in sich aufnehmen? – sie war bisher Komet, stürzender Stern – so interpretiert sie ihr Haar, das hinter ihr fliegt.

Semiramis: Warum zurück zu Menschen? Warum nicht Istar werden, sich hinüberschwingen?

Weil sie, da sie in dieser Welt geboren, in der heroischen Welt den ganzen Umlauf vollenden will und muß. Weil die heroische Schicht die priesterliche erzeugt und wieder verschlingt. So übermacht sie ihrem Sohne das Reich und den Geist als zugehörig zum Reich, damit ihr Sohn ihr folgen kann; wird sie nicht Stern, um die irdische Kette nicht zu zerreißen: es ist doch das Größte, Mensch zu sein, denn ich bin Mensch. (Hierin die Wiederkunft ihres entscheidenden Jugendvorganges: wie sie Priestertum verließ, um durch die Unreinheit heroisch zu werden.)

Ninyas vor Semiramis. Wie er sie richtig anruft, steht sie auf einmal vor ihm, sichtbar. Er zu ihr: Du gebierst mich jetzt, durch dein Dastehen werd ich und sterbe ich. Er sagt ihr, daß

ihre Gegenwart alle Vergangenheit zur Gegenwart mache. – Ninyas schmeichelnd wie der orientalische Untertan dem Herrscher: Ich bin dein Opfer! Ich gehöre dir – du bist ewig, darum kannst du der Masse Herr werden. – Du Gnadenbild! – Die Argumente des sich vor der Mutter demütigenden Ninyas; Gold als Lohn der mütterlichen Fruchtbarkeit ihr angeboten, vor ihr hingelegt. Anerkennung aller Menschen als seiner Brüder. Sie habe das Recht, ihm den Nachfolger zu bestimmen. – O Herrin, es müssen Gesetze sein.
Seine Entwicklung der Herrscherpyramide (analog »Kaiser und Hexe«), der Verantwortung des Höchsten für alle. Daraus entnimmt sie nur, daß er ein Schwächling, dem Zepter nicht gewachsen ist, sie findet seine Rede schal und ungesalzen. Ninyas spürt gerade in der Macht die Nicht-Macht; redet von sich wie von dem Fisch, dessen Element, das weiche Wasser, für ihn überlegen der harten Erde. Um ihn ist es bald geschehen, wenn er dieses Element verläßt. Androgynes Verhalten (»wer seine Mannheit kennt, an seiner Weibheit hält, der ist das Strombett aller Welt« – Laotse).
»Nicht-tun und Tun auf geheimmnisvolle Weise vereinigt, darin liegt es« (Laotse). – So wie jetzt dein stummes Dasitzen mich überwältigt, so herrscht Nicht-tun. Deine Einfachheit jetzt und hier ist gewaltiger als deine Züge, zehntausend Wagen, Türme von Elefanten getragen. –
Der unbewegte Allbewegende, das ist Tao; sein Tun, das ist sein Nicht-nichttun, ist, daß er seinen Willen in den Dingen und Ereignissen und durch dieselben zur Tat werden läßt. (Die Meinung ist: wären die Regierenden imstande, göttlich zu leben und zu handeln und nur dadurch, ohne Tun, d. h.: ohne Verbote, Zwang – also rein sittlich zu wirken, so würde dies auf alle eine so überwindende Macht ausüben, daß alle Anstalten und Maßregeln zur Herstellung von Sitte und Ordnung überflüssig würden und jeder von selbst sich einem reinen und gerechten Leben zuwendete.) – Er spürt: Du hast in dir, um Maß zu geben. –
Ihre hochmütigen Antworten. Semiramis: Ganz wohl! Ich verstehe, daß du nun verstehst, wessen die Welt bedarf – aber wer sagt dir, daß ich deiner bedarf? –

Ninyas führt für sich an: Ich war brav, ich verhielt mich nach dem Wort: »wer im Kampfe gesiegt hat, stehe wie bei der Leichenfeier« (Laotse).
Semiramis: Hier gilt kein Schulzeugnis, hier gilt keine Spielregel, hier gilt κρατεῖν – hier ist ein Drachenjunges. Auf deine Art willst du dir Krongewalt erschleichen, aber deine Art ist nichtig; da du hierher kamst, bist du besiegt und wert, mit Kot beschmutzt zu werden.
Alle Überredung, auch aufrichtige Demütigung (daß er seinen Kopf unter ihre Füße schmiegt) ist umsonst, Semiramis und die Ihren können nur heraushören, daß er sie überlisten, ihrer habhaft werden, sie in sein Haus, somit in seine Gewalt bringen will. –
Semiramis (nachher): Dir soll werden, um was du bittest, aber anders als du dir vorstellst.
Semiramis, als sie gesucht, Ninyas zu antworten: sie habe in den Sternen die Einheit des Gegensätzlichen erkannt und darauf ihre Entschlüsse gebaut.
Ninyas eine Stimme hörend, die ihm zuruft: »Kehr zurück!«

V

Großer Saal, Galerie, angrenzend Gemach. Ninyas zurückkehrend. Es ist alles für die Rükkehrenden gerichtet: ein Mahl, Kerzen, Musik, der Stumme eifrig über allem wachend. Ninyas müde nach Haus, heißt alles abtragen, nur Wein reichen, trinkt noch stehend mit ein paar Vertrauten, die Musik soll im Garten spielen. Er steht erst tief in Gedanken, dann spricht er das Geschehene und die Lehre davon aus; dann:
Wir wollen trinken, da alles unvollkommen ist, alles so widerspruchsvoll.
Melancholische Musik, er deutet sie im Geist des Omar Khayam, läßt die Freunde trinken. Indes Sklaven die Schale Weins bringen, werfen die Vermummten was hinein. Die Vermummten streuen Räucherwerk (Semiramis läßt dann diese als schlechte Leibwächter hinrichten). – Trinkszene. –

Ruhm? Was ist dies? – Oh, ihr, so nahe – und ach so weit –! Prinz (nachher): War es dies, das du im Sinne hattest, als du sagtest, »nahe und weit«? – Mit Blumen bekränzt, wie – Opfer.

Das melancholische Beieinanderstehen auf dem Altan bei Wein und Musik. Ninyas (oder einer der zwei jungen Prinzen): Sind wir nicht wahre Wahnsinnige, daß wir handeln wollen? – In einer Welt, wo alles Handeln Torheit?

Melancholie des Jünglingsalters, die Laute der großen Stadt abgebrochen heraufhallend. Einer muß weinen darüber, daß Kafur drüben schon alles überstanden hat. Beine ineinander schlagend. Eine Stimme, refrainartig treffend, von draußen übers Wasser, »ach!«, plötzlich ein aufheulender Affe, das Murmeln des Flusses, ein Hahn kräht. – Der Greis Kafur kommt hereingeschwebt, trinkt mit ihnen.

Ninyas' Situation gleich jenes anderen im Ölgarten: späte Nacht, Ninyas von Angst wachgehalten, den anderen fallen die Augen zu.

Ninyas: O Menschheit, wie möcht ich an dir tun! –

Die Jünglinge: Du wirst Großes tun! –

Ninyas: Mir ist angst! Wer ruft? –

Die Jünglinge: Zu Bett, zu Bett! Der graue Tag bricht an.

Er entläßt Diener, die leuchten, tritt auf den Altan. Ob Asträa noch wach? – Die Vermummten sind hinter ihm eingeschlichen, umstellen ihn, knebeln und überwältigen ihn. Von draußen Asträas Stimme, Schläge gegen die Tür; draußen eine äußere Tür gesprengt. Ninyas weggetragen, zugedeckt. Semiramis betrachtet ihn, bevor er die Falltür hinabgetragen wird, um lebendig begraben zu werden. Schon ist er fortgegangen – sie läßt sich sein Gesicht noch einmal zeigen, Überlegung, ob er sterben soll, oder in welcher Gesellschaft leben.

Von den Vermummten wird der Stumme erwürgt, darauf ruht dann die Anklage Semiramis' gegen die beiden Prinzen.

Semiramis wirft den schwarzen Mantel ab, besteigt den Thron als Ninyas. Semiramis ohne Gebärde – als Ninyas reich an Gebärde. Stellt sich zürnend mit einem Vertrauten ihrer Mutter. Asträa herein und andere der Nächsten; Semiramis Asträas Gesellschaft ablehnend, zweideutiges Verhalten zu Asträa; sogleich Übergang zu Staatshandlungen. Befehle grausamer Art, sich der Stadt wieder zu bemächtigen, Verteilung der Provinzen zur Niederwerfung des Aufstandes. – Zu Asträa und den andern zuerst abschreckend, dann schmeichelnd, heranziehend; man spürt ihr an, wie sie die fast fallende Maske immer wieder festrückt. Angstblicke der anderen, an denen sie erkennt, daß sie zu weit gegangen in der Härte.

Das Verhör der beiden Prinzen Ayub und Agatun, die aus dem Schlafe aufgerissen werden. Dunkel um den Thron, grelle Fackeln um die beiden Angeklagten. Semiramis Richter, Ankläger und Kronzeuge in einer Person.

Der beiden Prinzen verschiedenes Verhältnis zu ihr: der eine versteht sich mehr mit ihr im Adel des Gemüts, der andere des Geistes. Daran erinnern sie »ihn« jetzt, wollen aber auch von »ihm« als einem über ihnen Stehenden, ihnen Verhüllten, das Bitterste empfangen, nur nicht die gräßliche Verwandlung.

Bei dem Verhör Semiramis überlegen, tiefst das Menschliche durchblickend, verwirrend; wie sie an die Freundschaft appelliere, ihnen so machiavellistisch jedes Argument zurückgebend, daß Ayub es nicht aushält, sie anspringt. Agatun weint, Ayub springt gegen den auf dem Thron sitzenden »Ninyas« an, Kara erdolcht ihn. Semiramis heißt die Musik weitergehen, während sie anordnet: Aushebung der Jünsten, Todesstrafe, Städtezerstörung etz.

VI

Offene Halle, Thron mit einem Vorhang verhängt. Semiramis-Ninyas läßt rechts ans Kreuz schlagen, links bewirten; zweideutige Situation für alle: Asträa (Angst-Liebe), Phryxus, Arsidas: lauter Doppelgefühle.

Semiramis als Ninyas, diktierend: Einführung von Gesetzen, Geldfestsetzung, gewaltsame Städtegründung, Maß und

Gewicht, Marktordnung, Regulierung von Flüssen (Ninyas: Geldabschaffung, Tausch, Stadtflucht, Bodenteilung).
Sie höhnt und ironisiert die ihr Huldigenden, welche Formeln vorbringen müssen, in denen unter dem Namen »Ninyas« dem Schroffsten des Prinzips »Semiramis« gehuldigt wird. Ein Zeremoniell des Abschwörens. Zuerst die Abschwörenden, Huldigung der Menschtiere, dann der Spion: sein völliges Verstehen der Semiramis-idee, seine Proskynese eingeleitet durch verstehendste Huldigung. Er rät, Geist und Liebe in die imperiale Formel aufzunehmen. Doch muß auch er zurücktreten vor dem mehr-als-Verstehen, vor dem, der identisch und Kraft ist: Jarbal.
Provinzstatthalter naht sich, Kotau, dreimal. Furcht vor der Hinrichtung. Links Tafelnde, rechts Gekreuzigte, links Gesang, rechts Weheruf. Prüfung – er besteht nicht. Zuerst Schmähungen hinterm Vorhang hervor, im Moment der Verurteilung tritt Semiramis-Ninyas blitzenden Auges hervor. Asträa, die dazu gekommen, eine Schale kredenzend (von links), zitternd vor dem verwandelten Geliebten, verrät sich, als ahne sie, was im Spiele – Semiramis' Blick furchtbar auf ihr ruhend.
Bericht von der Flucht des Pseudo-Ninyas. Bericht vom Abfall des Heeres, Meldung, wie das verfolgende Heer sich aufgelöst habe vor dem Nicht-tuenden. Bericht, daß Semiramis aus dem Bergschloß verschwunden, Jarbal sei gesehen worden. Semiramis enthüllt sich, ruft ihre Getreuen, als Semiramis hervortretend, ihre Panther, ihre Adler beschwörend zum letzten Kriegszug. – Das Schlagen der Kriegspauke, das seit Ninyas' Herrschaft unerhört war.

VII

Ninyas: ihm ist geweissagt, ihr Antlitz werde ihm den Tod bringen; er bietet sich dem Tod.
Die »Unbehausten«, welche Ninyas umgeben, mit Schilfmänteln und Fellen bekleidet. Wo sie menschliche Behausungen sehen, zünden sie sie an, »Mutteratem muß erwärmen,

Vateratem beschützen, nicht Holz und Stein; das Haus macht hartherzig«.
Schnee, Eis, Holzhütten, ein Abgrund. Bogenschützen jenseits der Brücke, tun im Dorf Gewalt. Jammernde Stimme: ob die Mutter das Kind verteidigen darf? – Ninyas immer hinuntersprechend: abhaltend vom Tun.
Der eine Bogenschütze in Schwarz und Gold (Bogenschütz: Jarbas). Zeremonie des todbringenden Bogenschützen mit dem den Tod nicht abwehrenden Ninyas (Todeszeremonie). Indessen Gongs geschlagen, immer stärker: Semiramis herankommend. Fackeln.
Drei Männer, geduckt rückwärts am Boden, wollen Ninyas beispringen; er wehrt es ihnen. Ninyas, über das ihm in Arm gelegte Kind, während schon der Bogen auf ihn angelegt ist: Wer in sich hat der Tugend Fülle, gleicht dem neugeborenen Kinde: giftig Gewürm sticht es nicht, reißende Tiere packen es nicht, Raubvögel stoßen es nicht. Die Knochen sind schwach, die Sehnen weich, und doch greifet es fest zu. Den ganzen Tag schreiet es, und doch wird das Schluchzen nicht heiser, aus Fülle des Einklangs. – Zu den Bogenschützen: Hat man Mut, zu wagen, dann tötet man, hat man Mut nicht, zu wagen, dann läßt man leben. –
Der Bogenschütze schießt; Ninyas still – »starr in seinen Gedanken, wie einer, der eine Wunde empfangen hat«. – Der Bogenschütze lacht und geht. Ninyas tut einen schwachen Schrei wie ein wundes Tier.
Sterbeszene des Ninyas, ohne Hast. Er nimmt Abschied, schließt die Augen. Dazwischen die Freudenrufe des Mörders, das Schluchzen der Unbehausten. Heerpauken sich nähernd, die Kaiserin langsam heran, in rotem Mantel und Turban. Sie betrachtet den Regungslosen, nimmt die eiserne Larve vor das Gesicht (Helm mit Visier).
Nun richtet er sich auf wie ein Gesunder, spricht zu ihr lange und klar, den großen Tao preisend: Sohn, mein Sohn, was wüßtest du nicht, was ich weiß.
Ninyas weint um die Mutter. Sie demütigt sich vor ihm, bittet ihn um Vergebung, nimmt ihn auf ihr Knie.
Mutter, du glaubst die Seele eines Weibes im Leib eines Man-

nes geboren zu haben, aber ich habe mich neugeboren, in einem Harnisch (er richtet sich hoch auf), mein Blut duftet wie Veilchen. (Er zieht den Pfeil heraus wie eine Blume.)
Semiramis. Gottheit! Gottheit! –
Ninyas: Mein Vater, den ich nie gesehen habe! Dein Lächeln – wie? (er stirbt).
Semiramis' Befehl: Bindet mir die Hände und der Priester schwinge das Opfermesser über mir. Mein Volk versteht die Zeichen. –
Sie verurteilt den Mörder zum Tod durch eine Handbewegung (abgewandter Handrücken).

SCHLUSS

Sie divinisiert den toten Ninyas als Adonis-Marduk, als Heros und Gott zugleich, dessen Dienerin nun sie ist, in dessen Namen Kriege geführt werden usw. –
Ihr: Ich bin die Töterin des Ninyas.

DER PRIESTERZÖGLING – MONARCHIA SOLIPSORUM

Der Priesterzögling, – tragische Situation: er glaubt, nun werde eine Stufe kommen, wo er noch Höheren vorgestellt wird, denen er Diener und Handlanger sein soll; nun wird ihm gezeigt: er gehört schon zur obersten Schicht, zu denen die leiten sollen, und sein Wirkungsfeld ist ein Chaos.
Die Priesterschüler: einer, aus der Außenwelt kommend, sehr schonungsbedürftig, ganz gebrochen von dem Begriff der Zeit, der Epoche, der er unterworfen. Halbe Gespräche, gehört durch Wände: warum so spät geboren? Begriffe: Schicksal, Zeit, ahnend erfaßt; über diese Begriffe wird der Schüler schwach, seine Seele versehrt. Er ahnt, daß die Schrift, die ihm enthüllt wurde (Kleists Seelengeschichte in Briefen) auch schon vergangen, – er wird diesem nie begegnen. (Dies sind Adepten niederen Grades.)
Zögling im Tempelbezirk: weise Lehren. – Reisen: matriarchalische Gegenden, Gegend mit Urzuständen. Erörterungen über das Reisen vorher: was man gewinnen, was zum Ich dazu gewinnen könne, inwiefern sich steigern.
Begegnung cum me ipso: zum Wandern bestimmt, mit Schonung behandelt: es ist kein Stoff zum Lehrer in ihm, – aber Edles.
Einer, der immer in der gleichen Landschaft verharrt; man weiß nicht wie alt er ist. Er hält sich für gedächtnislos; sehr ärmlich, geht immer die gleichen Wege, negiert jedes Schöpferische in ihm, wird aber doch geachtet.
Adept höheren Grades mit mehreren Frauen, Kindern, Schülern im Gebirge hausend. Bauernpredigt dieses, dann ein Anfall leidenschaftlicher Art.
Jahrtausende wechselnd als Hintergrund: Urzeiten, Mithrasreligion, neuere Zeit.

Priesterschule: die Belehrung über Nominalismus und Realismus, – der Kreuzweg, wo beide sich scheiden. Die Unver-

einbarkeit, auf gemischtem Wege ein Magier zu werden; die Gefahr, von den eigenen Gedanken gesteinigt zu werden. (Gregor von Nyssa.)
Prüfungen des Verhaltens; ganz zarter Akt in einem Negerdorf. – Archiv: nur nach ihrem höchsten geistigen Gehalt die Ereignisse charakterisierend.
Gegenstand ausgiebigen Nachdenkens: inwiefern das Höhere in den komplexen Menschen wohnt und wie es sich mit dem Niedrigen alliiert. Hier Darlegung eines erleuchteten Kasuismus. (Ein Studienfall ist Ego ipse.)
Einander zum Geheimnis werden, einander entschwinden. Der Freund, der dem Freund entzogen wird, eben im höchsten Augenblick des Genusses. Der Zurückbleibende wird krank. Halluzination, die – verschönte – Hand des andern zu sehen, – den Arm, die Stimme zu hören. Verhör, Fragen des Priesters: wieso er die veränderte Hand als die Hand seines Freundes erkannt habe? – Hieran hängt das Geheimnis: wie sich das Ding und das Wort vermählen. Fühlen der Gegenwart eines anderen und der (unsichtbaren) Glieder, die er hat und wodurch er wirklich in Erscheinung tritt.

Initiationen. – Insel Kos, Geheimbund, der in die Städte einbricht, Jünglinge hinausholt. Eine Höhle am Abgrund neben der Stadt, Adler kreisen über der Schlucht. Kern des Mysteriums: das Fleisch; Opferung einer jungen Kuh.
Jenen Gedanken einschließen, daß die Sonne, das Gewitter, das Wachstum in der Natur, alle diese Phänomene nur von Eingeweihten wahrhaft erblickt werden, ebenso der Berg nach dem Wort des Korans (7. Sure, Vers 139): »Und da Moses kam zur bestimmten Zeit, ... so sprach er: o Herr zeige mir doch, daß ich dich sehe. – Gott aber sprach: Mich kannst du nicht sehen; aber schau gegen den Berg, wenn du ihn wirst sehen unbeweglich an seinem Ort, wirst du mich sehen.«
Initiation durch ein Mundvoll Wein, ein Mundvoll Milch. Auslöschen der letzten Flammen des Scheiterhaufens durch Wein und Milch.
Wiederkehr seiner selbst dem Geweihten. »Des tiefsten Herzens frühste Schätze quellen auf« (Faust II).

Initiation in das Geheimnis der Sprache: inwiefern sie absterben kann usf.
Mysterium: Erkenntnis der Form durch Beschauen eines scheinbar formlosen Blocks.
Mysterium des Lichtes. – Tempeldiener, Vorhang zuziehend, weil drinnen das Licht immer stärker wird: so Goethe im reiferen Alter. Sonne gewahrwerden, Dienst der Elemente (im Faustmonolog durch Gehaltenheit verschleiert, im »Vermächtnis des Parsen« schon über die Schulter nach rückwärts). – Die Erkenntnis des Feuers, aufsteigend bis zum Sonnenfeuer; Encheiresis naturae, vermöge welcher das Feuer den Wesen eingewebt ist; Moses und der feurige Dornbusch, Prometheus.
Letzte Initiation, wo der Zögling aus dem Tempel hinausgewiesen wird, auf die wimmelnde Straße, nach einem strengen Gespräch mit einem bisher unbekannten Lehrer, worin ihm gesagt wird, daß das mystische Erlebnis zur Onanie erniedrigt werde, wofern nicht der strenge Bezug auf das Leben gesucht.

AUFZEICHNUNGEN ZU »XENODOXUS«

I

Xenodoxus und Belimot
Xenodoxus und Casperl
Szenen des Bedienten
Szene der Wirtsleute
der Blinden

Aufzug: Cardinal / nackender Märtyrer / Fahnenträger / Eremit /

Die Blinden
Der eine Blinde bemächtigt sich des Brüderchens als seines Führers, der für ihn bettelt etc. Dafür verspricht er, ihn zu der Schwester zu führen.
Er hat tatsächlich ein sehendes Auge: einen Schein. Seine Toilette etc., wobei ihm der Knabe behilflich sein muß.
Ein blinder Mann ein armer Mann!
Wie können sie so kalt vorübergehen!
Ach ja, sie könnens weil sie sehen!
Der Einäugige, der auch Bauchredner, betrügt die andern Blinden um ein Geldstück, ohne welches der Eintritt zu dem Arzt nicht zu erkaufen.

Xenodoxus (und der Teufel)
Erinnere dich an unser erstes Gespräch. Du wolltest: schnell, schnell! So hab ich dich an das Bett des kaum noch Erkalteten gebracht, dich die Papiere an dich nehmen lassen – das Hospital angezündet – du warst Doktor von Paris und hattest ein schönes Reitpferd.

Gericht
Der, welcher ankämpft gegen Unterdrückendes und es in jedem Du erblickt... Wie er allen unerträglich wird und sie sich auf ihn werfen, findet er es höchst sinnvoll.

Die Stummen, nur Stöhnenden, mit den Gegenständen ihrer libido. Einer einen toten Weibsleib schleppend.
Lucifer durch sein melancholisches Denken der Schöpfer der ganzen Hölle: sicut Pater.

Gericht
Tochter: Angst! Mutter, ich bin deine Angst!
Mutter: Begier, alles körperlich zu erleben –
Geilheit und Hirntaumel alternierend
Cortège der Todsünden. Trauermarsch
Zähneknirschen
Der wütend Abstracte mit der Tendenz: Leibgewinnung nach Leugnung des Leiblichen.

Erscheinung Lucifers

Xenodoxus und Asmodi
Teufel von ihm wegen seines halb-weibischen Aspektes geneckt, aufgefordert, als Frau zu ihm zu kommen: erscheint tatsächlich in der Schlafzimmerszene, wo ohnedies schon zwei eifersüchtige Weiber aufeinander losgehen, als drittes Weib, lockt den Xenodoxus durch begehrliches Anstarren beiseite und dreht ihm 's Genick...

Todsünden

Das alte Weib	Geiz
der Ratsherr	Hochmut
der Bediente	Neid
Judith (Samonea)	Wollust
die Wirtin	Zorn
der Wirt	Fraß und Völlerei
Xenodoxus selbst?	Trägheit des Herzens
oder der Bediente –	Trägheit
und ein Aufstandsführer,	verbummelter Student: Neid.

Szene, wo der Bediente Casperl zum Trinken einlädt um ihm die Würmer aus der Nase zu ziehen –

Asmodius
Was braucht denn der Mensch? Nichts als Glück. Wenn man kein Glück hat, geht gar nichts, und hat man Glück dann geht alles.
Ich hab es mir in Kopf gesetzt, du sollst der Glücklichste auf Erden werden. Szene mit dem Bedienten –

Xenodoxus
zu seinem Teufel, vertraulich, introspectiv über sich selber: Ich habe solche Phasen – so viele als Ahnen im Blut – die gelüstige, wo ich keine Schranken meines Begehrens kenne, die zigeunerische: diebisch die machtbegierige, wo ich meine, jedes Wort richtig ausgesprochen überwältigt und genotzüchtigt müsse ein Schlüssel Salomonis sein.
Teufel interpretiert diese Phase als rot-grüne Blitze des Gestirns. Mars, Jupiter, Saturn
Teufel: Nie, auch bei keiner Stufe des Studiums darf der rechte Magier vom Genuß abweichen – – Jeden Moment genießen, um den Göttern gleich zu sein, lehrt Aristippus von Cyrene.
ferner: die jähzornige

Szene mit den Wirtsleuten
Xenodoxus' (uomo singolare) rasender Hochmut. Er ist die ganze Monarchie. Er wird Papst werden. Er wird Gott sein. Dabei schlampig Humoristisch-sein. im Humor bis zum Schmutzigen, findet er sein Ausruhen vom angespannten Ich-Teufel; dann entspannt sich auch sein Gesicht. – Sein großes Verbrechen: unaufmerksame Hast.
Was ihm nicht paßt, wird abgeschafft, umgeschaffen. Er hält tatsächlich nichts für unmöglich.
Er gibt vor, alles zu vermögen – glaubts dann selbst
Kühnste Inkonsequenz seiner Methode.

Xenodoxus
stärkerer höherer Teufel, hält mit ihm Schul: (cf. Veltheims Figur bei Borchardt) stellt ihm die Leerheit des Universums vor, bevölkert nur von Rasenden, Huren und gekrönten

Schwachsinnigen, worunter ein Hastender und einer der sich fürchtet. der Hastende sammelt allerlei, Federchen u.s.f. Teufel: Was Schönes an der Welt ist, kommt aus deinem machtvollen Inneren. Das auf Xenodoxus' Aufforderung, er solle die Welt in deutlichen Bildern vor ihn hinstellen.

Begegnung mit Asmodi

Die Schönheit des Teufels: geheimnisvoll zwischen Mann und Weib, zwischen Johannes Baptista und Bacchus schwebend.

Er will den Teufel in Weibskleidern sehen: Teufel sagt ihm zu: für die Todesnacht: jene schwarze Messe, Selbstanbetungs-, Vergötterungsorgie, an deren Ende er ihm 's Genick umdreht. – Casperl zynisch ihn überbietend: will er, daß ich ihm den Fuß küss, werd ich ihm den A... küssen.

Casperl über Xenodoxus. Wenn Xenodoxus ihn anpackt und beutelt, kann er alles aus ihm herausbeuteln – nur hat Casperl oft Qual zu erraten, was er herausbeuteln möchte. Er würde auch schwören, er habe die Sterne bei Tage gesehen und die Sonne um Mitternacht. Xenodoxus ist rauschig ohne Wein.

Teufelspakt

O ja, aber mit dem Geding, daß mir solche Dienste an meiner Seligkeit nicht schändlich seien.

Teufel: Hiefür will ich nach sieben Jahren einen solchen Kerl aus dir machen. Du Unflat!

Seine Haare wurden lauter Höllen Zöpf, die ihm um die Schulter herumhingen, wie indianische Schafschwänze.

Ein Gesicht voll Unflat, daß man hätte Rübsamen hinein säen können.

Xenodoxus II Verantwortung:

ich habe Freude verbreitet, Aufheiterung, Zutrauen:

Teufel (Asmodius) Gegenrede.

Xenodoxus: Hab Arme umsonst behandelt.

Teufel: Sag einen Fall, wo es reinen Herzens geschehen – und um Gottes, des Höchsten willen!

Xenodoxus: die Häuslerin

Teufel: Ha! um die Tochter zur Hur zu machen!

Asmodi sucht aus Xenodoxus auszureißen den kindisch ehrfürchtigen Glauben an den Symbolcharakter der Welt, dies ist der schamhafte Glaube – das andere: daß alles wirklich sei, ist der schamlose: dem alles nur ein Reagieren auf Reize. Lektion Asmodis an Xenodoxus bei verschlossenen Türen: Glaube, Liebe Hoffnung, richtig erkannt, sind eines Wesens. –

unmittelbar nach der Szene zwischen Engel und Teufel kommt Xenodoxus in der Stadt an: der Teufel (sein vorausgesandter Kurier und Sekretär) gibt ihm Auskunft, welcher Art die Stadt... wieviel Pforten, welche Obrigkeit – dann sogleich, welche für Xenodoxus besonders geeignete Frauenperson hier sei: eine unzüchtige Jungfrau, Ratsherrennichte: von der Art, wie ihm Spaß mache, sie sich zu zählen, – desgleichen auch eine begehrliche Wirtin, eine Witwe –

Xenodoxus zu Casperl: Jetzt schaff mir eine junge Person, der Blut abzuzapfen ist.
Asmodi (tritt a tempo hinzu) Sie wird dir zugebracht werden. Dort kommt sie schon.
Alte (bringt Justina) hat ihr eingeredet, sie sei vollblütig, müsse zur Ader gelassen werden. Alte deduziert ihr Recht übers Blut ihres Dienstboten, als Ersatz für entgangene Arbeit.

Xenodoxus empfängt bei verschlossenen Türen seinen Famulus.
Asmodeus: er ist es, der ihm in anderer Gestalt den Rat gegeben, den Namen zu wechseln und fremde Papiere eines Verbrannten an sich zu nehmen, sowie die gutherzige fröhliche Magd zu verführen, um sich aufzuheitern. in diesem Augenblick betrat Justina die brennende Kammer. Er genoß ihrer beim Wasser.
Xenodoxus hofft durch ihn in so hohe Gesellschaft zu kommen als zu welcher Asmodeus eigentlich gehört, die ihm dieser schildert, als einen Feuerpalast bewohnend, einen goldenen König umgebend.
Asmodeus bringt ihn dazu, Gott in Taten zu lästern; denn er ist kein Philosoph sondern ein Praktikus.

Asmodeus – es wird vermutet, er salbe sich mit Schwefelsalbe gegen Krätze.

Xenodoxus' Frevel: er sucht immer die rechten wirksamen Verbindungen – aber erkennt nicht, daß jedes, damit es eine wirksame Verbindung eingehen kann, sich ganz hergeben muß. Er entzieht sich Bedrängnissen, äugelt immer mit der anderen, möchte einen Mantel, der ihn verbirgt und überall das Aus- und Eingehen erlaubt, und das Lebenselixir.
Er packt den Asmodi an der Gurgel, daß er so viel Versprochenes, das Höchste (den Mantel, das Elixir) nicht gehalten.

Xenodoxus mit Asmodi
Die Tätigkeit des Dämons bringt ein magisches Element in den Gang der Handlung, daß sie einem Traum gleicht.
Xenodoxus fürchtet die Nüchternheit wie den Tod. Er fürchtet seine eigene Natur: er ist wie ein dumpfer, schwer erdgefesselter Sklave, der sich selber entfliehen will.
dazu hat er sich diesen erwählt. –
Asmodi: hab ich dich nicht vom ärgsten Druck befreit? durch Aufwecken, Suggestion: indem ich dich hieß, die Haut des andern anziehen. Und da kam diese Magd dazu.

Xenodoxus und Asmodi allein
»und im Genuß verschmacht ich nach Begierde«...
Xenodoxus' Vorwürfe: er habe keine Abenteuer. –
Asmodeus: was? eins nach dem andern?
Xenodoxus: ein... ist nicht die Seligkeit – sondern – das höhere – wie damals – warum hast du mich getrieben zu verlassen, mir das Pferd angeschirrt – was war das für ein frech wieherndes Roß? – und als der Einsiedel entgegentrat – warum warst du der stärkere.

Teufel: Xenodoxus' Hoffnung dem Teufel zu begegnen; an den glaubt er. Er hat ihn einmal gespürt, an seinem Bett stehend (als er mit der Wirtin drin lag)
Asmodi: das war ich!
vom Teufel zu erreichen die Euthanasie.

Justina: O Welt!
Sie hat ihn kennengelernt im Pestlazarett, wo ihre Eltern auf dem Stroh starben, er mit Drogen eingriff – vielleicht ärger als die Pest – aber sich beim Magistrat und beim Collegium einen großen Namen machte.

Die alte Geizige, bei der Justina dient.
Hab ich dich aufgeklaubt als eine Dienstlose, Ausweislose oder nicht? – Bist du vogelfrei oder nicht? Kannst du nicht gestraft werden für jeden Atemzug?
Die Bluttransfusion; die Alte hat davon Wind bekommen und bietet Justina für diesen Zweck an.

Casperl: um die Wirtsleute zu trösten.
Schau die Frau dazu – bedenk die Frau – zieh die Frau Hosen an, ruf die Frau ihre Lebensgeister zusammen! –– er herzt und küßt sie schließlich. Etwas von dem Übergang in jedes Mögliche. – Schließlich gewinnt der Wirt den Casperl lieb, will ihn nicht mehr von sich lassen.

Engel und Teufel
Des Teufels teuflische Geschicklichkeit, das Höhere als Betrug oder Dummheit zu nehmen – und als Ausfluß des Leiblichen. Er ist Psychoanalytiker par excellence.

Belimot – Xenodoxus
Belimot: sei wieder was du warest, der herabgebückte elende hungernde Bettler – wie ich dich vor zwölf Jahren, mit zerrissenem filzichten Kleide, vom Elend zusammengeschrumpft, vor der Schwelle eines Klosters auflas – (nach einem Typhus) – Es gelingt ihm nicht, ihn einem Laster zu unterwerfen. Xenodoxus ist immer wieder Herr darüber.

Wirtshaus
Mann, vergeßlicher Zornmütiger, ruft den Arzt, ihm von dem zu helfen, was ihn plagt – hat Mühe, seinen Arzt und den Verführer seines Weibes zu identifizieren: horcht überall, kommt überall dazwischen. Die rote Weste mit Pelzbesatz.

Xenodoxus: Vielfalt im jeweilig Neuen; naiv und voll Zutraulichkeit.

Xenodoxus: Natürlich ist es meine Absicht, abzureisen, zugleich aber auch hier noch etwas fortzutragen. Eine Abreise macht mich melancholisch, wenn kein gewinnbringender Streich damit verbunden ist. Mein bäurisches Blut – mein wälsches Blut – mein zigeunerisches Blut.
Seine Kraft, aus seiner gemütlichen Person die andere Person hervortreten zu lassen.
Melanchol[ie?].
Es muß mich rein der Teufel in diese Stadt gebracht haben.
Begegnung auf dem Kreuzweg mit dem Einsiedel und dem Teufel zu Pferd.
Casperl zum Bedienten über Xenodoxus
Xenodoxus negiert die Vergangenheit. Will sie aus ihrem Loch herausprügeln. Nur alle tausend Jahr ein solcher wie er.
Er ist sich selbst die coincidentia oppositorum.

II

Xenodoxus (Vorspiel) und erste Szene
Wachsen der Teuerung in den Sternen gelesen; verproviantiert mit War.

Xenodoxus (Ausrufer)
Er zieht einem halben Dutzend Bauern oder Bürgern die Zähn, mischt sie in einem Hut, bindt sich ein Tuch um, wählt die Zähn aus und gibt sie zurück und setzt sie wieder ein. (Anweisung: aus einer gebratenen und pulverisierten Ente Frösche, aus Frauenhaar Schlangen zu zeugen. Blitzstrahl und ein Kriegsheer bannen.)
Er reißt mit Zeigefinger und Daumen mehreren Edelleuten und Frauen die Augen aus, wobei sie herrliche Farben sehen, und setzt sie wieder auf die Augenstiele ohne jeden Schmerz.

Er läßt eine Kammerzofe oder junge Kuchelmagd ihre Finger in ein Glas mit einem reinen wasserhellen liquor stecken: worauf sie verwelkt wie eine Vettel von Achtzig und an Buch und Füßen anschwillt wie ein Elefant. Sodann läßt er sie den Finger in einen anderen liquor stecken und sie wird jung und sauber wie zuvor.

Teuerung. Es tauchen überall hungernde Kinder auf. Wirt verproviantiert sich; Angst, es könnte die Auszehrung über ihn kommen. Immer fressend: jagt das Brüderlein fort.
ipse philosophus, daimon, heros et omnia –

Disputation Engel und Teufel
Seine Theorie: die Funken der alles durchdringenden Weltseele werden durch die Strahlen der Planeten und Fixsterne – den Steinen und Metallen, Pflanzen und Lebewesen zugeführt. Engel: die Bewegung und Kraft der Regenten kommt aus Gottes Hand.

Brüderlein der Justina
Casperl merkt sich diesen Knaben vor, zum Blutabzapfen.
Brüderlein voll Nestbaukenntnis; er weiß wie das bei Vögeln zugeht, sonst töricht.
Er sucht die Schwester, die geflohen von zuhaus.
Er ist bei ihrem Tod gegenwärtig, denunziert den Xenodoxus.
Er findet sie erst, wie sie sterbend ist.

Xenodoxus als der Mann ohne Zutritt, immer geheim, eilig, hastig, kaum sich gebend, bis an die Augen verhüllt.

Quer über die Bühne ein Melancholischer jenes Liedchen singend. »Das Angenehme dieser Welt hab ich genossen / die Jugendstunden sind, wie lang, wie lang verflossen / April und Mai und Junius sind ferne / ich bin nichts mehr; ich lebe nicht mehr gerne.«
und die Herrschaften mit vielen Titeln grüßend. Dann singt er ein unzüchtiges Liedchen.

Xenodoxus, Die Attraktion des Todes auf beide parallel zueinander als movens der Handlung: dies von Engel und Teufel als Pakt ausgesprochen: beide sind einig darin, daß der Tod Vollendung des Lebens.

Wirt verzagt; das Brüderlein; sieht Rattenhaus.
Nichte des Ratsherren, Caspar über ihre Beredsamkeit: ihre Augen, ihre Ellbogen, ihre Schultern und sogar ihre Fußerln reden recht schön. Xenodoxus macht ihr einen Reim.
Anfang: Marktschreier: ein Doktor ist von Augsburg herein... hat Mohren etc., als Dienerschaft Laffer, Haiducken – ist kaum zu sprechen. (die kommen nach)
Caspar: bewaffnet, stolziert vor der Tür: jetzt ist er der Trabant. Nichte: verworrenes Gemüt: verschüttete Gewürzbüchsen. Xenodoxus will ihrs auseinanderlegen – ihrs klarmachen. Psychanalyse.
später: Stell dich ein: Ermordung des Onkels. (Sie ist die Unzucht.)

Studenten: warum zeigt er seine Augen nicht her?
Xenodoxus' Hervortreten: Was beliebt? sieht jedem ins Auge.
Studenten: Macht den Schelmen allen Kragab!
Studenten als Blüte der Nation.

Xenodoxus mit dem Studenten. Mystik ist Inbrunst und sublime Machtsucht.

Casperl: Ankündigung
was hilft es einem, wenn er ein gekröntes Haupt ist und der Schädel tut ihm weh – oder Keller voll Wein – er hat aber die Wassersucht – oder Stall von Rindvieh – er aber die Auszehrung – oder er hat Trabanten und Leibwächter, aber Seitenstechen?
Vorgänger Salomon, der von der Ceder bis zum Hyssop alle Kräuter und Wurzeln ausgelegt. Hippokrates und Galenus.
Ein Schweißtuch oder Fazenett, mit dem der beängstigte Erlöser im Garten, allwo er häufig Blut geschwitzt, das heiligste Antlitz abgewischt.

Casperl (von seinem Herrn)
Er ist wie ein Wagen, der immer will geschmiert werden.
mein Herr sagt zu mir: gehe, so gehe ich, komme, so komm ich!
zu den Jungfrauen geht er immer selber, aus Sorgsamkeit für ihn, seinen Bedienten.
Anfang: Vorzeigen einer armen Haut, die ganz bucklet und elend dahingekrochen: erat inclinata, nec poterat sursum aspicere – und die jetzt heil und gerade.

Casperl: die Menschen halten gern das für Wahrheit, worüber sie einen Schein in Händen haben.

Die Frau ohne Auge vorgeführt
Xenodoxus. Ton (»Kampl«) Wo sind Eure Schmerzen, her mit ihnen, sie sind verloren wenn ich komm! Casperl hat angedeutet, der Trabant und der Sekretär seien bestechlich.
Casperl bringt wie zufällig die Hand in die Nähe, wenn er einen anmelden soll.
ein treuer verläßlicher Mann – wir wollen ihn Casperl nennen – – –

Anfang: Casperl geht zuerst auf und nieder, sieht die Bauern und Bürger grimmig an und schweigt. Einer droht ihn mit Dreck vom Platz zu vertreiben: er droht seines Herrn Trabanten zu holen.
Studenten: in einer christlichen redlichen zwingenden Not und Gegenwehr.
Anfang. Studentenbummel, Lieder. Casperl: Platz für seine Hochgelahrt.
Studenten: Platz für unsere Senioren!
Ungern wollen dem fremden Doktor Vortritt zugestehen – oder den Weg auf dem Bürgersteig freihalten – Franken bestreitens, Schlägerei.

Kupplerin: sie sagt: sie möchte Euch mit allerfreundlichsten Sitten gewogen sein. Ihre Traurigkeit möchte durch Euren Zuspruch in freud- und friedensvolle Vergnüglichkeit verkehrt werden. – Fürwitz: sie will halt amal anders heiraten – Casperl (Fürwitz) als Kuppler. sein verliebtes Herz laben. Auf jeden Finger zehn, auf den Daumen gar zwanzig kann sie bekommen – Ihr Herz zerschmilzt ganz gegen Euch, ein so edles Geschöpf als die Natur an mich vorstellt

Anfang: Studenten wollen ihn als Ausländer und Charlatan verprügeln; seine Mannheit bezwingt sie – sie wollen alle seine Freunde sein, bringen ihm Fackelzug.
Seine (und Casperls) Dialektik mit ihnen, seine mit einem Klugen, Casperl mit einem Dummen; er geht mit dem Klugen ab, fordert den Dummen auf, mit Casperl weiterzudisputieren.
Bei den Straßen auf und ab mit dem klugen Studenten (Freundschaftsorgie) begegnet ihm an einem Kreuzweg Justina.

Himmel und Hölle – der Teufel und der Engel miteinander die Klingen kreuzend in Gestalt von zwei Studenten, die sich raufen über den angekommenen Zauberer – der in diesem Hause wohnt. (roten und weißen Mantel abwerfend) Engel und Teufel als Motoren der Bewegung, Justina und Xenodoxus aufeinander zugetrieben – des Teufels scheinbar zermalmende Keule gegen das schwanke Rohr in der Hand des Engels –
Teufel: du mußt dein Rohrlein schonen
Engel: nein, ich spalte granitne Berge damit

Xenodoxus, während andere betäubt hinfallen, zu einem Studenten sanfte Worte

Xenodoxus und der Student
Student ihm zugestehend, den Drang, sich über andere Wesen zu erheben – vieles durch weniges zu erreichen – wenn man dürfte – Stufen zu überspringen – wenn man sichs zutraute – andere Existenzen in Staub zu treten – wenn man es wagte: sich als Ziel zu setzen, Lehrers Wort in Wind schlagen

Xenodoxus schmeichelnde Antworten: Du darfst – du mußt. (schmeichelt seiner Hoffart, Faulheit, Selbstsucht)
Jüngling: küßt ihm die Hände.
Teufel: nun zu Xenodoxus hinzutretend. Jüngling kehrt nochmals um, findet Xenodoxus nun in Gesellschaft.

Die zwei Studentengruppen
Unzüchtler! Selbstgöttler! Christologen! Pfaffenknecht! Heidenhund! Hie Genade! Hie Kraft! Lämmlein! Hie Stier!
Gerücht über Xenodoxus, er könne einen Heuhaufen bauen.
Er kommt und alle stehen starr.

Brüderlein meldet, man habe die Schwester wegen Traurigkeit im Haus nicht mögen.
die Magd: alle wollen aus ihr herausbringen – schmähen sie wegen ihrer Traurigkeit – sie geht allem aus dem Weg vor Scham.
Sie versteckt sich hinter sprichwörtlichen Redensarten, gilt für tückisch, wird verdächtigt.
Das offene Gewissen hinter ihr her.
Xenodoxus' Mutter: Geiz
Justina weiß alles, Wort für Wort, was er zu ihr gesagt hat. Er belügt sie wieder, sie argwöhnt es nicht, macht sich auf in die andere Stadt.

III

Aufzugsanfänge: Tanz bei Fackellicht.
Auftritt des Rector magnificus
Aufruhr

Casperl
eulenspiegelisch, hält jede Euphorie für Anzeichen künftiger Krankheit. Ihm ist sein Weib abhanden kommen, er glaubt sie immer wieder zu sehen. Es gefällt ihm nur die e i n e.
Eifersucht. Chrysostomus sagt: Ein beschwerliches Übel ist die Eifersucht und endet sich mit der Unsinnigkeit. –

Ein Weib liebt sich selbsten gar zu viel und dahero ist sie so eifersüchtig (eine Eifersüchtige muß Gezänk haben und sollte sie die Ursache vom Zaun reißen. – Eifersucht, setzt das f um – Feuersucht)
Der eifersüchtige Diener verwechselt absichtlich das vermeintliche Liebespulver mit dem vermeintlichen Brechpulver.

Xenodoxus Anfang
1. Volk sich herumtreibend. Marktschreier an einer Bühnenseite. Verkündet den Doktor. Die geringen Sachen besorge der Assistent. Casperl 1. Türhüter 2. Trabant 3. Assistent (als welcher Casperl dann auftritt). Casperl mit Kranken. Justina ist unter den Leuten, traut sich nicht heran. Verschwindet wieder. Endlich kommt sie an Casperl. Bringt die Frag nicht heraus. (bezeichnet den Xenodoxus mit seinem wahren Namen: Geißmeier.)
Casperl verwirrt sie durch Fragen. Diener des Ratsherrn heran.
Casperl läßt Justina stehen, meldet aber später: es habe eine junge Person nach einem Geißmeir gefragt. Xenodoxus bedeutet ihm, was es mit dem Namenswechsel auf sich habe.

Szene 4. Justina allein. Ihre Dienstherrin: geizige Alte. Die »fromme Magd« ihr vorgehalten. Sie fällt in Zweifel an sich selber. Gewissen: sie solle sich um den Verführer nicht bekümmern. Justina: singt, als wollte sie 's Gewissen einlullen. Gewissen stärker, schmerzender.
Justina schleicht sich ausm Haus, ihren Buhlen zu suchen. Betet, es soll ihr gelingen, ihn zu sich zurückzubringen ohne Hexerei. Er sei ihr verhext. Wiederholt sich sein Wort.
Die Alte keift hinter ihr drein.

Verleugnen des Höheren – darüber hinwegschwätzen – gegen den Engel, den er für einen ungeschickten Fremden ansieht.
Seine Waffen: die Relativität aller Dinge, die vulgäre Logik, der gewöhnliche Zynismus.

Er begreift nicht, was sie n o c h wolle, wenn er ihr gegen die Folgen hilft.
Seine Rede: die Frauen sind so und so – Sie: ich kenne die Frauen nicht – Er: das Welt-Urteil; wer das nicht achtet ist ein tamisch Vieh.

Xenodoxus Szene 5
Xenodoxus willens: der Justina aus dem Weg zu gehen, wegen Zeitmangel. und weil wichtigere Aussichten. Teufel Asmodeus kommt ihn zu verwirren: er solle doch der Nachtstunde damals vor der Abreise gedenken, wie das Mägdlein demütig und willfährig war – wie sie ihm gehuldigt ohne Maß: er solle doch überlegen, ob eine solche närrische Hingabe nicht etwas Süßes habe. Und überhaupt: je mehr je besser – man solle sich ausstopfen bis daher: weil man doch nur einmal lebe. Infolgedessen: will Caspar sie abweisen. Justina: naive Beharrlichkeit: Ja, aber ich will ihn sehen. Aha – also komme ich später.
Xenodoxus, der sich verleugnen lassen hat, liegt indessen im Fenster auf der Lauer.
Xenodoxus kommt: in begieriger Laune: bezaubert sie – (die fast sprachlos ist) – bestellt sie zu sich: und gibt ihr das Pulver. (oder letzteres wie er sie aus der Tür läßt Szene 7). Da geht einer vorbei, macht eine leichtfertige Bemerkung. Leichtfertig Liedel. Sie drückt sich weg: auf einmal steht ihr Gewissen dort, schreit laut mit ihr. Aber die andern hören es nicht. Sie fällt zusammen, Casperl findet sie, schafft sie weg.

Caspar (lazzi) ––– über das Motiv: den Herrn verleugnen wenn Besuch kommt – jemand verleugnet einen andern: Du weißt nit wo er ist? – na so hol ihn nur heraus ausm Zimmer... er summt einen Reim der herpaßt: »Nur nie wegschmeißen, man kann alles brauchen.«
I. Schutzengel Justinas als ein Fremder gekleidet, stellt Xenodoxus zur Rede wegen des Pulvers und des Ganzen. Begriff der Verantwortung.
Xenodoxus redet ihn tot mit Galimathias und überläßt ihn, da er keine Zeit habe, dem Caspar zum Weiterreden.

Schutzengel: – in jedem solchen Ding schläft ein stummberedter Teufel
Caspar: ein stummer? ein aufs Maul gfallener? wie ein Fisch der aufm Land umhupft?

ZUSÄTZLICHE FRAGMENTE ZU ›XENODOXUS‹

Fest: Struktur. Ein Triumphtanz – und Exhibition des Besitzes der Salomea. Justina kommt ihm tot entgegen, bevor sie tot ist.
Xenodoxus und die Menge. Unstillbare Gier, von der Menge verehrt zu werden. – Unfähig den kalten Blick auch nur eines zu ertragen.
Vorwürfe an Beimot: Wo bin ich? unter was für Auswürflingen bewege ich mich! Einzulegen: Joh. Christian Günther. Folgt längeres Gedicht beginnend: Ich habe genug! (aus der Anthologie Verl. Erich Reiss)
If any two creatures grew into one
they would do more than the world has done. (Browning)
Wo Euer zwei in meinem Namen versammelt sein werden – da werde auch ich sein.

»Die Seligkeit ist also nach weitverbreiteter Meinung ein Staat, nur ein vollkommenerer Staat als jeder irdische, und die zur Person gewordene menschliche Gesellschaft überhaupt.« (M. de Unamuno)
Xenod. Bestreben unmittelbar, ohne das Wort auf die Welt zu wirken – und seines Wirkens zu genießen.
Haß-Liebe erregt durch Salomeas Macht und Kälte. Er würgt sie.
Sie bringt ihm in ihrer kalten Scharfsichtigkeit den Gedanken in die Seele, daß keiner über ihm sei – daß er alles in der Hand habe – Er: Mache, daß ich es fühle, indem ich dich besitze – Sie: Sklave, der sich's erst versichern muß – Er: Hexe, du unterschlägst mir's – offenbare mir alles darüber – Sie: Einschleicher – geh, du bist unter meinen Bedienten da draußen –

das Spiel vom Zauberer und der reinen Magd mit dem Gericht über die Seele

Gericht. die Todsünden in ihrem Charakter als gepeinigte Sklaven, an ihr Laster angekettet. Geiz: um sich beißend, Unkeuschheit: Zunge heraushängend, Fraß: alles auffressend – Ihr Auftritt: Teufel: dir ist andere Gesellschaft zugedacht.

Gericht. Die Verdammten (einzeln) sind plötzlich da – jeder mit einem gräßlichen Ich.
Sie rufen Xenodoxus beim Namen, zerren ihn aus dem roten Mantel heraus. Furchtbar für ihn, sich von ihnen erkannt zu wissen, wie von Insekten.
Ihr Verschwinden so: »ihr Tanz; sie fallen wild ineinander, verwandeln sich und sinken.« Xenod.: Angst in sie hineinzufallen; in ihren Tanz hineingerissen zu werden. Sein Schrei: Allein! allein!
Ein bärtiger Teufel und ein bartloser glatter, mit Harpunen sie leitend.

Xenodoxus – Salomea
wo sie ihn haben und behalten will, zugleich ihren Haß gegen ihn bekennt. Sie ist ein Schalk, lebt ganz in der Negation.

Kernstock. Redensarten.
Der selige und geistreiche Thomas de Kempis sagt – es sei besser die Demut haben als von ihr diskurieren können

Th. Paracelsus im liber de Nymphis Sylphis Pygmäis et Salamandris

Der Glaub, das Aug und die Jungfernschaft können den geringsten Schlag ohne Schaden nicht vertragen.

Sterbkittel.
Redensarten: Post Raschparment!
Bassleman! (baise les mains)
Wirt und Wirtin: dem schwachen Wein mit einem starken aufhelfen –

Kernstock proteisches Wesen. Aufgeblasenheit, Halbwissen – wahre Selbstverachtung und Verzweiflung. Bald entzückt ihn sein Herr, bald kann er ihn garnicht leiden. Er hat aber Furcht vor ihm.
Kernstock: Fetzen von Wissen: daß die Juden (um des Verbotes ungleicher Vermischung halber) nicht halb leinen, halb wollen Gewand tragen, nicht zweierlei Vieh in einen Zug spannen, nicht zweierlei Frucht in einen Acker säen noch zweierlei Fleisch in einem Häfen kochen.
Kernstock (die Hand hinstreckend) Oli baboli!
(da er nicht verstanden wird) Schmiralia!

ihm etwas geben von dem Hauptmann im Wozzek. Angst, die ihn befällt; Magen- und Darmschwäche. – Blick auf das Leben, wie schnell alles geht, eins ins andere: so die Hetzjagd seines Herrn, gejagt von dem Famulus.

Aus dem Hut trinken. Sein Bestreben sich aus der Gemeinheit zu erheben, darum bei seinem Herrn: immer einen Fetzen vom Höheren.
Stehende Redensart: Na ja, wie's die Wahrheit ist! Andere: gesetzt, aber nicht gestanden. (Redensart ärgert den Ratsherren) die praeludia Veneris ansehen.
»in England fahren«

Gericht. Todsünden knieen und bitten, daß die Rache auf Xenod. falle.
Alle Verdammten, alle Teufel schreien das gleiche.
Sturm räumt die Verdammten weg. Waage wird unter gellendem Glockenläuten herabgelassen.
Justina kommt: blickt aufwärts, sieht das Kind auf dem Thron.
Erzengel bringt den Urteilsstab.

Todsünden bekennen ihn als die 7 bösen Geister, die ihn besessen hatten.

Justina
Justina und der kleine Bruder, beide haben das magisch-mythische Denken. Der Bruder, indem er sie sucht, hat etwas zu ihr Gehöriges bei sich.
Er sieht jeden an: Bist du der Rechte? Nein, du bists nicht!
Für Justina gehört alles zusammen, was in entscheidenden Momenten beisammen war.
Ihr Ton zu dem offenen Gewissen ist ganz familiär. Laß mich! (Bis zum Aufstampfen)

Gericht.
Nemo unquam vir magnus
fuit sine aliquo afflatu divino.
Gericht NB. -- die Nackten in der Hölle, die durch die Nacktheit als minderwertig und in der Sinnlichkeit befangen gekennzeichnet wurden, während die Seligen auf den Weltgerichtsbildern bekleidet auftraten.
Weisbach: Barock als Kunst der Gegenreformation.
Einzelne Szenen: bezügliich auf Xenodoxus und das Erkennen.
Badergehilfe. Gang der Handlung (genauer)
Justina in ihrer Schlafkammer. Angst ums Kind. Verzweiflung. Justina vom Gewissen an Xenod. Tür getrieben. Trifft dort den Bruder und die Blinden. (sie weiß, morgen muß sie ihr Blut hergeben)
Szene (im ersten Drittel) Der Mann rumort. Die Wirtin von seinem Bett schleichend. Grausen. – Angst in der Gemeinheit zu versinken. – Schmeißt Bücher durcheinander. Wird angefallen von Unsterblichkeitsgedanken. Stöhnt. – Ruft den familiaris. Mehr Wissen! Belimot: Eitel Dreck! ist alles Sublimierung der Begier! Xenod. denkt an Justina. – graust sich vor sich. Schaff uns mehr Wissen, mehr Kräfte. Betrüger! (er packt ihn) Wo bleiben die großen Gaben? Unsichtbarwerden, Fliegen, durch ein Pulver Leben und Tod vergeben – und alle Bücherweisheit inne haben, Rector magnificus sein.
Teufel: wenn ich dir aber zeig, daß all dies in hohen Kreisen nichts gilt sondern ganz was anders –
Wirtin: Grausen vor den stieren ruhenden Augen und dem

Geierhals des Wirts – Sie fühlt, daß er sich nichts aus ihr macht. Sie hat das beste Federbett und die besten Anzüge des Wirts hinaufgeschafft. Er: Geh schon! Sie: Begehr mich und ich komm wieder!
Das Weltbild: der Nichte furchtbarster Schrecken ist Langeweile.
Sie kennt zwei Ziele: ihre Schönheit erhalten (durch den Zauberer), sich die Zeit vertreiben. –
Gericht: die 7 Todsünden. Zu einem letzten Tanz um die Waage veranlaßt.
Ergetzen sich einander zu erkennen.
Trompeten: Gericht. Alle vergehen vor Angst. Halten sich die Ohren zu. Sie werden beiseite gedrängt.
Gericht: Kläger trete vor!
Sie freuen sich, den neuen in sich zu ziehen ins ewig Vergebliche. – »Sie fallen wild ineinander, verwandeln sich und sinken. Geheul über ihnen.«
Die 7 Todsünden haben ihnen noch zu viel an, sind ihnen noch zu sehr herausgeputzt, müssen gerupft werden.
Xenod.: sinnend über dem Pelagischen Unsterblichkeitsbeweis. Begehrt nach festem Wissen. Will sich wie ein Tiger über Bücher stürzen – Bücher fliegen herein. – Xen. will direktere, fühlbarere, sinnenfälligere Belehrung
Belimot: läßt ihn die widerstreitenden Stimmen der Fakultäten hören –
Auf das: Rechtfertige dich!
Gericht: Xenodoxi Verteidigung verwirrt, bald lacht er, bald fletscht er die Zähne, bald weint er. Es will alles auf einmal aus ihm heraus: er verflucht, daß die Wissenschaft ihn verwirrt, statt erhoben.
Die armen Narren (tanzen): Du redst wie wir! du bist unser einer.
Anfangs hatten sie Angst vor dem Fremden, tödliche Angst.
Asmodi/Belimot: Xenod. wünscht sich über die Gemeinheit emporzuheben.
Szene wo der Teufel ihn in tiefsinnigen Betrachtungen zu stören sucht – so daß Xen. aus Verzweiflung, aus Ekel am Gei-

stigen, an den Widersprüchen der Gelehrten wieder auf den sinnlichen Reiz verfällt. Des Teufels Verfahren dabei: Relativismus infinitis modis. Alles sind bloße Wandlungen der libido – er ruft ihm, sooft Xenodoxus seine Gedanken auf eine hohe Ganzheit wendet – den Zweifelgedanken in die Seele: dies sei Sublimierung (Maske) eines niederen Triebes. (Ankunft der Nichte in Mannskleidern, mit der Reitgerte in der Hand, Sporen an den Stiefeln)
Asmodis (nestroy-hafte, satyrisch-parodistische) Suada.
NB, Die Kunst als Schöpferin der hohen Ausdrucks- und Gefühlswerte, gleichfalls durch Analyse zu erniedrigen.
Analyse der Angleichung des Hohen an das Niedrige. (Analyse durch Vielwisserei ansehnlich zu machen.)
Xenod. Wunsch: nicht nur zu fliegen, sondern unbemerkt durch Mauern gehen zu können – (kaum als möglich erkannt, erscheint es wieder als schal) – *Magie!* wie er sie versteht. Teufel verheißt ihm alles nach langen Schulen und Vorbereitungen. Man müsse ein Meister werden. Xenod. ist faul, schmeißt die Bücher durcheinander.
Xenod. große Erkenntnis »gemeinschaftlicher Wahnsinn hört auf, Wahnsinn zu sein und wird Magie.«

Schlußszene.
Die große Orgie: Verfolgung des Kindes. Justina durch sein Rufen herbeigezogen.
Lucifer rät dem Asmodi, dem Xenodoxus nie Zeit zum wahrhaft tiefen Nachdenken zu lassen, ihn mit allen Mitteln zu zerstreuen: Geldsucht, Sucht nach Veränderung, Reize aller Art, Bewegungsmittel – alles nur nicht die Vertiefung: durch diese könnte er gefährlich werden. Bring ihn nur recht von einem aufs andere: hetz ihm Bilder an den Augen vorbei – vom runden Totenschädel laß ihn zu der Kegelkugel greifen – durch den Ritz in eine Badstuben schauen – oder ins Innere einer Leiche – reiz seine Neugierde auf und halte die Scham fern. Bring ihn auf Chiromantik – Nekrophilie – usf. Mache aus seiner Stärke (Wissenstrieb) den Strick, der ihm die Gurgel umdreht.
(Alles doziert während einer Ohnmacht des Xenod.)

Lucifers Warnung: durch jede Ritze kann die Seele nach oben fliehen. – Unsere stärkste Waffe dagegen ist die Weckung des Zweifels.
Asmodi: Dieser hat eine starke Seele. Sie springt alles an wie ein Tiger.
Zweifel ist ihm fern. Er ist wie Antäos.
Luxifer: So erwürg ihn an seiner Stärke. Er soll die Welt herausfordern, sie wird ihn überwältigen; sie ist eine Hur, die noch jede Männlichkeit abgemattet hat. Besitz! und Reiz zum Besitz. Fang ihn mit dem Sozialen!

Xenodoxus: Seine Gipfelmomente: wie er dem Teufel seine Unzulänglichkeit vorwirft: daß er noch mit dem Zufallswissen haushalten müsse, das Ineinander der Naturreiche dumpf ahnen müsse, statt es zu beherrschen – über das Schaltwerk seines eigenen Innern nicht frei verfüge –
Ausweg des Teufels: daß er ihn in höhere Gesellschaft bringt: da gibt es ein ungeahntes Spielfeld.
Laß mich so geigen, daß alle närrisch werden – laß mich aus einer Alten die Junge herausreißen. – das, was meine Sprache aus mir herauszubringen zu stammelnd ist – das laß mich als Reigenführer erleben. –
Solcher Reigen ist das Fest, wo ihm die tote Justina entgegengebracht wird. Er will nicht warten: stampft immer auf. Haßt das Joch der Zeit.
Xenod. höchste Momente: sein Ringen um die Beredsamkeit, die unmittelbar bewegt.
Nescio. At ego nescio quid? Lucifer frauenhaft. ungeheure Disturbation.

12

Gerichtsszene, Anfang.
Narren – verlorene Seelen – leichenbleich mit rotflammendem Haarbüschel. welche über die Wirrnis klagen, alle unsere Wirrnisse.
Gericht.
Narren verschiedenster Sorte, bruegelisch angeordnet.
Einer, den verborgene Stimmen quälen. Einer der aus seiner Haut fahren möchte. Zwei disputierend.

Weiber, nackt, mit langem Haar: eine Mutter, eine Tochter. ohne Altersunterschied. Sie sind alterslos. Könnten sie sich an die Lebensalter erinnern! Teufel, mit Hirtenpritsche und Schalmei, weidet die Herde, treibt sie weiter. Alle bitten: hier bleiben zu dürfen: das hier ist so viel. dos pu sto! Deputation ihn anflehend. Gerichtsstätte ausgesteckt: Xenodoxus Seele in einem roten Gewand, worauf steht Xenodoxus.

Lucifer.

Das geheime privilegierte Wissen, nicht Handeln ist die eigentlichste Daseinsform des Bösen, und demgemäß ist physische Verführung, als Wollust, Völlerei und Trägheit, sinnlich nur begriffen, bei weitem nicht sein einziger Seinsgrund. Dieser vielmehr öffnet sich mit der Fata morgana eines Reiches der absoluten, d.h. gottlosen Geistigkeit, wie es als Gegenstück, dem Materialischen verbunden, das Böse erst konkret erfahren läßt. Ihm entstammen drei satanische Verheißungen: der Schein der Freiheit, im Ergründen des Verbotenen; der Schein der Selbständigkeit, in der Sezession aus der Gemeinschaft der Frommen; der Schein der Unendlichkeit – in dem leeren Abgrund des Bösen.

Das schlechthin Materialische und jenes absolute Geistige sind Pole des satanischen Bereichs: und das Bewußtsein ihre gauklerische Synthesis, mit welcher sie die echte, die des Lebens äfft.

Das Wissen als Dämonie.

Lucifer. Xenod. Anspruch als Herodes messianisch verehrt zu werden.

SZENE AUS EINEM »CHINESISCHEN TRAUERSPIEL«

Die Kinder des ermordeten Gouverneurs wandernd im öden Gebirge.

DIE KLEINERE TOCHTER Kommt noch nicht der Paß?
Sie bleibt stehen.
DER ÄLTERE SOHN Geht weiter.
DIE KLEINERE Ihr habt gesagt, bevor Mittag wird, kommen wir zu einem Paß.
DER JÜNGERE SOHN Es muß schon gegen Abend sein. Der Nebel wird immer dichter.
Ein Sausen in der Luft
Die Kleinere schreit auf.
DIE GRÖSSERE Was war das, Brüder?
DER ÄLTERE BRUDER Ein Geier. Er ist da von dem Stein aufgeflogen.
DER JÜNGERE Das ist kein Stein. Komm her. Das ist das Büffelgeripp, an dem wir diesen Morgen vorbeigekommen sind.
DER ÄLTERE Leiser! – Wir sind im Kreis gegangen. – Warum weint das Mädchen? Gib ihr zu essen. Da.
DIE GRÖSSERE Sie will nicht essen. Sie weint aus Verzagtheit.
DER JÜNGERE Wir müssen sie rasten lassen.
DER ÄLTERE Hier. Nicht auf dem harten kalten Stein.
Er breitet seinen Mantel aus.
DER JÜNGERE Und meinen darüber.
Wirft ihn über die Kleinere
Das war wieder der Geier. Jetzt kreist er tief unter uns.
DIE GRÖSSERE Kommt her. Helft mir, sie wärmen.
Die Kleinere weint heftiger.
DER JÜNGERE Nicht weinen! Weißt du nicht mehr, was das erste Wort war, mit dem unser Vater auf uns zugetreten ist? – Fürchtet euch nicht, meine Kinder, ich bin es. Ich bin zu euch gekommen.
Die Kleinere sagt etwas.

DER JÜNGERE Was hat sie gesagt?

DIE KLEINERE *sagt es deutlicher* Woran haben wir ihn, der dastand, als unseren Vater erkannt, da wir den Vater doch nie gesehen haben?

DER ÄLTERE Ich habe ihn noch gesehen, wie ich drei Tage alt war!

DIE GRÖSSERE Und hättest du ihn wiedererkannt?

DER ÄLTERE Er war ein anderer und doch derselbe.

DIE KLEINERE *in großer Angst* War denn unser Vater überhaupt da? – Ist denn schon einmal ein seit dreizehn Jahren Toter so zu seinen Kindern gekommen?

DER ÄLTERE *nimmt ihre Hand zwischen seine beiden Hände* Wenn er es nicht leibhaftig gewesen wäre – welche Macht der Erde hätte uns den Mut zu dieser Reise geben können? Er war bei uns, so wahr wir in diesen neun Tagen das Gebirge überschritten haben und jetzt eine Tagereise vom offenen Land sind und drei Tagereisen von der großen Stadt und von unserem Haus, das er uns geheißen hat wieder in Besitz nehmen.

DIE KLEINERE Wenn wirklich unser toter Vater bei uns war und zu uns geredet hat –

DIE GRÖSSERE Wie darfst du dich unterstehen, zu sagen: Wenn. Siehst du ihn nicht vor dir, wie eine Statue aus Alabaster?

DER JÜNGERE Wie auf Seide gemalt sehe ich ihn vor mir, wenn ich die Augen schließe.

DIE KLEINERE *weint* Vater, warum hast du dein jüngstes Kind im Stich gelassen?

Sie will auf

Stoßt mich in den Abgrund. Ich bin zu nichts nutze!

Der Jüngere umschlingt sie und drückt sie sanft nieder.

BIBLIOGRAPHIE

JEDERMANN (1911). Erstdruck: S. Fischer Verlag, Berlin 1911. Enthielt die Notiz: »Dieser Erneuerung des alten Spieles liegt für den Aufbau vornehmlich der anonyme englische Text des fünfzehnten Jahrhunderts zugrunde. (Everyman, a Morality play, gedruckt zu London um 1490.) Aus des Hans Sachs ›Comedi vom sterbend reichen Menschen‹ wurde manches einzelne herübergenommen, zumeist in den Anfangsszenen. In der Szene der Mutter ist ein gereimtes Gebet eingewoben, das von Albrecht Dürer stammt. Das Tanzlied und die übrigen Lieder sind einer neueren Sammlung der Minnesänger des dreizehnten Jahrhunderts entnommen. – Begonnen April 1903, beendet September 1911.« Teildrucke: Die Zeit, Wien, 25. 12. 1910; Neue Freie Presse, Wien, 16. 4. 1911. Erstaufführung: Berlin, Zirkus Schumann, 1. 12. 1911.

ZU ›JEDERMANN‹

Frühe Fassung (1905). Erste Szene mit Mammon: Der Tag, Berlin, 24. 12. 1911; Szene mit dem Tod: In ›'Jedermann'. Das Spiel vom Sterben des reichen Mannes und Max Reinhardts Inszenierungen‹ S. Fischer Verlag, Frankfurt am Main 1973; Szenen mit Verwandtschaft und mit dem Freund: hier zum ersten Mal veröffentlicht.

Das alte Spiel von Jedermann (1911). Erstdruck: Blätter des Deutschen Theaters, Berlin, I. Jahrgang, Nr. 10, 1. 12. 1911.

Das Spiel vor der Menge. Eindruck und Überlegung (1911). Erstdruck: Pan, Berlin, Zweiter Jahrgang, Nr. 6, 16. 12. 1911.

DAS SALZBURGER GROSSE WELTTHEATER (1922). Erstdruck: Neue deutsche Beiträge, München, Erste Folge, Erstes Heft, Juli 1922. In einer Anmerkung zu diesem Heft heißt es: »Wer in diesem Heft meinen eigenen Beitrag freundlich aufnimmt, empfängt das Zeichen eines alten ungebrochenen Zusammenhanges der süddeutschen Darstellungswelt mit vergangenen Jahrhunderten. Das tragende Gleichnis ist alt, es gehört zu dem Schatz von Mythen und Allegorien, den das dreizehnte und vierzehnte Jahrhundert ausgebildet und der späteren Zeit übermacht haben; in Zeichen und Gestalten erinnert hier vieles an vieles: an Bauwerke, Gemälde, steinerne und hölzerne Bildwerke, an die Bräuche und volkstümlichen theatralischen Darbietungen im südlichen katholischen Deutschland, wo eine unzerspaltene Erinnerung hinfließt bis ans Mittelalter.« Erste Buchausgabe: Insel Verlag, Leipzig 1922. Erstaufführung: Salzburg, Kollegienkirche, 12.8. 1922.

ZU ›DAS SALZBURGER GROSSE WELTTHEATER‹

Abweichung in der früheren Fassung. Vgl., im Unterschied zur Buchausgabe den Erstdruck: Neue deutsche Beiträge, Juli 1922.

›Das Salzburger Große Welttheater‹. Erstdruck: Prager Presse, 11.7.1925.

DAS LEBEN EIN TRAUM [Ein Bruchstück] (1901–1904). Teildrucke: ›Der Gefangene‹, Der Tag, Berlin, 25.12.1907; Die Zeit, Wien, 15.5.1910; Rodauner Nachträge I, Amalthea-Verlag, Zürich 1918; Blätter des Burgtheaters, Wien, Erstes Heft, Juni 1919. Erstdruck aller Fragmente: Corona, München, Zürich, Siebentes Jahr, 1937, Erstes und Zweites Heft. An Hermann Bahr: »Es handelt sich in dem Stoff, der mich jetzt am meisten lockt, in dem ›Leben ein Traum‹, ja darum, in die letzten Tiefen des zweifelhaften Höhlenkönigreiches ›Ich‹ hinabzusteigen und das Nicht-mehr-Ich oder die Welt zu finden.«

DER TURM (1924). Erstdruck: Neue deutsche Beiträge, München, Erste Folge, Zweites Heft, Februar 1923, und Zweite Folge, Zweites Heft, Januar 1925. Erste Buchausgabe (gegenüber dem Druck in der Zeitschrift konzentriert): Verlag der Bremer Presse, München 1925. Erstaufführung: Wien, Akademietheater, 10.6.1948.

DER TURM (Neue Fassung 1926). Erstdruck: S. Fischer Verlag, Berlin 1927. Teildruck: ›Der Thronwechsel‹, Neue Zürcher Zeitung, 21. 8. 1927. Erstaufführung: München, Prinzregententheater, 4. 12. 1928.

ZU ›DER TURM‹

Fragment eines Briefes an Fritz Setz (1925). Erstdruck: Corona, München, Zürich, Zehntes Jahr, 1943, Sechstes Heft.

Zu dem Trauerspiel ›Der Turm‹ (1928). Möglicherweise für ein Programmheft bestimmter Text. Der erwähnte »Jüngere Freund« ist Hans Heinrich Schaeder, der damals als Orientalist in Königsberg lehrte. Erstveröffentlichung.

VORSPIEL ZUR ANTIGONE DES SOPHOKLES (1900). Erstdruck: Die Insel, Berlin, I. Jahrgang, 3. Quartal, Nr. 8, Mai 1900. Erste Buchausgabe: Vorspiele, Insel Verlag, Leipzig 1908. Erstaufführung: Berlin, Theater des Westens, 28. 3. 1900.

VORSPIEL FÜR EIN PUPPENTHEATER (1906). Erstdruck: Die Neue Rundschau, Berlin, 17. Jahrgang, 1906, Zehntes Heft. Erste Buchausgabe: Vorspiele, Insel Verlag, Leipzig 1908.

PROLOG ZUR ›LYSISTRATA‹ DES ARISTOPHANES (1908). Erstdruck: Vorspiele, Insel Verlag, Leipzig 1908. Geschrieben für die Eröffnungsvorstellung der Kammerspiele des Deutschen Theaters in Berlin am 27. 2. 1908.

SZENISCHER PROLOG ZUR NEUERÖFFNUNG DES JOSEFSTÄDTER-THEATERS (1924). Erstdruck: Wiener Zeitung, 19. 4. 1924. Erste Buchausgabe: Sechster Druck der Johannes-Presse, Wien 1926. Gesprochen zur Eröffnung des Theaters in der Josefstadt am 1. 4. 1924.

»DAS THEATER DES NEUEN« (1926). Erstdruck: Münchner Neueste Nachrichten, 4./5. 4. 1926. Erste Buchausgabe: Edition Komödie im Blindenschildverlag, Wien 1947. Das Vorspiel wurde zur Einführung des Versuchs einer avantgardistischen Studiobühne am Theater in der Josefstadt für die Aufführung von Brechts ›Baal‹ am 21. 3. 1926 verfaßt.

ALEXANDERZUG (1893). Erstdruck: Dramatische Entwürfe aus dem Nachlaß. Johannes-Presse, Wien 1936.

ALEXANDER – DIE FREUNDE (1895). Erstdruck: Dramatische Entwürfe aus dem Nachlaß. Johannes-Presse, Wien 1936.

LEDA UND DER SCHWAN (1900). Erstdruck: Dramatische Entwürfe aus dem Nachlaß. Johannes-Presse, Wien 1936.

JUPITER UND SEMELE (1900). Erstdruck: Dramatische Entwürfe aus dem Nachlaß. Johannes-Presse, Wien 1936.

DIE SÖHNE DES FORTUNATUS (1900). Erstdruck: Dramatische Entwürfe aus dem Nachlaß. Johannes-Presse, Wien 1936.

KÖNIG KANDAULES (1903). Erstdruck: Dramatische Entwürfe aus dem Nachlaß. Johannes-Presse, Wien 1936.

PENTHEUS (1904). Erstdruck: Dramatische Entwürfe aus dem Nachlaß. Johannes-Presse, Wien 1936. – Spätere Fragmente: hier zum ersten Mal veröffentlicht.

SEMIRAMIS (1905 und 1908/1909). Erstdruck: Rupprecht-Presse, München 1933. Erwachsen aus der Beschäftigung mit Calderons Schauspiel ›La Hija del Aire‹ (Die Tochter der Luft).

DIE BEIDEN GÖTTER (1917). Erstdruck: Rupprecht-Presse, München 1933.

DER PRIESTERZÖGLING – MONARCHIA SOLIPSORUM (1919). Erstdruck: Dramatische Entwürfe aus dem Nachlaß. Johannes-Presse, Wien 1936.

AUFZEICHNUNGEN ZU »XENODOXUS« (1922–1925). Erstdruck: Die Neue Rundschau, Berlin, 65. Jahrgang, 1954, Drittes/Viertes Heft. Zusätzliche Fragmente: hier zum ersten Mal veröffentlicht. – Das Spiel geht auf Jacob Bidermanns Bayerisches Jesuitendrama ›Cenodoxus, der Doktor von Paris‹ (1609) zurück. ›Xenodoxus‹ war als drittes Spiel für Salzburg gedacht. An Schröder schrieb Hofmannsthal: »Ich habe mich mit einem meiner Stoffe eingelassen, es ist der wo es sich um die Paracelsus-verwandte Gestalt dreht. Es ist ein finsterer Stoff, aber es ist auch vieles darin, das man zu einer rechten Lebendigkeit und Lustigkeit ausbilden kann.« In einem Interview, das Hofmannsthal 1926 dem Journalisten Paul Stefan gab, sagte er: »Aus den Möglichkeiten, die Salzburg mit seinen Volksschauspielen gibt, fliesst ein neues Werk in der Art des ›Großen Welttheaters‹, das das alte Thema vom ›Zauberer und der reinen Magd‹ gestaltet, es ist der Faust-Stoff, in Prosa und mit einer durchgehenden Kasperl-Figur.«

SZENE AUS EINEM »CHINESISCHEN TRAUERSPIEL« (1927). Erstdruck: Österreichische Dichtergabe, Wiener Bibliophilen-Gesellschaft 1928. Das Werk sollte den Titel ›Die Kinder des Hauses‹ tragen. Im Nachlaß fand sich folgende Notiz: »Widmungsbrief an Claudel, der uns diese neue Antike gewiesen. Gemeinsamkeit mit Claudel ein Ringen um das Tragische, aus dem Begriff des Schicksals Greifen nach dieser neuen orientalischen Antike (welche für uns außer der Zeit schlechthin gegenwärtig) analog diesem: ›er (Hölderlin) wollte dem abendländischen Geist dadurch, daß er ihn mit dem entgegengesetzten, aber doch irgendwie verwandten orientalisch-antiken durchtränkte, eine größere Mächtigkeit seiner selbst geben.‹«

LEBENSDATEN

Die in Klammern gesetzten Daten hinter den Bühnendichtungen geben die Zeit von den frühesten Einfällen bis zur Vollendung eines Werks an, bzw. Ort und Tag der Uraufführung.

1874 Am 1. Februar wird Hugo Laurenz August Hofmann, Edler von Hofmannsthal in Wien, Salesianergasse 12 geboren. Als einziger Sohn des Hugo August Peter Hofmann, Edler von Hofmannsthal (1841–1915) und der Anna Maria Josefa von Hofmannsthal, geborene Fohleutner (1852–1904).

1884–1892 Nach gründlicher Vorbereitung durch Privatlehrer Besuch des Akademischen Gymnasiums in Wien (Maturitätszeugnis ›mit Auszeichnung‹ vom 6. 7. 1892).

Mit achtzehn Jahren hatte er alles gelesen, was der großen antiken, französischen, englischen, italienischen, spanischen und deutschen Literatur entstammt – auch kannte er die Russen schon als halbes Kind.

1890 Veröffentlichung des ersten Gedichts, des Sonetts:

FRAGE Weitere Gedichte desselben Jahres:
SIEHST DU DIE STADT?, die Sonette:
WAS IST DIE WELT?
FRONLEICHNAM, die Ghasele:
FÜR MICH, GÜLNARE;

Erste Begegnung mit Richard Beer-Hofmann und Arthur Schnitzler.

1891 Bekanntschaft mit Henrik Ibsen; im Literatencafé Griensteidl mit Hermann Bahr und, am gleichen Ort, mit Stefan George.

Hofmannsthal veröffentlicht unter den Pseudonymen Loris Melikow, Loris, Theophil Morren. Erste dramatische Arbeit in Versen, ein fertiger Einakter (»beinah ein Lustspiel«):

GESTERN (Wien, Die Komödie, 25. 3. 1928). Früheste Prosaarbeiten, vor allem Buchbesprechungen zeitgenössischer Autoren wie Bourget, Bahr, Amiel, Barrès. Zum Beispiel:

ZUR PHYSIOLOGIE DER MODERNEN LIEBE

DAS TAGEBUCH EINES WILLENSKRANKEN

Gedichte u. a.:

SÜNDE DES LEBENS

DER SCHATTEN EINES TOTEN

1892 DER TOD DES TIZIAN. Erstdruck in Georges ›Blätter für die Kunst‹, Heft 1, Oktober 1892. (München, Künstlerhaus, 14. 2. 1901, mit einem provisorischen Schluß und neugeschriebenen Prolog: ›Zu einer Totenfeier von Arnold Böcklin‹).

ASCANIO UND GIOCONDA (Vollendung der beiden ersten Akte einer Fragment gebliebenen »Renaissancetragödie«).

Reise durch die Schweiz nach Südfrankreich, zurück über Marseille, Genua, Venedig.

ELEONORA DUSE (I, II)

SÜDFRANZÖSISCHE EINDRÜCKE. Gedichte:

VORFRÜHLING

ERLEBNIS

LEBEN

PROLOG ZU DEM BUCH ›ANATOL‹

Bekanntschaft mit Marie Herzfeld und Edgar Karg.

1893 ALKESTIS (München, Kammerspiele, 14.4.1916).
DER TOR UND DER TOD (München, Theater am Gärtnerplatz, 13.11.1898).
IDYLLE
DAS GLÜCK AM WEG – AGE OF INNOCENCE (eine stark autobiographische, unveröffentlicht gebliebene Studie). Gedichte:
WELT UND ICH
ICH GING HERNIEDER
Freundschaft mit Leopold von Andrian. Plan eines »ägyptischen Stücks... mit recht tüchtigen, lebendigen kleinen Puppen« (Das Urteil des Bocchoris).

1894 Tod der mütterlichen Freundin Josephine von Wertheimstein.
Gedichte:
TERZINEN I – IV
WELTGEHEIMNIS
Arbeit an einer freien Übertragung der ›Alkestis‹ des Euripides.
Erstes juristisches Staatsexamen.
Ab Oktober Freiwilligenjahr beim k.u.k. Dragonerregiment 6 zunächst in Brünn, dann in Göding.

1895 DAS MÄRCHEN DER 672. NACHT
SOLDATENGESCHICHTE. Gedichte:
EIN TRAUM VON GROSSER MAGIE
BALLADE DES ÄUSSEREN LEBENS
Reise nach Venedig.
Beginn des Studiums der romanischen Philologie.

1896 GESCHICHTE DER BEIDEN LIEBESPAARE
DAS DORF IM GEBIRGE. Gedichte:
LEBENSLIED
DIE BEIDEN
DEIN ANTLITZ...
MANCHE FREILICH...

1897 Erste Begegnung mit Eberhard von Bodenhausen, dem engsten lebenslangen Freund des Dichters.

Im August Radtour über Salzburg, Innsbruck, Dolomiten, Verona, Brescia nach Varese. Hier Aufenthalt von drei Wochen, eine glückliche ungemein produktive Zeit.

DIE FRAU IM FENSTER

DIE HOCHZEIT DER SOBEIDE

DAS KLEINE WELTTHEATER

DER WEISSE FÄCHER

DER KAISER UND DIE HEXE

DER GOLDENE APFEL

1898 Erste Theateraufführung eines Stücks von Hofmannsthal. DIE FRAU IM FENSTER in einer Matinée-Vorstellung der ›Freien Bühne‹ des Deutschen Theaters in Berlin, 15. Mai (Otto Brahm).

Bekanntschaft mit Harry Graf Kessler und erste Begegnung mit Richard Strauss.

Abschluß seiner Dissertation »Über den Sprachgebrauch bei den Dichtern der Pléjade« und Rigorosum im Hauptfach Romanische Philologie.

Radtour mit Schnitzler in die Schweiz, dann allein nach Lugano, später über Bologna und Florenz (Besuch bei D'Annunzio) nach Venedig.

DER ABENTEURER UND DIE SÄNGERIN (zusammen mit der HOCHZEIT DER SOBEIDE, gleichzeitig: Berlin, Deutsches Theater, Otto Brahm, und Wien, Burgtheater, 18. 3. 1899).

REITERGESCHICHTE

1899 Reisen nach Florenz und Venedig.

DAS BERGWERK ZU FALUN

Bekanntschaft mit Rilke.

1900 In München erste Begegnung mit Rudolf Alexander Schröder und Heymel, den Herausgebern der ›Insel‹, in Paris mit Maeterlinck, Rodin, Meier-Graefe u. a.

DAS ERLEBNIS DES MARSCHALLS VON BASSOMPIERRE

VORSPIEL ZUR ANTIGONE DES SOPHOKLES

1901 DIE »STUDIE ÜBER DIE ENTWICKELUNG DES DICHTERS VICTOR HUGO« legt Hofmannsthal der Wiener Universität als Habilitationsschrift vor, verbunden mit dem Gesuch um die venia docendi.

DER TRIUMPH DER ZEIT (Ballett; März 1900 bis Juli 1901, für Richard Strauss bestimmt, der aber wegen einer anderen Arbeit absagt).

Am 1. Juni Eheschließung mit Gertrud Maria Laurenzia Petronilla Schlesinger.

Am 1. Juli Übersiedlung nach Rodaun bei Wien, wo Hofmannsthal bis zu seinem Lebensende wohnte.

Beginn der Arbeit an POMPILIA (dem ersten »großen Trauerspiel... von solchen Dimensionen und von solchen Anforderungen, wie ich sie noch nie gekannt habe«). Das Problem des Ehebruchs, die Geschichte des Guido von Arezzo und seiner Frau Pompilia, findet Hofmannsthal in Robert Brownings ›The Ring and The Book‹.

Erste Pläne einer Bearbeitung von Sophokles' ›Elektra‹ und Calderons ›Das Leben ein Traum‹.

Zum Jahresende zieht Hofmannsthal sein Gesuch um eine Dozentur zurück.

1902 EIN BRIEF (Chandos-Brief)

In Rom und Venedig Vollendung der ersten Fassung des GERETTETEN VENEDIG.

ÜBER CHARAKTERE IM ROMAN UND IM DRAMA

Geburt der Tochter Christiane.

Erste Begegnung mit Rudolf Borchardt.

1903 DAS GESPRÄCH ÜBER GEDICHTE
Erste Begegnung mit Max Reinhardt. Von ihm angeregt schreibt er
ELEKTRA (September 1901 bis September 1903; Berlin, Kleines Theater, 30. 10. 1903, Reinhardt).
Erste Sammlung AUSGEWÄHLTE GEDICHTE im Verlag ›Blätter für die Kunst‹.
Geburt des Sohnes Franz.

1904 Tod der Mutter (22. März).
DAS GERETTETE VENEDIG (August 1902 bis Juli 1904; Berlin, Lessing-Theater, 21. 1. 1905, Brahm).

1905 ÖDIPUS UND DIE SPHINX (Juli 1903 bis Dezember 1905; Berlin, Deutsches Theater, 2. 2. 1906, Reinhardt).
KÖNIG ÖDIPUS (Übersetzung des Sophokles; München, Neue Musikfesthalle, 25. 9. 1910, Reinhardt).
SHAKESPEARES KÖNIGE UND GROSSE HERREN (Festvortrag in Weimar).
SEBASTIAN MELMOTH

1906 Folgenreiche Begegnung mit Richard Strauss, der die ELEKTRA vertonen will.
UNTERHALTUNG ÜBER DEN ›TASSO‹ VON GOETHE
UNTERHALTUNG ÜBER DIE SCHRIFTEN VON GOTTFRIED KELLER
DER DICHTER UND DIESE ZEIT (Vortragsreise München, Frankfurt, Göttingen, Berlin).
Geburt des Sohnes Raimund.

1907 Reise nach Venedig.
Früheste Beschäftigung mit dem ANDREAS-Romanfragment und den Komödien SILVIA IM ›STERN‹ und CRISTINAS HEIMREISE.
DIE BRIEFE DES ZURÜCKGEKEHRTEN (Juni bis August 1907).
»TAUSENDUNDEINE NACHT«

1907 SILVIA IM ›STERN‹ (Abschluß des Fragments).
Mitherausgeber der Zeitschrift ›Morgen‹ (Abteilung Lyrik). Bis 1908.

1908 Reise nach Griechenland (Athen, Delphi) mit Graf Kessler und Maillol.
Scheitern der Arbeit am FLORINDO, der ersten Fassung von CRISTINAS HEIMREISE. Davon erschienen 1909 revidiert im Druck:
FLORINDO UND DIE UNBEKANNTE und
DIE BEGEGNUNG MIT CARLO

1909 Uraufführung der Oper ELEKTRA in Dresden.
CRISTINAS HEIMREISE (Juli 1907 bis Dezember 1909; Berlin, Deutsches Theater, 11. 2. 1910, Reinhardt).
DIE HEIRAT WIDER WILLEN (Übersetzung des Molière; München, Künstler-Theater, 20. 9. 1910, Reinhardt).
Herausgeber des Jahrbuchs ›Hesperus‹, gemeinsam mit Schröder und Borchardt.

1910 Aufführungen der neuen, gekürzten Fassung von CRISTINAS HEIMREISE in Budapest und – mit großem Erfolg – in Wien. Als Variation eines Komödien-Szenariums entsteht die Erzählung
LUCIDOR (September 1909 bis März 1910).
DER ROSENKAVALIER (Februar 1909 bis Juni 1910; Dresden, Königliches Opernhaus, 26. 1. 1911, Reinhardt).

1911 ARIADNE AUF NAXOS (Februar bis April 1911; Stuttgart, Königliches Hoftheater, 25. 10. 1912, Reinhardt, in Verbindung mit Molières Komödie DER BÜRGER ALS EDELMANN, von Hofmannsthal bearbeitet).
JEDERMANN (April 1903 bis August 1911; Berlin, Zirkus Schumann, 1. 12. 1911, Reinhardt;

1911 Erstaufführung auf dem Salzburger Domplatz unter Reinhardt am 12. 8. 1920).

1912 JOSEPHSLEGENDE (Pantomime für Diaghilews ›Russisches Ballett‹; von diesem uraufgeführt in der Pariser Oper am 14. 5. 1914).

Aufzeichnung einer Übersicht zum ANDREAS-Roman und Niederschrift des Anfangskapitels.

Zusammenstellung und Einleitung des Bandes

DEUTSCHE ERZÄHLER.

1913 Ausführliches Szenarium und Ausarbeitung des ersten Akts zur Oper DIE FRAU OHNE SCHATTEN. Beginnende Arbeit an der gleichnamigen Erzählung. Neues Vorspiel zur ARIADNE und Weiterarbeit am ANDREAS-Roman.

1914 Kriegsausbruch. Einberufung Hofmannsthals als Landsturmoffizier nach Istrien (26. 7. 1914). Durch Vermittlung Josef Redlichs beurlaubt und dem Kriegsfürsorgeamt im Kriegsministerium zugewiesen.

Veröffentlichungen in der ›Wiener Neuen Presse‹ zum geschichtlichen Augenblick:

APPELL AN DIE OBEREN STÄNDE

BOYKOTT FREMDER SPRACHEN

DIE BEJAHUNG ÖSTERREICHS

WORTE ZUM GEDÄCHTNIS DES PRINZEN EUGEN

BÜCHER FÜR DIESE ZEIT

1915 Intensiver Gedankenaustausch mit dem Freund und Politiker Josef Redlich. In politischer Mission Dienstreisen in die besetzten Gebiete, nach Südpolen (Krakau), Brüssel und Berlin. Weitere Äußerungen zur Zeit:

1915 WIR ÖSTERREICHER UND DEUTSCHLAND
GRILLPARZERS POLITISCHES VERMÄCHTNIS
DIE TATEN UND DER RUHM
GEIST DER KARPATHEN
UNSERE MILITÄRVERWALTUNG IN POLEN
ANTWORT AUF DIE UMFRAGE DES ›SVENSKA DAGBLADET‹
Die ›Österreichische Bibliothek‹, mitherausgegeben von Hofmannsthal, beginnt zu erscheinen.
DIE FRAU OHNE SCHATTEN (Februar 1911 bis September 1915; Wien, Staatsoper 10. 10. 1919, Franz Schalk).
Tod des Vaters (10. Dezember).

1916 DIE LÄSTIGEN (Frei nach Molière) und
DIE GRÜNE FLÖTE (Ballett. Beide Stücke zusammen uraufgeführt: Berlin, Deutsches Theater, 26. 4. 1916, Reinhardt).
AD ME IPSUM (Aufzeichnungen zum eigenen Dichten).
ARIADNE AUF NAXOS (neu bearbeitet, uraufgeführt an der Wiener Oper, 4. 10. 1916).
Arbeit am SOHN DES GEISTERKÖNIGS.
Dienstreise nach Warschau.
Vortragsreise nach Oslo und Stockholm.
Vergleiche dazu
AUFZEICHNUNGEN ZU REDEN IN SKANDINAVIEN.

1917 DER BÜRGER ALS EDELMANN (erneute freie Bearbeitung des Molière; Berlin, Deutsches Theater, 9. 4. 1918, Reinhardt).
Intensive Arbeit an dem Lustspiel DER SCHWIERIGE; zwei Akte bereits vollendet.
Beginn des Briefwechsels mit Rudolf Pannwitz, den Hofmannsthal »als schicksalhaft für sein Leben bezeichnet«.

1918 Hofmannsthal »beschäftigen fast pausenlos« folgende Arbeiten: das Märchen DIE FRAU OHNE SCHATTEN, der ANDREAS-

1918 Roman, DER SCHWIERIGE, SILVIA IM ›STERN‹, LUCIDOR (als Lustspiel) und eine SEMIRAMIS-NINYAS-TRAGÖDIE. Außerdem systematische Lektüre Calderons im Hinblick auf mögliche Bearbeitungen.

DAME KOBOLD (freie Übersetzung des Calderon; Berlin, Deutsches Theater, 3.4.1920, Reinhardt).

Tod seines besten Freundes: Eberhard von Bodenhausen.

Erste Begegnung mit Carl Jakob Burckhardt.

1919 DIE FRAU OHNE SCHATTEN (Erzählung, Dezember 1913 bis August 1919).

DER SCHWIERIGE (Juni 1910 bis November 1919; München, Residenztheater, 8.11.1921).

1920 Beginn der intensiven Arbeit am TURM.

BEETHOVEN-REDE in Zürich.

1921 Intensive Arbeit am TURM (bis an den 5. Akt) und am SALZBURGER GROSSEN WELTTHEATER.

1922 BUCH DER FREUNDE (Sammlung von Aphorismen und Anekdoten, eigene und anderer).

DAS GROSSE SALZBURGER WELTTHEATER (September 1919 bis Juni 1922; Salzburg, Kollegienkirche, 12.8.1922, Reinhardt).

DER UNBESTECHLICHE (Mai bis Oktober 1922; Wien, Raimundtheater, 16.3.1923).

Als Herausgeber der ›Neuen deutschen Beiträge‹ (1922–1927) schreibt Hofmannsthal ein Vorwort und eine Anmerkung zum ersten Heft.

DEUTSCHES LESEBUCH, eingeleitet und herausgegeben von Hugo von Hofmannsthal.

1923 Der fünfte Akt des TURM wird auf eine »vorletzte« Fassung gebracht, dann aber die Arbeit abgebrochen.

Filmbuch für den ROSENKAVALIER (Ur-

1923 aufführung des Films am 10. 1. 1926 in Dresden).

1924 DIE ÄGYPTISCHE HELENA (Dezember 1919 bis März 1924; Dresden, Oper, 6. 6. 1928).
Italienreise, mit Burckhardt in Sizilien.
Beschäftigung mit dem Lustspiel TIMON DER REDNER.

DER TURM, 1. Fassung (Oktober 1918 bis Oktober 1924).

1925 Reise über Paris nach Marseille, von dort mit dem Schiff nach Marokko (Fès, Salé, Marrakech):

REISE IM NÖRDLICHEN AFRIKA.
Beschäftigung mit dem ANDREAS-Roman und Vollendung des ersten Akts von TIMON DER REDNER.

1926 DER TURM (Ausarbeitung und Fertigstellung der neuen, fürs Theater bestimmten Fassung; München, Prinzregententheater, 4. 2. 1928, Kurt Stieler).

DAS SCHRIFTTUM ALS GEISTIGER RAUM DER NATION (am 10. 1. 1927 in der Münchener Universität gehaltene Rede).

1927 Reise nach Sizilien.
Fortführung der Notizen AD ME IPSUM und ANDENKEN EBERHARD VON BODENHAUSENS.
Szenarium zur ARABELLA und Niederschrift des ersten Akts der ersten Fassung.

1928 ARABELLA (Nach der Niederschrift der dreiaktigen lyrischen Oper von April bis November 1928 entschließt sich Hofmannsthal, den ersten Akt zu ändern).

1929 Neufassung des ersten Akts der ARABELLA und Übersendung an Strauss. Dessen Antwort-Telegramm: »Erster Akt ausgezeichnet. Herzlichen Dank und

1929 Glückwünsche«, erlebte Hofmannsthal nicht mehr. (Uraufführung der ARABELLA am 1. 7. 1933 in Dresden.)
Am 13. Juli nimmt sich sein ältester Sohn Franz, zuhause in Rodaun, das Leben. Am 15. Juli, beim Aufbruch zur Beerdigung, erleidet Hofmannsthal einen Schlaganfall, an dem er wenige Stunden später stirbt. Er wird beigesetzt auf dem nahen Kalksburger Friedhof.